Dodsworth

孔雀夫人

(美)辛克莱·刘易斯 ●著　　　郝姣 ●译　　　何亮 ●丛书主编

首都师范大学出版社

CAPITAL NORMAL UNIVERSITY PRESS

图书在版编目(CIP)数据

孔雀夫人/(美)刘易斯著；郝姣译 . —北京：首都师范大
学出版社，2015.2（2019.7重印）

（奥斯卡经典文库）

ISBN 978-7-5656-2256-4

Ⅰ.①孔… Ⅱ.①刘… ②郝… Ⅲ.①长篇小说—美
国—现代 Ⅳ.①I712.45

中国版本图书馆CIP数据核字(2015)第036090号

KONGQUE FUREN

孔雀夫人

（美）辛克莱·刘易斯 著 郝姣 译

责任编辑 刘志勇

首都师范大学出版社出版发行

地 址 北京西三环北路105号

邮 编 100048

电 话 68418523(总编室) 68982468(发行部)

网 址 www.cnupn.com.cn

印 刷 龙口市新华林文化发展有限公司

经 销 全国新华书店发行

版 次 2015年5月第1版

印 次 2019年7月第2次印刷

开 本 880mm×1230mm 1/32

印 张 16

字 数 320千

定 价 32.00元

总序： 电影的文学性决定其艺术性

不是每个人都拥有将文字转换成影像的能力，曾有人将剧作者分成两类：一种是"通过他的文字，读剧本的人看到戏在演。"还有一种是"自己写时头脑里不演，别人读时也看不到戏——那样的剧本实是字冢。"为什么会这样，有一类人在忙于经营文字的表面，而另一类人深谙禅宗里的一句偈"指月亮的手不是月亮"。他们尽量在通过文字（指月亮的手），让你看到戏（月亮）。

小说对文字的经营，更多的是让你在阅读时，内视里不断地上演着你想象中的那故事的场景和人物，并不断地唤起你对故事情节进程的判断，这种想象着的判断被印证或被否定是小说吸引你的一个重要原因，也是作者能够邀你进入到他的文字中与你博弈的门径。当读者的判断踩空了时，他会期待着你有什么高明的华彩乐段来说服他，打动他，让他兴奋，赞美。现实主义的小说是这样，先锋的小说也是这样，准确的新鲜感，什么时候都是迷人的。

有一种说法是天下的故事已经讲完了，现代人要做的是改变讲故事的方式，而方式是常换常新的。我曾经在北欧的某个剧场看过一版把国家变成公司，穿着现代西服演的《哈姆莱特》，也看过骑摩托车版的电影《罗密欧与朱丽叶》，当然还有变成《狮子王》的动画片。总之，除了不断地改变方式外，文学经典的另一个特征，是它像一个肥沃的营养基地一样，永远在滋养着戏剧，影视，舞蹈，甚至是音乐。

我没有做过统计，是不是 20 世纪以传世的文学作品改编成电影的比例比当下要多，如果这样的比较不好得出有意义的结论的话，我想换一种说法——是不是更具文学性的影片会穿越时间，走得更远，占领的时间更长。你可能会反问，真是电影的文学性决定了它的经典性吗？我认为是这样。当商业片越来越与这个炫彩的时代相契合时，"剧场效果"这个词对电影来说，变得至关重要。曾有一段时期认为所谓的剧场效果就是"声光电"的科技组合，其实你看看更多的卖座影片，就会发现没那么简单。我们发现了如果两百个人在剧场同时大笑时，也是剧场效果（他一个人在家看时可能不会那么被感染）；精彩的表演和台词也是剧场效果；最终"剧场效果"一定会归到"文学性"上来，因为最终你会发现最大的剧场效果是人心，是那种心心相印，然而这却是那些失去"文学性"的电影无法达到的境界。

《奥斯卡经典文库》将改编成电影的原著，如此大量地集中展示给读者，同时请一些业内人士做有效的解读，这不仅是一个大工程，也是一件有意义的事。从文字到影像；从借助个人想象的阅读，到具体化的明确的立体呈现；从繁复的枝蔓的叙说，到"滴水映太阳"的以小见大；各种各样的改编方式，在进行一些细致的分析后，不仅会得到改编写作的收益，对剧本原创也是极有帮助的，是件好事。

——资深编剧 邹静之

主编的话： 跟随文学人物走进各种
各样的命运险境

　　能参与《奥斯卡经典文库》丛书的编辑工作，我感到特别的荣幸和高兴。说实话，这套丛书的编辑过程不仅给我，也给我们整个编辑团队带来了莫大的兴奋感。

　　兴奋之一：这是国内首次以大型丛书的形式出版经典电影的文学原著，这无疑是奉献给广大读者的一场阅读盛宴，我们相信无论何种口味的读者，都会从这套丛书里找到自己的最爱，甚至找到陪伴自己一生的精神伴侣。

　　兴奋之二：我们选择的书目全部是奥斯卡奖得奖或者提名的电影原著。奥斯卡本身就是全球最值得大众信赖的品牌之一，在奥斯卡异常严格的选拔标准下，这一批电影原著小说的艺术质量，还有部分原著是第一次出中文版本，我们之前也并未读过，但读过之后，深为震撼——世界一流的小说确实能带给人直击心灵而又妙不可言的独特感受。

　　兴奋之三：这套丛书让我们重新认识了文学原著和电影作品之间的互动关系。有的作品我们只看过小说，没有看过电影；而有的作品我们只看过电影，没有看过小说（后一种情况更多一些）。于是在编辑的过程中，我们重新补课，将同一故事的两种艺术形式尽量都补看完整。补完课才发现，文学与电影之间的关系真是太有趣了——电影或者因为时长所限、或者因为视听特性的发扬、或者因为求新求变，通常都要对原来的文学作品做出取舍和改动，电影编剧和导演如何取舍如何改动，背后其实都隐藏着电影创作者的深入思考。而很多文学名著又被不同的电影创作者多次改编，这些不同的电影版本所体现出来的电影创作者的不同趣味、不同表达以及独特个性，每每让我们生发出一种"又发现了一片新大陆"的感觉。我们作为读者和观众，往往会为哪一个电影版本改得更好而争论得面红耳赤——而对于那些两种艺术形式都没看过的朋友来说，我个人的建议，最好先读小说，充分展开自己的想象世界之后，再去看电影，收获绝对不一样。

兴奋之四：比起编剧和导演对文学作品的改编，演员、明星们对文学人物的演绎无疑更能引起大家的好奇和关注，在看完小说之后，带着悠闲而挑剔的眼光，再去评论、比较电影里的明星的表现，甚至去评论、比较不同版本的明星的表现，这给我们带来了数不清的快乐时光。

因为部分原著小说和电影也是我们第一次接触，以上所呈现的，都是我们在编辑过程中非常真实的感受。我们也非常期望我们的工作能带给广大读者同样的兴奋和快乐。《奥斯卡经典文库》为您精心挑选的这些非常优秀的原著小说，完全值得您腾出一点业余时间，全身心投入其中，跟随着那些精彩的文学人物走进各种各样的命运险境，去迎接那些意想不到的感动和震撼。

——北影老师　何亮

导读： 生活无所谓模式， 只是往前走而已

　　去年七月底，收到《孔雀夫人》（*Dodsworth*）的翻译任务，心情颇为激动。这是美国第一位诺贝尔文学奖得主辛克莱·刘易斯（1885～1951）的代表作之一。《孔雀夫人》写于1929年，是刘易斯从批判现实题材回归温情感伤爱情小说的代表作。书中讲述了一对在美国中西部小城泽尼斯生活了近半辈子的名流夫妇——杜德伍斯先生及夫人——他们家产万贯、名利双收，儿女双双成才。可他们却因找寻曾经热恋时的美好承诺，踏上了欧洲之旅，谁知这一去，却是踏上了一条"不归路"。书中着重刻画了一群美国中西部上流成功人士的荒诞生活，这里的人们物质生活丰盈，可精神世界却如此空洞。也许这就是刘易斯的写作风格，这位水瓶座男人骨子里的不安分吧。刘易斯善于描绘小镇风貌，刻画市侩典型，嘲弄"美国生活方式"，用批判的眼光来观察中产阶级。在他看来，自己的作品受梭罗的影响最大，意味着"他自己本人也在寻求强调个性自由的重要性"。他曾写道："我在思索历史的时候，越来越坚信当今世界上所有有价值的东西都是由自由、探究、批评精神所完成的。"

　　该作品虽写于20世纪20年代末，但其中的婚恋观，却无不对当今社会产生一定的启发意义。因此在译者看来，这部作品的定位应该是一部社会小说，而不仅仅是畅销爱情小说了。有这样一则段子：一个男人事业有成，腰缠万贯，唯

一的不足便是陪伴妻子的时间太短；另一个男人事业平平，略高于温饱线，可最多的就是有时间悉心照料妻子。那么，女人该如何选择？现实的结果是，女人愿意拿着有钱男人的钱，和有时间的男人过日子。如今暖男当道，这样的选择恐怕再精明不过。书中的杜德伍斯先生，正是有钱男人的象征；而洛基特少校、阿诺德·伊萨瑞尔先生和库尔特·冯·奥伯斯多夫伯爵不正是有时间，懂女人心的"暖男"吗？杜德伍斯夫人就是这样一位拿着丈夫的钱和情人风流的女人，可她在最后，却是"机关算尽，反误了卿卿性命"。而杜德伍斯先生和伊迪丝·科特赖特夫人之间的情意，在本书中算不上太重的篇幅，却总让人回忆起《廊桥遗梦》（*The Bridges of Madison County*）里的心心相惜、情愫深深。

书中的杜德伍斯先生，更像是刘易斯本人经历的艺术加工。他从小生长在偏远闭塞的"苏克中心"，正是《巴比特》[①] 以及《孔雀夫人》中泽尼斯小城的现实所在。最终，刘易斯逃离了那里，进入耶鲁大学，正如杜德伍斯夫妇认定泽尼斯小城是束缚他们视野，甚至是寻觅真爱的镣铐一样。在刘易斯的生涯中，他不断旅行和写作，常常将经历当作创作的材料。他有两段婚姻，却最终以离异结束。第一次，他同格雷斯·利文斯通（Grace Livingston Hegger）于 1914 年结婚，格雷斯是《时尚》（*Vogue*）杂志的编辑，两人育有一子，名叫威尔斯·刘易斯。儿子进入美军，参与第二次世界大战，并不幸身亡。1925 年，他与格雷斯离婚。1928 年，刘易斯的第二任妻子是报纸时政版专栏作家多萝西·托马森

---

① 刘易斯的另一部代表作。——编者注。

(Dorothy Thompson)，1937 年，二人的婚姻也走向终结，并于 1942 年正式离异。美国前国务卿迪恩·艾奇逊曾这样评价刘易斯："文学上的荣耀并没能普照刘易斯的婚姻生活，反之，婚姻和生活的不幸也阻碍了他文学生命的长久发展。" 1929 年，《孔雀夫人》诞生，作者正从上一段婚姻苦海中脱离，并转入第二段婚姻，这不得不让我们揣测，生活经历的变化，难道不是促使他思考伴侣和婚姻关系的诱因吗？至于事实怎样，不得而知。伊迪丝·斯特莱特身上是否有多萝西·托马森的影子，也是个谜题。

该小说于 1934 年被改编成舞台剧，并搬上百老汇的台面。黑白电影《孔雀夫人》则于 1936 年由导演威廉·惠勒 (William Wyler) 拍摄制作，沃尔特·休斯顿（Walter Huston）担当男主角。该片获当年第九届奥斯卡电影三项提名。1990 年，该片选入"美国国家级经典电影名录"；2005 年，《时代》周刊将此片评为"1925 年以来百部佳片"之一。

杜德伍斯夫妇从美国走向英国，并辗转法国、意大利、德国。不同的国度，各色的风光，连人的特质也不尽相同。这一切的来回波折，是两人一次次孤独的逃离，却总也逃脱不出孤独的内心。他们两人追求个体价值的实现方式，从一开始，便分道扬镳：杜德伍斯夫人擅于向外拓展，在异性中找寻价值；而杜德伍斯先生则向内延伸，追求本真的自我和个体的价值。于译者而言，这更像一场文字的旅行。

书中有这样一句话："泽尼斯人总是说，'如今，想要在生活中建立新的关系和情谊已为时已晚'。"但若年轻时候认识错的人，此生得不到改变，必是此生的不幸，一切唯有来生再见了。

作为一名普通的文学翻译爱好者，邂逅辛克莱·刘易斯以及《孔雀夫人》，是一种幸运，也是一种幸福。虽然所做的，不过是窥视书中一切的甜蜜、争吵、逃离和聚散，不过是过早地体味中年婚姻的酸楚。书中文字如有不妥，请读者指正、见谅。

第一章

　　泽尼斯城的上层名流在肯尼波斯轻舟俱乐部纵情起舞。他们在宽阔的走廊上滑动着舞步。走廊上方的屋梁由松树木打造而成，空中摇曳着日式灯笼；相比他处，这里跳舞的人群身穿宽袖华服，发型优雅美丽，表情严肃正经。此刻正值八月仲夏夜，相比别处，这里愈发月色朦胧、空旷宁静，尤其适合邂逅一段高尚的浪漫故事。

　　三位贵客乘坐新款汽车，已陆续前来。这一年正是1903年——工业文明发展的高潮之年。前方驶来第四辆新车，开车的男子名叫塞缪尔·杜德伍斯（Samuel Dodsworth）①。

　　湖面平和如镜，俱乐部里的情侣们齐声唱着《妮莉是一

---

　　① 在本书中，作者对主人公的名字进行了区分，在正式场合使用 Samuel Dodsworth（塞缪尔·杜德伍斯），而在较为私人的场合则使用其昵称 Sam Dodsworth（山姆·杜德伍斯），并且在叙述中通过这两个名字的变换使用，巧妙地区分了主人公的不同性格侧面。——编者注

位淑女》（*Nelly Was a Lady*）。这首歌，忧郁而欢愉——这一派景象令人多愁善感起来。山姆·杜德伍斯对此却享受至极。他是一位身材强壮、让人敬畏的年轻人，棕色的胡须十分浓密，脑袋肥大，棕色的头发杂乱无型，今年 28 岁，是泽尼斯机车厂的副经理。这里机器轰鸣、噪声四起，是个冷漠无情的地方。曾在耶鲁大学（1896 级）读书的他橄榄球球技略居上等，但他更擅长于营造花前月下的浪漫情怀。

今晚，山姆驾驶着自己的第一辆车外出，内心格外兴奋。这辆车不像旁人开的老式"汽油车"那样将发动机安装在座位下；相反，新车发动机凸在车头，上面是两英尺长、外观闪亮的引擎盖；汽车驾驶杆也不再笔直而立，而是随意倾斜。山姆的新车属竞技款，开起来十分危险；车灯由乙炔气供能，光照强烈。山姆开足马力，以十二英里的时速前进，速度快到令人炫目。但他的心中迸发出一股力量，一股称霸全宇宙的巨大力量。

到了轻舟俱乐部，塔布·皮尔逊（Tub Pearson）跟他打了个招呼。皮尔逊戴着一双白色小山羊皮手套，一副受人尊崇的样子。塔布，全名小托马斯·皮尔逊（Thomas J. Pearson），长得又胖又矮，为人风趣可爱。他在耶鲁读书时，就是个滑稽有趣的纨绔子弟。他曾是山姆·杜德伍斯的大学室友，同窗多年，也一直是山姆的忠实追随者。如今的塔布，在其父亲经营的泽尼斯城银行担任出纳，未来他将会继任成为银行行长。对于自己的脸面和尊严，他开始极为重视。

山姆热情洋溢地走出汽车，"它发动了!"塔布惊呼道，"我已经备好一匹马，时刻准备给你拉回来!"

塔布一如既往的风趣，无时无刻不是这样。

"它当然得发动! 我敢打赌，我开到了时速十八英里!"

"嘿，我敢打赌！总有一天汽车时速可达四十英里！"塔布讽刺道，"当然咯！要知道，它们会把可怜的老马车赶出高速路！"

"一定会！我正打算用刚刚经营的'启发汽车公司'来生产新型汽车。"

"干吗这么认真，你这个可怜的傻瓜？"

"我就要认真一把。"

"噢，我的天呐！"塔布肆意动情地哀号着，"别发疯了，山姆老兄！我老爹说汽车行业成不了气候，就是过眼云烟。汽车发动机的成本太高。他认为，不出五年，汽车就会消失。"

但山姆的回答却牛头不对马嘴："走廊上的小天使是谁？"

谁是天使，谁就是山姆指的那个"她"。她是冰冷天使；她身材苗条、皮肤光洁、头发浅黄，面对六个赞美她、挑逗她的爱慕者，她主动避开，声音独具特色、不乏冷峻；她在黑种和白种男性人群中，高洁无瑕，如水晶般璀璨。

"你肯定记得她——弗朗西斯·沃尔克（Frances Voelker），老赫曼（Herman）的女儿，也叫弗兰·沃尔克，记得吧？她出国一年了，之前在东部的社交女子学校上学。弗兰就是个小丫头——我猜，她还不过十九、二十岁吧。老天爷，人们说她会讲德语、法语、意大利语等等各种鸟语，我们知道的语言她都会说嘞。"

赫曼·沃尔克一直经营啤酒厂，身家已逾百万，并跻身上流阶层，受人爱戴。他的豪宅面积在泽尼斯可谓首屈一指——那里有最宏伟的塔楼群、数不尽的彩色玻璃窗和蕾丝窗帘；而他本人也是商界德裔美国人的领袖，这些人控制了整个州的金融和制造业，逐渐替代本土新英格兰人。但凡德意志专家学者前来做演讲、观光访问，均是老赫曼招待他们。日前，他从纽伦堡购得一幅画，画得生动逼真，起码价值一万美金。这位身价不菲的公民赫曼，连同他生产的酸啤酒，都令人羡慕；这位肤色棕红的公民赫曼若能将一切事务都处理得稳妥得当，像女儿弗兰的长相那样光彩夺目，那才真算是个奇迹。

山姆·杜德伍斯一睹弗兰芳容，顿时局促不安，如同体态庞大的圣伯纳犬见到白色小猫咪时的样子。无论在预言汽车的胜利前景，还是在与其他姑娘翩翩起舞时，山姆都无时无刻不在关注弗兰的曼妙舞姿和纯真笑容。通常，山姆并不特别畏惧与年轻女士跳舞，但弗兰·沃尔克于他厚重的大手而言，实在是太娇弱了。只有当坐在山姆近旁的男舞伴——满面通红的狂欢者，离开弗兰而去时，他才敢与她交谈，然而他们之间的对话也不足十次。

"还记得我吗，沃尔克？多年前，我见过你。"

"当然记得！老天爷！真没想到你居然留意过我。过去，我常偷看爸爸的报纸，关注你们橄榄球队大明星们的消息。我还是个八岁小女孩时，真是淘气。有一次，偷了你家的苹果，你追着我，一直把我赶出门廊。"

"确定是我？不过现在我可不敢那么放肆！跳支舞？"

"嗯，我想想。哦，下一支舞要和利弗林·莫特（Leve-ring Mott）跳，不过我的两双舞鞋已经被他跳坏了三只。答应你，和你跳。"

山姆跳起舞来若是规规矩矩、一板一眼，姑娘们可不会被迷得神魂颠倒。但山姆·杜德伍斯拥有足够的气度和决心，年轻姑娘于是很清楚该由谁控制局面。与弗兰·沃尔克跳舞能点燃山姆的激情，他随着舞步旋转着，似乎为自己庞大、耀眼的身躯而备感自豪。他轻轻柔柔地抱着她，戴着手套（因为那个时代，男女社交仍需保持距离）。尽管如此，他的全身、他的指尖还是有如过电一般。对山姆而言，弗兰是世间最精美的女子；他深信，自己终将与她结合，永远呵护她、珍惜她；生活的目标是什么，多年来一直困扰着他的这个疑问，终于解开了。

"她像一朵百合花，不，她比百合花更娇艳。她像一只蜂鸟，不，她是一只高贵的蜂鸟。她像——不，她就是一团火！"

午夜时分，他俩会坐在湖边聊聊天、谈谈心。透过浓密的柳树叶，湖面上粼粼波光、晶莹透亮，远处俱乐部里的年轻人齐声高唱《我的家乡肯塔基》(My Old Kentucky Home)。泽尼斯城依然保持着豪威尔斯①（William Dean Howells）时代的风貌，一派安宁祥和；年轻人还没有承担起努力工作的重任，时刻保持积极向上的状态，也没能有机会接触广播、爵士乐和杜松子酒。

山姆在茂密草丛上特意为弗兰铺上一层报纸，她坐了下来，今晚她穿着一身轻薄的黄色连衣裙，披着蕾丝披肩，眼眉低垂，就像一道白影。山姆打了一个冷战，问了一个看似世故，实则幼稚的问题："我猜欧洲所有地方你都已经去过了吧？"

"差不多。我去过法国、西班牙、奥地利和瑞士。哦，对了，在月光下，我观赏过马特洪峰②；黎明时分，我游览过

————

① 豪威尔斯（1837~1920）：美国小说家、文学批评家。现实主义文学奠基人。——译者注（以下未特别注明的均为译注）

② 位于瑞士与意大利之间的边境上，是阿尔卑斯山脉中最为人所知的山峰。

安康圣母教堂①。在阿维尼翁②，顶着干冷的北风，我差点就冻死了!"

"我猜你一定觉得泽尼斯很无聊。"

听完山姆的话，她笑了，透露出一丝丝自满。"我对欧洲比较了解，但我并不是库克船长（Captain Cook）③，我可不是旅行家!我很清楚，不是欧洲的一切我都了然于心!我只用法语点餐；至今这六个月，我只记得德国十九个城镇的名字；在波茨坦广场④等出租车时广场的风貌，还依稀可见。这些事你也做过吧。对了，你最近干吗呢?"

"在机车厂做副经理。不过我打算赌一把大的——你开车吗?"

"哦，是的，开过很多次了，在巴黎和纽约都开过。"

"知道吗，我认为不出二十年，也就是到 1923 年或 1924 年，新型汽车会像目前的汽油车一样普遍!我打算在这儿经营一家新公司——'启发汽车公司'。我的工资变少了，但这场赌注胜算很大，前途一片大好。最近，我已经着手开始设计汽车草图，并有一个想法，新款汽车绝不会只模仿马车。而会变得——听起来挺高深，你会如何称呼一个汽车中的年轻美人，一款长长的流线型汽车?'启发'的老板认为我疯

---

　　①　由著名设计师巴尔达萨雷·隆格纳设计，正式落成于 1687 年。威尼斯巴洛克建筑的杰作。
　　②　法国东南部城市，沃克吕兹省首府。
　　③　即詹姆斯·库克（1728～1779）：英国皇家海军军官、航海家、探险家和制图师，他曾经三度奉命出海前往太平洋，带领船员成为首批登陆澳洲东岸和夏威夷群岛的欧洲人，也创下首次有欧洲船只环绕新西兰航行的纪录。
　　④　柏林市繁华的中心区域，发展成交通最繁华的地区之一，也成了首都生机勃勃的都市生活的代名词。德国统一前，柏林墙横穿广场。

了。你怎么看?"

"这多棒啊!"

"我自己还买了一辆新车。"

"哦,真的?"

"今晚我就用它送你回家!"

"哦,请原谅。妈妈来叫我了。"

"就让我载你一程吧。立马上车!"

"还是下周日吧。我们得回俱乐部了,不是吗?"

山姆乖乖起身。他拉着弗兰站起来,此刻发觉她的手如此纤细,山姆自言自语道:"总有一天,一定要去欧洲瞧一瞧。只要毕业了,我就会成为一名土木工程师。就可以去巴西热带丛林、中国,甚至全世界逛逛了。成为像理查德·哈丁·戴维斯(Richard Harding Davis)① 那样名副其实的人!不管怎样,务必去一趟欧洲。在那儿,有可能会偶遇你呢,你还可能带我四处逛逛。"

"乐意至极!"

啊,如果她渴望欧洲,他就会达其所愿,用金灿灿的盘子托着欧洲摆在她面前!

启发汽车公司若是进行汽车零件组装,山姆便会打电话告诉弗兰。即便山姆一度将车速提至十七英里每小时,但一旦开着新车载着弗兰,就格外小心。沃尔克豪宅的饭厅,上方横梁全都雕刻了精美花纹,大气华贵,真像一座皇家御用啤酒厂。山姆也会受邀到此共进晚餐,饭桌上摆着烤鹅、肉馅卷心菜和肝泥丸子汤,山姆担心如果弗兰一直吃这些食物,

---

① 理查德·哈丁·戴维斯(1864~1916):美国首位战地记者、小说家,以报道美国西班牙战争而名垂史册。

她苗条、健美的身姿可能会荡然无存。

曾几何时，从耶鲁大学毕业后，山姆在麻省理工学院暗暗发誓，一定要逃离美国，去游历大千世界。他告诫自己，选择弗兰，还是投身于亟待发展的汽车新兴行业，可能将纠葛一生。成为理查德·哈丁·戴维斯的英雄梦在他脑子里回旋，伤感而惆怅。山姆驾驶着新车，行驶在盘旋山路上，在两千英尺的高处奔驰，下面是袅袅炊烟的山谷；他戴着遮阳帽，穿着紧身马裤；热带地区的及时雨哗哗啦啦击打在小屋的锡制屋顶上；与尊贵的富家小姐一道进行寒碜朴素的远足，累了就坐下来，喝一小方杯杜松子酒，他又开始胡思乱想了。很快，山姆的思绪还是回到了弗兰热烈奔放的外表上：她那光亮绸丝般柔滑的长发，她那麻酥酥的双手，她一会儿叽叽喳喳、话语不断，一会儿又陷入沉默，真是让人琢磨不透。她这般冷静沉稳，令山姆迷惑不解、局促不安。

十一月，天上飞着如石板路一般冰冷的蒙蒙细雨，他俩在查露莎河沿岸的峭壁上徒步行走。弗兰面色红润，低声吟唱，但当他们停下步伐，望着翻涌的河水，以及折断的树枝在水面上划出的流痕时，山姆便意识到该躲一躲了。弗兰是那么纤细而脆弱，敌不过绵绵秋雨的强势来袭。山姆将自己的雨衣向穿着英伦风格羊毛外套的弗兰倾斜。

"你都湿透了！让你待在户外真是残忍！"

可弗兰对他笑了笑，身体向他贴近，说道："我喜欢这样！"

山姆感觉弗兰依偎着自己，身体靠得越来越紧。他便顺势吻了她——第一次吻了她，可真是相当蹩脚的初吻。

"哦，别这样！"她哀求道，有一点儿受惊，矜持瞬间消失。

"弗兰，嫁给我吧。"

她顺势溜出山姆的雨衣，双手叉腰，调皮地问："真的? 君子一言?"

"驷马难追!"

"耶鲁最伟大的运动员，汽车行业的巨头，说到做到!"

山姆严肃地回答："不，我什么都不是，就是一副局促不堪的皮囊，我想告诉你，我仰慕你!"

弗兰依旧注视着他，周围是河岸上暮秋之时杂乱摇曳的芦苇；她不顾一切地注视着他，突然她崩溃了，用双手蒙住眼睛。此时，山姆笨拙地递出一张宽大的手绢，轻碰着她的面颊，弗兰开始啜泣："哦，山姆，亲爱的，我真是太贪心了! 我想要的不只是泽尼斯，而是全世界! 我根本不想做一个贤妻良母，也不想在家优雅地打克里比奇纸牌①! 我想追逐刺激! 拓展眼界! 我们能一起携手共进吗?"

"我们一定可以!"山姆回答道。

1907 年年底，山姆和弗兰已结婚五年了，生了两个孩子——女儿艾米丽（Emily）和儿子布伦特（Brent）。而塞缪尔·杜德伍斯在启发汽车公司也开始大干一场。

公司老板因他的坚定和努力给予他相应的犒赏，但也因他天马行空的想象力而伤透脑筋。山姆如同诗人般疯狂，他们都这么说。他不但肆意亵渎伟大的雷诺—达拉奇的汽车设计理念；还坚持己见，胡言乱语，叫嚣什么"流线车型"；甚至认为汽车行业最大的盈利靠的是"价格低廉，量大从优"。

他们试图收买山姆，但他沉浸在自己的设计蓝图和汽车

---

① 17 世纪时由约翰·萨克林爵士发明，适合两人玩的一种纸牌游戏。最先得到 121 分者为胜。

制造中不能自拔，并学会了不少金融理财的手段，例如基金、股票转活期贷款和销售折扣。有老沃尔克的资本做后盾，山姆拥有 23% 的公司股份，成为副总裁以及制造部经理。山姆生产出第一辆四车门样车，并且见证了"启发"三个月来红遍全美国，其中一款车型多年来持续畅销的盛世。

经营"启发"这二十年来，山姆除了来往于华尔街和"启发"在堪萨斯城的经销商之间，并没有去过巴西的丛林，也没有看过挂着铃铛，丁零零作响的宝塔。

山姆的生活太过忙碌，内心充溢着诸多不满，但他坚信：弗兰依然爱着自己。

第二章

　　塞缪尔·杜德伍斯发现窗外下雪了，几近暴风雪，风雪包围着房子，翻转回旋。砰的一声，他关好窗户，重新扎回温暖的房间，扎回柔软的大床，他的行动从未如此迅速。山姆穿着盘花扣丝绸睡袍，这是弗兰坚持要买给他的，但他的头发已斑白可见。不过，身体还很硬朗，面容安详，只是身心疲倦。这一年是 1925 年，山姆五十岁，可容颜和状态远远不止实际年龄。

　　弗兰在双人床靠里的位置熟睡，大床为坚硬的核桃木材质，上方挂着黄色的薄丝帐幕。山姆环顾这卧室，时不时会神游一阵。虽然这房间的布置并非十分精巧，但他总被其光鲜的景象所取悦。这房间不仅仅是他成功的见证，也与奢华高贵的弗兰极为相配。屋内的躺椅上缠着绿色和银色的绸带；书桌上摆放着刻着字母图案的英式办公用品，显得严苛而势利；弗兰的床头柜上放着镶满珠宝的便携式闹钟、香烟和新买的小说；浴室里铺着紫色的地砖。他望着这一切，内心涌动着无法抑制的满足感。

弗兰来回翻身，叹着气，就像一个孩子试图重新进入梦乡一般。她痛苦地把头往小巧的蕾丝枕头下面钻，枕头皱成一团，连她的美梦也给搅得无影无踪。山姆看着这般模样的弗兰，忍不住咯咯发笑。

"别折腾了，"他那低沉的声音，宛如深情的抚慰，"你已经醒了！快睁开眼，起来吧！瞧瞧我，瞧瞧我们的幸福生活！"

弗兰端坐起来，用惊喜的眼神望着山姆，这份眼神自从俩人结婚以来从未改变。她打了一个呵欠，嘴角挂着微笑，双手胡乱揉了揉蓬松的头发。弗兰的头发还是浅黄色，一点儿没有斑白的迹象。山姆看起来超过了实际年龄，相反，弗兰却越活越年轻。她今年四十一岁，晨间睡意渐去，脸上挂着绯红，看起来不过只有三十一岁罢了。

"我要在床上享用早餐，昨天我就没在床上吃早餐。"弗兰温柔地打着呵欠。山姆坐在铺着淡紫色棉被的床边，摇晃着粗壮的双腿，点燃一根烟。"早餐前你就开始抽烟了。"弗兰提醒道。

"好吧，躺在床上别起来，我也喜欢这样。该死的暴风雪。"他一边说，手指一边绕着弗兰的长发，轻轻摆弄，自己红润的脸颊蹭着弗兰柔软的身体。"对了，我曾经告诉过你，我爱慕你吗？"

"干吗这么问？我想想——没说过，我想没说过。"

"老天，我快得老年痴呆症了！从明天开始，我会让秘书提醒我说'爱你'。"突然，山姆表情严肃，"记得吗，我们今天终于要和'启发'公司说再见了？真可惜。"

"不！我一点儿都不觉得可惜！我可高兴了。这么多年来，你第一次解放了。我们私奔到别处去吧。哦，我不想你又忙别的新生意！你真傻，我们的钱足够生活，你却一直自寻苦恼。说什么更换'汽化啤子'①的设计，把越来越多的汽车推广到梅迪辛哈特②，甚至更多地方。你说你傻不傻！有什么关——系呢？叫女佣来，亲爱的。"

"是啊，关系是不大，但像我这样热爱事业的人，这就像一场斗争，打败其他竞争对手，做一笔空前绝后的大买卖，真让人兴奋。但现在的我，十分疲惫。私奔到佛罗里达，或别的地方，如何？"

"说走就走！"

山姆——给弗兰递过来厚重的银镜、牙刷、梳子、粉底以及精致美丽的中国锦缎长袍。弗兰面容愈发青春，心智却更添成熟，她靠坐在床上，开始阅读《泽尼斯倡导者时报》(Zenith Advocate-Times)。弗兰表面看似肤浅，但对时事的点评相当尖锐、毫不浅薄，就像一个满腹经纶、针砭时弊的精明女性。

"哼！傻蛋议员克林根格（Klingenger）居然要反对我们的'游乐场提案'。真想把他脖子拧断！革女会③准备再举行一场露天表演。我一定成不了玛莎·华盛顿（Martha Washington）④，但你可是当乔治（George Washington）的料！你的身上具备他那种令人赞叹的能耐。"

---

① 此处作者故意模仿老年痴呆症患者的用词。——编者注
② 加拿大地名。
③ 全称美国革命女儿会，一群爱国女性于1890年创立的民间组织，旨为延续美国革命精神。
④ 美国第一任总统乔治·华盛顿的夫人。

"我?"山姆从浴室里发出声,"我就是个土包子。到了佛罗里达你就能见识到了。"

"行啊,记得玩投环游戏,我可不会放过你,亲爱的!哼!报上说烛光俱乐部将邀请休·沃波(Hugh Walpole)①做演讲,时间在下个季度。我倒要看看我们的主办方怎么修理他哩。"

山姆不紧不慢地换着衣服。他平时所穿的西装宽大朴素,颜色以棕色、灰色或蓝色居多,式样庄重严谨,但剪裁精良、价格昂贵,领带质地是普通丝绸,配饰除了表链并无珠宝等其他物件。总之,山姆的着装并没有那么花枝招展。纵然他的着装并未吸引他人,但他依然举足轻重,一副领袖做派。他个子高大,胸肌坚实,不苟言笑,嘴角周围略带月牙形的皱纹。尽管如此,他的眼神却慈善和暖。山姆的棕色胡须也稍显斑白,每周他会找高档酒店的高级理发师修剪胡须,以致胡须过于浓密齐整,格外怪异,引人注目,真像门前铺的地毯一般。

山姆家里的马桶一尘不染,如同从未使用过一样。与此同时,家庭各项事务也井然有序。他自然而然地将手伸到硕大的"佛兰德斯"②衣橱中高高垒起的衬衣堆(这些由弗兰亲手在杰明街③订购)里找寻上衣,又去冰凉的衣领筐中找

---

① 休·沃波(1884～1941):生于新西兰的英国小说家,20世纪二三十年代的畅销书作家。自1909年首部小说《木马》发表后,每年出版至少一本书。

② 泛指古代尼德兰南部地区,位于西欧低地西南部、北海沿岸,包括今比利时的东佛兰德省和西佛兰德省、法国的加来海峡省和北方省、荷兰的泽兰省。

③ 伦敦市中心一条特色商业街,因销售男士用品为世人所熟悉,被称为"男人街"。

寻衣领。通常这一切都由室内女佣整理、检查好，一旦有轻微破损，就立即更换。山姆系领带时手法虽不娴熟，但稳当、精细，时间把控恰到好处。日常生活中的山姆做事"科学高效"，管理工厂同样如此。

此刻，床上的弗兰正小口品尝着甜面包，小鸟饮水般啜着咖啡，心不在焉地翻阅报纸。山姆给了弗兰深情一吻，便下楼走进打造着橡树横梁的餐厅。细细浏览了放置在餐厅中的另一份《泽尼斯倡导者时报》和芝加哥当地的报纸后，山姆缓缓转向早餐，并全身心地享受其中：一杯橙汁、一碗麦片粥、一份高脂稀奶油、一份培根、一块玉米蛋糕和一小杯糖浆，最后喝一杯分量是弗兰两倍的咖啡。楼上的弗兰纤细的手轻摇着咖啡，翻阅着同样一份报纸。

早餐期间，山姆并不与女佣说话，但和蔼可亲，是一位容易服侍的主人。得知已订婚的女儿艾米丽参加舞会要迟到了，不会下楼吃早餐，对此山姆并不生气。他乐意聆听艾米丽晨间说的一些八卦消息，但他并不指望孩子能出现在餐桌旁——事实上，他不强求女儿做任何事。儿子布伦特目前是耶鲁大学大三的学生，不久前寄来了一封信，山姆一边读着信，一边难以抑制脸上的微笑。

塞缪尔·杜德伍斯担任美国商会领袖再合适不过，他支持共和党及高额关税政策，当然只要他个人戒酒，且参与圣公会行为不受妨碍，一切则与他无关。山姆是启发汽车公司总裁，也是个百万富翁，尽管还不算大富豪；他宽阔的私邸坐落在泽尼斯城最繁华的地段——里基克雷斯特大街上；他对蚀刻版画略有研究；说话时不常在（不定式）动词前加修饰副词；时不时也欣赏贝多芬的名曲。（据观察）他生产出不少精美绝伦的汽车；他对销售人员说的一番话，耐人寻味；

但他从未激情澎湃地爱过，心灰意冷地失败过，更未在热带海岸惬意独坐、纵情神游过。

要想知道五十岁的塞缪尔·杜德伍斯是怎样的一个人有点难，弄清楚他并非什么样的人恐怕更容易。他和大多数欧洲人和许多美国人所以为的美国商会领袖的形象并不同。他不是巴比特（Babbitt）① 那样的资产阶级市侩，也不像扶轮社②成员，更不是"驼鹿"③，也不是教会执事。他不会对人高声咆哮，不会击打他人的后背；1900 年以来，只参加过六场棒球比赛。他认识，也只认识商界的"巴比特"和棒球迷。

山姆对自由诗和立体主义④艺术毫无兴趣，却偏爱德莱赛(Dreiser)⑤、卡贝尔(Cabell)⑥，以及普鲁斯特(Proust)⑦不少佶屈聱牙的作品。山姆的高尔夫球技术还算不错，但他不常提及自己的分数。他也享受在安大略湖垂钓露营的乐趣，但绝不会选择铁杉树枝铺就的简易床而舍弃家里的松软床垫。

---

① 本书作者辛克莱·刘易斯所著小说《巴比特》的主人公，典型的资产阶级市侩形象。

② 依循国际扶轮的规章所成立的地区性社会团体，以增进职业交流及提供社会服务为宗旨；其特色是每个扶轮社的成员需来自不同的职业，并且在固定的时间及地点每周召开一次例行聚会。

③ 英国人以"elk"（"麋鹿"）称亚洲和欧洲的亚种人，以 "moose"（"驼鹿"）称北美亚种人。

④ 1908 年始于法国。立体主义的艺术家追求碎裂、解析、重新组合的形式，形成分离的画面——以许多组合的碎片形态为艺术家们所要展现的目标。

⑤ 西奥多·德莱塞(1871~1945)：美国现代小说的先驱、现实主义作家之一，代表作有《嘉莉妹妹》和《美国悲剧》。

⑥ 詹姆斯·布朗奇·卡贝尔(1879~1958)：美国奇幻小说家。

⑦ 马赛尔·普鲁斯特(1871~1922)：20 世纪法国最伟大的小说家之一，意识流文学的先驱与大师，代表作品《追忆逝水年华》。

他也是个凡人，却受他人神化；他精力充沛、可靠稳健，像发电机一样工作；他爱喝威士忌，爱打扑克牌，爱吃法式肥鹅肝酱饼；他一度幻想汽车如雷电火球，震慑四方，如同一些闭塞落伍的诗人，对星星和玫瑰充满幻想，期待池塘边仙女下凡一般。

山姆人生中的突发危机压得他喘不过气来，原来启发公司将被尤尼特汽车公司（简称为 U. A. C.）收购。这家实力庞大的公司资产达十亿，已生产七款车型及不少车身外壳。其公司总裁亚力克·吉南斯（Alec Kynance）也在泽尼斯城。今天他们将举行最后一笔股份转让仪式。

山姆本想与 U. A. C. 公司抗衡到底，启发公司毕竟是他二十二年来的心血，他想自己的公司保持独立，立于不败之地。但继任总裁恐怕无力维持现状。U. A. C. 公司会将同等质量的汽车，以更低的售价推向市场，挤垮同类竞争者。如有必要，他们甚至会用一两年的时间亏本出售汽车。尽管如此，U. A. C. 公司需要"启发"品牌，并为此不惜任何代价。U. A. C. 公司的经营者们像一群哥萨克人一样英勇善战，他们不会像对待战俘一样对待山姆，而是把他视作可敬的斗士，以博大的胸怀迎接"启发"这个巨大团队。最终，山姆说服自己，相信 U. A. C. 公司凭借大规模生产，会把"启发"消磨成为廉价汽车品牌。他曾经梦想的"雷电火球"最终会变成标准化生产的"点烟器"，显得不再起眼。当然，对方高昂的收购价格令山姆满意至极。

对此，山姆内心并不好受，但他毕竟受过良好教育。最初进入泽尼斯中学时，他就明白，无论内心多么痛苦，也不能做任何出格的事。

山姆拖着沉重的步伐上楼，发现弗兰兴高采烈、喜上眉梢，依然穿着绸缎长袍。她趴在书桌前，匆匆做着记录："为不同俱乐部的同事提出意见"，"向积极支持的团体秘书下达指令（包括民主学习会、盲人社团、密西西比州种植园工人饮酒数据统计社）"。弗兰对社团内部各个方面十分关注，唯一不在乎社团成立的目的。印第安纳州政客笼络政治对手、招贤纳士，且毫无目的地成立政治机器，其手段还不如弗兰老辣。

山姆踏着沉重的步子走进卧室，弗兰瞪大眼睛看着他，随即说道："请坐。我想跟你说点儿事。"

"哦，天哪，我做错什么了？"山姆顺从地坐在外层包裹着印花布，并配有厚软垫的椅子上。

"山姆！我最近一直在思考这个问题。你和 U. A. C. 公司达成交易之前，我都不想跟你说这事。但我害怕一切结束后，你又转战新的事业。我想去欧洲！"

"这样啊——"

"停！这次可能是我俩唯一的机会，唯一一次可以放松的机会，否则等我俩老了，就不可能有机会畅游各地了。抓住这次机会吧！等我们回来，你有的是机会重新打造新车。唯有身心得到真正的放松，你才能实现新的事业。一次真正的放松！我不想只出游几个月，而是整整一年。"

"真过瘾！"

"是啊，很过瘾吧！你想想！艾米丽下个月就结婚了。她不再需要我们。布伦特在大学里朋友众多，也不需要我们。我可以退出所有恼人的俱乐部活动，推掉其他各种烦心事。那些事务算什么，顶多营造出我日理万机的假象。我算得上一个特别活跃的女人吧，山姆？除了围着泽尼斯转悠，我还想做其他事。想想咱俩能做什么？春天在意大利湖畔漫步！

在蒂罗尔驱车而行！在伦敦待三个月！少女时代之后，我就再也没去过欧洲，而你这辈子都没去过呢。你就好好享受一次吧！相信我，亲爱的！"

"咳，能摆脱这苦差事也挺不错。我想参观劳斯莱斯和奔驰工厂，游览巴黎，登阿尔卑斯山。但行走一年——时间真有点长。我猜辗转于欧洲各个宾馆，我们恐怕会心生厌倦吧。但——我又的确没有其他任何打算。和 U. A. C. 公司之间的交易实在太突然了。我还想去意大利走走。那里山腰上的小镇美景，一定别具一格，古老纯粹。今晚咱们再详谈吧。再会，老婆！"

山姆蹀出房门，摇身一变，像一个纽芬兰老人，显得稳重可靠，外面的事绝不会比心事更加繁复，完全不必操心。司机史密斯开着豪车，载着山姆向城里驶去，山姆直挺挺地坐在后座上，心情不快。

唯有坐在汽车上的时刻，他才能感受到独自一人的轻松。平时，妻子、女儿、儿子、下人、下属、共进午餐和高尔夫球场上的业务友人围绕在他身边；大学时代他是风云人物，周围也是热情的追随者，他有责任成为一名"地道的耶鲁人"——活力四射、彬彬有礼，绝不体味孤独，甚至绝不坐下精心思考。人们为他而来，聚集在他周围，希望听取他的箴言意见。他的经验之谈沉闷而乏味，人们却也希望从他那儿获取物质上和精神上的支持。然而，山姆更喜欢独处，喜欢沉思。每天早晨在汽车里的时刻，让他得偿所愿。

"她说得对，"山姆略微担忧，"最好别让她察觉出她自己说得对，否则我还没来得及拿上酒壶，就被她拽到伦敦去了。但愿——哦，是的，她应该多关心关心我。有时候，我又希望她不要把我的生活打理得井井有条，而是像一只小猫咪，逗我开心就够了。可惜，没必要打赌，她不是这样的人，她就是一条猎犬。有时候，我累了，真盼着她也蜷缩在我身旁，懒洋洋地和我待在一起。可她像水银一样，一旦给水银施压，它只会变得坚实不摧。"

"天哪，这太不公平了。她是完美无缺的'三好太太'，而我却无暇给她足够的爱，都怪这该死的生意。我讨厌这生意。我更愿意坐下来，聊聊天，审视自我。我也讨厌周围的街道。"

山姆的爱车在寒风肆虐的大暴雪中艰难前行，柏油路面结了一层厚厚的冰，汽车开上冰面略微打了个滑，车轮下的积雪旋转纷飞，汽车举步维艰，嘎吱作响。车窗上挂满了霜冻形成的冰花。山姆脱下手套，用手套在窗玻璃上胡乱擦拭出一个小小的透视孔。

汽车缓缓行进在康克林大道上，路边是一排红砖堆砌的老公寓，毫无生气，如今这些公寓已沦落为小旅店、杂货铺、干洗店、正待装修的小铺，以及赫然写着一个字——"吃"——的饭铺，这些门面无论何时都激不起山姆的兴趣。它们在风雪交加中飘摇不定，就像一座座露营时临时搭建的小木屋，苍凉无力，宽阔的大道更把它们映衬得空乏而渺小。街道另一边挂着汽油和香烟的广告牌，铺面是一层楼的木制小棚，夹在老式的黄色砖房之间，在苍白的雪天显得愈发冷漠而阴郁。这片区域毫无景致可言，居住在这儿的人们穷困潦倒、惶惶度日、前途渺渺。

"老天爷啊，我真想赶紧离开这里！地中海和那儿的暖阳一定很宜人，"山姆自言自语道，"快去吧！"

启发汽车公司总部办公区坐落在装潢着巨大玻璃和大理石的高楼上，楼下是法院广场，大楼位于宪法大道以北，对面是新建的普利茅斯国家银行熠熠发光的摩天大厦。公司入口处为行政办公室，内部的装饰像狂妄奢靡的高级酒店里的休息室：会客厅里挂着绸缎和挂毯，以及大急流城①的新气象；办公区安放着一个个面积狭小的办公桌，坐满了忙忙碌碌的打字员、打字员和打字员，以及文员、文员和文员，还有哗啦啦不停响动的纸张；一排独立隔开的办公室就像家具陈列区，里面摆放着如同学校食堂里式样的书桌，不同的办公桌上放置着不同的文件物品，桌子上安装了厚玻璃板，里面奇迹般地没有纸张和此起彼伏的热闹场面。

总裁塞缪尔·杜德伍斯一到公司，犹如首长莅临。"总裁，早上好！"身穿制服的门卫用洪亮的声音向他问好，这门卫是个退休警官。"总裁，早上好！"前台姑娘声音清脆地向他问好，这个貌美如花的姑娘，其男友据说在皮革产业举足轻重、地位颇高。山姆走过座位上的打字员和文员，"总裁，早上好！"他们齐声问好并低下头，如同微风轻拂过的密密麻麻的树叶。山姆随即走进自己的办公室，"总裁，早上好！"他的私人速记员满面春风，向他问候。"总裁，早上好！"私人秘书提高音色呼唤着，这位秘书是一个饱受巨大压力的年轻"奴隶主"。办公室打杂小弟是个戴红色珠子的犹太小伙，就连他也在脱下山姆的外套，并挂起来以防变皱时，故作谄媚地说了声："总裁，早！"

下属的这般奉承，通常会令大人物反感，今天山姆也不例外；下属的这般奉承证明许多人向外传递过重大变故的讯息，这令他愤怒狂躁。他是否又留给布伦特十万美元，怎样？琼斯堡的约翰·B. 琼斯（John B. Johnson）到底有没有接管

---

① 位于美国密歇根州。

当地的"启发"代理点，又怎样？为何成百上千的年轻人就为整天和纸张文件打交道而进入公司，并向总裁卑躬屈膝呢？

"大人物"走近自己的办公桌，戴上眼镜，他收到股票行情报告，态度亲切可人，仿佛一派王者风范。

但"大人物"又转入另一番思考：

"这一切令我疲惫不堪，真该死！赶紧啊，弗兰！一起走吧！一起开启中国之旅！"

尤尼特汽车公司总裁亚力克·吉南斯（Alec Kynance）及其庞大的团队——办公室文员、律师、秘书——已迟到半个小时，还未露面。山姆按捺不住，对速记员说："拉赫曼（Rachman）小姐，放下手里的活，查阅一下桑利①的旅行社信息，立即看看，把所有船运时间表和欧洲旅游信息等等都给我找来，所有，甚至全世界的信息。"

山姆在等待拉赫曼小姐查阅信息的片刻，抓起金属筐里的报纸来看，这是秘书一早就恭恭敬敬地放在玻璃大办公桌上的必备品。几天前，这些细节还极为重要，就像战争中的命令，不可违抗。但如今，既然启发公司已不再属于他——

他于是叹了一口气，漫不经心地翻阅报纸，其中涵盖西北分公司经理挥霍公款的非公开报道，广告公司利用U.A.C.并购"启发"为噱头，大做文章，如同看一场全民欢庆的喜剧。这和山姆有什么关系？他已从帮派头子降为平头百姓了。

山姆第一次承认，就算让他到U.A.C.做第一副总裁，他也不过是个办公室的打杂小弟。自己不敢做任何决定。"他们"起先便已剥夺山姆的荣耀，这可谓他人生中的重大支撑

---

① 位于澳大利亚。

之一，"他们"是谁，山姆一无所知。"他们"不仅仅是亚力克·吉南斯和 U.A.C. 的其他工作人员。"他们"会给予他豪宅、游艇，但"他们"给不了他事业，他真心想拥有的事业。山姆呕心沥血打造出的汽车王国，正与他渐行渐远。身为汽车领域的手艺人，他已毫无尊严；他什么也不是，他也不再是山姆·杜德伍斯，而不过是积极担当、将别人推向事业高峰的始作俑者之一罢了。

山姆不知不觉走到窗户旁。对面风雪中屹立的普利茅斯国家银行宛如大教堂般雄伟；二十层灰色的大楼，高大笔直，直插云端。风雪中雾气蒙蒙，山姆已望不到大楼的顶端。普利茅斯国家银行大楼尊贵大气，却不免残酷冷傲，酷似西伯利亚大草原上遭人遗忘的孤塔，俯视人类一切可敬可爱的辛勤劳动。甚至漠视它面前的山姆的好奇和惊讶！

速记员是个活泼乖巧的小姑娘，她呈上山姆交代的旅游册子，抖落了小呢帽上的残雪，瞪大眼睛望着山姆，依然把他视作大人物，并未忽视他的存在。而山姆拿到小册子，终于松了一口气。他沉浸于册子上印制的各种图片之中：大峡谷巨大无边的石墙，猩红的谷底，类似金字塔黄色的峡谷；阿尔及尔黄褐色的道路，烈焰高照，骆驼低垂着头，当地司机包裹着头巾，并无善意；瑞士圣莫里茨笼罩在群山环抱之中，一个可爱的少女坐着雪橇在雪地上尽情驰骋。戛纳的阳台附近种着无花果树、橡树和四处歪斜的玫瑰，穿过这些植物，眼前是一片金光闪闪的海面，一叶孤帆缓缓飘荡。英国达特姆尔高原上耸立着一座石山，从上往下看，山谷里一块块色彩各异的田野映入眼帘。日本儿童在小寺庙的樱桃林中嬉戏打闹。苏格兰的大运河，因沿岸众多的比萨店和灰粉色、奶油色的公爵府顿显意蕴。不仅如此，还包括拉古萨古老的海岸堤坝，以及巴黎街道上各色各样的景观——小报摊、露骨的广告、随风飘舞的短裙、川流不息的交通，以及为方便人们整天徜徉游赏而提供的小桌椅。

"这次旅行一定不会太差！"山姆想象着，"我想在外逗留几个月。但我不会被弗兰骗到零零散散住着无家可归侨民的里维埃拉，他们是生活的弱者，宛如因神经不正常而住在疗养院一般。哪里能让我体会生活的意义，哪里就是我的目的地。我们要出国，于我而言，让弗兰为生活而活，于弗兰而言，她可以成为这出游记的导演和绝对主角。之后我们再回来，到时候，我会拿回亚力克·吉南斯的主宰权，一刻也不能等！"

"吉南斯先生到了。"秘书通知山姆。

第三章

　　尤尼特汽车公司总裁亚历山大·吉南斯先生是个大忙人，他的脑袋巨大、声音低沉、思维活跃，处事从不前怕狼后怕虎。他酷爱演说，沉迷于皇冠啤酒。吉南斯曾做过铁路工人，后升至监工。他在底特律拥有品相绝佳的酒窖，专门储藏勃艮第①红酒。吉南斯常朝人大吼大叫，于是嗓音沙哑。

　　"都准备好了吗？一切都准备好了吗？"吉南斯朝山姆·杜德伍斯大声吼道，此时双方公司的成群的代表已相继坐定，胳膊肘均放在总经理室里镶金的橡树圆桌上，桌面铺着巨大无比的玻璃镜面。

　　"我——想——应该——是。"山姆拖长声调回答。

---

　　①　处于巴黎南部，勃艮第葡萄酒拥有悠久的历史，早在古罗马时代就已享有盛誉，历久不衰。20世纪，法定产区葡萄酒的概念推出。其目的是明确产品的生产标准和质量，以酿造出世界上最好的葡萄酒之——勃艮第葡萄酒。主要出产黑皮诺、霞多丽等品种的葡萄。

"还有件事我们还未达成协议，"吉南斯说道，"我方决定将'启发'打造成介于铬合金汽车和公路普通车之间的双开门品牌车型，价格在原报价基础上下降三百美元，只卖十一美元五十美分。"

山姆本想反抗。他怎么能把车价压这么低，他自己能造出这么便宜的车吗？但山姆转念一想——降价与否与我何干？"启发"不是他的神，更不是他的信仰！他已打算过自己的生活，和弗兰一起，可爱的弗兰，忠贞的弗兰，而他一直将她囚禁在泽尼斯，从未踏出这里半步！

继续吧！

山姆并未聆听吉南斯依旧保存"启发"品牌口号的理由，他一直痛恨这口号——"'启发'你的爱"。这则广告口号由一位充满活力的阳光的年轻广告策划人创造，他常出入基督教青年会。尽管如此，销售人员都特别喜欢这口号。吉南斯手上打着拍子，口里喃喃："口号朗朗上口——朗朗上口——让人精神抖擞。"一边的山姆却陷入了沉思：

"这些人真闹腾，个个都自带喇叭。我真累啊。"

山姆怀着极度悲痛的心情与 U. A. C. 签订了出售合同，近乎半生的事业就这样结束了，连挽回的机会也没有。山姆与许多同事深情地握手作别，最后办公室里只剩下自己和亚力克·吉南斯。

"咱们来谈谈真正的生意吧，老兄，"吉南斯突然蹦出这句话，毫无预示，"在当今时代，你居然沉溺于垄断全球汽车市场这样的幻想中，凭借一个普通的汽车公司，真不可思议！可是会遭世人耻笑的！与其独自挣扎，不如依仗众多能力不错的伙伴。我们期待你的加入，这是当然。我说话一向不会拐弯抹角，拐弯抹角可不是我的风格。"亚力克·吉南斯一旦有话要说，老天，简直连珠炮，"我把 U. A. C. 第二副总裁的位置留给你，总体而言，负责所有八种车型的生产，其中也包括'启发'。你目前的薪水是六万美元吧，不算股票红利的话?"

"是的。"

"我们给你支付八万五千美元，董事会股份中也有你的一份，几年下来便会上涨到十万。我若遭遇不幸，你有机会接任总裁位置。你的下属是世界上一流的生产工人。你就放轻松，好好考虑拙见。另外，你将有机会制造出真正豪华、配置完备的房车，并为之兴奋不已。房车配有电炉、收音机和一切房屋里应该放置的物件。跟我干吧! 启动资金已经准备好了。不是你想到的这个好点子嘛，将房车运用于暑期流动游学夏令营项目。跟着我干吧! 要是你问我为什么，天哪，我们会抢了所有暑期夏令营的生意，成为一匹真正的黑马——吸引五十万消费者，孩子们只要不参加我们的夏令营，就没夏令营可去! 跟着我干吧! U. A. C. 还将进入飞机生产领域。来吧! 设计出你心仪的飞机。先生，我们为上层人士服务的时刻到了。你打算什么时候来上班? 我猜你会搬到底特律，但也会频繁地回泽尼斯。想立马开始吗? 立马见证我们的计划轰隆隆开工吗?"

"超级房车"是山姆的奇思妙想，虽引人入胜，却不太实际。他想象孩子们参与"流动夏令营"，从缅因州的松树林游历至圣华金①的麦田，去欣赏祖国的壮美风光。但这一策划却被那个一张猥琐琊虾脸的小男人投入运营，这简直是侮辱。真无法接受!

_____

　① 位于美国加利福尼亚州。

"首先，我可能会去旅游，"山姆用怀疑的语气说道，"难道不能实实在在地旅行一年？也许我会奔向欧洲。在那儿逗留三个月左右。"

"欧洲？胡说吧！去那地方可就死定了！那里是女人和长发艺术家的胜地。该死！简直就是拿着美国的贷款去帮欧洲人埋死人！真是艺术！任何一个地方的艺术与欧洲人宣扬的臃肿的米洛维纳斯①相比，都更加光鲜亮丽。天呐，不如去加州兜风，或去墨西哥喝一杯，完事了就回来上班。瞧瞧这儿，杜德伍斯。我的交际习惯就是直截了当。你还有其他什么顾虑吗？我们等不了了。我们已经打造出这车了！还不将这计划对外公开，我忍受不了，给你开出的薪水已相当相当高了。我们就是这样做生意。给我个准信儿，接受还是拒绝？"

"我没讨好过任何一家公司。我已经收到好几个邀请了，但我都拒绝了他们。你的待遇还算合理。"

"行，既然这样，现在就签合同吧。合同已经带过来了。签下你的大名，从现在开始就执行最新的薪资标准，带薪休假一个月！怎么样？"

吉南斯这个小个子男人一直叽叽喳喳，喋喋不休。他将合同甩到总裁办公桌上，连同一支红黑双色钢笔，然后心高气傲地拍拍山姆的肩膀。

山姆愤怒了："我没想清楚以前，不可能把自己给卖了。我会尽快给你答复。也许一周，也许更久。但我想去欧洲放

---

① 因出土于希腊米洛而得名，该大理石雕像创作于公元前130年~公元前100年间，出土时维纳斯女神像手臂断裂。目前藏于法国卢浮宫。

松四个月，没考虑过带薪休假的事。只想自由自在，放松身心。"

"上帝啊，老兄，你以为生活的意义是什么？碌碌无为、虚度光阴？混时间过日子？让我告诉你，我常说这样一句话'生活就是除了一点一点找事来做，别无他物'！你并不疲倦，只是对这偏远落后的小镇失去新鲜感了。去底特律吧，看看我们红红火火的事业！和我们一起坐下来，听听我们向议会陈述的发展规划。工作才是高潮！我明白地告诉你。"吉南斯说这番话时，音调如诵经一般，相当滑稽，"我告诉你，杜德伍斯，于我而言，工作就是信仰。'手不可松开犁，要尽自己的本分'，干一番大事业！想想吧，我们制造汽车，使文明世界一半的人走出低劣的日常生活，走进电影院；让另一半人脱离城镇，亲近自然。美国市场上有两千万汽车！二十多年以后，我们力图使西藏和埃塞俄比亚的年轻人开着 U.A.C. 制造的汽车，在水泥路面奔驰！拿破仑！莎士比亚！他们名垂青史。上帝创造世界后，现在，我们将创造出史上最伟大的奇迹！"

"欧洲？你怎么会愿意在那儿待上四个月？也许你能观赏十个以上艺术博物馆吧？我理解！我去过欧洲！那里的巴黎圣母院仅需要三十分钟就观赏完毕了，同样的时间，我宁愿参观美国当地的流水线工厂。成千上万的工人像钟表一样工作，同那些与他们年龄相仿，灯光昏暗、摇摇欲坠的欧洲教堂相比——"

半小时之后，山姆终于摆脱了吉南斯，他俩居然没争得面红耳赤，但也没签合同。

"我宁愿，"山姆心想，"花六个月时间端坐在菩提树下，听不到'效率'、'干大事'这些词，或者什么比'控制啤酒温度'更重要的事——如果真有如此重要的事。"

山姆早已陷入顽固不化的生活习惯中。大多时间，除却工作和家庭，他冬天都走路去联合俱乐部，夏天开车去高尔夫球场。但今晚，他变得躁动不安。他忍耐不了俱乐部老男孩们的霉臭味。山姆的贴身司机会一直等着他，但在去俱乐部的路上，山姆心中升腾起一股莫名的陌生感。他不知不觉在一家廉价的德国餐厅门前止步。

餐馆里光线暗淡，氛围清净，听不到精力充沛、高贵伟岸的吉南斯在那儿喋喋不休。他坐在铺着油腻腻桌布的餐桌前，抿着咖啡，咬着表面撒着糖霜的咖啡蛋糕。

"我为何要筋疲力尽地给自己挣钱——不，是给吉南斯卖命！他绝不可能从我的手中夺走'房车计划'"！

山姆一直梦想着顶级的房车杰作：里面配置带电炉和电冰箱的厨房，带淋浴喷头的卫生间，带收音机和书桌的客厅，且夜里还可作卧室；另一边或房车后部是一个可折叠的阳台。从森林中任何一栋房子里，就算五十英里开外也能遥望房车主人做饭的场景。

"但驾驶房车的人会破坏大片野地美景，真是愧疚。甚至可以说伤感至极，"他这样认为，"看着吧，我们应有所补偿——"他抬头望了望菜单。"大批量生产这种房车，售价为一千七百美元，卖出所赚取的金额可用于投资旅馆。一人做事一人当！我不会将点子拱手让给吉南斯！他生产出的房车一文不值，舒适度也不高，仅卖一千一百美元。他脑子里盘算的总是我们俩在市场上交手的次数。吉南斯！老天，抢走他的计划，踩在他背上，狠狠踹他！我都五十岁了！真无法忍受！"

"今晚的雪下得真大！"德国餐馆的侍者说着这番话，似乎对四季变换和所有事情都坦然接受。

"是啊。"

山姆简短地回答完毕，又陷入了沉思："总有人不在乎干不干大事。工作不是他的信仰。他的信仰就是烤鹅，意义格外非凡。行吧，走吧，弗兰！之后咱们再回来，开发房车……或许，我就要打一个精细的算盘，市场上何不出现两款房车，一款只配备厨房、卫生间和储藏室，另一款配备客厅，背后连接一个犹如火车车厢间连廊的通道，为四口之家建立一个真实的行宫？我想去游历蒙特卡洛①，此番经历一定像一场喜剧歌舞。"

他满脑子渴望着蒙特卡洛，渴望那里的棕榈树、激情阳光和摩纳哥王子养的珍稀鱼种。回到现实，风雪中的汽车正艰难蠕动，速度越来越慢，如同逆水行舟。此刻正值里基克雷斯特大道的上坡路段，山姆牢牢抓紧已弯曲倾斜的座椅，屏气凝神。终于回到温暖的大宅，山姆独自坐在书房（弗兰去参加"儿童福利桥牌"活动，还未回家），喝着苏打威士忌酒，欣赏着麦绥莱勒②木刻集。山姆一想到家中松软的椅子、壁炉里的木料，以及装点的玫瑰花，顿时安然蜷缩在自己安全的洞穴里。他再次从熟悉的工作、办公室员工、俱乐部及自己的生活习惯，最重要的是从朋友、弗兰和孩子们那里找到久违的踏实感。

山姆对书房心满意足：里面藏书丰富，一部分他已经读

---

① 在地中海之滨、法国的东南方，有一个版图很小的国家摩纳哥公国，世人称之为"赌博之国"、"袖珍之国"、"邮票之国"，蒙特卡洛是摩纳哥最大的城市。

② 法朗士·麦绥莱勒：比利时人，当代最负盛名的版画家，代表作为1925年完成的木刻组画《城市》。

过，包括历史、哲学、旅游和侦探小说。橡树木建造的壁炉上方挂着玛丽·卡萨特（Mary Cassatt）[①] 所画的一幅孩群图，书房里安放着蓝色的长椅，由于弗兰对德国充满挚爱，于是铺着彼得麦式样[②] 的地毯，另外还立着一个外观尤为繁杂精美的玻璃酒柜。

"这里温馨至极！旅馆——真糟糕！好吧，我可能会想念U. A. C.，在欧洲逗留六周或数月后。也许会搬至底特律，但绝不会卖这所房子！在这里我才能找寻内心最真实的愉悦。我还是想回到这里安度余生。一旦我真的发大财，我会尽己所能，让泽尼斯变成第二个底特律。百万居民在此安居乐业。唯独希望这座城市按正确的方向越来越繁荣，成为世界上风景绝佳的都市胜地。我不仅在欧洲游览著名城市，坐享安乐，更要亲自打造一座这样的城市！"

山姆的密友，学生时代的幽默大王，如今继任森特劳国家银行行长的塔布·皮尔逊，也两鬓斑白了。再加上首席专家亨利·哈泽德博士（Dr. Henry Hazzard）、贾奇·特平（Judge Turpin）和罐头大亨维勒（Wheeler）。他们五人每月例行一次，共进晚餐，然后进行扑克大战。身为女主人，弗兰每每参加晚宴，然后自觉消失。

正当山姆换装之时，弗兰匆匆忙忙从慈善桥牌活动现场回到家。她身穿今冬最时髦的灰松鼠皮大衣，如同一只全身洒满雪花的小猫，突然扑向漫天飞舞的树叶。她把外套和帽子扔向候在一旁的女佣，又猛地给山姆一个热吻。她像清新

———————————

① 玛丽·卡萨特（1844～1926）：美国女画家和版画家，一生中大部分时间居住在法国，绘画风格属印象派，善于描绘女人，尤其是反映母子关系的作品。

② 德国19世纪的一种装潢风格，特点为保守稳健。

冷酷的冬风般纯净，而这样一个女子却已是孩子的母亲，而女儿艾米丽也即将嫁作他人妇。

"真无聊啊，桥牌会。我赢了十七块钱。我是一个桥牌小高手哦。我们得快点儿，快到吃饭时间了……露西尔·麦凯尔维（Lucile McKelvey）真没劲，一直说着含混不清的意大利语……她就去意大利旅游过三次，我敢打赌，只要在那儿待三周，我一定比她说得好……赶紧的，亲爱的，我们迟到了！"

"我俩立马就去？"

"去哪儿？"

"欧洲。"

"哦，我不知道。要是你'套上一个诡异的马蹄铁'，一定很滑稽。亲爱的塔布在佛罗里达就说过。"

"可恶，去死吧他！"

他俩走上楼梯，山姆伸手搂着弗兰，弗兰瞬间变得酥软，她朝着山姆灿烂一笑——笑得如此亮堂而自然，如同白色的磁漆一般。就是这柔情似水的一抹微笑，让山姆长达二十年来，因不断地追求她而感到羞愧。她说道："我们得加紧步子了，小乖乖。"随后又殷勤地补充一句："晚上别喝太多。和塔布·皮尔逊喝还过得去，可贾奇·特平太保守了——我知道他不喜欢喝酒。"

弗兰总是语速极快、音色寻常，却能使山姆感到渺小而脆弱，她就是有这么大的本事。有时她不经意间对山姆宽大崭新的外套做一番轻描淡写的评论，却令山姆相形见绌。就连夫妇俩共同出席口辞雄辩的参议员的正式晚宴，弗兰也会嗲声嗲气地提议"求大家谈论些与汽车和股票不相关的话题，就一次而已"，山姆会觉察出自己的愚钝，于是一晚上只能保持缄默。山姆数周努力积攒起来的微小自信，弗兰仅花五秒钟，就可令其灰飞烟灭。事实上，她有着无法比拟的天分，能让山姆意识到自己的不足与弱点。今晚，弗兰同样做到了。她虽以温柔至极、倍加友好的方式待人，却立即引起笨重但乐享扑克牌的埃阿斯（Ajax）对贾奇·特平的怀疑，唯恐听取他的出牌意见。贾奇是一个戴眼镜的小个子男人，他崇拜山姆，遵纪守法，认为与山姆喝酒就是为非作歹。

山姆深感无趣，心怀歉意，待他换了一身装束，瞥见女儿艾米丽，心情终于雨过天晴。

艾米丽虽是山姆的孩子，但也是他的伙伴；他懂得艾米丽的心思，和艾米丽在一起相比和弗兰更亲近。艾米丽有着像男人一样坚强的臂膀，快乐的时候像一只在外溜达，来自老年人家中的小狗。

山姆常走到看护房门前，独自哀泣："大人，白金伍姆（Buckin'um）公爵曾受伤躺在这门口！"

艾米丽和布伦特一边学着父亲哀号，一边偷着乐："别沮丧了，相信我。"而山姆回答："我害怕得要死。"

他们两个孩子答应父亲，陪他游戏人生。相比真挚的小布伦特，艾米丽态度更加坚定。

但过去五年中，艾米丽沉溺于泽尼斯年轻人群体浮躁不堪的生活，心灵变得憔悴。她总是现身舞场、电影发烧友会等场所，夏日炎炎则外出游泳，毫无节制地和许多年轻男性恋爱交往，令人瞠目。这样的生活方式把山姆给弄糊涂了。现如今，刚满二十岁的她打算同万德灵螺丝公司（该公司主要生产螺钉和螺母，公认为泽尼斯最正经做事的企业）副总经理哈利·麦基（Harry McKee）结婚。麦基曾是前网球冠军，一战时期参战，上尉军衔。他今年三十四岁，着装时髦新颖，满口流行语。当下的派对活动和山姆年轻时候相比，数量和形式均已升级，但他却抑制不住内心的惆怅感伤，因为艾米丽和自己轻松欢快交谈的旧时光早已一去不复返了。

山姆下楼监督调酒师为晚餐准备鸡尾酒的情况，艾米丽飞奔而入，像一道炸开的风暴，她对着山姆大喊大叫："啊，山缪，你这个老帅哥！穿着晚宴礼服真像个大公爵！你这个小甜心！真该死，二十分钟后我要去玛丽·埃吉家。"

说完，艾米丽又飞奔上楼，未等山姆回应。此时，山姆站在原地，眼神循着她远去的背影，叹了一口气。

"我得开始全力着手为孤独的六十岁生活早作打算了。"他心里暗下决心。

山姆走出厨房，告诉晚宴男管家准备鸡尾酒事宜，身子微微一颤。交代完后，他很清楚，管家只会按照自己的口味调酒，而且有可能偷喝大部分。

山姆还记得，诸如派对管家这类形式，只会出现在弗兰和自己之间的"私密聚会"中。弗兰想在家里雇一名男管家，一直都想这么做。自然他们也养得起。每个人都知道，不要出现言行过激的情况，以免伤害亲近的爱人、冒犯随意打闹的儿时伙伴——如同主动和人发生口角的人，绝不敢戴上单片眼镜；打算以幽默风格示人的政客，绝不会显得专横跋扈、坦诚直率。即便如此，山姆认定自己若有什么软肋，比如在家中私养男管家，自己便无颜面对塔布·皮尔逊。就这件事来说，弗兰不曾赢过，至今没有。

塔布·皮尔逊——荣耀璀璨的托马斯·小皮尔逊，他是前州议会参议员、温尼马克大学法学名誉博士、森特劳国家银行行长、十二家公司总监、洛林文法学校和泽尼斯艺术学会的资金受托人，也是泽尼斯市城市规划委员会主席。但他依旧如耶鲁学生时代一样，话语中不乏幽默。他和妻子马蒂尔德（昵称"马蒂"）共养育了三个孩子，但这三个孩子既未获得光环般的荣耀，也没能在性格中继承塔布自诩的"天生富有幽默细胞"。

山姆和朋友们坐在书房大桌子旁，挽着袖管，解开衣领，一边打着扑克牌，一边咕噜咕噜地豪饮苏打威士忌酒，空气中弥漫着他们快乐的叹息声。塔布端着杯子，碰了碰贾奇·特平的酒杯，就被冠上走私酒犯的罪名，但特平也依旧欣然享用威士忌酒，和泽尼斯所有人一样。他们停了下来——确切地说，他们不再往杯子里倒满酒，此刻已是深夜十一点，山姆说道："估计过阵子就不能和兄弟们打牌了，弗兰和我要奔赴欧洲旅行了，去六个多月。"于是，塔布来劲儿了，他终于找到机会幽默一番：

"六个月！太阔气了，山姆老兄。回来后你就会操着一口英国腔：'嘿，先森（生），老伙计，能允许我拿出装满莓果的精美罐子吗，亲爱的老朋友？'"

"英国人是那样讲话的？"

"不会啊，但你会！去六个月！哦，别犯傻了！去俩月，你就会迫不及待地回到这穷乡僻壤来，这里才能溜冰和洗澡。"

"你说笑呢吧，我猜，"山姆拖长音调说道，"我就好奇，欧洲难道没有浴缸？"

山姆没有出牌，他打得稳妥有序。手中的牌是方片。这个身躯魁梧的中年男人，嘴里叼着雪茄，手中的纸牌显得渺小无力。但他内心一阵狂怒：

"我所做的，都是别人希望我做的，一辈子如此。物理试验室里遇挫了，进行不下去了，就参加大学橄榄球队。做生意、打高尔夫、做一名合格的共和党人，不都是如此吗？我就是个人肉印钞机！我不玩了！我要离开这儿！"

但他只是喊了一声："呵！又出两张。牌呢？"

第四章

　　扑克大战结束了，山姆打着呵欠，睡眼惺忪地回到卧室时已是凌晨一点多。空寂的卧室，透过浴室的灯光显得昏暗深沉。迷离的灯影笼罩着弗兰床上黄色的丝绸帷幔、宽阔梳妆台上的水晶饰品。弗兰睡前关好窗户，此刻卧室的空气里弥漫着清冷的护肤品和粉的香味，浴室里依旧热气未散，缭绕其中，伴着浴盐怡人的暖香。

　　他渴望着弗兰熟睡呼吸的身体。他越是决心躲避她，反而离她越近，他身体里的欲求在激增，数月以来，这次反应最为强烈。他害怕吵醒她，内心充满罪恶，却做了一件最可恶的事情——重重地将鞋仍在地上——但他自己可不这么认为。

　　弗兰突然醒来，脸上写满诧异。多少次，弗兰只要一翻身，发现身旁的山姆，脸上就会屡屡流露出一副吃惊的表情！她伸手打开床头灯，眼神迷离地望着山姆，似乎没有认出他到底是谁，但身旁的山姆，毕竟总是一副毕恭毕敬的样子。弗兰容颜娇羞，毫无皱纹，宛如一个穿着蕾丝睡袍，脖子上围着白色毛围巾的清纯少女。

山姆重重地躺在她身边，如雪山崩塌。他亲吻了她的肩膀。弗兰忍受着山姆的狂躁激情，却未做出任何反应，只是干脆地回答道："别这样！现在不想！听着，亲爱的，我想和你谈谈。哦，哦……不！我困啦！我努力保持清醒，就为了等你，可还是忍不住睡着了。真可恶！把大椅子拖过来，听我说。"

"你难道不想让我吻你？"

"你为什么总想要？不难受吗？你真笨！你知道你喝多少酒了？哦，我不介意，塔布和你都是社会责任感极强的好公民，但却开怀畅饮，烂醉如泥。我都不介意。你为了自己，哼，纵欲，借着酒劲儿抱着我，难道不恶心吗？"

"你难道不想让我吻你？"

"上帝啊，我亲爱的丈夫，我和你做夫妻不都二十二年了吗？哦，求你了，亲爱的，别这么聒噪！我做了什么伤害你的事吗？我真的感到非常非常抱歉！我是认真的，亲爱的。来吻我吧！"

她吻了他，如蜻蜓点水，也冷若冰霜。完事以后，她立即喋喋不休起来："现在，把椅子拖过来，听着，亲爱的。你还想等到明天吗？"

忽然她的音色变了，学着小宝宝的咿呀语气，嗲声嗲气跟山姆撒娇："很重要的事情！"

于是山姆将高背椅子拖到弗兰床边，文质彬彬地坐下，脚上的漆皮便鞋轻轻地晃来晃去。说话的口气却躁动不安："天哪，你别发嗲，好好说话！"

"哦，别这么大动肝火！现在，我问你——公平吗？我不喜欢威士忌酒的恶臭味，难道你想闻到我口中的臭味吗?"

"不想。但我真没喝多少。但是——不管了。听着，弗兰。我知道你想要什么。我决定了。吉南斯试图说服我，跟我签合同，让我立即上班。但是，我拒绝了。我们去欧洲吧，去四五个月!"

"哦，那事啊。"

山姆很清楚，弗兰古灵精怪，满脑子莫名其妙的鬼点子，她欲望强烈，激情澎湃，无忧无虑。她觉得痛苦，心存不满，这一切都不是山姆希望带给她的。他期待她发火时，她却不温不火。此刻，面对弗兰如此漠不关心，山姆反倒有些惊讶。

"还有比去欧洲更重要的事。瞧瞧我们，山姆。虽然我不想——哦，吻你，真抱歉，我不是那么饥渴。真希望我能，能从你的角度考虑。但事实上，我没能做到。即便这样，我们依然幸福，不是吗？我们的生活多么美好!"

"是的，我们很幸福。那担心——"

"纵使我俩不像戏剧中的男女主角爱得天崩地裂、海枯石烂，但我依然觉得我们的感情真切深厚，旁人无可替代。不是吗?"

顿时，山姆心中的愤怒因为浓浓的爱意而烟消云散。他伸出胳膊轻轻地抚摸弗兰，手指因紧张而微微颤动。"你说得对。我们之间有太多的差异，但我想，我俩的感情有稳固的支撑，不存在任何人插足的空隙。"

"真有某种永恒之物吗，山姆？可靠之物？我俩难道就像街头恶斗中彼此鼓舞、彼此依靠的好伙伴吗?"

"当然有。但什么是——"

"听着，我们人生的第一步已经走完了。我们挣了足够的钱，养育了两个孩子，你的事业已硕果累累，你创造出了无与伦比的汽车。然而，咱们还年轻，比较年轻吧。哦，别就这么安于现状，满足于琐碎生活中的平淡！我们去过新生活吧，全新的生活，别再计较什么责任心了。（我已经找到自己的情郎——如果你觉得还可以轻松维持现有的家庭关系，对大家都好！）别——天哪，真是难以表达，我的意思是，别规定我们会从欧洲回来（你真是善解人意，亲爱的，我还没求你，你就同意了我的计划），我的意思是，干吗规定死我们必须四个月就结束欧洲旅行回来——也许要四年以后呢！反过来说，如果我们不愿继续旅行，也别硬待着，立即坐早班轮船就回来。快——哦，现在就行动！除了去欧洲，咱们脑子里别再想着其他目的地了，赶紧离开这愚昧的老地方，我们想回来就回来，想去哪儿就去哪儿，想什么时候动身，立即就走。也许两个月后，我们还待在里维埃拉①，就打算返程了。四十年以后，我们也许住在爪哇岛上的竹棚里，他人不习惯那里，而我们却对那些人嗤之以鼻！为什么？我甚至想卖掉这栋房子，这样就没有什么可以束缚我们了。"

"你不是开玩笑吧？老天爷，我们不能卖房子！干吗这样做？这可是我们的家！如果没有这个温馨的港湾，待我们回来时，都不知道该干什么！我们一直在这个老房子里生活，无论雷迪奥拉收音机②，还是新安装的车库门，都是我们自己的。我猜我大概仅凭花园里大丽花的乳名，就能认出它们谁是谁！我爱这个住所，和艾米丽、布伦特，和你共同生活的住所。唯独在这里，我们才敢肆无忌惮地生气、摔门，让

---

① 南欧沿地中海一地区。
② 1925年生产的一款电子管收音机。

对方'去死'，将自己最真实的一面全然展现。"

"虽然旧的那个自我还在，但也许我们也在变。你可能——哦，可能依然那么伟岸，那么高大，那么夺人眼球，那么心地善良。除非你刻意保持这样，除非你绝不把自己当作相当古旧、中档价位汽车的附庸，除非你能打破他人认为你人云亦云又趋炎附势的成见，除非你希望获得他人的尊重！世界上有太多伟人——公爵、外交大使、军官上将以及科学家——但我不认为他们的的确确比我俩伟大多少。他们不过受过训练，知晓如何谈论国际时事，而不仅仅局限于就钒原料讨价还价，瞧瞧希波特·比伯（Hibblete Bibble）太太在万圣节派对上如何招待客人。我要成为伟人中的一员！我并不畏惧他们！如果你摒弃追求'简单生活'的幼稚情怀，摒弃世俗美好的崇高道德，力图成为一个大人物，那你真的能达成所愿！别恭顺地称别人'大人'，其实你也像一位大公爵，虽然事实上你只是泽尼斯一个叫山姆·杜德伍斯的小人物！除非你一直告知对方你的身份背景，否则，他人怎么可能知道事实呢……也许等你在国外待久了，学会了大人物们的处事伎俩，便会真的成为大人物……这才是我们要做的，我们要掌控世界，享受旅途快乐之余，我们还有其他事做，决不能因局限于乏味闭塞的泽尼斯，也许直至人生终结，还受到束缚。"

"但卖房子这事——"

"哦，我们不必非那样做，当然，傻瓜——刚开始不用那么做。我只是打个比方，我们应怎样卸下包袱，保持轻松。我们当然不能卖房子。上帝才知道，我们也许六个月后就欢欢喜喜地溜回来了！但千万别做任何打算，这才是我的本意。哦，山姆，我实在不想自己才四十岁，美妙生活就结束了——好吧，已经四十一了，但没人觉得我超过三十五岁甚至是三十三岁。我若无休无止地在这个一切均不完善的小地方参加一些弱智无聊的小活动，生活就真的结束了。我不要这样，如此而已！你如果一定要待着这里，我不拦着，但我要去过丰富新鲜的生活——我有权利过那样的生活，我明白个中道理！难道我在乎明年举行的深入研究营养学或立陶宛艺术的俱乐部活动？管它参与者是人或半人半兽，抑或是一群斑点猫？难道我在乎一群激情四射、身家上百万的青年企业家，组建一支山寨英式马球队？我在英格兰可见过正宗的哩！我们要在这里安顿下来，就只能日复一日、年复一年地重复同样的事。泽尼斯会把我们的一切都消耗殆尽——而这一切唯有纽约和长岛能给予我们。在并不寻常的国度——在欧洲，一个四十岁的女人，正值岁月如花，位高权重的男子会对她报以浓烈的兴趣。而在这儿，同样四十岁的女人，都当祖母了。举止轻佻的年轻女郎会把我视作主教的妻子，神圣不可侵犯。她们认为我老了，对我格外尊重，真是反感。我已经早早地从舞会回到家，而她们才开始尽显'午夜魅惑'——我比她们所有人都跳得好，是啊，都跳得长，没人能赶得上我——"

"就现在，现在！"

"我当然行了！你也行，除非生意不会消耗你一丝一毫的元气！与此同时，我只希望继续年轻个五年十年。年轻就是昙花一现，我不想轻易浪费。你难道不明白吗？不明白吗？我渴望年轻，强烈地渴望！我企盼美好的生活——不，我不是企盼——我需要美好的生活！这就意味着比起规规矩矩，像库克船长一般周游欧洲，还有更重要的事要做！"

"话说回来！弗兰，你是不是想说从泽尼斯搬到巴黎，你的生活，你的一切就都发生改变了，你也能重获新生了？你难道没想过，也许住在巴黎的大多数人过得和这里一样，或许和其他地方也一样？"

"他们不是这样的，即便他们曾经——"

"你期盼着欧洲的什么？源远文化？"

"别！我讨厌'文化'这两个字，我也讨厌说'文化'二字的人！我当然不会刻意去搜集各种各样画家的名字、各种各样汤的名字，然后把它们带回来，四处传播。天哪，欧洲不是那样的！我们可能不会待在那儿。我们想去到哪儿就去哪儿，跟随心的指引。找一处我们愿意安顿下来的地方，融入那里的小社会，别老想着我们务必回来。自由一点就好！哦，我俩若不是两匹生活单调乏味的老马，我会更爱你！"

三周以后，参加完女儿艾米丽的婚礼。杜德伍斯夫妇于二月乘船去往南安普顿①。

山姆沉浸在转手启发公司的事件中，久久不能自拔。弗兰向他抱怨："哦，工作都成为你的心病了！没必要想了，随它去吧！让你的下属走狗们自生自灭吧。亲爱的，我就爱你这点。你自己能学会放松享乐吗？享受一个人的世界，没有公事的打搅？你不会因为我把你拽出来，而怪罪我，对吗？"

山姆回答道："我的上帝啊，就算生活让我去死，我也热爱它——当然，可能真会让我去死！"他喃喃地说，"你已经给了我足够的时间。我花了三十五年才开始放弃生意，重获自由，这一切都太晚了。我是个富有责任感的好公民。我明白生活很现实，生活充满真挚，主宰公司发展就是我生活的目标。待我纵情享乐，任由其腐朽堕落，会变成什么样子呢？"

---

① 英国南部沿海地区。

第五章

　　"创世纪号"轮船，载重三点二万吨，距离驶离纽约港，已四个小时了。深冬，暗黑的海浪不断地翻腾，使得暮色少了份安宁，多了些愤怒。塞缪尔·杜德伍斯终于领略了大海的雄浑，巨型海轮和人类，在大海的面前是多么无力。海水来来回回的翻滚中，山姆迷失了自己，苍穹之间，一片黑暗，只能望见西方海平面上金光闪闪的一道缝隙。山姆只泛舟荡漾过湖面，在纽约坐过渡轮。此刻，站在船帆之后，目睹海浪突然升高，紧逼巨轮，船尾向下坠落，坠落，令人不可思议，几近沉没，山姆感到紧张不安。但他重新变得刚毅，内心强壮而兴奋，不时在甲板上左右晃动。在船上站了一个小时，山姆就感到身体不适。海风灌进了他的胸口，他变得兴致勃勃。唯有现在，回想打包行李时的混乱场面，亲朋为自己送行，自己停留在甲板上，与朋友们依依惜别的场景，山姆终于如释重负。终于要前往，前往陌生而缤纷，激起人们无限遐想的地方，进行未知而尽情冒险的事情了。

他独自哼唱着〔对山姆·杜德伍斯而言，诗人吉卜林（Kipling）创作出这首诗，传递出某种特殊的含义，雪莱（Shelley）或但丁（Dante）却无法做到〕——《吉卜赛之旅》（*The Gipsy Trail*）：

吉卜赛路标引路①，
北方冰山阻航途，
船头浪尖利如斧，
桅杆裹甲盔如故。

吉卜赛路标引路，
夕阳斜沉向西处，
平帆浮动轻随雾，
东渡西渡皆一幕。

吉卜赛路标引路，
沉沉静静于东处，
只闻浪打滩石路，
棕榈静谧风声无。

"自由！"他欢呼道。

他走到舞厅，突然止步不前，停在窗边，记忆中搜寻着第一次吟唱《吉卜赛之旅》时的场景。他的前方是长长的走廊。

应该是这首诗首次谱成歌曲，他就开始唱了。那时的他

————————

① 吉卜赛人在走过的路上放置树叶、青草、石头或树枝等作为路标。

和弗兰比现在贫穷得多。老赫曼·沃尔克借钱给他们做生意。
（突然，不知不觉，寒冷的海面上飘起一阵雪。连舞厅里的灯
光都显得宁静安详！这豪华壮丽的客轮，给了他踏实感，在
他的心中，就像家一般温暖）应该是山姆和弗兰第一次旅行
时，他就开始唱了。那时没有私人司机，高级旅馆里也没有
套房。但山姆整天开着破旧不堪的"启发"汽车，晚上睡在
四处灌风，能闻到泥土芬芳的帐篷里。他们就这样向西
开——向西，迎着落日开了两千英里，直到他们似乎看到朦
胧夕阳下扬起风帆的轮船，以及浩瀚无边的太平洋。他们那
时对自己毫无责任感。他俩一起高声合唱《吉卜赛之旅》，发
誓他们总有一天要同行去远方——

如今，他们不正同行去远方嘛！

山姆心中暗自得意，洋溢着温柔的情愫。他想走下甲板
回到自己的船舱，告诉自己有弗兰陪伴远行是一件多么美妙
的事情。但他突然想到弗兰整理行李时脾气暴躁的样子。毕
竟他俩已结婚二十多年，于是他决定暂时待在甲板上。

他开始细细研究这艘轮船。于他而言，这船就是一台机
器，他所见过最可靠、最引人入胜的机器；这台机器比劳斯
莱斯或德劳内·比勒维尔①汽车更令他心满意足，而后两者，
在他心中已然和委拉斯凯兹②的作品相当。轮船破浪前行，
面对这样威力巨大却能泰然自若的巨轮，甲板延伸出的坚固
轮廓，以及整齐放置的绳索，无不令山姆频频爆发出惊叹声。
看见大副时不时在轮船驾驶舱踱来踱去，山姆对他佩服得五
体投地。山姆暗想在这样一个如同浮在海面上的"钢铁蛋壳"

---

① 法国产豪车，20世纪初最享誉世界的高级汽车之一。
② 委拉斯凯兹（1599～1660）：17世纪巴洛克时期西班牙画家。

般的大家伙上，应该配备光线柔和、明亮华丽的舞厅；安装都铎式壁炉的吸烟室——既稳固亲民，又高贵精致；另外还要有游泳池，池水泛着盈盈绿光，池底是罗马式的支柱。他登上顶层甲板，望着延伸出的舷梯，目光掠过硕大的救生船、如萨克斯管一般巨大的通风机，数个烟囱高耸而立，上面缓缓冒出黑色浓烟，前方矗立着桅杆。他看着这一切，心中远航的激情，此刻终于被点燃。甲板上雪花飘落，寒风凛冽，连灯光都异常冷峻，未来新世界的奇迹和神秘在灯光照射下若隐若现，激起他无限的探索欲求。山姆身体微微颤抖，他竖起衣领，站在无线电收发室门外，想象着电报穿越海面上寂寥寒冷的夜空，传递到遥远平原陆地上温暖而舒适的城镇。

"我在海上！"

他奔下甲板去告诉弗兰——其实他并不清楚到底想告诉弗兰什么，唯独能告诉她客轮上各种完备有趣的事物；他们前方，黑暗的海平面上，能望见通往英格兰的方向。

弗兰一人在船舱中。舱内有铜制的双人床，在一处墙面上，参照法式房间的模式，贴着考究的灰蓝色墙纸。弗兰周围平铺着一堆各种各样的连衣裙，堆放着不同的鞋子、睡衣、科蒂牌①化妆粉、三本珍贵的《生生不息的单身汉》（*The Perennial Bachelor*）② 系列小说、双筒望远镜、信件、电报、糖果。她带着用查尔斯商店包装袋装满的熟透的水果和果酱，轮船上每天只提供分量较少的七餐，这些食物可在饥饿时用来充饥。另外，摆放着山姆的衬衫（他打算每晚换上干净衬

---

① 法国化妆品牌。

② 美国小说家安妮·帕里西（1888～1957）于1925年创作的儿童系列小说。

衫,但事实上却没这么做)和法文小说(弗兰打算每天在甲板上固定时间,偏安一隅,优雅静心地阅读,事实上她也没这么做)。

"烦死了!"弗兰大声抱怨着,"等上岸一安顿下来,我就又要开始整理行李……对了,这是亲爱的艾米丽从加利福尼亚发来的电报。哈利和她似乎正像大多数可怜人一样,享受蜜月呢。"

"把手里的活放一放。我们到甲板上去!我太喜欢这艘船了!真是太——人类唯一一次真正战胜了大自然!我想我该造船的!出来看看吧!"

"你还真是优哉游哉。我也很开心,但我还得收拾呢,你过去点儿——"

这些年来,山姆不常跟弗兰开玩笑。此刻,他将弗兰抱起,弗兰一边大笑一边双腿乱晃。他把她抱在空中,下面是一堆毛衣、网球鞋、浴袍和溜冰鞋,山姆轻吻她,高叫着:"看吧!这就是我们的蜜月旅行!私奔吧!我没有忘记说我仰慕你吧?快跟我上去,一起去看海。轮船周围全是汪洋海水……哦,该死的行李!"

这番话听起来如此强势,但令人内心舒服。山姆只要语气强烈,弗兰就甘愿听命。弗兰放下幸福路途中这番忙忙碌碌的活计,愿意做山姆让她做的事,一切美妙的事。

她提着巴宝莉牌干枯枫叶色的毛皮手包,戴着唱诗班常戴的橘色圆帽,像在秋日棕色的高原上漫步一般。她宛如一名少女,绝看不出女儿已成婚。他们走在甲板上,凡是男性路人均向她伸手,瞥见这一幕,山姆为有这样的太太而自豪。

"要是突然碰见一个熟人,还真是有意思——我想这是我们第一次像恋人般一同外出吧——没有工作打搅我们,没有突发急事唤我们返程。你真是太对了，弗兰——你做了太多——现在我们重获新生！我们要在一起——直到永远！但我要学的东西还很多，这样才能赶上你甚至欧洲的步伐！见鬼了，我怎么突然兴致大发！你还习惯吗？才从牢笼里放出来的人都这样！我可关了二十年！"

　　他们绕着甲板一圈一圈地走。右舷长长的延伸处，肮脏不堪，上面摆放着椅子，铺着皱巴巴的地毯，海水飞溅，乘客的脸立马煞白泛绿，海风胡乱地翻着无人认领的杂志，四处摆放着茶歇时间乘客留下的茶杯，孩子们追着玩具车四处奔跑。他们走到狭窄的船尾过道上，海风猛烈，把他们往后推。船尾往下沉，他们只得向船头攀爬，弯着腰，四肢像灌了铅似的。他们缓缓移动的瞬间，瞄见船上神奇的一幕，只有陆地上才得见的一幕，真像是幻觉。他们向下，朝舱口内窥视——听说这里关着六只巴西美洲狮；继续沿着过道前行，看见甲板尾部令人目眩的舷梯，舵手室也在这里。一道漫长的光束划过夜空。轮船划过的最后一道水纹，向着纽约港的方向慢慢散去。

　　随后，寒风扫过各个角落，突然风向朝上刮，又即刻冲刷冰冷的左舷，万幸的是，甲板上的椅子和目瞪口呆的人们却免于寒风侵袭。海风以时速五英里的速度席卷而来。刮开了吸烟室的舱门，飘出一股恶臭难耐的烟草味，伴着一阵浓郁的啤酒香气，里面传出美国人说话的声音。甲板过道的墙面更像是一个巨大的壁龛——厚重的墙面由钢板打造，镶着一排排铆钉，白色涂料上污迹斑斑——海风又吹开了船员食品储藏间的门，里面堆放着下午刚准备好的一大堆三明治、蛋糕、茶杯和茶壶。主楼梯安装了双层门，一位身着制服的女船员总和一位男船员相互攀谈。透过舞厅围着钢铁边缘的窗户，能瞄见一位郁郁寡欢的年轻女子以及一位年长女性，她们陪伴母亲出国，此时正坐着，无聊地翻阅杂志。宽敞的甲板上，乘客可随意走动。甲板周围是黄色的栏杆和白色的支柱，那里灯光明亮，这光亮可以战胜汹涌的海浪、漆黑的夜晚。甲板上铺着一块块长长的厚木板，之间的缝隙里黑色的沥青闪闪发亮，面对风雪和海浪，它们如绵延不断的音乐声，坚持不息，毫不退缩。

他们继续前进，甲板四处的人们，有的是"勇敢"的航海爱好者，他们透过玻璃窗望着深冬时分的大西洋；有的蜜月夫妇见山姆和弗兰在四周毫无顾忌地漫步，略微害羞，立即放开握紧的手；年龄较大的高贵绅士们不断讨论甲板下方卑微的掌舵船员，这些船员并不知晓，买了船票的乘客正不顾体面地观察自己；船员在防水帆布覆盖的舱口旁，随着手风琴的节拍随意摇摆，冻僵的手指在空中欢快地舞动。

山姆和弗兰又沿着甲板环绕一圈，他们速度极快，似乎在和其他漫步的乘客们进行一场海上马拉松比赛。他们速度越来越快，时不时抄近道前行。速度甚至超过了呼啸的狂风，战胜了渐渐倾斜的甲板。途中，他们遇到一位充满活力、精干纤瘦、独处一隅的女孩，但错过了她……

"这才是步行！是吧，弗兰，但愿我们既不用逃离旅馆，又能在里维埃拉徒步旅行——若真是如此，那太有趣了！我本来以为……亲爱的！"

他们随后遇到一位戴着单片眼镜，穿着粗花呢外套的男人，看起来令人厌恶，但他们并没有错过他。在后来三天的接触中，他们发现，这男子是船上他们认识的人当中最简单纯真、热情友善的一位。

山姆夫妇俩经历了"徒步竞赛"，目睹了轮船上形形色色的同行者，被周围望不着边际的海水包围，像躲在坚固村庄中的善良公民：这些陌生人仅凭面相并不讨巧，他们彼此冷落，但一上了船便越来越讨人喜爱，相互留下深刻的记忆，而回到陆地，即便一辈子，人们也不可能有这样的经历。

原本以为巨轮是他们永恒的家，但也仅仅一周而已。旅途之中的幸福莫过于内心逐渐累积的感性情怀，以此，即便是一周的家也比住了多年的房子更熟悉。他们会记得救生船上星星点点的烟灰，吸烟室里的每一把椅子，餐厅里过道上吃过饭的餐桌。多年以后依然记忆犹新，内心是那么的欢愉。

"我觉得特别舒服。"山姆说道。弗兰也很认同："我也这样觉得。我们很久没有像今天这样漫步了。我们赶紧加快步伐，不能被别人超过。可惜我现在得走了，还得回到'茵纳斯弗利岛'①，将九包毫无用处的行李整理好，哦，我干吗带这么多衣服！晚宴时见，我得换个装，亲爱的！"

之后，山姆首先盛装奔赴晚宴。俩人经过无数次的谈话，弗兰认为上流人士第一次出门赴宴，而不盛装打扮，是迷信的表现。山姆四处溜达，进了吸烟室点了一份自己在船上首杯鸡尾酒，此时的山姆显得容光焕发、一表人才，一副旅游达人模样。没过多久，他便感到孤独，这里到处都是慈眉善目的人们，他们似乎相互熟识。而他除了弗兰，一个人也不认识。

"这可麻烦了。我会格外思念塔布和哈泽德博士，以及其他人，"他嘟囔着，"真希望他们能和我一道旅行啊！那样就再完美不过了。"

---

① 源于叶芝（1865～1939）的诗歌《湖心岛茵纳斯弗利》，暗指与世隔绝的小天地。

山姆寻到壁龛旁的一个半圆形皮沙发，坐下，前面摆放了一个巨大的餐桌。餐厅里人潮涌动，一个身材方正的英国男人突然出现在山姆面前，一股海上潮湿难闻的气味扑鼻而来。他停在山姆的餐桌旁，突然问道："您介意我坐这儿吗？"

这个英国男人娴熟地点了一份鸡尾酒，如同行家一般：

"仔细听好了，服务生。我要放一半布斯杜松子酒①、一半法国苦艾酒、四滴苦橘汁，不要意大利苦艾酒，记住，不要意大利苦艾酒。"鸡尾酒一送来，英国男人就豪饮起来，山姆打心眼儿里不喜欢他。这个人不善言辞，就像一个方形的榆木脑袋，还是雪松木颜色的榆木脑袋。"像阎王爷一般的冷傲，我绝不会和他成为朋友，可能要彼此了解十年才行。哼，他不必操心！我根本没打算和他说话！英国人怎么就能让人抬不起头、自惭形秽，要是领带打得不好，英国人更是看都懒得看你！真令人好奇！哼，他——"

这个英国男人开口说话，语言简洁：

"这个季节就是这样，正值二月啊。"

"是吗？我真不是很清楚。之前从未体会过。"

"当真？"

"你经常坐船？"

"嗯，大概有二十次了吧。最近和英国战事代表团参加了一次会谈。他们总是拉着我来来回回坐船。我叫洛基特（Lockert）。日前，我在英属圭亚那种植可可。那儿可真热！你会待在伦敦吗？"

"我想可能会待上一阵。我的旅程漫无日的呢。"

山姆具备美国人的念旧天性，容易与人打成一片，也愿

---

① 产自英国。

意告诉对方自己的成就。这么做绝非炫耀，而是让对方明白自己是值得结交的良友。

"我一直做汽车生意，生产'启发'牌汽车。但现在没做了，我想去游历世界，长长见识。我叫杜德伍斯。"

"见到你很高兴。"跟大多数欧洲人一样，洛基特认为美国各个阶层的人群见面也说"见到你很高兴"，于是他希望得到山姆同样的回应。"'启发'？的确是好车。我在肯特郡①有一辆。我表兄——一回英国我就和他同住——是一位退役军官，上将军衔，他已经老了，但精神头很足。他格外迷恋汽车。常常开着噪声极大的老式摩托，一路大叫——任由胡子和头发在清晨的微风中随风飘动，所到之处，搅得鹅群四处逃窜，惹得副牧师一肚子怨气。他尤为崇拜美国人——连我自己也是这样，唯独结冰的水面吓得我够呛。再来一杯鸡尾酒？"

短短二十分钟的谈话，山姆和克莱德·洛基特少校从过高的"工人流动率"、夜间行车开着强光灯令人眩晕眼花，讨论到高尔夫球员波比·琼斯（Bobby Jones），他们自认为是世界公民，观点一致，真是志同道合。

"我还将会遇到不少人，我酷爱这艘轮船。今天真是我人生中最重要的一天——仅次于我结婚那天，实话实说。"山姆兴高采烈地盯着克莱德。此时，第二次用膳铃响彻客轮，海浪歇斯底里地怒吼咆哮。山姆起身走出餐厅，决定叫弗兰暂时放下手中纷繁的活计，一同赴宴。

船舱里刚收到一封还未拆开的电报，原来是塔布·皮尔逊发来的：

"旅途顺利，至伦敦立见吾侄美大使杰克·斯塔林（Jack

---

① 位于英格兰。

Starling)，乔治安公寓，勿循规蹈矩，安。塔布。"

他期盼将洛基特少校引见给弗兰。

山姆在走廊上随意行走时遇见个人，便自豪地将他介绍给弗兰，却绝猜不透她对这些人的态度。山姆视作气度非凡、健谈热情的生意人，弗兰却常常与其无话可说；山姆视作彬彬有礼的欧洲来客，弗兰却可能质疑其身份；山姆忐忑不安，怀疑"金玉其外，败絮其中"，不知是否要介绍给弗兰的人，相反，弗兰却与之相谈甚欢。弗兰内心深处只把他们的屋子当作山姆和所有那些来客的避难所，于是她不会对这些人发表任何看法。若对来访客人忍无可忍，她便苦苦哀求道："我现在就上楼休息了——有些头疼，您不介意吧。"她的这番毫无掩饰的热情和友善，只能自欺欺人，客人却心知肚明，对她的行为反倒有些不寒而栗。

她会反感洛基特吗？

晚餐过后，杜德伍斯夫妇正坐在舞厅里品着咖啡。宽阔的舞池里，人们已然开始翩翩起舞。洛基特款款走来。

"洛基特先生——这是我太太。"山姆低语道。

对于山姆含糊不清的邀请，洛基特弯下腰，准备坐下，以示回应。此时，山姆注意到洛基特浅蓝色的眼睛里突然放光，向弗兰示意，以求获得同意。弗兰青春貌美，皮肤白皙，身材纤细，恐怕只有她能穿上这么紧身的束腰长裙了。

山姆吸着雪茄重新坐回自己的座位，让他俩畅谈。山姆明白，一次成功的谈话虽然往往不能展示自己的睿智，却能取悦弗兰，让她不再流露出一丝一毫浅浅的不快。

"您在美国待的时间很长吗，洛基特先生？"

"这段时间没有。我一直住在英属圭亚那——搞种植业——你的无苏打威士忌酒，我总能看到走廊上一个卑鄙的男人赖在你的座位旁——真是无赖，满身条纹，英武但友善——而我对此不太习惯。"

洛基特和弗兰说话的语气，并不像和山姆那样故作友善，也不像大多数泽尼斯男人那样对所有女人表现出乏味空洞的责任感，当然除十八九岁的黄毛丫头之外。洛基特将注意力全放在魅力四射的女人身上，他渴望这样的女人，真真切切需要这样的女人。他奉承弗兰，意图激怒她，弗兰反而害羞起来。弗兰第一眼看见洛基特，就对他尊重有加，万万不敢怠慢。

"山姆又开始和一个同样沉闷的商人聊开了，他总是这样。"此刻，弗兰的眼里只有洛基特，他甚至忘了山姆，语气稚嫩地小声低语道，"天呐，听你这样一说，真可怕。但也挺刺激的不是吗？我想我应该会欣然接受这种无赖，也说不定哦！我真是受够了单调、沉闷、安定的美国城市，在那里，没有比在椅子上发现一份晨报更令人怦然心动的事了。我想去寻觅坏人！"

"你打算往东走吗？"

"不知道。说不定是个好主意！除了伦敦，其他地方没打算停留。"

"你会在伦敦逗留些日子？"

"是的，但愿那里没多少美国人。为何旅途中的美国人都如此可怕呢？看看那些坐在二等桌的怪物们——哦，不，仅仅坐在餐厅中心以外——离我们很远，戴着角质架眼镜的一群人，他们一定又在谈论柯立芝（Coolidge）总统①或禁令；

——————

① 柯立芝（1872～1933）：美国第30任总统，1923年至1929年在位。他极力保护工商业并鼓励投机买卖，造成了20世纪20年代股票市场的繁荣，但随之引发了经济崩溃

或者勤劳的母亲穿着手工自制的工装自谋出路，真是太可怕了；又或者声音如锉刀一般的女儿。为什么会这样？"

"为什么偏偏是美国人，如此优秀的群体，却比英国人更加趋炎附势？"

弗兰激动地喘着气，山姆等待着意外的神奇的事情发生，可终究未能等到。而洛基特心态平和，惬意自如。弗兰奇迹般地屈服于洛基特，困惑不解地问道："我们？真的？"

"真恐怖！我知道世上只有两类人憎恨他们的种族——或称群落或民族，你愿意怎么称呼都行——他们靠旅行来逃避自己的族群，他们从不提自己的族群，只咒骂它，他们不愿成为自己族内的一员。这两类人，一类是美国人，另一类是犹太人！"

"哦，别逗了，真可笑！我倒是感到很自豪——不！应该说有时觉得自豪。你说得对。为何会这样？"

"我猜，也许是你的追求者们都往另一极端方向去了的缘故吧，他们都去高谈阔论'上帝之城'了。"

"我可没这么说。"

"没有吗？至少说过'世界上最伟大的国家'、'我们赢得战争'之类的吧。你马不停蹄地周游世界，具备麋鹿的习性——像你这样的人憎恶归属感。而英国人，在我看来，具备你所说的，'会占你便宜'的特性——"

"我可从来没这么说过！"

"——但话说回来，我们都是世界上最尊贵且最正直的人。若是任何人或任何国家充满勇气，具备伟大的自我意志，且长长久久屹立不倒，那么人们终有一天会欣然接受。哦，英国人相比美国人，从本质上来说，更加不可理喻。"

"别再这么喋喋不休了。"弗兰心里默默地说道。

山姆其实并不清楚自己是否喜欢这番讨论。

"也许事实并非如此，"洛基特说，"英国人只要遇到周围比蚊子声音稍稍大点儿，口里就念念有词：'别吵了，我亲爱的伙伴们——！'表面上这噪音只波及三英尺的范围，但在英国人心里，这声音响彻云霄！我听到你的那番抱怨了，原来我也成了英国怪人。我和我的表兄一同住在肯特郡。即使我的表兄——我曾对你丈夫提到过他——沉醉于汽车世界不能自拔，但他对我却很宽容，常常友善地指出我的过错——他是一个备受尊重的老人——人人尊称他'赫恩顿将军'。"

"赫恩顿将军，是个勋爵？祖籍意大利吗？"弗兰问道。

"是啊。你知道，我那高高在上的曾祖父因种植棉花而干出一番大事业，因此被授予贵族头衔。"

"你一定感到特别自豪吧！可你还故作谦虚。你应该像美国人那样高调，承认你的表兄就是贵族。这不是废话吗——我的意思是——瞧我净说这些没用的，英国人恐怕以为只有美国人对于头衔才格外珍惜。你不用称呼表兄'勋爵'，心里一定挺舒服的吧——"

"任何魅力无边的美国女人都不会叫他'勋爵'！"

对于洛基特鲁莽无礼的回答，弗兰无所适从。她似乎挺享受这份无礼的对待，她应和着："是啊，也许吧"。随后二人相视而笑。

"不过说真的，"洛基特安慰道，"你只要在英国住上一年，一定比我还像英国人。我常到访南美、科罗拉多和锡兰①，我简直就像个流浪汉，一只丛林里四处乱窜的地鼠。"

"你真觉得——我会成为一个英国人？"她问得如此直白，

———————

① 现斯里兰卡。

毫无防备，要换作以前一定更含蓄些。

"嘘……我说，能请你跳支舞吗?"

洛基特，身材方正而魁梧——他看起来稳健、死板，不如他挚爱的络腮胡看起来讨人喜欢——但跳起舞来却格外放松。山姆重重地坐在椅子上，望着跳舞的两人。

"她能找到陪她玩乐的人，真好。"他自我安慰道。

船上三日，弗兰找到了不少男士"陪她玩乐"，他们跳舞，他们讨论，他们甚至在甲板上跑步。但洛基特陪伴她的次数最多，他就像她的守护神一般，环视着她周围一个又一个"新欢"，但从不耻于对他们评头论足。对他这番举动，弗兰又无助又气愤，而洛基特见状便向她道歉，向她献殷勤，态度并不诚恳。弗兰也享受于和他拌嘴，甚至好几个小时也不嫌累，而后俩人穿着睡袍站在甲板上，互相依偎。洛基特和弗兰察觉到两人都沉迷于养狗时，他们开始研究长毛小猎狗。弗兰又把他们的研究结果讲给山姆听，山姆听着听着，感觉弗兰更像自己聪明的女儿。

轮船上的短短时光，弗兰和洛基特的感情越来越深厚，弗兰也变得比这些年来更加迷人。日复一日，弗兰本已与山姆这样的商人愈加随意，也愈加合拍，两人的感情却突然陷入令人惊讶、未曾预料的旋涡之中。

第六章

这是"创世纪"号上的最后一日——明天中午他们会如期抵达南安普顿港——所有如圣诞节前夕一般的兴奋，所有的预想，所有的欢笑终会结束。晚餐时间未到，杜德伍斯夫妇来到吸烟室，点了两杯鸡尾酒。此时，两人受到不少乘客的礼遇，也吸引了坐在餐厅中心圆桌旁的洛基特的注意力，他可是此趟旅途中不可或缺的"调味剂"。

真是一群友好的人啊！山姆满心赞叹。和他们在一起旅行让人惬意，包括沉闷但好辩的英国冒险家洛基特；来自丹佛，乐观而粗俗的小个子犹太军火商，他可是船上最聪明的人；钢琴家雷琴茨斯基（Lechintsky）；美军驻君士坦丁堡的军官，恩德斯雷（Endersley）上校；皮肤光滑的电影演员莎莉·欧里瑞（Sally O'Leary），她的本名叫格温多琳·阿克瓦（Gwendolyn Alcovar）；为人友善、敏于思考的亚述史学家，老教授狄金斯（Deakins）；挪威飞行员马克斯·里斯塔德

(Max Ristad)；以及纽约银行家皮尔斯·帕蒂逊（Pierce Pattison）。

"快过来，你们迟到啦!"

"坐这儿来，这儿还有空位!"

"我们好想你们呐!"

他们热情邀请的话语此起彼伏。这些人像大学同窗重逢一般热情友好，彼此之间未存嫉妒，唯有平等相待。

犹太军火商讲了两则趣闻轶事（本质上与其种族特性相关），随后他们成群结队走进餐厅。

船长在"创世纪"号航行的最后一晚请所有乘客共享"最后的晚餐"，气氛格外隆重：晚餐会的主色调装点为红色，船员们统一着红色猎装。乘客们可随意品尝香槟，酒钱可算在船票里了。航程不过短短的一周，但平静而愉悦，即便是戒酒之人也满脸堆笑，也意图与同行的人们记住这难忘的缘分。每一桌都在举杯惜别，西雅图阔绰的合同商喝醉了酒，总做些出格的事，向人抛洒糖果，可今晚没人在意他的这份"善意之举"。瓦·莫蒂克伯爵夫人（Val Montique）生于芝加哥，拥有九百万美元资产、两个大庄园、一个形同虚设的丈夫。伯爵先生通常一年出海两次。伯爵夫人高贵典雅，无人敢亲近，她唯一的朋友就是自己的仆人。今晚，伯爵夫人有所转变，有人路过她的餐桌，她便微笑示意。老船长的胡子如同一把小扫帚，他走向餐厅每个人，拍着他们的肩膀，一边问一边偷着乐，"你和老爸一起坐船吗，嗯"?

对丁周遭的一切，山姆心中又微微泛出一丝感伤情怀。他并没醉，这点可以肯定，但他毕竟喝了两杯鸡尾酒、半瓶香槟和一两杯白兰地，人变得松懈，不再像惯常的警觉他人和外物，而把注意力都放在自己身上。起先，山姆看到别人快乐，自己也深受感染而变得兴奋不已；随后，他开始可怜这些无忧无虑的人，而他不会因这些人疏忽了其工作、家庭和学业中的重要的事而怒发冲冠；相反，随他们去吧，随他们享受这友好的氛围。在山姆眼里，这些人就像孩子，此刻嬉戏打闹，但很快就会被疲倦的父母带走了。他感到这个世界是那么的可悲。轮船服务生们在航程中异常重要，他们光鲜亮丽，引人注目，山姆却想为他们表面的炫丽而恸哭。就是这群人自始至终端着一大盘一大盘晶莹剔透的冰淇淋，真是无聊透顶。来自小市镇的新娘此时酒醉癫狂、形象凌乱，早已将精致美好的蜜月旅行抛到九霄云外，更别提宁静安详的海面风光了。山姆也想为她恸哭。弗兰盼望有朝一日能再次邂逅一位英俊少年，这般想法同样可悲可叹。

一瞬间，山姆表现得尽可能不那么多愁善感，这个身材高大、稳重踏实的男人所坚持的是孜孜不倦、奋勇向前。

船上最后一场舞会声势浩大，右舷甲板上挂着日式灯笼，奇迹般地让人联想到多年前，肯尼波斯轻舟俱乐部里的阳台景观，那时，山姆寻觅到了弗兰。但他从未向她谈起过此事。不是不想，而是不能。他曾说过："我爱慕你！你穿上金色配象牙色的长裙貌若天仙。"但事实上，他已经没有机会再说这番甜言蜜语了。轮船上，没有哪位年轻女士的舞伴比弗兰还多，她们也没有弗兰那般娴熟的舞技。洛基特几乎总是独占弗兰，并向山姆保证："我想请你们夫妇到霍恩顿将军府上共度周末，如果你们愿意前往，我也乐意带你们游览伦敦。而后在梅宝尼克拉里奇酒店①共进晚餐。"

山姆不敢打包票洛基特会说到做到；他怀疑洛基特和陌

---

① 伦敦一座五星级豪华酒店，被认为是"白金汉宫的附属建筑"。

生人熟识得有多快，也就会遗忘他们得有多快；但洛基特的承诺给了山姆一丝对英国的归属感。事实上，美国驻英大使馆有皮尔逊的侄子，当然还有启发汽车公司伦敦分公司经理赫德。山姆不会孤单！

有人怂恿山姆邀请电影女皇莎莉·欧里瑞跳支舞，她以性感女星身份著称。

"我真不擅长这种事。"他喃喃地说。此时，轮船随着节拍舞动，人们舞步愈发热烈狂热。"我应该和这种年轻女人跳跳舞。"

"别犯傻了！你是个忠诚的爱侣。你是一个堂堂男儿，和舞场上吃软饭的男人不同，我这用词不知道算不算过分。你若没有那么俏丽的妻子，我可能会把头靠在你性感坚实的胸口，约你外出奔赴好莱坞，挑上两三个美容院里英俊潇洒的按摩小弟专门伺候我！"

山姆愿意相信这是莎莉的心里话。他那敏感细腻的心思，对孤寂世界的愤懑，在这喧闹的环境中随风飘逝。和弗兰跳舞，她总是尽责地指出山姆是多么粗俗，而山姆只会一笑而过。弗兰总是具备一种高高在上的优越感，对山姆的笨拙评论得恰到好处，她将自己的丈夫和舞步灵活的男伴相提并论，语气极为微妙，观点一针见血。但今晚，他却不停地自嘲："我很高兴，居然没被你的职责逼疯，我可没带什么护身符！"山姆拎着她再次旋转起来，动作并不温柔；在长长的甲板上不停滑动，别提多得意了，随后牵着弗兰跳回自己的座位上。

弗兰提醒山姆，他们杯子里没酒了，山姆于是快乐地走进吸烟室，只见一桌自由自在、毫无顾忌地酒鬼们跟他打招呼，"坐这儿来！"

这些人都对山姆充满好感！他像个大人物！山姆担任启

发公司总裁时受人尊重，他本人其实无论在何地，都令人刮目相看。

他坐下来，一会儿又一桌接着一桌四处晃荡，和所有人都友好地打招呼……周围的人群变得有些恍恍惚惚……但他们是山姆接触过的最佳伙伴，包括船上每一个人，甚至所有人……但他最好集中注意力；他有些飘飘然了……但他们的确是一群再好不过的好哥们儿。

山姆决定走出吸烟室，登上甲板，让头脑变清醒，但步履蹒跚。他站在那儿，迈不开腿，一动也不动。浮躁的内心变得平静，他的脑子高度集中，思绪清晰，陷入沉思。

地平线是一道光线，如此安宁，这么多日随着海水晃动、轮船摇摆，远方那静态的光，不就是陆地嘛！山姆等待着，心中越来越坚定自己的猜想。真是！一座灯塔屹立前方，零零星星闪着光。他们成功了，他们完成了冒险旅程，穿过黑暗无光、浩渺无垠、寂寞荒芜的海洋，他们终于找到了前方的路，去英国的路，终于可以回家了。山姆不曾知道（也绝不可能知道）这道光亮来自毕晓普岩①，还是英国本土。但他尽情想象，朝英国所在的北方，眺望阴暗而未知的远方。祖国母亲，英国！那里是祖先生活的家园，那里有美国人从小尊崇的国王，真正的皇权统治者——查尔斯一世（Charles Ⅰ）、亨利八世（Henry Ⅷ）、维多利亚女王（Victoria），他们和法兰西或德意志的统治者完全不同。对于心智从未成熟的山姆·杜德伍斯而言，故土依旧，狮心王理查一世（Rich-

①　位于锡利群岛最西端，是世界上最小的有建筑物岛屿，该岛屿仅有一座 49 米高的灯塔。

ard Ⅰ of England)① 依然统治着英国，马不停蹄地拯救艾凡赫（Ivanhoe）②；奥利弗·特威斯特（Oliver Twist）③ 仍然在罪恶的伦敦街巷里困顿挣扎；约翰·法尔斯塔夫（Falstaff）④ 挺着肥大的肚囊，哈哈大笑，亵渎王权；爱德华·庞德雷沃（Ponderevo）叔叔肆意吹嘘假药托诺—邦盖⑤，扰乱市场；裘德（Jude）⑥ 在黄昏下的旷野中徘徊迷离；老乔里恩（Old Jolyon）⑦ 眼神泰然，静静端坐。祖国的这一切，在漫漫人生长河中永垂不朽。而山姆的亲人——大多早已断了联系，但与威尔特郡和达拉谟的远方表亲还有往来。只要坐电动船行驶半个小时，就能到达亲戚那儿！也许在他们居住的地方有市镇吧——山姆在《笨拙》画报和伦敦图片新闻上，小时候也从克鲁克香克⑧画的绘本上看见过那些市镇景观。

---

① 理查一世（1157～1199）：是一位戎马一生的国王，因此有"狮心王"的别称。

② 英国作家瓦尔特·司各特（1771～1832）：最出名的小说，也是其描写中世纪生活的历史小说中最优秀的一部。

③ 英国作家查斯·狄更斯于 1838 年出版的写实小说《雾都孤儿》中的主人公。

④ 莎士比亚《温莎的风流娘儿们》中的人物。

⑤ 英国作家威尔斯（1866～1946）创作的社会问题小说中的叔叔一角。

⑥ 英国作家托马斯·哈代（1840～1928）创作的小说《无名的裘德》中的男主角。

⑦ 英国小说家约翰·高尔斯华绥（1867～1933）的《福尔赛世家》三部曲之一《有产业的人》中的大房父亲。

⑧ 乔治·克鲁克香克（1792～1878）：英国画家、漫画家、插图画家，以画政治讽刺连环漫画开始绘画生涯，后为时事书刊和儿童读物创作插图。

海边小镇的建筑均呈新月形，十分低矮，某个酒馆的门面包了一层黄铜，这里四处都是乡野之地，佣人推着小车在高地和田野间缓缓前行。那里的高山自白垩时期便屹立于此，四围都是罗马式建筑。一个书呆子模样的教区牧师和一个已卸任的白胡子总督在山坡上吃力地行走。这位前任总督曾管理着周围的丛林、居住在此的王公贵族以及废弃的神殿，那里能听到孔雀的怪叫声。

祖国母亲，英国！家乡！

山姆一溜烟奔向弗兰。他想把这大发现告诉弗兰。他明白什么时候该陪伴在弗兰身旁，但又不能扰乱自己的兴致。此时洛基特和弗兰离开跳舞的人群，站在远处，山姆的突然出现，打破了他们独处的时光。山姆一把抓住妻子的肩膀，低声细语地说："前面有灯光！我们到那儿去！快到甲板上来。哦，该死，别穿外套了！就看一两秒钟！"

他坚持要带弗兰走，和她上甲板，但好心的少校洛基特却紧随其后。山姆紧挨着救生艇，搂着弗兰，将外套披在她身上。他们盯着即将迎接他们，转瞬即逝的灯光。

这里只有他们夫妇俩，他们你侬我侬，缠绵悱恻，但也只温存了五分钟。原来，洛基特走过来了。他冷淡地胡言乱语，说什么山姆和弗兰可能会感冒，他俩在肯特会找到一个难能可贵的小镇，杜德伍斯绝不会在同一家制鞋店同时订制便鞋和马靴，一定不会犯这样的错误，诸如此类。

山姆夫妇俩想象着伦敦空气中的味道，里面糅合着雾气蒙蒙的潮湿味、煤烟味和炭火味，但有一点可以确信，那里比起春日的山坡或秋日甜蜜的夜晚，更令人沉醉，那里让人追忆厚重的历史，让人活在飞旋的世界中。那种无与伦比的味道，吸引都市里忧郁大亨的气息，飘至中途南汉普顿，喜迎远方的游客。人们在奥里诺科河①腐烂的恶臭中，在芝加哥南部油腻腻的烟雾中，在艾伯塔②麦田尘土飞扬、蝗虫声声的热气中苦苦寻觅这般味道。山姆狠命地嗅着，不停地嗅着空气。突然，他脑子里闪现出一个奇怪的念头，英国火车被划分成一个又一个车厢，为什么不像汽车那样改成一个完整的车厢呢？长长的甬道里，人们可以观赏到美妙的景致，例如瞥见脚踝、乘客翻阅的杂志、各种旋钮和办公室文员的衣领，甚至令旅行徒生趣味的所有细节。

奇怪的是，座位后所见的是像图画框里的风景，门边的把手上的刺绣图案，摸起来异常粗糙，里层的皮料却光滑冰凉。更有甚者，这些座位相比美国普式卧车硬邦邦的凳子更软、更舒服。二月初春，阳光明媚，空气湿润，车窗外的景色充满着一片新绿，田野里不再有皑皑的积雪；柳树挥舞着像是修剪过的新芽，一半由木料修建的小屋，房顶上铺着杂草——这就是英国的美景！英国！

和大多数从未出国旅游的人一样，山姆内心也绝不相信书中所展现的"异国风光"真实存在；那里人们的生活环境，真的与泽尼斯城镇人的前花园大不相同；欧洲什么都有，除此以外还有像维纳斯山③那般美妙的神话仙境。一旦发现美景真实存在，他一定激情澎湃，竭尽全力把它们牢牢握在手里。这么多年来，他就是这般勤苦投入地生产汽车。

① 南美洲重要河流。发源于委内瑞拉与巴西交界。
② 位于加拿大，落基山贯穿该省。
③ 位于德国中部。

第七章

　　乘坐红色大型双层公交车，领略泰晤士河边威斯敏斯特大教堂塔顶，一览卡尔顿阳台①灰色的高楼都没有让山姆愉悦。反而是下午送牛奶的小车让他心生快乐，感觉自己真实地活在伦敦。这个不起眼的小牛奶车，由一头小驴拉着前来；上面一个铜制大桶里装满牛奶，而不是整整齐齐装满瓶装牛奶的小货车。

　　"这还真是复古啊！"山姆坐在出租车里，望着这一切喃喃地说，内心无比满足。

　　杜德伍斯夫妇计划住在伯克利酒店②，他走到前台，假装自己地位崇高、性情冷漠，一副游客模样，潇洒地说："我想订一个套房。"

---

　　①　位于伦敦威斯敏斯特城圣·詹姆斯大街。
　　②　地处伦敦骑士桥地区，具有浓郁的英国风格。

服务员回应道："很抱歉，先生——客满。"

"但我们发过电报预订的！"弗兰厉声质问。

"我想想，我忘记发电报了。"山姆十分抱歉地看着服务员，也向生气的宝贝弗兰道歉。弗兰的呼吸突然急促起来，怒气不打一处来，但在公众场合，她从不发作。

"您可以去沙威酒店或里兹大饭店问问，先生——过皮卡迪利大街就到。"服务员向他们提议。

随后，他俩折回停在一旁载着行李的出租车，心情不太痛快。坐进车内，弗兰开口了，一阵喋喋不休：

"我以为你可能记得发电报订房间，你出国又没别的事可干——除了喝酒！我可收拾了所有的行李——山姆，你以为不把一点点心思偶尔放在我身上，把住宿和旅行的所有事情统统都抛给我，就不会打乱你的思绪，不会耽误你的大生意了吗？我不觉得你做得妥帖！过了海关以后我觉得很累——"

"不。这都是你秘书做的。我想，恐怕你不会放一万个心让我做这些事，我亲爱的老公！"

"该死！我以为你买到欧洲的票！我以为你揣着我们的护照——"

在去往里兹大饭店路上的这一幕在所有家庭都会爆发，但当弗兰听说里兹也客满，只有第二天才能腾出套房时，忍无可忍，怒气升级，终于爆发。今晚，弗兰只得在带浴室的标间委屈一晚了。

"我猜，"她咆哮道，"我可能会把伦敦所有的时间都耗在打包行李、整理行李、搬家、整理行李、打包行李……无限的循环之中！房间太糟糕了！哦，我想你大概还记得——"

山姆宽大的脸上，笑容不见了。他用力拉着妻子的手臂，把她弄得生疼，低声呵斥道："现在只能这样！你不该觉得愧疼吗？我从来不让你住这种档次的房间，但你居然这么挑剔！你居然讨厌这房间！我们从没住过比这更好的客房了，况且明天我们就能搬进套房。今晚你不用整理行李，只把牙刷拿出来就够了——我们今晚晚餐时不用盛装打扮。没能让你满意，让你委屈住进如此低档的客房，我心里也不是滋味。我理解你一定是累了，所以这么容易激动，虽然身心疲惫、脾气不稳，不过难道你不能像别人一样去适应吗？"

"那你有必要向我大喊大叫，证明你很冷静吗？你真成熟，真冷静——你有必要弄疼我的手臂吗？我可不是个挑剔鬼！我从未对你挑剔过！倒是你，喜欢自吹自擂，自诩为从不放过任何细节的大人物——"

"别说这些事！"

"——居然忘记发电报，你就那么自傲，不觉得抱歉吗——"

"弗兰！"他伸出手臂扣住弗兰，领她走向窗边。"往下看！皮卡迪利大街！伦敦！我一直想看看这一切，经历你所经历的事。我们此刻还要继续争吵吗？还记得你从欧洲回来，我第一次邂逅你的那个夜晚，我说我们要一块儿来这里的誓言吗？我们实现这个愿望了。一起来了——哦，我是不是又开始煽情了，我们就在英国，祖辈生长的地方——"

"很抱歉，我又调皮了，抱歉。"随后弗兰笑起来，"我的祖辈可不是生长在此！我那备受敬爱的祖先曾穿着绿色的短裤在巴伐利亚山脉策马奔腾，提高嗓门放声歌唱。毫无疑问，他们有可能在某处还揍过你的祖先呢！"

但她笑得并没有那么爽朗，并未彻底高兴起来。她说话时，收拾着小包里的物品，在浴室里进进出出——她说话的语气孤独而消沉：

"话说回来,亲爱的,你可不是时时刻刻都想着我。美国丈夫都是这样。你虽不像其他人那么糟糕,但也不怎么样。你脑子里除了装着生意和高尔夫球,没别的什么。记得给女人送花,或不合时宜给她打电话、向她表白,这些绝不会比让女人站在一辆新车旁令你满足。而你也不会做这些事,真是可怜!请别认为我挑剔了——也许之前的我很挑剔,但我现在绝没有,这是事实!我只想我们两人快乐地在一起!既然你不用再考虑生意上的事,你难道不觉得和我相识至今令人欣慰吗?我的确是一个善解人意的女人!"

"善解人意?哦,上帝啊!"

山姆随即给了她一个深深的吻,弗兰变得愈加幸福,但丈夫山姆——脑子里却思绪万千。

她同意不需盛装赴晚餐,这是个好消息。随后,弗兰开始整理两人的睡衣。

已经晚上了,山姆一心想让弗兰在伦敦度过的第一个夜晚异常难忘。像大多数美国丈夫一样,山姆认为最好的方式就是邀请某个熟人,某个年轻英俊、活力四射的年轻男子。

洛基特少校?

哦,可恶的洛基特少校!

轮船上夫妇俩遇到洛基特的次数实在太多了——下了船坐上火车,洛基特又屈尊走进他们的经济包厢,递给他们一本画报和一本《闲谈者》(Tatler)杂志——他还向山姆解释,认为他们绝不会将 弗罗林①和二先令六便士弄混——

诚然,洛基特比自己年轻——可能小六岁——洛基特含混不清地讨论巴卡拉纸牌、巴黎海滩以及其他弗兰认为极其

————

① 相当于二先令或十便士。

重要的事情——

"我们请一个人和我们共进晚餐，甜心，"他建议道，"之后我们再一起去看演出，如何？我能叫上洛基特吗？"

"千万别！"

他听到这番话很欣慰，但弗兰之后的回答便令山姆不那么高兴了。"他对我们很好，帮了我们大忙，但他回到家的第一晚，我们不能打搅他。我们还是请塔布在美国大使馆工作的侄子，年轻的斯塔林（Starling）吧，如何？"

"我们试试吧。"

大使馆大门紧锁，于是他们又来到斯塔林的单身公寓，看门人唐戈（Dunger）说他去里维埃拉了，要两周后才回来。

"你还记得小时候来这里认识的人吗？"山姆问弗兰。

"不，真不记得了。我在这里没有亲戚——他们全在德国。等等，一个家族在欧洲经历几百年沧桑变迁，说不定亲戚中有一个生活在英国，德高望重的伯爵哩。"

"请启发的代理商赫德（Hurd）怎么样？在泽尼斯时，他还来过我们家呢！"

"哦，他呀——他这人真糟糕——粗俗至极——你怎么派赫德这样的美国人常驻英国，你应该聘一个优雅的英国人做代理商的。怎么会请他，你难道忘了我让你别写信告诉他我们过来了？我可不想以'总裁小夫人'的身份去见那个疯疯癫癫，见面就拍你背的低俗销售员！"

"现在的赫德可是个富足、上档次的大商人！他是个狂妄自大的人，我猜他不读书，小的时候只读西尔斯罗巴克百货商品明细单上的女士内衣广告。但他做起生意来雷厉风行，羡煞旁人。他应该会跟我们讲不少耸人听闻的有趣故事，也知道伦敦最高档的餐馆。"

弗兰变得心平气和，在一旁开导山姆，既像母亲，又像姐姐："你真的想见他，对吗？那好吧，不管怎样，让他来。"

"不，这是为你准备的接风晚宴。我要请你喜欢的人。我有很多机会见赫德，我可以明天再见他。"

"不用，真的，我想请你的赫德先生一起吃饭，应该也挺有趣。他也不那么糟糕。我刚才说得有些夸张。去吧，叫他来——去吧，求你了！我要是不让你见，心里会过意不去——也许你在生意上有求于他。他可能握着不少 U. A. C. 的商业电报也不一定呢。"

"那好吧。如果他来不了，我们就请恩德雷上校（Ender-ley）① 夫妇来吧——我认为他们是船上最友善的两位朋友，他们今晚很可能无约。或者请飞行员里斯塔德，好吗？"

"挺好。"

赫德的办公室没人。

山姆的电话簿上没记赫德的家庭住址。

上校夫妇结果没住萨沃伊酒店。

马克斯·里斯塔德的电话无人接通。

还剩谁？

天底下有数不尽的美国丈夫，坐在数不尽的酒店床边对着冰冷的电话。"哦，没人接？"随即不耐烦地翻动电话簿，"哦，又没人接？"这一切的举动都是为了给可人的妻子找到亲密的玩伴，而妻子们则在一旁温柔地听着，不吵也不闹。最后丈夫们不耐烦了："我不想请别人了！就咱俩不好吗？"

他们第二段蜜月旅行同样没人帮忙，完全靠自己，真是

① 山姆错把恩德斯雷的名字弄错。

有些悲伤。夫妇俩在酒店吃过晚餐，便起身前往剧院。坐在出租车里，山姆变得拘谨而胆怯——他不是害怕突发危险，不是害怕死亡的威胁，只是在陌生的国土感到无助，感到自己会犯错，会遭受弗兰和自在随意的外国人的冷眼鄙夷；他也感到孤独，感觉故乡泽尼斯再也回不去了。看着眼前的伦敦，道路整洁庄严，广场上人潮涌动，街角处报摊主高声招揽生意，所有纵横的街道规划太不合理，令他反感至极——他也不知道自己会去哪儿！山姆突然回想起家乡的俱乐部、办公室和他们温馨的小家。这里的大型餐厅看起来规模超过纽约夺人目光、惹人厌恶的查尔兹连锁饭店，山姆却希望在异国他乡寻得一处小巧、规矩、低调、安静，如同日本玩具花园那样的地方。

出租车司机听不懂山姆的发音——他只得请酒店门童告诉司机剧院的名字——又得给服务生多少小费呢？对此，他不能咨询弗兰。他得假装自己因繁忙而粗心忘记了发电报预订酒店，他要成为弗兰可依靠的男人，让弗兰在新环境中看到他多么有能耐，从而给予他更多的爱。老天啊，他比过去更爱她，现在他有时间去证明自己的爱！

别把二先令（算算，差不多相当于五十美分，不对吗?）和一弗洛林弄混是什么意思？为何洛基特早已远去，但他的善意提醒还在山姆的脑子里转来转去呢？该死的洛基特——真是个棒小伙儿——太善良了，但总把山姆当作三岁小孩，要是没了他悉心指导，告诉山姆在这繁杂的社会，该穿什么、该怎么说话，唯恐山姆会在高贵的英国社会里遭人唾弃。没有洛基特的帮忙，山姆也成了一个规模适当的公司的总裁，难道不是吗？

舞台上演员们三分之二的台词，山姆都没听明白。他从

小就认为英国英语和美国英语是同一种语言，泽尼斯的市民
会怎么说："哦，天，侬还在实验四？"？[①]

　　台上的演员说了什么，这出戏主题是什么？他只知道在
美国，甚至中西部地区泽尼斯，工厂和摩天大楼离玉米地不
远，田野里刮来的清风，让那里的人们头脑清晰。家庭生活
中逐渐形成的民主意识，造就了美国的伟大。跟山姆熟识的
人，例如他的表弟杰里·洛林（Jerry Loring），是一位银行
家，他一直无忧无虑地和不同的女孩交往，他的妻子也有一
个情人，但两人依旧保持婚姻关系，杰里可没把妻子的情郎
给杀了。老天保佑，若是他，山姆·杜德伍斯发现自己的妻
子和一个男人关系格外亲密——

　　不，他不会发现。就算发现也不会做出过激的事。弗兰
有权利过自己的生活。她比他优秀——她就算穿上修身、亮
闪闪的金色长裙，也还要将衣橱翻个底朝天。她像女神般神
圣，阳春白雪，而山姆就是个下里巴人——周围的人冷冰冰
地看着他，而他要不是害怕惊吓这些人，可真想吻吻妻子！
若真有一天，妻子看上了另一个男人，山姆决心，离开
她……然后自杀。即便无法理解这出戏，他也必须要把它看
下去，佯装自己不仅受过优良的教育，且经济实力雄厚。

　　他认为这出戏无聊至极。在美国，离婚是犯罪，但离婚
也有不少优点。在古老的英国，人们的家庭观念、社会道德
一定不会沦丧。这个国家数百年来倡导家庭、宗教和王权的
神圣不可亵渎！台上一个英国绅士，是一位上层贵妇、化学
家妻子的秘密情人，他们无法再花着化学家的钱，偷偷一起
喝茶、幽会，于是决定私奔。台下观众并没有发出嘘声，但

---

　　①　此处作者故意模仿怪里怪气的语调。

这些英国观众却诚实友善，不时爆发出一阵阵笑声。

幕间休息时间到了，山姆和弗兰走进大厅休息，乱哄哄的人群慢慢靠近他们。山姆在人群间来来回回，但人们却那么陌生而默然。在泽尼斯老家，山姆总会在剧院碰见熟人；连在纽约也可能遇见同学或同行商人。但在这里——他就像一条流浪狗。山姆感觉自己像是回到了大学入校第一天。

他的着装，在自己看来，也似乎不合时宜。

山姆和弗兰静静地准备上床入睡。如果弗兰建议第二天就乘船回美国，山姆一定立即行动。她到底在想什么，山姆不得而知。她沉浸在自己的幻想中，内心深处的幻想，当山姆在肯尼波斯轻舟俱乐部第一次向她求爱时，她就心存这份幻想。如今，她很幸福——特别幸福；她随口一说，自己很喜欢今晚的戏；她没说出来，只是暗示他，让丈夫离她远点儿，别碰她，别碰她珍贵的身体，她极为看重的身体。但可以进行一个睡前之吻。弗兰像剧院里的伦敦观众一样奇怪。真不敢相信，两人一起生活了二十多年，养育了两个孩子。两人一起旅行也没什么特别的意义——他又老、又疲倦、又漫无目的，而她又年轻、又充满活力，且目标明确。

今晚的弗兰不是四十二岁，而是三十岁；今晚的山姆不是五十一岁，而是六十岁。

他仿佛听到塔布·皮尔逊逗趣的声音，私人司机彬彬有礼的回应和速记员恭恭敬敬提问的话语。

他感觉弗兰躺在一边，并没入睡，她将自己的脸一次次用力地扑在枕头上，她哭了。

但山姆却害怕安慰自己的妻子。

第八章

　　弗兰多年来一直坚持在床上享用早餐，认为这是一种优雅而高尚的生活习惯。但山姆从不在床上吃早餐。他觉得麻烦，害怕将面包屑洒在床单上、棉被上难以清除，怕在睡袍上沾上蜂蜜。他只有踏踏实实坐在餐桌旁，才能尽情享用一杯咖啡。他不想在伦敦的第一个早晨就和弗兰分开吃早餐，但他实在太饿了。他先四处找寻，寻觅适合弗兰口味的早餐，随后蹑手蹑脚地出门去餐馆。餐厅里的服务员面色沉郁，推荐小口鳕和腌鱼。无论山姆·杜德伍斯对政治和汽车刹车拥有多么自由的观点和随性的想法，他依旧忠实于美式早餐，他偏爱自己的小麦乳酪，但弗兰希望早餐时吃腌鱼，没有什么比这种差异更令他伤心了。

　　不，弗兰不同意。早餐过后，她愿意待在床上，十点后再起床。但山姆需要晨练。为什么？弗兰问道，她的笑容就像给橡皮圈打气放气那般迅速，匆匆一下就消失了。丈夫难道不能只遛弯吗?

山姆也很享受散步的过程。

在圣詹姆斯大街徜徉,那些古旧的商店让他觉得格外熟悉;砖砌的外墙,上面镶着小橱窗,见证了18世纪纨绔子弟和诗人的种种行迹。其中包括售卖手工帽子的店铺,橱窗里摆放着复古礼帽和头盔;卖酒的商店里专售便携式小酒壶。除了这些"老古董",一扇颇具现代感的橱窗里展示着亮闪闪、美观神气的猎枪。山姆不敢相信自己的眼睛,英国人居然能生产出这么诱人的猎枪。他随后观赏了不少商品,英国和自己似乎已经融为一体了。

天空中开始下雾,周围雾气弥漫,灰蒙蒙看不清前方,帕尔马尔街上的白人俱乐部高高在上、疏离大众,这一切让山姆心里不是滋味。但看到美国银行和信托公司玻璃窗内一派繁忙而活跃的景象,他的心情顿时明朗了许多。他本可以进去转转,熟悉一下里面的情况——但今天他却没理由进去,他有不少钱,还没到汇款的时候呢——可恶!要是收到塔布·皮尔逊笔触轻松的信件该多好,即便是收到 U. A. C. 寄来,内含刁钻疑问的商业信件也好啊。这才能证明,就算是在伦敦这座传统、不苟言笑的城市,这里的人们穿戴精致、不紧不慢地生活,完全无视山姆的存在,他也依然受人关注,具有一定价值。

第二艘轮船到港了——

泽尼斯人总是说:"如今,生活中'建立新的关系和情谊'为时已晚。"

杜德伍斯夫妇第一次去欧洲旅行的计划,差不多已深入山姆的内心,这就是弗兰想要的;他们只要逃离到生活更丰富、文明程度更高的大都市,就能激起内心的热情和生活的希望，这便是弗兰的信念。如今山姆已全然明白，弗兰的这番想法就像一个没见过世面的乡村姑娘一般，真是一知半解、肤浅至极，以为只要去了纽约，自己就能神奇地变漂亮、变聪明、变幸福。

这几天，他一度忘记了，无论走到哪儿，都要保持本真的自我；但那个熟悉的自我却总在适应新颖欢闹的环境中隐约闪现。那才是真正的自我，他喜欢自己的本来面貌，他与其同在。本真的自己能自主学习，吸收新知识。在安静的书房里，在独自溜达的漫步中，在诚实守法的生活中，在泽尼斯，他可以做到。但这里如此陌生，令他不安，自己能在这里学到更多吗？弗兰信心满满希望学会的事情到底是什么呢？

谈论图画？为何要傻乎乎地讨论图画，他的智慧本可以在探讨机器中熠熠发光！语言？如果没什么可说，用三种语言谈话又有什么意义呢？注重仪态？走过帕尔玛尔街道偶遇不少公爵名流、达官贵人，他们可能会目中无人地走进高级奢侈的商店，但山姆根本不想走进这些店铺，需要注重仪态做什么？他宁愿赞叹 U.A.C. 总裁亚力克·吉南斯，也不会羡慕那些只能继承贵族头衔的人。

绝对不会。此刻的他比任何时候都更像山姆·杜德伍斯。欧洲之行不会让他变得卑躬屈膝。但弗兰肯定会有所改变，她一直想攀龙附凤，穿上华服，获得头衔。哦，老天，他太爱她了，甚至一定会支持她这么做！但他又一定会挣扎。管它呢，反正六个月后，会带着妻子欢欢喜喜地回家。

就是这样！

他很清楚自己要做什么——让弗兰做什么！

山姆重新通达起来，佩服伦敦人友善、豁达，甚至高贵典雅……随后，他发现自己的帽子如同昨晚的外套一样，十分不得体。这可是一顶质量上乘的帽子，还是进口货。芭莎里诺品牌，而且是在泽尼斯的帽仕汇购得，质量有保证，这款帽子在美国定属一流。山姆将前帽檐轻轻歪斜，这样一来像极了西部牛仔，真是风流潇洒。

即便如此，他自有主见，绝对轮不到英国路人来告诉他应该怎样着装。他向皮卡迪利大街慢慢踱去，走进一家之前路过的帽子店。他在店内晃晃悠悠。很显然，店主不会卖任何商品给他！英国人不会卖东西给美国人！结果，待山姆走出帽子店时，手里拿着五顶帽子，一顶灰色的只在城里戴，另一顶棕色的去乡下时戴，一顶圆顶高帽，一顶丝绸制成的晚礼帽，还有一顶便帽。原打算不这么矫情，可如今他终于开始变成一个欧洲人了，内心无比自豪。

山姆邀请启发汽车公司伦敦代理商经理 A. B. 赫德先生共进午餐，赫德已在英格兰居住了六年。

弗兰提出要见赫德先生，态度格外和蔼可亲，原来酒店经理在弗兰强烈要求下，准备为她换一个套房，配有主色为蓝色和金色相间的大客厅。

"我昨晚很生气，"弗兰对山姆说，"我感到孤独，昨晚我太恼人了，可你还对我那么好。现在我好多了。"

赫德走进他们的房间，弗兰表露出难以抑制的端庄高贵，似乎有些过火。

赫德先生的脸胖乎乎的，戴着角质架的眼镜，说话时嗓门粗声粗气。他自认为自己的举止仪态和说话方式英伦味儿浓厚，没人会把他当作美国人；若他在英国住上个五十年，别人根本不会将他和美国人联系到一起。泽尼斯运动俱乐部里每四个人里就会遇到像赫德这样的人，在美国中西部游历的人们见到赫德，思乡之情立即涌上心头。听到他发音纯正、发人深省、音调平和的艾奥瓦口音，这股乡愁更难以磨灭。说到"单独开发机车货车"时，赫德十分自豪，似乎很迫切地要见证"上帝保佑，机车货车开动的时刻"。

过去，赫德敬畏山姆，欣赏优雅的弗兰，可如今这种卑微的情感荡然无存。他心生优越，自认为了解英国，能给予从未到访英国的友人以便利。

赫德大踏步跨进酒店套房，跟杜德伍斯夫妇握手，随即开始自吹自擂："天呐，神圣的主啊，你们太过分了，得知你们进城了，把我搞得手忙脚乱！我说，要是早点儿告诉我你们大驾光临，我肯定带着管乐队，亲自到火车站夹道欢迎啊！天呐，您知道吗，老板，我们和 U.A.C. 合伙真可惜啊。只有您这位快枪手做我们的老板，才令所有人信服，我们都盼着您亲自掌管 U.A.C.。话说，也许我们曾经针对英国人生产的复古 V 系列汽车也无法推进了！现在您的打算是什么，我不知道哩。我在英国学到一件事情，对待宾客——"

弗兰获悉自己成了 A.B. 赫德先生的宾客，突然挺直腰板。山姆心想，不知道赫德有没有注意到这个细节呢。

"切不可像美国人那样为难他们，对方若想独处则尽量满足。今天中午你们夫妇俩和我在萨沃伊饭店吃一个便饭——知道吗？这里的服务员均经过严格训练，我告诉过他们不要像对待普通美国客人那样服侍你们——他们全都以为我是个英国人；如果我告诉他们我是个正宗的美国佬，自豪的美国佬，他们会以为我开玩笑呢！明天晚上赫德夫人从乡下来，我得去接她——目前我们住在比肯斯菲尔德①，事实上有一片耕地——等她过来我俩可能会去看戏。你们俩一定会对英

---

① 英格兰白金汉郡的一个市镇。

国戏剧赞不绝口——演员们浓眉大眼，操一口标准的英伦腔，绝不像纽约人那么粗俗。也许下周末，你们可以过来和我们一道，我开车载你们四处逛逛，让你们领略一番真正的英国风光，你们也有机会见到一些真正的英国代表人物。我们周围可住着一位英国上层名流，名叫威尔基·阿布索隆（Wilkie Absolom），拥有爵士头衔，也是一名出色的律师，我猜想你这样的淑女，一定会爱上他。家里的西姆（Him）总管和我总在一起打高尔夫球，我可以告诉你们，他可是一位正宗的民主人士——他会领你们进屋，并把你们当作英国人一般款待。"

"依我看，赫德先生，"弗兰说道，"我们最好现在就出发。"口气可真温和，如同面对一个正打算辞退的女佣，却在周六突然回来帮忙一般。"我们可以在路上商讨商讨周末的计划。你能陪我们真是太好了，只是我怕过几天，我们可能会相当忙碌。很不凑巧，我们已经接受不少老朋友的邀请，周末和他们去玩哩——你知道，我结婚前就在英国住了好长一段时间——明天晚上我们夫妇俩要外出赴宴。我们现在就出发去吃午饭吧，山姆和你能趁机谈谈 U. A. C. 的一些底细。就当我不存在。"

赫德根本没有意识到有事情发生了。

"哼！知道吗？真的很难忽略你的存在，杜德伍斯太太！但我向上帝起誓，很想倾其所能，照顾到所有人，令事事圆满。你可以和我们一块儿享受周末时光。我们家唯一保存的一件美国家具就是中央供暖设备！也许它并没有这些城堡这么光鲜华丽，但让我们感到冬天特别舒服！"

"哦，我敢保证一定是这样。我们可以走了吗？"

山姆心里在怒吼："我再也受不了她给赫德戴高帽子的样

子了！可他居然还那么温文尔雅。"事实上，赫德心中一阵狂喜，山姆激动地大喊一声，"别走！讲礼貌些，弗兰！赫德请我们吃大餐前，我们应该先请他喝杯鸡尾酒吧。他会来参加我们在这里举办的家庭聚会的。"山姆踏着坚实有力的步伐，去找服务员，并点了鸡尾酒。他不顾弗兰燃烧在脸上的怒火，因为事后他会因此而向她好好道歉。他真不希望赫德喝酒时说这样一番话："哦，瞧瞧你的样子啊，老板！"

赫德没么说。但他的回答是："嗨，你的眼神怎么如此黯淡无光！哈哈哈哈！瞧啊，老天，听说某人一年前就走出困境了！尽管有人在英国已经居住了很长时间，跟我一样，但还是愿意继承美国优良、传统的表达方式。咱们都是老熟人。在这里见到你们实在太巧了。我们得好好看看彼此。"

弗兰在午餐桌上没有说任何过分的话。这样再好不过。但她只是皱了皱眉，表情有些痛苦而已。幸好赫德并没注意，也许他根本就没正眼看过弗兰，也许赫德便是弗兰常抱怨的那种美国男人，他们从不屑于瞧一瞧年龄十九岁以上的女人。

赫德继续唠唠叨叨。"我猜，你们应该像不少美国人那样四处寻找商机。但我这些年在这儿却坚持做自己。"他微微一笑，并点了一份蛤蜊羹、一份烤鸡和一个甜玉米。"你们夫妇俩若在这座城市一定前程似锦，"他补充道，"你们能见到精英人才。说不定有些金融城市发展的大亨会对你有所耳闻，老板。而你的太太也能与这里的上流淑女彼此往来……哦，一定是这样。你说少女时代曾在这里逗留过。好啊，你会重温过去的美好时光。你们难道不会比我更快适应英国的生活吗？话说回来，如今我在伦敦可是如鱼得水。我敢说我所说的百分之百正确。我是美国人，但我更钟爱英国的生活方式，挨千刀的禁酒令——抱歉，杜德伍斯夫人，我反对禁酒令——我的英国朋友耻笑我的祖国，而我无言以对，恐怕原因就在禁酒令上。这里服务生的小费——说实话，高得不可思议。老天爷啊，在美国我们多么希望能用上厨房电器，而这里根本用不上！我敢保证，你一定会喜欢上这里。但切记，别犯错，要知道有些美国上层人士刚来英国时，同样会犯错。别四处吹嘘你的钱财——"

想必赫德一定让弗兰停止了愤怒。

"——英国人视其为'小儿科'。当然你不会那么做，但我认为——英国上流贵族实在太多，你会惊叹到哑口无言。当然，我不应该向老板你这样拥有社会名望的人提意见，但你不能像美国一样，在旅馆酒吧里擅自与人搭讪。你需要做到这点。我不应该质疑你融入英国社会的速度——对了，我说过，我不愿介入你们夫妇的私人空间，但能提示你们如何以英式思维看待事物，能带领你们认识英国人，是我莫大的荣幸。"

"你真是善解人意，这顿午餐令人愉快，"弗兰回应道，"不过，我们现在得走了，你不介意吧？我和理发师约了时间，恐怕快迟到了。"

杜德伍斯夫妇穿过特拉法加广场，一路上两人一直保持缄默。突然，山姆朝弗兰大吼一声："说呀！"

"我说什么？"

"赶紧把话说开！"

"你就像是在自言自语，多威武啊！"

"那当然。特别是当机立断时，我想象力可丰富着呢！"

"你？如果你真是那样，你怎么会邀请魅力四射、乐于助人、机智果敢的赫德先生与我共享午餐呢？你难道不能独自体验他那高尚的英国气质吗？"

"弗兰，我们看似在讨论不同的人，实质说的都是同一话题——坦率地讲，我就是个大傻帽儿，周围全是一群有问题的人——"

"你真是个大傻帽儿，亲爱的。因为你忠心耿耿、热情好客，人人都信赖你！"

"坦率来讲，我认为赫德自我感觉良好。从另一角度看，他很慷慨、坦诚，他像个缺乏家教的年轻人。以及——不，稍等！你不知道我要说什么！如果我们整个下午都一直在讨论这个问题，恐怕我又会跟你吵起来。你若是说他肥头大耳，我就会反驳，坚持认为他心地善良。难道你不能首先抓住我话语中的漏洞，置我于死地吗？此刻我们在伦敦，和赫德共进午餐的公事已经应付完了，一下午无忧无虑的悠闲时光正等着我们呢。你还在生气吗？"

"我没生气啦！经历这种事，也只有你让我打不起精神来。不过，没关系。"弗兰勉强挤出笑容，"别担心，我们在这里很快就能遇见贵人了。哦，别——别告诉我说赫德就是贵人。他也许是，也许他从不打老婆。我倒认定赫德的伙伴托平翰·科亨（Toppingham Cohen）爵士是所有沙龙活动的一个亮点……哦，得啦，山姆，我没事了。真该死，该死！啊，该死！居然浪费这么多时间……咱们去庞德街①放点血，买些奢侈品吧。"

他们先去摄政街②，随后又去庞德街，足足逛了两个小

---

①　自 18 世纪开始，已成为英国伦敦市中心一条著名购物街，南起皮卡迪利，北至牛津街。其中南段称为旧庞德街，北段则称为新庞德街。

②　位于英国首都伦敦西区的一条街道。为伦敦的主要商业街，以高质量的英国服装店著称，是一百多年来伦敦城市文化的象征。

时。弗兰情绪高涨、活力四射，最后大喊一声："我们回酒店吧——客厅才是个好去处——回去坐在壁炉边喝茶休息。"

客厅里硕大的桌子上摆放着一盒玫瑰花。

"哦，今天早上，你考虑得真周到！"弗兰满面春风。

这是事实，但他没想过送花。这玫瑰花是洛基特少校送来的见面礼。

"呵，无所谓了。"她嘴上这么说，可话语中却有所谓，山姆更在乎的是妻子喝什么茶、吃什么蛋糕甜点。

此时洛基特不请自来。

洛基特并未打招呼便直入主题，似乎五分钟前才和夫妇俩见过面似的。"我在酒吧打电话，花了差不多一先令才找到你们的住所。跟你说杜德伍斯，我表哥称你生产的汽车液压制动器问题很多。我说，你难道不想周末去他的寒舍登门探讨一番吗？他愿意用粗茶淡饭招待你。先替他感谢你。请原谅他的无礼。还有一位寡妇，而不是淑女，也会一同前往。"

洛基特走后山姆开始评论："赫德和你的朋友洛基特本质上并没什么不同。"（哦，我不知道是否要去乡下霍恩顿勋爵府上——他有什么理由见我呢？他的豪宅里应该安排了四十个佣人吧。）洛基特说话可比赫德更有礼貌，不过他俩骨子里都是混蛋——不明白什么叫己所不欲、勿施于人。塔布·皮尔逊如果在这里该多好！"

"你去吧！我们一起去霍恩顿府。我不在乎他是将军还是勋爵，而在乎——哦，好吧，我承认，就因为他是将军或者勋爵。如此剖析自我，真有意思。我是个趋炎附势的人吗？真了不起！我必须保持头脑清晰、态度坚决，继续保持这一点。"

第九章

　　洛基特驾驶着豪华加长版阳光牌两座跑车来接杜德伍斯夫妇。洛基特坚持认为车里坐三个人空间足够大，但山姆却觉得十分拥挤，而弗兰穿着灰松鼠皮大衣，戴着钟形小呢帽，一副装腔作势的样子，靠在洛基特的肩膀上，内心欣慰。

　　山姆终于逃离烟雾弥漫的伦敦城，驱车来到冬日阳光普照的乡下，他心情愉快，似乎忘记了弗兰此举。眼前灰白的田野渐渐泛上新绿，空气中透着淡淡的、轻快的湿气，除此以外，树枝在阳光的照射下闪闪发光，凸嘴乌鸦在树枝上蹦蹦跳跳、叽叽喳喳。所到之处的小村庄旁，都设有家常茶馆和旅店，店名像是"玫瑰皇冠"、"绿龙"和"忠实朋友"这些。随后还遇到农场上的茅草屋和烘房——但他不明白处处架设的家庭灯塔有什么意义——他们路过一处无人管理的城堡废墟。山姆第一次看见城堡！

　　他想到了骑士骑马比武的情景，身穿白色锦缎长裙的伊

莱恩（Elaine）①——不对，穿白色锦缎长裙的是格尼维尔
（Guinevere）②，不是吗？得重新读一读丁尼生（Tennyson）③
的作品了。公爵和吟游诗人骑马加入十字军时弹的是——什
么乐器——三弦琴？旗帜一路飘扬，成千上万的刀剑寒光闪
闪。古老的神话故事真实发生过，残垣依旧，还有一座倒塌
的高塔遗址！骑士的马队走过的道路——如今并未改变——
对山姆而言，马车比自己此时乘坐的汽车更真实，他受不了
弗兰和洛基特的谈话，便沉浸在古老史书带给他的鲜活记忆
里。那段记忆令人神往，却由鲜血写就。弗兰和洛基特一直
在讨论将军大人的板球赛和英国马球总会举办的马球赛。俩
人甚至故作讨嫌地追忆起"创世纪"号轮船上穷困潦倒、粗
俗下贱的老银行家，他每晚都穿着过时的礼服，裤子像一条
又瘦又窄的黑色围巾，但这已经是他最好的家当了；他上身
套着一件宽松的白色背心，却从不系扣子。黑夜中航行的轮
船上，其他人都高高在上、目中无人，唯有山姆与善良的老
银行家相依为伴。

　　山姆想逃离坐拥无数酒店和剧院的旅游胜地伦敦，而去
探究真实的英国，亲眼看看多西特④牧羊人、索福特⑤靠救济
过活的棉花工、布里斯托⑥港上的运煤船长、康瓦尔锡矿工、

----

　　①　《亚瑟王》中的"湖中妖女"，生下著名的圆桌骑士兰斯洛特
（Lancelot）。
　　②　亚瑟王的皇后，与圆桌骑士兰斯洛特相恋。
　　③　阿尔弗雷德·丁尼生（1809～1892）：英国维多利亚时代最受
欢迎及最具特色的诗人。
　　④　英格兰西南部的一郡，濒临英吉利海峡，首府为多切斯特。
　　⑤　英格兰北部一个城市。
　　⑥　英国西南部的一个城市，为重要贸易港。

剑桥大学学院院长、肯特酒吧里的啤酒花采集工、公爵区^①的华府豪宅。这些人，这些地方，要么太底层，弗兰不屑一顾；要么太高贵，她又高攀不上。山姆一阵叹息，心想自己所见的一切，是否都无法激起弗兰的兴趣呢？

有一点可以确信，弗兰已被洛基特深深吸引——过去的她不会应付餐桌上男女间一丝一毫的打情骂俏；面对尊贵可敬的到访嘉宾，她的脸会泛红、低眉顺眼。例如到泽尼斯做演讲的英国小说家，调研汽车厂、年轻气盛的意大利男爵。在泽尼斯，年轻姑娘们午夜缠绵的种种行径，弗兰非常不耻，甚至备感愤怒。但洛基特这位外表平和、内心狂放的男子一出现，似乎攻破了弗兰光鲜躯壳下沉睡的内心。最初她极度敏感，试图抗拒洛基特的殷勤，但最终还是接受了他，把他当作自己交情最深的老朋友，可以相互争执、彼此欢笑的老朋友。

"你开得太快了！"她大叫道。

"只有开车技术没我这么娴熟的人，才会觉得太快了。"

"当真？我猜你赢过比赛吧！？"

"的确。和德国战车比赛过。他们派我到美国前，我曾在汽车运输队服役。夜晚开车，路上没有灯光，上面满是大大小小的弹坑，但必须以三十英里的时速前进……我说过，你是个典型的美国人，杜德伍斯太太。美国人不了解自己，美国人甚至比世界上任何国家的人都难以捉摸。你是一个完美的女人，但缺乏一些东西，比如诗情画意、正规礼仪，还缺乏一点儿贪念。你很胆怯，想做的事不敢做，比如飙车、滑翔飞行、高效做事，还有冒险；而英国人更喜欢开拓。去加

---

① 诺丁汉郡一个特定的区，因居住着四大公爵家族而得名。

拿大、非洲，去中国开辟天地，我们仅仅花了十年时间，而美国人却耗费了二十年。你觉得自己像欧洲人，事实上是个再典型不过的美国人！你对自己的认识异想天开而且肤浅幼稚。你以为自己是个高傲、自持、理性而目光远大的女人；事实上，你内心柔弱，极易遭受诱惑。你顶多算个对未来充满渴望的年轻女子，你很害羞，因此你只能忽闪着大眼睛，脑子里胡思乱想，像小女孩一样处世。"

"亲爱的洛基特少校，你开车如此细心，如此擅于体察内心，真希望这两点不会让你心力交瘁！"

山姆意识到弗兰并没有继续挖苦下去。

她的心思全在洛基特身上。山姆喃喃地在一旁自言自语，一会儿说"看这优美的石砌教堂啊"，过一会儿又说"猜猜那些又高又瘦的是什么人"；山姆想握着她的手，轻松地跟她说，他们正共享英国乡村的美景；可弗兰却毫不在意。

山姆想起了《匹克威克外传》（*Pickwick Papers*）①，欢声笑语的马车、热心的哲学家为圣诞节的乡村小路扫除冰雪。

"太棒了！"他大喊一声。

午饭时间他们在路边的乡村旅店稍作停留。然后驱车穿过拱门，进入马车时代留下的庭院，这令山姆眼前一亮，非常震惊。拱道下低矮深色的门上写着"咖啡室"、"休息厅"和"酒吧沙龙"等招牌，山姆为此很是兴奋。

三人跳下车，晃动着手臂，跟《匹克威克外传》里的人物一样。也许他们跟书里的人驻足的是同一家小餐馆也说不定。弗兰之前忽略了山姆，此刻重新关注起他来，望着他，

---

① 狄更斯于 1836 年出版的第一部长篇小说，是一部流浪汉小说体裁的作品。

冲他温暖一笑。

弗兰热情地大声说："山姆，你不觉得这小店很可爱吗？这正是我们想要的！"她并未注意到洛基特泛红的面容，如老处女一般吃醋的样子。洛基特径直朝酒吧里走去。此次，弗兰真正领略到了房屋建筑中低矮的椽子和黑色橡木嵌板，他们一块儿沿着长条形的木桌，坐在长凳上。山姆和洛基特喝威士忌御寒，而弗兰握着锡制马克杯喝着饮品，一口气喝掉一半。山姆被这个锡制马克杯深深吸引，随后悄悄向酒吧女服务员买下了这个杯子，只可惜后来把它遗失在了巴黎。

通往餐厅的楼梯铺着暗红色的厚厚的地毯；墙上贴着维多利亚时期的图画，例如惠灵顿（Wellington）将军在滑铁卢战役中得胜的画面，月光下的梅尔罗斯修道院，科拉和卡夫王子（Collars and Cuffs）像以及罗切斯特城堡①；楼梯拐角处陈列着诸多美术品，山姆从小到大从未见过，如爪哇扇子、棋手的雕像、中国银币和澳大利亚金矿。

餐厅里有石头砌成的壁炉，上面装点着都铎时期的玫瑰花雕刻和色彩鲜艳、本土伯爵使用的武器。壁炉旁边，橡树餐桌上摆放着大量银盘，里面装满精致的火腿，棕色外皮的牛肉，以及火腿派、醋栗馅饼；另一桌旁坐着两个贸易商，他们狼吞虎咽地享用烤牛肉和约克郡布丁。

"味道真不错哎！"山姆不断夸奖道。就算吃到无盐无味的绿色蔬菜和无精打采的芽甘蓝，他的热情依旧不减。

驶出赛文奥克斯镇，洛基特一边和着节拍鸣响汽车喇叭，一边大叫："就是这儿！欢迎来到高贵典雅的英国老家！"

———

① 位于英格兰东南部肯特郡罗切斯特梅德韦河东岸，建于12世纪。

他们来到一栋府宅前，周围高墙包围，透过门上横竖相间的栏杆，能看到鹿群；远处松树林里，可望见一座豪奢高大的宅子，屋顶上大大小小的都铎式烟囱错落有致。

"哦，天呐，我们到了？"山姆心里暗喜，"真糟糕，居然安排了十个侍者！真想知道他们是否穿着华丽的绑膝中裤，我该把小费给谁呢？"

可事实上，汽车开过了这栋豪宅，转而驶进满是红色砖墙的村庄。那里远离高速路，小路两旁围着篱笆，路面坑坑洼洼，车身摇摇晃晃。随后洛基特开车驶向通往目的地的车道，将军大人崭新的宅子朴实无华，里面拥有十至十二个房间。逃离伦敦的路上，他们走过了成千上万座房屋，这栋房子的门廊外装着玻璃，里面随意堆放着自行车、废弃橡胶和凋败的天竺葵。房子一旁有网球场、凉亭和空空荡荡的玫瑰花园，以及面积达四分之一英亩的草坪。

洛基特在门口停车，轮胎撵过地上的碎石，发出噼噼啪啪的响声。"我告诉过你吧，这房子就是个盒子。"洛基特拖长音调、不紧不慢地说。

府内传出高亢的应答声。一个女佣打开大门，她戴着帽子，围着围裙，面容严肃，紧随其后传出一个男人的应答声——这个男人体态娇小、身材瘦弱；他的脸颊泛着柔嫩的粉红色，不知颜色是真是假；他银白色的胡须修剪得很是体面；他的声音如雷贯耳，像阅兵场上风箱里传出的整齐而洪亮的呐喊声，一点儿也不像是一个老兵的应答。

"你好，杜德伍斯太太。你能光临，我真是备感荣幸！"他提高嗓门说道。洛基特则在一旁含糊地介绍："这位是将军。"

应将军大人奇思妙想的诉求，房屋的外形在山姆看来虽然像一个罐子，但客厅却如他所愿整洁有序，事实上，他对这房子有什么期待，似乎不得而知。这里才是真正意义上的家，即便是在泽尼斯大多数富豪的家里，也不会显得这么温馨。泽尼斯富豪家中放置着高贵奢华的家具、少女形象的雕塑，金光闪闪的客厅受人仰慕，几乎可以和崭新的刮胡刀片相媲美，足以登大雅之堂。这样的装饰，反映出"和谐"及"时代特殊性"两个特点。相反，霍恩顿将军府，谢天谢地，并没有两件同出处或同时代的家具，但印花布、壁炉、铜制熨斗、白色的门窗嵌板却风格相近。角落里圆桌上摆放着将军获得的奖杯，如马球赛奖杯、高尔夫赛奖杯，他去印度兜一圈，也能获得一个奖杯，除此以外，还有不少奖牌。旁边摆放着邪恶的湿婆神像；透过低矮的门式窗玻璃，能看见灰色的花园下方有一个草地和柳树环抱的池塘。女佣推着餐车走来，餐车上放着又高又旧的银色茶壶、陈旧的银制盛水罐、大盘黄油烤面包（山姆从不知道，世界上还有这种黄油薄面包）。

大家品尝完茶点之后，休息片刻，霍恩顿八卦了不少过去老战友的奇闻轶事，说了他们不少坏话。随后，他们一齐在林荫道上漫步，穿过一个任由驴子和鹅群斗志昂扬、自由穿行的小道。他们也经过一半由木料打造而成的小商店，小橱窗里摆放着一两罐糖果。最终，他们来到 15 世纪由火石堆建成的教堂，这里记录着肯特郡所有的历史。教堂上的高塔四四方方，最初用于防御外敌入侵，看起来似乎经久不衰、坚如磐石。下方石料铺就的走廊属于该地教区，上面刻着 1190 年来自法国皮埃尔福的诺曼人吉尔斯（Gilles）统治时期至今所有牧师的名字。教堂中间起支撑作用的横梁，也由厚重的石材建成；墙面包裹着黄铜，黑红相间地刻着他人的

墓志铭；圣坛上放着罗马天主教统治时期，古老而悠久的洗
盘石架，地面安放着一块厚厚的石板，以纪念托马斯·斯威
克利骑士（Thos Siwickley）——浮雕上，除他的名字和精美
的手臂依旧清晰可见，其他部分经世世代代牧师在上方踩踏，
早已什么都看不见了。

霍恩顿不断为他们解读教堂的魅力，不过更像是暗示这
里有钢铁外墙的金库，不少游客，尤其是来自美国的游客可
以在此存款，为修缮塔顶尽一份功德。正当此时，牧师走了
进来，他看起来单纯而热情开朗，年龄四十五岁左右，个子
很高，但略微有些驼背，戴着厚重的眼镜，说一口正宗的牛
津腔。但山姆只听懂了"穹顶比例相当完美"，除此以外，并
不知道牧师在说什么。即便是唯一听懂的话语也意义不大。

结束教堂之行，他们几人向家的方向缓缓前行，不远处，
山姆遥望到屋子窗户里忽闪忽闪的微弱烛光。

他们停下脚步，向一位老妇人打招呼。这位老妇人面如
陶瓷，身材矮小，头上戴着一顶破旧的黑色帽子，外套上是
黑色的衣兜，戴着精致的手套，穿着小巧的鞋子。霍恩顿将
军介绍说是叫某某女士。

"可是，"山姆心想，"这不是真的！这是小说里的场景
啊！这里一切的一切，乡村、村民，所有的一切都如英国小
说一般——哦，原来我就在小说里啊！现在我才读到第二章，
太美好了！我已经忍不住想读第二十章了。小说里有没有什
么不幸呢？……这里的生活轻松愉悦、充满人文气息，一旦
走出这里，感受会愈加强烈。我已经习惯在办公室里，下属
低声下气叫我老板的生活了——可现在，我离开那种生活，
除了自己，什么也没得到——而弗兰，自然还会让我有操不
完的心。住在这里的人，像洛基特和霍恩顿将军，他们活

在自己的世界里，离自己更亲近。他们根本就不在乎有没有电影院和大车库。我终于明白了，但——我太喜欢观赏教堂了，只是此刻有些想念塔布叽叽喳喳的喧闹声，内心一阵孤寂。"

山姆和洛基特一道吃力前行，两人陷入沉默，山姆内心的热情逐渐消失了。只听到弗兰和霍恩顿落在后面，不停交谈。

霍恩顿突然声音洪亮，对山姆态度极其谄媚地说："知道吗？我从来没把杜德伍斯太太和你当作美国人。我以为你俩是居住在殖民地的英国夫妇呢。"山姆听罢，心情不悦。

山姆心里不断打鼓，孩子气地嘟囔着："我猜这就是英国人致我们的最佳褒奖了吧！"

霍恩顿依然热情不减，并未注意山姆潜在的不满。前一刻山姆略微生气，内心极大波动，险些爆发。但霍恩顿和洛基特请他在晚餐前务必喝下一杯苏打威士忌酒，既能御寒又能防病，致使山姆的孤寂、莫名的忧伤转眼间飘逝在空气中。山姆上楼走进卧室（房间内主色调红的耀眼，泛着黄铜的金光，壁炉里燃着熊熊炉火），抱怨道："我怎么像个老太太一样如此易感，如此爱幻想，如此善变。过去在公司里我不那么古怪……现在也绝不能变得奇奇怪怪。我是不是老了，思维不集中了？一定是这样！"

进入房间的山姆，见弗兰戴着白色真丝手套，光彩夺目，他的心中为之一颤，夸奖道："哦，亲爱的，提到古老的教堂，你才适合走进那石头铺就的长廊，真像大庄园里的贵夫人！"

"你这个高大直率的老男人！洛基特和将军嘴巴够甜了，可你这尊石像，嘴更甜！"

几周以后，山姆依然记得俩人在温暖的红色卧室里，欢笑、更衣、互诉衷肠的甜蜜景象。但只要想到洛基特，也许是他独自在冰凉透风的走廊里更衣，山姆心中微小的醋意，便消失得了无踪迹。

第十章

　　前来赴晚宴的唯有一家邻居，男主人是叫沃斯（Alls）先生、沃迪斯（Aldys）先生、沃里斯（Allis）先生、霍（Hall）先生、沃（Aw）先生还是霍斯（Hoss）先生？山姆没听清。相伴而行的还有他的太太以及尚未出嫁的妹妹。由于英国人向他人做介绍时从不过多解释，这是他们的习惯，于是山姆便闹不明白沃斯先生（假设这是他的姓）的专业背景到底是什么。对美国人而言，一个初次见面的陌生人的专业背景自然而然比他的收入、对社会主义的看法、对禁酒令的看法以及他的私家车的品牌更加重要。交谈过程中，山姆一会儿以为沃斯先生是律师，一会儿以为他是投资银行家，抑或剧场经理、作家、议员、大学教授，甚至是沉迷于古罗马遗址和赌马的退休商人。

　　因为沃斯先生谈论的主题真是太多了。

　　整个晚上，山姆也根本没分清谁是沃斯太太，谁是沃斯小姐。

　　她们长得几乎一模一样。两位女士同样身材高挑，略带羞涩而又面露微笑，她们很沉默，身穿既无风格又不时尚，黯淡无光的黑色晚礼服。与她们寻常而乏味的姿态相比，弗兰穿着白色缎面长裙，脖子上戴着珍珠项链，说话时右手时不时配合着手势……这一切显得她出类拔萃、引人关注。

　　当有人将山姆介绍给沃斯太太（也许是沃斯小姐）时，她问道："你第一次来到英国吗？在这儿待的时间长吗？"

　　相反，将山姆介绍给沃斯小姐（也许是沃斯太太）时，她低语道："你好。你在英国会待多长时间？我猜你第一次到英国吧。"

　　这是山姆唯一记得的对话，除此以外，直到她们离别时，彼此之间也没多说一句话。

　　但霍恩顿将军、洛基特、弗兰和沃斯先生却能打破这沉默。将军讲话总喜欢有听众倾听，而弗兰在他看来是绝佳人选。她一旦认定对方值得去折腾，就会一会儿变得笨拙不堪，一会儿成为优雅迷人的淑女，一会儿又变得搔首弄姿，真是百变的弗兰。她在霍恩顿面前如此放肆无礼，足以惹怒霍恩顿。然而弗兰举手投足表明在她眼里，霍恩顿比拿破仑更伟大，比卡萨诺瓦（Casanova）① 更迷人殷勤。于是，将军更是拉高音量，开始高谈阔论起来。他对恺撒·威廉（Kaiser Wilhelm）养殖银狐的政策观点自相矛盾；认为迈克·阿里恩（Michael Arien）的小说《绿帽子》（*The Green Hat*）②

―――――――――

　　① 卡萨诺瓦（1725～1798）：极富传奇色彩的意大利冒险家、作家、"追寻女色的风流才子"，18世纪享誉欧洲的大情圣。

　　② 该畅销小说反映出20世纪20年代一战后的社会现象，体现年轻人的消沉和反叛。

并不现实；认为网球反手击球动作，球员普遍不适用，真是可惜。他还探讨烹饪鳟鱼的做法，温斯顿·丘吉尔、劳合·乔治（Lloyd George）①、基奇纳勋爵（Lord Kitchener）、拉姆齐·麦克唐纳（Ramsay MacDonald）②、伯肯赫德勋爵（Lord Birkenhead）的政治失误，以及丹麦黄油的问题和洛基特移居外地与养狗方面无可比拟的错误。总而言之，将军大人无话不谈。

"这个国家的问题在于，"霍恩顿经过观察开始下结论，"太多的人总喜欢说'这个国家的问题在于——'我们之中有太多人，本是国家统治者，却冠以'将军'、'上校'、'博士'等类似头衔。真受不了！如果人人能掌控自己的头衔，这是一种让人高兴、体现民主的方式，却无权控制民众。"

"如果你去美国，就不会受这样的困扰了，"弗兰劝慰道，"我介绍你时会说这位是詹姆斯·霍恩顿先生，是一位紫罗兰种植商。我也会告诉家里的男管家，你钟爱悠然淳朴的田园生活，他会叫你'吉米'，你一定开心不已。"

"夫人，你的男管家有意叫了我的名字，我难道应该感到很荣幸吗？事实上，我希望他不要这么正经，叫我'威芬斯'（Whiffins）就可以了。不好意思，我不叫詹姆斯。"

"不好意思，我家也没有男管家，只有一个黑人教父，举

---

① 英国自由党领袖，于 1916 至 1922 年担任英国首相。1919 年他出席并操纵巴黎和会，是巴黎和会"三巨头"之一，签署了《凡尔赛和约》。

② 英国政治家，工党出身，1924 年 1 月至 11 月出任英国首相兼外务大臣，1929 年 6 月至 1935 年 6 月第二度出任首相，任期内于 1931 年 8 月与保守党和自由党合组国民政府，并另组国民工党，造成与工党关系决裂。

办宴会时，他放低身段为我们调制鸡尾酒。平时没事时，他会前往贫民窟布道讲学。老实说，我的品味糟糕吗？如果还行，得知您是勋爵，难道不应该感到高兴吗？"

"哦，早在做中尉的时候，我就学会这一招了。我们没有时间去悼念逝去的至亲至爱，你知道吗？我是从性情乖戾的叔叔那儿悟到这个道理的。我从不指责我的上校军官，即便我以一种热切而又孩子气的方式做事，他也发现不了。我叔叔常常以他的方式指责我，我明白这的确太过分了。我从他那儿学到了这点。实际上，我已名满天下时，叔叔对我依旧十分严格。当然，你们美国佬，大踏步四处游荡，绝不会有这般幼稚单纯的冲动。"

"安静点儿。工人忙着给牲畜耳朵上打孔呢。"洛基特提醒道。

沃斯先生好奇地问道："怎么能在不幸的牛身上打孔呢？"

"现在我们开始使用自动打孔机了，"洛基特解释道，"整洁统一的小孔恰好都打在牛的右耳上。杜德伍斯夫人可是个专家，她能同时给六头牛打孔，一边上膛打枪，一边不忘哼唱着《星条旗永不落》(Star Spangled Banner)①这首歌。"

"我真正的收获，"弗兰认为，"就是射击印第安人。我还没到五岁，就开枪射伤了九个印第安人。"

"最精明能干的美国女人总是腰间拴着头皮做的腰带，"霍恩顿勋爵提问，"是真的吗？"

"哦，当然了，这类似于英国女人到草坪宴会上都会手持芽甘蓝花束，算一种社交礼仪吧——"

"这样的谈话太无聊了！"山姆·杜德伍斯内心狂躁不安。

――――――――

　　①　这是美国国歌。

"他们若没说什么正事，干吗不闭嘴？交谈的用途是什么？绝不是说一句'把盐递给我'，'你想要多少勺'？难道没有什么更严肃的话题谈吗？"

忽然间，话题变得严肃起来，山姆有些不舒服了。

"杜德伍斯先生，"沃斯先生（或霍斯先生）问道，"美国为什么还不承认苏维埃政府？"

"为什么？呃，我们反对他们的宣传。"

"我恐怕不太记得了。"

"美国国家政策谁来负责？众议院还是外交部？"

山姆并不知道多少苏联与美国关系的事情，他仅依稀记得有关在苏联出售汽车的会议。他们问及一战同盟国债务和日本问题以及美国的态度时，山姆身体摇摆不定，内心惴惴不安。

"我开始衰老了吗？"山姆扪心自问，"我一直紧跟时事。但过去五年来，我除了卖车和打高尔夫球，似乎从未考虑过任何事情。"

山姆觉得自己老了，弗兰和霍恩顿将话题转向猫追狮子这类无聊而滑稽的趣闻，对此山姆愈发感觉自己变得苍老。他从没想到弗兰这么和人谈得来。她讲了一个相当愚蠢的故事：她将尊贵的成年狮子作为宠物饲养，山姆在一个寒夜回到家，脾气暴躁，于是将宠物狮踢下楼。这只可怜的狮子只得流落街头，一只狂妄好战的黑猫见状，追着狮子一路狂奔。狮子逃进动物园，哭着喊着祈求把自己关到笼了里。（泽尼斯根本就没有动物园！）

真老套！过时的笑话。山姆并没有加入他们的讨论中，他们谈论无聊的话题也好，探讨霍恩顿日前进行的煤矿国有化问题也好，都听不到山姆的声音。霍恩顿称自己是坚定而热烈的社会主义者，二十分钟前他却说自己是个顽固的保守派。近几年来，山姆在交谈中不再突出，更别说起掌控领导作用，此次谈话算作其中之一。过去，在泽尼斯的晚餐桌上，谈及斯特拉温斯基或阿尔及利亚的旅行趣闻，如果山姆感觉自己不能成为话题主导者，则很快转向汽车以及"商业行市"现象的话题，随后，山姆便横扫全场、独自畅所欲言了。

此时的山姆心中突然涌动着不安。

第二天，他们几个人一道步行至教堂，山姆感觉肯特郡的村庄恬静温柔，就像一个身材矮小、温顺和善的老奶奶。他突然发现一辆"启发"汽车停在教堂对面，顿时再次感到自己又变回大人物。清晨前来祷告的人群，优雅而虔诚，他们的余光透过赛璐珞包裹的《圣经》，盯着山姆。他心中的不安又回来了。他躯体庞大，举止笨拙，根本未受过任何训练。山姆便想逃离这传统安宁的环境，奔回无人认识、喧嚣不止的伦敦城。

祷告结束后到午餐前的一段时间，他们靠骑马来打发。他们从村里的马厩里牵出长相丑陋、皮肤粗糙但躯干强健的马。沃斯太太向弗兰传授了一些骑马的习惯和技巧。这种骑马方式并不雅观，但弗兰戴着橙色的宽顶无檐圆帽，却显得格外美丽，她穿着紧绷塑形的马术服，更加帅气洒脱。他们骑着马，远离村庄，穿过田野和乱蓬蓬的树林，向远处的北部高地奔去。

多年前，弗兰跟着一位英国马夫一周骑两次马，后来这位马夫来到美国成为专门培养绅士的教练，他浓重的伦敦土腔，似乎就是英国人文雅庄重的象征，深得泽尼斯人的追捧。弗兰坐在老马背上，纤细的腰板挺得很直，酷似一位骑兵营的军官。洛基特和霍恩顿勋爵望着她的眼神，比之前任何时候都愈加充满爱慕之意。他们热情兴奋地朝她大喊一声，几乎把她当自家人。

而山姆骑着马，却像一个懒散无聊的流浪少年；他在马背上信心满满，像坐在飞机上，远离地面，傲视群雄，他从未有过这种感觉。霍恩顿却两腿颤抖，山姆只得陪着他缓缓前行。突然，洛基特和弗兰飞奔远去，朝着北部高地山顶上疾驰，空气中回荡着他们的欢声笑语。

"你难道不想跟他们去？我的腿今天使不上劲。"霍恩顿说道。

"不了，我就在后面慢慢走。"山姆叹了一口气。

十五分钟后，弗兰和洛基特骑着马小跑回来了。弗兰高声大笑，摘下宽顶圆帽，长发顺势散落下来。

"真抱歉，我俩跑开了，这里的空气真是太新鲜了——让人忍不了就策马狂奔了！"她大叫着，突然对着山姆说，"哦，把你落下了！可怜的宝贝！"

回去的途中，弗兰骑着马一直在山姆身边，弥补自己之前的过错。

一个月前，山姆认为自己应保护脆弱可怜的妻子。现在，他却发现自己的呼吸变得急促，啤酒肚微微凸起……而弗兰转而陪伴着洛基特，这令他十分不快。

但令山姆最为不安的还是那天下午发生的一切。他们驱车前往弗兰西斯·奥斯顿（Francis Ouston）爵士的乡村别墅——沃夫顿公馆去喝下午茶。奥斯顿爵士是 位给议会带来自由空气的议员。这里是山姆到访过最豪华的公馆之一，山姆激动得呼吸困难。开过一英里长的榆树林荫道，他们来到一幢如法庭一般巍峨肃穆的帕拉第奥建筑前，另一侧是石头打造的旁厅。"那个旁厅可是个老古董，大约建于1480

年。"霍恩顿解释道。

别墅台阶前，挺立着柏树修剪而成的各种"绿色雕塑"，如公鸡、弯月、金字塔，以及石头雕刻而成的意大利式酒杯。右边是两块网球场，另有足足半英里的草坪不再绿草茵茵，反而呈现出冬季萧索的景象。左边一排排马棚像红砖墙村庄。这里好似一座魔鬼的宫殿，周围静谧阴森，星星点点散落着麻雀和秃鼻乌鸦的叫声。一瞬间，山姆眼中百万富翁的乡间别墅，无论坐落在美国长岛还是芝加哥北岸，无论像都铎式的宫殿、意大利式公馆、法式城堡还是如同高大的维朗山，都和古老牧场旁的新建工厂并无区别。尽管如此，曾经他却对这些豪宅心生向往、觊觎许久。

进入别墅大门，走廊墙上涂着灰泥涂料，装饰有很多挂毯；胡桃木材质的楼梯上摆放着意式烛台。主人引领他们走进宽敞如教堂般的客厅，里面摆放着橡木雕刻的家具。客厅里人潮涌动，纷纷扰扰。山姆头脑混沌，开始胡言乱语，除此以外，什么都不得而知。总共有差不多五十个宾客相聚在此，共度下午茶时光。他们拥有各种各样、花哨奇异的头衔，举手投足都喜气洋洋。但凡他找人交谈，人们都对他亲切有加，于是他并不反感这些人。他们到底在谈什么，山姆不得而知。他们提到西比尔（Sybil）这个名字，似乎是个女演员，也提到不少政客（他猜应该是政客）的名字，诸如南希（Nancy）、奥康纳（F. E.）①、吉克斯（Jix）、温斯顿②和首相。有个人提到"国家级……"③，山姆不清楚他所指的是一

———————

① 英国宪章运动领袖之一。
② 指温斯顿·丘吉尔。
③ 实际上是指全国越野障碍赛马。

家银行的名字，还是保险公司抑或是酒店的名字。

一位陌生的女士走过来，问他："你最近见到 H. G. 了吗？"

该作何回应呢？

"没呢。"他顺势机敏地回答，但 H. G. 到底是谁，是个什么东西，他毫不知情。

穿过面色红润的人潮，山姆的心脏一阵绞痛，备感孤单，但弗兰却在人群中走来走去，格外耀眼、格外平和，她成为男士追逐和征服的目标，如同在家一般，并未有什么不适。他们是一家人，他们一同进入公馆，但山姆却不知道如何融入人群。对于银行家们的传统习惯他略知一二，在联合俱乐部一千人的舞池中他也能忍受；但这里的客人处事严谨、沉着冷静，山姆无法融入，只能做一个局外人。

他躲过了认识 H. G. 的女士，慢慢挤过端着茶杯的人群，好不容易来到弗兰身边。她正向一位戴着单片眼镜的男士倾吐心声（可能事实并非如此），显示出对马球无休无止的热忱。

山姆终于待到空挡，哀怨地对弗兰说："咱们出去吧。这里人太多了！"

"可他们都是友好的人！我现在和奥斯顿（Ouston）太太的关系可好了，她甚至邀请我们去她城里的住所吃晚餐。"

"天呐——我真是——只想在晚餐前去外面透透气。我快窒息了。他们像鸟儿一样叽叽喳喳，吵个不停。"

"你不可能这么痛苦。我看见你在角落里和贝利奥尔（Baliol）伯爵夫人一块儿呢。"

"我吗？哪个是伯爵夫人？我看见女人就凑上去说话。他们为什么不在头上写上自己的头衔呢？老实说，弗兰，我现在体内的血都快喷出来了。我可以暂时忍受和两百个人相处一室，但不是两百个英国贵族。他们——"

"亲爱的山姆，你说话的口气真像赫德先生。"

"我也觉得我像赫德！"

"你真打算走哪儿都带着一身的泽尼斯气吗？你真打算拒绝所有和塔布·皮尔逊组织的扑克派对背道而驰的活动吗？你真打算自甘懦弱，自认衰老，不去接触新生活吗？我可以学啊，我可以的，可以的，我现在就学着呢！我现在非得跟你回霍恩顿府上，坐在他那精致的公馆里，然后一边读《观察家报》（Observer），一边忍受你的斥责吗？"

可现在不断忍受斥责的是山姆，他将信将疑地劝她在这里住着，想住多久，就住多久——只要霍恩顿没意见。弗兰整晚都面色阴沉，当然不是针对霍恩顿，也不可能针对洛基特。晚餐只有冰冷的火腿和牛肉，也没其他客人，仅仅他们四人。弗兰突然当着众人的面，举止轻率而躁动。她坐在钢琴前尽情地弹啊，弹啊，不停地弹。霍恩顿终于有机会和山姆热火朝天地讨论车前大灯的话题了，而洛基特却在钢琴旁徘徊。霍恩顿和山姆坐在客厅的另一头，面对壁炉，背靠钢琴。但透过壁炉上威尼斯样式的镜子，山姆清楚地看到背后两人的一举一动，他一直盯着他们看，内心紧张不安。

唯有一件事山姆终于明白，洛基特对弗兰温柔有加、大献殷勤，远远超过了朋友之间规规矩矩的友情。

洛基特开始点评弗兰奏出的音乐，他那一番温和的指教绝非恭维，倒显得令人沉醉而迷离。他的手轻触弗兰的袖口，后来慢慢地搭在弗兰肩上。但弗兰耸耸肩，摇摇头，显得有些不耐烦，但并没有生气。山姆听见弗兰说："不知道为什么喜欢你……你那样出色，让人特别觉得没有安全感……"

此时的山姆就像一个受人敬爱的父亲，面对自己的女儿和她的追求者。他想睁一只眼闭一只眼，可心中依然愤怒。

"可恶，洛基特为什么要带我们来这里？向弗兰求婚？他以为我什么都能忍？连她也这么认为？"

晚饭后，夫妇俩准备休息了，可山姆心中的怒火不断燃烧，终于爆发了："瞧啊，乖乖！古老的英格兰风光秀丽，勋爵大人高贵如宫殿一般的豪宅真是舒服极了——我很喜欢这里——你也喜欢这里，很兴奋，很惊讶吧？你一直和洛基特卿卿我我，你侬我侬。你已经走错道了。在屋子里，他对你深情赞美，他的目的不仅仅如此吧，你看不出来吗？"

"亲爱的杜德伍斯先生，你是不是暗示我——"

"不，我可没暗示。我说得很直白！你这个不经世的小傻瓜！"

"你想暗示我，我想让洛基特少校或别的男人对我进一步做一些略微不合理的举动吗？我连在家尽情起舞都无法忍受，这辈子怎么可能与人在出租车里牵手呢？真是绝顶的讽刺！就因为我对你性冷淡，无法满足你的欲求，你就再次用实际行动表明你的不满吗？太过分了！"

"你说得对，在家里我的确抱怨过。但我从未因为你对我冷淡，而指责你——尽管我确实很痛苦！我有耐心，我能等，能长时间等待。但现在事情变糟了，我对你一点儿吸引力都没有，你开始对那个男人着迷，或者说，至少你被他吸引了。不就因为他——"

"哼，说啊！'不就因为他是勋爵的表弟嘛！'说啊！说得我就像是涉世未深、没见过世面卑鄙可耻的土妞！"

"我可没打算这么说——要是我真这么说，也就是想表明，就是想说，他是个情场高手，知道如何恭维女人就能掌控女人的心。我做不到，我从未恭维过你。要是我会这么做，也不至于……咳，罢了。事情也没那么严重。我只是想说，尽管你骨子里像个欧洲人，但需谨记，这个古老的国度充满智慧，但也太过危险。当然，你已经体会到了。说这么多，真是抱歉。"

她站了起来，身子有些僵硬，穿着镶满蕾丝花边的黄色睡袍，头微微低垂。山姆见状，慢慢朝她挪去，笨拙地伸出手想抱她，他说道："抱歉！来亲一个！"

弗兰全身发抖，痛苦哀号道："不，别碰我！求你别再说那样的话了！洛基特？我从来没对他产生过兴趣。你真可耻！你不觉得自己可耻吗？"

入睡前，弗兰没说一句话。一早醒来，她格外安静，满眼倦容。有些令人诧异。

霍恩顿勋爵对他们热情款待，他在早餐的搭配上可下足了功夫，很少有人像他这么有创造力。但杜德伍斯夫妇对此过于平静，却令他有些伤心。洛基特有些好奇，脸上挂着微笑。到了火车站（夫妇俩将乘车返回伦敦），洛基特疑惑地望着弗兰的双眼……但充满着希望。

火车开走时，山姆内心很舒坦，弗兰向他微笑，像给自己的朋友打气一般。对此，山姆变得谦卑起来，内心不断谴责自己，心想自己本可以在这个欢乐的派对上尽情放松，在这美好的田园乡间释放天性。在探索英格兰的乡村景观之中，与洛基特建立起深厚的友谊，和霍恩顿将军肆意畅谈。在高地山间策马奔驰，任清风拂发。想到这些，弗兰心中充满纯真的欢愉。突然，山姆开始抱怨，都因为弗兰，自己变得这么放肆。

他抓起她的手，温柔而绵软——昨天强劲凶狠的力道全消失了。

第十一章

　　弗朗西斯·奥斯顿爵士拥有大量财产，且价值不菲。他在威尔士有上千英亩煤田，肯特郡有沃夫顿公馆，在伊顿广场有一栋无人问津的房屋，还有一匹名叫卡普里西欧萨三世（Capriciosa Ⅲ）的著名母马。继赫伯特·亨利·阿斯奎斯（Asquith）[①] 和劳合·乔治（Lloyd George）后，他也成为自由党党首。

　　而他的太太所拥有的只有他。

　　奥斯顿太太是一位美丽的女士，她气度不凡、极具魄力。她说话声音高亢，语速极快，富有激情，话语中的观点很有杀伤力。她谈论时装界保罗·波烈（Paul Poiret）[②] 从杰品牌

---

　　① 赫伯特·亨利·阿斯奎斯（1852～1928）：1908 至 1916 年担任英国自由党政治家和首相。
　　② 法国幻想时装大师。

获利时，谈论共和党的背叛时，谈论弗朗西斯爵士渴望成为英国首相（或仅代表国家）时，态度强硬，甚至有些张狂。她谈论工人阶级畅饮啤酒时，认为他们十恶不赦；谈论做烤鸡没加合适的面包酱时，认为这种做法实在无耻；她还认为美国人没教养、没文化，就是个只知道赚钱的暴发户。

但她本人出生在田纳西州州府纳什维尔，她的父母也是土生土长的美国人。

她可真是个让人敬畏的女主人。她会举办沙龙活动，邀请许多懂得如何搭配晨礼服的探险家、化学家前来参与，但很少邀请作家。尽管如此，她不会为了使客厅看起来丰富热闹，而邀请立体派画家、印度民族主义者、美国牛仔或其他不受大众青睐的群体。但专业举行沙龙活动的竞争对手、女主人们却会为制造人气，不惜一切价邀请这类人。

但奥斯顿太太提供的酒却是上等佳品。在这里客人一定会喝到白兰地中的"拿破仑"①，遇见公爵的表亲，听到纽约最庸俗的新闻。

虽然，此次晚宴并不算内阁部长级的秘密聚会，规格不算高端，但洛基特劝服奥斯顿太太邀请杜德伍斯夫妇。此次晚宴格调居中上水平，还算不错，提供的葡萄酒来自伏旧园②，并有剑桥大学学院院长。

山姆在此很安静，谨小慎微，并不十分兴奋。原来他发现，周围二十多个宾客，都温文尔雅地小口品尝鲑鱼，和他人交谈也格外谨慎。没人说出的观点粗暴，难以令人接受。每人见到山姆，只询问两个问题："第一次到访英国吗？"以

---

① 出产于法国北部的干邑地区，属于上等的白兰地。
② 位于著名的勃艮第红酒至尊之地夜坡。

及"打算在这里待多久呢?"尽管这样,他们对这两个问题也并不真正在意。

他心想,过去,来自英国、瑞典、德国和法国的外商到访启发汽车厂,他也多次问过同样的问题——是否第一次来美国,打算在美国待多久。

"我再也不会问这种问题了!"山姆暗暗发誓。

晚餐依旧继续。人们有的一边喝汤,一边窃窃私语,谈论广播节目和萧伯纳的戏剧;有的一边品尝鲑鱼,一边小声论及墨索里尼和流感;有的一边吃着烤羊肉,一边并不十分投入地秘密交流如何应对黑夜飞贼。山姆独自低着头,狼吞虎咽,尽情享受美食,突然听到奥斯顿太太跟他讨论美国,迅速变得彬彬有礼。同桌其他人也把注意力挪到他俩身上。山姆并不知道奥斯顿太太出生于美国,他听着她的观点,心里十分反感:

"——当然我们在座的所有人都没有将你亲爱的夫人和你本人划归到丑陋无耻的美国游客行列中——那些人我们曾经在塞西尔①或火车上——亲眼所见、亲耳所听。那些游客可能常出现在那些地方!事实上,我确信你们如果在这里住上几年,同样会被误认为是英国人。当然,这是个比较官方的问题了。但你难道不像我们一样,崇敬美国的发展实力及其机械产品的真实水平?不认为这是世界上至今为止,最可怕的一个国家吗?这个国家太吵闹——就像铜号发出的声响!这个国家太粗鲁!太缺乏含蓄!太现实了!太模式化——每个人的想法几乎都一模一样!两年以后,你会彻底抛弃你那可怕的祖国,你绝不想回去,我想说,这才是最完美的结局。

---

① 美国一座城市。

你现在没这么觉得吗?"

山姆·杜德伍斯一辈子都从未因自己是美国人而夸夸其谈,对此他并不觉得可耻。这可真是可笑,他忍不住独自窃笑,显得尤为谦逊,"为什么会这样想?我从未全面地思考过关于美国的话题。只是浅薄地以为——"

"你不会幻想多久了!那是怎样的一个国家!那里全是能力低下的政客——可以说处于动物进化的最底层——比爱尔兰共和党人还糟糕!得知美国让我们支付战争赔款,你做何感想?难道不为身为美国人而感到羞耻吗?这就是你倾力付出、贡献一生的国家!"

"我不会!"山姆突然间怒火中烧,面对这个成熟而规矩的群体,他的自信瞬时回来了。"我从不是一个狂热的爱国主义者。我不认为美国是一个完美的国度,这是实话,并不在打赌。我也知道,国内有不少愚民和恶棍,我也会谴责他们。但请允许我说出自己不同的观点——"

洛基特在一旁打圆场:"你也别指望杜德伍斯先生就同意你的话,奥斯顿太太。别忘了,他可是——"

山姆态度刚毅,音色高亢:"我以为并认定美国是世界上最伟大的国家。也许确实如此。也许就是因为我们犯了很多错,才能证明我们在进步!不因身为美国人而感到羞耻,如果算作不合礼仪的话,那我确实不守规矩,冒犯了!"

发泄过后,山姆战战兢兢自言自语道,"瞧瞧我刚才丑陋的嘴脸!为了弗兰,我也不能像这个样子。从她身上,我都学到了什么啊?!"

但弗兰竟然奇迹般地也开始回应,真是不可思议,"亲爱的奥斯顿太太,一百个美国人当中,或者一千万美国人之中,总有人说话声音温柔,也会思考除美元之外的问题!想想吧,我们大多数人都或多或少属于英国后裔，我们也有许多优秀的公民！我很好奇，难道英国议会所有成员都堪称无可挑剔的小绅士吗？我似乎也听到过他们的争吵——而我们在家自我批评、反躬自省的次数比任何一个国家都多。我们的作家从底层小市民和普通大众那里，汲取优劣，书写这个国家的各个层面。我们认定自己的命运要自己来成就，不能仰仗外国人的慷慨解囊和无私帮助，真是令人期待啊！"

"我认为杜德伍斯太太说得很对，"弗朗西斯爵士总结道，"法国人和意大利人称我们为野蛮人时，我们英国人自己也不痛快——可他们不就开个玩笑嘛！"

弗朗西斯爵士虽像在讨好弗兰，可语气坚毅。山姆明白，从现在开始，弗兰和自己可就像两条疯狗一样在奥斯顿公馆出名了。

幸好弗兰很有经验，一到十点一刻便假装头疼病犯了。

弗朗西斯爵士和夫人奥斯顿太太送别他们俩时同样热情不减、依依不舍。

山姆和弗兰坐在回酒店的出租车里，没说一句话，忽然，山姆叹了一口气，"抱歉，亲爱的。我真是无能。刚才失态了，实在抱歉！"

"没关系！你能这么做，我很欣慰！那个白痴女人！哦，亲爱的——"弗兰肆意地大笑。

"我发现奥斯顿夫妇和我们能成为朋友！他们邀请我们务必和他们乘快艇遨游世界呢！"

"那就乘船遨游吧！"

"他们难道没有一个可爱的小女儿吗？这样咱们的儿子就可以娶她了。"

"弗兰，我真是太爱你了！"

"你！这个糟老头子！真幸运，你还是你！山姆，我有一个不好的想法。我敢打赌，白痴 女人也是个美国人！叛徒！典型的侨民！她比英国人还装得像英国人。地道的英国人对我们可没这么好，她更像是住在伦敦的爱尔兰评论家，或者犹太观察家——在国王左右陪伴、辅佐。哦，亲爱的，亲爱的，我可能陷入这侨民的圈套了——山姆·杜德伍斯，如果某一天你发现我不再是一个粗鄙的美国人，而变成其他样子，你会教训我吗？"

"会啊，不过我要教训你很久吗？"

"也许吧。我不是一个合格的妻子。但还算没丧失美德，我深知。在霍恩顿将军家，我的确和克莱德·洛基特调情来着！他奉承我，挑逗我，让我夸赞他，说'你的双眼真迷人'。我的确这么做了！我真是没脸见你！"

在酒店的房间里，弗兰的脸颊靠在山姆的肩膀上，低声啜泣："哦，我只想和你在一起，我要做你的女人。别赶我走！"

"我不会！"

即便洛基特依然充当奥斯顿夫妇的"师爷"，但夫妇俩不愿再考量弗兰的社会背景了。

第二天，洛基特照常来喝下午茶，不紧不慢地说："咳，默尔·奥斯顿（Merle Ouston）昨天晚上真成了众矢之的。你也一样，杜德伍斯！"

"天呐，我总不能坐在那儿，听她胡言乱语，而无动于衷吧——"

"你应该一直保持微笑。你们美国人就是这么敏感。英国人才不会在意别人批判英国呢，甚至会在一旁赔笑。"

"唔！这一点我早有耳闻——英国人告诉我的！我猜你们的神话故事里可不宣扬这一点吧，就像我们相信，每一个美国人都热情好客，恨不得把自己的衣服脱给陌生人穿，事实其实也不是这样。我可从未见过纽约银行家放低身段到埃利斯岛，见到波兰偷渡客就祈求他们留在美国，在这里安居乐业。瞧啊，洛基特！奥斯顿女士说我们美国的政客都贪得无厌。说不定我也会讲些英国国王和威尔士王子的俏皮话哩。"

"两者之间有所不同！这关乎于品位是否高雅！别担心，霍恩顿和我青睐美国人，我们举双手支持你们。"

"我懂，"弗兰说，"你热爱美国——除了那里的食物、礼节和人。"

"最起码，我特别热爱某一个美国人！"洛基特回应道，他的眼睛看着弗兰，爱慕的神情不知不觉向外流露。

山姆等着弗兰责骂洛基特，可她没这么做。

之后，洛基特带着山姆和弗兰去希罗俱乐部跳舞；这里如同跳着"黎高冬舞"① 一般，里面挤满了跳舞的人群，繁杂而喧闹，山姆和弗兰很快融入其中。这里气氛融洽，像朋友间的聚会，这里供应不少杜松子酒，空气里弥漫着香醇的味道。英国汽车生产巨头邀请杜德伍斯夫妇前去参观他们的工厂。访问结束后，霍恩顿勋爵做东，在"女子联合业务俱乐部会所"邀请三四位身材健硕的夫人赴宴。但晚宴派对又一次陷入单调乏味的尴尬境地。

一瞬间，她们似乎并未生活在英国，倒是坐在火车站，等待即将到站的洲际列车。奥斯顿爵士晚宴事件过去一周了，洛基特离开英国，前往里维埃拉。山姆如释重负——不过倒还挺想念他，真是怪异。洛基特走后，杜德伍斯夫妇的邀约次数也减少了。

---

① 流行于 17 至 18 世纪的双人舞，音乐节奏欢快。

"没办法了，"山姆说道，"我们去城里逛逛，就能在当地认识更多的人了。我们去游览历史遗址之类的地方。"

山姆曾拜读过卡尔·贝德克尔（Karl Baedeker）有关伦敦的哲学研究著作，他也一心向往伦敦塔、议会大厦、基尤植物园①、威斯敏斯特大教堂、罗马浴场、国家艺术馆；他甚至恨不得立即回到斯特拉福②参与其著名的莎士比亚纪念活动——但并不表明自己过去二十五年来一直阅读莎士比亚的作品；也恨不得即刻前往坎特伯雷——也并不表明自己读过乔叟（Chaucer）古老的经典作品。

弗兰对此却怨声载道，这令山姆心生不快，"哦，老天，山姆，我们可不是游客！我讨厌去这些地标式的景点。真正擅于交际的人从不到那些地方。我敢打赌克莱德·洛基特从未走进过伦敦塔。但艺术馆和大教堂咱们另说，经历丰富的人从中可学到不少知识。和一帮来自艾奥瓦和俄克拉荷马州的人坐在老柴郡③奶酪酒馆，就约翰逊博士的著作发表观点——这也太可惜了吧！"

"我可不同意你所说的。我们来到一座闻名世界的城市，却不去游览那些闻名世界的景点，是怎么个意思呢？如果你不愿意在景点处寄纪念明信片，也可以不做啊！除非你先攻击那些旅游的衣阿华人，否则他们不会反过来攻击你！"

弗兰在旅行中向山姆暴露出自己典型的势利眼、虚荣心。

---

① 位于伦敦泰晤士河畔里士满自治市前皇家种植园基尤旧址。1759年威尔士亲王遗孀、乔治三世的母亲奥古斯塔划出她的部分地产开辟为该植物园。

② 美国康乃狄格州一都市，为美国莎士比亚节日的举行地。

③ 英格兰西部的郡。成立于1974年，包括旧柴郡的大部分地方，原来的部分地方现划归默西赛德郡和大曼彻斯特郡；郡首府是切斯特。

但内心孤独寂寞，和山姆在一起无比满足。即便奶酪酒馆的侍者向他们出示游客的名单，弗兰为此火冒三丈，她与山姆一同享用云雀肉及牡蛎馅饼却能化解糟糕的心情。

山姆在伦敦城内漫无目的地游走，迷雾蒙蒙的广阔天地，在他看来也再自然不过；在这里，他亲身体会窗帘背后万家灯火那数不尽的悠悠故事。一到晴天，薄如蝉翼的阳光轻轻洒在伦敦城内灰绿色砖墙的房屋上，这些丑陋的墙面是山姆心中的一道阴霾，在金色帷幕的笼罩下，终于一扫而过。这样的美景在泽尼斯阳光明媚的冬日难得一见。山姆渐渐对周遭的一切熟悉起来，连洋洋得意的小商店及其庸俗的橱窗、烫金的招牌都已唤起山姆的爱。巧克力商店的招牌画上是一个放在糖盒上的皇冠；香烟商店的招牌画上显示出兴高采烈，周日巡游的员工，他们手持仿真银色的香烟盒；煎鱼铺前人潮攒动、香味扑鼻。山姆已经熟识伦敦的公车线路，心里别提多高兴了，他甚至清清楚楚地知道"坐九十二路公车回家是最佳路线。"生机勃勃的伦敦，曾经的蛮夷荒野之地，如今却焕发出文明的光辉，山姆对这一切越来越熟悉。但弗兰却开始谈及巴黎——现实中阴柔而暧昧的浪漫胜地。

杜德伍斯夫妇曾在泽尼斯自己的领域里忙得不亦乐乎，此次旅途，他们夫妇俩终于体味到从未有过的孤独。

他们俩每晚坐在酒店套房，似乎白天"走马观花"，晚上太过劳累，其实不过是装装样子罢了。他们太累了，但能踱步出门享受晚餐，两人也倍感欣慰。山姆一直都很清楚，弗兰在等待着什么，事实上，他自己也同样在等待，在祈祷。盼着电话铃声终能响起。

夫妇俩参加了许多派对晚宴，邂逅了不少开朗而友好的人，他们总说："不久之后我们再见面啊！"但很快又将两人抛之脑后，且毫无负疚感。伦敦人面对弗兰的魅力，居然无动于衷，这令她很是失望，她的心中甚至有些后怕。一旦山姆决定订鲜花，或者找到一些意料之外、温馨快活的地方共进晚餐，弗兰渴望的内心瞬时感激涕零。有时，山姆为弗兰不能融入她视为事业的社交活动而扼腕；有时，又想到他俩能与世隔绝，沉浸在二人私密的小世界里而窃喜。

塔布·皮尔逊的侄子杰克·斯塔林以及一名美国驻伦敦大使馆秘书终于回城，并正式登门拜访，他们关怀一番弗兰的身体和山姆的语言能力，以还算过得去的热情接纳他们、欢迎他们。弗兰却有些紧张胆怯。斯塔林是一个可爱有趣，给人印象良好的年轻人，他可是个跳舞好手，满脑子各种主意——虽都算不得好主意，但他热情活跃，说起话来，口若悬河。他称呼山姆为"长官"，令山姆又激动又尴尬。在泽尼斯，唯有参加过第一次世界大战的军官才能被称为"长官"。当然，一个脾气暴躁的家长欲教训五岁的男孩子时，也会这么说。

斯塔林进门之后，洛基特突然飘进来，似乎他从未离开过，霍恩顿勋爵也莫名其妙会在城里待一个月。至此，杜德伍斯夫妇受邀参加的午餐、茶会、晚宴、舞会和剧场演出的机会，比一个一心钓得金龟婿，设法攀附名流的淑女的机会多了不少。看到弗兰重新焕发春光，他也变得快乐起来。山姆自认为相比舞会上独自一人找不到舞伴，在晚宴席上保持沉默，无法享受美食，务必充当听众会更加无聊；他也认为夫妇俩必须拜访的权贵名流，晚上务必邀请共赴便饭的权贵名流，全是一些不会再见的人，山姆对此反而极为高兴。这番想法却持续了不到两周的时间。他也无法说服自己，弗兰和他的私人圈子。（在里兹酒店的房间里，他假装自己拥有晚餐前鸡尾酒的美好时光，弗兰却不断与鲜花较劲，烦死了）比别人的更加丰富而充满生机。聚会上的谈话得小心谨慎，面包酱上满是烤面包的味道，晚上九点半至十点半死气沉沉的时间段里，并未穿梭着笑声，时光便慢慢流逝了。

赫德先生的到访可真是及时雨，此时，弗兰忙于社交，山姆可以开溜，可以和赫德先生聊些八卦轶事，分析一番汽车价格，偷偷谈些下流新闻，谴责一番美国人的劣根性了。

赫德先生尽其所能显得热情好客，但有人，如弗兰却不希望他人太多热情，赫德倒从未遇见过。于是赫德就变得手足无措、羞于见人——信心满满的销售冠军原来也会害羞啊。曾有一次，赫德接了无数电话以后，收到弗兰邀约喝早茶的电话。无奈，他将出生于俄克拉荷马的太太从乡下接到伦敦，偕妻子同去，并穿上过时的晨礼服，带上全新的鞋套。

赫德踏着轻快的步子，吵吵嚷嚷地走进杜德伍斯的套房，赫德夫人悄悄地紧随其后。山姆尤为感动，面对赫德夫妇格外谦恭，这样的山姆可不常见。赫德夫人穿着蓝色的丝绸短裙，背后裙摆微微上翘。她刚修了指甲，指尖显得尤为纤细，指甲上涂着玫红色的指甲油。赫德目前挣的薪水已足以支撑他们富足的生活，但据山姆所知，赫德夫人多年来一直亲自洗碗、洗尿布、拖地。她嘴角上扬，面带微笑，但在镶着白色瓷漆的小门厅前，与山姆握手时，眼神紧张而不安，她激动地大喊着：

"我的天呐！早闻你的大名，杜德伍斯先生！阿尔经常提起你，你真是事业有成，阿尔上次回泽尼斯时和你们相聚一番，度过了一段美好时光。他可很享受和你们吃饭呢——你们能到伦敦来，真是太好了。我盼着杜德伍斯太太和你有时间能到乡下来看看。我想你一定忙于各种社交活动，不过——"

山姆领着赫德夫人走进客厅，山姆低声向弗兰介绍客人，并给弗兰使眼色，提醒她注意形象："弗兰，这位是赫德夫人。我们和她丈夫接触那么长时间，能见到夫人本人，别提有多高兴了，是吧。"

"你好，赫德太太?"弗兰起身问候，既像奥斯顿太太一样恭恭敬敬，又像她发怒时，眉宇间趾高气扬。但弗兰一不小心把"你好"的"好"读成了二声，尾音居然走调了。

赫德太太满脸堆笑，"见到你真高兴，我说的实话。"随后她坐在椅子上，微微靠前，正襟危坐。赫德夫人谢绝了她酷爱的蛋糕，面对弗兰不停褒扬巴黎的神情，她的表情十分难看。她本打算邀请弗兰去乡下，但话到嘴边，迟迟不出口。此时山姆和赫德二人互戴高帽，彼此吹捧，弗兰温文尔雅地说："赫德——嗯——太太，你能来看我们，真让我感激涕零!"这番话让赫德太太感到又甜又腻，顿时，手足无措，只得说："老天，你们的房间真漂亮。我猜你和英国本地人、贵族及其他人——都特别熟络吧，我说的不对吗?"

之后，赫德愤怒地挂掉电话。

洛基特和杰克·斯塔林终于回来了，弗兰天生就是掌控局面的高手，而山姆只能卑微地缓缓退出，和赫德一起享用剩下的晚餐。

两周后，赫德在午餐时说："我说老大，最近一段时间，我想挑一个晚上组织一场单身晚宴，邀请伦敦不少高层次的美国商人前来参加——大家围坐在一起，放轻松，不拘谨，彼此只告诉中名就够了。你不想躲开老婆，度过一周如混迹老家的美妙生活吗? 下周六晚如何?"

"行啊。我得问问老婆有没有其他安排。"

"但愿她有。家教挺严啊！哈哈哈哈！"

这番玩笑话并没有得罪山姆。赫德念了些下流打油诗，想到晚宴上的年轻尤物，便止不住狂妄大笑。尽管如此，在山姆看来，如此下作的赫德比起纽约和伦敦那些世故且猥亵的轶事算得上相当纯洁了。那些古怪轶事令山姆恶心，他宁愿循规蹈矩，粗俗平庸，老成持重。赫德，对，就是他，山姆挺喜欢赫德！但他的确会拍他人后背。这段时间，他一有事做，就会下意识拍拍山姆的后背。比起热情的握手礼和一句虚伪走音的"你好"，这种形式不更有意义吗？

山姆回到酒店，弗兰和洛基特正一块儿喝茶。

"我敢打赌，你又去找某个快乐无边的美国朋友了。"洛基特说道。

"那又怎样？"

"你和我们在一起时，说话声音深沉而迷人。别有一番韵味。可如今你又溜回美国圈子里，音调一下子变得尖利而单调了。"

"真不幸啊！"山姆闷声作答，他靠在壁炉边，挺着胸膛，心里纳闷，如果将杯子里的茶水泼向洛基特会怎样。该死的家伙！哦，但他又那么友好，话语中肯，总能及时为迷茫的"美国土著人"示范出英国的正确言行。不过——且慢，也有不少音调深沉的人像山姆·杜德伍斯这样哩。

弗兰正在列举购物清单和缺少的丝绸服装，山姆突然打断她："听我说，甜心，赫德老兄下周六晚举行一场单身晚宴——不少美国商人会来。我想我得做点什么，他可用心良苦呢。"

"你喜欢这活动吗？是不是觉得像回到泽尼斯，有如扶轮社大聚会一般？"

"凭你对我的了解，我肯定喜欢啊！我记得，那天晚上我们没什么安排吧。你会去参加女性派对，看电影或做点其他什么事吗？我想——"

"亲爱的，晚上想外出，你不必征得我同意！"

（"可恶，我可没想这样！"）"不，当然不是这样了，我只是不想把你一个人晾在一边。"

"我说，弗兰，"洛基特补充道，"下周六晚，你想和我共进晚餐，之后咱俩一块儿去看歌剧吗？"

"唔——"弗兰不敢轻易断言。

"行啦，"山姆说道，"去吧。"

与此同时，杰克·斯塔林突然现身，他兴高采烈地和弗兰、洛基特一同嘲讽美国，只有山姆保持沉默。山姆正独自思考。他有了新鲜事可做，心中却不乏困惑。他认定将英国和美国进行讨论，作比对，本来就是一种病态心理，一场无休无止、惹人烦恼的家庭内部纷争。相反，中西部玉米田里的庄稼汉，约克郡荒原上的乡民，康沃尔郡的渔夫，绝不会把这种话题挂在嘴边。但在外旅行，面对住在另一国度上的亲人，或在河对岸凭借报纸了解彼此信息的游子心中确有解不开的心结。

弗兰、洛基特和斯塔林在一边小心翼翼、叽叽喳喳地讨论。

他们都忍不住大笑——

而山姆却宁愿听赫德讲风流笑话。

不，这不是真的。他不相信。这些伦敦人（弗兰和斯塔林也试图变身本地人）比泽尼斯的百姓会聊天。他们有些犯傻，咯咯笑个不停，确实有些过火。但他们发现生活相比家乡的商业朋友的确更有意义。

英国和美国人难道不能像赫德那样生意精明、生活简单，不能像弗兰或杰克·斯塔林那样外在优雅，不能像洛基特那样拥有极高的求知欲和好奇心？洛基特由于无聊，了解些伏都教和部落酋长的秘密，学生时代的他就是个渴望新奇，但容易上当受骗的小男孩，假期里他依靠父亲身为牧师的收入，去伯克郡度假。

洛基特——稍等，为何洛基特总是山姆思绪中的一块结？

无论他怎么回避，这是抹不掉的事实。两周以来，弗兰和山姆陷入孤独中时，感情愈发温厚。弗兰与山姆在一起，无论日月星辰如何变迁，改变不了内心的富足。但最近这份感情愈发浅薄，渐渐地消失了。弗兰对他的热情已渐行渐远，不见了踪迹。

赫德先生为山姆打造的单身晚宴派对到了八点半如约举行。洛基特和弗兰七点离开里兹饭店外出吃饭，随后去看歌剧。山姆像父亲一般目送他们远去，而弗兰则像女儿一样依依不舍，"希望你好好享受晚宴的美好时光，山姆，代我向赫德先生问好。他心灵善良，是个好人，真的"。山姆停在原地，望着他们穿过走廊去乘电梯，但离去的弗兰却并未回头，向他挥手告别。她挎着洛基特的手腕，谈笑风生，沉浸在只属于她和洛基特的二人世界中。

之后足足一个钟头，山姆都在房间里踱来踱去，心里好不孤独，头脑里一片空白。

赫德专门挑了索霍区①的叮咚诺餐厅一个包间来举行晚宴。里面放置了一张马蹄形的餐桌和三十个座位。餐桌旁摆

———————

① 英格兰伦敦中部的一个区，最初以情趣品商店和同性恋酒吧著称，现在因饭店、剧院和夜总会而闻名。

着一排种满勿忘草的花盆，里面插着美国小国旗。主宾席后，挂着柯立芝总统的肖像画，飘扬着红白蓝相间的彩旗。墙上全是耶鲁大学、哈佛大学、文讷马克①大学、埃尔克大学、秘密共济会、慕斯俱乐部、伐木工协会、扶轮社、基瓦尼俱乐部以及泽尼斯商会的盾形招牌和横幅，甚至还有启发汽车公司四张纸拼接而成的海报——天知道赫德从哪儿搜集的这些纪念物。

若弗兰在场，一定会在一旁冷笑……

餐厅外是一条黑暗无光、弯弯曲曲的小巷，僧伽罗餐馆、法语书店、假发制造店里灰蒙蒙的灯光星星点点地撒在街上。叮咚诺包间内的装潢风格充满浓郁的异国情调，墙上的壁画不知源自广告画家之手，还是画室画家的神笔。画面上是伊索拉贝拉海滩②、菲耶索莱③和圣天使教堂④。但山姆却无暇欣赏。他此生仅吃过唯一一次旋转午餐，这次算第二次经历。于是山姆双眼盯着旋转轮，脸上充满好奇，不露声色地微微偷笑。不知什么原因，现在的他纵然无权无势无地位，但突然认为自己还是个大人物。

而他被引介给其他宾客时，大人物的骄傲愈加膨胀。

这些人中有的在英格兰居住了一个月，有的居住长达三十年，且各具特色、不尽相同，就像动物园里狮子山挨着猴子笼的感觉。无论差别再大，他们骨子里美国人的热心肠，

---

① 美国多部小说中虚构的地名，是泽尼斯州最大的城市。

② 位于西西里岛东岸。

③ 意大利托斯卡纳大区佛罗伦萨省的一个市镇。

④ 位于意大利罗马，是一个圆柱体高塔。由罗马皇帝哈德良（Hadrian）修建而成。罗马教皇曾将其作为重要的要塞堡垒，如今是一座博物馆。

以及由于无法正常通过鼻子发声，导致"说话时带着浓重鼻音"的特点，依然没变。匹兹堡西部国家银行海马基特分行的斯塔布斯（Stubbs），是一个头发花白，五十岁的强壮男人，他对高尔夫兴趣浓厚。曾就读牛津大学，并获罗德奖学金的年轻人厄特曼（Ertman），是芝加哥登记管理处驻伦敦办事处的通讯员，他是个知识丰厚的精英人才。巴尔迪摩雄鹰俱乐部的年轻人萨佛恩（Suffern）面色红润、双肩宽厚、说话高声而吵闹。捷足缝纫机英国经销部经理多布林（Doblin）是个上年纪且精瘦的绅士。当然，还有东方口香糖公司的马卡特（Markart），赛利亚现金付款机厂的克耐布（Knabe），美国前进公司的费施（Fish），国际旅行社的史密斯（Smith）。盎格鲁-秘鲁银行的纳特哈（Nutthal），出生在英国兰开夏，并在美国奥马哈居住了十八年，可以说已摇身一变，成为一个百分之三百，如假包换的美国人。甚至还有不少美国汽车代理商前来。

这些人争先恐后地前来和山姆握手，大声呼喊着他的名字（而罗德奖学金获得者的呼唤声更是独领风骚）："有幸见到你的真容，实在太荣幸了。会在这里待很长时间吗？"

靠近门厅处放置了一排长桌，上面分散着马蒂尼鸡尾酒、曼哈顿鸡尾酒、布朗克斯鸡尾酒，一瓶瓶苏格兰威士忌，"加拿大之夜"、美国裸麦威士忌以及波本威士忌①。山姆一杯没逃，足足喝了四杯鸡尾酒。随后，他左右摇晃着走到赫德先生的座位旁，他已然忘记老婆弗兰和洛基特在一块儿，而自己孤身一人的惨状。

宴席上爆发出各种各样的俏皮话和欢声笑语，大家对长

---

① 波旁威士忌，用玉米酿成，产于肯塔基州。

长的餐桌怨声载道，讲了不少笑话，均是这样开头的："积发有这样一个故事，两个犹太人……"可以说，如今的山姆心甘情愿融入正当的英国都市社会。两周以来，今晚的晚餐令他尤为满意，吃的格外舒心。甜点之后供应科纳克白兰地和苏打威士忌，山姆也继续小酌。其他宾客终于在这个夜晚，逃脱了美国妻子的束缚，他们一度认为女权地位不断上升，男权地位逐渐下降。此时终于逮住机会一醉方休，并和声高唱美国民歌《老人回家摇摇晃》（*The Old Man Came Rolling Home*）、《他把杰西·詹姆斯安放在坟墓里》（*He Laid Jesse James in His Grave*）以及《通往宾果农场的路上》（*Way Down on the Bingo Farm*），所有的人竟然醉到用纯正的伦敦腔演唱《贫穷而诚实的她》（*She Was Poor but She Was Honest*），真是激情澎湃、热情高涨：

　　　　我叫永（洋）·永（洋）逊

　　　　来自辉（威）斯康辛

　　　在木材场辛勤供（工）作

　　　　子（只）要桑（上）街

　　　　见到所有忍（人）

　　大（他）们就说啊啊啊啊，

　　　"你叫甚（什么）？"

　　　我就回答答答答：

　　　　我叫永·永逊

　　　　来自辉斯康辛

　　这可是一首名曲，尤其适合借着酒劲高歌，于是他们整整唱了十分钟。

　　正当大家兴致高涨时，山姆·杜德伍斯进行了一场小型座谈会，探讨困惑他许久，似乎已郁结成心病的问题：美国是否是统治世界当代的罗马帝国？相比英国和欧洲是否发展落后？这两个问题是否同时存在？

三十位宾客当中，不到十人表示自己在国外居住过。若他们偶尔说"背带"（"braces"），而不说"吊带"（"suspenders"），或说二先令（"two bob"），而不说五十美分（"four bits"），那很容易猜出，他们只是读过英国小说。不到六个人，仅凭举手投足能成为美国人眼中的英国人，不到三个人，能成为英国人眼中的英国人。

山姆将信将疑，发现出国居住的人当中，想回到美国安度余生的不到六人。

他明白，拥有显赫的头衔的人，喜欢玩巴卡拉纸牌①的人，行为怪异、喜欢下棋，热衷于情场游戏的艺术家，以及终日浑浑噩噩，想寻得同样无聊的同伴的人，像这些种类繁多的世界公民，便愿意定居海外。但这三十位堂堂正正的成功人士，如优秀的销售员，精力充沛的出纳总监，以及轮胎生产商，也愿如此，却令山姆迷惑不解。

这些人愤慨而激进，他们一致认为美国是"世界上最伟大的国家"，那里资源丰富，人口众多，生活舒适便捷，与此同时，能源和机械制造业独具特色，那里的人民慷慨大方、热情友善、天性幽默、积极好学。但山姆心想，这些人估计没人渴望在美国探寻一番自己挚爱的风光胜地——

纽约的冬夜，随着数以万计的霓虹灯光而照耀夜空，派克大街②上剧场震耳欲聋的声响和一排排的公寓大楼显得相

---

① 三人玩的纸牌游戏，流行于欧洲赌场。

② 曼哈顿岛东侧南北延伸的一条宽阔的大街，传统上与豪华公寓相联系，现在是许多高级商业大楼的集中地。

形见绌。佛蒙特的秋日午后，随处可见如火炬般熊熊燃烧的枫树叶。明尼苏达的仲夏，玉米地向他们招手致意，穿过广阔无边微风拂动的层层麦浪，远处是一座座高大敦实的红色谷仓，以及一座德式天主教堂尖尖的塔顶。四围一望无际，静默无声：内华达山脉①断崖相挫形成的盆地；亚利桑那州一片片如绘画艺术般的孤山层层叠叠；威斯康星州湖泊四处分布，沉静深厚的湖水抚育着金灿灿树干的挪威松树；古老而宁静的利奇菲尔德和沙伦，康涅狄格当地建筑的门廊上镶着扇形窗。感恩节的日落时分，天气阴冷，能赶上了两场重要校际大赛最后十分钟。正好是伊利诺伊对芝加哥，耶鲁对哈佛。这让他们回想起观看施努兹大学对马金尼斯农学院比赛时的心情，有激情、有难忘、有伤心、有痛彻。二十五万人口的大都市到处都是高速运营、烟雾缭绕的钢铁厂，短短二十年时间，就像在寸草不生的贫瘠之地，一座座教堂拔地而起，真是疯狂。漫长的公路上，一个粗俗而外出冒险的家庭开着嘎吱作响的、廉价的、拥有新款车篷的小汽车，本打算从西雅图到塔拉哈西②，只为了解世界、开阔视野，结果在目的地辛勤耕种换得熏肉、面包和食用油等等生活日用品；并在草场茂密的城边宿营，借着篝火，欢快歌唱——

"我真想回阿拉巴马州——那里美女如云，还能畅谈乔治亚淡水龟——听着，伙计，"匹兹堡西部国家银行的斯塔布斯说道，"在阿拉巴马能吃到世界上一流的食物。"

国际电影放送协会的普林伯拖着长长的音调说，"我一年会回一次密苏里州，去山里钓鱼。"

---

① 美国加利福尼亚州东部的花岗岩块状山脉。
② 美国佛罗里达州首府。

除了六位略微思乡的人以外，其他人继续畅谈对美国的热爱，不断盛赞美国的辉煌，尽管如此，却依旧选择留在欧洲。

那些人因多布林的各种批驳而停止悔恨，多布林是缝纫机制造厂前任总经理，也是美国商业群体的前辈，他是位年老的长者，身材精细，举止文雅。多布林开口了（而其他人屏气凝神，洗耳恭听，并不时点头表示赞同，连抖烟灰都小心谨慎，或者嘴角一直叼着烟头）：

"那我就谈谈自己个人的观点。我接触的美国人中，有一半或三分之二都可谓世界上的精英人才——他们为人极其友善，生活快乐，对世间一切事物都充满好奇。我猜剩下的三分之一，可谓社会的寄生虫，八卦讨嫌的疯子，无知却狂妄的愚人，上帝居然将他们创造出来。这些人里有男人也有女人！住在这样的美国那就真成了笑话了。如果没有禁酒令，我们就能大大方方地喝啤酒，而无须被迫喝杜松子酒或偷喝私酿了。如果我们不那么自吹自擂，自诩为半个教育者或传道者、半个编辑和半个政治家，那我们才能精心思考，不受思想和道德权威的约束。如果我们的街道没那么吵闹该多好，如果街上多开些咖啡馆，少些汽车——恕我冒昧，杜德伍斯先生，你正好是汽车生产商——该多好。尽管这样，我依然保持自己的观点不动摇。"

"但最主要的观点，其核心思想，我很难表述清楚。没有什么像禁酒令这般简单了……老天，许多人谈论那个问题时，自认为自己思想深刻……其核心思想就是——住在国外更加轻松愉快！邻居不会偷窥我们的隐私，八卦我们的生活，或以教会我们生存和家庭中的相处之道作为自己的天职。于是我没有什么需要隐藏，我已经三十年没喝醉酒了。我对妻子忠诚——但只有一次，我到达波罗的海地区，那里曾是我去过最遥远的地方了，就在那儿，亲吻过一个小寡妇。如果说有什么秘方可以根除这样的恶习，据说就是时时刻刻秉承道德潜移默化的约束力，在国内怎么样做，到了国外依旧如此。这里的佣人更专业——是的，佣人热爱他们的工作，相比在美国雇佣的红脖子女佣，他们对待工作一分为二。他们技术娴熟，尊重他人，他们安全可靠，他们不会整天在工作细节中渗透女性的八卦天性，更不会将这些悄悄告诉自己的小情人！至于事业——最伟大的美国奇迹告诉我们，美国人比英国人以及欧洲其他人具备更高的办事效率。这不过是处于强压工作中销售员的胡言乱语罢了！为何这么说？我敢打赌，说这些话的人不知道多么憎恶顾客，事实上，他们根本不会为此而奋斗！英国消费者却很清楚他们要买什么，绝不会匆匆忙忙买一些自己不需要的东西。而苏格兰消费者却很清楚他们不要什么！因此，我们一半的效率，展现出来不过是吸引人的眼球，可事实上却浪费时间。我常常这样设想，一个理想的'精力充沛'的美国商人应该只花一半的时间整理信件，花一半的时间找到信件。但英国商人从不去发掘自己的优势，因为他大部分时间都待在办公室里，什么特殊事情也不做。他们很早就下班回家，工作之余打打高尔夫或网球，甚至摘花弄草，修身养性。很多人还会花时间阅读！这些事情早已深入骨髓，变成了他们的习惯，因此，待他们退休后，也有众多的兴趣爱好等着他们；而不会像我们一样，整日无聊至极，无所事事，直至终老。"

"英国人也工作，甚至努力工作，但他们不会陷入这样的误区，即任何一种工作，无论如何都神圣高贵。我回国后，遇到了我公司的总裁老伊曼纽尔·怀特，他已经七十二岁高龄，却从未出门旅行过。他身家两百万，每天早上八点钟到办公室，有时甚至晚上十一点才下班回家，临走时还四处观望，唯恐其他员工没有关灯。也许他也有不少兴趣爱好，但他还真不像那样的人。他尖酸刻薄，每每与他出席会议，如同照看一头生病的老虎，真有意思。公司里四十和四十五岁的员工即使下班后，也不得消停——他们得陪同去打高尔夫。原来这就是世界上最伟大的奇迹啊！"

"我想，我们应该开始学会在家适当放松。我希望这样一来，总有一天我们能凭借乐观向上的情绪和激励人心的演讲就能改变自己的缺点。但我这辈子估计没戏了，可是你们还有希望创造美好的生活，我打算退休后定居英国。的确！我已经在萨里①买了一英亩地，还买了一个玫瑰庄园，算是有个一席之地了吧。但我是个美国人，这一点永远不变。感谢上帝，那里的美国人还算多，我可以和他们来往。我敬仰英国人，但他们的一举一动，使我显得像个粗俗大汉。你也会决定——在那儿定居！可以说，只有在那里才能证明美国是世界上最伟大的国家，因为巴黎和伦敦已然成为美国人最向往的两座美丽城市！好了，我说完了！"

山姆听完这席话，顿感困惑。多布林本是一位传统的扬基佬，一个典型的南美人，可山姆却对这位尖锐而新颖的"商界传道士"刮目相看。

美国前进公司的费施是个善于交际的大人物，曾是西部大学联会的中心人物，他的一席话让山姆更加困顿不已：

"你们信不信！我出国第一年时，无时无刻不想家。于是就回去了，打定主意就待在那儿。事实上，我也只在老家芝

---

① 英格兰东南部行政郡和历史郡。位于伦敦西南，滨临泰晤士河。

加哥住了一年！天呐，每晚要想开出城去威尔米特①得一会
儿开环行线，一会儿上高架桥，整天沉溺于生意投资和桥牌，
累啊，累啊，累！没人对高尔夫感兴趣嘛！天呐，人们全身
心扑在这上面！若前一天未击一球，便心生罪恶！大部分商
人在俱乐部结交合作伙伴，熟识球友——每得十八分，便售
出十八笔债券。可我还是回来了。我想我理应为美国与世界
上一切新兴发展的国家相抗衡，贡献自己的力量——也许美
国会走向文明。但愿如此，于是我打算让我的孩子回国读大
学，而后他们做决定到底留在国内还是移居海外。也许我们
应该回归祖国与英国清教徒相竞争，以免他们赶超我们。但
人生苦短。我想做一名优秀的爱国者，可惜——各位！我希
望你们能去看看我远在伦敦彻西区②的住所——乘坐内燃机
发动的出租车，距离特拉法加广场仅二十分钟，那里和内布
拉斯加州一样偏远而僻静。甚至更加僻静！这里没有孩子和
杜松子酒，听不见廉价汽车内嘈杂的叫喊声，也听不见硕大
帐篷内传教士的声声箴言。我的发言到此结束！"

　　山姆细细咀嚼着这番论调。

　　山姆走出国门，来到英国。也许他也本打算定居在此。
他对那里的汽车代理商极为感兴趣。他可以在肯特购置占地
十英亩的伊丽莎白时代的黑白别墅。他也可以去美国人齐聚
的俱乐部。他们是一群优秀人才——但也许走过弗兰的身边，
至少会有三四个人竭力抑制住内心的渴望。山姆在国外绝不
会感到孤独难耐。他可以学会放松身心，叫上塔布老兄前去
避暑，可是个不错的选择！两人可以开着车在英格兰和苏格

---

　　① 位于伊利诺伊州。
　　② 伦敦的文化区。

兰飞奔疾驰，去圣安德鲁打高尔夫。

真好。

但一想到杰克·斯塔林在圣约翰农庄邀请其品下午茶的可怕情形，却一阵寒战。那里的晚宴极其乏味——人们各自享用自己的美食，并不与他人交流。他无法理解某个牛津大学毕业生和某个伦敦大学研究生，以及公共学校毕业的人和非公共学校毕业生的巨大差异，内心拥有极大的不满。但——这里有属于生活的某种元素——

走在伦敦街头，他认为自己无须加快步伐。一瞬间，他并不想回到泽尼斯的办公室，不想听到热情的年轻下属就雨刮器所做出的一番如帕特里克·亨利的演说，实在是亢奋有力；他也无须再次研究公司为节省毫厘，如何购置室内装饰品的计划书；他也不愿聆听高尔夫俱乐部里多克·温波尔（Doc Wimpole）哗众取宠的话语，他总是模仿瑞典人的腔调，热情洋溢地问候他人：

"哦，原来是刺客中的行家啊！这周你用腐朽陈旧的发动机，又撞碎了多少窗户，碰撞了多少孤儿啊？"

不要！

依依不舍、欢快有力的一阵握手道别后，山姆回到家，心中向往冒险的热情愈加强烈……但愿弗兰不要泼冷水，"你拿得出适当的时间会晤美国顶尖的商务专家吗"？

可弗兰的确会这么做！她已经醒了，山姆蹑手蹑脚地溜进卧室，无论动作多么轻柔，总会吵醒她——（之后两人在出租车里，热情地讨论了不少话题。）而她也会回答道："但愿你和赫德先生以及其他热心的扶轮社成员度过了一段美好时光！"

"听着！今晚的谈话真享受，不少话题紧密联系现实，相比和你参加的晚宴，要有意义得多，之前的晚宴，绅士操着一口议员的腔调，而议员又假装自己是个绅士。"

"怎么了，亲爱的山姆，我们怎么又变得这么专注，这么学究了！看来亲爱的赫德先生影响力惊人啊！他的太太在那儿吗？她果然办成了一场堪称完美的单身晚宴啊！"

"听着！我知道你底蕴深厚，而我就是个大老粗、暴发户。但我要告诉你，我年轻时也曾是纽黑文著名高等学府的年轻绅士，我也博览群书，甚至——"

出租车内，充斥着热情洋溢的论战气氛。

山姆神清气爽地走进酒店套房，弗兰披上自己金色的晚宴披肩，瘫软在沙发上。

山姆整整五秒钟都盯着门廊，随后将大礼帽扔在桌上，大步流星朝弗兰走来，重重地坐在弗兰身旁，大叫着：

"怎么了？甜心！发生什么事了？"

弗兰一边发抖一边抬起头来，抬到刚好能看到山姆膝盖的高度，她呜咽着："我已经说过了——哦，该死！我早就说过男人所谓的'冒犯'女人，实际上是对这个女人最真挚的赞扬。咳，也许吧，但山姆，我不喜欢这种赞扬！不喜欢！我真想回家！只要能离开英国就好。我真无法面对这件事，也许这本就是我的错——"

"不，不是我的错！我发誓真不是我的错！我可绝没找一些最微小、最无足轻重的理由夸赞他的魅力——哦，上帝啊，我真讨厌那个男人！他可真是傲慢，那又怎样？我问你，这算什么事？这个全世界各处游历的流浪汉，怎么就那么愚蠢，怎么就那么失败？如果他的表亲真实存在！他是谁？我想问问你！"

"事情是这样的。哦，山姆，亲爱的山姆，我不愿告诉你事实，一定是我的错——至少有一部分是我的错。歌剧演出结束后，我向克莱德，哦，洛基特少校提议，我们到别处去跳舞，可他挑出的一些地点都太吵了，我们根本不可能去那儿，连喝喝酒，说说话都不行。不过我也不在乎，反正我也累了。事实上，起初我俩挺和睦的。（哦，我现在还记得当时的情形，一切都没变得恶劣，没变得特别恶劣！）他坐着——就坐在那把椅子上——他坐在那儿畅谈小时候的事，他说自己小时候多么孤独寂寞。你知道我小时候可有多蠢——你也知道，面对童年不幸的人，我几乎给不了他们任何安慰。要知道我都快哭了。随后他又说自己格外笨口拙舌、羞涩腼腆（哦，是的！），但认识我，实在是意义非凡，他夸我给他带来了女性特有的温柔和关怀。我想，他确确实实用的这些词！当然，他一周所能得到女性特有的温柔和关怀，不出两次到三次！你能想象他所讲述自己种植园里印第安女孩的形象！我真憎恶他！"

"他告诉我，无论如何，我在他心里就像个普通的小姐姐，你知道，我感觉自己仿佛又回到七岁时傻乎乎的时候——我深陷于此，只知道他坐在沙发上，就在我身旁，他拉着我的手。我坦白——哦，我真是格外坦诚吧！你若听完我的话，气急败坏地离去，我可饶不了你，我发誓！我真不认为拉拉手有什么……我是不是疯了？恐怕我变成这样的人！对了，我想说他一定有些按捺不住，但他是个有教养的人，拉着我的手，也并没有握地太紧，但我依旧微微有些颤抖——"

"无论如何，他握着我的双手，将其视作神圣至上的文物。他还告诉我，唯有我才是能让他浪子回头，悬崖勒马，安安生生过日子的奇女子。我居然全信了！当时，我就像躺在床上将死的姐姐，他向我进行最后的告白！"

"无论如何，他打算停止自己漂泊不定的生活，安顿下来。他所说的'安顿下来'，我能理解，能充分感受！"

"随后——"

"哦，你知道他说什么！我不是特别想告诉你！也许，你也会对可爱的姑娘说这样的话！我若逮到你跟别人说这样的话，可饶不了你！至今为止，我俩都是模范夫妻的代表，你知道吗？也许，你能猜出他的话外之意。他到哪里去找像我这样让人羡慕的配偶？"

"说了这么多，我真像只喵喵乱叫的小猫！"

"接下来我很清楚他要干什么，他伸出胳膊搂着我，侧着头打算吻我。与此同时，他意图暗示我，是我点燃了他的热情——我是不是太可笑了，至少变得有些可笑。但他这一行为令我十分反感。洛基特这个傻瓜的所作所为，如同戏剧舞台上的夸张台词'女人，你的微笑犹如致命的毒药，引诱我犯下滔天的罪恶，地狱之门在前方等着我'。哦，山姆，山姆，亲爱的山姆——我的爱人！你却恰恰相反，行为如此得体！我想说，他发现我面对这一切没那么尴尬时，他变得格外放肆，举止格外下流。瞧他干的好事！他说是我点燃他的激情。他告诉我，'文明人'就有'文明人'自己的'游戏规则'，我理应让他亲吻我的肩膀——哦，是的，他的确这么做了，就连在乘出租车去吃晚餐的路上，他止不住亲吻我的肩膀。哦，我怎么什么都说，也太坦诚了吧！但亲爱的，千万别放在心上，以为世界上就我这么一个女人，别对那可怜的傻子做傻事！老实说，我也扪心自问，他亲吻我的肩膀时，如果我回避他，无视他，洛基特定会认为我并未按'文明人'的'游戏规则'行事！真傻！其实我并不了解他的所作所为，也许可以有更好的处理办法！但事实上——"

"我可能喜欢他亲吻我的肩膀！哦，我不知道！经过这一风流之夜，我什么都不知道了！但他却说这是我的错，全是我的错——你都能想象得到——随后他说不能再冒犯我了，'吐露自己的真心'实在是抱歉——这个可恶的畜生，他根本就没有真心！他还轻吻了我的耳朵和鼻子，真是个知人知面不知心的恶棍！他恳求我要——哦，我不知道为何要告诉你这么多卑鄙的细节！可我一脚把他踢开，而他——亲爱的，他实在是魅力四射！他又爬起来，嬉皮笑脸地回到我面前，嘴里念念有词，说什么所有的美国女人都是无情无义、冷酷高傲的下贱坏子，有男人为她们痴情，为她们干傻事，却把男人踢开——"

"哦，哦，是的，他就是这么说。真有意思，你对这兴趣盎然吧！他说我是一个冷酷无情的狐媚女子，真是一派胡言，事实根本就不是这样！他说他很清楚，他不希望仅仅得到一个抚慰他受伤心灵的吻，还说我自己不知道内心潜藏的浓烈情欲。他还提到你，夸你优秀，是一位成功的汽车制造商，一位可靠的朋友。一旦受到强盗袭击，可能会做出反抗，但你的内心并未燃起爱欲之火——'精神之火'，我记得他用的是这么个词。事实上，在他眼里，我也是个'沉寂'的无欲女人。但愿这位可亲真挚的纯真灵魂，能唤起我沉睡的真心。"

"哦，山姆，我可笑吧。事实上，我从未受到如此沉重的侮辱和伤害，居然他人对我的误会如此之深，我真是无辜啊——"

"你也认为是我点燃他的爱恋吗？"

弗兰热情洋溢的陈述过程中，山姆觉得她很可怜，毫无疑问；他并不赞同弗兰的观点，毫无疑问；他轻抚着弗兰的长发，眼睛却盯着墙上的图纹。

山姆直至今日从未在意过客厅的陈设。此刻，他将注意力全放在这上面，任何一个微小的细节都不曾遗漏：矢车菊浅蓝色的墙面；暗金色的天花板；印着洋蔷薇花纹的布艺扶手椅；红木书桌上方安置着一个书架，排放着弗兰最近新买的高雅精品书——英语回忆录系列；书桌上放着一个写字板，一堆整洁简单的刻着里兹大饭店标志的文具，以及家里寄来的信件。旁边一个低矮的小茶桌，上面放置着弗兰从邦德大街购买的老式银质茶具。面对妻子在酒店套房里所添置的家具，山姆顿时尤为感动。但由于墙面色彩缤纷的图案，致使他忽略了房间里的大部分装饰。墙面上的图案称不上是图画，顶多算作画界新手的陈旧之作。但此时的山姆内心充满感性情怀，即便是这样的拙作也能吸引他的目光。画面上一位身穿紧身长裤的年轻男子，英俊而时尚，他俯着身体，身下是一位面带微笑、戴着扎满花朵草帽的年轻姑娘。画面背景则是高耸的塔楼和满园的玫瑰花。

突然，听闻弗兰大喊一声：“你也认为是我在挑逗他？”

山姆从自己的思绪中回到现实。“不。我认为不是你，弗兰。但——”

突然他心中所想破口而出，连他自己也不明白到底说了什么：

“哦，上帝，我太累了！太累了！”

“如果你不想，就不会觉得累！”

“瞧啊，弗兰。我可不习惯处理婚外情这类事。我这辈子都没遇到过这种事。哦，我知道你从未以为洛基特与你的友情会演变成爱意。他可真傻！我猜这事儿换作我，一定让他滚，绝饶不了他。"

"哦，别犯傻!"

"是啊，我就像一个大傻帽似的，但只要你希望我——"
山姆警告自己，别想到什么就说什么。可他毫无意识，全给
抖了出来：

"事实上，我并不是在指责洛基特。你曾与他调情——霍
恩顿勋爵家里算吧——就连轮船上，你也让他整日围着你转，
魂不守舍。而他也总找得出借口将你紧紧抓住，绝不松手。
在他面前，你也乐意斥责我；你说过'记住，那个叫罗丝还
是玛丽的女士不适合跟美国人在一起，别和她谈论泽尼斯'，
诸如此类。你总把我视作上不了大雅之堂的门外汉，我感觉
自己就像一头在邦德大街瓷漆店里四处乱撞的公牛。洛基特
总是静心倾听，并自然而然认定我在你心里就是个傻子，而
他则地位崇高，令人膜拜——"

"说完了吗？我还犯下其他什么滔天大罪了?"

"有啊，你对自命不凡的霍德以及其他所谓的圣人充满兴
趣——真可耻，你对他们毕恭毕敬，就像一个小马倌，他们
和你相处就像是玩猫捉老鼠的游戏——洛基特对你了如指掌，
他知道你甘愿靠近他，毫不避讳，他也清楚在你心里，他的
地位远远高过我以及我的那些难兄难弟——"

"现在，你听我说！你所说的一切我都不同意！我可从未
训斥过你！我也没说过什么让你难堪的话！你也不得不承认，
某些时候我比你有经验，比你有耐心吧！出于咱们的感情，
也是为了你好，我努力帮助你认清那些你心存成见的人，可
你却说我训斥你！哦，你可太残忍了！太愚蠢了！你若不那
么轻易发火，静心听听我的意见，让我多帮帮你，也许你也
就不会像之前那晚，得罪奥斯顿太太，和她闹崩了，其他人

也不会因此疏远你，感到如此不自在了——"

"但你也一直支持我！你说过我做得对！"

"那是自然！我那么说不过是顺你一口气。我一直挺顺你。所有事情上——我从未失过手！"

"哦，你没有吗？你一直暗示我，我就是个无知的商人，而其他人，只要操着一口英国或法国腔，整日围在女人周围的其他人，就是绅士或学者，这就是你所谓顺着我吧！毕竟，我总能不知不觉应付一些欧洲进口商——"

"继续啊！说说你怎么就变成欧洲的内阁大臣或总指挥了！你不就创立了自己的汽车品牌，发展了汽车产业嘛！真有趣，真新鲜！哦，我可绝不敢这么说，这是你逼的！对于你成功的一面，我无话可说。除了你，泽尼斯也没什么给人留下深刻印象的能人！但我们现在不在泽尼斯，而是在英国，很多事情你根本就不知道，但我知道！我可不是第一次来欧洲！但你太自以为是了，居然不需要我帮忙！我倒不是说你教育水平低下或庸庸碌碌，真的——我其实不想说这些话！但你实在有些粗俗，缺乏教养，别人根本就理解不了你——"

"我猜，别人指的是洛基特吧！"

"——那些坚信伟大传统的欧洲相比繁忙奔涌、活力四射的泽尼斯稍具优势的人，也理解不了你！但我可以教你这些传统，但你不让——"

"我想你就是权威！"

"我自认为自己的确是权威！毕竟我之前到过欧洲！过去我父亲的房间里挤满了欧洲来宾。而我自己二十年来也阅读了不少法国、德国和英国小说，不像你，全读的侦探故事！欧洲人愿意接纳我。哦，山姆你只有让我帮你——"

"我亲爱的姑娘，你不能一边批评我，嫌我粗俗，一边像个温柔的母亲一样安慰我吧！我可真受不了了！事实上，说到粗俗——你把烟放哪儿了？"

此时此刻，只有香烟才能舒缓心情，也能让人亢奋不已、激烈争吵，而不仅仅沉浸在愤恨中。现在最重要的是找到香烟。他们宛如在狩猎活动中，突然发生内讧。山姆穿着一件夹克，他双手伸进外套口袋里，向下猛拉，又扯出书桌的抽屉，弗兰却异常兴奋地从长椅上跳起来，双眼盯着昨天刚买的俄罗斯产黑红相间的盒子，眼神略显忧郁。

"停下——停下，我的烟在哪儿？我记得还剩一半'金火光'香烟，一点骆驼牌香烟呢。"山姆一边找，嘴里一边念念有词。

总是弗兰想起要给酒店打电话，她感觉自己了解如何使唤佣人，无论多晚，她也会给他们打电话，山姆面对他们，却映出美国人典型的羞涩，心中顿感抱歉。

弗兰坐在沙发边，轻抚着她的裙边，接过香烟，低下头，优雅十足地向山姆借火。她不耐烦地说："山姆，我不想再说这事，但你发火时，总会爆一些男子气概浓烈的粗口，如'可恶'和'该死'，这反而和你的秉性相差不远。我听到这些词感到震惊，感到十分难受。但通常，你却没意识到这点。我可没有'批评'你，爆粗口的你是如此优雅，我也不会盯着你，管着你。我愿意聆听你的高尔夫见解，以及如何做投资。我只是希望你能承认这一点，可爱而无知的女人恐怕懂得知识比你还多呢，但这样的情况极少！哦，你和其他美国男人一个样！你所说的话，没人能理解。你既不认识罗丹 (Rodin)①，也不认识莫扎特（Mozart）。你也不清楚管辖和

---

① 奥古斯特·罗丹（1840～1917）：法国雕塑艺术家。

控制叙利亚的到底是法国还是英国。你顶多算作汽车行业的专家！却从不记得女士应坐在汽车座位的右边还是左边。你对巴赫（Bach）及安太尔（Antheil）① 的音乐不感兴趣。也不愿与我去出售精美俄罗斯刺绣的商店。你无法回避晚宴上的优美女士吧。这些都是你的问题所在！不过也无伤大雅。你的问题在于对欧洲文明一团混沌，毫无概念，总体而言即欧洲人的传统休闲方式、荣誉、礼仪及文化底蕴与美国的物质主义完全不同。你从不打算学习欧洲的习俗和生活方式，因此你永远都不可能成为一个欧洲人——"

"弗兰！别磨叽了！"

"我可没磨叽——"

"住口！亲爱的！我可不想假装拥有欧洲人的优势和美德。我永远都不可能成为欧洲人：这倒是事实。但我凭什么要成为欧洲人？我是个美国人，我心甘情愿成为美国人。你也知道，我从未阻止过你成为梦寐以求的欧洲人。不过，千万别把你对洛基特的哀伤情怀往我身上套，求你了！"

山姆手臂交叉，弗兰的头依偎在山姆怀里，偷偷地啜泣，山姆继续说道："我明白，真抱歉，但——"

弗兰起身，果断地回应："洛基特的种种行径，我都替他感到耻辱。我全身都感到惭愧。我受不了了！山姆，我想立刻离开英国。想到他也许偷偷地嘲笑我，我实在无法忍受和那个男人一同待在这个国度。我真想让你替我消灭他，可惜这里的法律规范太不公平！我想去法国。咱们现在就动身！"

---

① 乔治·安太尔（1900~1959）：德裔美国作曲家，早期作品显露了爵士音乐的影响。其配有钟铃、自动钢琴、汽车喇叭以及飞机螺旋桨音响的《机械芭蕾》音乐在纽约、巴黎引起了轰动与非难。

"天呐，弗兰，可我热爱这个国家！我正在品读伦敦这座城市，我喜欢待在这里。法国对我而言太陌生了。"

"说得太准了！可我就想离开！重新开始一段新的生活！我可不想当一个傻瓜。哦，山姆，亲爱的，咱们逃吧，就像逃学的孩子，手拉着手一同离开。想想吧！亲眼目睹蓝色的虹吸管、奶油蛋糕、街边小摊、红色的腰带和靠在墙边红色的座位，以及胖乎乎的女出纳员，是多么有意思！走出商店，店员会说'夫人，欢迎下次光临'，这声音像门铃！走吧！"

"咳，我打算参观一些飞机制造工厂。事实上，我已有约——"

四天后，夫妇俩前往法国。

"英吉利号"轮船在山姆眼中就像一只猎狗，身材娇小、瘦弱苗条，但马力十足，船上有一个又矮又粗的烟囱。走在狭窄的舷梯上，船头在水面上滑出的弧线记录着船速，这一刻，山姆似乎又找回了"创世纪号"航行过程中纷繁的乐趣，真有意思。山姆将弗兰安顿在甲板上的一个椅子上，周围堆放着别具一格，浅黄色的行李箱。而山姆则悄悄地溜向轮船酒吧。

这艘轮船和所有轮船一样，也设有酒吧。但这里的酒吧小巧而温馨，似乎与生活中阴暗的一面，以及卫理公会的小集团毫无联系。这里有温暖舒适的英式船舱，身旁走过的乘客——可能来自中国、巴西或萨斯喀彻温省①，也可能借道奔向意大利、利比亚或暹罗②。舷窗外海浪涌动，山姆的冒险旅程即将拉开帷幕。他拖着沉重的步伐走向弗兰，随着

---

① 加拿大草原三省之一，有"加拿大的粮仓"之誉。
② 泰国旧称。

对欧洲大陆的无限向往,他已然忘记英国。山姆听着甲板上牧师、牧师的姑妈、姑妈的朋友伊琳沃斯-多布斯(Illing-worth-Dobbs)太太之间的谈话:

"哦,是的,我们会在佛罗伦萨多滞留些时间。"

"你会再去斯特拉·罗萨(Stella Rossa)的旅店住吗?"

"不会了,我觉得我们应该去布朗-布洛特(Brown-Bloater)太太那儿借住。你知道我们总是选择斯特拉·罗萨,可我真受不了了。去年他们居然开始另收茶钱!"

"另收?茶钱?"

"是啊,过去那儿还挺好的!那里的客人大家都熟络了,可现在住的全是犹太人、美国人、同居恋人以及德国人!"

"真可怕!但佛罗伦萨确实风光秀丽。"

"那里太美妙了!"

"四处充满艺术气息!"

"是啊,艺术气息。威廉爵士(Sir William)一到季节就到那儿去度假。"

"要我说,你一定很兴奋吧。"

"嘘!莎拉旅店那地方,才叫美啊。威廉爵士对艺术倾心神往。他把那里当作自己的家!听说布朗-布洛特太太绝对不收茶钱!"

山姆耳朵里都是伊琳沃斯-多布斯太太的话,全然忘记了对欧洲大陆的寄托;轮船高速前行,他甚至忘记了船体随着波浪上下晃荡,弗兰心中的烦躁和不安,而弗兰感觉山姆快要开始抱怨了。船头像套着钢铁铠甲的拳头,与迎面而来的海浪相抗争。他们离开英国港口,途经形状古怪的外来船只,阵阵清风拂面,他们终于明白新的航海征程开始了:海面上阳光普照,金光闪闪,一艘法国蒸汽拖捞船在"英吉利号"

旁晃晃悠悠,全身肥胖、个子矮小,身穿条纹海魂衫的水手向他们招手致意,一艘德国贸易船,还有一艘荷兰东印度帆船,在水面上划出一道道涟漪。

"英吉利"号的水手走过甲板上摆放的椅子,船长站在船舷上,他们一个个身强体壮,满脸呈红褐色,看起来坚实可靠,真是典型的英国人。

一个留着浅黄色胡须,戴着单片眼镜的男子从山姆身边缓缓走过。弗兰认定这个人一定是托马斯·库克船长的后代。卡尔·贝德克尔(Karl Baedeker)是怎样一个人呢?弗兰抬着眼,心里默默念着。一位身材矮小,体型方方正正,留着棕色,有棱有角的短浅胡须,戴着两倍于普通眼镜大小的男子,也走过山姆和弗兰身旁。这个男人两眼直盯着旅游指南上的菜单、神庙废墟和各种标志,嘴里念念有词:"罗马,三公立(里)。"

"说的是啊,巴斯先生(Mr. Bass)是怎样的人?海格兄弟(Haig Brothers)呢?我想知道他们和史密斯兄弟(Smith Brothers)是否一样?"山姆说了一串莫名其妙的名字,"天呐,我太喜欢这趟旅行了,弗兰!"

随后,山姆依稀望见一条灰蒙蒙的地平线,那就是法国的海岸线啊。

但他朝船尾走去,回望英国。山姆居然还能看见英国悬崖的阴影,真是神奇。毫无疑问,他所看见的不过是遥远的云堤,但他自我陶醉,想象那是阴冷而绵延,景色壮丽的英伦山脉,弯弯曲曲的热情小路,和一张张陌生的面庞。

"英国!我可能这辈子也不会看到你了……弗兰和洛基特将你从我心里抹去了……但我依旧热爱你。美国是我的妻子和女儿,可你确是我的生身母亲。居然有如此多傻子谣传英国和美国会爆发战争！如果真有这么一天——我认为尤金·戴布兹（Eugene Debs）① 居然为了反对战争，锒铛入狱，真傻！但我现在能充分理解他的感受了。'英国啊，我若忘记你，情愿我的右手忘记技巧，我若不记念你，情愿我的舌头贴于上膛。'② 这跟教堂里祷告时念的相比，似乎少了一句，哦，对了，是这句：'若不看耶路撒冷，不，英国过于我所最喜乐的！'我对英国的喜爱绝不会超出美国，但仅次于美国——上帝，我真想留在这里！也许杜德伍斯家族早在三千年前就定居英国，迁移至美国却不过短短三百年！"

"英国！"

山姆放声一吼，随后站到弗兰身边。

轮船终于进港了，防波堤上有一座座小型灯塔，夫妇俩走过防波堤，沿着坚实的桥墩，步履蹒跚。只见到处是用外语书写、各种各样奇形怪状的饮料广告；周围来来往往身穿蓝色上衣，个子娇小，但高声大叫的搬运工；身旁孩子们说着一口流利的法语，是那样自然而随意；塞缪尔·杜德伍斯生平第一次感到自己真正踏上了异国他乡。

---

① 尤金·戴布兹（1855～1926）：美国政治家，世界工人联合会创始人之一，因参与政治反抗，被判十年。杰出的社会主义人士。

② 原句是 "If I forget thee, O Jerusalem, let my right hand forget her cunning. If I do not remember thee, let my tongue cleave to the roof of my mouth; if I prefer not Jerusalem above my chief joy."（"耶路撒冷啊，我若忘记你，情愿我的右手忘记技巧，我若不记念你，若不看耶路撒冷过于我所最喜乐的，情愿我的舌头贴于上膛。"）出自于《圣经·诗篇》，其英文卷名来自希腊文七十子译本中的 *Psalmoi*。《诗篇》是耶和华敬拜者大卫所记录的诗歌集，包括 150 首可用音乐伴唱的神圣诗歌，供人在耶路撒冷的圣殿中对耶和华作公开崇拜时唱咏之用。

第十二章

　　过去，山姆参观底特律汽车展，尽管现场热闹非凡，可他却心如止水；平安夜里他也能昂首阔步、旁若无人地穿过百老汇大街拥挤的人群；毫不理会周围那些穿着毛皮外衣，口中吹着号角，热情洋溢的年轻人；但加来港①海关所发生的一切却令他诧异不止。港口上的搬运工一边用肘部推开人群，推着堆积如山的行李，一边厉声高叫，口里念着"借锅"（借过）；乘客则拥挤在低矮的行李取件月台上；海关安检人员用一种冷漠而充满敌意的眼神盯着山姆；空气中充斥着各种各样的鬼哭狼嚎，山姆无论如何，一个单词也听不清；他只记得小箱子里装了四百支香烟，可别弄丢了。

　　搬运工将杜德伍斯夫妇的行李运上轮船，口里叫着"搬

---

　　①　法国北部港口城市。

运工九十二号到"，因为是法语，山姆听不明白，听了弗兰的翻译，才恍然大悟。不久之后，"九十二号"神秘失踪了，同样失踪的还有他们的行李，真可恶。山姆知道肯定是"九十二号"把行李偷走了，但他无法接受这事实。他说服自己法国搬运工可不像纽约中央车站上的"小红帽"那么卑鄙，会偷乘客的行李。但他不得不相信，事实的确如此。其他行李都能丢，唯一不能丢的是弗兰那些不值钱的珠宝——真该死，山姆那双红色的旧拖鞋也丢了——在海关安检口，山姆凭借这个搬运工的手肘认出了他，他一边暗自窃喜，一边用肩膀冲开贵宾乘客，将行李重重扔在月台上，等待安检通关。

戴着帽子的安检人员问的话，山姆一句也听不懂，可多亏弗兰在康涅狄格州斯特拉特福德学的法语，她的回答听起来像"莉安"（法语说"弗兰"）。山姆真为她感到骄傲，打心眼里佩服弗兰，觉得她像个学者；而自己则是个目不识丁、腐朽不堪的土老帽，他心怀崇敬，一直跟着弗兰。随后，他打开小箱子，等待安检人员检查这四百支香烟。

安检人员见状，目瞪口呆、惊诧万分，他伸出胳膊，以违反自由、平等和和谐贸易为由，向山姆提出赔偿。弗兰试图申辩，可说起法语来结结巴巴，舌头不听使唤。她向山姆求救，刚才的全能才气突然间消失了。她大叫着，"我听不懂他说什么！他——他肯定说的土话！"

山姆朝弗兰求援，忽然信心倍增，他打算单枪匹马地迎战全欧洲，以及相应的警察、法律、法院和拘留所。

"哼！我才不怕呢！"面对帕特里克·亨利（Patrick Henry)① 附体的安检人员，山姆给弗兰打气，"就这一小会儿！沉住气！"

"英吉利"号轮船上，山姆听过一个英国牧师的传教，于是突然想到找一位英国牧师做翻译。"那个人似乎听得懂欧洲语言。"随即，山姆就像刚刚降落，晃晃悠悠、跌跌撞撞地穿过人群。忽而眼前一亮，见一个人的帽子上写着六个金灿灿的大字"美国快运公司"。这个男人满脸微笑，山姆·杜德伍斯彬彬有礼地走上前去，像在启发汽车公司谈生意那般，问道，"能劳烦你为我做一点口译吗?"一瞬间，山姆觉得自己又回到了山姆·杜德伍斯先生的状态，而不再是弗兰·杜德伍斯的丈夫。一瞬间，他觉得自己像文学大师马克·吐温（Mark Twain）和布思·塔金顿（Booth Tarkington）② 笔下傲视群雄的扬基佬。况且这是他的权利，无须为此感到抱歉。

美国快运公司工作的男子在未出发的火车（山姆感到这火车宽大，如石板搬冰凉，车厢里光线昏暗）上遇到过杜德伍斯夫妇；他劝阻山姆不要像商店里一样，给搬运工小费。山姆和弗兰两人一并待在车厢隔间内，在去往巴黎的路上，一切终于变得平静安宁了。

山姆突然忍不住咯咯笑起来，"听我说，我觉得学两句法

---

① 帕特里克·亨利（1776～1779）：美国革命家、演说家，弗吉尼亚首任州长。他积极参加反抗英国殖民者、维护殖民地人民权利的斗争。在美国革命前夜的一次动员会上以"不自由，毋宁死"的结束语闻名，鼓舞了弗吉尼亚的军心。

② 布思·塔金顿（1869～1946）：美国小说家和剧作家，风格多以讽刺和幽默见长。塔金顿是 20 世纪初美国最受欢迎的小说家之一，小说《了不起的安德森家族》（The Magnificent Ambersons）（1918）和《艾丽丝·亚当斯》（Alice Adams）（1921）曾获得普利策小说奖，即本社同一丛书中的《寂寞芳心》。

语就够了，一句是'多少钱?'，一句是'去死吧.'不过——
亲爱的! 我们真到法国了——我们到欧洲大陆了!"

弗兰朝他露出微笑，任他胡言乱语，绝没因他那般美国
人的豪放粗糙而给他难堪。他们坐在一起，手牵着手，相比
离开美国那会儿，心情愉悦了很多。路上所遇的一切都让他
们感到快乐: 午餐桌上一个红色的电池盒以及一个金色的电
池盒; 餐车服务员做冰淇淋蛋筒灵活巧妙的样子; 一个奇怪
的寡妇意图勾搭一个穿着方格西装、戴红色领带、剃着整整
齐齐黑胡子怪异的法国男人。弗兰看了这个法国男人的胡子，
悄悄地向山姆八卦，能见到这般有型的胡子，横跨大西洋都
值得啊。

而山姆则被车窗外飞驰而过、充满"异国情调"的人文
景象所吸引——驾驶牛车的妇人们，路旁一排排咖啡馆的小
镇，一排排层层叠叠的红色老房子间夹杂着令人揪心的黄色
新房——其实这一点也没什么异国特色。原来法国的一草一
木是绿色的，法国的土地是棕色的，天空还是一样的蓝，和
美国的乡村没有什么差别，同样充满着浓浓的自然气息。英
国的农田架着严严实实的小小栅栏，但广阔的皮卡第平原，
由于四月的临近，放眼望去，满眼一片葱郁。在山姆眼中，
这里和伊利诺伊州以及艾奥瓦州的大草原是那么的相似。尽
管这样，他还是觉得有些遗憾，走了这么远，耗费了那么多
时间，花了如此多钱，似乎意义不大。然而能亲身体会各族
人民的优良品格以及劣根性，并深刻反思、观察和玩味，这
种感觉难能可贵。此刻路上空荡，了无人烟，想想过去在报
纸上随随便便都能发现自己认识的人的名字，同样令她欣慰。

"我太享受这一刻了!"山姆感慨道。

山姆喜欢"审视"美国城镇; 于是他也习惯性地透过普

尔曼式卧铺车车窗打量当地叫卡拉马祖或提塔斯中心的小地方，估算着那里的人口，恐怕只占美国人口的百分之十吧。他不断思考这样的问题，并总是习惯这样做；他沉迷于各种各样的数字，二十年的光阴里，他都追求着弗兰，并一直爱着她，记住人口数、地区面积、上涨比例以及生活中烦琐杂碎的一切，没什么可鄙的。他不费力气就能猜出英国不少城镇的面积；但他并未因英国的一切而乱了方寸，深受其影响。他曾经目睹戴着滑稽帽子的邮递员，慢慢悠悠速前进的出租车，并因此着实吓了一跳。到了巴黎，下了火车，人们涌出北方车站①，争先恐后朝旅馆奔去。山姆真不敢相信自己所看到的这一切。

弗兰将这个现象解释得清楚明了。二人进了出租车，一路上弗兰弓着背，微微起身，热情高叫着，"哦，看呐，山姆，看呐！你不觉得风景很美吗？不令人兴奋？哦，小巧袖珍的酒吧（弗兰说的法语词'ZINCS'）真可爱！看！君度甜酒广告牌，终于不是口香糖广告了！看！毫无装饰的白色高楼！人人都喧闹不堪，太美妙了！哦，我爱这个地方！"

但山姆眼中的这一切就像个疯人院；如同山崩地裂，火山喷发；如同快进入梦乡了，电话铃突然响了；这里灯红酒绿，车鸣不止；像报纸里的副刊那般浮夸；像一场打响的战斗。

他们所乘的出租车，一会儿紧挨着公共汽车，一会儿落在公共汽车之后前行。山姆看见一位个子十分矮小的警察，手里握着奇怪的白色警棍。两位牧师坐在露天咖啡馆，一杯

---

① 位于巴黎市区北部，包含多项交通运输服务，如巴黎地铁、区域快铁、远郊铁路、省际列车和欧洲之星。是欧洲最繁忙的火车站。

接一杯喝着啤酒。巴黎周遭笼罩在银灰色中，而伦敦却满是
金棕色。两尊裸体女人石膏雕像安放在五楼阳台上。商店门
口铺着一层层劣质的地毯，而一位法国商人却满心欢喜地欣
赏着自己的门面，并不像纽约、芝加哥或泽尼斯的商人朝着
对面百货商店肆意而可耻地叫嚣。这里四处能见到鱼、面包、
胡须、白兰地、法国百合、苹果、蚀刻版画以及令人恶心的
小巷子。汽车穿过一条郁郁葱葱的林荫大道。周围环绕着锡
制装饰的建筑，山姆不敢想象，巴黎人居然用这样的装饰材
料，这令他大吃一惊，并让他想到拉美人的风俗礼节。备受
尊崇、胡须整洁的绅士朝着这些建筑飞涌而去。这里的书籍，
全是浅黄色淡淡的书页。汽车鸣笛声此起彼伏，让人头疼、
心情烦躁，喋喋不休却助人提神。这里外观单调的建筑也直
插云端，似乎比美国的摩天大楼高十倍。房屋外墙上微小而
惹人怜爱的污迹，象征着法国大革命的惨烈和辉煌，象征着
曾经头戴红色帽子，穿迷你短裙的疯狂女子。真正的艺术家
（在山姆眼里），一定是红胡子，戴着黑色的帽子，披着斗篷，
胳膊下夹着云石纸封面和卷角的画夹。这里曾围坐着酷爱闲
聊的贵妇人，她们逗乐，她们争吵，彼此原谅，最终又陷入
欢声笑语。这些高雅的公共建筑，经历岁月蹉跎，岿然不动，
像永恒的直布罗陀海峡。一辆出租车落后于另一辆，受到双
方司机最恶毒的咒骂——

"这里真是个繁忙的都市。交通秩序得有人管管，这只是
我自己的想法。"塞缪尔·杜德伍斯声音低沉，自言自语，他
不知道自己说的这番话是否正确，是否合适，于是格外谨慎。

山姆选择第戎半球豪华酒店，想让弗兰在将来的日子过
得舒心愉快，留下深刻的印象。酒店副经理说了一口流利的
英语，山姆面对这个陌生人终于不会吃亏了，俩人可彬彬有

礼，用彼此熟练的语言互相交流。

泽尼斯的露赛尔·迈克尔维（Lucile McKelvey）告诉弗兰半球酒店"舒适、安静"，况且山姆也在伦敦发过电报预订了房间。山姆本人只要预订成功，无论酒店提供什么档次的房间，他都欣然接受，这一点毫不怀疑。但弗兰却坚持要住套房，结果发现房间内潮湿阴冷，四处是发霉的迹象，而房间外的花园终年缺少阳光照耀。

"哦，这房间哪能住人！"弗兰高声哀号着，"你们难道就没有像样的房间吗？"

这位副经理，从罗马尼亚转道阿尔及尔来到巴黎，已成为能说一口流利英语的法国人。他那轻蔑的眼神从上到下不停地扫视杜德伍斯夫妇，对待第一天到达巴黎的外国人，他用惯了这种无与伦比、令人无奈的鄙夷态度。

"我们这里都住满了。"他轻蔑地说。

"就没别的房间了？"弗兰恳求道。

"没了，夫人。"

短短四个字，深层涵义却是这样："没了，你们这些爱惹麻烦的外国人——我能允许你们住在这儿，算是你们积大德了——我可怀疑你俩是不是真夫妻——这一点我不追究，但我实在无法忍受扬基佬的无理取闹！"

灵活而乐观的弗兰此刻也束手无策了，只是淡淡地说："好吧，我们只是不喜欢——"

忽然，山姆身上的塞缪尔·杜德伍斯气势又回来了。

他对巴黎的酒店以及酒店副经理知之甚少，但他了解如何收拾莽撞无礼的卜属。

"不，打住，"山姆说，"这可不行。我们就是对房间不满意。我们要去别的地方了。"

"但先生'您'已经预定了呀!"

于是山姆这位国际友人和这位乡巴佬副经理互相怒视,结果乡巴佬输了,他眼神低垂,变得左右摇摆,面容十分尴尬。山姆握紧拳头,眼神透露出邪恶和仇恨,因为格外用力,脖子背后有些生疼。

"您也看到了! 这房间的确很糟糕! 您是想让我给经理——老板——递个话,或者您亲自给他打电话?"

说完这番话,副经理耸了耸肩,灰溜溜地,踏着小碎步,跑了。

山姆陪在弗兰身边走向出租车,两人一句话没说。山姆监督着酒店门童将行李重新装车,而他也不得不忍痛再给他们一次小费,并不时和他们开着玩笑。

"大世界酒店!"他向出租车司机高叫着,司机还似乎听懂了山姆的法语。

上了车,他不断嘀咕着:"我告诉过你,我已经学会用法语怎么说'去死吧'了。"

沉默片刻,他低声说道:"还好我们摆脱了那里。我居然把那条可怜虫吓成那样,雕虫小技,难不了我! 我的体型可是他的三倍。我在孩童时代就偷别人糖了! 雕虫小技! 终于明白为何人们面对像我这样的美国人,如此痛心疾首了。实在对不住,弗兰。"

"我爱你!"弗兰回应,此时的山姆张口结舌,大吃一惊。

抵达位于黎伏莱路的大世界酒店,他们如愿住进一个套房,窗外正对杜伊勒里宫,这里的景观独好。弗兰在房里收拾行李,短短一个小时里,她一次又一次走到窗边,足足二十次,满心期待地遥望巴黎——这个欧洲城市中的卡萨诺瓦。

山姆眼中的客厅时尚前卫,充满阴柔美。墙面装着嵌板,上面包着一层黄色的丝质锦缎；轻巧的椅子上放着银色、柠檬黄颜色的条纹靠垫。镶着梨形石头的笨重柜子似乎没什么价值，壁炉用粉红色大理石打造而成，虽清新有活力，但和房屋的色调似乎不搭。山姆觉得设计这个房间的设计师并未用心、过于草率，夜晚穿上睡袍待在这里，会泛起一丝罪恶感。他猜，也许巴黎就是这样一座城市。

随后，山姆缓缓走到镶着回纹饰钢花的阳台上，向右方眺望，远处是协和广场和香榭丽舍大街的街头，那里流过塞纳河水，对面是下议院。他整个人突然静止了，似乎看到另一个巴黎，一个沉静、疏离的巴黎，一个承载着厚重历史的巴黎，一个表面浮华、内涵沉稳的巴黎。

透过嘈杂的汽车鸣笛声，他似乎听到了缓缓驶来的囚车，里面爆发出愤怒的吼叫声；似乎听到了拿破仑推翻濒临崩溃的王权政治，拯救欧洲凯旋的欢呼声。他听见了，尽管并不确定这声音是真实还是幻觉，听到了革命者拿破仑一世发出的炮火声。他听到了连塞缪尔·杜德伍斯都不敢相信的声音。

"天呐，弗兰，我想这座城市历史悠久，"他低语道，"这座城市见证了太多故事。"他心中住着的泽尼斯的塞缪尔·杜德伍斯回应他："是的，它见证了太多。"

他内心透着一丝悲伤："真希望我自己也能见证那么多故事！"

不同人眼中有不同的巴黎，就像里昂和蒙特卡洛，巴克湾①和达科他麦田，彼此之间并无任何联系。一日游旅行者眼中的巴黎是这样：这里有数不尽的旅店、酒吧和餐厅，这

---

① 美国波士顿市的一个地区，位于马萨诸塞州，大部分由19世纪50年代以后利用泥沼填土造地而成。以其密集的住宅区、长长的大道和精致的商店而闻名。

里美国人比法国人多；这里演出三场下流搞笑剧幕；这里有和平咖啡馆、埃菲尔铁塔、凯旋门、卢浮宫，专卖女装、香水、蛇皮鞋和真丝睡袍的商店；这里出租车司机的法式礼节令人叹惜；蒙马特舞厅里大腹便便，头顶粉色美式女内衣的客人，点了异常昂贵的假香槟，醉酒后的他们点名戴着纸帽，四处挥洒着五彩纸屑，想象自己是伟大的情人，忘掉了自己所有的忧伤和不幸。

学生眼里的巴黎是这样：索邦大学周围的景致一如既往的美好。伪艺术家眼中的巴黎充满着人文气息、醉酒迷香和数不尽的大道理。而纯正艺术家眼中的巴黎按捺着真实的意义，忙忙碌碌而安定低调。四海为家的游子眼中的巴黎从灌木丛中享用早餐开始，而后在里兹大酒店喝茶，阅读社会新闻，看看谁又和公主在西罗餐馆用餐——总而言之，他们眼中的巴黎相比一日游旅行者眼中的巴黎更加有滋有味、异彩纷呈。

据说，除了三百万法国人真正融入巴黎的生活之外，其他人却并无此番运气。

而在未知的巴黎，居住着记账员、电工、殡仪人员、新闻记者、祖辈、杂货铺老板、宠物狗和其他回到家并未感到丝毫浪漫气息的人们。

缔造未知巴黎以外的所有巴黎其实都是美国人。

巴黎是世界上最大、最富情趣的城市，也是容纳现代美国人的大都市。这里热闹纷繁，充满着浓烈的嫉妒和猜测。这里每一个人都和其他人竞争，看谁的法语知识更丰富，看谁去过的博物馆更多，看谁的酒喝得更烈，看谁去过的餐馆更高档。

不同的社会群体对于比自己社会阶层更低的群体嗤之以

鼻。社会等级由高到低这样排列：第一类是定居巴黎多年，并与法国上流缔结姻缘的美国人；第二类是在法国定居多年，但并未嫁娶法国名流的美国人。以此类推是在巴黎停留一年、三个月、两周、三天、半天以及刚刚抵达巴黎的美国人。逗留巴黎三天的美国人总是瞧不起只路过巴黎，停留半天的游客，这与拥有精明的法国亲戚的美国人对居住巴黎多年的买卖人的态度如出一辙。

毫无例外，所有这些人都会讨论汇率问题。

他们也具备相似的秉性，内心怀着浓郁的乡愁。

这些人坚持认为他们不适合住在美国，尽管如此，却只有百分之十的美国人真真切切地融入了欧洲生活，另外百分之九十的人依然订阅基奥卡克、纽约或波茨维尔的本地报纸，渴望获得所有美国的新闻消息；他们每周精选一天阅读来自美国的邮件，发现"新大陆"便高叫着，"嘿，梅米（Mamie），听着！林肯学校又会新增供暖设备了。"华盛顿大道延伸段一旦完工，他们就会回家看看，得到的消息和路易莎姐姐（Sister Louisa）一样灵。这些人每天在大庭广众之下随意翻阅巴黎本地报纸《晨报》或《日报》，但待阅读《纽约先驱报》和《芝加哥论坛报》时，态度严肃，不放过一字一句。头条新闻，诸如"议会调查选举费用开支"，"规划新增跨大西洋航线"是他们阅读的重点。连"斯克兰顿的魏特妮·T. 奥亨施泰因在布里斯托款待格海姆哈特和波普太太"，"作家及演说家玛丽·敏克斯·米顿（Mary Minks Meeton）小姐下榻佩多克宾馆"这种在当地引发旋风的"欧洲美裔新闻"，他们也不会放过。

这些群体又因智商的高低和品位的优劣而分成一个个小团体。他们有的喜欢成群结队去低劣的小酒馆畅快豪饮，有

的聚在一起开拓生意，有些尊贵典雅的人乐意四处交往。无
论怎样，快乐是他们结成集体的主要缘由，这些人或疯狂，
或纵酒，或海购，或充满艺术气息，或彼此高调吹捧。

　　但山姆似乎有些不幸，他想结交商业人士，又想与人相
聚低档小酒馆。可妻子却想和一群充满艺术气质且头脑聪慧
的上层名流在一起交流。

　　弗兰只热衷于"走马观花"，虽初到巴黎，两人有些孤
独，但山姆却能拖着弗兰去游遍旅游手册上所有的景点。他
们在泽利饭店跳舞；虽登上埃菲尔铁塔，但弗兰却因身体不
适躲在角落里休息；他们三次走进卢浮宫；曾有一次，山姆
劝诱弗兰走进纽约酒吧，点了一份威士忌和苏打水，但他自
己却与一位陌生的男子就滑雪和布朗克斯鸡尾酒在一边高谈
阔论。只要寻得一家从未吃过的小型餐馆，弗兰则比山姆更
激动，而山姆对固定餐馆的服务生及酒水单熟悉后，每晚便
去同样的地方，从不厌倦。

　　与此同时，相比弗兰，山姆更沉迷于画廊和图画展。真
是有些奇怪。

　　弗兰也了解不少有关艺术方面的东西，她每月都会翻阅
影像类杂志，能叫出所有第五大道上画廊的名字，但心里却
认为绘画以及所有跟"文化"相关的元素，只能作为社交的
装潢和手段，还算提得起兴趣。故事书中都会模仿马克·吐
温的叙事传统，其中美国妻子不断催促丈夫陪同自己去画廊，
但丈夫则时不时想偷偷溜走。现实却恰恰相反，山姆看到蓝
色的雪花，金色的香肩和充满动感的三角形图案，想象力开
始天马行空，心中无比兴奋。这一点，弗兰却无法超越。若
眼前出现印象派和立体派爵士风格的作品，也许山姆也会满
眼发憷，但此时此刻，他最喜爱的艺术家恰是一位叫鲁宾诺

夫（Robinoff）的人，他的画面中融入了威尼斯百叶窗窗格
间透出的耀眼阳光，或密林缝隙中洒下的点点暖阳，真是充
满美感，色彩丰富。面对此番画面（弗兰毫不耐烦地想离开
去喝杯茶），而山姆却长时间驻足而立，深呼吸，感受画面中
的烈日光芒，内心满满的幸福难以抑制。

每到一处景观，弗兰不停地来来去去，走马观花。山姆
则像会见生意伙伴，细细品谈。第一天，弗兰还像个游
客——带上一本红色外壳且未公开的旅游指南手册，四处找
寻亮丽景致；可第二天她便不再这么做，只和丈夫坐在那不
勒斯咖啡馆或丁香园咖啡馆的露天座位上，喝着咖啡，尽情
享受悠闲时光。

"为什么放弃了？"山姆有些不满，"我们就是要所到之
处，看遍地标风景。人人都会去那些地方的。"

"聪明人可不会这么做。"

"行，我不是聪明人！"

"对啊，可我是！"

"就因为你聪明，不用在乎别人的想法嘛！"

"也许我……可我不在乎别人看着我穿着雨衣和众多一日
游旅行者坐在一起。"

"你昨天坐在咖啡馆里享受美好时光。你难道不记得那个
唱歌的乞丐了吗？"

"当然记得！我受够了！哦，如果你想出去，就是舍不得
你亲爱的美国同伴，不管怎样，去吧，亲爱的塞缪尔！而我
就想去克利翁酒店优雅地喝杯下午茶。"

"和美国同伴交流可以让我们变得丰富！"

"我只要随自己的意愿，做自己想做的事，你就一定要和
我吵吗？我没逼着你也要坐在街边啊。你别去克利翁酒店了！

去你深爱的美国小酒吧！你就是想去结识一些烂醉如泥的美国商人——"

但最后他们彼此妥协了，决定去克利翁酒店。

弗兰认为有必要在不了解自己的陌生人面前保持风尚，这样的想法，山姆实在不能理解。但他明白，一旦回到泽尼斯，弗兰内心的虚荣心便能得到巨大的满足，街上碰到贵妇人，在"邻居大作战"这样的古老游戏中，也以愈加鄙夷的眼神瞧着对方。只要看见妻子穿着比闺蜜及竞争对手露西尔·麦克尔维（Lucile McKelvey）更华丽的服装，山姆内心十分欢乐，似乎有些扭曲吧。"好姑娘，"他会恭维道，"你是这房间里着装第一华美的夫人。"

但曾在火车车厢里相遇的巴黎名流，忽然有一天见到山姆和弗兰悠闲地坐在咖啡馆，并向他们抛洒眉眼。为何会引来弗兰的反感呢？

山姆认定环境幽静，风格古典的孚日广场和卡纳瓦莱博物馆相比柏氏芝加哥酒吧可是绝佳的选择；榨血鸭相比萨凡纳餐厅油炸玉米更加优雅高档。"但是，"山姆有些焦虑，"你为什么不能同时享用这两种美食呢——只要你打心眼里愿意的话？没人雇咱们来这里做做样子，不用这么虚头巴脑！我们没义务这么做！回到家我们想怎么放松就怎么放松，想怎么享受就怎么享受，没人管得了我们！"

"亲爱的山姆，这关乎一个人的自尊心。就像英国人，就算在丛林里用晚餐，也会盛装打扮。"

"是，我听说过这事！丛林里他大可不必这么做，不过真这么做了，可真是个傻帽！这就是我的想法。"

"你就这么想的！你根本没明白这对他来说意味着什么——"

"行啊，如果一件毫无意义的胸衣就能决定他自尊的去留问题，我猜他一定不会穿！如果我穿着法兰绒上衣却不受人尊重的话，那我投降——"

"哦，你就是没明白！"

夫妇俩过去在泽尼斯并没有过多时间起这么大争执，彼此之间如此恶语指责。过去，整天山姆都在办公室，晚上大多时间也与其他人在一起，周末却陪伴生意伙伴打高尔夫，和亲人相聚。如今，他们俩独处的时间多了，争吵的机会多了，彼此亲密、体味快乐的时光也多了。某一天他们互相争吵——无休无止地争吵，并不为某件事情起争执，而因不同的生活理念而争论不休。但第二天，怒气瞬间消失了（有时弗兰会让山姆在口袋里胡乱塞满三明治，真是单纯可爱），俩人又携手探寻枫丹白露的森林，在四月微风沙沙作响的小树林里尽情漫步，放声欢笑。

山姆对弗兰慢慢熟悉起来，有时对自己也愈发了解。

除了接触酒店服务员、餐厅服务生、商店店员，山姆对法国人知之甚少。他所接触的，所见到的不过是法国生活的表面现象。这一切令他迷惑不堪。许多游客面对相似情形，会变得厌倦，抱怨这个国家太琐碎、太疯癫，如此一来内心的困惑似乎也没有了。但山姆不同，他想彻底挖掘出问题的本质，还真是固执啊！新鲜的人和事，特殊场景，接触好奇心强的人，或四处旅游并不能愉悦他的身心。一旦他想弄明白一件事或一个道理，便会陷入其中不能自拔。面临自己知识的盲区和浅薄无知，他始终保持一颗谦逊、深沉而坚实的心。

事实上，他并不了解周围的这些法国人。

他在咖啡馆、剧院、商店、火车上和凡尔赛宫观察他们。

捕捉他们坐下的样子，忙碌的样子，玩多米诺骨牌或闲谈的样子，没有什么比喝一玻璃杯咖啡更可以打发时间了。（他们为何用玻璃杯而不是咖啡杯呢？）

他们太热衷于聊天了。他们怎么就能无休无止地找到那么多话题去聊呢？他们为何不找些其他事来做呢？

为何法国人的房子里的花园都杂草丛生呢？大多数受人敬仰的年老夫妇，满头银丝的老人和身材矮小、屈膝佝偻的老妇人愿意晚上去普通的咖啡馆，而他们的另一半则会回家，对沙龙或咖啡馆这些爱侣常去的地方心生厌恶，事实果真如此吗？他看见法国人在商店里悠然闲逛，显得格外优雅；在卢森堡公园带着孩子，显得光彩夺目；他们在街上齐声欢笑。在山姆看来，他们的灵魂善良高洁。他目睹过法国人面对美国庸人踏进他们的火车车厢，那眼中的怒火。最近他听见过一位满面微笑、面色红润、皮肤光洁、体格健壮的女店员，因弗兰的手套干洗费讨价还价时，凶猛无情的斥责声，价钱不过区区十生丁而已。于是，法国人给山姆的印象则是粗鲁、吝啬、充满敌意……而弗兰给他的印象则是有些贪图蝇头小利，过于斤斤计较，这让他着实不快。

但游览了卢浮宫，看见旺多姆广场上的丝绸商店，和大世界酒店里整洁有序的房间，山姆认定法国是世界上品位最为高雅的国度。相反，他也发现窗框上恶俗的黄铜装饰；印着鱼、家禽和侯爵夫人的彩色石印；雕刻着木块的餐车；色彩艳丽、视觉冲撞、令他们无法忍受的椅子；傲视群雄的蒙奇公园；缺乏本土特色的历史遗址；面相精明，但垂涎于明信片上的色情图画的法国男人；《巴黎生活》（*Vie Parisienne*）和《微笑》（*Le Rire*）上日复一日、年复一年的裸体女人像。山姆顿时认为法国人一点儿都没有品位。

　　他的想法摇摆不定、时刻更迭，源于骨子里山姆·杜德伍斯面对异国文化时起起伏伏的心理变化，而弗兰也许很容易接受这些。如此一来，他们的感情似乎将摔得粉身碎骨、无法复原。

第十三章

　　过去的山姆已经充分适应了纽约的酒店，他偶尔在密西根北部，缅因州或伯克希尔的夏日旅店住上两周时间。但他却不知道世上有一种"富贵难民"，多年来依靠酒店和养老金生活。这种人将客房女服务员当作自己的母亲，将酒店看门人当作自己的父亲，将房间服务生当作至亲好友——当然前提是服务生足够善良，做事有耐心，认真听他们的唠叨和八卦，却乐此不疲。

　　山姆却不向往这样的生活。

　　他会觉得自己就像住在养老院。酒店服务员对他过度关注，反而显得自己老了；电梯只向上一层，可服务生却单手扶着他的胳膊，陪他走出电梯，这快把他气死了；大厅里的跑腿小弟为他转动旋转门——转得如此意境美妙，每一扇门都会巧妙避开山姆的鼻子，这快把他气死了；餐厅领班替他点餐，好想山姆从来听不懂菜单似的，"晚餐再要一小份汤吗，赛缪尔先生？"这快把他气死了；客房服务员每天清晨会提醒他"大陆早餐"里务必添加鸡蛋，不仅如此，他总是弄错刀叉摆放的顺序，餐厅服务员便主动将椅子推开，将一小份可供娱乐的报纸收走，早餐结束后，他会为山姆递上纸巾，似乎山姆连这点力气都没有，真是可以让山姆气死两回。

虽说山姆对此极为反感，但他却十分依赖这些人。弗兰尽管每天都假装在阅读《晨报》，对艺术展和剧院营业的时间了如指掌，但她总向高大而卑躬屈膝的看门人打听通往凡尔赛宫列车的时间，可以买到拖鞋的地方，巴黎医术最高明的美国牙医，或者日式涂漆香烟盒的价格。不仅如此，只要马蒂尔德服装订制公司承诺下午送晚宴用的围巾过来，可又没有履行诺言，她也会问到底是什么原因，也会打听马蒂尔德公司名气如此之大，到底是因送货上门服务麻烦还是价格过高。

山姆打定主意，坚信酒店才是他天然的住所，如同囚徒接受囚笼一般。现如今，他已经不再为电梯至套房之间迂回曲折的必经之路而烦恼了——经电梯至房间必先右转，再右转，看到走廊里摆放的红绿条纹相间，满是灰尘的旧皮箱再往左转，而后左边第七个门就到了——门把手上一个长长的刮痕清晰可见。渐渐地，他也习惯了这一切，如同一个农夫习惯了通往小农舍的漫长之路。尽管这段路暗淡无光、毫无生气，他也拖着疲软的双腿坚持走过。他不再因法国装饰繁复，黄铜材质且表面轻浮的电梯而自寻烦恼了。他知道电梯在英国英语中称为"lift"，而法语则是"ascenseur"。当然除了电梯的法语词，他还学会了其他不少法语词汇。山姆知道房间里的服务铃从来不管用，想让服务员前来，最有效的方法就是站在门口，扯着嗓门"唱一段号子"。过去的塞缪尔·

杜德伍斯先生在启发汽车公司的总裁办公室备受下属敬仰，如今，他也会在大厅里遇见穿着希腊式靴子的服务员向他点头问好。

与此同时，山姆像动物园里的猴子一样，习惯了毫无隐私的生活空间。他每天除了待在套房客厅里，也会不知不觉地走到酒店复古式样的休息大厅里，坐下来读一会儿美国报纸巴黎版，事实上心里悄悄地希望遇上一位美国友人，彼此在异国他乡相识。他心里这么想，但嘴里却从未承认。休息厅里装潢现代，体积小巧、外观丑陋的桌子上装点着磨损的铜质鹅卵石图案，星星点点四处分布。寓意海王星的喷泉却和大理石墓碑没什么区别。每天下午五点，这里会聚集不少模仿法语语调，实际上一口浓郁芝加哥方言的年轻女人，她们大口大口地喝着鸡尾酒。充满现代韵味的休息大厅连把新椅子都没有，椅子上套着红色和金色相间的长绒棉椅罩，简单却精致，真像拿破仑三世赏赐的珍品。

山姆要适应在休息大厅里，大庭广众之下装腔作势读书、摆样子可不是件容易的事。他喜欢过去酒吧里大家彼此关怀、过着共产主义生活的情形，但这里的酒吧里，人们漠不关心、极为冷淡。休息厅里人们闲来无事，只能相互观察。他们以一种愤怒不满的眼神盯着彼此看。英国母女二人面对陌生人极为排斥，眼神里透露出的全是愤恨。而她们却也是坐在休息厅里的人们怒目而视的绝佳对象。一位粗鄙的法国暴发户刚抵达酒店时，因山姆将他身旁的椅子拖到两英尺开外的地方，于是他以一种焦躁不满的神情看着"老前辈"山姆。事到如今，他已经在这里住了两周了。这里总出现上了年纪的老年人，轻轻打着饱嗝的人，迂腐的夫妇俩，山姆直勾勾地望着他们，而他们也毫无畏惧地盯着山姆。

两周过后，山姆勇于踏进休息厅，不再畏惧这些"人肉家具"，他将他们视作摆设，自顾自地翻阅报纸，报纸发出的沙沙声将他带回泽尼斯的书房，那个放松的好去处。

如此这般，他已然适应了无家可归之时这临时的家。

山姆慢慢发现即便按照美利坚合众国的标准，法国人也极具人性，真有些让人吃惊呢。

例如，法国的浴室里有热水供应，但并未使用煤气热水器；他无须从美国买几十罐自己最热衷（且芬芳）的牙膏，这里能像家乡一样轻松购得牙膏、治鸡眼的药膏、纽约的日报周末版、溴塞耳泽泡腾盐①、好彩牌香烟、剃胡刀片以及冰淇淋等日用品和食品；他在吕基酒吧遇到一男子，该男子认为只要在巴黎街头仔细搜罗，一定能找到上等内衣店。

山姆还发现法国司机比美国司机车技娴熟。

只要遇上弗兰试帽子，为打发难得的惬意闲暇，山姆总会在韦伯酒吧台上点上一杯"科纳克"和苏打水（山姆已经学会用法语这么说，酒保甚至能听明白）。

"我心目中的法国是什么样子？哦，真不太清楚。还算有趣吧！我完全不记得过去我对法国的印象了。我猜，应该觉得这里生活不适吧——没有浴室，人人早餐就喝红酒、吃蜗牛，没有公共汽车，也没有舒适的火车，这里喝不上鸡尾酒，男人们的小胡须像打了蜡一般，可笑至极。也许，'那里丫头真俊，他们是这样说话的吧，哈哈……'"

"年轻一代的法国人会穿着伦敦英伦风的服装，以一百公里的时速开着伊斯帕诺-絜扎汽车②，他们在里兹饭店用流利

---

① 成药，一种治头痛的泡腾盐。
② 斯柯达一品牌。

的英语谈论英国的不锈钢生意，在阿根廷建造桥梁，以及苏联社会主义对中国的影响——"

"我一直以为我所知道的全世界都围着泽尼斯宪法大道上启发汽车公司的总裁办公室转呢，长久以来，山姆·杜德伍斯满脑子想的都是如何让代尔夫特蓝色款汽车风靡 1928 年，高塔、教堂、小巷和欧洲都不曾激起他的兴趣——"

"但实际上却很重要啊！"

"切记，我是一个美国人，我自豪！但——"

"那时的生活更简单哩。我们心知肚明，生活本就该如此！我们听说全欧洲都没有浴缸，真是破败不堪、濒临崩溃，美国成为世界上唯一能抵御布尔什维克红色风暴和全球饥荒的坚强堡垒。结果，他们撒谎！这些酒吧里的造谣者，这些杂志上的御用走狗！他们说欧洲人都不打网球，不向孩子们传播《十诫》（*Ten Commandments*）教义，也不修铁路。唯一免除欧洲沦落为原始人的手段就是'美元'。"

"腐朽，一派胡言！"

"毕竟我从未打算成为欧洲人！弗兰倒是想——哦，我亲爱的弗兰，你想弃我而去吗？每天你都高高在上，贬低我可怜陈旧的'美国庸俗论'！你是在等待聪慧的欧洲人前来吧——但只有上帝知道，有一件事我无法忍受——她居然说我连舞会上和女人们跳舞，靠吃软饭的小男人都不如——"

"愚蠢！当然——女人就是这样！弗兰可不一直就是这样嘛，她就是个小女孩！岁数比艾米丽年长些，可心智一点都不成熟。她对欧洲兴致很高呢。她尽到自己的本职工作了，不是吗？她把家里收拾得妥妥当当，将艾米丽和布伦特抚养成人，不是吗？我就放心了。"

"但她居然因洛基特那个小人物而神魂颠倒——"

"真该死！真希望塔布能在这里。弗兰和我可不能有别人——"

"别提这话题了，老兄!"

"山姆·杜德伍斯面临的现状就是他和草原犬鼠一样卑贱、庸俗，他不过51岁，还有30年的时间去奋斗，他有时间去探索世界——"

"依我看，什么都没了！一切都太迟了。我就是个局外人，一个旁观者，而不再是来到国外的美国商人了，他们试图掩盖一个事实——每一碗汤、每一片肉都是他们一个子一个子辛苦赚来的——于是他们想找到最初的自己，并对他说一声抱歉！但此刻我一度使内心宁静，别再想着工作效率和努力赚钱了——"

"哦，天呐！都五点了！我得赶紧见弗兰去了!"

唯有妻子能给予他安慰。山姆对大世界酒店的客房服务员马修（Mathieu）印象可不太好。马修体态肥胖、头发卷曲、满面油光，他每天制服上的翻领均为光彩夺目的点状花纹，英语发音尤为标准。

作为一个正常的美国人，按照习惯，山姆第一顿早餐时就询问马修："你在哪儿学的英语啊？"

马修咯咯笑道："在池加哥待了无年。"（"我在芝加哥待了五年。"）

马修为他们推荐早餐和午餐时，准备外出却突遇大雨时，收到来自美国的邮件时，相比山姆这个正宗美国人似乎更加地道呢。"来一小份牛排怎么样？"他总会操着一口芝加哥腔调这么说；或者说"尝尝吧，老板，才从俄罗斯（马修使用的并不是 Russia，而是俄语单词 Россия）运过来的新鲜鱼子酱。"

从此以后，山姆深信马修一定精通美国英语。

但第三天早餐时，弗兰问马修："马修！你知道塞纳河左岸哪家电影院在上映最新的现代电影？"

马修两眼盯着她。

"请再说一遍，夫人！"他说道。

"电影院——现代电影——电影——哦，随你怎么用词吧——"

弗兰立即走向房间里轻巧的书桌前，找到一本绿色和金色相间的法语字典。

"一个——电影现代——是这样读吗？我指的是左岸的电影院。"

马修此时一如智慧超群的专家，高高在上地看着弗兰："哦，似（是）的。你问问门口的服务生，他会跟你说得一清二楚！今天的小牛排扑（不）错吧——一定跟池（芝）加哥口味一样！"

马修去取味美怡人的小牛排的当口，弗兰自言自语道："我有一个重大发现！除了食物方面的词汇，马修的英语也不比我们说的法语好到哪儿去！我们也不差啊，亲爱的！"

"你的确不差。但我就有些糟糕了！"

"别说傻话！昨天你跟出租车司机说'卢浮宫到几点还立在那儿？'（'A quelle heure est le Louvre ferme?'）——我可知道，你的意思是'卢浮宫几点关门？'不过司机也听懂了呀，我觉得如果你用点儿心，法语一定会说得很流利。"

"当真？"山姆问道。

第十四章

　　夜幕降临，夫妇俩前往塞纳河左岸的诺夫戈罗德咖啡馆，这里可是大多具备艺术气质的美国人最钟爱的胜地。但山姆却觉得这里与巴黎毫无关联，事实上，山姆自己的表象与本质都具有一定相似性。法国的街道上可以看到和全家老小散步的资本家父亲；眼睛深沉的男子与拿着红色手绢的姑娘们调笑；一位老妇人缓缓前行，嘴里念念叨叨。但这里，在诺夫戈罗德咖啡馆露天遮阳棚下，依稀能听到美国口音，在耳旁嗡嗡作响：

　　"……找一辆小型雪铁龙汽车，自驾到诺曼底吧……"

　　"……一顿饭六法郎，吃到了精美的烤牛肉，不过有可能是马肉……"

　　"……艾略特·保罗（Elliot Paul）① 是唯一一位纯正而

────────────

　　① 艾略特·保罗（1891～1958）：美国记者及作家。

杰出的散文家……"

这里的年轻人有些消极。山姆坐在餐桌旁，听到他们不停抱怨。他们挖苦加利福尼亚州的美景，结婚证办理处，笛子演奏者，专卖油炸玉米的小商贩；也抱怨威尔逊总统，水泥公路，菜品中的调味番茄酱。相比伦敦频繁举行的晚宴，山姆在这里，变得更加忧郁，难以开口讲话。但总有一个类似于女演员的声音打断他的思绪，而他所思考的仅仅是床而已。

莱克格斯·瓦茨（他喜欢人们叫他"杰瑞"）一直站在山姆和弗兰的餐桌旁，两眼柔情似水地看着他们，时不时闪着魅惑的光芒。

莱克格斯·瓦茨（或杰瑞）对泽尼斯的了解，可谓是业余爱好者中的专家。他脸部宽大，体态像是个货车司机，但他总是喋喋不休，说话声音亲切甜蜜，他也喜欢不停地讲各种笑话。他自己常常被这些好笑的段子惹得哈哈大笑。杰瑞已经五十岁了，可他的长相既可以年轻得像二十五岁的小伙，也能苍老似百岁老人，跨度颇大，收放自如。他出生于一个众人皆知的"优秀家庭"里——家底殷实。他十岁时，父亲就去世了。于是他一直和母亲一同居住，一直持续到他四十三岁。杰瑞乐于告诉他人自己的母亲是他见过最优雅、最高尚的女人。与之相比，所有年轻的女士都显得如此粗鄙而卑微，最终他没有结婚。尽管如此，他与不少拥有相似声线，同样不乏恋母情结的男人成为地下情人。

他周游列国，去过欧洲和亚洲，但依然常回到泽尼斯的住所。他的房屋里充满了蕾丝、锻铁钥匙、奥斯卡·王尔德（Oscar Wilde）的作品，因为他酷爱搜集这些东西，于是没有空间放置俄罗斯茶壶珍品和铺着黑色和金色床单的床了。

在泽尼斯他只要一有时间，便开始贬低生产肥皂和汽车的生产商和贸易商，但搜集蕾丝的人例外；但却在买肥皂和汽车时，清点自己的资产。他在当地举行过首次斯拉夫刺绣作品展，平时他也会高声读诗歌，一心想办一份宣传新诗和新散文的新杂志，并不时四处宣扬他的宏大目标。

过去，山姆只要在泽尼斯遇见杰瑞·瓦茨，他一定会在回家路上向弗兰抱怨："那些恶棍干吗邀请这只白色金龟子？他让我觉得恶心！"但每当杰瑞变换着三种语言告诉弗兰她是城里最美的女人时，弗兰却对山姆说："哦，那是当然！因为杰瑞接受过良好教育，他的脑子灵活好使，知道如何培养娱乐兴趣，而不像某些人只知道在阴沉的办公室里埋头工作。你那些商界精英注定看不上他，就像拉货的老马瞧不上参赛良驹一样！"

弗兰和杰瑞一起吃过饭。事实上，山姆打心底里憎恶杰瑞。

但到了陌生而压抑的巴黎，邂逅任何一张熟悉的面庞，都会让山姆感到兴奋不已。仅仅接触了五分钟，山姆就认定在异国他乡见到杰瑞·瓦茨真是一大幸事。

杰瑞坐下来，咯咯笑着，"我早告诉过你，要逃离闭塞的中西部地区，弗兰！要来这个文明都市！你难道不喜欢诺夫戈罗德咖啡馆吗？这里有多么可爱而粗犷的人啊！他们的姿态多么令人畅快啊！哦，我亲爱的朋友们，昨晚我听到一位绝对优秀的人的言论！那个人就是汤米·特洛茨卡（Tommy Troizka）——一位可爱的芬兰年轻小伙，一位伟大的水彩画家，他能说一口流利的英语，哦，真是高雅绝伦。汤米说：'美国知识分子最大的问题在于多数人并不清楚如何卖弄知识！'是不是很经典？哦，你们在巴黎一定会过得愉快！不是吗，杜德伍斯?"

"是的，这里真不错。"山姆回应道。

"你们去过狮子餐厅吗?"

"哦，当然。"弗兰迫不及待地回答。

"在爱弥儿餐厅享用过主打菜——腰子吗?"

"吃过。"

"你们一定去过红餐厅和海之约餐厅吧?"

"对啊。"

"那致命诱惑餐馆呢?"

"不，我可不想——"

"你们居然没去过'致命诱惑'? 哦，弗兰! 为什么，我的天哪! 你难道不觉得'致命诱惑'是巴黎氛围最令人舒服的小餐厅吗?"

弗兰有些不痛快。

并不是说弗兰不喜欢气氛欢快的小餐厅，或其他让人玩世不恭、甘愿堕落的场所，泽尼斯所有人都应该比弗兰更清楚，巴黎是一个时时刻刻充满各种诱惑的城市。杰瑞一旦凸显自己的优势，并打破常规思维，认为去凡尔赛宫游览都是俗人之举，但七色光医学展览却有必要观看，这时，弗兰会悄悄盯着杰瑞。山姆则不紧不慢，心想弗兰很快就会对杰瑞丧失兴趣。然而她面对开始吹口哨的杰瑞，眼里流露出爱慕的神情。

"你见过恩迪科特·埃弗雷特·亚特金斯（Endicott Everett Atkins）吗? 下周六下午他会到我的住处喝下午茶，我在佩蒂-尚普街有一个可爱的小摄影棚。你和你丈夫一定赏脸，要来啊。"

"我们乐意前往。"弗兰回答，而山姆却有些不大愿意。

回程的出租车上，山姆嘟囔着："你去那儿干吗？恩迪科特·埃弗雷特·亚特金斯是谁？这名字就像商学院里鼓舞士气的口号。他又是一朵像瓦茨的奇葩？"

"不，他可是个大人物。他是巴黎美国侨民文学社的社长——他写过有关法国小说家、奥地利乡村家具、柯勒乔（Correggio）①、英国狩猎习俗等老天爷才明白的评论文章。"

"不过，我有必要了解乡村家具吗，有吗？"山姆期待弗兰给予一个满意的答复。

恩迪科特·埃弗雷特·亚特金斯先生因长得像亨利·詹姆斯（Henry James）② 而名声大震。他顶着一个大光头，连体型也跟着名声发福了。他的演讲艺术很成功，声音大小恰到好处。他那小巧而快乐的妻子，一定爱死他了。人们期盼着他能继续保持犀利评论，无须幽默，自掉身价。但他肚子里有很多让观众捧腹的俏皮话，演讲过程中，几小时用一个，也无伤大雅。亚特金斯来自康内克提卡特特比德斯福德南部，他经常提到自己的父亲"是一位可敬而传统的藏书家，"他也是一位杰出的帽子生产商。亚特金斯在巴黎有自己的别墅，与美国驻巴黎大使关系密切。

不出所料，亚特金斯果然在杰瑞·瓦茨的画室现身。画

---

① 柯勒乔（1494～1534）：真名安托尼奥·阿来里，16 世纪早期的创新派画家，也是意大利文艺复兴时期最伟大的画家之一。作为壁画装饰艺术的开拓者，他画了很多颇有影响的圣坛画，以及许多小型的宗教绘画。

② 亨利·詹姆斯（1843 - 1916）：19 世纪美国继霍桑、麦尔维尔之后最伟大的小说家，也是美国乃至世界文学史上的大文豪。代表作有长篇小说《一个美国人》、《一位女士的画像》、《鸽翼》、《使节》和《金碗》等。他的创作对 20 世纪崛起的现代派及后现代派文学有着非常巨大的影响。

室里挂着猩红色的西班牙僧袍,刺绣装饰的长袍和中国长马褂。唯一可称为画室的明显特色,即北边有一扇窗户。于是杰瑞·瓦茨先生自然而然称其为画室了。"唯有在北极光的照耀下,我才与人亲密!"他一边这么说,一边瞄着弗兰。

下午茶时间到了,桌子上摆放着一个小茶壶、一小盘松软的蛋糕和一大碗潘趣饮料①。在座每个人都喝了三杯潘趣饮料后,彼此间的对话变得有些躁动不安了。人们围坐在餐桌旁,高声大喊,真是一群孤独而渴望的人啊。除了恩迪科特·埃弗雷特·亚特金斯,山姆不记得任何人。他一点也认不出其他人,他们在山姆眼里,就像成群结队的蚊子,在自己耳边嗡嗡嗡嗡吵闹不堪。但恩迪科特·埃弗雷特·亚特金斯则不吵也不闹。他鹤立鸡群也不同流合污,一种宛如基督教科学派的风格,在一旁谴责传统基督教教义,真是可怕。山姆仰视他,敬仰他,耶鲁读书期间,他只对希腊戏剧课的教授有过这般崇拜。

亚特金斯先生面对令人心情愉悦且一切世间美好的事物,如希腊钱币、爪哇舞女、出版商支付给他的支票,都会止不住高声大叫——但在人群之中的他,却故意克制,像一个飘扬在无风高空中的观测热气球,让人捉摸不定。他独自待在画室僻静的角落里,脑子里思考着意大利的文艺复兴,议会的权威是否高过国会,盎格鲁-天主教未来发展的趋势,霍雷斯·沃波尔(Horace Walpole)②的信件,以及无政府主义是否如设想的那般完美。他确实于 1890 年,在米兰参加过无政

① 由果汁、香料、糖、酒等掺和而成的混合甜饮料。
② 原名霍拉提奥·沃波尔(Horatio Walpole,1717~1797),他的私人信札有三千多封,大多数信件写给英国外交官麦恩。据此可概观当时的历史、社会风俗和情趣。

府主义者会议，不过那时的他不过是一个洋洋得意的年轻游客而已。对于亚特金斯的话，可能虽听到了，但也很快忘记。尽管如此，听话人依然止不住叹息，伸出食指在衣领和脖子间来回晃动，心想，"他的知识储备怎么如此惊人——"

亚特金斯先生盯上了弗兰，也不放过山姆，这令山姆无法忍耐。弗兰亮闪闪的长发，细嫩的皮肤，苗条的身姿，活泼机敏的性格将他牢牢地吸引。他为弗兰斟上一杯潘趣饮料，却像恭恭敬敬地呈上路易十四（Louis XIV）。亚特金斯说1885 年，他在曼海姆①会见过"汽车教父"卡尔·本茨（Carl Benz）博士，第一次见到不靠马匹拉动的车辆——按照亚特金斯的原话，这是一辆"轮子里有金属丝的三轮车"，和自行车类似由一根链条、一个方向盘手柄，座位下一个巨大的机器组成。真像一个被拆解的闹钟，散成一片。

"我也真想看看啊！"山姆自言自语道，"动力到底是怎么样的？"

恩迪科特·埃弗雷特·亚特金斯先生望着山姆，满面仁慈，他那光滑的秃顶，在红色玻璃罩台灯的照射下，也呈现出粉嫩的玫瑰色。"那时恰好三点一刻。"他回答得牛头不对马嘴。

（这件事过去了不到六十个小时，山姆早早地就醒了，他睡不着，躺在床上左思右想，认定亚特金斯根本就没明白奔驰汽车动力的运作原理。）

与男人在一起，恩迪科特·埃弗雷特·亚特金斯先生从不妥协，但遇到身材苗条、面容姣好的女士，他才有点人情

---

① 德国西南部城市。为欧洲最大内陆港之一，位于莱茵河畔内河河口。

味。他告诉弗兰，来到莱克格斯·瓦茨先生的画室，真像一次贫民窟探险，也像一个天大的玩笑。通常他都在上流群体间活动，那里有最优雅美丽的女士，智慧超群、勇气过人的男士，和史上罕见的杰出人才。他真想快些把弗兰介绍给这些人认识，他都等不及了。

弗兰听了这话真是心花怒放，整日盼着这一天。

他喜欢给弗兰讲一些让人捧腹的笑话，可惜他不是原创，而是从安德鲁·索琼（Andre Sorchon）那儿听来，而安德鲁又从卢卡斯（Lucas）那儿听来，卢卡斯又从亨利·詹姆斯（Henry James）的书上读到。事实上，真正的原创作者是斯温伯恩（Swinburne）[1]。他还在她面前奉承山姆，说他与过世的马麦逊公爵（Duc de Malmaison）一样尊贵，而弗兰却比公爵夫人不知美多少倍。他奉承弗兰浅黄色的长发和瑞典悲剧女演员泽利·杜·斯特罗姆夫人（Zelie du Strom）一样，事实上，在亚特金斯眼中，这位演员比伯恩哈特（Bern-hardt）[2] 外加杜丝（Duse）[3] 和莫迪杰斯卡（Modjeska）[4] 还优秀——

山姆坐回自己的位子，有如过去在董事会上坐到自己总

---

① 斯温伯恩（1837～1909）：英国诗人、批评家。早期的诗歌因对韵律学的革新而闻名。

② 伯恩哈特（1844～1923）：法国女演员。她曾在大仲马的作品《凯恩》和雨果的诗剧《吕伊·布拉斯》中担任角色，以其迷人的"金嗓子"令观众倾倒。1880年她自己组建剧团，在世界巡回演出，所演的剧目包括小仲马的《茶花女》、《阿特利叶娜·勒库弗勒》、萨尔都专门为她编的四部剧以及罗斯丹的《鹰》等。1914年获法国荣誉勋章。

③ 杜丝（1858～1924）：意大利女演员。当时表演最优美自然、最有表现力的女演员。演出挪威剧作家易卜生的作品，并以此闻名。

④ 莫迪杰斯卡（1840～1909）：波兰出生的美国女演员。

裁位置上一般，又好似自己是幕后策划者，而其他人是执行者，内心无比满足。同时，他也试图猜出恩迪科特·埃弗雷特·亚特金斯先生的真实目的。

"这个人知道得可真多。咳，可能是读书读得多吧。咳，如果他读书不够多，那一定记性比较好。他正向弗兰献殷勤呢，说她把他迷得团团转，弗兰居然欣然接受。上帝保佑！随她去吧，她再怎么放纵也没亚特金斯那老家伙凶险！十五年后要是我变得像鳔鱼一样该怎么办？若真如此，我就歇下来，修一个小木屋，种玉米，过着世外桃源的生活。"

"我并不是真的想告诉你，"恩迪科特·埃弗雷特·亚特金斯先生向弗兰抱怨道，"看见你到欧洲来放松度假，我有多么多么佩服你的智慧。我只想知道你有没有发现自己尽到了一个美国爱国者的职责——我们所推崇的欧洲人，其实和你这样的人一样优秀，等你熟识了一位上年纪的书呆子，以及来欧洲旅行的扬基女人，你就什么都明白了——哦，这些异常活跃的女人啊，声音又尖又细，忽视她们身旁所有的绅士，真是可怕——她们经常去美国人聚集、环境糟糕的酒吧，甚至在那些龌龊不堪的地方跳舞——"

"为什么'扬基女游客'不去蒙马特区跳舞，她们难道不喜欢那儿？"山姆一直思考这个问题，"亚特金斯会不会以为底特律的可爱买家就为了取悦他而来？异国他乡浓眉大眼的美国人就像回了家的清教徒。清教徒会说，一旦喝了酒，亚特金斯都会谴责这一行为；逃离到国外的人则会说，虽不喝其他酒，只要喝了某某庄园温度适宜的上等葡萄酒，他也会谴责这一行为——"

"六月，我会回去参加同学会！三十周年同学会！我有那么老吗？"

"想到会再次遇见塔布、普多·史密斯、比尔·迪尔斯以及——那个总是最显眼，一头红发，长得大块头的小子叫什么？弗罗利——弗洛厄——弗拉厄提？真不记得了！"

"亚特金斯又继续开说了。我最好还是听着点，长长知识。真觉得我们'来欧洲放松度假'的日子快到头了！"

"——我有些担心，杜德伍斯太太，你会觉得我的房子书卷气太浓。像你这么美丽的女士，比什么书都难读啊。你不需要读书——只需要享受生活就够了。你应该在红酒般沉醉的海面上，古希腊阳光明媚的小岛上，尽情翩翩起舞，直到永生。你和你丈夫下周日如果能来和我们共度午餐，那真是蓬荜生辉，最起码我得向你展示一两件凹雕艺术品——"

周日中午，杜德伍斯夫妇果真去亚特金斯家赴宴。山姆平生第一次遇到公主——马拉维吉利阿斯太太。当然，第一次相见，他并不知道她是公主；相反他以为她是一位心地善良，家庭贫寒的小家碧玉。但亚特金斯巧妙地揭露了马拉维吉利阿斯太太的公主身份，而山姆，相比任何民主的美国人都将这一幕记得清清楚楚。

弗兰则仔细确认过这位位高权重，善良友好的公主身份，她的骨子里只有四分之一与美国人相似。

山姆挨着她坐下来，餐厅是一个空旷、清冷的房间，桌上放着威尼斯玻璃杯和柏拉图神圣不可侵犯的半身雕像；山姆毫不谦逊地显示出自己的尊贵，而读过《艾凡赫》、莎士比亚和英国田园诗的主人心中洋洋得意："我可坐在公主身旁！"

公主不知不觉闲聊起自己与墨索里尼的谈话，以及罗马教皇的助理大主教对她说过的话。这一聊就足足有十分钟，山姆渴望了解世界上的名人。他还记得——什么呢？弗兰为了山姆的自尊心，鼓励他、夸赞他身为总裁，在未来会成为大使，与不少和墨索里尼接触过的名人相处，并与他们平起平坐畅谈天下事——

但马拉维吉利阿斯公主喋喋不休，令山姆有些反感了。游览特鲁维尔①和比亚利兹②才是正事；有什么事比去因格拉汉姆女士家喝茶更重要呢？

这些未尽的新义务也令他烦躁不安。

"目前我只知道，"他暗自低语，"如果想成为受人尊重的人，在旅途中发现新鲜事物，进行一些从未有过的活动，便是最好的途径。"

弗兰以一贯冷漠虚伪的谦虚友好与马拉维吉利阿斯公主交流，这一态度，山姆已司空见惯。但德佩纳博太太的出现却引起弗兰极大兴趣。德佩纳博太太一头红发、皮肤白皙、身材丰腴，似乎对世间一切名人轶事都了如指掌。杜德伍斯夫妇到底也没弄清她出生在波兰、尼布拉斯加、非洲、多尔多涅省抑或匈牙利。他们也不清楚德佩纳博先生是何许人也，世上到底真的有德佩纳博先生这个人存在吗？他们也不清楚她自己做生意、靠抚养费过活，还是靠娘家救济。山姆甚至怀疑她是个国际间谍。她真是个优秀的女人，聪慧绝伦的女人。她纵然可以公布答案，向大家介绍自己的身世，可她从从未开口。她能流利地说英语、法语、德语和意大利语；走进餐厅，连服务员也会为她着迷；她甚至还会讲俄罗斯、兰开夏和当代希腊方言。

显然，她的魅力吸引了杜德伍斯，他们想方设法进入她的社交圈。山姆得知她邀请弗兰和自己前往她幽静的乡间居

① 一座海滨城市。
② 法国西部比斯开湾的游乐名城。

所共进午餐时，山姆叹了口气，"弗兰又要前去。"我们到底为何如此招人喜爱，真成国际人士了！既然现在的我已经深受欧洲文化熏陶，越来越像个欧洲人，真不知道和塔布打扑克牌，我还能赢多少个子儿？

第十五章

　　山姆和弗兰不再像孩子一样共同探索新世界，而学会独自享受各自的孤独。他们陷入恩迪科特·埃弗雷特·亚特金斯、德佩纳博太太以及高智商群体中不能自拔。德佩纳博夫人眼中的弗兰面容清新、热情善良、天真烂漫，与欧洲女人截然不同，她这般虚幻而诱人的魅力，惹得无数欧洲男人为之倾倒，连德佩纳博先生也不例外。他们甘愿受她差遣，与她共饮摩泽尔白葡萄酒①，侧耳倾听她所讲的那些真真假假的八卦趣闻；而德佩纳博夫人眼中的山姆却在尽力避免像德佩纳博先生这样的人夺走弗兰。

　　她与杜德伍斯夫妇彼此之间建立起了良好的友谊。

　　弗兰在巴黎的生活变得格外忙碌：每天忙着在灌木丛里骑马，与他人共进午餐，一起购物，尽情喝茶、打桥牌，共

---

　　① 产自德国摩泽尔河流域。

享鸡尾酒，时时刻刻都在换装、参加晚宴、进剧院，甚至到姐妹花园这些地方跳舞，那里光鲜亮丽、星光璀璨，正合弗兰之意。深夜回到酒店，只得倒床而眠。在此期间，她每周还要上三小时的法语课。

而山姆——只能独自行动。

整整一个月，山姆沉浸在孤独的状态下，心中十分喜悦。这样的生活多姿多彩，充满丰富而感性的韵律，如同巴黎灰扑扑的建筑下摇曳的清波。不少女人甚至将他视作美国资本巨头之一（他心中窃喜，心想这些女人一定以为自己比实际看到的更加富有）。这里到处都是华服丽人，到处摆满饕餮盛宴。山姆也了解不少葡萄酒艺术方面的知识。原来莱茵河地区的葡萄酒温度偏低；勃艮第地区的葡萄酒相比具备阴柔气质的香槟，也不乏阳刚气。如今，遇到端着酒杯的宾客，山姆就像组装汽车引擎般认真听取他们对酒的严肃探讨，他终于搞清勃艮第地区不同产区葡萄酒的差异，例如叶·圣·乔治和培摩-比榭（Premeaux-Prissey）①两处的酒便大不相同；1911 年产的上等美酒和 1912 年产的中等也各有千秋。他也知道品尝高级葡萄酒前喝一杯鸡尾酒，会破坏味觉的灵敏性，这简直就是犯罪；将勃艮第葡萄酒突然放到热水中加热，简直太残忍了。事实上，应该将酒提前倒入盛酒的容器，使其缓缓适应房间的温度（最好请品酒大师做甄别）。

这番突如其来新鲜的体验，让他兴趣盎然。而弗兰忙于自己的社交活动，多年来也第一次内心如此满足。

---

① 位于勃艮第夜丘子产区，包括叶-圣乔治村及培摩比榭社区。叶·圣·乔治可以酿制黑皮诺的红葡萄酒，该产区名有时会被简写为 Nuits。

　　亚特金斯和德佩纳博两人经历丰富、知识广泛。亚特金斯不断搜索肖像画家、法国批评家、美国巴克湾①上层名流中的淑女，也常常出没于黎顿豪斯广场②，当然也不放过那些自诩为生物学家的英国诗人，以及乐意挥笔写诗的英国生物学家。德佩纳博夫人拥有各式各样的头衔——像是集合了意大利、法国、罗马尼亚、格鲁吉亚和匈牙利等知识的百科全书——她也时常爆发出一些健康且精致的"小怪癖"，于是他人会称她"古灵精怪的扒手"或者"年轻的北极探险家"。

　　骄阳似火的众多追求者中，弗兰最心仪的是一位意大利飞行员，吉奥赛罗（Gioserro）上尉。他双眸清澈、面带微笑，且比弗兰小十岁。他为她着迷，沉溺于弗兰口齿伶俐的言谈中。他高度评价弗兰，称她是斯堪的纳维亚女神"弗雷娜"（Freya）③、"复活节百合"④，她集结了世间一切美好而优雅的元素。弗兰对此深信不疑，与他一道骑马去了。

　　山姆心里期盼着，但愿这个人不是第二个"洛基特"。弗兰对他说，吉奥赛罗就是个"小男孩"，山姆相信了她的这番解释。但他独自一人时，左思右想，依旧有些怀疑，依旧有些担心。山姆明白，弗兰之所以反感男女之间公开调情，只是因为她还未找到一个吸引其眼光的美国男人。她看起来是

────────────

　　①　美国波士顿市一个地区，位于马萨诸塞州，19世纪50年代以后大多利用泥沼填土造地而成。以其密集的住宅区，长长的大道和精致的商店而闻名。

　　②　位于美国费城，豪华的街区布满了著名的零售商店、高档精品店、露天咖啡馆、典雅的餐厅和知名夜总会。街区的中心是一座名为黎顿豪斯广场的优雅公园。

　　③　古斯堪的纳维亚爱与美的女神。

　　④　在西方社会，白色的百合通常作为复活节的礼物。人们也普遍认为百合花是大自然赐予复活节的，是美化复活节的完美礼物。

那么温柔纤弱、身心松弛，那么活泼可爱，她对山姆的依赖
也越来越少。弗兰被魅力十足的男士包围，被夸张的赞扬温
暖，她已经找不到方向了。山姆告诉自己，弗兰不可能对那
些人感兴趣，可潜意识里却敲响了警钟。

最近，山姆依然厌倦了人们穿着时髦华美的服装，迷失
自我的疯狂作态。那些声响——嘈杂的声响从未停息——他
们高声欢笑——谈论着迈克某某和雅克某某与某某女士之间
的不雅奸情——每一次聚会，每一次高档茶会，甚至每一次
音乐会都会听到这番声响，绝无例外。

弗兰一狠心，与过去结识的所有人断了往来。包括喜欢
去低档酒吧的游客，酒店里遇见的泽尼斯同乡夫妇，甚至杰
瑞·莱克格斯·瓦茨，他毕竟主动向弗兰引荐了恩迪科特·
埃弗雷特·亚特金斯，真是个可怜人。而山姆寻觅的、接触
的全是底层人士；他接触喜欢打扑克的人、朴实无华的人，
他喜欢吃酸泡菜，看杂耍表演，与汽车销售商以及泽尼斯政
客相互交谈。

一个比利时人给弗兰画了一幅裸体肖像画，真是"价值
连城"。这个比利时人可泡了一手好茶，对新款长裙别有一番
见解，吸引了大量美国富婆。他笔下的画作甚至具备社交功
能，他作画时，周围聚集了像鹦鹉和孔雀一般浮华躁动的
"花瓶"。这些人为他的手艺所倾倒。而他最大的天分是能将
洛朗森（Laurencin）① 的"迷惑风格"与萨金特（Sargent）②
的写实手法相结合，这样画中的女人均显雍容华贵。

————————

① 洛朗森（1885~1956）：法国女艺术家，因她在肖像画中采用柔
和的淡彩画技法而闻名。

② 萨金特（1856~1925）：美国画家，尤以其优美的肖像画和水彩
风景画出名。

德佩纳博夫人认定弗兰会投入这个优秀男子的怀抱，山姆以为德佩纳博暗指许多其他女人受到比利时男子的馈赠。他心想，有可能精明的德佩纳博夫人对这样的交易毫无兴趣。山姆的这般揣测令弗兰大为不快。

"你要是知道了原因，就会有兴趣了，"弗兰愤怒地回应道，"萨奥利尔（Saurier）免费为我画像，他说我是他平生所见最完美的美国丽人！我当然不会让他那么做。你难道没有发现欧洲人都认为我长相美丽嘛——"

"别——"山姆轻轻地说，"——傻了，亲爱的。"

山姆去过萨奥利尔的画室，亲眼目睹摆出放浪不羁姿势的模特；山姆已陷入生意无望的萧索年纪，德佩纳博夫人和另外六位女士在一旁说着各种各样的语言，她们夸赞"老板"真是个天才，他擅长绘画"肉欲之美"，"真是个里程碑式的人物"。山姆听了这番话，真受不了了，他想尖叫。这些女士虽然未说法语，但却带着浓重的法语口音。

山姆从此以后再不踏入此地半步。

相比和蔼可亲的恩迪科特·埃弗雷特·亚特金斯，山姆偏爱身份尊贵，气质如夕阳余晖般柔美的德佩纳博夫人。德佩纳博夫人身边总是聚集着一些漂亮朋友。"漂亮姑娘褒扬我拥有兰卡斯特爵士和杰克·邓普西（Jack Dempsey）① 二者的优势，和这样的女人喝杯鸡尾酒"山姆心想，"也不算太糟。"但亚特金斯先生并未听过鸡尾酒。他曾高谈阔论，说自己去过世界上任何地方，但他对所有地方都缺乏兴趣。他总

---

① 杰克·邓普西（1895～1983）：1919～1926 年世界重量级拳王，外号"马纳萨大椰头"。

是眼神诚恳，悉心询问他人是否去维泰尔博①游览过伊特鲁里亚②遗址。随后开始随意唠叨，山姆可以发誓亚特金斯一定没有去过维泰尔博；亚特金斯对美国音乐评价苛刻，对爵士乐尤为憎恶，但山姆却偏爱有加。

　　山姆对世上七种艺术顶礼膜拜，甚至无法用言语来表达，一个爱尔兰警察就有机会随时在圣母玛利亚的神像附近来来回回，巡逻看护……冬季凌晨三点，那里一片漆黑，毫无光亮。在山姆眼中，这些艺术优雅浪漫，让他沉醉迷离，但在朝圣者眼里，却成了保持灵魂纯洁，思绪清晰的标杆和警示，这令他烦恼。他不会刻意沉浸在巴赫的音乐或歌德的小说中不能自拔，但在切斯特顿（Chesterton）③ 的散文，舒伯特的音乐和柯罗（Corot）④ 的绘画世界里，却能让山姆暂时忘却汽车和亚力克·吉南斯。有时他也因门肯（Mencken）⑤ 的无政府主义的美好设想而哈哈大笑。但山姆变得越来越固执，他认为，如果艺术成为应试之类的枯燥之事，他最终定会抛

---

　　① 意大利中部地区的首府，在罗马以北 75 公里处，有六万人口。这是一个有中世纪城墙的山城。

　　② 古代意大利西北部伊特鲁里亚地区古老的民族，其居住地处于台伯河和亚努河之间。西元前 6 世纪时，其都市文明达到顶峰。伊特拉斯坎文化曾被继伊特拉斯坎人之后统治这个半岛的罗马人所吸收。

　　③ 吉尔伯特·基思·切斯特顿（1874～1936）：英国作家和批评家，信仰罗马天主教，政治观点保守。他的著作包括散文，以布朗神父为主角的系列侦探小说。

　　④ 让·巴蒂斯特·卡米勒（1796～1875）：法国画家，因其意大利陆上风景素描而著名。

　　⑤ 亨利·路易斯·门肯（1880～1956）：美国新闻编辑及评论家。他是杂志《美国信使》（*American Mercury*）的创始人和编辑（1924～1933），他所写之辛辣讽刺性的社会评论小品文经常针对自负的中产阶级。

弃它们，整日沉迷扑克牌，不能自拔。

弗兰整个下午都在画像或换装（无论怎么换，在山姆看来都是一个样，但他注意到为弗兰提供服装的供应商相比画师，身材更强健，面容却少了丝贪婪），山姆只得独自外出。

他的心中默默暗想，怀着一丝罪恶感，"我打算和弗兰一起去巴黎圣母院①。不过现在我想自己先去，看看是否合我口味！绝不能说出去！我保证！即使亚特金斯那个老家伙让我说……可恶！我真想回泽尼斯啊！"

出租车停在巴黎圣母院门前，山姆手持旅行指南，严肃而庄重地走出车门。毫无惧色地跨过塞纳河，独自走进教堂对面的咖啡馆。

他承认教堂灰白简洁，气势恢宏。他能品鉴到它的力量，不仅仅是力量，也有韧劲和智慧。外墙上的扶壁像翅膀一样带着建筑快飞起来了，活灵活现，甚是美观。整个教堂在山姆眼前延伸，显示出人类的鬼斧神工，比天空还宽广。他觉得自己是那么渺小，那么无助，但他相信，凭借自己的双手也能创造奇迹；汽车不再是可鄙的作品了；自己就像用石头建造这色彩暗淡的史诗建筑的下层工匠一样，已快遭世人遗忘，变得默默无闻；而恩迪科特·埃弗雷特·亚特金斯却洋洋自夸为"哥特风格的转变"，这一做派更像基督教故事中偷吃苹果的亚当②。真不知道曾经的艺术家如何在这同样的街

---

① 位于法国巴黎市中心、西堤岛上的教堂建筑，约建造于1163年到1250年间，属哥特式建筑形式，整座教堂在1345年全部建成，历时一百八十多年。

② 原文中是"Adam's apple"（亚当的苹果），其典故来源于《圣经故事》，亚当在伊甸园偷吃禁果，因心怀恐惧，吃时仓促，有一片果肉哽在喉中，不上不下，留下个结块，就叫"亚当的苹果"。

角——畅饮、欢笑，笑对人生！

山姆读着旅游指南。难道罗斯金（Ruskin）[①]、切利尼（Cellini）[②] 和但丁（Dante）[③] 外出旅行不带指南手册吗？想想都奇怪，真新鲜啊！

"巴黎圣母院，始建于 1163 年……早在古罗马时代初期曾是朱庇特神庙[④]。"

山姆放下手中的指南，径直走进他梦寐以求的胜地，自从得到行家的指引，对这里，他已渴望了不知多少个星期了。

曾经的朱庇特神庙中，能看见穿着白色僧袍的教士，用来祭祀的公牛，这些公牛双眼顺从而安静，顶着粗花环的头不停晃荡着。战车轰隆隆地穿过广场——恰好正对着塞纳河！在酷爱踢足球，年轻的山姆·杜德伍斯眼中，在饱受汽车嘈杂声侵扰的人眼中，过去这里就是一个充满着血雨腥风的传奇。但山姆却突然能充分感受到这里真实发生过的一切，似乎和凯撒大帝[⑤]一同在此走过。凯撒大帝不再是学校历史教科书上的图画，也不是口技演员扮演的角色，他说着一口佶屈聱牙，只有文学教授才能听懂的古文。山姆在途中遇到了一个活泼健谈，对生活充满热情的人，那个人长得真像舞台

---

① 罗斯金（1819~1900）：英国作家和艺术评论家，他认为伟大的图画应是能够能观者以伟大的思想。他的作品包括《近代画家》。

② 贝温尤托·切利尼（1500~1571）：意大利作家及雕塑家，以其作品《自传》和珀耳修斯的雕塑而闻名。

③ 阿利盖利·但丁（1265~1321）：意大利诗人，现代意大利语的奠基者，欧洲文艺复兴时代的开拓人物之一，以长诗《神曲》（Commedia）留名后世。

④ 位于罗马的卡比托利欧山，是古罗马最伟大的宗教庙宇。

⑤ 盖厄斯·儒略·恺撒，人称"恺撒大帝"（公元前 100~前 44 年），著名的罗马军事和政治领袖。

下的罗斯福，他们俩甚至在这里一起喝酒。

山姆陷入沉思，在这里，没有人注意他，他也没必要迎合弗兰的长处。他买了门票，从容地跨过桥面，慢慢地走进教堂。

教堂的座位做工并不考究，也没有铺设像美国新教教堂里的软坐垫。遇到这种问题，总会令他不满；不仅如此，教堂内看起来光秃秃、冷清清，一点也不友好。这里有一个巨大无比的树桩，如高山般坚实，如大海般永恒。他在一旁发现了一把椅子，便递给管理人一点小费。之前有人总在他身边吵吵闹闹，想尽力帮助他，此刻他打消了对这些人的愤懑，陷入自己百思不得其解的思绪中。

没多久，山姆转而心平气和地读着旅行指南里的文字："英格兰国王亨利二世（Henry Ⅱ）的儿子杰弗里·金雀花（Geoffrey Plantagenet）① 于 1186 年被葬于教堂圣坛之下。1430 年，英格兰国王亨利六世（Henry Ⅵ）被封为法兰西国王，1560 年玛丽·斯图亚特（Mary Stuart，即后来苏格兰的玛丽皇后）被加冕为法兰西国王二世的皇后。庇护七世（Pope Pius Ⅶ）为拿破仑一世（Napoleon Ⅰ）和约瑟芬·德博阿尔内（Josephine de Beauharnais）② 加冕的盛大典礼也在此举行。"

（在萨奥利尔的画室里，不拘小节的女人们对种族问题高谈阔论！）

这里曾是金雀花王朝的天下！猩红色镶着金边的旗帜上，

---

① 英国王朝金雀花（1154～1485），涵盖亨利二世至理查三世所有统治者。

② 约瑟芬·德博阿尔内（1763～1814）：法兰西第一帝国皇帝拿破仑·波拿巴的第一任妻子，法兰西第一帝国的皇后。

三头昂头挺胸的狮子，真是威武。这里曾见证玛丽·斯图亚特抬着她那高傲头颅的容颜，拿破仑也曾在这里指点江山——如今，山姆·杜德伍斯在此端坐，与历史对话。

"唉……"他长长地叹了一口气。

山姆两眼注视着圆花窗，他透过表面图案感受其深沉的意义。在他眼中，生活中某些事物比美食和小憩更加意义非凡，令人兴奋不已。他发现自己不再是一个兜售汽车的小商人了，他徜徉于过去的时光，也深思难以琢磨，难以预料的今日生活。山姆发现亚特金斯先生和德佩纳伯夫人一出现，弗兰在他心里不再是苦苦追求"美好生活"的终极目标。相反，原来生活应该是忙碌而纯粹，不含一点儿私心杂念，这里没有头衔，也无须保护所谓的"艺术"。

"我想走出城市找点其他事做——刺激的事情。我要带她一起！我真是太依赖她了。"山姆怯生生地喃喃说。

山姆不断地找寻愿意放低身段且机智聪慧的伴侣，这一想法他从未放弃过。他走进了纽约酒吧。经纽约本地报纸的记者，他结识了一个泽尼斯本地的新闻记者。就在这个酒吧，他认识了不少新闻工作者，和他们在一起就如在家一般。他们不会为了拍山姆马屁而卑躬屈膝地说一番违心的好话，相反，佩纳伯夫人称之为寒舍里的上层贵妇人却会对山姆大加赞赏，毫无保留。新闻记者长久以来老生常谈的话题深深激发出山姆浓厚的兴趣：托洛茨基（Trotsky）[1] 和斯大林

---

① 列夫·达维多维奇·托洛茨基（1879～1940）：曾是苏联共产党中央委员会成员和第四国际领袖，革命家、军事家、政治理论家和作家。

(Stalin)① 相处的怎样，白里安（Briand）② 怎样评价奥斯丁·张伯伦（Austen Chamberlain）③，以及国际石油之争的"内幕"。

这天午后，山姆偶遇了罗斯·爱尔兰。

据说，爱尔兰是《夸肯伯人物杂志》集团常年驻外的记者，可谓美国记者圈中最有名的人物之一。山姆和爱尔兰经泽尼斯记者介绍认识。罗斯·爱尔兰是一个四十岁的中年男子，和山姆一样块头巨大，他戴着超大号的无框眼镜，看起来真像一名军医。

"见到你真高兴，杜德伍斯先生，"爱尔兰问候道，他的声音依然保持天真无邪的艾奥瓦腔调，"在这里待了挺长时间了?"

"哦，对啊——好几个月了。"

"第一次到欧洲来?"

"是啊。"

"听我说，我一直开着启发汽车在印度的丛林里逗留。汽车性能真好，如此坑坑洼洼的路——"

"印度?"

"是啊，刚回来。那里才是吉卜林笔下真实的乡下。哦，

---

① 约瑟夫·维萨里奥诺维奇·斯大林，苏联共产党中央总书记、苏联部长会议主席、苏联大元帅，是在苏联执政时间最长（1924～1953年）的最高领导人。

② 阿里斯蒂德·白里安（1862～1932）：法国政治家，外交家。法国社会党创始人，十一次出任总理，以对德和解，获得诺内尔和平奖，以非战公约和倡议建立欧洲合众国而闻名于世。

③ 奥斯丁·张伯伦（1863～1937）：资产阶级的政治家，保守党人、外交部长，1925年因促成洛加洛公约而和美国人道威斯一起获得诺贝尔和平奖。

我不知道亲眼所见的是否是莫戈里（Mowglis）① 大战虎群和十六英尺长的蛇群，我还听说那里有很多黄麻纤维，到处都是靛青色的布料，比豪克斯比斯（Hauksbees）太太那儿卖得还多呢，真会让你眼界大开！坦焦尔②有不少大型寺庙，佛塔高达十一层，全部精雕细琢。那里的生活，完全不同，连那里的味道也全然不同（有时味道也不太好闻！）——在那里生活的人们穿的服装有如参加化装舞会，花花绿绿、异彩纷呈，他们吃咖喱做的各种食物。那里到处是欧亚各地的特色小商店，"巴布"（Babus）③ 会跟你讲一个天大的谎话——人人以讹传讹。如果你能抓住机会，可能会选择离开那儿。离开印度，乘坐扁舟到达缅甸，那里就是一个漂浮在河上的大集市。当地人扎着滑稽的头巾，一个个蹲在码头周围。我顺流而上，去过伊洛瓦底江、曼德勒和八莫。你也可以在仰光乘坐轮船去槟榔屿④、山多威、阿恰布⑤和吉大港⑥等等各种各样的奇妙之地。"

（仰光！阿恰布！吉大港！）

"当然走得再远些，去爪哇岛、中国和日本，最后取道加利福尼亚回家。"

"这个主意不错，"山姆听闻很高兴，"巴黎是一座充满魅

---

① 《丛林故事》（The Jungle Book）中的男主人公，全书由七个独立的中篇小说结集而成，讲述了"狼孩"莫戈里和其他几种不同动物的故事。
② 南印度泰米尔纳德邦的一个县。在历史上，它是南印度古代朱罗王国的中心地区，也是泰米尔地区的政治、经济和文化中心。
③ 印度语中"先生"的意思。
④ 马来西亚一州名。
⑤ 伊洛瓦底江、曼德勒、八莫、山多威、阿恰布均为缅甸地名。
⑥ 位于孟加拉国。

力的城市，但——"

"哦，巴黎！巴黎一无是处，顶多算高级别的'百老汇'。"

"但在我眼里还算不错。"这位泽尼斯前报界行家这样评价巴黎。

"的确不错！巴黎适合那些无法忍受现实工作的美国人，"罗斯·爱尔兰这样认为，"我恨不得立马抵达美国！想到六月我就能回家了，真是兴奋得要死！我已经离家三年了——第一次离家这么长时间。我太想家了，都快想疯了。我就喜欢自己这种纯粹的美国人。我不太青睐那些围坐在巴黎咖啡馆的美国侨民。我外出旅行，满脑子想的就是'旅行'二字。知道吗？踏上曼谷的土地，望着城市里耸立着金子打造的寺庙，船夫唱着船歌，无论他唱什么，歌声都是那么美妙；或去莫斯科，看见穿着皮靴和绵羊皮衣的农夫，教堂尖顶是白色和金色相间的艺术杰作，高耸入云、直插苍穹——这样才能称得上是真正的旅行！"

是啊，那样才是旅行！山姆也一心想这样尝试一番。他想去——哦，君士坦丁堡，然后再返回，借道意大利或奥地利，回家参加三十周年同学会——如果时间紧促，立马就走又何妨？不过弗兰和自己也可以明年秋天再旅行一次，一块儿去埃及和摩洛哥——就这么定了。

"如果戏演得好，就算说的是英语，就算无法理解，只要享受其中就够了。"这是美国人最喜闻乐见的一条箴言，弗兰将它践行得再完美不过。但山姆却绝不这样做。他讨厌坐在法国剧院里，他在纽约酒吧遇到了从伊洛瓦底江和吉大港回来的罗斯·爱尔兰，俩人寒暄过后，山姆回到酒店。此时，他看见弗兰拿着戏票，就像一只"学说话的猴子"。想到要和吉奥赛罗一块儿去、一块儿回，怒气渐渐往上升腾。

"你身上有股威士忌味儿！真恶心！快走开，快换衣服！吉奥赛罗上尉和咱们一块儿去剧院。能快点嘛，求你了！我先点一杯鸡尾酒。你看，我准备好了。看完戏，我们还得见勒内·德佩纳博以及其他人，我们还得跳舞呢。"

山姆换装的同时，焦躁不安地抱怨道："法语戏剧！哎哟喂！看了前两幕，我恐怕连谁是丈夫，谁是情人都分不清楚！"

山姆在戏剧演出期间睡着了，他只敢悄无声息地打瞌睡，面对德佩纳博夫人还得毕恭毕敬。返回酒店的路上，弗兰十分满意，如同回到泽尼斯的家一般轻松愉快。但卸下装束之时，山姆向弗兰祖露自己的心声："弗兰，我有个主意——"

"帮我解开肩章上的扣子，不介意吧？谢谢你，亲爱的。你今晚真是太善解人意了。整个现场最英俊的就属你了！"

"就是——"

"你渐渐喜欢上勒内·德佩纳博，真让我欣慰。她真是可爱动人，忠实可靠。不过，呃——山姆，真希望你在演员说台词的时候，没问他们正宗法语是怎么说那些话的。"

"可是，天呐，是他们起先用海地语和尼加拉瓜语跟我们说话的！"

"我理解，但这毕竟有所不同。这是一个亘古不变的古老话题，勒内都吓住了，英国女人，叫什么太太来着，也感到惊恐。不过，没关系，我只是觉得应该提醒你。"

山姆认为自己今晚的表现堪称完美！

"但是，"山姆继续严肃地说话，而弗兰只顾自己梳头发，一点儿也不留意他，令他暗暗有些烦扰，"我建议——看着我，弗兰，我有个好点子。现在快到五月了，我们可以去地中海旅游一个月，或更长时间，六月底我们就回家。到那时，我还得去参加同学会——三十年同学会——"

"当真？三十年？"

"哦，我可没这么老吧！不过我的意思是，我们无须单独着重讨论回家的具体时间——"

"可我还想观赏欧洲更多的美景，我还没开始呢！"

"我也还没开始啊。我知道。但我只是想回家处理一些生意上的事，还得参加同学会，我也想去看看艾米丽和她的新家，对了。还有布伦特——"

"我们也可以叫他们今年夏天到这里来。能把浴室里的冷霜递给我吗，哦，不不，我想应该放在柜子上了，哦，谢谢——"

"我想我们应该至少回家待上几个月吧，三个月就够了，之后我们再出发。我们往西走，乘船去中国、日本，再顺道去仰光、印度那些地方。"

"是啊，我也想啊……可亲爱的，我想睡觉了！你的计划不在这次旅行中实施吧，现在我在这里遇到了不少好人。"

"当然不是这次就往西走！我也不——哦，这里各式各样的人，他们可能是合格的家人，但我可不认为他们善良。"

"什么意思？"

"我的意思是他们挥金如土、生活奢靡。那些人，像德佩纳博和她那群'乌合之众'，亚特金斯的追随者，可都不是善主。他们聚在一起就是找机会跳舞、高谈阔论、炫耀自己的高档服饰。他们对美好时光的想法和合唱团的女演员如出一辙——"

弗兰此时心不在焉，注意力不在山姆这里。她穿着睡袍，突然抓起一件蕾丝披肩，搭在肩上。她盯着山姆，像一只发怒的白猫，斜着眼睛，露出牙齿高叫着：

"山姆！有话直说！我知道你生气了，可又太胆小，不敢发作——"

"是太要面子！"

"——有什么想法就说吧。咳，我不舒服，太累了，我不想道歉，是的，不会道——歉。我真是瞎了眼，把你介绍给巴黎高贵而附庸风雅的上层名流，他们反感你的粗鄙言行时，我居然帮你圆场！你问候德佩纳博夫人和她的'乌合之众'时，故作谦卑、优雅，现在却像个无赖，你让我怎么想得通？请允许我直言，像赫德先生这种天生的'贵人'，我还真没品位，真欣赏不来——"

"弗兰！"

"——我有可能比你更容易接触高智商、高阶层的都市人，也更理解他们！我想善意地告诉你，勒内·德佩纳博的一个密友，祖上可是古代皇室中最正统、最雍容的贵族——"

"那她本人呢？又怎样？"

"你能嘴上积点德，别这么阴阳怪气的吗？你总说我喜欢挖苦他人！可亲爱的塞缪尔，你不也擅长这么做吗？含蓄地讽刺还不算你的强项，我的好丈夫！"

"该死，我才不要像马卒那样被人使唤！"

"别装了！请允许我继续再来说说你对我，而不是我对你的控诉，你所列举的所有缺点和我根本不符，太庸俗了，山姆，真是庸俗到吐！"一瞬间，她一会儿开始呻吟，像受了伤一般；一会儿又像冲锋陷阵的哥萨克士兵，大吼道："凡是有人像勒内一样对我悉心关怀，对我温柔有加，你就会攻击对方。我想说——你知道她是夸特雷弗洛尔公爵夫人（Duchesse de Quatrefleurs）最亲近的闺蜜吗？——她向我承诺，会带我去公爵夫人远在勃艮第的庄园——"

"她绝做不到!"

"只要公爵夫人一生病,可不就有机会了!你风趣幽默的话语把我批判得体无完肤!再如勒内的另一个好友,斯汀沃(Sittingwall)太太。她的丈夫是高贵的英国上将,可惜丈夫在战争中牺牲,而她成了寡妇——"

"她丈夫可不是上将——只是上校而已——而老婆正与法国股票经纪人,风流老浪子安迪雷(Andillet)谈情说爱呢。"

"那又怎样?安迪雷先生着装花哨,喜欢飙车,住巴黎档次最高的饭店,点最昂贵的美食,但他真是个幽默风趣的老男人。他还认识内阁部长官、银行家、外交官等社会地位崇高的人呢。"

"但我觉得他就像个骗子。德佩纳博夫人身旁转悠的那些'出(吃)软饭'的年轻男子又怎样?"

"你能按照我第一次教给你的说法,称他们'吃软饭'的人,还真是细心——"

"你可没教过我!"

"——现在又反驳我,亲爱的语言天才,山姆!我猜你暗指的就是像吉奥赛罗和比利·道森(Billy Dawson)那样的男人吧。是啊,他们的确和美国商人不一样!他们愿意将自己的独特魅力展现在女人面前,愿意与女人共同娱乐放松,他们舞姿优美,他们也在股市谈生意——"

"哦,他们娱乐放松,那倒是!我现在说这么多,弗兰,并不是诋毁他们下流,只是让你看清他们是靠女人——"

"亲爱的,吉奥赛罗(Gioserro,只要山姆愿意,也可以叫他吉奥赛罗伯爵!)家中经济殷实,祖上好几代都极其富裕——"

"那现在呢！等等！我想他只是家庭背景殷实。我发现每次他和我们在一起，总是我付钱。我不是计较，只是——我没见他花过一个子儿，唯一今晚，他才给开汽车门的服务生支付了十生丁。听我说，弗兰，你先别动不动发脾气。难道不是你和佩纳博夫人付饭钱，付出租车费，付小费吗？难道不是你俩替吉奥赛罗和年轻的道森以及周围另外一些花枝招展的小伙子付钱吗？"

"那又如何？我俩出得起这钱。（之前提到过多次佩纳博的称呼，应该是德佩纳博夫人！）难道你——"弗兰像女王一样发怒，她仔细想了想，说，"你是觉得对我慷慨解囊，你有权利监督每一分钱花在谁身上，花在什么物品上面，对吗？你需要让我像你办公室的下属那样，给你报一份开销清单吗？我要提醒你——这样令我非常反感，我还要提醒你，我自己每年有两万元收入，我就是要和有趣的人一起开心——"

弗兰啜泣着，山姆扶着她的肩膀，命令她："你能别这么趾高气扬地炫富吗？年轻的女士？你清楚的，你应该很清楚，我之所以抨击这些空手套白狼的年轻男子，只是想告诉你，他们一点儿都不好，他们就是一群花蝴蝶，真的一无是处。"

弗兰挣脱了山姆的双手，躲到一旁独自哭泣，不一会儿，她高声大叫："多亏这些花蝴蝶！我受够了这些有价值的蚂蚁了！山姆，我们得把这话说清楚……如果咱俩还想'继续过下去'的话。"

"继续过下去"五个字一出口，把山姆吓了一跳。他不敢相信自己的耳朵。弗兰似乎正有此意，她斩钉截铁地继续说："我们就明说——我们的夙愿和想法吧。我们遇到了那么多人，你欣赏智慧超群、优雅高贵的人吗？或者你本来就是这样的人？你会把自己培养成为——哦，举止得体的人吗？但这样的人在生活中的娱乐方式绝不是扑克、高尔夫和汽车，这些人畏惧老成世故的处事方式，这些认为粗俗就是强势的象征。两千年积累起来的欧洲文明，对你而言到底是——"

"哦，住口，弗兰！我可不是个粗俗的人，你也知道。我也有文化。我也喜欢待人接物端庄得体。但是我所青睐的，可不是'业余的服务员领班'所展现出的礼仪——总而言之，一个粗鄙的石头也比海绵光彩夺目！这些人，包括德佩纳博，就是只鹦鹉而已。我想见的人——你还是一副英国殖民地长官的做派——绝不会像你那些'吃软饭'的小伙子那样，夜夜流连于不同餐馆——"

"山姆，你别怪我不客气，你侮辱我的朋友，我最多忍耐一晚上！你最好明天说点新鲜话题。我去睡了，现在就去睡。"

无论弗兰是否真的睡着了，她的脸背对着山姆，陷入沉默，一句话也不说。

第二天清晨，他希望妻子一如既往、温柔而胆怯地向他道歉。但弗兰九点才醒来，像钢板一样坚挺，脸上毫无悔意。于是山姆岔开话题，和她谈论早餐，问问她是否有衣物需要干洗，随后他低语道："我不知道昨晚头脑居然那么清楚——"

"是啊，你头脑的确很清楚！相当清楚！你想继续昨晚的话题，我没意见。我们不能继续多说点吗？"弗兰突然没事了，彻底释怀了，依然高高在上，"我现在就出门。十二点回来。我要和勒内·德佩纳博吃午餐，你要是觉得能忍受我这些堕落的朋友，就和我们一块儿，我也没意见。"这使得山姆很恼火。

弗兰走进浴室，精心打扮换装，一句话也没说。弗兰出门了，山姆独自穿着浴袍和拖鞋，喝了第二杯咖啡。

　　只要弗兰觉得自己错了，从不会让两人的争执过夜——她怎么可能在两人的矛盾争执中不犯错？

　　（山姆分分秒秒感到困惑）他们夫妻两人的矛盾到底是什么？

　　不管怎样，弗兰一句"我们一起去"可能没什么含义。但假如有呢？结婚多年的夫妻有可能就因这样，莫名其妙地离异了。为了不失去弗兰，他是否得顺从她，陪着她和斯汀沃夫人及安迪雷先生一样的"孔雀"来往吗？安迪雷与那个叫德佩纳博的女人绝不仅仅是朋友的关系。

　　不，这样做的话，他会被逼疯的！

　　这样的话会失去弗兰？上帝啊，他现在为什么没了工作，现在除了弗兰、艾米丽、布伦特和三四个像塔布这样的老朋友是他所珍视的，除此以外，没有什么能吸引他了。他现在也没什么新消息了：他不知道还有没有什么工作像成立启发汽车公司那样激发他的潜能，不知道能不能再交到好友，不知道旅行、绘画、音乐、自己的兴趣爱好能否让他至少放松一个小时。对于现在的生活，他还能耐着性子过下去，真正的动力还是弗兰。她是一切的起因！第二个动力则是另一个弗兰——他挚爱的女儿艾米丽。他做生意，他挣的所有钱都是为了弗兰——当然，也许不是所有——可恶！完全忠于自己的内心到底有多难——也许不是完全——至少生意也能带给他快乐——但妻子是最主要的初衷。至于老友，只要弗兰不喜欢他们，他大可跟他们绝交！

　　弗兰！曾几何时，她还是轻舟俱乐部里一个冷艳、光鲜、古灵精怪的少女——天呐，轻舟俱乐部早在二十年前，发生过一场大火，已经关门大吉了。

　　五月的巴黎，阳光明媚、欣欣向荣，香榭丽舍大街上

"栗色马匹"们来来往往，而山姆却蜷缩着身体，一阵阵寒意席卷而来。

他最终还是决定和弗兰、德佩纳博夫人以及他的贴身尊贵的男仆比利·道森一同吃午餐。比利·道森是美国人，举止容颜轻浮躁动，引起山姆极大不满。可面对他们，山姆依旧彬彬有礼。整整两周，他和弗兰都在德佩纳博的陪伴下前往巴黎所有高级餐厅，那里四处飘溢着烟草味、昂贵香水的味道以及聪明人间的丑闻八卦。期间，山姆总像一个小男孩，会悄悄溜走，躲进马戏团，躲进下层人常去的场所，特意找寻四处漂泊的自由记者罗斯·爱尔兰。得知他会在 6 月 15 日乘船"阿基塔尼亚"号，参与山姆三十周年耶鲁大学同学会，山姆等不及，专为"自己和妻子"订了返航船票。他很喜欢罗斯·爱尔兰；爱尔兰除了会说带有艾奥瓦方言的英语，从不学任何外语，山姆认为这与自己的文化价值观极为相似，对此深感欣慰，他鼓吹"一口英语走天涯"，认为"督促自己学法语的人，要么想让自己在欧洲从政，要么就是作为他们炫耀的资本"。山姆喜欢听爱尔兰讲缅甸寺庙里的传奇故事，因为他总是同时也讲一些艾奥瓦的杰文斯（Jevons）博士回家的故事。

上不了大雅之堂的山姆躲着自己的妻子，他并没有告诉她自己有多么苦闷，多么无助。他的妥协，他的付出，最终也没能挽回妻子的心。弗兰骨子里总是那么冷酷，那么不近人情。

山姆打定主意，明确告诉弗兰他要回国时，弗兰的回答斩钉截铁："是，我也考虑过这问题。我理解你，回去有要事。可我不回去。我已经答应勒内·德佩纳博和她去她在蒙特雷①附近的别墅避暑了。我也想你回去见见塔布以及其他所有人，好好放松。随后再回来，和我度过最后一点儿夏日时光，然后我们就去东方。"

弗兰在圣拉扎尔火车站送别山姆时，突然变得温柔可人。

她依偎着山姆紧紧不肯松手，抽泣着："哦，我都不知道自己会有多想你！说不定忍不住就回泽尼斯。好好享受家乡生活，亲爱的。和塔布去露营——向他转达我的问候——告诉他和马蒂，我想他们来这儿——带着艾米丽和布伦特过来。哦，亲爱的，原谅你那傻乎乎、总是头脑发热的老婆吧！就让她啥也不想，恣意放纵一回！我们曾给了你一个温暖的家，对吗？我会继续努力。照顾好自己，亲爱的，每天都别忘了给我写信，别生我气了——哦，只要你心里舒服，想生气就生气吧！上帝保佑你！"

山姆离开后第一天，弗兰给他发了个电报："你这只大棕熊，胜过七万九千个'软饭'男，他们只会酒醉奉承，毕。我忘记跟你说我爱你了吗？"

———————————

① 瑞士沃州一个城镇，位于日内瓦湖畔。

第十六章

　　安布罗斯海峡①就在前方，山姆·杜德伍斯和朋友罗斯·爱尔兰大部分时间都赖在"阿基塔尼亚"号吸烟室里，与其他乘客畅谈美国的荣耀。山姆听着这番谈话，内心自豪而安然，罗斯口若悬河、情绪高涨，他的表现真是太棒了。

　　他们夸赞巴黎、柬埔寨、奥斯陆、格拉斯哥或其他国外著名胜地的优势时，罗斯都嗤之以鼻："哥们儿，算了吧，都是一派胡言，我太了解那些地方了！我在外游历了三年。我采访过贝斯伦（Bethlen）伯爵②，在刚果划过船，在勒那金矿淘过金，在英格兰开车长达三千英里。相信我吧！我现在才要回到真正伟大的国度，老兄！"

―――――――

　　① 出入纽约港和新泽西州的要塞。
　　② 伊什特万·拜特伦伯爵（1874～1945）：匈牙利总理，1921 至 1931 年执政。

"你们觉得纽约太吵了？为什么不该吵闹？这座城市推动时代发展！相信我，纽约的摩天大楼打破了旧世界的格局，重塑一个新天地！过去深重的灾难已然过去，我也有机会将自己的帽子高高的挂在公园路①了，宁愿让我和父亲骨肉分离，也不愿剥夺我美国东岸'驼鹿'的传统！你应该知道'驼鹿'、扶轮社人和国家公民联盟比英国商人更具战斗力，他们因我们追名逐利而憎恶我们，但面对利益，他们却想与我们并驾齐驱；举止优雅，受过良好教育的法国人视金钱如粪土，心向神圣的宗教信仰。别不顾一切，只听他人胡说，我们应自己发掘事实。说到喝酒，我承认自己喜欢坐在街边的露天咖啡馆，而不愿去地下酒吧。记得有一次，我和老伙计们去丹尼酒吧，双腿突然挨着桌子下的美国原产酒，而不是风靡海外的冒牌货——哦，太不可思议了！"

山姆走进罗斯·爱尔兰的特等舱，发现他拥有不少可谓罪恶十足、异于常人的嗜好。他总穿着晨衣采访大法官和总司令，为了证实自己也是个坚定独立、不畏权势的人，爱尔兰总跟他们说"伙计"，"你在哪儿搞到这玩意儿，""哦，烤肠啊！"他从不"做与无政府主义相关的研究"，顶多"写写小文章"。他称英国船员"长官"，他找在吸烟室工作的扬基佬服务员要"支票"，若点些小酒，他便说"苏打惠（威）士忌"，这是他唯一会说的法语。罗斯·爱尔兰随性大胆，提高声音说，所有叫他"新闻记者"的报刊人都是大傻瓜、虚伪的文明人、装腔作势的假英国佬。他认为所有阅读史书、听音乐会或穿鞋套的驻外记者，不过是"自我炫耀"而已。

但山姆悄悄发现罗斯·爱尔兰也阅读大部头且严肃乏味

① 位于纽约，那里集中了不少报社。

的史书，真是罪孽而讽刺；他也一度喜爱康拉德（Joseph Conrad）① 的作品，胜过柯南·道尔（Conan Doyle）②；他也偏爱下棋而不玩扑克牌；他甚至因拥有一件伦敦产的睡袍而自豪不已。

这样的人，远渡重洋、秉性纯粹的美国人，能回一趟家，理应激动不已。此情此景让山姆更加坚定决心，要回自己的家。外观庞大、优雅大气的"阿基塔尼亚"号轮船却并未给山姆留下深刻印象，曾经在同样坚实硬朗的"创世纪"号上兴奋激动的心情，如今已荡然无存。他所有的兴奋已全落在渴望相见的亲友身上了。

塔布·皮尔逊——

他似乎听到自己的内心在呼唤："哦，你这胖乎乎、油腻腻的小矮子！你这个偷马贼！天啊，见到你真是太激动了！"

山姆站在甲板上，双眼望着轮船前进的方向，心脏随着船头起起伏伏，而饶有节律地怦怦直跳。轮船载着他离家的距离越来越近，山姆终于开始激动了。但他表面却无动于衷，穿着灰色的巴宝莉牌的外套，戴着灰色的帽子，宛如一个大人物，一个冷若冰霜、毫无激情的能人。但他的内心早已沸腾。一天晚上，山姆看见轮船前方的灯光，以为是长岛港湾的航明灯。透过星星点点的灯光，他想象着熟悉而温暖的家——那里有宽阔的街道，拥堵的交通，砖石砌成的车库，肆

---

① 约瑟夫·康拉德（1857～1924）：波兰裔英国小说家，一位擅长环境描写和叙事技巧的大帅。作品包括《吉姆老爷》（1900）、《黑暗的心》（1902）和《诺斯罗姆》（1904）。

② 柯南·道尔（1859～1930）：代表作有《福尔摩斯探案集》。除此之外他还曾写过《失落的世界》等多部其他类型的小说，其作品涉及科幻、悬疑、历史、爱情小说，以及戏剧、诗歌等。

意狂妄、高耸入云的摩天大楼；沿着往乡下去的路，四围全是白色和绿色相间的小房子，那里的农夫打扑克和桥牌，听收音机和音乐。山姆对此都充分了解，每一座小平房门口无不例外都停着一辆启发牌汽车。

"——我要留在那里！"他兴奋地大叫。

一路上，罗斯·爱尔兰和山姆都向乘客炫耀，轮船只要驶向北河①，他们"就不会相信自己眼睛"，会见到一个与众不同的美国。罗斯高喊着，"这是世界上最壮阔的景致——摩天大楼鳞次栉比——三十层、四十层、五十层，太美了——眼见为实！科隆大教堂②和它们相比就只是卫理公会教堂，也像没有遮篷只有手柄的埃菲尔铁塔！"

事实上，乘客们进入纽约港，都对其大加赞赏，山姆心里摇摆不定，之前激动的心情，是否果真如此。之前和弗兰闲谈，口中念念不忘巴黎圣母院，可如果之后自己真的站在巴黎圣母院面前，别提多失望了。电影里的巴黎圣母院建筑构造中的木板和石膏，引人入胜，令人赏心悦目，可现实的建筑低矮小气，笨拙而缺乏灵气，其魅力连电影中的一半都不如。与其说实现其夙愿，心情舒坦，不如说是自寻烦恼。看到纽约，他希望自己像年轻男子见到他的情人般难以抑制心中的快乐。

———————————

①　在新泽西和纽约城之间的哈得孙河河口，流入上纽约湾，荷兰人如此命名是为了区别于"南河"，即今天的特拉华河。

②　位于德国科隆的一座天主教主教座堂，是科隆市的标志性建筑物。高度居德国第二、世界第三。是欧洲北部最大的教堂，集宏伟与细腻于一身，被誉为哥特式教堂建筑中最完美的典范。始建于 1248 年，工程时断时续，至 1880 年才由德皇威廉一世宣告完工，耗时超过六百年，至今仍修缮工程不断。

　　他们穿过纽约湾海峡进入纽约港，此时正值六月初的清晨。山姆五点就起床了，海浪晃晃悠悠，他望见汉密尔顿堡绿油油的草坪，如同见到阔别多日的老友，心中充满欣喜。初夏的时节依旧很热，站到甲板上同样闷热而不透风，清晨的薄雾掩盖了前方的地平线。山姆唯恐自己没有机会重新探索一个新的纽约。乘客通过检疫通道，从斯塔滕岛①拖着沉重的步子向北河走去。在那里，山姆眼前仅有船锚紧拉的轮船，一艘驳船上巨大的水甲，他听见嘶哑的呼喊声和吵闹声。雾气渐渐散去，山姆大叫一声："老天爷啊！"透出闪闪发光的高塔，飞旋迷醉的城市在薄雾上空浮动轻柔，金字塔形尖顶，以及圆顶的建筑在阳光的照耀下泛着微微金光，建筑上巨大的墙面镶着金子般的窗户。山姆盯着这一景观，早已不知所措，神魂颠倒。

　　罗斯·爱尔兰站在山姆身旁，低声嘀咕："哇噢！"随后说，"嘿，回到家，感到自豪吗？"

　　他们昂首阔步向北河走去，甲板和仓库以及岸边工厂里的废弃物真像一堆堆垃圾。厚厚的热气笼罩着他们，河面上色彩艳丽的油层跟随水流四处飘散。这一场景却又真真切切。他们跟着人流笨拙不堪地挤上码头，人都快挤变形了。尽管如此，山姆听见等在码头上黑压压的人群中传出可爱的美国人的叫吼声："真好啊！""你在哪儿买的单片眼镜？""你怎么离开玛丽啦？""哦，快过来——太诧异了——上岸了咱们喝一杯去！"山姆瞬间一遍又一遍地喃喃自语："回家的感觉

———————————

　　①　美国纽约市一行政区，位于曼哈顿岛西南、纽约市东南的纽约湾中。在1609年首先被亨利·哈得孙发现，17世纪中期建立，1898年成为纽约市的一部分，但仍是里士满镇一部分，直到1975年4月才正式更改了区名。

真好!"

不知不觉走到海关安检人员面前。

安检人员并非想象中那么粗鲁、那么陌生,他们只因时刻提防走私酒精的违法行为,变得凶恶而暴躁。尤其是遇上像山姆这种的确会私藏酒水入境的乘客,于是变本加厉。山姆在行李箱的衣堆里放了一夸脱一战前生产的苏格兰威士忌。安检人员立即搜缴了出来。

"这是什么?你说,这是什么?"

"哦!长得像是个瓶子!"山姆嬉皮笑脸地开玩笑,"我都没想到箱子里怎么会有这东西!听我跟你解释。"

安检人员罚了他五美元。罚金是小事,但酒被没收,致使嗜酒如命的山姆尤为愤懑——山姆·杜德伍斯从未在中午之前喝过酒,唯有一次,在纽黑文结束一场橄榄球赛,他终于喝了酒。

数小时后,待山姆支付了通关费,打发了可怜而贫困的行李搬运工不少小费后,不耐烦地拖着山姆的行李沿着宽阔的水泥地前进,随后将行李放上看似危险、令人担忧,实则高效的行李传送带上,之后又取下行李,挤进出租车,才终于释怀。出租车驶入纽约如狮子洞穴一般狂躁不安的车流中,出租车司机成为欢迎山姆抵达美国的第一人。

"去哪儿?"司机语音含混地问道。

这一句话便是民主气息的真实体现,山姆有些吃惊,心中感到无比激动。跟大多数在巴黎的美国人一样,山姆一致认为法国出租车司机就是一伙儿强盗,可现在想想,他们和依偎在母亲怀里欢乐好动的孩子没什么区别。

码头延伸出的大街上翻滚着令人痛苦难耐的热浪,街面上一派肮脏的景象。仓库和改建为住房的冷漠砖房前四处是飘飞的报纸，地面上散落着各式各样的瓶子、破布和粪便。未加盖的垃圾桶上飞旋着厚厚的灰尘，焦灼的空气中飘来一阵腐烂的香蕉，脏污的衣物，老旧的床单和人行道上污水混杂的恶臭味。突然，只见一个衣衫褴褛的小男孩飞奔跑过出租车头，汽车一阵急刹车，让山姆魂飞魄散。旁边高楼阳台上用薄薄的一层钢板搭建而成一个消防扶梯，不少母亲坐在那儿，披散着头发，耷拉在眼前，她们给怀中的婴孩喂奶，孩子抿着奶水，却因这高温天气，口里哇哇大叫。山姆感受到这座城市过分的紧张，如同那手足无措的母亲（山姆骨子里以为男人本性强势，而女人注定虚弱无能）。街边的建筑坚挺而宽广，但在高温侵袭、喧哗疯狂的噪声之下，早已失去了那份阳刚气。交警朝出租车司机大吼大叫，出租车司机口里咒骂着货车司机，汽车轰鸣声隆隆直响，却掩盖不了货车司机对大街上所有人的诅咒声。

第九大道上高架铁路哐哐的噪音令人崩溃，第八大道上全是小商铺的集散地，第七大道上车辆川流不息，周围高耸入云的楼房上挂着如"罗文施泰因 & 普茨基牌男装，专为小个子男士量身打造"，"罗斯怀瑟—基茨文胸，秀出美好生活"这样的广告牌。第六大道结合了第九大道的喧闹，第八大道的污秽，第七大道繁忙的交通。车行至第五大道，山姆终于放松了些，只见各色炫目的汽车，飞驰开过人行横道上一道道的边线。

山姆·杜德伍斯本以为自己永不疲倦，可爬进自己冰冷的酒店房间，却感到心力交瘁。他在窗户旁的座位上坐了下来，望着对面一排排挺拔如松、阴冷无情的高楼，心里很想喝一杯酒。

"海关没收的苏格兰威士忌，通常一瓶要价二十五美元，老天！我真不喜欢这般天气的纽约。我真想去乡下。那里才是真实的美国……但愿那里不会让我失望！在那里，可以像在巴黎那样放松娱乐，我就不会有什么怨言啦！我想喝那瓶酒！"

这并不表达他对禁酒令的看法——尽管整个酒业产量和销量降低，使人烦恼却无力回天，——山姆打了一个电话，半小时后，房间里送来一箱威士忌，这比在巴黎时喝得还早呢。

他到纽黑文参与同学会前，可拜访不少人，但他没给任何一个人打电话——除了走私酒商贩。山姆唯有一点力气，于是坐在窗边，吹着微风，努力不顾城市的无尽喧闹，他感到无家可归，这种感觉比在欧洲还要强烈。他真想在纽黑文给弗兰和布伦特打个电话。

山姆并未发电报告诉布伦特轮船抵达美国的日期。"这小子一定忙着考试和其他事吧，我一到纽约就找机会'给他打电话，让他有空就到纽约来'。"可布伦特却没接电话。于是山姆给儿子发了封电报，他终于找了点事来做。随后他午休到一点，一点半起来在房间里简单吃了个午饭，正宗美国产甜玉米使山姆状态基本恢复，内心愉悦。午餐结束后，他又坐到窗前沉思，一晃就到了三点。他变得慵懒，动弹不得，如同深陷一张巨大的蜘蛛网中。

他在纽约做了什么？他在别处做了什么？生活的意义是什么？他对于生活在巴黎的弗兰似乎已没什么意义。没了他，汽车产业依然红红火火地开展下去。

走进酒店前的一瞬间，发生了一点儿小插曲，直到此刻，山姆才回想起来，承认其真实存在过。坐在出租车里突然见到尤尼特汽车公司生产的新款启发汽车，售价仅三百美元，比之前山姆定的单价低了不少。他本想咒骂这新车，高喊这车"真小，真可怜"，但他不得不承认生产出的这一新车，车身更低，挡风玻璃更倾斜，的确是个奇迹。他觉得自己快过时了。U. A. C. 仅用了六个月就将这款车推向市场，而过去的启发公司根本不可能在一年之内生产出新车。他甚至要到秋季车展才会举行一场盛大的新车发布仪式，将其庐山真面目大白于天下。犹如一位得道高僧向凡夫俗子展示自己的神奇力量。如今的 U. A. C. 则忽略新车发布的时节和日期——就像卖玉米一样轻轻松松就将新车示众。

　　山姆还不知道新款启发汽车已经上市。他离开美国的前几个月还常常收到亚力克·吉南斯的信件，了解所有的内幕和小道消息，亚力克也几度邀请他共谋事业。但最近三个月已再收不到亚力克的消息了。难道自己出局了——永远出局了？

　　山姆回到美国，以为汽车王国渴望他的加入；但他明白，这样一个炎热而困惑的午后，没人需要他……事实上，他为了自己免受打扰，并没有告诉任何人自己回来了，但内心总有些挫败感，以为他人总会了解自己的——

　　想想，"阿基塔尼亚"号上的新闻记者，慕名而来的富人和名流——波兰网球冠军、通晓柏林文化的著名广播电台播音员以及最近刚离婚的夫妻（一个是纽约人，一个是巴黎人）——此刻却无人问津。山姆出国后，记者们视他为美国商界精英的代表而争相采访他——现在的自己变得一文不值，想想都害怕。

　　三点半，一阵清脆的电话铃声响起，山姆感到震惊，心中涌动着莫名的激动：

　　"喂？杜德伍斯？我是罗斯·爱尔兰。我和你住在同一家酒店。在干吗呢？我上来一会儿行吗？"

结束通话不一会儿，爱尔兰就闯进房门，喘着粗气，他身穿红色的衣服，领口皱皱巴巴。

"杜德伍斯，你觉得我疯了吗？我看起来像疯子吗？"

"不，一点儿也不。"

"热吗？真见鬼！仰光也很热。但我在回来途中挺顺利，能穿上白色西装、戴上太阳镜，放松一下，真好。我一次又一次遇到过火车交通事故，总共二百二十七次。你猜我发现什么了？我讨厌这里的城市化！这是我见过最脏、最吵、最乱的城市了！我讨厌它——过去三年，我来来回回踏上不同的国土，向人四处炫耀，告诉他们纽约这座大都市的巨大魅力。"

"你想喝点什么？哦，上帝啊，难道只有威士忌吗？我找找。"

"咳，我一早上都在收拾行李。我想回老家看看——见见老邻居，该死，就在公园路下面。我去了趟夸肯波斯公司，办公室里的小弟居然连我的名字都没听说过——我每周给他们发三篇采访文章，还签了我的大名，整整三年啊！随后他找来一个速记员女孩，说她可能认识我，不过他们总算让我见到上司——告诉你吧，见他可比拜访白金汉宫的乔治国王要难十六倍。我走进办公室，他的脚放在桌子抽屉上，正在读《纽约客》上的笑话。哦，他可真行。上司立马跳起来，夸我真能捧场，看见我，就算他得了伤寒，也一定能治好。我们聊了整整三十分钟，我们相约明天一起吃午饭，继续谈业务！在此之前他抽不出空，连一分钟不行！今晚——天呐，哦，不，他新建的屋顶花园要对外开放了。"

"哦，我真是个无可救药的大笨蛋！我周游欧洲和亚洲时，告诉一个异教徒，说因为纽约人有太多的事要做，于是时刻忙忙碌碌。直到今天我才发现，我们如此忙碌，地铁里的人来人往，电梯里的摩肩接踵，不过是假象，人们只是不愿将事情完成而已。说实话，我在越南踏踏实实工作三小时，取得的效果比我在这儿工作三天的效果还好！那些奥地利乡巴佬可没雇什么办公室里的英俊小生，也没有什么档案系统，这也不影响他们谈生意。他们可以回家两个小时，尽享午餐时光。他们可真可怜！连乘地铁的机会都没有！只能围坐在咖啡馆，也不能去酒吧夜店。那样的生活真痛苦！"

"不过，我与老板谈了半小时，他讲的全是到处听来的新鲜、刺激、劲爆的下流新闻——其中有一个还是我早在1900年讲给他听的趣闻呢。我顿时回忆起《记事报》（*Chronicle*）经历，曾经的我只是那儿城市版的一名编辑！现在有一半的同事都辞职了。我猜都从政去了吧……另一半见到我会很高兴，我还记得他们的名字，他们之中有的驻外，有的已结婚，有的学会打桥牌，或者去周末培训班给人授课，有可能做些违法乱纪的事，这不好说。很幸运，他们中不少人今晚和我一起吃晚餐并看戏。对了，你今晚恰好有时间吧，杜德伍斯，是吗？若真是如此，我会高兴死的。"

"知道吗？我中午和周末版的一位同事吃的午餐。他想喝威士忌，但我想来点更劲爆的。于是他告诉我一个可以喝到正宗意大利基安蒂红酒的地方——可他说的是'意塔利真宗货'。开个玩笑。我相信他已经在哈佛大学教了一年的英语课了。作为一名老谋深算的报刊人，他一定粗俗不堪，根本不会卖弄自己的学识……这跟我倒很像，我是这么想的。我也一直把自己当作一个粗鄙的下层人士。"

"另外，我们一起去找找这专卖'意塔利真宗货'的旮儿——我想顺着酒香，一定能找到。他们估计佯装开一家干洗店，且门面污浊不堪，南欧侨民带过去装酒的瓶子也类似于甜菜罐。这就叫酒香不怕巷子深，跟我很像啊。老实说，山姆，这酒经常带着点拌甜菜的作料——醋的味道。"

"那时候——我记得第一次长时间外出后回国时，我想为年轻的美国做点类似于文化普及的工作——我觉得自己就是腋下夹着北极回到家乡的皮尔里（Peary）①。我试着告诉年轻人我所知道的缅甸，我与比弗布鲁克勋爵（Lord Beaver-brook）② 的交情，上西里西亚③地区土地归属纷争的所有消息，不知道他们是否感兴趣。事实上，年轻人很喜欢我以这种闲聊的方式，讲解利比里亚基督教科学派！但我从他们身上却能获得更重要的信息。天呐，比利·史密斯（Bill Smith）一周能赚二十块钱！皮特·布朗（Pete Brown）而不是迈克·马冈（Mike Magoon）打算办一份曲棍球小报！伊丹餐馆要新进一支爵士乐队！菲什巴克轻便打字机单价涨了五美元！鸡尾酒会女王艾伦·伍兹（Ellen Whoozis）曾写过一本《夜场调情札记》（*Necking Notes*），如今已与一位拥有虔诚信仰的编辑结婚了！"

"知道吗？我在纽约第一次离家三年的时候，特别喜欢回艾奥瓦的可爱老家！那段时间我想告诉家乡的孩子们所有发生在布鲁克林湾的新闻甚至一些下流的八卦轶事。而她们也愿意跟我提亨利·西克（Henry Hick）新买的便宜货汽车！"

---

① 皮尔里（1856～1920）：美国探险家。
② 弗布鲁克勋爵（1879～1964）：生于加拿大的英国出版家。创办《每日快报》（*The Daily Express Newspaper*）、《伦敦晚报》（*London Evening Standard*）以及《周日快报》（*Sunday Express*）。
③ 一战后被分划归德国和波兰的一个工业区。

"嗯，我猜缅甸的佛教和亨利的廉价小车似乎有什么联系吧。它们其实都是邻里之间的小道消息，只是出自不同的邻里群落而已。唯有——"

"但它们又不完全相同！我曾目睹——哦，上帝，山姆，听我说，我曾目睹黎明时分的丛林景色，而家乡人哪儿也没去，蜷缩在小办公桌前，从家到办公室，到地下酒吧，再回到办公室，去电影院，再回到家，绝不超过五步。而我曾在波斯湾一艘着火的轮船上——我知道说这些有点虚荣，山姆，但只有在海外才能做这些事——无论他们对于"泛欧洲"是否有足够的概念，无论英国是否认可苏俄，哪个国家会购买苏俄的石油，波兰会变成什么样，意大利法西斯主义的真实含义是什么；所有的这一切与下一届棒球赛一样令人期待。但这些青年人蜷缩在纽约，只会心生自满情绪（和曾经的我一样！）他们除了关心杜松子酒的现行行价，便不会关注其他事了！他们不知道除了巴黎酒吧，世界上还有个真实的欧洲。尽管这里制作"小农场主哈莱姆"① 日播卡通剧的人，他们的工资是我的三倍，但我依然选择在欧洲游历，觉得自己似乎同样伟大，是一个拥有三星级别，双重特质的驻外记者（这是事实！）——听我说，如果这些年轻人走进老板夸克波斯的办公室，会用一整天的时间陪伴老板！"

"现在我要告诉你一个善良、衣着华美、不按常理出牌的我，听着——"

"这座城市，我一直对它抱有期待——（老兄，你觉得我们能一周之后乘'阿基'号返航吗？想想吸烟室里美好而冷静的角落！）我已寻觅到一种在城里最新、最美妙、最不真实

① 由托德所著的一本著名小说《小农场主哈莱姆》改编而成。

的游历方式，如果你想到达目的地，其实仅靠双腿就够了！这里交通拥堵，乘坐出租车，十分钟才前行十个街区。而地铁，你坐地铁多少年了？哦，别回答我！我觉得自己是个大个子，身体十分强壮，但中央车站地铁的安保人员却能用膝盖顶着我的背，将我压着塞进已经拥堵不堪的车厢，把我当三岁的孩子吗！一直到布鲁克林桥站，都只能站着，鼻子挨着一位卷心菜批发贩的脖子！真的，我感觉像一个无政府主义者！我想把这座城市掀个底朝天！"

"吃过午餐，我想去买一些真正原创，美国制造的运动内衣，于是来到莫斯海姆百货商店。你见过那里新修的建筑吗？就像一座二十层高的冰雪宫殿。橱窗里摆放着钻石、缎子、象牙和西班牙古董家具以及女士内衣，即便是电影女明星穿上都性感十足。'真是座无比奢华的城市，欧洲在它面前也相形见绌！'我心里默想，'另外，这就是罗斯·爱尔兰发现的世界娱乐之都！'随后，我决定走进那里。说实话，山姆。我若觉得自己很强大，勇武有力。我过去是艾奥瓦大学重量级摔跤手中的佼佼者。居然，我无法挤进大门。一股人流冲出来，又有一股人流涌进去，他们像疯子一般肆无忌惮，也像遭遇火灾，每个通道都人满为患，要想走近一个柜台——"

"可恶，我已快被这一场景给惹怒了，柜台导购像国外商店里一般对待顾客。有一次，我跟一个卖地毯的土耳其小贩讨价还价，我不愿多出两倍的价格买一个毯子，他便有些抓狂；另外一次，一位冷若冰霜的希腊同伴和我乘同一条船，激动地对我大喊大叫；还有一次，一位威尼斯船夫居然对我所给的小费提出意见。不管怎样，那些人似乎平等待我。如同切斯特顿（Chesterton）① 所说，一个主人将自己的男管家踢下楼梯，并不意味着他缺乏民主意识；只是自认为地位高于管家，过于自大而已。而内衣专柜年轻男售货员，着装得体，像个绅士，却以如上述态度对我。柜台边已有六位顾客排队等候，要不是我语速快到惊人，而且他递给我什么款式，我就一一接受，他恐怕不会在我身上浪费时间。他看着我，眼神里传递出的是'你这个土包子，别想糊弄我，纽约风格的内衣没有一件适合你——赶紧滚回你的扬克顿吧'。"

"届时，我打算冲出商场，一刻也不愿多留。电梯间里其他人有的用胳膊肘推我的肚子，有的用手猛推我的背。电梯服务生声音洪亮，喊着'请动起来，别停下'，见此情景我真想把他的鼻子给揍扁。老实说，我就像一个被哥萨克人驱使的难民——不，我根本就不算人；我觉得自己像一头被阉割的公牛，受人赶至屠宰场。老天爷，这是什么城市啊！奢靡！满是黄金！这里什么都有，唯一缺乏的就是自尊、礼仪和个人隐私！"

"真像一场演说！自从在缅甸穿着我最体面的长裤获得'魅力男士'第一名称号后，这次可谓是做得最长的一次演说了！"

"真好，"山姆语气缓和地夸赞他，"你若去乡下会讲得更好。"

"但我不喜欢乡下！我原本就是一个乡下小伙儿，当然更热爱城市。我逃离家乡时只有十四岁，家里有不少玉米地，

---

① 切斯特顿（1874～1936）：英国作家、文学评论家，经常被誉为"悖论王子"。论著《文学中的维多利亚时代》（1913）及有关勃朗宁、狄更斯、萨克雷、乔叟的研究著作见解精当。其创造的最著名的角色是牧师侦探布朗神父，首开以犯罪心理学方式推理案情之先河。

堆砌着农作物肥料。我在吃午餐时,听闻美国其他所有的城镇已和纽约一样,已变得堕落浮华——那里交通拥堵,随处可见大型电影院,广播里发出的噪音不绝于耳,人人都在使用电子洗碗机和吸尘器,每个家庭不止一辆车,真不敢相信,居然有两三辆——所有物品都分期付款!我就想世界上其他地方,应该比纽约这个猴子成群的丛林要正常不少吧。"

"我以为我了解纽约!我在这里摸爬滚打十年!但老实说,于我而言,这里相比三年前的堕落而言可以说严重了十六倍。三年前的这里如此美好!现在变得异常而陌生——在大街上看见一张过时而真实的美国人的脸,你会纳闷他怎么就到这里来了。我想回伦敦,去那里见一些熟悉的美国人!"

山姆感觉罗斯有些夸大事实。但罗斯走后,山姆打起精神,独自在街上闲逛——在热浪中缓缓蠕动——街上充斥着一番热闹景象,而山姆却感到失落,感到无比渺小,像个异类永远融不进那样的生活。

他无处可去。他发现这座大都市充满铜臭味,城市风格可谓俗脂艳粉,这里能为老百姓提供生活的必需品,但缺乏一些能坐下来享受人文气息的咖啡馆、广场或中庸适宜的茶馆。罢了!只能去大都会美术馆、水族馆或中央公园沾满灰尘的长椅上坐一会儿,甚至在教堂新上漆的长凳上静静地祷告。

人们拖着箱子一路狂奔,不小心与山姆发生碰撞,箱子割破了他的腿;活泼乱跳的小个子犹太人撞到山姆怀里;脸上似乎抹着紫色粉的街头女子,面对山姆如田园诗人一般的神游气质,不禁阴阳怪气地怪笑;一群大汗淋漓,看不出面容的人们从山姆身边走过;面前商店橱窗里摆放着奢靡贵重的精美商品;每走过一个十字路口,密集而拥堵的交通如洪流一般向他袭来；他径直飘向第五大道，路过四十二号门店，突然斜眼瞧见一个廉价夹克衫商店和众多餐馆，并继续向第六大道前行。最后，他又折了回来，朝中央车站走去。

山姆目不转睛地在高台上（一年前的他还是个踏实肯干的工作狂，随着人流涌进车站，哪里有这份闲情逸致停下来观望），俯视着中央车站大片闪闪发光的地面，那里的荣光完全盖过了协和广场。他心里在想，为何宽广的中央车站令飞奔上车的乘客如此渺小，而同样高大雄壮的巴黎圣母院或圣保罗大教堂里虔诚的信徒，却不会因此而显得渺小可笑呢？难道是因为即便微小而平凡的人们，虽黑压压一片聚集在教堂内，但他们保存着一份尊严，坚信自己终能找寻上帝成就的光明之路？而这里的人们庸庸碌碌，像一群群下贱的蝼蚁，这样的想法可真是可笑。

"速度之神"的信徒需要重拾对早已废弃的神灵的崇拜——他们必须坚持所向披靡，迅速决断，在外奔波，并把这三点当作自己毕生神圣而伟大的追求。他们信奉"速度之神"，则更易犯错，更易痴迷，他们的虚荣心更易因一些小恩小惠，阿谀奉承而肆意膨胀。于是相比古老传统的神灵，这样的信仰缺乏"性本善"的根基。就是这样一个貌似完美而无形的神，激发着人的贪念，而山姆本人曾以时速一百英里驾车，直道行驶甚至高达一百五十英里每小时，他用这样的方式供奉速度之神。

山姆生产新款汽车则促成了"速度神教"，并致其发扬光大。而在放松、惬意的欧洲，他也曾为搭建"速度之神"的神庙而倾注全力！不过如今的山姆开始放弃它，亵渎它，他心中渴望的是到巴黎肮脏破烂的小巷子里找一家简陋的小酒吧，去躲清闲。

　　山姆向下看见浪迹天涯的商贩背着一个塞满红色帽子的背包，精神抖擞地前进；看见满脸倦容的代理商背着一个个装满高尔夫球杆的大包；看见烦躁不安的女人，穿着过于考究；看见眼神轻蔑的女人；看见穿着白色灯笼裤，时髦前卫的年轻小伙儿。在山姆眼中，这些人深受速度之神疯狂教义的驱使，其实，他们和山姆·杜德伍斯一样，也曾是该神灵的始作俑者。

　　山姆和罗斯·爱尔兰居然想乘坐出租车去剧院，真是愚蠢之极。戏已经开场一个小时了，他们不得不下车步行走过最后六个街区。他们见到不少激情洋溢的秀色女人，其裸露程度不亚于女神游乐厅①里的女演员。

　　"你闻闻这味道，我猜这儿周围的纽约人恐怕没听说过什么'禁酒令'吧，"他们幕间休息期间在街上散步，罗斯叹了口气说道。"咳，这些信徒真幸运，没受到上帝的毒害，还能看到性感女人呢。可这里一旦开始执行禁酒令，恐怕就得收敛不少了——怎么说也得给姑娘们披一件睡袍吧……说实话，山姆，我在美国还没见过这些呢。我们的图书审查制度相当严苛，但我们的音乐剧却是这样一番景象——跟巴黎的歌舞一样庸俗。我们四处叫嚣着自己具备民主意识和自制能力，是对待朋友唯一真诚友善的文明人。我们谴责德国人在比利时的暴行，却在海地和尼加拉瓜做出同样的事情，况且，你记住我说的话——不出一年，我们就会发动海军震慑全世界，英联邦根本想象不到。我们吹嘘自己的科学发明，我们自诩美国才是唯一的文明国度，这里成千上万的公民，头脑清晰、

　　① 法国巴黎最大的音乐厅，演出场面豪华，营运至今。那里以异国风情的歌舞、滑稽戏、脱衣舞表演闻名，许多法国演员都出身于此。

稳健明智，会认真听取知识匮乏、举止粗俗的传教者以及政客的'谆谆教诲'，他们自封为生物进化的权威，抨击自然的生物进化规律。"

低俗不堪、令人烦闷的音乐剧结束后，山姆和罗斯来到一家装潢传统老式的地下酒吧，但这里的威士忌却品质极差，罗斯·爱尔兰又开始发牢骚：

"我们美国人就有这样一个毛病，对待电影里贫寒的，嗯……母亲，心生怜悯，可对黑奴却毫不留情，肆意打骂，世界上其他国家的人可还真不是我们的对手！我们的房屋空间更大，人口更密；我们的先驱者更老成持重；我们的妻子对现实更加不满；年轻男子身边更容易出现女间谍南希；这里的讲座层次更高；连载漫画更容易让人捧腹大笑；俚语俏皮话也更多——相信我。我就应该做一名报刊人，我见到过更丰富而复杂的事情，你根本无法想象，我读了不少书报杂志。我有自己的想法，也能充分表达出来。我只要承认自己点子多，能说出合乎语法规则的句子，不会像个码头装卸工那么粗鲁，而是个地地道道的美国人。不过我怕一些可恶的汽车修理厂小老板会误以为我在他们面前卖弄学识！今天我可又一次了解了自己，看透了我挚爱的美国！"

"我和你一样，罗斯，我希望咱们国家能——"

"是吧，我也一样。我还记得跟我说过话的人，他们遍布全国，从内华达山脉①到科德角②栽满蔓越橘的泥塘。老波普·康诺弗（Pop Conover）年轻时候是行走在波尼高速路上的一名司机，他开车速度快，在印第安人中求生存——找达

---

①　美国西部加利福尼亚州的内华达山脉。

②　美国马萨诸塞州一个港湾城市。

记得那时我八岁，他的皮肤比常人白；他独自住在家乡艾奥瓦的一个小棚屋里——里面只有一把用做桶的木板改装的椅子。他时不时给我们讲童话故事；到了夜晚，他就是个流浪汉，但却像国王一样活着。很显然，他不比流浪汉优越多少，但也不比国王糟糕。他这样的人才是真正的美国人。我曾观看过不少橄榄球比赛——全是一群清清爽爽的小伙子啊。我们一起连着六天骑自行车外出，不过，过去我们也骑摩托车，不用走路，这样轻松多了!"

罗斯·爱尔兰总是在山姆抱怨祖国时，维护美国的形象，除此以外不断地碰击美国人是多么繁忙。他俩在慢慢去往百老汇夜总会的路上，罗斯不停地斥责和抱怨，一刻也未停过。

这是一家叫"乔治亚小酒馆"的夜总会，特色菜包括马里兰鸡、马铃薯和脆薄饼。这里有一支乐队，每隔半小时，就演奏一次《南方》(Dixie)①，激起全场欢呼。罗斯和山姆周围的人不是犹太人就是希腊人。这里真是离奇而奢侈。这里有仿造小木屋的墙面，充斥着震耳欲聋的音乐声，舞池周围有一圈代表百老汇特色的小栅栏，跳舞的人群拥挤在小小舞池中，像地铁站行色匆匆的乘客，他们乐在其中，尽情疯狂。

这里人均消费两美元。罗斯和山姆点了两杯柠檬汁，每人花了七十五美分，却给希腊服务生二十五美分小费——可他异常凶恶，态度恶劣，又给了一位戴帽子的姑娘二十五美分——她穿戴整齐，眼神冷漠，总是厉声高喊："又一双破烂溜冰鞋!"

从酒馆走出来，他俩默默地向酒店走去。山姆高大威武，

---

① 南部同盟军的军歌。

但却像在巴黎那样懒懒散散地走在大街上，宛如行尸走肉，在人群中格外扎眼。他沉浸在自己的理想王国里，那里听不到急促而尖利的电车铃声，看不见飞驰电掣的高铁，一路狂奔的出租车，话语急促、高谈阔论的人群。此时，热浪渐渐退去，开始打雷了。一道闪电突然划过外观冷峻，直入云霄的摩天大楼的飞檐。空气中渗透着阴险的气息，可山姆却无动于衷，他郑重地跟罗斯·爱尔兰道别，"晚安!"

山姆站在酒店房间的窗户旁，雷声轰隆不断。每一道闪电划过，对面高楼黄色的巨大墙面和无数亮闪闪的窗户顿显狰狞，格外疯狂；在闪电过后的黑暗之中，山姆想象这高楼步步紧逼，离他越来越近。就像火山喷发，即便是从不畏惧的山姆·杜德伍斯，此刻内心也开始颤抖，开始恐惧，但这份恐惧不会击碎自己孤独而坚实的外壳。

他的脸避开窗户，拖着沉重而了无生趣的步伐，缓缓向床边走去，他躺在床上，半睡半醒。嘴里念念有词，"忙忙碌碌的美国生活——就是一场战斗——我是不是像这样经历得太多了，我现在不想过这样的生活了!"

"哦，老天爷啊，弗兰，我好想你!"

第十七章

第二天晚上，山姆与古德伍德国家银行董事长艾隆·理查兹（Elon Richards）在长岛的私人住所柳叶沼泽庄园见面。他们坐在阳台上，山姆终于感受到美国真正富有情趣、善良友好地氛围了。

早晨，山姆的儿子布伦特从纽黑文打电话告诉他两天后就考完试了，他会和父亲见面，热烈庆祝一番。下午，山姆和亚力克·吉南斯在 U. A. C. 纽约分部会面，两人又进行一番争执。亚力克再次恳请山姆担任 U. A. C. 的副总裁，可山姆拒绝了。

但为什么拒绝，山姆自己也不清楚。

"亚力克，很难解释清楚——我只是觉得自己耗费了太多精力在汽车制造上，而现在我想坐下来休息，自我反省，结识朋友。是，我在巴黎的确很孤独。这一点我承认。但我刚开始过自己想要的生活，不会就这样放弃。"

而吉南斯突然话语犀利。他说："从此以后，我不会再聘用你。"

山姆听不进亚力克说的任何一句话——跟过去一样，他依然那么专注、目标明确——陷入自己的空想中："我除了做生意，不擅长做任何事，但为何不找些有趣新鲜的事来做呢——不如在福罗里达承包柑橘园，或者做房地产？"

山姆给古德伍德国家银行的理查兹打电话问候，理查兹却强烈希望他晚上到长岛做客。

来接山姆的是理查兹的女儿希拉（Sheila），她因为读了迈克·阿伦（Michael Arlen）的小说，就央求她的父亲给她买一辆伊斯帕诺-絮扎牌汽车。山姆坐在车上身心放松，心情愉悦。他们穿过大中央区繁忙拥堵的交通，走上第一大道，空气中满是工厂废弃的味道，随后跨过第五大道宽阔的拱桥，从桥上沿着依稀可见的灯塔的方向能眺望到码头上来自里约热内卢、巴巴多斯岛和非洲的轮船。

所经之处，一座工厂紧挨着一座工厂，工人的宿舍楼紧挨着宿舍楼，没有一点儿缝隙。公路沿着海岸线向远处延伸，汽车终于可以一路狂奔。车窗大开，微风轻轻柔柔地吹进车内，一丝淡淡的盐的味道；进入郊区，乡村公路边可见一排排真真切切的农舍，给人一种清新安宁的美感。山姆望见远处的玉米地、南瓜藤，白色的农舍和周围一堆堆整齐的杨树柴，早已略微消沉的美国爱国情怀，突然被点燃了，他心中狂喜，不禁哈哈大笑。

他们一路交谈，同样友好而轻松。

面对只谈论债券职业拳击赛的壮汉，假装对"野兽派"

画家马蒂斯（Matisse）① 的作品或黄金宫②饶有兴趣的人，山姆绝不会肆无忌惮地批判他们虚无做作。相反，他只会和弗兰彼此争论，他自己恰好对债券感兴趣，但对马蒂斯作品毫无感觉。与此同时，也许有画家对"野兽派"画作兴趣盎然，但完全不懂债券。下午亚力克·吉南斯就债券话题侃侃而谈。和亚力克交谈一点儿也不舒服，这个小个子男人永远都做不成商界的"拿破仑"，但他却将其他人视作他忠诚的侍卫，可任其揪耳朵和肆意打骂，他也将其他人视作他忠诚的副官，似乎人人都觊觎着他的位置。

艾隆·理查兹谈论的话题也涉及公司并购、投资和高尔夫球，但他还会八卦一些日常简单且与自己无关的趣闻趣事，例如银行家的离婚丑闻，奶牛场场主谈论饲养奶牛的窍门。（汽车路过一个小农场，驶进目的地庄园时）理查兹正说到 K. L. 和 Z. 公司两个月内必然破产的消息，公司在阿拉斯加准备饲养一百万头驯鹿，史密斯汽车的股票业绩不坏，安蒂洛浦汽车将推出一款安全系数较高的挡风玻璃标准配件等等话题。

柳叶沼泽庄园的别墅建在悬崖上，越过眼前的沼泽地可以遥望长岛海峡。他们在由砖石砌成的阳台上共进晚餐，小小餐桌上烛光摇曳，山姆、理查兹和女儿希拉各自坐在一把

---

① 亨利·马蒂斯（1869～1954）：法国著名画家，野兽派的创始人和主要代表人物，也是一位雕塑家、版画家。以使用鲜明、大胆的色彩而著名。

② 正式名称为圣索菲亚宫，是威尼斯的一座古老宫殿，被认为是威尼斯大运河上最美丽的宫殿之一。它通常被称作"黄金宫"，是因为曾经用镀金来装饰外墙。黄金宫由康达里尼家族兴建于 1428 年到 1430 年，风格是花枝招展的威尼斯哥特式。

柳条编的椅子上。希拉早在六个月前就想买一辆伊斯帕诺-絮扎汽车，不过直到这个夏天，她才如愿以偿。希拉信仰社会主义，她不断地在餐桌上询问为何工人不能夺走山姆和自己父亲的财产，这令山姆有些反感。

山姆有些将信将疑，理查兹不断逗趣自己的女儿，从而鼓励她的选择：

"如果你能成为像列宁那样优秀的社会主义领导人，首先得剥夺像我这样的人的资本，随后修建具备实效的工厂，那我也就无须担忧——立即为他和他的党中央集体服务，我现在不也为股东卖命吗？我思维缜密的女儿，你也知道，多少社会主义新闻记者四处宣称，总有一天，工人阶级终能提高知识水平，能管理工厂，甚至管理一个行业，到那一天，我会加入他们——让他们来革我的命吧！"

这一话题，持续了整整一个小时。

山姆为何出国？他并未给出一个明确的答案。他在巴黎感到无比难熬，却对那里的火烧薄煎饼情有独钟，反而不太喜欢美国的烙饼；他享受靠在塞纳河桥上的美好时光，却不愿在第六大道上行走；直到现在，他也对启发汽车的新型挡泥板提不起兴趣。曾经自己深信不疑，感到温暖舒心的美国为何就在他心里溜走了呢？

这位做事谨慎，思想保守的银行家艾隆·理查兹的女儿却深信欧洲社会主义而不能自拔。生活难道真是这样说不清道不明吗？

只要希拉离开他们，一切就变简单了。六月的黄昏暮色温柔，穿过长岛海峡这条淡紫色的长长飘带，看不清前方的村庄，只见微弱的灯光在海面上零星闪耀。在纽约过了两天闭塞窒息的生活，此刻的阳台空气凉爽，山姆躺在柳条长椅上，放松身心，肩膀不自觉地微微摇动。理查兹的雪茄烟可谓上等佳品，白兰地也货真价实，希拉已经离开了，开着她的新车跳舞去了。山姆终于可以理性地进行谈话。

对国家和城市的探讨随即又开始了——

"我真是觉得好奇，理查兹，"山姆大声提出自己的疑惑，"我昨天抵达纽约，居然特别反感那里匆忙的景象和嘈杂的声响——唯有今晚，我才逮住机会坐在乡下的长椅上，像一个人一样生活。也许是纽约的天气太热了吧。但是——你知道，我在法国和英国却感觉放松。那里的人似乎是让工作为自己服务；而不会为了工作放弃自己的生活。我忽然觉得大千世界，要开的眼界实在太多，但我们因为忙碌，只能在这里开眼界。"

理查兹缓缓吐出一口烟圈，说道："你知道我在欧洲长大吗，山姆？"

"不知道！结果呢？"

"这是事实。我的父母在欧洲做生意。我们全家就四处漂泊。十六岁前我有十四年的时间在法国、英国和瑞士上过学，后来回哈佛大学读书，每年暑假会回欧洲——但从大三暑假过后，我就不再回去了。那时，我父亲头脑一热，将我送到俄勒冈州的伐木场打工。那时我真快疯了！我厌倦了欧洲人拿着养老金，喝着咖啡，云淡风轻享受生活的态度和方式。一般欧洲人认为我身为美国人，还不算个混蛋。在俄勒冈的伐木场，我每七天会挨伐木工三次揍，但暑假一结束，我却成为工头的助手。我怀念那里！从此以后我便爱上了这样的生活！"

"我知道，法国的金融家相比你那直截了当、说一不二的亚力克·吉南斯，处事更加优雅而轻松，但我却能从风风火火的压力中发现无穷乐趣!"

"山姆,在这里就像在战斗,就像当下苏联和中国一样。而山姆你这个老家伙,可决不能成为一只思考的瞪羚。你得战斗! 为战斗做准备! 美国在不久的将来也许会统治世界! 最终,我们也许会和苏联分道扬镳。如此世界性的大规模竞争,难道不比大家围坐在一起,字字小心,避免谈话中的错误,思考晚宴要穿的背心意义更大吗? 生活就应是这样的啊!"

山姆听罢,长时间陷入了沉思。

"艾隆,"山姆说道,"我明白自己的心意已经有一段时间了。前几个月,无论我的速记员跟我说什么,我都不会听。可最近我遇到了太多事。如果弗兰在这儿,就是我的妻子,我一定是个'亲欧派'。而你却要让我变成一个'亲美派'。"

"我们为何要亲哪一派? 为何不首先静心思考,想想什么样的战斗最有意思? 你应该明白:结果不是一切。我的女儿希拉告诉我,聪明地学习优生学、马克思主义、网球比赛都能把我们变成仁慈的太阳神阿波罗(Apollos),这一影响会整整持续五代。但愿别发生这样的事! 我一直偷偷在想,我们这种可怜的脊椎动物不会凡事力求完美吧,可能真是这样! 但我觉得,你是善良而有责任感的美国代表之一,你放弃事业后知道为人谦卑,安度生活,善待他人,包括你的'妻子和情人'——"

"别这么说!"

"等等! ——还有朋友。山姆,我是个理想主义者,我想创立一个理想主义者协会组织。上帝保佑,你要扪心自问,你自己到底在美国还是在欧洲生活更快乐,哪里快乐,就住在哪里! 而我,我感到欣慰,因为欧洲银行家来求我给他们放贷，不需要我亲自去欧洲的咖啡馆见他们，恳求服务生给我安排一个阳光普照的座位！山姆，这就是美国人的机遇，我们不用出国就能找到机遇，这里是世界上最伟大的国度，和欧洲一样，未知的未来充满太多变数。听我说，你知道我们的机遇会更多，因为我们知道我们所需要的，欧洲都有。我们不再满足于居住在小木屋里，吃玉米饼来过活的旧时光了。我们需要欧洲所有的东西。我们要把它夺过来！"

"唔。"山姆应了一声。

那一晚，山姆像孩子一样睡得很甜，海峡的微风轻轻抚摸着他，轻吻着他。第二天早晨五点，山姆就起床了。他坐在床沿上，他穿着皱巴巴的真丝睡衣，显得身躯庞大。他注视着沼泽地表面漂浮的晨雾，远处的海峡就像缠着蜘蛛网的钢板，闪着耀眼的光芒。

若不是这里距离长岛有五十英里，他也许能望见对岸康涅狄格州海岸以及纽黑文。

他认为这一切有如在耶鲁读大四春天发生的事件，荒诞而不可思议，那时山姆站在东岩山上，横跨海峡眺望长岛，海峡斜长，海港柔情。如今的山姆，已不再是三十年前那个坐在东岩上遥望长岛海峡的青涩男孩，那个立志"干一番大事业"的轻狂少年了。过去作为橄榄球明星，处于黄金时代的山姆只担忧运动员的体育精神和责任意识，而他现在所考虑的事可有趣得多了。如今他思索的是去日本旅游；希拉·理查兹的社会主义信仰拥护谁，反对谁；一位叼着烟斗的老人，二十年来致力于在俄亥俄河边山上种植苹果树。可年轻时的他，端坐东岩欣赏美景之余，恐怕并未料想自己会因他人或自己短处而备受束缚吧。

由于弗兰并不喜欢美国简单、轻松、闭塞的生活，山姆再也回不来了。弗兰的心情时而晴朗时而狂风暴雨,如此这般彼此调节的乐趣才使生活也变得妙不可言。他不可能成为怀着优雅闲适的心,畅游世界的国际友人——因为他思维严谨,态度肃穆——就因为他是山姆·杜德伍斯!

山姆受到生活美好的朋友的束缚——既不会令他们大吃一惊,也不会和他们断了联系。山姆受到所挣的一分一毫的束缚,受到每一辆新生产的汽车的束缚——金钱和汽车是他的职责所在。山姆也受到工作期间每一小时的束缚——工作使他变得僵直,精神上犹如得了风湿病。

但他依然渴望整个世界……三十年前,他立志成为像理查德·哈丁·戴维斯那样的英雄。事实上,世界上没有什么特别的地方等待他去探险。

这一切成就了现在的山姆。

他惊讶地发现,"不止这些,问题是除了和弗兰、孩子们以及少量朋友交流,我没有斗志,不知为何而抗争。我所梦想的事情已全数完成——拥有头衔地位,挣钱养家,结识同道中人。如果我是个无业游民,就无法实现自己的梦乡,相比现在反而更加幸运。哦,得了吧,无须过多在意。也许我所生产的汽车档次还不够!这件事完成得就不够好!"

"胡说!我离开狂躁的纽约市,回到泽尼斯,那里的同乡真实、简单、身心健全——是的,一定是这样,我要在同学会上——把自己多年来的满腹牢骚,畅快地说出来。"

"但我的不满到底是什么呢,难道是繁忙的生活?"

"我如果能相信传道者所说的'永生',那我就把左腿锯下来,供奉上帝。但我不能这么做,去独自面对这一问题——"

"哦,上帝保佑,你可真可怜!你和弗兰一样糟糕——"

"弗兰！她绝不糟糕。绝不。还是那句话，'我记得要告诉你我仰慕你吗，弗兰？'"

四小时后，早餐时间到了，山姆就像是无情无义的财政总长，注意力全在华夫饼上。

早餐过后，山姆来到中央车站门口接儿子。突然，他看到儿子大踏步地从纽黑文火车上的水泥斜梯走下来。

"儿子的状态看起来比我在剑桥或法国时好得多——"山姆开怀大笑，"他更像弗兰的儿子，长得真帅，步子迈得真大。"

布伦特就像一匹年轻的赛马，他脸色灰白，前额高挺，格外立体而精致。他微笑的双眸透露出阳光和坚定，他大喊一声："你好，老爸！又见到你了，真高兴。过得好吗？"

"是啊，还不错。见到你也很高兴，小伙子。你在这儿待多久？"

"明天上午就得回去。坐慢车走。"

"真可惜。去，把你的包让'小红帽'提吧。"

"还得付二十五美分？算了吧——省下这钱，还能喝杯玉米威士忌呢。"

"嗯，我可喝不了太多酒。不过我猜你知道的。你想今晚去哪儿吃饭？"

"我想带你看看什么叫真正的德国啤酒配晚餐。"

"行啊。哈哈——"

山姆不好意思地看着面前这位害羞的男孩，夸奖道："你学习努力，获得全美优等生联谊会奖学金，爸爸真为你感到骄傲。"

"哦，谢谢。天呐，你看起来也很精神，先生。"

山姆发现纵然布伦特只在纽约待十二个小时，但同样准备了晚宴礼服。

"弗兰的孩子，就是优秀。"他心里默想，心中不乏凄凉。他希望能给这个有些紧张的孩子其他奖励，仅仅是零花钱远远不够——一些能赐予他力量，促使他坚持下去的奖励。

父子俩盛装打扮，布伦特终于不再害羞了，反而谈论起撑竿跳运动员奇克·巴德隆（Chick Budlong）的良好表现，奥格登·罗斯（Ogden Rose）两年多来一直是个老好人，干着"毫无价值的体力活"，可突然在 U. A. C. 新款车型生产中，却能开拓创新，紧跟公司发展步伐。布伦特穿上晚宴礼服，出现在山姆面前，完全就是一个体态优雅、身材纤瘦的英俊绅士，他属于那个会排挤山姆的世界，那里有无需向上的动力和坚持的力量……即使这样，山姆也打算给儿子点儿什么表示。

布伦特带着山姆走进"德国餐厅"，这里所有的一切都是冒牌货：宾夕法尼亚制造的啤酒杯，褪色古旧的横梁，彩色玻璃窗——若打开窗户则会发现里面除了石膏的墙面，别无他物，掺水的啤酒，口感极其惨淡。

餐厅装潢俗丽，四处肮脏污浊，这里的波兰服务生着装污秽，为人张狂，却让人心生怜悯，而布伦特则像一把闪闪发光的刀片，咄咄逼人。

山姆注意到这里只有父子两人，男人之间可以敞开心扉。山姆愿意跟儿子谈论喝酒、赌博；他们提到金钱使用时的价值，金钱最终生不带来，死不带走，且大多都用在女人身上。哦，他还没发现这道理呢——他认为生活不是全然秉承道德规约的禁欲，也不是毫无节制的放荡不羁。他俩一致认为大街上行走的女人都是危险动物，跟男权世界一样，她们的性冲动无处不在。如果布伦特能受到鼓励便感动至极，并会随意且怀着一颗感恩的心善待鼓励他的人——

瞧见布伦特充满自信的身躯，山姆内心包含温暖和乐观。为何会这样？这个孩子总以为自己品位低劣，除了弗兰和艾米丽的崇拜和热爱，山姆也想得到布伦特的青睐和尊重，这比世界上任何人都更重要。山姆内心同样恐惧，但他愿意自我剖析，想不论提到霍恩顿勋爵、飞行员吉奥赛罗以及凡尔赛宫——还有一个他俩能"互诉衷肠"的话题："儿子，耶鲁毕业后，你想去哈佛法学院继续深造吗？"

"我没这打算，先生。"

"别叫我'先生'！看着我，布伦特，我有话要说。你毕业了，你妈妈和我还在国外，希望你能出国和我们住个一年左右。只要你愿意，我们还可以叫上你妈妈一起游历非洲、印度、中国等等国家。现在，你妈妈困在巴黎了。我发现世界上'恶'无处不在。你可以不用那么急着挣钱。"

"可你很早就工作了，先生。"

"别叫我'先生'！我还没那么老呢，但愿如此！我想，我的确很早就工作了。这些年尽管我也在学习，翻阅你的法律书籍，但我现在真希望当年我先去周游世界——"

"是吗？你知道，先生，我不敢肯定自己会从事法律方面的工作。"

"嗯，那你怎么想的？和医药有关？和汽车有关？"

"不，我的室友，比利·迪肯（Billy Deacon），你知道的。他的父亲是迪肯，伊芙雷和瓦茨证券所的总裁；比利想和我一起售卖债券。我猜头十年，每年可净挣二点五万。除非我能进入纽约顶尖优秀的公司，否则不会甘愿当一名普通员工。总有一天，我每年会净挣五万美元。"

布伦特说这番话时信心满满，两眼充满着渴求的目光，如同一位年轻的诗人宣称自己要写一部史诗似的。

山姆以一种怀疑的语气说道："对于一个可以保证稳赚不赔的人来说，这是个不错的计划，但是——布伦特，我也打算开拓事业，除了存银行，也想把其余的钱都用来做其他事。恐怕你做不成卖证券那事。不是说我反对债券，你也明白吧！墙上的版画真美啊。你真打算这么快就挣钱——"

"生活的成本比你刚刚起步时高多了，爸爸。好男儿就是得有事业。我小的时候，总以为开豪车的人都有些徒有虚名，如今没有游艇的人没法在社交圈内发展。一个人若在某个领域小有成就，一定要形成自己的风格和习惯——游历欧洲，追求公共精神的精髓以及其他目的。我可有个再好不过的机会与比利·迪肯以及他的同僚共同进步。"

"没办法，你已经下定决心。但我劝你再想想——是否真要起步。"

"当然，我会考虑考虑，先生。"

布伦特对山姆丰富的欧洲知识大加赞赏；他告诉山姆曾经的橄榄球辉煌依旧在耶鲁校园广为流传。

山姆叹了一口气，明白自己的青春时代一去不复还了。

第十八章

　　山姆正在房间里收拾，为纽黑文三十年的同学会做准备。突然，一阵随意的敲门声袭来。他大吼一声"进来"，可无心理会，并未抬头瞧这位访客。门开了，可没人说话，山姆觉得奇怪，抬起头来。

　　只见皮尔逊靠在门口，咧着嘴傻笑。

　　"哎哟喂，你这圆滚滚的小胖子！"山姆大喊一声。言下之意是："我亲爱的老伙伴，见到你真是太激动了！"

　　塔布回答道："你这大个子，在欧洲待着，别人都烦你了吧，嗯？于是你只得灰溜溜地回来了，嗯？你这大家伙！"话虽这样说，可略懂美国暗语的人都明白，潜在的含义是："我独自在泽尼斯太孤独了，你让我想得真苦，你若是还不回国，我也就不去参加同学会了，立马去欧洲看你——说到做到。"

　　"瞧，你气色不错，塔布。"山姆和塔布两人彼此拍了拍对方的肩膀，简洁而有力。

"你也不错啊。看起来像个人中龙凤。我猜你在欧洲也挺吃香吧。你难道没给我带点法国上等好酒?"

"当然带了,一整箱呢,放在我装衣物的包里呢。"

"是吗? 快拿出来。可别耽误了'良辰吉日'。"

山姆在行李箱后面翻翻找找(多亏了禁酒令,酒店客人都将威士忌瓶子藏在箱子后面,可酒店服务员反倒更容易找到了),轻声笑道:"这一瓶就像一位朴实的卫理公会教徒亲自为你私酿的玉米酒,塔布,你可不会花那么多钱出门旅行,也没什么知识储备,可我有所不同。当时……哦,塔布,你知道吗? 我的确带了一瓶货真价实的上等品——一战前的苏格兰威士忌——可海关查验时给我没收了。"

"哦,老天啊! 这可真是大不敬啊! 没事,跟我讲讲,你在国外过得怎么样?"

"哦,还好,还好! 巴黎是一座美丽的城市。那里的人热情好客,孩子们怎么样?"

"挺好!"

"哈利·哈扎德呢?"

"他还好吧。他都有孙女了。他们不是要在巴黎彻夜大摆筵席好好庆祝吗? 摆了吗?"

"是啊,这孩子来得太迟了。你最近见到艾米丽了吗?"

"前几天在乡下的俱乐部见过。气色挺好的。听我说,山姆老兄,你能给我说清楚一件事吗? 布尔什维克政府会替沙俄还债,把钱付给法国吗? 法国城里人最近流行做什么生意?"

"咳,我还没发现哩。不过我遇到了一些上层'青蛙

佬'①，其中一个名叫安迪雷，他是个股票经纪人，我猜他可
富得流油呢。不过那些人都和我们不是一路。只要不谈公事，
我很难和他们谈论一些其他深层而严肃地话题。他们时时刻
刻都在空谈戏剧、舞会和赛马。不过，我发现一个有趣的大
现象：法国雪铁龙汽车和德国欧宝汽车售价都特别低，像美
国的汽车龙头品牌福特和雪佛兰很难在欧洲市场生根立
足——哦，说说，塔布！福特打算淘汰 T 款车，生产一款新
车，你能告诉其中的内部八卦吗？天呐，我一直在打探，可
什么消息也打探不出来！我问过亚力克·吉南斯，也问过谢
尔曼汽车公司的布兰恩·罗杰斯（Byron Rogers），甚至问过
艾隆·理查兹。他们要是真知道，肯定不会说——真可惜，
我实在想知道这事的来龙去脉啊！"

"我也一样啊，一样啊！但我也不知道！"

他们两人叹着气，互相斟满了酒杯。

"乡下俱乐部的修缮完工了吗？"山姆问道。

"是啊，很漂亮。法国人也打高尔夫吗？"

"我猜他们也打吧。在里维埃拉打。我的房子最近如何
了？一切还好吧？"

"你猜对了。我有一次路过你的家门口，和看门人聊了几
句。看得出，他是个可靠的人。说说，你在巴黎晚上都做什
么？有没有经常光顾的地方？比如酒吧夜店之类？"

"其实，那里都是上等佳酿——但也不全是，有些地方随
处可见美国人，在你面前晃来晃去，让你也觉得兴奋不已。
但总体而言——我也不是很清楚；周围夜夜笙歌的生活让人
乏味。那里随处可见美丽可爱、谈笑风生的姑娘！"

---

① 原词是 frog，对法国人的蔑称。

"你难道没有抱得美人儿归?"

"你说'美人儿'还是'霉菌儿'?"

俩人哈哈大笑,随后陷入长长的叹息。山姆并没有什么风流韵事可谈,两人也就不再多说了。

山姆和塔布一时间找不出多余的话题可聊。

多年来,山姆和塔布是无话不谈的密友,他们有共同的朋友,共同的娱乐方式和秘密的商业往来。他们高谈阔论聊到前天遇到的人,两天前玩过的扑克游戏,以及最近发生在银行内部的秘密丑闻。经过六个月的海外游历,原本丑闻众多的泽尼斯人,或高尔夫进杆数多的高手都是山姆关注的焦点,可如今他对这些消息早已失去兴趣;他见不到这些人,也就想不出有关他们的问题了。两个男人对一问一答的方式早已厌倦。

于是山姆肆无忌惮地说道:"真希望自己该早点出国,塔布——老外做事的方式和我们完全不同,看看这些才有点意思。现在才知道,真是太晚了。"

山姆努力去思索英国和法国真正吸引他的地方——也许是小巧冷酷且款式不同的裙装,不同口味的早餐咸肉,不同的政党,市场上贩卖的各种蔬菜,抑或形形色色的牧师——但塔布并无耐心听下去。他热切的期盼从山姆的海外旅行经历中,听到一些性感火辣的尤物,充满异国情调的饕餮美食,五十美分一瓶的上等美酒,酒醉后也不头疼的奇特经历,以及永不结束的舞会,永不疲惫的舞伴。这样他就知足了。山姆也想告诉他这些神奇经历,可惜——

"真有意思!"山姆无法描绘出两星期前的舞会场景,却只吐出这四个字。事实上,他所看到的是长满霉菌的碗柜,舞会所在楼层的女服务员手里做着针线活,耐心地坐在一边等待，整日整夜地等待，她身上散出一股鲱鱼的味道，看得出生活窘迫；在姐妹花园举办的舞会上，山姆什么也没看见，那里除了桌子，光滑的地板，吉奥赛罗和弗兰跳起舞来眉开眼笑的黑色双眸。

山姆说着说着，内心感到无比沮丧，于是开始询问泽尼斯的神父威尔斯·弗图恩·泰特（Willis Fortune Tate）博士过得是否幸福。

突然罗斯·爱尔兰闯进房间。

"我要去墨西哥做一次有关石油的报道，递给我一杯酒。"罗斯说道，气氛瞬间又被点燃了。

山姆与老朋友本单独相处，但这个半生半熟的陌生人突然闯入，山姆有些恼怒，直想发作。可塔布朝罗斯望去，山姆便打消了这一念头。半小时后，罗斯开始给他们讲兽医皮尔文斯（Pilvins）医生和长毛绒马匹的著名故事，随后，他们三人行外出吃晚餐、喝鸡尾酒，彼此之间一见如故，气氛活络而热情。

同一晚，他们去了不同的酒吧，每一家却惊人地相似，山姆又开始担忧了：

"伙计们，我们在美国难道必须要喝鸡尾酒，否则我们就高兴不起来，话不投机半句多吗？我们的生活怎么会变成这样？"

第二天下午，和塔布一起站在耶鲁的校园内，山姆不禁高兴地大喊大叫，多年后终于见到大学时代的同窗们了；可爱、可亲的同班同学，在他的脑海中永远无法磨灭，除了他们现在的身份、住址和名字，事实上，山姆记得所有与过去有关的回忆。

1896 年，耶鲁大学球场上一场棒球比赛结束后，大家就各奔东西了。如今，大家同样站成一支队伍，穿着蓝色的上衣和白色的裤子，摇着拨浪鼓，全体高歌，领头的正是塔布·皮尔逊：

> 早上好，先生——咔嚓，咔嚓，咔嚓。
>
> 头发剪得和我一样短？
>
> 早上好，先生——咔嚓，咔嚓，咔嚓。
>
> 感觉好极了。
>
> 尘归尘，土归土，
>
> 陆军若是不收你，还怕当不了海军——

山姆看到同学们，心中悲从中来，真是感谢上苍眷顾。同学们有的五十岁了，有的甚至五十二岁——唐·宾德（Don Binder）大学时代是个酒鬼，长着一张娃娃脸，弱不禁风的样子，可如今，他已是主教教区长，他弯曲的肩膀上，似乎背负着整个泽尼斯人的罪恶，因此老得太快，更像一位六十五岁的老人。这样的同学会也可谓是个奇迹。山姆在这样的场景中似乎恍若隔世。不过，其中也不乏面相年轻的同学，五十岁的年纪可看起来像三十五岁，令人眼前一亮；但也有人对山姆这样的同学怀着不满，他们友好和谐，不会疯狂叫嚣，"一块儿去玩高尔夫，今天之内每个人必须打进十八个球。"

山姆见到同学们十分腼腆，塔布反倒容光焕发，在整个队伍中再次甘当丑角。他从道路的一边跳到另一边，摇着手中的拨浪鼓，吹着六音孔哨笛，就像得了羊癫风一样，见到路边一个孩子，就跪在他面前，向他友好示意，不过反倒把孩子吓了一大跳。

"他没事，他就是这么爱开玩笑，"山姆自我安慰道，"他就是一个大色鬼。哼，真是个傻瓜！我为何要抱怨生活？我们最好回到桌子旁吧。"

假装自己还是当年那个风光小伙儿,心里不知多不是滋味。但同学会上,山姆依然人气不减。他们都知道山姆是谁!但在巴黎(除了弗兰)却没人知道山姆。同学们还知道山姆·杜德伍斯这小子能力强、素质高,曾是骷髅会①成员,一位别具创造性的工程师,公司总裁,也是不少"花季少女心中的白马王子"。

校友中一些专业的球迷,虽年过半百,仍记得毕业前最后一年耶鲁对布朗(Brown)的比分;一些人,也年过半百,对世界没什么贡献,曾身为耶鲁人,这是他们唯一可以炫耀的资本。除此以外,整个班级仍然沉浸在对美好而单纯的大学时光的浓浓追忆中,他们的思绪渐行渐远。他们中有银行行长、大学校长、外科医生、乡村教师和外交官,也有农场主、议员、主教,甚至刑满获释的罪犯。有人已是少将军衔,有人——曾是个胆小如鼠的书呆子——如今已是百老汇最著名的喜剧明星。他们都已为人父,甚至成了祖父,此刻大部分人不知是过于劳累,还是酩酊大醉。多年后,没人真正找寻到如当初所想那般快乐和喜悦的生活。于是他们回来了,满心惆怅,渴望在这里重拾那珍贵、纯粹的黄金年代。他们相信(这一心情整整持续一周)同班同学一定未被社会中的不正之风和愤世嫉俗所污染。

山姆·杜德伍斯也深信不疑——不过仅仅一周而已。

在莫茂格温餐厅吃着烤蛤,和少将、大学校长以及两位钢铁大亨懒洋洋地躺在沙滩上,似乎又一次回到十九岁的少年时光。他们称山姆"老山姆小子",几人嬉戏打闹,毫不顾

---

① 美国秘密精英社团,每年吸收十五名耶鲁大学四年级学生入会。

忌自己的形象。不一会儿，他们又开始感伤，想想自己曾经
所追求的梦想，远比现在更加辉煌。他们住在哈克尼斯庄园
的房间里，身心欢愉，似乎将自己一家之主和公司经理的身
份和职责抛到九霄云外，反而像一条条老狗瘫坐在靠近窗户
的座位上，彻夜畅谈自己的白日梦，不再想着早早起床，奔
向工作。窗外一排排榆树迎风沙沙作响。晚餐时间到了，他
们坐在一间私密的房间，拖着长长的音调，相互依偎，忧伤
而哀痛，高唱《通往宾果农场的路上》（*Way Down on the
Bingo Farm*）：

去往光辉古老的耶耶耶耶耶鲁

她热情而健硕——

第一天山姆忘记了的同学名字，也慢慢想起来了。对了！
那不是老马克·德尔比吗？——学生时代可是个幽默天才，
喜欢玩弄梳子，从来记不得打领带。

他似乎又回到十九岁；在这个人情冷漠、事态荒芜的世
界，找不到朋友，缺少点陪伴，却找到了两百个兄弟；他终
于回家了，心中无比喜悦——不如留下来吧！

山姆和塔布·皮尔逊驱车从纽约向西开到泽尼斯，曼哈
顿街头躁动浮华的景象消失了，取而代之的是热情似火的哈
德逊湾，慢慢地，路上变成安静清冷的果园，白色的老房子
和屹立坚守的群山。

山姆的新女婿，哈利·麦基（Harry McKee）的早餐室
里刷着白色的墙，有几扇法式窗户，上面挂着淡黄色的窗帘。
屋里还有一个红色的珐琅小笼子，里面住着一只鹦鹉，可惜
它的发音并不清晰。早餐桌上的陈设过于奢华，包括一个诺
曼底进口的农家彩陶罐，一个电子面包机和一个镍质的过滤
器，这些物件在中西部的晨光照耀下，格外耀眼夺目。

　　见到这一切，山姆难以抑制内心的欢喜。头天晚上，他本打算回到自己的家，由于天色太晚，又因为房子长期没人住，变得潮湿发霉，于是他只得来到艾米丽的家。山姆晚上睡得很踏实，早晨醒来，他心情很好，见到自己的女儿艾米丽，世界上最美丽、最健壮的姑娘艾米丽特别欣慰。早餐期间，山姆将携带的礼物送给他们——他为哈利买了一个登喜路牌烟斗和一件夏尔凡牌晨衣；为艾米丽买了一个镶满金子和龟甲的梳妆台盒以及一瓶娇兰牌香水。他们接到礼物，拍了拍山姆表示感谢。但他们真正关心的是他是否习惯正宗的美式麦片粥和奶油。山姆就像奥德修斯经过几十年的海上漂泊，躲过不少白色的暗礁，终于回到自己温馨舒适的港湾，向好奇的同乡讲述特洛伊战争、智斗喀耳刻和双头巨怪的精彩故事。他微笑着看着艾米丽夫妇，伸出手握着艾米丽的手，开始细述巴黎的经历，语重心长地呈现出所有细节。

　　"——其实现在我根本就不了解巴黎，"他压低声音说道，"觉得它就像街道狭窄，商店众多且生意兴隆的乡下集市。你一定知道巴黎有很多宽阔的林荫大道和豪华的舞场，但真正吸引我的反而是很多小地方——"

　　"是的，一战时我正好在巴黎，那里就是这个样子，"麦基回应道，"但变化应该很大吧。等等，爸爸，我想我恐怕得赶紧去公司了。真可惜，我很想听你讲所有在巴黎的经历。晚上六点半咱们接着讲吧。先生，你能回来，我真是太高兴了。再会，我唯一的艾米丽！"

　　夫妇俩相互亲热惜别后，麦基发动了汽车，等他离开，艾米丽满面微笑折回房间，高声说道："哦，别吃冷面包了！我给你重新切一片新鲜的。你一定要尝尝这美味的杏仁酱。咱们继续，讲讲巴黎的趣闻。哦，能见到你真是万万没有想到！哈利是我遇见的第二个善良的人，第一个人就是你，爸爸——哦，多吃点。跟我讲讲巴黎吧。"

"咳，"山姆哈哈一笑，"我真没什么可说的。去一个陌生的地方，很难表达清楚当时的感觉。连空气中都是异常的味道。我怕自己不能准确地将事物分析透彻······艾米丽，嗯——哈利的生意做得风生水起吧？"

"哦，真挺好的！他们又给他的年薪涨了五千元。"

"你自己难道不需要点钱？"

"哦，我不缺钱。谢谢，老爹。哈利升职了，我猜你想了解个中原因吧。"

山姆并未听艾米丽提及过升职一事。他满脸涨得通红，十分激动，心想："我能给女儿点钱，让她的注意力回到我身上吗？算作买回她对我的爱？"山姆思绪飞舞，片刻不停地向艾米丽讲述德佩纳博带着自己，如随从下人般在咖啡馆彻夜流连，他们走出咖啡馆，望见黎明时分的巴黎中央市场。山姆开始处处考量自己的措辞，他说："嗯，早餐时我从不喝白葡萄酒和洋葱汤，但我今天想尝尝。"突然电话铃响了。

"稍等片刻，爸爸。"艾米丽感到很抱歉，她接了五分钟电话，和一个叫莫娜（Mona）的人激动万分的聊到网球锦标赛、编织套装、迪克（Dick）、快艇、龙虾沙拉、罗甘夫人（Logan），也聊到下周四的各项安排，艾米丽这番有别于平时说话的腔调，山姆有些不知所措，不知下周四会有什么特别。事实上，他并不认识电话中提到的莫娜、迪克或罗甘夫人。

等艾米丽重新回到餐桌上，洋葱汤已经凉了，这才是关键。山姆又做好准备，开始讲吉奥赛罗上厨雇了一辆拉水果的货车到酒店的趣事，可电话铃声又响了，这真像是对山姆的嘲弄。艾米丽又耽搁了三分钟，原来是一位送来过期肉的肉商，艾米丽在电话里和他不断交涉。类似的事情，艾米丽可以轻松处理，已完全不是问题。她似乎对切牛排的刀法、鸭子的老嫩质感和羊肋骨肉都了如指掌。

艾米丽不再是叽叽喳喳，吵闹个没完的无助小姑娘了。她已然成为一个能干的已婚妇女。

"她不再需要我了。"山姆叹了口气。

杜德伍斯并没有将房屋出租，只雇用了一名看守看着空无一人的房子。地下室的角落里到处都是灰白色的灰尘，垃圾箱里堆着几个月来过期的旧报纸。山姆按了整整五分钟门铃，看门人才把门打开，他本想为山姆引路，可山姆简短地说了句："我自己去，谢谢。"

大厅里光线昏暗、空气拥塞、气味难闻，像坟墓一样死气沉沉。地上没有铺地毯，山姆脚步落在上面十分沉重，于是他只得踮着脚轻轻地走路。他不能在自己家中坦坦荡荡，却无奈偷偷摸摸，真是可笑。山姆站在书房门口，这个房间，曾经如此温暖而安详，如今变得苍凉冷漠，似乎并不欢迎主人回归。房屋死气沉沉，房间同样死气沉沉。地毯全都卷起堆在角落，地毯背面呈土褐色，上面全是鹅卵石花纹。书架上罩着布，松软的椅子也裹着灰色的椅罩，原本优雅的形态和精致的外表早不见了踪影，宛如给家庭主妇穿上邋邋遢遢的围裙。壁炉真是难得一见的清洁，但角落里依稀可见散落的碎纸片，上面是弗兰狂乱的笔迹。山姆缓缓蹲下，捡起纸片，读出上面的文字"——十点钟叫车，然后——"看来她打算进屋收拾，随即逃走，离开他这个孤独寂寞的可怜人。

山姆吃力地上楼，脚步踏在楼梯上，发出木头"咔嚓咔嚓"的断裂声。他虚掩着门，侧身挤进卧室，并环顾四周，里面一片静谧，无声无息。

双人床的帷幔已经取下，只剩四根光秃秃的柱子，像桅杆一般屹立着；松软平滑的枕头，整整齐齐的被毯，以及皱皱巴巴的床单也收了起来。

山姆走到窗前，拉开窗帘。

"窗帘都裂缝了，得换套新的。"山姆大声地说道。

他不时又瞧了一眼，浑身微颤。他走向床沿，站在那儿，双眼出神，弗兰曾睡在这里呀。山姆轻轻拍了拍床沿，便大步走出卧室——走出大门。

布伦特本打算回泽尼斯待上个两星期，山姆听闻，已计划好爷俩一起出去飙车，一起出去钓鱼。可他突然收到布伦特的电报，上面写道："受顶级帆船盛会之邀，欲前往新斯科舍①，恐无法回家。"山姆读罢，难以表达自己的心情，却只写下一句话，"总之愿假期安好。"他走出西联电报公司营业厅，微微叹了口气，双手插在口袋了，来回瞧了瞧街道，无所事事。

他回想自己，一直担任启发汽车公司总裁，五十岁的年纪却像个年轻人。于他而言，老年生活始于七十岁，甚至七十五，他还有二十五年的时间来燃烧。但艾米丽，不过刚刚二十一岁，却完完全全是个成年人，她有能力经营自己的生活，这反倒让山姆觉得自己是多么无用，真是个多余的人；也许，自己真的老了吧，他不敢相信这一事实。

下午在伊丽莎白·简（Elizabeth Jane）的派对上，山姆感到惊诧，自己居然像个陌生人，根本无法跟上艾米丽和哈利这对新婚夫妇轻快而放纵的步伐，于是，山姆彬彬有礼地

_____

① 加拿大一省名。

离开艾米丽的家，一头扎进托纳旺达乡村俱乐部。

伊丽莎白·简是哈利·麦基的小侄女，只有十一岁。麦基和大多数泽尼斯事业有成的年轻男子一样，表面坚强，其实虚有其表，他们在商场上拼命厮杀，但生活中却只热爱体育运动和鸡尾酒舞会。事实上，麦基舍得为孩子花钱。他是泽尼斯学校董事会成员，也是圣·马克城镇和乡村学校视察委员会成员。艾米丽和哈利·麦基高兴地公开表明他们打算生三个孩子，这令山姆有些吃惊，甚至有些害羞，可小两口却想快点要孩子，把孩子培养成精英人才。（单纯的山姆根本想象不到，夫妇俩已赞助了普罗维登斯①大部分学校。）可三个孩子未到来之前，他们只能把感情寄托在伊丽莎白·简的身上。这个孩子安静沉着，留着齐耳短发，书卷气浓郁，这让山姆联想到画家马克斯菲尔德·帕里西（Maxfield Parrish)② 笔下的少年游吟诗人。（山姆向往帕里西的梦中城堡，可弗兰总是嘲笑他白日做梦。）

山姆很喜欢伊丽莎白·简。"这真是个复古的小孩子，"他这样评价简，"既纯洁又娴静。"

第二天，伊丽莎白·简邀请山姆和艾米丽喝茶，她平心静气地说："姊姊，要是我骂老师是个'大白痴'，就特别粗鲁吗？会吗？她开始给我们讲性知识了，她故作害怕，一副迷茫的样子，可我们已经什么都知道。"

"现在的孩子真不得了！"山姆·杜德伍斯暗自惊叹。

麦基和艾米丽在下午的派对上，邀请了四十个孩子，一

---

① 美国罗得岛州的首府。
② 马克斯菲尔德·帕里西（1870～1966）：活跃于 20 世纪上半叶的美国画家和插画师。

块儿庆祝伊丽莎白·简十二岁生日。山姆知道他们一定准备
了不少想象力丰富的惊喜；他看见一个红白条纹相间的亭子
屹立在草坪上，准备了不少点心，像佩什长面包、纸杯雪糕、
球形点心、威尼斯糕点、罗干梅汁、进口生姜麦芽酒以及龙
虾沙拉。承办冷餐会的餐馆还派了六个身穿制服的服务员。
但山姆依旧怀念孩子们玩玫瑰光环、角落里的猫咪和捉迷藏
等游戏的样子。

派对当天，塔布·皮尔逊也受邀前来吃午餐，待午餐结
束后，山姆兴致勃勃地到小杂货店，买了一堆小孩子喜欢的
可爱玩意儿，塞了满满一口袋，像假鼻子啦，巧克力糖啦和
纸帽子啦。他慢慢折回麦基家，打算把礼物分给全场的孩子
们，逗他们高兴。

可他来迟了。他走到派对现场，只见孩子们规规矩矩、
一人一把小椅子坐成四排，正欣赏泽尼斯当地专业演出剧团
表演的儿童剧，该剧改编自《仲夏夜之梦》(*Midsummer
Night's Dream*)①。之后还有一个专业的魔术表演——但现
场在座的这些小公子和小公主们对真丝帽子变兔子的可笑把
戏，已经厌倦了。另外还有一位来自蒙台梭利学校的女老师
给孩子们讲捷克、塞尔维亚、冰岛和尤卡坦半岛的经典神话
故事，她的声音经过训练，是孩子们喜欢听的声音；连姿态、
手势也经过良好训练。最后，孩子们虽无人引领，却有礼貌
地排成队伍，经过哈利·麦基身边的讲台，等待麦基将礼物
一一送给他们。不知为何，山姆感觉麦基像一个阿拉伯人，
有些恶心。

他们接过礼物，回答道："非常感谢。"之后，他们都耐

---

① 莎士比亚四大喜剧之一。

心地打开手里的礼物，并将包装纸扔在指定的垃圾箱内，真是一群训练有素的小小社会人。山姆的眼睛直盯着礼物，包括法国香水、邮票、骑车的小人、便携式留声机、刻上字的文具以及一对爱情鸟。

山姆见状，不自觉地将外套口袋往下扯了扯，并轻轻拍了拍，唯恐有人发现自己兜里可笑的廉价小礼物。

过了一会儿，他心想："我得离开这儿。血压有些高了。"

山姆一周以来总想每天坚持打八个小时的高尔夫，可事实上，他却躲进托纳旺达乡村俱乐部一间廉价的房间里，几乎不出来。狭小的房间里，山姆谈论高尔夫，喝着杜松子酒，享受着精简的晚餐，之后便开始打扑克。这里的书房里到处都是介绍乡村赛马和马球队伍的精美杂志，山姆不再贪图享受，而只吃冷花椰菜和羊肉丁这样的膳食纤维，吃莲子配私酿威士忌。

他无时无刻不在告诉自己，泽尼斯的生意需要他留下来，可转念一想，他很清楚，事实上他们并不需要他，这令他感到无望。

山姆精心决策，投资了不少领域，包括 U. A. C. 股票、铁路、企业和政府债券。然而，每每和银行家以及中间商谈判时，他又找不到说服自己的理由改变投资方向。

源于更高的投资回报，山姆也拥有泽尼斯附近酒店和度假村的股份。回美国的途中，山姆告诉自己，凭借着自己积攒的对美食、室内装饰和服务管理的新知识，他有能力推动酒店发展。

但那些酒店档次低下，不过倒也盈利。

到达泽尼斯后的两天，他在那里吃过饭，味道实在无法恭维。

他告诉经理酒店太糟糕了。

经理很是无赖，甚至无视山姆的意见。

山姆劝他听取自己的意见，可经理却解释由于食材价格和厨师工资成本太高，以目前的消费价格根本无法做出质量更好的食物。经理说，巴黎的食物的确精良，可惜，这里不是巴黎。他甚至询问山姆，你知道现行每磅鸡肉价格吗？

这就是山姆泽尼斯之行的唯一收获。数周过去了，山姆不得不承认生意已经不需要他了，内心十分气愤……布伦特不需要他了，艾米丽也不需要他了。

于是山姆自我安慰，至少弗兰需要自己，像塔布·皮尔逊这样的朋友也需要自己。

第十九章

小托马斯·皮尔逊和塞缪尔·杜德伍斯彼此之间太熟络了。自孩童时期，两人就在一起玩耍，相互之间已成为对方的习惯。塔布每周习惯去山姆家打扑克，而山姆每周二或周三习惯打电话邀约塔布聚餐。他们彼此互评、共同进步，但也视对方为独立的个体，除非受到伤害，否则只会夸赞彼此的优点。大学毕业后，山姆独自去读技术学校，两人并不理解各自选择的道路。但他们依然坚持大学期间的信念，认为对方是从古至今最为慷慨热忱的好哥们儿。

不过山姆出国六个月，塔布就慢慢形成自己新的习惯了。塔布每周也打扑克，只是换做去亨利·哈泽德博士家。山姆发现哈泽德在塔布心中的地位已然和自己相当了，有时他甚至发现自己原来夹在他们中间，尤其是两人谈及工作或欧洲联盟，并对此发表自己"高妙"的观点时，更是如此。如果换做过去，山姆会欣然接受他们的观点，可如今，他不会人云亦云，总会有些自己的想法了。事实上，山姆有些嫉妒，有些不满。他认为塔布不再像他记忆中那样完美无缺了。他们一起打扑克时，塔布时不时会尖叫，"简直就是河东狮与河东狮的对决啊！"或者"各位看官，下注的时间到啦！"但山姆此时并不觉得有趣，甚至有些反感。他感觉塔布对自己也有些不满。山姆若抱怨康克林大道路况不佳，或对乡村俱乐部的咖啡有些不适应时，塔布则会讽刺道："哦，天呐，我们的美国侨民真的很难伺候啊！"

山姆和他们一起吃饭，发觉自己常常与塔布活泼的贤妻马蒂交流，而不再老和塔布黏在一块儿。

回想起他们十九岁时，两人是多么无忧无虑，多么和谐，就像一对不打算追逐野兔的老狗。有时，若山姆模仿罗斯·爱尔兰语气，夸张地讲述一些新鲜事和遗失的神庙故事，看见塔布无知的表情，他便尤为愤怒，但会刻意劝慰自己："塔布是世界上最好的伙伴！"

如果没有塔布的陪伴，山姆能否独自走下去，或者说没有山姆的陪伴，塔布又能否独自走下去。这一疑问是否一直困扰着山姆，大家都不得而知。

收到山姆第一次从国外寄回的信，发现话语中激情洋溢、热情不减，塔布以为山姆今年都不会回国了。于是他计划与哈泽德博士驱车外出一个月打高尔夫球。为此两人格外兴奋。他们打算去文讷马克、印第安纳、伊利诺伊、密歇根和俄亥俄的顶级球场切磋球艺。他们激动得口齿不清，结结巴巴盛赞各式各样新型的沙坑，郁郁葱葱的草坪和娇艳的玫瑰花丛。不过球洞前有一个宽阔的沙丘，甚至还有一个小池塘，于是一杆击球，便不知道球到底滚到哪里去了。因为这样，他们不停地抱怨。

本打算两人前去，可如今，山姆回来了，只得也叫上山姆。可山姆有些犹豫，事实上他并不想加入。

当然，他们并不知道山姆会回来——

当然，他们又只得邀请山姆一块儿前去——

他们为何不多等等，等着山姆回来再立计划呢?

最终山姆妥协了，答应和他们一同出游两周。

这次出游可真是让人神清气爽。他们一同欢笑，身旁没了女人，没了唠唠叨叨的秘书，他们互相讲述自己听过的所有下流笑话，谨小慎微地喝酒，一路飙车，来到芝加哥北岸，对这里的高尔夫球场赞不绝口。山姆喜欢这样的生活。但他发觉，原来自己走后，塔布和哈泽德的生活依然过得有滋有味、轻松愉快。

布伦特、艾米丽、汽车产业不需要他，现在连塔布和哈泽德也不需要自己了。

山姆现在思考的最多的问题关乎美食、两性、汽车产业和孩子的安全，而其他事情对于他来说无关紧要，这是否是一种病态。山姆突然想到这点。这种病态思维令一切都不那么轻松愉快。

他突然想喝酒。

山姆察觉到乡村俱乐部里大多数男人，酒瘾极大，当然这也包括他自己。他们讨论最多的话题也是"酒瘾"。实施禁酒令后，饮酒也变成一件惬意的奢侈活动，变成了转瞬即逝的绯闻八卦，甚至不过是生活中微不足道的调味品而已。酒鬼可就受不了了，如同男学生偷窥淫秽海报时心惊肉跳的状态。

山姆开始全面而深入地反思自己的密友。

显而易见，他明白自己对哈泽德博士创作的精品五行打油诗并不满意，对塔布私密地解析泽尼斯公司的财务状况也并不感兴趣，就连贾奇·特平悄悄在他耳边细说其他朋友家里壁炉前的地板上有厚厚的灰尘，他也格外反感。

山姆对大家在巴黎的谈话尽管并不全然理解，但很享受这个过程。例如亚特金斯对画家的批判，勒内·德佩纳博那群"乌合之众"模仿他人所说的一番华丽辞藻，以及罗斯·爱尔兰讲的不少故事。山姆还听他们谈论被称为沙皇女儿的阿纳斯塔西亚（Anastasia）；写一封信足以削弱英国工党的吉纳维芙（Zinovieff）；自杀的鲁道夫大公（Archduke Rudolph）①；以及郁郁寡欢、近乎疯狂，不断在米拉玛城堡②徘徊的夏洛特皇后③，蒙特卡洛④的现行体制；弗洛伊德·吉邦思（Floyd Gibbons）⑤ 提议修一条火地岛通往里奥·格兰德⑥的公路；出身名门的土耳其女人如今也留着齐耳短发，开始学习生物学以及驻中国的"基督徒将军"。哦，还有上百个有关王国和隐匿的国土那些不为人知的传说故事呢。山姆

---

① 鲁道夫大公（1858～1889）：奥匈帝国皇太子，因精神崩溃，与女友玛丽·维兹拉在维也纳郊外的梅耶林殉情自杀。死后，其堂弟弗朗茨·斐迪南大公成为皇储。

② 位于意大利东北部的里雅斯特附近的海边。它建于1856年至1860年，主人是奥地利大公马克西米利安·费迪南德和他的妻子，比利时的夏洛特，后来的墨西哥皇帝马西米连诺一世和卡洛塔皇后。

③ 也就是比利时公主斯蒂芬妮。

④ 位于摩纳哥。

⑤ 弗洛伊德·吉邦思（1887～1939）：一战时期《芝加哥每日论坛报》（*Chicago Tribune*）的战地记者，也是广播新闻播报员和评论员的先驱，风格以自由迅速为主。

⑥ 巴西最东南的一个城市，位于帕托斯河的入口南部。建立于1737年，是重要的加工业和制船业中心。

也亲眼看见英格兰国王和皇后坐着敞篷汽车经过宪法山[①]；他还见过古巴作家卡彭铁尔（Carpentier）[②]，舞场上见过一位翩翩起舞的职业拳击手——这位年轻人的舞姿柔美庄重，完全看不出是一位运动员，也在歌剧院见过法国总理白里安，在剧院遇到了阿诺德·本涅特（Arnold Bennett）[③]。

谈话真是愉快，场面真是友善。

尽管山姆将这些有趣的经历和丰厚的故事像战利品一样带回美国，滔滔不绝地讲给塔布、哈泽德博士以及贾奇·特平听，但他感觉——这一路上来回颠簸——他们也没心思去听吧。

山姆明白，罗斯·爱尔兰对各个国家感兴趣，而塔布只热衷于优惠券和高尔夫球得分，这没什么可奇怪。渐渐地，山姆发现他自己在泽尼斯引领产业发展的业内朋友们对任何事情都不感兴趣。他们对行业态势极为敏感，也就没过多的力气热衷于其他事物了，如同老农夫一般。他们沉浸在金钱、高尔夫和饮酒之中，甚至近乎疯狂，但对绘画艺术、木管乐器不感兴趣。相反，恩迪科特·埃弗雷特·亚特金斯却对这些如痴如醉。这些娱乐活动在泽尼斯的上层名流看来，并非能修身养性，只是假装让自己忙碌的幌子，他们当然不会承认自己有多无聊、多空虚了。正如国家政治策略只会激起工

---

①　位于伦敦威斯敏斯特区。

②　卡彭铁尔（1904～1980）：古巴著名的小说家、散文家、文学评论家、新闻记者和音乐理论家。他曾将超现实主义和本地化融为一体，全面地反映了拉美大陆的实际，对拉美当代小说的发展起过巨大的推动作用，被尊为拉美文学小说的先行者。

③　阿诺德·本涅特（1867～1931）：英国作家。从事小说和电影剧本创作，也是一位新闻工作者。

人阶级的愤慨，（山姆花了极大力气才想明白，原来，整个国家都用下三烂的伎俩玩弄和欺骗选民！）他们所做的也是如此。对他们而言，女人就是睡在枕边的玩物、家中的佣人、传宗接代的工具，甚至是从不缺席的忠实听众；办公室里的员工听到老板的唠叨便头疼，可老板的女人却不得不洗耳恭听。在他们眼中，艺术就是协助自己和年轻女孩起舞作乐的爵士乐，艺术就是挂在墙上，装饰房屋的图画，艺术也是麻痹自己，忘记单调乏味的现实世界的有趣故事。

他们只知道工作，他们不断拼搏，他们掌管整个世界，他们洋洋自得——只可惜，他们对任何事情都不感兴趣。

山姆心想，无论弗兰那时候心里多苦；无论戴着假发，与那些虚伪而"吃软饭"的男子相交的德佩纳博夫人有多愚蠢；无论恩迪科特·埃弗雷特·亚特金多么浮华，多么甘愿降低自己的身段。他们这些人都享受这平凡的大千世界，也许就是一杯羹，也许即便是一架飞机从空中划过，也能激起他们对生活的向往。

山姆甘愿成为他们中的一员，但只有一条路可选，他选择哪条呢？

塞缪尔·杜德伍斯独自站在乡村俱乐部的门廊上沉思，等待返回的塔布·皮尔逊。

该死的他到底在这儿干吗呢？不会是死在路上，给埋起来了吧。山姆得让自己"忙起来"——要么回去工作，要么回到弗兰身边，立刻！

到底选哪一个呢？

一周，也许两周过去了，山姆一直都忙着探究开发桑苏西花园。

泽尼斯以北，查露莎河上郁郁葱葱的群山上，形成一个偏远郊区，和美国其他郊区一样始建于 1910 年。到目前为止，建设者们也保持这里森林、高山和河流的原生态之美；他们不会打通山脉铺设道路，相反却留着一些弯弯曲曲的环山小径，别有一番风味……汽车制造商到了这里，恐怕是自绝后路。树丛和花园中掩映着外形优美的房屋——相比莱茵河周围孤独矗立的城堡，相比气势恢宏却空无一人的法国古堡，这些小房子更引人探寻。它们的外形仿造意大利的别墅、西班牙的平台、提洛尔的小木屋和都铎王朝的庄园，以及荷兰殖民地地区的农庄，各种风格混杂碰撞，令到访者眼花缭乱。能模仿得如此逼真，极易让人捧腹。但这些房屋不仅单纯模仿慕尼黑，而加入意大利元素，或在意大利元素中又加入希腊元素，和其他当代美国伟大的国内建筑风格有着异曲同工之妙。这些建筑可谓是世界上最宜居的建筑形式了……即便自己那维也纳风格的阳台，距离隔壁瑞士风格的小木屋，仅仅十英尺；即便邻居稍稍将茶水泼到自己的草坪上，这里的人们也并不在乎。

驾车沿着桑苏西花园前行，山姆心中别提多高兴了。那里正在开路搭桥，房屋拔地而起，广场上采自佛罗伦萨的石材堆砌而成的喷泉毅然挺立，一个个富于艺术气息的小型环形标志在街道上格外醒目，上面写着"圣卢西亚广场"、阿希尼新月广场和里尔广场。

但这里混合了西班牙、德文郡、挪威和阿尔及尔风格，并将不同元素移植到美国中西部城镇满是砂石的山上，似乎有些滑稽可笑。过去中西部印第安人追逐野兔，而锈色胡须的杨基佬追逐印第安人的日子在山姆脑子里已十分模糊了。泽尼斯城内陈旧的公寓楼顶呈双重倾斜，毫无美感，但却不乏严肃和庄重，但现在的中西部在山姆眼中却是个神奇之地，景致优美、色彩明亮。

至少，在他眼里，这里的色彩和不规则结构在国外建筑中也频频可见；要么绯红，要么黄色，甚至是轻佻的粉红色，这里所有的钢筋结构扭曲交叠，瓷砖呈圆齿型，凉棚上画满条纹。餐桌上放着西西里的小口红酒杯，（感谢上帝）屋内还配有美国批量生产的电冰箱、熔炉、吸尘器、焚化炉、松软的布椅子以及内置车库。尽管弗兰会对这一切持鄙夷态度，亚特金斯先生这种侨民也无福消受，但山姆却感到尤为满意。

这里唯一缺乏汽车生产的先驱企业；而他也无心打算增加公路上的汽车数量。却想建成远离康尼岛①风格的优雅建筑，这可能需要三百年时间，且不能如生产汽车，使用一年便淘汰。

"这可真有趣。"山姆·杜德伍斯对建设者们这样说道。当然山姆对建筑一无所知，但他却是机械领域的专家，他对钢条、木材和玻璃十分熟悉，他明白如何组织管理公司，怎样和工人相处。

"的确！弗兰恐怕会对这里产生浓厚的兴趣！她可是装饰方面的专家……我要带她来这儿！"

山姆经人介绍认识了桑苏西公司的总裁，两人一起打高尔夫，虽然气氛和谐而放松，但山姆却兴趣不大。他受邀在总裁陪同下参观花园，其间山姆在散步途中，与建筑工人、木工和花匠交流心得。

他需要等待。但他善于等待。

弗兰一周寄来两封信，山姆渴望见到弗兰，向往重回欧洲。山姆收到弗兰第一封信时，刚刚回到泽尼斯：

---

① 地处纽约布洛克伦区南端，美国最早的大型游乐城。

从多瑞别墅到沃韦，到蒙特雷，再到瑞士。

亲爱的山姆，旅行真是太棒了！湖面上，缓缓飘过的轮船，真是友善而可爱，我可从未见过——前方是南方山峰，巍峨高耸，在夕阳映衬下，山峰就像洒满金子的云彩。我一直在这里漫步呢！（你有没有猜测，我在巴黎是否依然毫无节制，总喜欢狂奔至酒吧，而你依然喜欢散步？哼，现在受到惩罚了吧，独自一人，不管你怎么咆哮，怎么疯狂都没人回应。我因这里的美景而感动，不过依然能保证情绪稳定，不过要平静下来可需要花大力气。）正在葡萄园里闲逛，向小巧的石房子走去。

这里的别墅真是别有一番情趣——几乎没有光秃秃的地面，而是铺着草坪，种着玫瑰花，还有一个可供品茶的阳台，通过阳台正好能望见湖面。勒内·德佩纳博帮助我远离那些聒噪的年轻舞伴。我们姐妹情深，就像两个戴着帽子，共同做针线活的老太太一样，我们一起去做祷告，一起喝柑橘茶。我一直等着你的来信，或者你的轮船顺利抵达的反馈信息。但愿你和爱尔兰先生交流愉快，恐怕你和他在一起比和我这个乏味的家伙在一起乐趣多多吧——我不应该这么说，显得我太小气了。真心期盼你的临时单身汉时光轻松愉快。回信中别忘了跟我讲讲布伦特、艾米丽和麦基发生的事吧。代我向塔布和哈泽德博士问好。哦，此刻，一只美丽巨大的鸥鸟正停在我房间的窗户正对面的草坪上呢。我们有两个行为迥异的女佣——一个长得像丘比特娃娃，我怀疑她暗恋常来送信的邮递员；另一个长得像日本的柔道选手，是一个厨师——当然因为穿得太多，显得臃肿不堪。我希望你在泽尼斯度过一段美好时光。我想念你。快些回来吧，初秋时节我们就可以一起出游了。我知道你有些反感巴黎，窃以为我们可以明年春天再回来，我可不在乎。我们可以去埃及、意大利，再去游玩六个月吧。勒内向你传达她对你的问候，当然，还有我的爱，老家伙！

弗兰 上

弗兰紧接着寄出的三封信主要描述了美丽风光和她遇见的麻烦事，信的长度都十分短小。她总是遇到麻烦——总是。但却不太严重。山姆心想，准是勒内发脾气了，厨师发脾气了——而弗兰本人，则很显然从来不发脾气。像双人世界酒店的舞会真是无聊啦；天上一直下着雨啦；隔壁是一家英国人，他们真是粗鲁啦；女主人牙疼病犯啦之类。其中两封信并未吐露弗兰自己的心事，这让山姆有些心寒；信中的文字传达出对山姆热切的爱意，于是山姆有些不明白了，花了整整好几个小时空担心，但愿弗兰没出什么大麻烦。

可第四封信的内容便有些生动了：

你一定想象不到，山姆！勒内发誓再也不想见到某个舞伴了，也不想见到打搅她的男子，听她告解的神父除外。可她身旁却聚集了一大群风格全新的美男子（很可惜，我的周围也聚集了不少哩）。她是怎么做到的，我也不知道！这里还有一个"六十岁"的年轻人，陪着自己严肃的母亲待在酒店里；巴黎某些人让这位特殊的年轻人抽空来见见我们；他打算正式来喝茶，彼此熟悉熟悉；第二天，他又来到我们门口，还带领一群年龄下至十六岁，上至八十岁的男人，他们有的开着跑车，有的开着最新款式的灵车。显而易见，德佩纳博认识所有到场的人，以此我们无法去双人世界酒店喝鸡尾酒，但幸好没有一个绅士借着酒疯将她推倒在地。此刻房间里满是农神和酒神——如果这两个词可以展示此刻的现场的话。这里四处乱七八糟。

　　期间一位英国猎艳高手名叫兰德尔（Randall），他穿着蓝色的上衣，连衣领也是蓝色的；另一个英国男子叫史密斯（Smith），他长相俊美；而奥地利男爵是一位钟表商，我现在就算走在人群中，也能一眼认出他；另一个男子显然在经营法国股票交易所；一位富有的美国犹太人名叫阿诺德·伊沙瑞尔（Arnold Israel）——他四十岁上下，相貌堂堂，乌黑的头发，乌黑的眼睛，结实的胸肌，只可惜像东方人一样有些俗气，他吻你的手背时如同在饥饿地撕咬，真恶心！能再次跳舞，真是幸运，我恰好十分享受时而翩翩起舞，时而安静沉默的状态。你能往我巴黎信托公司的账户上汇五千（美元）吗？这里的饮食物价比我想象的高，我得买一些夏天必备的用品——我发现蒙特雷的一家商店专卖可爱至极的帽子。散步可是一件美妙的事情，乘坐火车也能闻到乘客们身上的香味，细细研究这香味更有意思。勒内目前离开了我们，致使我们的生活再次陷入滑稽可笑的境地，于是我们得租汽车，雇佣司机。我希望你过得开心，亲爱的。

　　弗兰 上

　　而下一封信寄给山姆时，他正与塔布·皮尔逊以及哈泽德博士一同驾车，去外地打高尔夫球呢。信中，弗兰开始烦恼了：

　　真是一个阳光普照、晴空万里的好日子啊！高山就像一根根擎天柱。我们一行人坐着气动船在法国的湖泊中航行。阿诺德——阿诺德·伊沙瑞尔，一位美国人，我记得我提到过他——他替我们找到一些周围搭着葡萄藤，种着无花果树的神奇小酒馆，我们在那里能吃到可口的午餐。他可真是个好人，算得上是个具有国际意识的犹太人，他什么都会做，也什么都知道，例如飙车——好似空中飞驰的天使，他也能一口气在水里游七英里，给我们讲捧腹有趣的笑话，相比亚特金斯，他通晓更多绘画艺术，十六个大学教授加起来所了解的生物知识和心理常识都没有他多哩。我得说，他跳起舞来就像莫里斯（Maurice）一样！而他恰巧也是美国人。真有意思，尽管我崇拜你，但不得不承认，我也很佩服欧洲人。勒内家里精巧绝伦的雕花玻璃都是由乡下手艺人用最简洁、最天然的方式制成，可这番艺术却让人如痴如醉，等等。你说"他一定在小杂货商店买的帽子"或"好样的。"总有人能明白你说的是什么。我发现，你这个可爱的大俗人走后，突然听到有人说，"哦，该死。"会多么欣慰，多么兴奋。我太想家了。哦，是的，我想我就是个纯粹的美国人，暂时先这样吧，爱你！

F. 上

转眼十天过去了，山姆没收到一封弗兰寄来的信。可突然又来了两封：

你要是知道可恶的弗兰过着怎样健康的生活，你一定会刮目相看。自然，有时我跳舞跳到深夜，在这里我们遇见了一个非常善良的美国犹太家庭，他们都姓李，他们是阿诺德·伊沙瑞尔的朋友。他们一家租了一个背靠格里昂某湖泊的古堡，并在此举办过盛大豪华的派对。大多时候我都选择参加户外活动，比如骑车、游泳、露营、飙车和打网球——而伊沙瑞尔打网球时最擅长炮弹式发球。他还会高声朗读雪莱（Shelley）的诗歌，其行为真像另一个叫瓦萨（Vassar），年仅二十岁的男孩！真不简单！他居然进口黄麻和大麻！他只是继承了老父亲繁忙的生意，他每年外出四五个月，并乘机游历欧洲，这一切可是事实。

天呐，这封信似乎全写的是阿诺德·伊沙瑞尔！其主要原因是我以为他是最能吸引你的人。我也无须向你解释，说什么我俩之间只是单纯的友谊。如果我邀请他和所有名流贵族待在一起，他会变得害羞且毫不自在，我当然不会这么做了。他其实是个内心敏感而脆弱的人。你说布伦特和艾米丽已经长大了，不需要我们了，我对此很赞同。我想他们都快想疯了，真想见到他们。但我又害怕见到他们，害怕反衬出我的衰老。要是你看到我现在的着装：白色短上衣、深红色短裙、白色的皮鞋和袜子，你一定以为我不知羞耻，说我像个轻佻的女郎。在湖边别墅居住，周围静谧，空气清透，每晚我都睡得很踏实。

　　弗兰 上

　　亲爱的山姆，这封信只能算作昨天那封信的后续内容。我觉得自己写了太多伊沙瑞尔先生的事迹，你会以为我对他有什么企图吧。真算是失败的信件，我只是天马行空，想到哪里就写到哪里，却给你留下不好的印象。我之所以多次提及他，不过因为其他大多数人，尽管舞姿再美，尽管可以游的再远，也是一群头脑呆滞的木头。但伊沙瑞尔先生却是个全面而优秀的人。当然，我可不能告诉你，你这老实巴交的爱人。我对他一点儿兴趣都没有。但勒内对他很痴迷，想将他永远留在自己的身边。毕竟勒内才是别墅的主人，她找到的别墅，但只付一半租金。只要她想让阿诺德这个老家伙实实在在留在她身边，就一定会实现，我敢打赌。今天先这样结尾了。

　　F. 上

　　过了将近两周，另一封信才寄来。山姆戴上眼镜盯着邮票细细研究，发现弗兰写这封信的时候并不在沃韦，而是意大利的斯切萨：

　　山姆，最痛苦的事情发生了。德佩纳博夫人和我现在关系闹僵了，她所说的话，我无法原谅，我离开了她的别墅，来到马焦雷湖畔①。这是个幽静的地方，但我不确定是否会留在这里，你寄信时地址栏上最好写"转交巴黎信托公司"。其他没什么要写的了。

　　我给你写信，想讲讲和伊沙瑞尔先生在沃韦相见的情形，勒内对他有多么疯狂。我真不想提这个庸俗而放肆的女人，但她毕竟陪我度过了一段美好时光。有一天晚上，她一定是醉了，醉得一塌糊涂，待所有宾客都走后，她突然向我铺天盖地一顿臭骂，用的全是最肮脏恶毒的字眼，她指责我和伊沙瑞尔先生有染，说我居然把他偷走了。真是可笑，一派胡言，伊沙瑞尔先生根本就不是她的，我又如何把他从她身边偷走呢？尽管我很想这么干！还从未有人像她这样骂过我呢，真是太过分了！

　　但我并没有因她的淫威而退缩，我彬彬有礼地给予她简短的回答："亲爱的德佩纳博夫人，恐怕你这么歇斯底里，并没有对自己的话负责，今晚我不想再谈论这个话题了，我们明天一早再详谈。"但她并未就此收手，最后我只得躲回自己的房间，锁上门，第二天我就搬到酒店去了，随后又来到这里——这里真舒服，有波罗明群岛和著名的伊索拉贝拉海滩，这里的海水呈深红色，慢慢地又变成浅红色。帕兰扎和谐宁静的小村庄背后是高耸的群山，这里的人们冒险，将道路修在山间。我在这里感到异常孤独，伦敦患过的牙疼病在这里又复发了，尽管如此，相比与德佩纳博夫人这样俗气的傻子争吵，世间一切都显得那么美好。

―――――――――――

　　① 位于意大利北部。

　　我不愿意认错，我猜你又会逮着机会夸我知错就改了。我知道只有你能容忍我这个脾气坏、毛病多的小丫头，只有你有这个胸襟和气度，善于发现我的优点。你之前评价德佩纳博那个女人以及她那些粗俗卑劣的"乌合之众"，你所说的话、表达的意思全是对的，你就是太善良了，太直率了，真是忠言逆耳。我错了，我想通过这次事情，汲取了不少教训。不过，我不希望你像批判和抨击德佩纳博那个女人和她的走狗那样批判伊沙瑞尔先生。

　　他和我一样单纯，他甚至亲自到沃韦火车站送我离开。我想介绍你认识这个男人，我猜你会发现他是个多么友好、幽默、智慧，而又值得共同相处的好朋友，跟罗斯·爱尔兰一样。与此同时，我敢肯定爱尔兰先生身上缺乏圆滑的处事风格和高雅的品位，但你能在伊沙瑞尔先生身上一一找到。当然，待你回来后，我们可以一块儿去拜访阿诺德，他打算花整整一年周游欧洲列国。

　　哦，快些回来吧，亲爱的！我现在就想你了！你若在我身边，我们可以去喝点巴特洛酒——我一天之内已经学会十个意大利单词了，你难道不觉得我很棒？"请进"用意大利语说是"avanti"，菜单是"le conto"，哦，不，我想想应该是"il conto"。我们还能绕着湖畔竞走呢。方便的话，再汇几千元来吧，还是巴黎信托公司——我没住在沃韦了，可还得支付那里别墅的房租，真可恶。我想要是我没走，还每天快快乐乐地过日子，像什么事也没发生过一样，德佩纳博恐怕会到处造谣，说什么我是个放荡不羁的女人，勾引男人的行家，甚至四处骗财，生活奢靡。

　　我可真想让你用你那健壮有力的大手替我拍打她，为我出了这口恶气！但你性格冷静，思维缜密，绝不会做这样的事！当然我除了付房租和租车钱，还得付现在以及之后的房租呢，走哪儿不都得花钱，而且费用比我想象的多（你最好别把钱汇到这个寄信地址，还是直接转交至信托公司吧）。哦，亲爱的，我真希望这个夏天能过得节约些，天知道我可努力节省开销呢。无法实现的事情，我可不会去打主意，绝不会痴心妄想了。和你说了这么多，我感觉心情好多了，昨天晚上我哭了整整一宿。现在我要开始过清心寡欲的生活，全身心投入到学习意大利语，了解意大利人的过程中，这才是一个中年妇人该做的事。

心烦意乱，悔过自新的弗兰 上

收到这封信时，山姆正受桑苏西园艺公司总裁的邀请，共赴午宴。

这位老板开诚布公。他是一位科班出身的建筑师。可他却认为桑苏西有些糟糕，并没有表面看到的那么光鲜，这倒令山姆有些诧异。

"这里建筑风格混杂，房屋密度也很大，"他说道，"但大多数美国人花了太多的金钱和太多的精力来装饰房屋，他们并不在乎个人隐私，在地面装饰上狠下功夫，精雕细琢。他们甚至像在亨利·福特区修建法式古堡！至少我们曾说服过他们别都窝在这里，挤作一团，走出城市，走向广阔的乡村。我现在也有所打算，如果桑苏西还没有削弱我的斗志的话，我就建造一个规模更大的社区，建筑风格不再混杂不堪。哦，恐怕我们还得继续模仿欧洲和美洲殖民地的建筑样式。即便有一位主张自然风格的建筑天才出现，设计出全新的房屋风格，恐怕大部分人都无法接受。我希望在未来新建的社区，名字不再像桑苏西这么拗口难听，这名字其实是我的法国老朋友，也是我的合伙人之一亚伯·不拉门托（Abe Blumenthal）所取。我们创造这里只为至少形成一个世界各地文化的集散地。例如，建筑某个部分似乎像都铎风格，一部分又像荷兰殖民地建筑风格，并结合另一种风格，但他们之间并不冲突。再或许一种风格贯穿至整个建筑房屋上。宛如长岛的弗罗斯特山社区。"

桑苏西花园的总裁继续说着，他自己心中充满着各种想法，忍不住想把它们全展现出来。但仅凭他自己的力量远远不够，他需要有人和他搭档（这个人也许指的就是山姆），能拿出重金打造酒店、豪华游艇旅游线路和连锁餐厅。他每个月都在搜罗这样合适的人选，这样的人必须具备丰富的实践经验，能对以上项目进行资金等各方面的管理，充分经营这些项目。

他咧嘴坏笑："这难道不算提出聘用请求吗？我坚定自己的信念，完全是因为我拥有一些新颖别致、引人入胜的主意，对建筑拥有深入的专业知识。但我倒是想看看我俩是否真的无法在一起共事。只要你厌倦了卖车，只要你觉得我的想法还算靠谱——"

"哦，你真那么想?"山姆大吼一声。

"那当然!"

"我考虑考虑吧，但我很可能接受你的请求。"山姆回答道。

之后，山姆返回乡村俱乐部，对开拓房地产做出一系列规划，可突然，他收到一封弗兰从斯切萨寄来的信，信中的她心情可不大好。

是时候，该带妻子回来了；他们可以携手研究房地产开发。于是山姆给弗兰发了一封电报，说"德佩纳博真不地道，离她远点，你何不回国，一年后我俩再出国。"

可弗兰的答案是这样的："不，我打算再多待几个月，这里很快乐。"

伟大的塞缪尔·杜德伍斯此时有些迷茫，变得无所事事，大学四年级时他也曾如此，他坐在东岩上，遥望长岛海峡，梦想着终有一天在安第斯山脉修建桥梁。

山姆在回信中向弗兰提及桑苏西花园。在等待弗兰回信过程中，山姆游览了当地建筑群，并专程赶到克利夫兰①和底特律，去探寻新的商机。

可早在此之前，弗兰还寄了另一封信，上面是这样写的：

我亲爱的塞米，我依然在斯切萨，可我要立即赶往多维尔②了——我一直都盼望着能看一看伯爵在铁道上丢了钱，变得无比忧郁的地方。不管怎样，我在车上过得很快乐，德佩纳博那个女人如此过分，我第一次如此歇斯底里，不过这事现在已经过去了。这里每天酒店里都有一个可爱的小女孩教我意大利语，多亏了她和她的小伙伴热心帮助我，我已经游历了所有充满诗情画意的小村庄了，如巴兰扎村、巴佛诺村和吉格勒斯村，我也去登山，去坎诺比奥和阿罗纳等不同城市。之后，我们又乘船直奔洛迦诺③，并前往边境上的一个湖泊，也去了莫塔罗纳山，缆车送我们直达山顶。山姆，站在山顶朝下俯视湖泊，湖面宛如一个平放的大盘子，山峰真是陡峭啊。千万别担心我，我很好。我应该告诉你，阿诺德·伊沙瑞尔从沃韦到斯切萨来了。之前的信里提到过这个善良的美国人，还记得吧，他和我住在一个酒店里。

---

① 美国俄亥俄州的工业都市。
② 著名的度假胜地，位于法国西北部，靠近英吉利海峡。
③ 瑞士一城市。

我不知道是否应该告诉你这实情——你这个深沉而憨厚的老家伙，心胸宽广、善解人意、富有同情心，但恐怕也会给你造成误会。你身上有美国人的优良传统，总以美国方式看待事物，总有一天你会听到一些风言风语，那还不如我先如实向你坦白，跟你解释。毫无疑问，我们之间就像八岁的小男孩和小女孩一样，之前的友谊纯真美好，和他在一起，我度过了一段内心愉悦、单纯清新的快乐时光——山姆，阿诺德开车比你还开得快，昨天他开到了时速一百一十八公里，我的心都要飞出嗓子眼儿了。但他车技一流，坐他的车，我常常感到安全。我现在得赶紧换衣服出门了。愿上帝保佑你。希望你过得愉快。爱艾米丽和哈利！

弗兰上

当天下午，山姆给桑苏西公司的总裁打电话，说他又要出国了，国外发生了点事，未来好几个月他都无法做决定。山姆随即给纽约港订票处发电报，打算预定一张船票。他匆匆向艾米丽、塔布和哈泽德辞行。但距离开船期还有一个星期，与此同时，弗兰又寄了一封信来——她已经到多维尔了。

是啊，我已经到了，不过我可不是特别喜欢这儿。这里风光无限好，可还是有些让人反感；这里有善良的人却也有难缠的主儿，比如举办鸡尾酒会的有可能是个奸商，休息室里居然能碰见检查赛马道的工人。还不如去利多①呢，不过我也许真会去那儿。言归正传，塞米。你信中以为我还在沃韦，可那时我已经离开了，用你的原话，你希望我冬天回到巴黎能"收敛些"，"晚上早些休息。"我可不认为你这是生气了，你根本无法理解德佩纳博恶妇事件后，我的内心有多受

① 意大利威尼斯附近一个小岛，为著名的游乐胜地。

伤害，多无助，就像一个走丢的孩子，你的挖苦和嘲讽更会让我低落的心永无翻身之日。这下我的余生将越来越苍老，这不正是你所期盼的吗？

你的忠告反倒显得我是个离经叛道的轻佻女子，而不是一个温顺传统的贤妻良母。说到底，我知道你无心，但难道你不觉得我处于一种高度紧张的环境下，会受伤害吗？说实话，山姆，你说话时得过过脑子！从现在起，多替别人着想吧！我将心里话全都吐出来了，咱们能忘了那些不愉快吗？我得声明——山姆，你可能以为我做事不公正，可遭遇德佩纳博事件，全都是你的错。要不是你坚持回国参加那无关紧要的同学会，要不是你跟我置气，我才不会陷于不利。女人身边要没个丈夫，总会受气，就像一个独行女侠。就因为这样，德佩纳博那个女人才说我是个女骗子，才敢如此嚣张。我希望你能理解，我说这话时态度多么轻柔，语气多么平和。我们难道不是极少数彼此能心灵相通，坦诚相待的夫妻嘛。下次你可别再扔下我了。先抱怨到这儿，我该讲讲新鲜事了。

我就直接称她"贱妇"了。阿诺德·伊沙瑞尔和我在一起，我猜你能理解吧，他和我之间都没别的意思，但他的确在多维尔。起初我并不打算来，可他办事周到，为人友善，特别懂我的心。他总善于发现一些细节——连我都不知道他怎么就如此细心，有人说他的精神层面也像个金融财阀。你知道吗，我以为他只是四处游历，可结果发现他到欧洲就是为了忘记过去曾做过毒品生意的记忆。他赌博一次，无论输赢，资金都可达四万美元，他也买卖伦勃朗的真迹，他还想送我一些收藏的珍品呢，但我决不能收下他的馈赠，这是当然。我的思绪快随着故事飘走了。

他发现斯切萨有来自费城，德高望重的老夫妇，不少人喜欢在里滕豪斯广场寻欢作乐，他也邀请我参与这些人的活动，这里的人品味高雅，绝不会讲下流的八卦笑话，怪女人德佩纳博也乐此不疲。总之，我就想傻瓜才不与他去那些地方。山姆，你也会理解我的，你会动脑，会换位思考。除此以外，我也清楚自己不是个轻浮狂妄的女人，也不是个邪恶的女版胡安·庞塞·德莱昂（Ponce de Leons）①，恰巧，德佩纳博就是这样的人。而一个像我这样地位崇高，备受景仰，儿女双双成人，女儿也嫁做人妇的贵妇人，绝不会搬弄是非。

我到这里了，可我也说过，这里并不足以吸引我、阿诺德和我以及他的朋友杜恩（Doone）夫妇。这对老夫妇年近七十，和蔼可亲，身体健硕。我们四人并未参加什么派对活动，却喜欢在海滩上走啊，走啊。回信地址依旧寄到巴黎，我在这儿顶多待三周就回去了。这里的化装会是阿诺德和我参与过最让人难忘的一次舞会了，犹如非洲的热风和罕见的北风袭来般，而我和头发灰白的瑞典人就是一场难得的北风。我爱你。

弗兰 上

山姆发了一封电报，上面写着"9月2日乘'卡马尼亚号'到巴黎，大世界酒店见。"

十二天航程即将结束，山姆望见眼前瑟堡绵长的防御堡垒，以及补给船上喋喋不休的法国小个子男人。

无论白天还是黑夜，山姆走在甲板上，心里总是怨恨弗兰，憎恶阿诺德·伊沙瑞尔。他读完弗兰从多维尔寄来的信，

---

① 胡安·庞塞·德莱昂（1460～1521）：西班牙征服者，同克里斯托弗·哥伦布第二次前往新大陆、参与过征服格拉纳达、首任波多黎各总督，1513年发现佛罗里达。

脑子里突然蹦出一个二十三年婚姻过程中从未认真思量过的问题：弗兰并不比其他女人幼稚，并不比其他女人，其他母亲、妻子和"一家之主"荒唐，相反她是个聪明的孩子，但总因自己脑中的臆想而困惑不已。这一发现，山姆感到诧异，随后他又感到脆弱。山姆的两个孩子布伦特和艾米丽已经不需要他了；可他另一个孩子弗兰还需要他！她在生活中仍然依赖他！山姆心想弗兰会在巴黎火车站接他，并突然回忆起弗兰恋爱时纯真透明的样子。

第二十章

巴黎，阴天，下午晚些时候，快铁轰隆隆穿过梭道，抵达终点站。山姆内心异常激动，他向下望望车站上的搬运工，宛如打量阔别已久的老朋友；抬头看着车站墙上君度甜酒、比特酒的广告，以及鲁昂和阿维尼翁的宣传画，脸上浮出微笑。山姆三步并作两步走出车站，在人群里四处寻觅弗兰，可他找不到她，开始焦急了。一位搬运工为他携着行李，他近乎失望，步履变缓、目光呆滞。

可没想到，弗兰就在车站月台尽头，等待着山姆。

终于，他远远地望见弗兰了，心里突然一震，原来妻子比他记忆中的样子还要美，还要可人。她穿着深蓝色外套、白色衬衫和深蓝色短裙；她的头发虽微微泛着灰白，但光亮柔顺，犹如清新鲜嫩的绿草；她笔直苗条的双腿细腻光滑；肩膀微微舒张、气质非凡。弗兰是一个活力四射、典型的美国女性，跳起舞来身姿舒展、舞步流畅，打起网球激情四射、魅力绽放，开车时又宛如飓风突袭，雷厉风行。她就是这么突出，真是年轻活力！山姆的心羡煞不已，浓浓爱意尽情凸显。但他突然注意到弗兰的表情并不高兴，她眼神机械，不停地望着来来往往的乘客。难道她接的另有其人——

山姆面容泛红、羞涩不堪，走向弗兰。弗兰见到山姆，脸上突然挂着微笑，显得谦谦有礼，这让山姆有些不解。但他习惯性地搂着她的肩，将她拖入自己的怀里，低语道："信上我有没有说我爱你？"

"什么，没有，我记得你没说。你说了吗？我想，那也挺好的。"

弗兰回应他时口齿伶俐，但毫无爱意，她的微笑显得那样疏离，如同喜剧女演员在化妆间开玩笑时的荒诞笑容。

他们是那样陌生。

到了酒店，弗兰吞吞吐吐地说："嗯，山姆，舟车劳顿，累了吧。你知道我也才从多维尔回来，你要是不介意，我订了两个单人房，退了之前的双人间。但这两间房相邻哩。"

"不介意，这样更利于休息。"山姆回答。

弗兰同山姆走进他的房间，可弗兰停在门口逗留，并未走进房间。她说："但愿你觉得这房间还算满意，浴室挺不错。"如此彬彬有礼，太不正常了，真叫人身上发毛。

山姆不知如何回应，支支吾吾："我一会儿再收拾。咱们就别再寒暄了，一块儿出去，在街边找一家我们满意的老式咖啡馆，坐下来，像以前一样观察整个世界吧！"他注意到弗兰终于卸下矜持，终于。山姆上前轻轻吻了吻弗兰。可她也不过蜻蜓点水，不再想要一个激情热吻。

山姆讲到泽尼斯发生的事，弗兰洗耳恭听；该笑的时候，她会配合着笑一笑；但她始终和山姆保持距离，好似陪伴朋友的朋友，履行自己的义务一般同山姆欢笑。弗兰也问了问艾米丽和布伦特，但山姆谈及塔布、高尔夫等话题时，弗兰充耳不闻。

山姆忍受不了了，可他强压住火，关切地问道："怎么了，亲爱的？你看起来有些不在状态。身子不舒服？见到我高兴吗？"

"当然高兴了！没事。就是——我猜也许昨晚没睡好。我就是有些焦虑。不过当然见到你我真的很开心，亲爱的老笨笨！"

可他们一直没提及德佩纳博夫人和阿诺德·伊沙瑞尔，没提及发生在斯切萨和多维尔的事。俩人都保持着距离；山姆只是说："你和德佩纳博夫人闹矛盾，真不是件好事，但你走出来了，依旧快快乐乐，这让我欣慰。你的信写得真棒。"他絮絮叨叨讲了一大堆泽尼斯发生的事，连他自己都觉得自己真是俗不可耐，真是乏味，真是无趣。但他的直觉变得异常灵敏，他发觉弗兰微微有些不安，他注意到弗兰连喝三杯鸡尾酒。他也发现自己，内心的山姆·杜德伍斯隐隐发作，心中仍有一丝丝恐惧。

他们夫妇俩换装时，弗兰居然关上了房门。

"我们去沃伊津餐厅吧，那里清净优雅，适合谈话。"山姆提议，此时弗兰一切准备妥当，走进他的房间。

"哦，为何不去一些热闹点的地方？"

"我可不去！"

这是山姆第一次说起话来疾言厉色。

"我想跟你谈谈！"

弗兰耸了耸肩。

喝过汤，山姆毫无前兆突然说道："嗯，我想跟你谈谈大事。咱们交流一下接下来的旅行计划吧。今年秋天，你想去哪儿？你觉得我们去意大利和西班牙轻轻松松登山，或去希腊和君士坦丁堡，如何？"

"要是再迟一点走，就再好不过了。而此刻——我要充分享受这淳朴的美好夏日——小可怜，你也可以好好享受啊！我想我俩离开巴黎前理应过得快乐。毕竟周游世界，游历不同的风景名胜，和友人分离时总有些切肤之痛。"

弗兰不温不火地说出自己的观点，似乎并不赞同山姆的提议，"我想我们可以在这儿停留三个月，或更长时间，而且我们可以在星星广场附近租一个小公寓，我受够了酒店了。"

"这样啊——"山姆顿了顿，随即慢慢地爆发，"你受够了酒店，我不怪你。其实我也不想住酒店！但我实在不愿整个秋天，或者整个春天都窝在巴黎——"

"你怎么这么俗套？"

"是啊，我就是这么俗套。我不打算整个秋天都在这儿附近周旋，一直等待你一起出发。我们当初决定从家里出发时，我就打定主意，要么就周游各地，绝不停下脚步，否则不如继续住在泽尼斯呢。既然我选择出游，那么就要真正的在路上——四处看看，接触不同的人，到不同的城镇。我想去威尼斯和马德里，我也想喝正宗的德国啤酒。我可不想继续为了满足你攀高枝的心愿，而牺牲自己的计划——"

弗兰一听这话，顿时火冒三丈："骗人，你骗人呢吧！你以为我非得攀附勒内·德佩纳博那样的人吗？说到底，简直委屈！我倒觉得和上层人交往相比在纽约酒吧里沉沦，或依仗着旅游指南手册，四处找废墟遗址，更容易让我身心愉悦！你说的都对，我得打包行李，我得给你当翻译，我还得计划行程。老天啊，我们干脆去威尼斯吧！但是我们有必要像库克船长一样昂首阔步、不辞辛劳地旅行吗？可我们若在金秋时节选择留在这里，住在温馨舒适的公寓里，佣人伺候着我们的日常起居，就算和德佩纳博断绝往来，我们在这里还有不少朋友呢，难道不好吗？抱歉，山姆，如果你偶尔能倾听一下别人的意见——我就愿意留在巴黎，只为——"

"弗兰!"

"怎么了?"

他俩交谈过程中，周围一直有恭恭敬敬的侍者在侧服务，他俩如果像两座火山一样突然爆发，这些侍者便会提醒他们放低声音，而在其他客人眼里，山姆就成了一个身材高大、冷漠凶狠的男人，他们会猜山姆是位英国男人吧，而弗兰则成了一位刻意抑制情绪，性格暴躁，喜怒无常的粗鲁女人。考虑到这点，山姆说到一半，停了下来。

"弗兰! 你就为了留在这里，甘愿牺牲我?"

"别说得这么严重! 留在这样一座美妙的浪漫之都，怎么会是牺牲——"

"阿诺德·伊萨瑞尔在巴黎吗?"

"是啊，他在! 那又怎样?"

"你最近一次见到他是什么时候?"

"今天中午。"

"他也打算在巴黎逗留?"

"我不知道。我怎么会知道? 我猜估计是吧。"

"他让你在星星广场附近租一所公寓?"

"瞧你，亲爱的萨缪尔! 你小说读得太多了吧? 小说里总会写一个滑稽的丈夫回到家，发现妻子的行踪诡异，在外逍遥，于是开始严密排查——"

"弗兰! 你和这个伊萨瑞尔到底去了哪些地方?"

"你知道你这样多惹人讨厌吗?"

"如果你不停止这场害人害己、荒唐可笑的风流游戏,你知道我到底会变得多讨厌吗?"

"你若是继续扮演一个酒吧流氓的角色,你知道我会多气愤——你居然是这个样子!我已经回避这个现实很多年了,我早就知道——伟大的山姆·杜德伍斯,橄榄球明星,出众的彪形大汉,居然是个大流氓!你就适合待在下三滥的地方,随时会有警察出现,和上流社会差……"

"你还没回答我!你和伊萨瑞尔到底去了哪些地方?我正大光明地询问你,并不是在打探你的隐私。你却没有回答我。"

"我根本不想回答你这问题!你这是在侮辱我——也是在侮辱伊萨瑞尔先生!他是个堂堂正正的绅士!真希望他能在这儿!这样你就绝不敢像刚才那般和我说话,他若在这里就好了。他和你一样身体强壮,亲爱的萨缪尔——他智慧超群、举止文雅、有涵养,有深度。哼!你的意思其实是问我'你和你那恶心的地下情人,到哪些地方偷情去了,真是罪孽深重!'这么多年来,我为你做了那么多事,可你说的这些话还和劳拉·让·利比(Laura Jean Libbey)的庸俗小说一般低俗!阿诺德,可是个坚守个人底线的正人君子,你有些惊讶吧。他说的话可是安德烈·纪德(Andre Gide)[1] 和保罗·莫朗德(Paul Morand)[2] 那个级别,绝不是什么劳拉·让·利比,而我宁愿和他谈话,也不愿和你那些亲密伙伴,塔

---

[1] 安德烈·纪德(1869~1951):法国著名作家。

[2] 保罗·莫朗德(1888~1976):法国著名短篇小说家,尤其擅长细节描写。

布·皮尔逊什么的讨论扑克牌，你们这点小嗜好，在我看来，恐怕罪孽深重。"

弗兰格外激动，已到了近乎歇斯底里了，山姆已经知道答案了，本应该十分震惊，可他居然没那么惊诧，这倒真有些不可思议。山姆也没去安慰失控的弗兰。过了一会儿，弗兰缓过劲来，独自默默啜泣，肩膀轻轻抖动，山姆可怜她，轻声细语地说道："你觉得他很浪漫？"

"当然了，他是个浪漫的人！"

"我多少能理解了。"

"哦，山姆请你包容一点儿，多理解我些！你若放下你那坚韧硬朗的大男子主义的架子，温柔些，殷勤些，那就太好了。当然，阿诺德和我之间没有错——我这样指责你真是太不厚道了难道不可笑吗？像'阿诺德和我之间没有错'这样的话，我说出来全是言不由衷。我对你实在是不公平；也许你的话里并没什么其他意思，只是——你真是个善良的人，山姆，只是，有时，话语稍稍有些伤人，请允许我这样说——"

弗兰一改之前的歇斯底里，变得和蔼可亲、温柔可人，虽然话语毫无逻辑，可语气自信满满，可山姆心想，"她撒谎，她从不撒谎。弗兰变了，那个男人准是他的情人。"

"——我猜你以为离开多维尔前，热情似火的犹太朋友吻了我，而我毫无抗拒。是，我承认！我很享受！就算再也见不到他也无妨——哦，山姆，如果你以为我赖在这里不走，就是为了和阿诺德有点什么瓜葛的话，那真是太龌龊，太让人气愤了。他是个魅力十足的男人。你若有机会见他，他一定懒洋洋地躺在沙丘里，宛如坐在金子座垫上的王公贵族。他喜欢穿白色的法兰绒，发型随意而不造作，他总是松开领口，露出喉结——若换做旁人，这样的打扮势必显得土气而可笑，可他怎么看都自然大方。他长相英挺，着装华丽，说起话来言简意赅、自信满满——真是太动人了。不过我们不能老谈论他，我们继续讨论旅行计划吧——"

"那先请他到一边，我已经——"

"山姆，即使你见到他，也闹不明白，他为何如此迷人。他聪慧、英俊、富有，优点实在太多。纯真得像个孩子！他需要向我这样的人倾诉衷肠，哦，我就是他的绝佳听众，就像我们有什么话都跟妈妈讲一样。即便是向我这样四十二岁、备受尊重的贵妇人倾诉，他也时刻保持自己的尊严，而我却像一个稚嫩的乡下姑娘，可谓惟妙惟肖，于是他认为我比他小五岁，事实上我只比他小两岁。他还说我是他在欧洲遇见过舞技最佳的女士。当然，要不是一点酒精作用，他怎么会一见面就剖析自己，讲述自己的悲惨童年。你知道我小时候可真傻——这句话并不是说他童年不幸，但我早已因此感伤的泪流满面。可怜的阿诺德！他小时候头脑聪明，身体强健，总不免小小年纪就会吃点苦头。没人理解他内心的敏感和脆弱。他的母亲是一位冷酷而坚韧的河东狮，她憎恨所有弱小的人和事，以及她所认定的懦弱表现；一旦她发现儿子正做白日梦，她就会责骂他不务正业——如此纯净的灵魂，却要遭受炼狱般的折磨！上大学后，这位智慧过人、面容出众的犹太青年，总会遭受愚蠢之极、乏味至极、无比卑鄙的扬基佬和中西部土著同学的鄙夷——他们瞧不上他，正如运货的马匹瞧不上精良的赛马一般。可怜的阿诺德！像他这样骄傲的精英人才，居然毫不避讳，将真实的人生经历全数讲给我听，真让人感动！"

"弗兰！你难道一点儿都不怀疑，你的伊沙瑞尔先生到底是不是第一次使用'痛诉悲苦童年'这招？很明显，他成功了！"

"你又一次想说我爱上他了？"

"是的！能看出这点，非常重要了！你爱他吗？"

"嗯，好吧——我承认。爱！"

"果然！"

"我对此问心无愧！曾一度在你坚实的臂弯里，亲爱的塞缪尔，我从未想过'红杏出墙'！人真是个伪善的动物！嘴上一套，实际又是另一套。这种事情真发生了，所有的不应该都变得顺理成章，变得自然而然，顺应天理——"

听了弗兰这段辩词，山姆将信将疑，认定他最厌恶的事情，报纸上的八卦头条、离婚法庭、情感类小说中堕落的代名词自己似乎真赶上了，也包括弗兰，艾米丽和布伦特。山姆迫切地想知道弗兰和伊沙瑞尔情感背后的内幕。他脑海里构思着阿诺德·伊沙瑞尔的形象，像黑豹一般的男人——不，他可比黑豹强壮多了，就是这个优雅的男子与弗兰一起回到多维尔的酒店，他的领口敞亮，露出光滑的喉结——不，他说不定穿着晚礼服，后背上披着斗篷，陪弗兰回房间。进屋后，他陪着她，俩人不时说着情话，"你让我进来，想来个晚安之吻吗？"弗兰真的吻了他。一提到伊沙瑞尔，山姆的双眼就望着弗兰，眼神阴郁，他听弗兰谈及的一切，就像个陌生的局外人。此刻，山姆偷偷看着弗兰，看着她黑色和金色搭配的服装，心里一阵抽搐；扫视她从肩膀到胸部的侧面曲线，心里一阵攒动；但一想到伊沙瑞尔，心中的怒火随时想往外喷。

可他深入的思考和愤怒的心思维持了不过五秒，便消失了。弗兰喋喋不休所说的话，山姆一字不落，全记在心里：

"你居然说阿诺德频频使用这惯用的伎俩，完全就是对他的抨击！当然，他也有——应该是过去有过恋情——数量挺多！感谢上帝，他懂得恋爱的艺术。他也懂女人。他不会将女人当作商业合作伙伴。我告诉你吧，亲爱的萨缪尔，就凭这点，他更胜一筹，你哪怕花一点点珍贵的时间学习唤醒女人浪漫激情的卑微技巧，哪怕将耗费在汽化器上的时间分些给我，或其他女人——我想这才是婚姻承诺给我们真正的'忠诚'。"

"我是这样做的呀！"

"好吧，毫无疑问，我理应心满意足、别无他念吧——"

"弗兰！你想和伊沙瑞尔这兄弟结婚吗？"

"天哪，不会！但话说回来，也不一定。"

"今年秋天你想天天都见到他吧。"

"那不同。我不会跟他结婚。他特别像葡萄干蛋糕——圣诞节时十分盛行，但吃多了又会造成消化不良。说到长期食用的饮食，我偏重质量上乘、可靠实在，可放心购买的面包——但在你看来——我的这番话绝非是出言不逊；这可是由衷的赞美。不！除此以外，他可不想这样！我猜阿诺德也许要花六个多月结交女性。阿诺德说自己对女人有着近乎痴迷的敬意，我相信，他这样的态度终将不变——"

"他有家，有太太吗？"

"我想没有吧。我不知道！天呐！那又怎样？"

"问题大了！"

"哦，别这么大惊小怪！这可不符合你那刚正不阿、沉着稳重的大男子形象！事实上，阿诺德不可能娶我，我不是犹太人。他为自己的犹太血统而自豪，而你身为日耳曼人也无比豪迈。显而易见啦！他甚至和门德尔松（Mendelssohns）①、罗斯柴尔德家族（Rothschilds）② 以及名门望族多少有些千丝万缕的联系。他有一个亲戚还在维也纳——"

"弗兰！他真正所做的事业才最重要，你知道吗？"

"咳，也许相比你的事业，要宏大得多！"

"我倒不这么认为！弗兰，你有两条路可选，要么嫁给他，要么和他分手，断了联系，断得干干净净，彻彻底底。"

"亲爱的塞缪尔，对于如何选择，他才具有话语权！他可不是启发公司恭顺温柔的小秘书。我不会被骗的！"

"不，你会！第一次就被骗！老天才知道你多么容易上当。哦，我不会毫无证据，随随便便抨击人，抨击你，抨击你的情人——"

"好吧，但愿你不会！"

"别这么肯定！要是你再继续下去，我可就要转变方式了！我可不是那种难缠的人。但，老天作证，我不可能做一个看到自己妻子和情人眉来眼去，却还坐视不管，睁一只眼闭一只眼的懦弱丈夫。你早已打算今年秋天——"

"我可没计划要干什么——"

"你早就计划得满满当当了！现在你做选择，要么和我一块儿去旅行，远离那个男人，彻彻底底忘了他，否则，我就因你出轨，和你离婚！"

---

① 门德尔松（1809～1847）：德国犹太裔作曲家，是德国浪漫乐派最具代表性的人物之一。

② 欧洲乃至世界久负盛名的金融家族。该家族发迹于 19 世纪初，其创始人是梅耶·罗斯柴尔德（Mayer Amschel Rothschild）。他和他的五个儿子即"罗氏五虎"先后在法兰克福、伦敦、巴黎和维也纳、那不勒斯等欧洲著名城市开设银行。

"疯了吧!"

"比疯了还可怕呢! 我都魔怔了! 你能想象布伦特和艾米丽听到这个消息的感受吗?"

弗兰突然语气和缓地安慰他:"山姆,我知道你愚蠢,你笨拙,反应迟钝,喜欢和俗人打成一片,到现在我都不质疑这点——可我居然没发现你简直是个粗暴的恶棍啊! 我这辈子,长这么大,没人敢这样和我说话!"

"我清楚得很。是我一直在骄纵你。你一直认为自己还年轻,是个现代时尚的美国人,也具备欧洲人的优秀品质。事实上,我比你现代得多。我是个现代的缔造者。我要想出人头地,靠的可不是贵族头衔,不是华丽的外表,也不是社会阶层这些虚无缥缈的东西。你根本就不明白! 我反应迟钝、口齿不灵,于是你一次又一次斥责我,剥夺了我太多的自信。是你背叛了我们的生活。太过分了! 我们的生活和和美美,你自认比我优越,不断地打击我,这就不错了! 干吗挑三拣四! 我们之间还不如你和那个伊沙瑞尔之间的风流奸情吗?"

"哦,我可没那么做! 哦,我没那意思! 我一直很尊重你!"

"你想让我端坐一旁,对你的情人毕恭毕敬,这就是你所谓的尊重!"

"哦,不,不,不,我——哦,我不能冷静思考了! 我已经昏头了。我——要是你愿意,咱们明天就去西班牙。"

果然,第二天,夫妇俩离开巴黎,去了西班牙。

第二十一章

　　自亚历山大大帝[①]时期以来，就一直流行一个经久不衰的观念，认为旅游这种形式既高雅又极具教育意义。然而，过去很长一段时间，除了少数人因特殊目的而周游世界，旅游依旧是一种艰苦难耐的活动。但因其多彩缤纷，唯能凸显人的无知和渺小。小说家笔下经典的旅行者形象一定身材高大，长着一个鹰钩鼻，他能说九国语言，藐视一切常出入社交场合，行为规整、思维正常的普通人。因为旅行者"行万里路，无拘无束"，也就只有旅行者可以在西伯利亚狩猎狮子，在明尼苏达州捕囊地鼠，与瑞典国王在斯德哥尔摩打网

---

　　①　亚历山大大帝（公元前356年～前323年），世界古代史上著名的军事家和政治家。曾师从古希腊著名学者亚里士多德，世界历史上最伟大的军事天才，建立了亚历山大大帝国。他的远征客观上使得古希腊文明得到传播。

球。他会在晚上声情并茂向人描述图坦卡蒙①墓葬，或讲述毛利人的人种特质。

事实上，真正伟大的旅行家可是个能折腾的主儿，他总戴着浅绿色的毛线帽子，躲在轮船酒吧间的角落里不声不响。而他也只会说一国语言，面容忧郁。除十九个国家当地家庭生活、收入水平、出口额、宗教习俗、政治时事、农业、历史和语言，他通晓其他所有知识。这样的旅行家也和旅游指南手册一样具有指导意义，他了解当地的酒店分布和列车时刻，只是不太精确而已。

游览一座教堂达十次的旅行家才能对这座教堂做出一番评论，游览了十座教堂，但统统只去过一次的旅行家却对其知之甚少，而游览过上百所教堂，但耗费在此的平均时间不过半小时的旅行家，恐怕对此全然不知。挂在墙上的四百幅普通图画相比一幅经典作品，后者的魅力反而比前者高四百倍。人们唯有常常造访一个咖啡馆，能熟练叫出所有服务员的名字，他才有资格说了解这里。

这便是旅行的定律。

如果某一天，旅行变得像在全球巡回展示的精美新型广告，变成激动人心且意义非凡的形式。那世界上的睿智之徒

---

① 图坦卡蒙（前1341~前1323年）：古埃及新王国时期第十八王朝的法老。1922年被英国人霍华德·卡特（Howard Carter，英国考古学家和埃及学先驱）发现，挖掘出了大量珍宝，震惊了西方世界。他的墓室口刻着神秘的咒语，巧合的是几个最早进入坟墓的人皆因各种原因早死，被当时的媒体大肆渲染成"法老的诅咒"，使得图坦卡蒙的名字在西方更为家喻户晓。

将亲手装点货船和普尔曼式列车车厢，并对外广泛宣传摩门教①的传教士。

旅行中最为痛苦而心酸的阶段莫过于需要长途跋涉，才能抵达目的地。如果世上有比凝视车窗外的风景更单调乏味的过程，那莫过于购买车票、船票，打包行李，搜索列车，躺在车厢卧铺里发呆，无法洗手，翻找护照以及和海关工作人员交涉了。但能终年住在卡尔斯巴德②，徜徉于圣雷莫③再也舒适不过了，那里能治愈破碎的灵魂，但在卡尔斯巴德到圣雷莫的过程中，灵魂经不起颠簸，又碎了。

事实上，旅行中既备受折磨，遭遇难处，又陶冶身心，洗涤心灵。旅行者选择行走在路上，并非为了观察世界，而只为逃避现实，逃避自己。日常生活中，和亲友争吵过后，他们永不会选择逃避，但旅行却给予他们重新选择亲友的机会，重新争吵的机会。他们在旅行中总想方设法找一些事情来做，要么玩单人跳游戏、纵横字谜游戏，要么看电影或寻觅刺激活动来刁难自己，不论怎样，他们却拒绝思考。

杜德伍斯在旅行中有所感悟，但和世界上大多数人一样，自己绝不会承认。

山姆这辈子遇到的美国人比教堂、城堡，甚至服务员的人数还多，但他却记得清清楚楚。作家自信满满，甚至有些

---

① 摩门教，即耶稣基督后期圣徒教会，简称后期圣徒，成立于1830年4月6日，由当时24岁的约瑟·史密斯在美国纽约州组建。总部位于美国犹他州盐湖城。

② 美国加利福尼亚州南部一城市，位于圣地亚哥西北部以北，濒临太平洋。该市为疗养胜地和制造业中心。

③ 意大利西北部一城市，位于古里亚海沿岸，是意大利里维埃拉一带著名的旅游胜地。

挖苦的语气斥责这类物种，将他们称作"典型的美国旅行者"。有人甚至称其为"典型的人"。山姆接触过的美国人涵盖波士顿的罗德学者，及阿肯色州的农夫，包括里维埃拉的网球运动员和技高一筹的销售人员。

山姆在意大利一个满园棕榈树的酒店，遇见了来自艾奥瓦州奥塔姆瓦①的米斯夫妇。米斯先生做了四十六年药材生意，他的夫人头圆腰粗，像两个重叠的大红苹果。夫妇俩整天拖着沉重的步子四处走马观花，他们完全按照旅游指南上的顺序游览景观，美术馆、水族馆、花岗岩修砌而成的路德维希二世（King Ludwig）② 纪念堂，甚至格莱德斯托恩（William Ewart Gladstone）③ 于 1887 年住过的故居，真是什么都不落下。他们即便兴趣深厚，也不会表露出来。他俩对旅行乐此不疲，但他们却也说不出个所以然。每天下午，夫妇俩五点就返回酒店，六点去烧烤餐厅用餐，米斯太太允许丈夫点一杯啤酒。山姆从来听不到米斯先生对太太抱怨什么，除了一句"快迟到了。"

同一家酒店还住着一对吵闹不堪的夫妇，时时刻刻都能听见这两个纽约人的声音，是那种格外响亮的噪音。他俩认为所有欧洲人做事都拖沓低效，午夜以后酒店将不再供应热水，酒店房价昂贵，已到了吃人的地步，欧洲的杂耍表演远

---

① 美国艾奥瓦州南部城市。
② 路德维希二世（1845～1886）：自 1864 年便成为巴伐利亚国王，直至 1886 年驾崩。他也被称之为"天鹅之王"。
③ 格莱德斯托恩（1809～1898）：英国自由党政治家。

没有齐格飞①的表演精彩，而他们也绝不在这可怕而又可憎的南欧城镇买好彩香烟或乔治·华盛顿咖啡，在他们看来规模略小但演出精彩的百老汇足以满足他们意愿。

他们身后总跟着不少美国人，包括北威斯康星浸会大学教授维托先生（Whittle）和他的太太。维托教授主讲希腊语，不仅如此，他对教堂内的彩色玻璃装饰和本笃酒了如指掌，却不熟悉美国的生活。维托太太在波恩进行斯宾诺莎（Spinoza）② 哲学研究，并获得博士学位，但他们更向往丰收的大牧场。维托夫妇之后跟着犹加敦③的探险家帕西·韦斯特（Percy West），汽车轮胎商罗伊·霍普斯（Roy Hoops），后面是来自马萨诸塞州的贾奇·卡迪（Judge Cady）和夫人，卡迪家族已连续五代居住在同一宅院内。当然还有奥托·克里奇（Otto Kretch）和来自堪萨斯城的弗雷德·拉拉比（Fred Larabee）。两位石油商人进行世界巡游参与高尔夫赛，可在这里已待三年了。后面还跟着鞋跟呈黄铜材质并咯咯作响的托恩少校（Colonel Thorne）；甚至包括长相妖娆、话音媚气的劳伦斯·西姆顿（Lawrence Simton）先生；最后是搜集国外政治及金融信息资料，进行巡回演讲的艾迪·T.贝尔切小姐（Addy T. Belcher），但台下的她却宛如一个合唱队小女孩；哦，对了还有粗略一瞥，长相酷似老师的音乐剧女

---

①　齐格飞年轻时是杂耍节目的戏班班主，1893 年到百老汇发展，建立了歌舞团的知名度。1907 年创办了以美女盛装演出大型歌舞著称的"齐格飞歌舞团"，赢得"歌舞大王"的称号。

②　斯宾诺莎·布鲁克（1632～1677）：荷兰哲学家及神学家，他的泛神论主义在知识分子中颇有争议，引发了对上帝的热爱之情。他最为著名的著作为《伦理学》。

③　位于墨西哥。

演员罗斯·洛弗（Rose Love）小姐。

这些人都是典型的美国人！

山姆一直谨记自己是在冒险，习惯观察火车车厢外起点到终点的指示牌。他和弗兰自巴黎到米兰、威尼斯、的里雅斯德港①、札格拉布②、温科夫齐③、索非亚④和伊斯坦布尔。山姆游历众多国家和城市，尽管格外疲倦，各地的博物馆大同小异，但每天早上醒来，他都会花一分钟来回想自己所处的国家，接受号召，向往异国他乡的召唤。

他们流连于阿维尼翁、圣塞巴斯坦、马德里、托莱多、塞维尔⑤、阿尔勒、喀卡孙、马赛⑥、蒙特卡洛⑦、热那亚⑧、佛罗伦萨、锡耶纳（Sienna）、威尼斯，并从那不勒斯和罗马之间出发去西西里岛远足，为期足足两个月。最后他们也到访维也纳、布达佩斯、慕尼黑和纽伦堡。直至四月底，他们进入柏林。

连山姆也说不清何时回家，多年后再度回忆，归乡的日期依旧模糊不堪。但他发现真正意义上的国外旅行并非为了游览高塔，无需身穿本国服装，观看美术馆或高山美景。白天走马观花回到酒店，夜间时光十分乏味，几乎如出一辙。"到了夜晚无所事事"，除了偶尔看看电影，去距离酒店最近

---

① 意大利东北部一海港。
② 位于南斯拉夫西北部。
③ 位于克罗地亚。
④ 保加利亚首都。
⑤ 圣塞巴斯坦、托莱多、塞维尔均为西班牙西城市。
⑥ 阿尔勒、喀卡孙、马赛为法国地名。
⑦ 摩纳哥旅游胜地，位于尼斯北部的法国里维埃拉，是世界著名的赌城。
⑧ 意大利城市。

的咖啡馆坐坐，打发时光，周遭的黑夜是那样陌生，让人胆战心惊。

每一夜都少了点新意。他们满身劳累地回到酒店，点一杯上等好茶，缓缓地脱下外衣。有一次，夫妇俩身着苏格兰粗呢大衣下楼吃晚饭，上层阶级的英国游客总双眼直盯着他俩，好像山姆和弗兰在那里多待一刻，便会污染餐厅似的，随后他们不再这样做了。

这里酒吧里的鸡尾酒也都寡淡无味。每一顿晚餐都相差无几，餐厅内的装潢也格外相似——房间色调以白色和金色为主，黑色头发的服务员总是彬彬有礼、井然有序地为客人拉开椅子，清淡的汤里增加了些作料，餐桌上的鱼虽不完全是白色，但看起来似乎被漂白过一般，鸡肉配胡萝卜、焦糖蛋奶冻、奶酪和水果，是那样单调冷清。餐厅内其他人同样强忍欢笑，与他人窃窃私语：一位身穿银色外套的美国母亲变得衰弱无力，身穿金色外套的女儿也同样显得衰弱无力，她们的双眼紧盯大多数孤独的英国人，眼神中写满了遗憾。一对年轻的普鲁士学者正在此度过自己的蜜月旅行，他们假装各自读书，忽略彼此的存在。来自巴伐利亚，成熟强壮的夫妇想高声大叫，却不敢放纵自己。上了年纪的不列颠人——总扬起眉毛，对朝鲜蓟和汇率持有自己积极而独到的见解；你若微笑或向服务员组长询问开往格拉斯①的列车时刻，她总会透过玻璃杯凝视你。当地英国教堂的牧师，略显友好地走上前来和你交谈，诚心诚意保佑你身体健康，可事实上你并不打算下周末前去做礼拜，内心不免些许愧疚。

事实上，接下来的日子真可谓漫长难熬。

_____

① 法国东南部一个城镇，位于尼斯城的西方。

他们在休息室里，一坐就到晚上十点，这里正大张旗鼓地举行威尔第（Verdi）① 诞辰 100 周年纪念交响音乐会，他们也阅读古老的陶赫尼茨出版公司②出版的文学作品，或细细窥探周围的人群，这里的人一个个结交的都是名流权贵，且关系密切，可真让人感到拘谨而不安。

酒店房间若有一半无人居住，那连休息室里的椅子也显得尤为孤寂，这样的感觉恐怕更让人不安吧。

除了一些遍布俱乐部、酒吧和老字号餐厅的城市以外，其他城市给人的感觉几近相似，如佛罗伦萨与格拉那达③没什么差别，伊厄尔④与德勒斯顿⑤也似乎一模一样。

每天进入夜晚，山姆全身侵袭着百无聊赖，他满腹内疚，自问那些人为何不肯走出去，体味城市里所谓的"本地生活"——那里生活着的城市居民，因太过普通而渺小，百分之九十九的人成为游客们忽视的对象。但，也许那些人也尝试过走出去，说不定呢。漆黑陌生的小巷即便危险，也能挺过去，山姆也更喜欢在低档的酒吧与人进行一番争论。但用意大利语或西班牙语点酒水饮料或询问出租车钱，可真像是在荆棘密林中艰难爬行。于是待在游客常去的餐馆相对比较安全，而盛装外出，一心融入当地人的生活圈子，则不免因他们的冷眼旁观、指指点点和笑语不断，内心饱受折磨。那些意大利人还真敢大大方方地打量弗兰——

---

① 威尔第（1813～1901）：意大利的歌剧作曲家。

② 第二次世界大战前德国陶赫尼茨出版公司出版的廉价平装本丛书，包括英、法、德以及拉丁美洲的文学名著。

③ 今西班牙南部城市之一。

④ 法国东南海岸一城市。

⑤ 德国东部城市。

算了吧，还是待在酒店更舒适安逸。

意大利的两星期中，山姆在酒吧里总会遇到不少来自美国或英国轻浮的年轻人，他们彼此搭讪，讨论汽车，讨论罗斯·爱尔兰的文章，他们高谈阔论，一同欢笑，气氛顿时热烈起来。而弗兰无论在卧室里如何谈及礼仪，摒弃粗俗，她也总能与一些心仪的"救世主"相遇，彼此惺惺相惜，相见恨晚。

孤独难耐的漫漫之夜将他们汇聚，他们彼此相逢，带去夜色柔情，抚慰着彼此的心灵。

弗兰早已厌恶了这种与世隔绝的旅行了。山姆看到这一切，早已洋洋得意，心想这下弗兰会乖乖跟自己回家了吧，甘愿待在家里，享受如药蜀葵般甜腻的二人浪漫世界，心甘情愿做回自己贤妻良母的身份。

此时的那不勒斯正值黄昏，山姆和弗兰从贝托里尼酒店的房间向外望去，能领略那不勒斯海港的美景。眼前的海水和远远群山的倒影泛起层层迷雾，雾气中星星点点的船只将赶在夜幕降临前返航回家。酒店的花园里，棕榈树叶随风轻轻摇动，柠檬树散发出甜中带辣的味道。维苏威火山①脚下像炼钢炉里跳出的亮光，在远处一闪一闪。弗兰的手轻轻滑向山姆，悄悄低语着，"但愿那些船能安全回家！"他们站在窗边眺望远方，渐渐地，海面上所有的美景甚至花园里的棕榈树消失在黑夜中，唯有夜空中的灯光依稀可见。漆黑的远处，能听见有人在唱《圣卢西亚》（*Sant Lucia*）。山姆·杜德伍斯并不知道这支曲子是那样古老而悠远。

"嘀——嗒——嗒，哩嘀嘀，嘀——嗒——嗒，嗒……"

———————

① 位于意大利南部那不勒斯湾附近的活火山。

山姆轻轻哼唱。意大利！弗兰！那不勒斯海港！他们继续前行——去往阳光明媚的小岛，去往月色朦胧的沙漠，去往神秘的寺庙，聆听风铃丁零零的声响，最后心满意足地回家！嘀——嗒——嗒，哩嘀嘀——圣——嗒——卢西亚！"山姆终于挽回了妻子的心！

"他们唱得让人心碎，简直是心力交瘁！咱们去吃饭吧。"弗兰提议。

山姆吃了一惊，叹了口气。

他们再次结伴而行，像刚刚抵达巴黎时的样子，有时，他们可以整个下午四目相对，彼此依赖，沉浸在欢声笑语中，毫不停息地漫步。他们之间又回到甜蜜的爱恋时刻，但山姆意识到，即便如此，两人也不再肆无忌惮，相反，彼此更懂得照应对方的情绪。

大多时候弗兰都表现出友好的姿态。但照例，他们夫妻俩会定期为了一些芝麻绿豆大的小事吵得不可开交。

山姆知道自己在巴黎过于粗鲁，伤过弗兰，欺侮过弗兰，但他绝不会时刻刻都为此事而闷闷不乐，检讨自己的所作所为。他试图送一些小礼物，鲜花呀、奇特的木刻小盒子之类的小物件讨得妻子欢心。夜晚凉意袭来时，中午热浪滚滚时，观看展览腰酸腿软时，弗兰都会大喊大叫，"哦，别吵，我好着呢！"这令山姆感到烦忧。

"我若能轻松愉快地把事情做得合情合意该多好，伊沙瑞尔也许就能做到。"山姆径自叹息……可奇怪的是，弗兰也在一旁唉声叹气。

山姆对自己既挑剔又严格。之所以这样，"全是为了弗兰"，越是这样，他越能发现自己曾一度忽略的弗兰幼稚的一面，内心愈发躁动不安。

在金钱面前，弗兰就是个受宠的孩子。她总是自认为自己生活节俭，能将一千法郎的物品杀价到七百块，没有佣人，自己也能自食其力。她总是想入非非，认为任何一个小城镇都应有最顶尖的酒店，而自己要住里面最顶尖的套房。弗兰习惯了客房服务员来打扫房间，习惯了去理发店做发型，并给他们打些小费，并支付贴身女仆少量犒赏。

山姆例行节俭，从不大手大脚花钱。他依旧忘不了桑苏西花园，他绝不允许自己沉浸在愚蠢而荒诞的白日梦中。凭他对弗兰的了解，她会认为在泽尼斯建造意大利宫殿真是愚蠢之极。他若能哄劝弗兰回家，他就冒险修建一个桑苏西花园（前提是要得到弗兰的允许）！届时，山姆要动用他所有的资本。

但他从不向弗兰提到钱，她也从不会提议只住普通客房，她一定选择豪华套房，除非套房配置太差，环境太糟，她才会贬低酒店套房的档次。

一时间，山姆因弗兰的美貌，优雅的气质，她的睿智，以及对欧洲语言和传统文化的知识底蕴而深羡不已。山姆自认为除去威尼斯，他们都一直只与科特赖特夫人度过一段漫长的时光。

科特赖特夫人全名伊迪丝·科特赖特（Edith Cortright），她出生在密歇根州，父亲曾担任美国财政部部长秘书，也是一位银行家。她与英国大使塞西尔·科特赖特（Cecil R. A. Cortright）在华盛顿结婚，丈夫担任驻阿根廷、葡萄牙、罗马和罗马尼亚大使，她也一直陪同左右，假期时两人就回英国老家。科特赖特夫人与弗兰相仿，约莫四十多岁，丈夫三年前去世了，她也未再嫁。她喜欢来回于英国和意大利。塔布·皮尔逊在伦敦的侄子杰克·斯塔林来了封信，希望她能在威尼斯达涅利餐厅宴请杜德伍斯夫妇，她也邀请夫妇俩前往她位于阿斯卡格尼宫一楼的住所喝下午茶。科特赖特夫人的住所十分宽敞，甚至能听见一阵阵回声，地面铺着石材，窗户高大，视线良好，能直接望见户外的大运河。壁炉是全大理石打造而成，光彩华丽，壁炉上摆放着一个颜色灰暗，材质坚固的箱子。桌子上铺着巨大的锦缎，显示出历史的厚重感。

起初山姆并不太在意伊迪丝·科特赖特。她谈论外交、里维埃拉的公馆群、罗马社会以及会话艺术时，言简意赅，语气坚定。她喜欢穿黑色柔软布料的长裙，但不小心有些破损。她脸色灰扑扑，相貌并不起眼。但山姆发现她的双手纤弱而可人，并且，十分享受她说话时轻柔和蔼的声音。山姆认为，柯特赖特夫人敏锐而炯炯有神的双眼绝不会放过一切事物。

弗兰投其所好，唯柯特赖特夫人马首是瞻。弗兰也谈论外交事务，对公馆、社会以及绘画艺术也能提出自己的"独特见解"，回酒店的路上，弗兰告诉山姆科特赖特夫人的意大利语还没有自己说得好。突然，山姆对此十分反感，心想居然有人如此放肆，他发现弗兰的知识储备还不如自己，可弗兰却不以为然，反倒沾沾自喜起来。弗兰的意大利语！哦，她恐怕只认识一百个单词吧！至于公馆！他们夫妇俩除了在围墙外远观以外，从未走近仔细探个究竟呢。

山姆记得弗兰有一个小橱窗，表面上展示了不少外表华丽的物品，真是无人能敌，叫实际上这些物品却不值几个钱。

于是山姆自己在一旁气急败坏，心中感觉弗兰实在可悲。但他就是喜欢弗兰故意嗲声嗲气的娃娃音，但也承认弗兰具有那显眼而令人崇拜的野心。

山姆感到震惊，也心怀愧疚，自己竟然比弗兰提前明白旅行的真谛，实在是惶恐。弗兰在巴黎高高在上，法语流利、礼仪得当，热衷于美食，但山姆却是个门外汉，迟迟无法融入法国社会。弗兰甚至坚信山姆依旧无法理解意大利服务员的一举一动，不熟悉购物形式、蕾丝披肩的使用方法，也缺乏教堂等知识底蕴。但随着旅行中不断深入，不断了解，弗兰对于日常生活越来越不熟悉，相反，山姆对于旅行的目标越来越清晰明了了。

山姆打算回国后照搬桑苏西花园进行一番"改造"，打定主意有意模仿这里的建筑风格。很多他不曾注意到的细节，此刻也变得活灵活现：从街道方向，能清楚看见阳台上纯手工打造的钢铁围栏，巴洛克式的祭坛，层层叠叠的房顶，窗户上的百叶窗，厨房中的铜炒锅。山姆开始悄悄远离弗兰，溜到门廊里。山姆开始每晚在酒店克服百无聊赖，阅读一些关乎建筑设计的各种书籍、手札，例如旅游指南手册上的介绍，酒店中有关这个国家生活的文章，相比报摊上的侦探故事更加重要。

他更加热切期盼，每天早晨走出房门，开阔眼界、增长知识；越来越多次由山姆计划大家出游的目的地，他乐于和看门人以及导游彼此交流，而弗兰只得紧随其后。

弗兰总将自己与科特赖特夫人相对比，让山姆有些忍无可忍。与弗兰生活了二十四年，却没真正了解过她，山姆的心中不是滋味。

山姆协同妻子刚刚走出国门时，一度以为弗兰相比任何一个美国女人都更加聪慧懂事。而其他女人，山姆毫不耐烦，不屑一顾地称其"人身机器"。她们热切闲谈的无非是自己的孩子、别家的孩子以及男裁缝，除此以外，什么新鲜事都不谈；她们要么神经兮兮、声音低沉，要么热情似火，令人难以忍受。她们与丈夫之间，犹如猫与老鼠间世世代代、难化难解的冤仇，她们热衷于当场抓住丈夫男盗女娼、挥金赌博的铁证，这是她们生活中唯一的乐趣。但妻子弗兰，是自己深深恋慕的女神，想象力丰盈，天资聪颖。她居然谈论政治和音乐，她讲起故事来手舞足蹈、兴奋不已，她也玩一些意义非凡的调皮游戏，例如让山姆扮演大熊，自己扮演小白兔，或者山姆扮演橡树，而自己扮演狂放肆虐的西风，吹落树上所有的枝叶。除非山姆求饶，否则她不断拉着山姆陪她活在自己充满童真的世界里。她笑起来时，山姆也随着心情愉悦。弗兰从不进入休息室，事实上，她有她自己的办法。她总是停在门口，身穿黑色或白色这些色彩简洁的服装，这样的变化，充满戏剧性，有些让人难以接受。而其他女人却身着考究而浮夸的衣装，在休息室门口徘徊不定。弗兰聚集在男人堆里，与之讨论网球、埃及考古挖掘进度以及布尔什维克主义等世界上的大事，时不时爆发出欢快爽朗的笑声，可这些女人就凑在一块儿，悄悄嘲笑弗兰了。

但山姆为妻子弗兰而骄傲！

在巴黎，起初弗兰沉溺于法国人的生活方式，而餐馆中平庸的美国女人说话却粗声粗气，操着一口浓烈的美国中西部口音。山姆发现弗兰和那些美国女人差距着实太大，"马贝尔（Mabel）知道巴黎有地方能买到象牙皂，但我却找到一个卖棕榈橄榄皂的商店，每一块香皂只花七十美分！"

啊哈，山姆终于发现弗兰不同于平常生活的许多形象，例如灵活干练的女猎人、果敢的冒险家、敏锐的评论家甚至喜笑颜开的忠实伴侣！

如今山姆不断审视自己，反思自己，他实在看不透弗兰，

不知她到底是个诗情画意之人，或许只是在故弄玄虚。山姆
再次读了读弗兰记录多维尔和阿诺德·伊沙瑞尔的信件，不
再怀疑，坚信弗兰思想上，骨子里就是个缺乏责任感的孩子。
一时间他在弗兰身上发现了孩子的特质——随性而毫无担当，
真让山姆又好气，又好笑。如此跳跃而毫无稳重的性格不应
该出现在四十三岁中年女人身上。

她可真是个孩子。

而弗兰也陷入一阵狂喜，一阵难以抑制的狂喜，只因山
姆老老实实尾随其后，在洒满月光的海面上徜徉，聆听男高
音独唱表演，欣赏法国百合烹调出的美食精品。半小时后，
弗兰因坚硬的床垫，水温不适宜的温水浴，甚至找不到指甲
剪而大发脾气；山姆得知此事，也暴跳如雷。她甚至还会因
天空下雨，餐馆座位未能靠近窗边而气急败坏；山姆不会怪
罪弗兰缓慢的换装速度，反而自责自己预定出租车太过笨拙，
致使他们常常不能准时到达剧院。

弗兰在旅行途中，面对向她暗送秋波的魅力男士，不断
搔首弄姿，这不就像个渴望获得夸赞的孩子吗？如今，她变
得热情高涨。她嘲笑火车上和酒店里年老体弱，魅力尽失但
平和友善的男人，很快便忘了他们。遗忘的速度不是一般的
迅速啊！

山姆敢打包票，弗兰已经忘记阿诺德·伊沙瑞尔。山姆
发现从巴黎寄来的一沓厚厚的，粗体黑墨水写的信，均出自
伊沙瑞尔笔下。起初，弗兰收到信后欢呼雀跃，心里小鹿乱
撞，躲到一旁偷偷拆信。可一个月后，同样是伊沙瑞尔寄来
的信，她连拆也懒得拆。有一次，弗兰在剧院欣赏歌剧时，
看见舞台上男中音演员不停挥舞的手势，她便趁机讽刺伊沙
瑞尔热情似火的一举一动……山姆见弗兰已如此释怀，心里

格外高兴，他叹了口气，心想弗兰要能长情些，别这么快就甩了阿诺德该多好。弗兰还真是水性杨花，她那移情速度太快了，即便再粗壮厚重的手恐怕也难以抓住她。

她可真是个孩子。

山姆也注意到弗兰在科特赖特夫人面前显得矫情做作。弗兰通过这一举动以突出自己的重要性。那些从不睁眼瞧她一眼的人，便不会知道她是个网球和法语高手，也不知道她举止优雅，宛如贵族驾到。对此，弗兰便不断责难那些瞎眼的俗人。她虽未明说，但她总以为她那面色红润的父亲大人，老赫曼·沃尔克起码应该是个男爵。不仅如此，她也嘲笑她的旅伴"平庸无能"，却褒扬他人均"出身显赫，举止优雅"。弗兰真像个孩子，总喜欢向自己的玩伴炫耀父亲的资产。

对此，山姆开始有些担忧，自己过分宠爱弗兰，现在想逃离弗兰带给他的躁动与不安，实在是太难了。

他们数月以来一直探究欧洲，不过更像是不断地自我剖析，最终，转眼间已到了四月，山姆和弗兰来到柏林。

第二十二章

　　热情好客的勒赫茨安瓦特·彼得内（Rechtsanwalt Bied-
ner）先生家距离动物园不远，他安排了一顿晚宴招待二表妹
弗兰·杜德伍斯和她的丈夫山姆。彼得内先生是一个典型的
普鲁士人，一头精神整齐的短发，小眼睛、坚实的下巴，若
德国人站在他面前定会关注他的后脖颈。彼得内先生可谓是
有史以来，杜德伍斯夫妇见过最为温和、独有风情，且具备
国际思维的男士了。

　　此刻已到了 1927 年的春天，柏林重新换上新装，一派春
意盎然；彼得内先生一直在律师行业干得风生水起，他家里
时刻充腻着咖啡蛋糕的香气，空气中也飘着甜丝丝的味道，
温馨四溢。走廊里摆放着一个橡木雕刻而成的壁橱，挂着一
个牡鹿角；客厅里有一个绿色陶瓷形炉子，这里堪称完美无
缺的拍卖品陈列室，摆放着一个巨大的钢琴，墙上挂着成百

上千幅名人肖像画，如恺撒、俾斯麦（Bismarck）①、冯·毛奇（Von Moltke）②、贝多芬（Beethoven）和巴赫（Bach）。

山姆面对眼前这一切，心潮澎湃，开始细细研究房间结构，发现陶瓷炉的确有给室内加温的作用，这个家庭里弹钢琴的人不是彼得内太太，也不是未露面的女儿，反倒是彼得内先生。他表面是个有能耐的成功律师，没想到还会弹琴。每一个盘子旁都放了三杯红葡萄酒和几个高瓶，里面装着1921年酿制的台德斯海姆精选葡萄酒，山姆看到这一切，内心格外满意。

但听闻接下来的谈话，他的汗毛全竖立起来了。

彼得内先生邀请了六位德国商人和他们的妻子前来为弗兰这个表妹以及表妹夫接风洗尘，他们可真是可敬又可爱的一群人啊。他们全都说英语，但所谈论的话题，对山姆而言真是毫无意义——柏林的剧院、歌剧院、柯克西卡（Kokoschka）③的绘画作品、施特雷泽曼（Stresemann）④在国联理事会上的演讲，以及上西里西亚地区的农业格局——

"天呐，这话题可一个比一个沉重，"山姆叹了口气，"我只希望有人能讲点俏皮话。"

坐在他旁边的一位女士礼貌有加地询问他一些问题：是否第一次到访德国，在柏林待的时间是否很长，美国实施禁

---

① 俾斯麦（1815～1898）：德国政治家，德意志帝国第一任首相。
② 冯·毛奇（1848～1916）：俗称小毛奇。德意志帝国陆军大将，主持一战初期的施里芬计划，计划失败后被解除职务。
③ 柯克西卡（1886～1980）：奥地利表现主义画家、诗人兼剧作家。
④ 古斯塔夫·施特雷泽曼（1878～1929）：德国魏玛共和国总理和外交部长。

酒令以来获取酒的渠道是否的确艰难。而山姆彬彬有礼地认
真回答这些问题。

　　坐在弗兰旁边的男子才是晚宴期间的亮点。彼得内先生
难以抑制内心的激动，向山姆介绍，原来这位男子是奥伯斯
多夫（Obersdorf）伯爵，全名库尔特·冯·奥伯斯多夫
（Kurt von Obersdorf），目前是奥伯斯多夫这个伟大的奥地利
家族的重要人物。奥伯斯多夫伯爵的祖上的家产包括城堡、
城市、上千亩土地以及整个城镇，这个家族过去能决定他人
的生死，连历代国王都要仰仗这个家族的支撑。但过去两百
年，奥伯斯多夫家族开始逐渐衰败，最终毁于一战战火。一
战中的库尔特伯爵曾在奥地利炮兵团服役。库尔特一直在做
国际旅游（Internation Tourist Agency），也就是著名的
I. T. A. 柏林分局工作，但他的母亲却还假装自己是一城之
主，在两位折腿的农奴陪伴下住在萨尔茨卡莫古特地区
（Salzkammergut）① 已成废墟的老宅子里。库尔特的薪水只
够养活自己，却没钱讨老婆，现在的他已是 I. T. A. 银行业
务部经理。可据彼得内先生所言，库尔特伯爵位居高位，却
还得"打卡"上班，口里却一副美国人的自豪情绪。"他可是
个工作中的好手，而他也不常使用自己的头衔，过去他的祖
先也许为射杀兔子而绞死我的祖先，可如今他不也在我的地
盘，成为我们中的一员，他说过，在柏林找不到一个地方能
喝到这么地道的猪肝马铃薯麦团汤了。"

　　库尔特伯爵身上，山姆似乎看到身穿金盔铠甲的祖辈策
马疾驰的样子，印象格外深刻。山姆确信自己不仅对库尔特
伯爵的头衔或他的家族祖先感兴趣，更关注其家族中的英雄。

──────────

　　① 位于奥地利。

库尔特·冯·奥伯斯多夫约莫四十岁，个子高挺，头发乌黑浓密，他是个自由自在、生气蓬勃的人。他懂得自尊自爱，性格随和，总爱哈哈大笑，让人误以为他是个小丑。库尔特对在座的每位女性示好，和每位男性称兄道弟。他亲吻弗兰手背时，弗兰的脸羞涩得全红了；山姆此时并不感到孤独惆怅，也没陷入周围聚集的陌生人群中，默默无闻。库尔特走上前来，与山姆握手，并以一口浓重的伦敦腔与山姆瞬时谈开了，两人就各种话题喋喋不休，像翻看连环画一样，永不停息，"我对你生产的启发汽车挺了解啊，彼得内先生告诉我你是公司总裁。能在柏林见到真身，我实在是太激动了。我有一辆启发汽车，已经开了有六年了，我朋友也有一辆同款汽车。现在这辆车虽然已破旧不堪，但前些天，我还以一百五十公里每小时的速度开到野生公园去了哩。可惜警察盯上我了。"

库尔特强烈希望见见彼得内的孙子（山姆认为这孩子就是个淘气包，可库尔特却和孩子嘻嘻哈哈，完全打成一片）；随后他还弹了钢琴；并给各位宾客调制了鸡尾酒，彼得内先生喝了一口鸡尾酒，认为这口感适合美国人，其他宾客虽未做出任何评论，但都欣然接受，规规矩矩地喝下这酒了。

"这位兴趣广泛的伯爵真是大显身手，丝毫没有停歇的意思。"山姆这个典型美国人对国外的这种玩乐方式不甚赞同，但过了一会儿，他却对库尔特大加赞赏，相比从巴黎至今遇到的友人，他更偏爱库尔特。

整个晚宴过程中，库尔特的注意力全在弗兰身上。

库尔特热情高涨地告诉弗兰她的"类型"，以及自己喜欢的类型，憎恶的类型，惹得弗兰极为不悦。山姆偶然偷听到他们的谈话，也变得焦躁不安。

"的确，"山姆趁机插话，"你认为你是典型的欧洲人，杜德伍斯夫人，但你却是个真正的美国人。你很睿智，就像车头的大灯一样照亮前方黑暗的道路。你善于学习，但总是迫不及待，向世人炫耀，恨不得让全天下的人都知道你上知天文，下知地理。你容貌美丽，你的长发是我这辈子见过最柔美的长发。可惜，一旦遇到瞎了眼——怎么说来着——不识货的人，那一切可就白费功夫了。大家聚集在一起，就像一出戏，而你是这出戏里的编剧、演员，甚至是女主角。只可惜你从不下厨做饭。"

"我怎么成这样了？"弗兰反驳道。

山姆在此之前也听见弗兰说过同样的话。

洛基特少校曾评价过弗兰，和她交谈，诱惑她，取悦她，但凡渴望弗兰的男人，都会因弗兰的魅力而无力抗拒。

是的，洛基特就是通过这样的话语和肢体接触令弗兰兴奋不已，曾经和山姆扬帆远航的弗兰因为洛基特而改变，是这样吗？也许弗兰第一次与山姆相约，就展露出了一个真实的自己，可惜两人都未曾知晓，多年后，泽尼斯的生活会过得如此平淡而拘谨。

可恶的洛基特！

那个意大利飞行员吉奥赛罗也挑逗过弗兰。可恶的吉奥赛罗！

阿诺德·伊沙瑞尔最终褪去了弗兰冷漠而微妙的外衣，攻陷了她的心灵防线。可恶的阿诺德·伊沙瑞尔！

如今，又出现一个奥伯斯多夫，一个总是哈哈大笑的贵族，他也打算引诱弗兰——哦，可恶的库尔特。

山姆应该再次指责弗兰吗？弗兰周围的爱慕者来了又去，去了又来，真像一场时装秀。

山姆·杜德伍斯对汽化器情有独钟，却从未深入体察过女人的灵与肉，这难道不可恶吗？

事实上，山姆再也不想遇上诸如类似于"阿诺德·伊沙瑞尔的事件"，他要早早地将其"扼杀在萌芽里"，说到做到！

山姆此时对库尔特·冯·奥伯斯多夫气急败坏，晚宴后，库尔特走向山姆，弗兰紧随其后。这一景象让山姆打定主意要破坏这美妙时刻了。

"杜德伍斯先生"，库尔特问候道，"我这么光天化日，肆无忌惮地和你的太太走在一起，她认为我冒犯了她，在此之前我说过她自以为自己像欧洲人，不过是异想天开——她就是个地地道道的美国人，所以才如此可爱！但我个人却是个亲美派！我崇尚美国人创造的一切——你们的摩天大楼、中央供暖设备、计算机以及福特汽车。请允许我带你们逛逛柏林城？我将荣幸之至！"

"哦，我们不想给你添麻烦。"

"但你能接受我的邀请，我将格外高兴！我当年第一次从维也纳来到柏林时，你的表亲彼得内夫妇给予我太多，我一直没找到合适的机会报答他们。况且彼得内博士平时忙于律师业务——他的事业心真是太强了！而我空闲时间却很多，就让我借此机会回报一番彼得内先生吧！"

与此同时，库尔特望着弗兰，山姆很清楚，自己找不出更合适的理由拒绝库尔特的邀请，无奈接受。

"那就明天，也是个周日，你们有空吗？我能带你们去一个有趣的地方共进午餐吗？"

"那真是让你破费了。"山姆话虽这么说，可心里一点也不兴奋。

"太好了！我明天中午十二点电话联系你们。"

　　山姆和弗兰订了阿德隆酒店的一个套房，那里能远眺距今已有二百多年历史的巴黎广场①，那里摆放着皇家专用的长椅，走来走去戴着假发的男仆，沿着远处布兰登堡门的方向，能看到林登大道②的尽头，沿途满是菩提大树，郁郁葱葱。动物园大门旁几条曲折小路也依稀可见。彼得内先生聚会后的周日清晨，春意袭来，气温适宜，真让人心花怒放，身心复苏，这样的气息，这样的暖意，恐怕只有在北方城市才能充分感受。一到八点半，山姆就催促弗兰起床，他在浴室刮着胡子，哼着小曲，狼吞虎咽吃完自己心爱的美式早餐。尽管弗兰到了欧洲便厌恶一切美式早餐，可此时的山姆已顾不了那么多了（事实上，弗兰面对餐桌上无法选择的早餐，无论是否美式，也不得不全然消灭）。吃过早饭后，山姆劝解弗兰一起去柏林动物园。霍亨索伦（Hohenzollerns）王朝③领袖的雕塑身披铠甲，高傲地屹立在蒂尔加滕公园④。山姆和弗兰对此顶礼膜拜——可他们并不知道该雕塑群却是粗俗和荒诞的化身——随后，他们沿着溪边小径漫步，跨过小桥，并沿湖来到一座如同康尼岛⑤里光塔一般的高大建筑前，虽前方隔着动物园的一堵墙，但高塔的魅力早已势不可挡。他们绕着动物园行进，内心感到无比失落，最后拖着沉重的步伐走进布劳斯塔布餐馆，吃了今天第二份早餐，点了一份热狗红肠和慕尼黑啤酒，啤酒口感浓郁沉醉，融在口里像糖浆

---

　　①　德国首都柏林市中心的一个广场。
　　②　由布兰登堡大门往西延伸，长 1.5 公里的菩提树林荫大道。
　　③　欧洲的一个王室，也是欧洲历史上的著名王朝。该王朝由勃兰登堡·普鲁士（1415~1918）统治，也是统治德意志帝国的重要家族。
　　④　位于德国首都柏林米特区下辖蒂尔加滕区的一座城市公园。
　　⑤　地处纽约布洛克伦区南端，作为美国最早的大型游乐城。

一般，黏黏的，滑滑的。意大利的空气中弥漫着慵懒的气息，可到了德国，两人身体里的北方血液，随着沁人心脾的春风微微袭来，而开始热烈翻滚。他们一路畅聊，一路欢笑，回到阿德隆酒店。上午短暂的旅行，让他们心满意足。不知不觉，是时候到酒店大堂等待奥伯斯多夫伯爵了。

伯斯多夫伯爵来到酒店，宛如见到认识了十二年的老友，迈着轻快的步伐走上前来，"今天带你们出游，真是美妙！今天天气晴好，你们无须急着返回，可以尽情徜徉，放松身心。像你们这样审慎的游客一定愿意去游览一番博物馆、皇宫以及各处名胜古迹！"

"我可不是一个审慎的游客！"弗兰反驳道。

库尔特摇了摇头，凭借自己在国际旅游局的工作经验，他认为美国人酷爱游山玩水、走马观花，他们将旅行视作一项正经的事业，像锦标赛一般紧凑而有趣，他们对能游览众多博物馆的人报以崇敬的心情。库尔特也认为所有美国人几乎不会按照旅游指南上的内容游玩，这才是真正的美国人，犹如所有德国人每晚都喝啤酒一样。

他随手拦了一辆出租车。山姆发现他并没有将钱浪费在私家豪车上，顿时一阵欣慰。山姆心想，若他打算去乡下，库尔特则愿意乘坐公共汽车高高兴兴地与之前往，上了车定会与司机打成一片。山姆之所以如此肯定，他亲眼看见库尔特与阿德隆酒店的看门人热火朝天地聊天，在报摊随手翻看两页报纸也能和老板打成一片，当然出租车司机也是他合适的谈话对象。但他常常投奔一处叫匹歇尔斯堡的"避难所"，库尔特大张旗鼓地向众人透露自己在战争中的恐惧，一个小个子意大利士兵如何端着巨大无比的来复枪将他扣押，他与一位意大利少校就皮兰德娄（Pirandello）①的戏剧进行论战，最终胜出的经历。

出租车司机突然在路边停了下来，拉紧了汽车散热带，库尔特见状也跳下车，在一旁观察。

"这个伯爵，倒挺像个美国人，"山姆在一旁评论，"他为人幽默，处事也不严肃。"

"才不是这样呢，他可和美国人不一样，"弗兰坚持己见，"他根本就是个欧洲人。美国人只会为了掩饰自己的担忧和焦虑，佯装幽默。他们认为自己即刻要处理的事务都格外重要，整个世界没了他们都不会运转。而真正的欧洲人家世渊源，就像库尔特一样；欧洲人明白当下的爱情、政治格局或处事谋略与过去一百年间没什么分别。他们对成功没那么急功近利——他们只想发现生活、享受生活，而不是改变生活——他们宁愿躲进树丛，住在小木屋，也不愿在高山之巅修建一座钢筋混凝土的摩天大楼，饱受万世敬仰。奥伯斯多夫伯爵对自己不那么严苛，可他整天忧虑的是家族利益、奥地利甚至整个欧洲的前途命运。他就像一只羔羊，不是吗？一旦他认为与我们在一起轻松愉快，展露自己内心的真实想法，我就很高兴。他总会明白我们不是'审慎的游客'，有可能吧，但也说不准——"

"的确，他是个好人。"山姆回答道。

山姆对于弗兰自视清高的做派极为反感，她渴望新出现的追求者也将她捧上天，山姆极为烦恼。待库尔特重新缩回出租车，弗兰看着他，似乎眼前的青年男子就是她想取悦的

---

① 皮兰德娄（1867～1936）：意大利语剧作家，小说家和短篇小说作家，1934年获得诺贝尔文学奖。

对象，眼神中透露出欢喜。

此时的山姆，无奈之余一声叹息。

出租车继续前行，途经一条通往松树林的小路口，汽车停了下来，三人下车，徒步往前走。这里气候温暖，懒懒散散地阳光洒在树丛中，他们三人脚下踩着掉落的松针，漫漫前行，远处是一条闪闪发光的哈弗尔河①。沿着河流有一处僻静的户外餐厅，名叫厄斯特·施德霍恩餐厅。一排餐桌摆在树下，总见飞来飞去的"侍者"光顾。这里的侍者来回奔忙，于是三人只花了一个半小时共进午餐。但山姆他们却很喜欢这样的环境，这里春风拂耳，流水潺潺，尽管食物不甚美味，但他们却能在此放空自己，恨不得一辈子都在这里喝啤酒，什么事也不想，什么事也不做，抛开城市的喧嚣、酒店的大厅、马路上的汽车以及《纽约先驱报》（*New York Herald*）上的社会新闻。桌上摆满了马利尼特鲱鱼配啤酒，面团汤配啤酒，猪腿肘子、黄油马铃薯泥配啤酒，苹果馅饼、生奶油配咖啡。山姆一时无动于衷，弗兰一时热情似火，而库尔特却显得反复无常，无论怎样，他们都狼吞虎咽嚼着食物，河面上阳光普照，这里一片祥和的气氛，不同于都市的宁静，沉默得让人麻木，弗兰和库尔特并没有说话，唯有山姆远远望见一个男子在哈弗尔河面上开着汽艇，就像骑自行车一般，粗壮的双腿不停地运动，真是一派壮阔场面，山姆止不住叫好。他以为无论是开船还是开车，打破这样的自然环境，都该受到天谴。

库尔特并没有询问山姆和弗兰的诉求，引领着他们，像个热情的主人，也像个独断专行的统治者。山姆和弗兰沿着

———————

① 位于德国东北部。

河流，徒步走了数英里，已完全不记得吃过什么食物。慢慢地，他们进入波茨坦地区。

库尔特告诉他们，这里是一个居住着集中了古老的普鲁士贵族、一战前的皇室成员、前任部长、高级将领以及上层淑女的小社区，他们是一群被社会遗忘的人。库尔特还带领他们前往姑妈——德拉亨托（Drachenthal）公主的家喝下午茶，他的姑父极力阻止一战爆发，并担任大使，可他还是在战争中丧生了。

"皇太子也经常来喝茶。你们会喜欢上我姑妈，她可是个可爱的老家伙。"库尔特讲述着。

"她说英语吗？"山姆不自然地小声嘟囔着。

库尔特盯着他，满脸疑惑："她可是在英国长大的，她的母亲是维塞克斯公爵（Duke of Wessex）的女儿。"

听闻这句话，山姆雄赳赳气昂昂地前往目的地。弗兰身穿短裙和外套，精明干练，像一位骑兵队员，走起路来却像一个即将奔赴赛场的网球运动员，显得格外紧张。库尔特一会儿在前方一路小跑，一会儿又折回来，真像一条艾尔谷犬。

他们走过一座座方方正正，白色墙面的乡村农舍，广阔整齐的草坪；他们走过啤酒庄园，欢声笑语、尽情畅所欲言；随后来到波茨坦灰色低平、端庄整洁的房屋面前，这里祥和沉静，宛如格拉梅西公园①和巴斯②的新月广场。波茨坦的乡村周围干净而安宁，让人有一种回家的感觉，山姆渐渐爱上这里的规整有序，而不喜欢浪漫而松散的意大利。这种感觉超过爱意，他自己渐渐地也将变成一个德国人。

---

① 位于纽约。

② 位于英国。

战争期间落下的精神错乱，至今留有后遗症。山姆期盼见到德意志专制制度的产物，腰间"军刀哐啷哐直响"的军官，以及行径恶劣的警察；这份期盼已到了近乎疯狂的境地。遇见举止友好的海关官员，在柏林街头询问警察，得到标准的英语回答和一个回礼；阿德隆酒店的服务生向他们述说彼此曾在芝加哥布莱克斯通万丽酒店相遇过的情景时，山姆别提有多失望了！事到如今，他承认欧洲所有地方尽管都令外国人倾心神往，尽管意大利人烂漫，法国人友善，但他认为自己更适合与英国人和德国人交流。和这些人在一起，他才明白他们的想法，他们的生活方式，甚至他们真正所向往的生活。

山姆喜欢柏林人周日外出集体远足的生活方式——一大家子扶老携幼，带着黑麦面包、腌菜和冷火腿，热情高涨的年轻男女，均未戴帽子，女孩们一头清爽的短发，脖子以上部位健硕阳光，其他地方却同样阴柔而美丽；偶尔剑走偏锋的巴伐利亚人，却对绿色皮帽、鹿角配饰、绿色背心、绿色皮短裤以及帆布背包情有独钟——背包里只需装着一张手绢就够了，对地道的巴伐利亚人而言，帆布背包虽体现质朴的品质，但包内无须装太多干粮；有些民族遮盖他们的面庞，有些民族遮盖他们的胸膛，但巴伐利亚民族却掩藏他们瘦弱的背部。

弗兰不太认同这种穿戴频率较低的"民族服饰"；她认为，除了巴伐利亚人偶尔可这么穿戴以外，据说大多数美国远足游客都不会如此打扮。几个月来一直品食新颖别致的李子布丁，山姆越来越爱上这个整洁而规矩的民族，这天下午，思乡之情相比之前数周以来任何时刻都愈加淡漠；他慢慢开始习惯去解除对奥伯斯多夫伯爵的偏见；山姆感到远足这么

久，"腿脚已经肌肉抽筋"了；弗兰身边一直有库尔特的陪
伴，山姆十分欣慰；尽管德拉亨托公主的公馆是一座棕色而
灰暗的豪宅，可山姆内心却异常激动。

德拉亨托公主是一个弱小的老太太，身子骨像一个陶瓷
杯，性情也如瓷器一般光彩照人。她称呼弗兰"亲爱的"，并
热烈欢迎山姆到访德国。显然，库尔特已经给德拉亨托公主
打过电话，简单介绍过杜德伍斯夫妇；她说"伟大的美国实
业家"能亲自游历德国，真是蓬荜生辉。

"我们这个饱受战火侵蚀、百废待兴的国家急需与美国合
作，恢复建设和生产。我们期待你的加入，但如果你不屑瞧
我们一眼，那我们就只有寄希望于俄罗斯了。"

她一直以为山姆坐着豪车前来，于是叫山姆让专车司机
也过来喝杯茶。可她终于了解库尔特和到访的贵客在当地一
个小饭店打发的午餐，徒步走到波茨坦，便摇了摇头，没人
能理解这是什么意思。在这个机器统治的时代，有很多现象，
这位娇小的老公主根本无法理解。她所生长的时代祥和而太
平，在西里西亚的古老乡下，房子里能闻到牛粪的味道；在
威尔特郡①四处可见铎王朝玫瑰色的公馆别墅；那个时代
的伯爵无须到旅游局上班，而美国则成为反叛农奴偷渡的目
的地，那里广袤无垠，那里的人粗鄙野蛮、不受约束，这让
欧洲人所不齿。可这位老公主，却恰好在美国长大，她试图
搞明白没事偷着乐、身材高大的"伟大的美国实业家"及其
太太弗兰。弗兰身穿蓝色短外套，里面褶边上衣华丽而略微
隐现，看不出她的实际年龄，美丽优雅的姿态令奥伯斯多夫
伯爵局促不安，像个不安分的小男孩。

---

① 位于英格兰。

山姆发现这位寒酸但优雅的公主，凭借弗兰对她的尊重和敬仰，心中倍感自豪，于是她在客厅里四处招呼来款待贵客，毫不怠慢。客厅里放置着镀金的椅子，一个外观复杂的磁炉；匾牌已残破不堪，上面刻画着欢快的牧羊女；墙上也挂着一幅残破的油画，画面上依稀可见月光下的一头母鹿；许多玻璃匣子是德拉亨托公主丈夫的装饰品；不少 19 世纪80 至 90 年代的油画作品已残缺不堪，无法辨别画面。就是这些陈旧的室内装饰，依稀暗示出这里曾世世代代居住着贵族名门。

一位退役的德国将军也前来喝茶，随后而来的有在此避难的俄罗斯上校，也是位男爵；还有一位记不清名字、但别具一格的太太，似乎没人向山姆和弗兰介绍她；当然还有一位俊朗而热忱的男青年，他是老公主的孙子，伯恩大学的高才生，最近，他正参加法律考试打算去美国发展。山姆感到这群人全然不像勒内·德佩纳博那般狂妄自大、虚张声势，反而像塔布·皮尔逊那群人低调而单纯。不仅仅如此，他们恐怕比塔布还要单纯。塔布就算遭人嘲笑，也会幽默行事，取悦上流社会的淑女和绅士。库尔特·冯·奥伯斯多夫为了取悦弗兰，不惜任何代价，时时刻刻不忘献殷勤，与此同时，他也与俄罗斯上校探讨布尔什维克主义。

这群人也希望山姆能加入谈话。但山姆知道自己唯有谈论铬合金钢材和汽车股票市场行情才会滔滔不绝、兴致高涨。而弗兰，正躲在角落里怀着崇敬的心仰视德拉亨托公主。

"真像回家了一样——哦，比回到自己的家，更有家的温馨和融洽，只要弗兰对这里满意就好。哦，天呐，那她对泽尼斯的家满意吗？——哦，又开始大惊小怪了！她当然满意了！"山姆心里不停地揣摩，可表面上却坦荡地告诉大家，

"——以我拙见,当今世界市场最大的错误就在于美、德、法、英、意汽车在南美争相厮杀,事实上,我们应该共同合作,扩大汽车消费市场,尤其推动南美本土汽车产业的技术发展,在整个大洲建造四通八达的高速公路——"

山姆发现弗兰在威尼斯与伊迪丝·科特赖特(Edith Cortright)一起时显得局促不安,可现在周围名流聚集,身旁甚至还有德拉亨托公主,她倒变得彬彬有礼、轻松愉悦。这让山姆有些不解。

"她吃醋了?就因为美国人科特赖特太太地位崇高,豪宅奢靡,生活中应有尽有?哦,也许弗兰吹牛皮时,科特赖特太太轻轻松松就逮到她的漏洞?不!这对弗兰不公平!弗兰从不吹牛皮!她待在老公主身边,多温顺,多可爱啊!看呐,伯爵、将军以及所有人都将重心放在弗兰身上!"

他们三人一行乘回柏林的火车,悄悄地离开了。山姆猜测库尔特晚上一定有约,可库尔特并不承认,撒着娇说道:"哦,不!和我在一起,你觉得烦啦?你肯定想让我带你去吃晚饭吧!"

"当然啦,我们乐意前往。"弗兰回应道,山姆狠狠瞪了她一眼,说道:"伯爵先生,你真是太慷慨了!"

"你们若是愿意,我就带你们去一家还算凑合的餐厅,不过要迟一些——你要是还不太累,夫人——我们到别处先去跳一会儿舞吧。我可知道,你跳起舞来像飞扬的天使。"

"我的舞技可仅次于加利·雷辛(Carry Nation)和苏珊安东尼(Susan Anthony)",弗兰自信满满地说,"可能是全美最杰出的舞者呢。"

"那两个人是著名的舞蹈演员吗?"库尔特问道。

"是的,她们就是'金粉姐妹花'组合,在美国家喻户晓。"山姆解释道。

"真的？你像她们跳得那么好，夫人？那我能亲眼所见，真是太荣幸了!"库尔特恭维道。

弗兰上楼换装了，山姆和库尔特坐在阿德隆酒店的酒吧里，靠着吧台喝鸡尾酒。山姆很欣赏这里中国红的齐本德尔式①墙面，上面画着各色各样缅甸人的小图案；墙上挂着的油画里全是身材肥胖，酒后发疯的人群；周围角落里的沙发上坐着一个喝酒的男人；事实上，在欧洲的这种地方无须说外语，这里除了美国英语，但凡追根溯源能与英语有瓜葛的语言都在这里齐聚。

酒吧内，有六位美国商人长期驻扎柏林，包括船商、银行家、电影发行代表以及记者，对他们而言，这里不仅仅是个酒吧，这里也能交流有关苏俄和罗马尼亚的外交讯息，布赖特沙伊德②即将举办的演讲以及统治学校教育的中心党消息。

"我喜欢这里，以后我自己也可以偷偷前来。"山姆打定主意。

库尔特自信满满，山姆一时间的注意力转移到库尔特身上，暂时忘记了酒吧。他的朋友圈子里，没有哪位朋友像库尔特这样性格张扬，情绪全写在脸上，没人愿意像他这样。

"我想谈谈杜德伍斯太太，会不会有点过分？"库尔特急切地问道，"她真是动若脱兔，静若处子。长着一张冰美人的脸，像冰面一样晶光闪闪。可她的内心热情、善良动人、幽默有趣。弗兰这个勇敢的女子，殷勤而优雅，像拥有众多随

① 18世纪风格的家具。
② 位于德国。

从的古罗马贵族，即便在丛林里用餐也打扮得雅致得体。她想达成的心愿，最终都能实现。愿她永远年轻貌美。她有三十五岁吧？人们会以为她只有二十八哩。欧洲女人大多亲善，易于结交，她们乐于侍奉我们，但像杜德伍斯太太这么硬挺而果敢的性格，那些女人无人企及。哦，真希望我没冒犯到你！她能与你这样伟大的红脸印第安人结成伉俪，真是荣幸，只有领袖，说的对吗？才能引领她的人生，保护她、爱惜她。"

山姆含含糊糊回应了一声，不是"谢谢"，也不是"说得太对了！"但意思却相差无几。

"正如我所说，我尤为崇尚美国，你们夫妇俩能亲自来与我畅游，我真是感激不已！还顺道见我的朋友！"

"你也很慷慨，伯爵先生。老天爷，你能引荐我们拜见公主等上流人物，真是——"

"哦，千万别叫我'伯爵'。我可不是什么伯爵——如今是共和国的天下，世上已无伯爵这头衔了——我就是在 I. T. A. 打工的小职员而已。与其拥有这个头衔，我宁愿就是个平头百姓！你如果叫我'库尔特'，那敢情好！我们奥地利人和你们美国人一样，也喜欢直呼其名，这样方便。"

"你真是太善解人意了——"

山姆真希望自己此刻就能渐入狂欢的步调。但他有些担忧，不知是否要等待弗兰——库尔特同时也等待着弗兰呢。山姆断定弗兰又会与德佩纳博夫人那群"乌合之众"相处，而要求山姆时时刻刻陪伴左右。一想到这样，山姆有些恼怒。而库尔特定会十分坦诚，坚持陪伴着夫妇俩，于是，山姆克制住自己心中的不满，声音故作温和：

"我猜我们美国人自欺欺人的手段之一，就是自认为是世界上唯一热情好客的民族。杜德伍斯夫人，哦，不，弗兰和我在这里以及英国所受到的热情款待，没有哪个美国人也能享受得到！"

不知不觉，弗兰换好装束，向他们走来。她穿着紫水晶色的天鹅绒长裙，显得不仅华丽，甚至高傲而雍容。心思单纯的库尔特完全看呆了，有些困惑不已；他思考了十分钟才明白，弗兰盛装打扮，并非快乐的假象，以掩盖内心的不悦，她只想转换一种形象，尝试不同风格。弗兰恳请和他们一起喝鸡尾酒，她和蔼可亲地呢喃道："在酒吧里喝开胃酒真是不一般的经历，你们同意我加入吗？"

"哦，当，当然。这再合适不过了……或许如此吧！"库尔特可怜巴巴地回答。

但山姆一句话没说。他目睹弗兰在众多酒吧里，尝试过各种不同的酒品，但从未将它们称作"开胃酒"。

三人去霍赫餐厅共享晚餐，那里室内装饰奢华，菜品高档，价格昂贵，弗兰的情绪因此而点燃，对莱茵鲑鱼大加赞赏。不知何时，她的注意力回到库尔特身上；不知何时，库尔特称她"弗兰"，而弗兰也称他"库尔特"；弗兰毫无掩饰，放声大笑，如同上演一出名叫《远渡重洋之美国奇女子》（*The Sophisticated American Lady Abroad*）的独角戏，此刻大家陷入幕间休息阶段。弗兰总能让周围的气氛热烈而融洽，欢声笑语不断。库尔特说话时也不再故作高雅，反倒更加自然随和。山姆明白，尽管库尔特自认为自己不再是个贵族，只是旅游局一个小小的职员，可库尔特毕竟曾经位高权重，要不是突如其来的战争，想必他依然在宏伟的城堡中饱受众人拥戴，享受荣华富贵。库尔特的父亲曾是国王的左膀右臂，他的叔祖父曾担任陆军元帅，带领德军抗击普鲁士军队。而他自己，曾是迈克尔大公（Archduke Michael）儿时的玩伴。

　　库尔特的家族无论如何显要，曾经的辉煌已成过去，如今的他就像小说中的冒险家，靠四处借钱为生，像个拆白党到中西部乡下混吃混喝。山姆本应对此有些反感。但事实上没有。若对这个人有个充分了解，便知道库尔特诚实可靠、慷慨大方、乐于取悦大众。况且彼得内夫妇和库尔特交好。弗兰的父亲是个精明的啤酒制造商，在这位老人眼中，彼得内先生仪表堂堂、坚实可靠，像国家银行里最为稳定而坚挺的定期存款。

　　显然，弗兰对库尔特·冯·奥伯斯多夫的一切毫不怀疑。库尔特讲述自己在古老的维也纳度过百无聊赖的时光，弗兰已然忘记了自己的光芒。库尔特建议大家一起去科尼金舞厅，她对此心满意足；库尔特提议大家远离那些表面活力四射，虚伪做作的德国青年贵族，而成为像卡巴雷·冯·维特尔·卡斯帕（Cabaret von Vetter Kaspar）那样的粗人，弗兰听罢，神情专注。

　　人类的智慧主要集中在研制冲水马桶上，山姆听见弗兰毫无顾忌地与库尔特放声大笑，感到十分惊讶。当然，山姆借机自嘲，然而奥博斯多夫这个人感兴趣的某事，一定会给听话人带去欢笑，探讨那些人们在泽尼斯或在大规模公司里从不涉及的有趣话题，然而——

　　直到凌晨一点，他们才走出舞厅。

　　"去另一个地方吧！"库尔特强烈要求，"另一个你在美国绝没有见过的地方。相当不可思议！好奇的男子在那儿逗留，舞伴一个接一个。你们可得去体验一次啊！"

　　"哦，天色实在太晚了，库尔特。我认为我们得回家了，这才是明智之举。"一整晚讲了各种各样的段子，喝了整整一瓶香槟酒，山姆已经卸下心防，完全放开了，估计直呼'库尔特'显得更自然，但相比之下，此刻山姆最想要的是柔软温馨的枕头。"

"是有些迟了。"弗兰也说了同样一句话，但语气含含糊糊。

"哦，别啊!"库尔特近乎祈求的声音，"常言道，'人生苦短'! 怎么能将时间浪费在睡觉上呢! 你们在这里待的时间本来就短。你们周游各国，而我可能再也见不到你们了! 哦，你们今天玩得还算高兴吧，不是吗? 我们都是好朋友，不对吗? 咱们都别这么中规中矩! 来吧! 人生苦短啊!"

"哦，我们当然和你一块儿去!"弗兰心中泛起阵阵涟漪。

山姆在一旁嘀咕："我若是睡眠不足，那才是'苦短人生'，见鬼!"可他们冲进出租车时，山姆似乎同意前去。

他们走进一家名叫"新型婚姻"的饭馆，开始了一段新的旅程。山姆花了整整两分钟上下打量这家餐馆，最后得出结论：他还是钟爱"旧款婚姻"。据美国每周刊登的漫画上的传统观念，城市中的所有男人都像烙饼一样厚实，像拉犁老马一般勤恳。可这里的男子身体柔弱，声音如合唱团女声般纤细，他们共同跳舞或在角落里窃窃私语，戴着紫罗兰色和玫瑰色的围巾，甚至手镯和厚重且意义非凡的耳环。一个身穿薰衣草色雪纺的女人从山姆身旁走过，从她的肩膀形状，山姆便判断出她是个"男人"。

他们走进餐馆，男招待是一个相貌可爱、脸颊绯红的酒保，他朝山姆三人挥舞着手巾，一口浓烈而充满戏谑语气的德语，对比之下，山姆认定库尔特是一个值得深交的魅力男人，而他自己也像钢铁般坚强，宛如山顶上万丈的光芒。

这里对山姆而言的确新颖。

他目瞪口呆地站在原地，拳头缓缓捏紧。他手背上浓密

而红色的汗毛竖立，但这种感觉与战场上完全不同———种
来自对邪恶事物的恐惧。山姆看见弗兰也同样一副惊愕的表
情，同时渐渐靠近自己坚实的身躯，心中无比骄傲。

库尔特盯着这位兴奋的酒保，眼神突然瞟了一眼弗兰和
山姆，他自言自语道："来这里太不明智了。走吧，走吧！去
别的地方！"

可餐馆经理走到他们面前，一阵傻笑，用两种语言与他
们交流，希望他们脱下外衣。库尔特随即说了一大堆德语，
语速极快、含糊不清。但经理有些诧异，往后退缩，也许令
人憎恨，也许令人不屑，山姆看到这一切，心想，"库尔特不
管怎么说，真是个人才。争吵过程中，像库尔特这样的恶人
能少得了？"

库尔特掀开锦缎门帘，带着山姆和弗兰踏出餐馆大门，
酒保在后面不停嘘声，不知叫嚣着什么。库尔特的脸颊紧绷，
凸显脸部立体的轮廓。库尔特头也不回，径直走上人行道，
他面对山姆和弗兰，满脸写满了愧疚，向弗兰解释道："真不
好意思，其实我也没到过这儿。我只听说过这里。真没想到
他们这么可恶。我不奢望你们能原谅我！"

"别担心，我们不会计较！"弗兰安慰库尔特，"我倒觉得
突然看见这样一群人，虽时间不长，但也挺有意思。"

库尔特坚持己见："哦，不不不！你们一定吓坏了吧！跟
我来！去另外一家我熟悉的餐馆，就在街对面。你们愿意来，
我就当你们原谅我了——"

舞厅里所有人跳到凌晨三点，便都睡着了，全场唯有库
尔特依然清醒。乐队已收工回去了，之前在此狂欢的宾客，
喝了太多香槟酒，此时全都呼呼大睡。为了唤醒他们，库尔
特赶紧坐到钢琴前，像一位专业伴奏演员，弹起快活的曲子。

沉睡的宾客也随着音乐声醒来，纷纷积极响应，跳了最后几支舞，舞厅内达到最后的高潮。一位戴着单片眼镜，有着官员派头的德国人，邀请弗兰跳一支舞。山姆借机争分夺秒，在角落里继续酣睡。

山姆最后央求道："我们现在真的得回家了。"弗兰和库尔特答应了他的请求，这让他感激涕零。

天空下着雨，街面上宛如磨光的气缸内壁，亮晶晶、滑溜溜。终于，一辆出租车缓缓来到他们面前，可门童早已下班了，没人给他们打伞。库尔特匆匆脱掉自己的外套，披在弗兰身上，而自己只穿了一件薄薄的衬衣。待山姆走进出租车，弗兰和库尔特才依次进入。库尔特坐在狭小的座椅上，自己并没有先行回家，而护送夫妇俩回到阿德隆酒店。出租车里，库尔特一直喋喋不休，"太有意思了，不是吗？你们居然原谅我胡乱选择'新型婚姻'所犯下的滔天大错，对吧！今天太金（精）彩了，对吧！你们愿意周三和我共进晚餐，见见其他朋友吗？你们可得来！"

事实上，他们愿意前去，感谢库尔特都来不及——

走进房间，二人的睡意迅速袭来，已到了无法支撑的地步，弗兰轻轻地问："你过得很开心，不是吗，亲爱的？"

"是的，除了舞厅里最后一个小时，其他经历我都很享受。赶紧睡了吧！"

"库尔特是个友善可爱的人，你不这么认为吗？"

"是的，他是个好人，大善人。"

"天呐，可他真有些专横跋扈！他居然选了如此淫秽的场合，把我可吓坏了。而且我也要时时刻刻取悦他，你不也随时顺着他吗？对吧，单纯的小伙儿！是啊，他是个好人，你也一样。我要睡到中午了！我喜欢柏林这地方！"

第二十三章

他们花了三天时间游览德国当地的博物馆、艺术馆、宫殿和动物园。他们也去了无忧宫①，弗兰突然谈及伏尔泰（Voltaire）②（她确实读过《老实人》），可山姆认为在泽尼斯开发无忧园林会掀起他的乡愁，于是呵斥自己，不断打气，是时候好好把握住弗兰，带她回家，开始白手起家，重新生活了。

他们与库尔特·冯·奥伯斯多夫分别后，就再也没见过他。库尔特只给他们打过八至十次电话，让他们出去玩玩。

①　18世纪德意志王宫和园林。位于德国波茨坦市北郊，为普鲁士国王腓特烈二世模仿法国凡尔赛宫所建。宫名取自法文的"无忧"或"莫愁"。

②　本名弗朗索瓦-马利·阿鲁埃（François-Marie Arouet），伏尔泰是他的笔名。法国启蒙思想家、文学家、哲学家、史学家。伏尔泰是18世纪法国资产阶级启蒙运动的旗手，被誉为"法兰西思想之王"、"法兰西最优秀的诗人"、"欧洲的良心"。

库尔特执意邀请山姆和弗兰观看莫尔纳的《宫殿游戏》,他们悻悻地去了,直到现在,山姆也认定自己由于语言不通,根本看不懂演出。而弗兰因为彼得内太太举办的闺蜜茶会中,过于浮夸而暧昧的话语,生平第一次感到太疲倦,想回家休息了。

她说她完全能明白《宫殿游戏》中的所有台词。

山姆胡乱猜测,认定戏剧表演极为到位,他想下楼,睡前去酒吧里喝点小酒。

酒吧里,山姆遇到了一位美国记者,正好,他也认识罗斯·爱尔兰。于是,山姆又多喝了几杯,自娱自乐起来。从酒吧回到酒店,山姆蹑手蹑脚地溜进房间,弗兰已经睡着了。真是侥幸,居然没有吵醒弗兰。山姆心里像一个逃学的孩子,事后发现原来老师一整日都生病旷工,心中的那份窃喜,实在难以遏制。

弗兰在英国学会像英国人一样称"扶梯"(Elevator)为"电梯"(Lift);发"Zee"音为"Zed";说"实验室"这个词,重音在第二个字"验"上;说"剧情"这个词不再发前鼻韵,而学会发后鼻韵;"去滑雪"这个动词词组干脆简称"滑雪"。离开美国前,弗兰吃饭时,总是左手握叉子,体现自己精通欧洲习俗。如今,弗兰还像欧洲人一样,写数字"7"时,在中间画一条横杠,给泽尼斯的朋友写信时,她故意这般处理,致使他人并不清楚弗兰到底写的什么数字。

一战后的柏林生活出现四个重大变化,就连最权威、翔实的历史书、经济学书以及路德宗(Lutheran theology)① 也

---

① 以马丁·路德的宗教思想为依据的各教会团体之统称,因其教义核心为"因信称义",故又称信义宗,它是德意志宗教改革运动的产物,由马丁·路德于1529年创立于德国,这一新的宗派的建立,标志着基督新教的诞生。

解释不清楚。这四个重大变化与公寓房关系密切：晚上八点后游客为何不约而同地回到住所？为何自动电梯要上锁，游客都无法使用？为何柏林房东不采用现代的锁头，而还沿用中世纪的教堂门锁，并强迫租客携带与锁孔相匹配的钥匙串？为何房东重金打造大理石楼梯（镶着整洁的镀金边饰和马赛克图纹），而绝不在楼道上安装一个路灯？楼道上真是太暗了，真是伸手不见五指。事实上，仅需按一下开关，瞬间就有光照，不过，从古至今，柏林的楼道上就没有光源，房客唯有摸黑从底楼攀爬至顶层。

库尔特·冯·奥伯斯多夫就居住在布拉肯大道公寓顶层，山姆的这四点发现，恰是忍受着头晕目眩，吃力地爬上库尔特的家时得出的。对于山姆的这番论调，弗兰也格外同意。

库尔特的女仆给他们开了门，邀请他们进屋。这位女仆是一个古板、腐朽，身子虚弱的老古董，她甚至不知道该如何处置山姆的帽子和手杖。这位女仆在房间里来来往往，山姆便趁机打量这套公寓。这里有一个狭窄的走廊，土褐色的灰泥墙肮脏而黯淡，家里安放着如维也纳圣斯德望教堂里的黄色雕刻。门廊旁挂着一对交叉的宝剑。

突然，库尔特奇迹般地出现在他们面前，穿着比任何一次晚宴都着装宽松而随意，他亲自帮弗兰卸下围巾，不停指责一旁蹑手蹑脚地仆人，将家里打造得温馨愉快，恐怕只有欧洲人才具有这能耐，随后，库尔特开始东拉西扯起来：

"我真是庆幸！前段时间，我自己冒失，带你们去'新型婚姻'酒吧，唯恐你俩因此生我气，不来了呢。我来给你们介绍其他客人。你表哥表嫂彼得内夫妇，沃林斯基（Volin-sky）男爵夫人——她是匈牙利人，可是个可爱有趣的优雅女士，她的丈夫是个波兰人，可是个厉害人物，幸好今天他没来，感谢上帝！西奥多·冯·艾舍尔（Theodor von Escher）——一位小提琴演奏家，他拉的曲子相当美妙——还有他的夫人明娜（Minna）——你会为她倾倒的。接下来是布劳特（Braut）教授和他的妻子，布劳特先生是柏林大学经济学教授，凭借他的智慧，他比任何人都更了解美国，他认为两百年后，美国又会变成一个荒无人烟的大地，你也会对他感兴趣哦！这些人各有各的风格，但他们都能说英语，我想请你见见这些风格迥异的大人物。弗兰，你今天像天堂里象牙色的小天使！来吧，大伙儿！"

库尔特时刻陪伴在山姆和弗兰身边，他们就像皇室成员莅临一个狭小寒酸的小场面，这里三三两两聚在一块儿，欢笑声不绝于耳。坐凳是棕色皮质的椅子，年代久远，到处起了大洞，根本无法使用；山姆盯着沙发，上面铺着"某种黄色的丝绸"，不一会儿弗兰才悄悄在他耳旁低语，原来这是一种"做工精良，价值连城的古老锦缎"。墙上的照片中的官员和友人全穿着奥地利制服。书架上的书并没有分类摆放，山姆随后留意到这些杂乱无章的书籍，其中涵盖德语、英语、意大利语和法语。突然，他发现这里居然有不少美国法律、金融和历史书籍，厚重的鸿篇巨制，他只在图书馆里仰视过这些大部头著作，却绝不会将它们带进家门。

轻轻推开右边的一扇门，山姆悄悄朝里窥视，发现这是一间卧室，里面只有一个简单朴素的床架，几捆华丽的领带，墙上挂着一幅美女图，一幅耶稣受难像，除此以外，别无他物。剩下的饭厅狭小拥挤，厨房里装饰奇特，而浴室简直就是个老古董。这些房间构成了奥伯斯多夫一个貌似完整的家。

库尔特将各种各样的鸡尾酒混装在一个大玻璃罐里，晚餐虽简单清淡，人们之间的谈话却热火朝天。库尔特像个四处奔忙，指手画脚的队长，宾客们也与彼得内夫妇家中端庄而拘谨的人群大为不同。这里供应的酒水源源不断，包括阿斯曼斯豪塞香槟。山姆品尝美酒过后，打定主意，一定要去莱茵河谷探个究竟。而那些安安静静，不吵不闹的客人，倒令库尔特格外上心。库尔特认为，在他的地盘上保持沉默的人，要么就是对他有意见，理由总是冠冕堂皇，但说到底，就是被库尔特无意中给得罪了，要么心存成见，郁结太久，很难调和了。而高声吵闹的人群中，总能看到那个焦点人物——布劳特教授。

山姆第一次认认真真观察了一番这位博学多才的学者，竟然发现，他连眼睛上都长满了胡须。山姆心想，"这位虬髯客可能对德国经济有些独到的见解吧，不过我敢打赌，他恐怕不知道这里还卖剃须刀呢！"

布劳特教授向山姆靠近，他的口音相比库尔特更重，"劳驾，"他开口说道，"我想你可否给我讲讲美国的农业改革。"

"我也不太清楚，"山姆回应，"你去过美国吗？"

"哦，去过一怎（阵）子，还是战前去的呢。我曾在哈佛大学教了一年书，又到斯坦福大学教了一年书，也在美国四处周游，估计有一年时间吧。可在你伟大的祖国却没什么新的收获。"

库尔特随即建议布劳特教授花一分钟时间给大伙儿讲讲北达科他①无党派联盟的来龙去脉。

他的眼神立即朝山姆一瞥，想证实一番，可山姆，对北达科他知之甚少，对无党派联盟更是一无所知，只得在一旁点头附和。最终，山姆陷入了深深的自责中：

_____

① 美国中部地区，1889 年分为北达科他与南达科他两州。

"布劳特这个老外，居然比你这个本国人还了解美国。山姆臭小子，你什么都不懂。无知！我只盼着花三十年时间投身汽车制造业，到了欧洲，也没真正了解过这里的风土人情。除了对建筑、各种酒品、美食以及一些旅馆的名字了解些皮毛之外，什么都不知道了。"

库尔特和大家聊到迈克大公（Michael）给一位匈牙利犹太人作专职司机的奇特经历，山姆开始对博学多才的人，严谨求真、不掺杂个人偏见的人，高度关注真正影响人类发展事物的大家们有了全新的认知。他们了解成千上万政客的功利心，了解成千上万细菌的作用，了解成千上万埃及碑刻上的文字，了解成千上万疾病的病理，就如山姆对启发公司里的销售人员、工程师和员工了如指掌一样。他在柏林、罗马、巴塞尔（Basle）①、剑桥、巴黎和芝加哥都见到过知识渊博的有识之士。可他们却从不夸夸其谈。在山姆看来，这些人也许口齿伶俐，也许一杯啤酒下肚，便手舞足蹈，但他们谈及自己的专业知识时，却字斟句酌，对于他人的提问，也有选择性地予以答复。他们绝不会挖空心思取悦弗兰，他们跳起舞来也不那么自如优雅，更有甚者，他们连晚礼服背心也不会挑选。他们表面并不出众，有些糊涂，布劳特教授不正是如此吗？精瘦而高挑。他们只为自己的知识储备而心生自豪，至于什么财富或头衔，他们根本不会在乎。

山姆怎么会不了解这些知识分子呢？在耶鲁读书时，身为橄榄球队员的自己也想顺利通过考试，履行一个"传统耶鲁人"的职责，可老师们却成了他履职的最大障碍。纽约在他心目中是银行家、汽车生产商、服务员和剧院职员的胜地。

---

① 瑞士主要的贸易城市，位于莱茵河西北。

此次欧洲之行，让他大开眼界，在这里，他目睹了许许多多的服务员，酒店里孤独无助的英国老处女，以及镶满金牙的导游。

所谓的学者，总有人了解他们。山姆忽然觉得自己不就是这样的人吗？是什么让他离这个群体渐行渐远了？哦，大学里，他可是个风云人物，如今娶了一个如花似玉的好太太，身边总有不少亮闪闪的"彩灯"照耀着太太的美色，想到这儿，真觉得自己活该，活该变成现在这个样子。

山姆严厉地自责，不行，不能因为这些借口而远离自己本来的面貌！起初，他本来就是一条可怜的流浪狗，地位没那么崇高，可在学校里却成了万人迷，身边陪伴着像弗兰这样的可爱姑娘。瞧瞧现在的弗兰，面对神圣而不可侵犯的德国精英，她居然放声大笑；瞧瞧现在的弗兰，面对公主或国王的亲戚奥伯斯多夫伯爵，她毫无惧色，反而精神饱满，受人赞扬！山姆真是太幸运了。

况且！一个普通人没有五年、六年甚至七年的历练，绝不可能成才。而山姆本就是个人才！他若有能力成为博学之士，定能达成所愿，无人能敌。

或许——

突然，山姆觉得心情好些了。山姆在某些领域的突出表现，怎么可能不受到学者们的称赞，称其为"行业尖兵"呢？毫无道理啊！他自认为自己在美国汽车行业世界里可不是什么小摊小贩，什么有钱没地儿烧的杂耍小丑，而是汽车设计的权威，首次发明四轮碟刹的专家。嗯，那自己算学者吗？或者——

也算艺术家？他具有独创性！虽然，山姆在学术圈没留下一张照片，没留下一本专著，没能声名显赫，扬名立万，可美国公路上两千万的汽车上都留下了他的汗水和智慧，那些简洁、流线型的长条跑车，足足称霸道路二十五年。

是的！他老老实实，做出这番贡献，心中不乏点点自豪，现实的残酷根本伤害不了他！他怀揣勇气继续前行。和妻子弗兰共同前行，可她却总是批判自己——

老天保佑，阿诺德·伊沙瑞尔事件发生后，他是否打定主意，认定弗兰不再是他忠实的伴侣，而变成残忍而高傲的宿敌？接下来的后半生，自己要独自疗伤度日吗？他未来的日子就只能这样漫漫终老吗？

可没过多久，山姆内心不再纠缠不清，而匆匆回到思索"学者"的疑问中，他一边安安静静地吃着烤鸡，一边聆听西奥多·冯·艾舍尔夸夸其谈，西奥多自比是胜过克莱斯勒(Kreisler)①的大艺术家。

当下的山姆能获得"学者"称号吗？若想成为汽车史上的伟大先驱，或某某历史名人，是不是太异想天开，太幼稚了？相比在滑铁卢爆发的二十场战争更具备社会革新意义？山姆能成为建筑领域的专家吗？毕竟他现在对汽车没那么大的兴趣了。在场的宾客如同坐在启发公司办公室里。山姆真能成就一个伟大的桑苏西花园吗？

不管怎样，他不想再继续库克船长的旅行了，对弗兰而言，旅行远没有看门人及酒店客房服务生重要。他得另作打算了——

内心的喜悦果真让人兴奋，果真如此稀缺吗？难道这不过是喝过香槟后的短暂欢愉，难道源于库尔特的热情款待？他决心"另作打算"，可心里一点儿谱也没有，只是坚信自己

_____

① 克莱斯勒（1875～1962），美籍奥地利小提琴家、作曲家。

该"另作打算"，这不像一个醉鬼的胡言乱语吗？

"看在上帝的份上，绝不是真的。"塞缪尔·杜德伍斯发誓。"事实绝不是这样。一两杯酒下肚，就飘飘欲仙，不知道自己姓什么了，怎么可能。我是个慢热型的人——哼！非常慢热！我今年五十二岁，去年的这个时候，我还打算多挣些钱，做个人肉提款机……做个大人物。上帝知道是什么！不是吗？（可他随即激烈地回应自己。）我是个合格的好公民！我将孩子培育成人！还清了债务！这辈子只做了这一份工作！我爱自己的朋友们！但现在，我不想回到从前的生活，就那么安于现状，孤独终老——就这么撒手人寰啦——去见阎王啦！"

"我真希望早些认识库尔特。我真想花上几周邀约库尔特和罗斯·爱尔兰出去逛逛。十年前就这么做该多好，可现在——不过还好来得及！"

"哼！可不来得及嘛！弗兰也会让他亲爱的丈夫这么做啊——"

"我为何总想往回走？似乎是弗兰约束了我自己吧，我可不是没脑子的人。"

思绪一旦脱了缰，便像撒了欢一样四处奔跑，真麻烦。山姆于是立即停止胡思乱想，摇身一变，成为可爱的美国太太可尽情依靠的贴身丈夫，耐心倾听欧洲友人间的谈话。

山姆发现库尔特·冯·奥伯斯多夫在大学教授面前，并不会像教养优良的美国人那样对其屈尊俯就，这让山姆大吃一惊。山姆乐于探听八卦趣闻，布劳特教授说话时，库尔特表面耐心倾听，可实际就像从言语的海洋漩涡中拖出一艘巨轮，终于驶出这闷闷不乐、冗长枯燥的一片苦海，可转眼又被一阵巨浪打了回去。

弗兰就像坐在一个小研讨会现场，聆听布劳特教授的专场授课。布劳特说起话来，发"W"、"V"和"T"音格外用力，他用真诚打动人，整个演讲中完全没什么可笑之处：

"从国家意志角度来看，我们都是普鲁士人，血脉相通，拥有钢铁般的意志，在我们身上能发现俾斯麦、路德以及传统德国人的影子。我十分反感巴黎和意大利滥觞的优雅文明，那里的人宛如在宫殿里嬉戏打闹的孩童。但无时无刻，我都径自思考——大多数像我一样的人也这样反思自己——将自己定位为欧洲人，而不仅仅是德国人、法国人、波兰人或匈牙利人。面对俄罗斯人（他们属于亚洲，而并非欧洲），面对英国人或美国人，无论我们来自什么家庭背景，都携手团结，与之相抗争，尽管如此，我们也无比称颂那些拉美人、亚洲人和殖民地国家的属民。欧洲文化有着至高无上的地位。但我并不是自夸，我也并非专指那些像老朋友奥伯斯多夫伯爵那样的名门望族。我想说，我们是贵族，而不是民主人士，我们坚信这样一个声名显赫、意气风发的伟大国度拥有不少像爱因斯坦（Einstein）、弗洛伊德（Freud）以及托马斯·曼（Paul Thomas Mann）[①]一样的杰出人士，我们也坚信，那些默默无闻的芸芸众生（无论是国王还是贵族，哪怕下贱婢女），不在乎是否拥有多少辆汽车，家里添置了多少个浴缸，而更愿意为国家和这个民族培养杰出的伟人。"

"尽管真正的欧洲历来崇尚贵族血统，可我的只言片语中并没有自恃高傲的意愿。我认为我在美国见过的佣人和贵人，

---

① 托马斯·曼（1875～1955）：德国作家。托马斯·曼是德国20世纪最著名的现实主义作家和人道主义者，他深受叔本华、尼采哲学思想影响，代表作是被誉为德国资产阶级的"一部灵魂史"的长篇小说《布登勃洛克一家》，被看作德国19世纪后半期社会发展的艺术缩影。

比欧洲更加粗俗而低劣。这里的下人虽收入不高，但他们也
尽职尽责，令人崇敬。美国人眼里的大厨，永远都是下贱的
奴隶，但欧洲人却视他们为传承美食的艺术家。"

"欧洲人，这些贵族群体认为自己有责任，有义务将欧洲
传统文化代代相传。他们认为文雅得体的礼仪，对家人的体
贴和对民族的忠诚，远远胜过所追逐的一切财富；他们也认
为要传承自己的文化，必须拥有足够的知识储备——这一点
必不可少。欧洲人若不想因自己的身份而感到耻辱的话，就
该好好想想年轻一代应该学习和继承哪些文化知识。"

"年轻一代必须至少精通两门外语，否则，他们的亲朋好
友便会认为他们缺乏语言天赋而失望至极。不仅如此，年轻
一代应该立志成为股票代理人、进口商，或像杜德伍斯先生
你一样，形成自己独有的汽车品牌；他们需学会欣赏音乐、
绘画、文学等艺术，这样一来，便能听懂一场音乐会，享受
一场画展，而不会出尽洋相。年轻一代也应无时无刻保持举
止文雅，通晓各国政治。我敢向你保证，杜德伍斯太太，我
家四个孙子，虽未去过美国和英国，却对柯立芝总统、胡佛
秘书长（Hoover）①、史密斯（Smith）② 州长以及同时代的
美国名人了如指掌。"

"年轻一代更需要熟知烹饪和美酒。尽管他们以面包和奶
酪为主食，可也能为宾客呈现出一桌丰盛而价格实惠的美

---

① 赫伯特·克拉克·胡佛（1874～1964）：美国第 31 任总统，共
和党籍，除从事政治外，还是采矿工程师和作家。曾任沃伦·G. 哈定
和卡尔文·柯立芝两届总统的商务部长，柯立芝政府期间担任秘书一
职。

② 阿尔·史密斯（1873～1944）：美国政治家，美国民主党成员，
曾四次出任纽约州州长，于 1928 年，成为天主教徒竞选总统的第一人。

食——哦，'一战'以来我们拿不出什么钱花在请客吃饭上了！重中之重，他们得懂女人，一开始我相信杜德伍斯太太就同意我的观点，女人就是女人，我们用特殊的方式对待女人，而不仅仅将她们视作'类似男人的物种'。"

"以上才是地道的欧洲人，无论是德国人、瑞士人、荷兰人等都需要格外训练的小技巧！只有通过这样的训练，尽管我们在'一战'中像傻子一样彼此厮杀，接下来才能携手共进、互相理解！我们内心也许会有所抵触，但我们是广袤欧洲大地上的同胞兄弟。我们会感到，真正的欧洲大陆才是每一个人、每一项休闲活动，我们的个人隐私和内心欢愉的避难所，唯一的一个，也是最后的一个。我相信在维也纳、巴黎或华沙咖啡馆里与有识之士开展一场智慧的谈话，相比家中拥有化粪池或自动洗碗机要有意义得多，这会让人的内心更加快乐幸福。"

"美国出产世界一流的汽车，这让我们也走上现代文明之路，却不给人留点私人空间。我记得曾有一个美国人邀请我参与一个高尔夫俱乐部，他在储物间里一丝不挂，后来突然出现了一个不速之客，开始取笑德国，讥讽我教授的身份！俄罗斯想像割草机一样，斩除我们自己共同的劣根性。而在亚洲和非洲并没有人类社会有真实的人性和幸福存在。但欧洲人却坚信，伏尔泰的学说，贝多芬（Beethoven）和瓦格纳（Wilhelm Richard Wagner）① 的音乐，济慈（John-

---

① 威廉·理查德·瓦格纳（1813～1883）：19世纪欧洲最著名的浪漫派作曲家之一，也是一位影响巨大的歌剧改革家。歌剧作品有《黎恩济》、《漂泊的荷兰人》、《汤豪舍》、《罗恩格林》等，管弦乐作品有《齐格弗里德牧歌》。

Keats)① 的诗歌，列文·虎克（Leuwenhoeck）② 的生物研究成果以及福楼拜（Gustave Flaubert）③ 的小说作品为我们的生活增添无穷乐趣，这些人文艺术理应受到人类保护——世界各地的人们都怀揣着无比崇敬的心情，他们能充分理解这些艺术瑰宝中的纷繁意义！这就是欧洲啊！福特汽车般的汽车世界里人性最后一个避难所。我相信为保护这样的避难所而奋战到底，意义多么巨大！我们受到来自世界上太多的威胁，我们理应坚守，理应抗争……也许吧！"

"我们中的某些人认为，我们应该抵制'美国化'，但我想冒昧地发表自己的观点，与其随心所欲，想买什么就买什么，不如去买一个整整齐齐叠满钞票的收银机。（我想提醒你，我可不是什么反美人士，我充分理解，充满传奇色彩的'美国化'都是由德国实业家，法国出口商以及英国广告人推动发展起来，他们可真像土生土长的扬基佬！）我相信地道的欧洲可以适应一切变化。至少在希腊和罗马没有问题。罗马就像古时的美国，而希腊文化包含了所有欧洲文化。罗马总是通过诉诸武力（Vi et armis）引领时代，而早在文艺复兴时期，希腊建筑、哲学以及众多伟人都得以复苏，重焕生机，其影响力远远胜过罗马的法律规范。"

"哟！我怎么又开始讲课了，真是啰唆！恐怕我得结束这

---

① 约翰·济慈（1795～1821）：出生于 18 世纪末年的伦敦，是杰出的英诗作家之一，也是浪漫派的主要成员。最著名的代表作之一为《夜莺颂》(Ode To A Nightingale)。

② 列文·虎克（1632～1723）：荷兰博物学家，显微镜创制者。

③ 居斯塔夫·福楼拜（1821～1880）：19 世纪中期法国伟大的批判现实主义小说家，居伊·德·莫泊桑就曾拜他为师。著名作品包含《包法利夫人》、《情感教育》、《三故事》和《布瓦尔和佩库歇》等。

场论调了。总而言之，我谈及欧洲人，你应该理解我所指的是一个特殊的小阶层，与他国的乡下人相差甚远，而与其相同阶层并无过多区别。乡村酒馆里狂饮啤酒的乡下人，或在柏林'新世界舞厅'的人群中纵情热舞，这些不是我所特指的欧洲人。当然在弗里德里希酒店来回奔忙的年轻商人，在巴黎里沃利大街①大肆兜售劣质陶瓷品和丝绸的小商贩，也不是我所特指的欧洲人。他们远渡重洋去往美国，沉浸在汽车的世界里，永无翻身之日。但也有一些生于美国、长于美国的人，完全符合我所特指的'欧洲人'，例如伊迪丝·华顿(Edith Wharton)② 夫人，我猜她就是这样的人。但无论这种人出生在哪儿，他们总属于这个特定的阶层，坐拥特定的贵族文化。大多数'游览过欧洲'的美国人，回到家后，却不明白自己存在的意义，在他们眼里，欧洲的导游七嘴八舌，火车上的乘客毫不友好，只盯着《笑话》(*Le Rire*)③ 杂志，连头也不抬。事实上，他们错过了欧洲的根本和真谛！"

山姆终于找到了答案，心中惊讶不已，不由得脱口而出："教授说得对，这是事实。美国人总把欧洲人当作与自己做交易的'餐馆收银台'，总把欧洲当作逝去的历史，这里除了三百年前人的画像，什么也没有。我们都忘记了欧洲有弗洛伊德和爱因斯坦——是的，还有欧洲的飞机制造者、德国的青年运动改革以及我们无法抗衡的法国网球选手。但你对美国的偏见，也并不正确。我游历过柏林的书店，特意翻阅过书中对美国的描述，其中称美国为'美元之国'。咳，我敢

---

① 位于巴黎。
② 伊迪丝·华顿（1862～1937）：美国女作家。作品有《高尚的嗜好》、《纯真年代》、《四月里的阵雨》、《马恩河》、《战地英雄》等。
③ 1894 年 10 月至 20 世纪 50 年代为法国著名幽默娱乐杂志。

打赌，从袜子里悄悄抽出生丁的法国农夫，甚至说这里的德国农夫，他们对美元的热爱可以说是普通美国人的十倍。我们热衷于挣钱，但我们也乐于花钱。我们就像尽情放纵的水手，在海边兜售鹦鹉。况且——"

"你为何会认为成百上千的美国人会来到欧洲定居？而认为一百个欧洲人中顶多有一个去美国学习新技术，了解美国人的发展现状。不管怎样，在伍尔沃斯大厦①、芝加哥论坛报业大楼、福特工厂、大峡谷或沙龙以及康涅狄格州，多达十一万人的这些地方一定值得欧洲人学习。教授，你们这里所有的人都以为欧洲人去美国，只是去挣票子。那干吗美国人还要来这儿？一些人在这里获得社会认可，然后就回国，以出售机器为生，但大部分人就像谦虚谨慎的小学生来到这儿偷经学艺，对欧洲顶礼膜拜，上帝保佑他们吧！"

"为何大多数欧洲人会如此看待美国！一百年前，美国还是个新兴国家，我们过着刀耕火种、捕捞鳕鱼和咬食烟丝的日子，可欧洲人以为如今的美国依旧如此。在你们的脑海中，美国人要么就是高利贷商人，夜深人静依旧睁着大眼睛，盘算着欺骗欧洲人的伎俩；要么就是在圣马可大教堂②乱吐乱扔烟头的乡巴佬；抑或是持枪杀害芝加哥人的罪犯。我猜这都是一百年前欧洲人的传统习俗吧。几周以前，我和我太太还在维也纳，我买了一本《马丁·翟述伟》（*Martin Chuzzl-*

---

① 伍尔沃斯大厦，纽约市五十五层的哥德式建筑伍尔沃斯大厦，花了三年时间竣工，高达二百三十米，1913 年落成时是当时世界最高的建筑物。

② 圣马可大教堂矗立于威尼斯市中心的圣马可广场上。始建于公元 829 年，重建于 1043～1071 年，它曾是中世纪欧洲最大的教堂，是威尼斯建筑艺术的经典之作，它同时也是一座收藏丰富艺术品的宝库。

ewit)①，已经读完了。我想说，真是讽刺，书中描绘了一百年前的美国。一群人沿着俄亥俄河，或是一帮懒汉聚集在纽约，他们——"

"山姆！"弗兰提醒他，说得有些过火了。但山姆毫不理会，继续侃侃而谈。

"——像霍屯督族人（Hottentots）② 一样无知，毫无缘由，便拿起来复枪随心所欲互相残杀。原来，狄更斯笔下的美国人是如此残忍而荒唐，不过就连狄更斯本人——也想在国外居住！你可不能说狄更斯书中住在河底淤泥中，堕落成性的丧家之犬到了今天依旧如此，一百年的沧桑巨变，经过三代人的勤奋努力，美国已然变成一个柏油马路相互交错，繁荣富强的国家！但欧洲人仍然在阅读那些迂腐闭塞的文学作品，他们坚信《马丁·翟述伟》中的陈旧观念，并洋洋自得，'我也这样认为！'你知道吗？就是那个狄更斯所描绘的美国中西部——我的家乡——这里诞生了不少良将贤才，例如一个叫亚伯拉罕·林肯（Abraham Lincoln）③ 和另一个叫尤里西斯·辛普森·格兰特（Ulysses Simpson Grant）④ 的家伙，他们在此叱咤风云；没过十年，一个名叫威廉·迪恩·豪威尔斯的男孩在此出生了（我曾在耶鲁大学亲耳听过

---

① 英国作家查尔斯·狄更斯的作品。

② 聚居于非洲西南部。

③ 亚伯拉罕·林肯（1809～1865）：美国政治家、思想家。第16任美国总统，其任总统期间，美国爆发内战，史称南北战争，林肯坚决反对国家分裂。他废除了叛乱各州的奴隶制度，颁布了《宅地法》、《解放黑人奴隶宣言》。

④ 尤里西斯·辛普森·格兰特（1822～1885）：美国军事家、陆军上将，并担任美国第18任总统。他是美国历史上第一位从西点军校毕业的总统。在美国南北战争后期任联邦军总司令，屡建奇功。

一次他的演讲，我注意到威尼斯人仍在拜读他关于威尼斯的研究著作）。狄更斯根本没有机会遇见那样的杰出人士。也许，当今的欧洲观察家也错过了不少如林肯和豪威尔斯那样的人！"

"教授，你所描述的仅属于欧洲贵族阶层的荣誉感，挺有道理——我也很赞同。事实上，我在美国也目睹过你所谓的荣耀。因为我们发展得太快了，已然跟上了你们的步伐。但我在欧洲游览的这段时间，也觉得美国人理应放慢自己的步伐，切忌浮躁、静心思考，当然美国人呀，不都是艺术家和教授知识分子，甚至差得还很远哩，他们不过算是隐退江湖的商人。我们也正在学习欧洲的优良传统，上帝的双眼看着呢！你说你又开始讲课了，不好意思，我恐怕也是啊！"

库尔特突然举起酒杯，大吼一声"致美国！"并开始说好话圆场，"对啊，美国可是全人类的希望啊——尤其是女人的天堂。"

弗兰听罢，情不自禁地道出了自己的观点："哦，这番对美国的谬识真是大错而特错——无论美国或欧洲，无论男人或女人都会产生这样的偏见，但却总有些心口不一！我个人也有着较为深刻的认识，可以说世界上没有一个女人，或没有一个正常的女人，不想受到丈夫的斥责甚至打骂，她理应受到这般待遇，就像学院院长或飞行员获得的礼遇。我想告诉你，我的意思不是说女人都想被男人打，只是需要一个能够驾驭她的丈夫！身为妻子，她一定要崇拜自己的丈夫！她一定认为丈夫的事业或健硕的体魄，俊朗的容颜相比自己，地位更崇高。"

山姆面色惊愕，望着自己的妻子。如果他们之间相互争吵的话，最终结果一定是弗兰在山姆心中的地位远胜过自己的事业。看到弗兰这番架势，山姆努力回忆起她热烈陈述其女性主义观点的样子，真是令人刮目相看啊。不仅如此，他也突然想到勒内·德佩纳伯。

"我所期盼的在欧洲十分常见，可在美国却几乎没有。我要告诉你，山姆和我之间——并不是说他有实力驾驭我，我也理应受到这份待遇！"

弗兰一边说着玩笑话，一边瞥了瞥山姆，在座的其他宾客期待接下来的好戏上演。

"我所讲的是一个普遍现象。哦，美国中上层阶级的太太们，有时在无钱无势的下层人眼中，的确有那个本事，连欧洲贵妇都羡慕不已的本事。美国太太从不伸手向丈夫讨零花钱，原来他们共有一个银行账户。如果美国太太想学唱歌，推动'反活体解剖'运动或经营茶馆，在酒店与风流年轻男子翩翩起舞，美国丈夫并不干涉。因此美国太太自由而快乐。快乐最重要！你知道为何美国丈夫赐予他们的太太如此多的自由空间？他根本不在乎妻子做什么，与其说不在乎，不如说对她毫无兴趣！除了我亲爱的山姆，在所有美国男人眼中，妻子只是他的附庸，就像汽车。一旦自己身边的附庸出故障了，很简单，丢弃在车库便罢了，他们绝尘而去，继续奔向自己的似锦前程。"

这次，弗兰朝山姆微微一瞧，暗示他自己说的这番话，可不需要经过他允许。接着，她继续保持客观正直的语气高谈阔论起来："相反，欧洲丈夫，据我所知，像对待自己身体的一部分似的，对待自己的太太，或至少将其视作家族的荣耀。欧洲丈夫既然绝不会一条腿在外溜达，另一条腿在家歇息，于是他也绝不会允许太太在外享受这虚幻的'自由'！他疼爱自己的女人！也热爱世间一切美好事物。真正的女人无论她多么秀外慧中，也甘愿为了成就丈夫前途似锦的事业，而放弃自己一切名利。欧洲太太甘愿奉献于布劳特教授所指的贵族名流，牺牲自己；欧洲太太甘愿奉献于伟大的诗人、军官或学者；但她却不愿为了年年增加吸尘器产量的美国商人，而牺牲自己！"

山姆盯着弗兰的双眼。他缓缓回应："那年年增加汽车产量的美国商人呢？"

弗兰笑了……真是一对情深义重，快乐无边的活宝美国夫妻档啊！

弗兰温柔深情地说："对啊，还有年年增加汽车产量的美国商人呢，亲爱的！"

"你说的有可能还真有些道理！"山姆回答。

全场一阵哄堂大笑。

"人们谈及美国太太和她们的丈夫，"弗兰继续发表高见，"却总是'批驳'一方'盛赞'一方，这本身就是个错误。有人会极力劝服我们，认为美国丈夫沉浸在生意和朋友身上，忽略了自己的妻子，理应受到谴责；另一个人则会指责太太，'丈夫经历一天激烈的商场厮杀，回到家真是太累了，理应受到妻子的关爱和抚慰，相反，妻子一整天无所事事，在家十分烦闷，期盼着丈夫能盛装打扮，带自己去看戏或去参加派对。'事实上，这两派都错了，丈夫没错，太太也没错。我倒认为全是美国工业体系造成的错，该体系大力推动商品生产和消费，但却无暇满足心思细腻敏感的美国太太。无奈啊！于是她们只得寄托于布劳特教授所说的欧洲文化和艺术传统上。"

"作为推动美国工业体系的贡献人之一，你所说的现象，我无力改变。"山姆反驳道。

"哦，你，你这个可爱的老家伙，你才不是什么实业家呢，顶多算个拓荒者。"

弗兰再次温柔和善地看着自己的丈夫，在座的所有人都继续观望着接下来的好戏。

客厅里缭绕着浓浓四溢的咖啡香，餐桌上谈话声不绝于耳。山姆用心聆听他们各方观点，他的事业，他的孩子以及他的朋友能让他安心生活，可如今，他们离他而去，永不复返了。可最令他惶恐的，恐怕是弗兰今晚的一番"长篇大论"，山姆突然意识到原来弗兰也厌倦他，渴望邂逅一个欧洲丈夫，阿诺德·伊沙瑞尔可谓是欧洲人中的"精品"，他可不是凭空降临，也不是一次意外，而是注定绕不开的结局。

山姆发现弗兰的注意力全在库尔特身上。可山姆无法忽视库尔特的漂亮朋友，沃林斯基男爵夫人充满嫉妒的复杂眼神。

男爵夫人是个清瘦而小巧的女人，她的脚踝干净漂亮，头发卷曲，扎着一个独辫子。她没说什么话，整个晚宴过程中，库尔特动用上百种暧昧而亲密的举动接近男爵夫人，例如问她"你还记得库尔兹（Gurtz）上校吗？"以及"在'爱国者'待的第一夜感觉如何？"弗兰见状，两眼直盯着沃林斯基男爵夫人的一举一动，表面上冷若冰霜、毕恭毕敬，可心里充满了憎恶，于是胡乱询问了不少有关匈牙利的问题，可并未仔细聆听答案，事实上，她的内心一度瞧不上匈牙利这块贫瘠的土地，瞧不上那里穿木屐的女人。

他们一直在客厅里高谈阔论，毫无止步的意思，男爵夫人坐在扶手椅上，库尔特便坐到其中一个扶手上。山姆悄悄发现，不出五分钟，弗兰又坐到另一个扶手上，一直用法语与他们交谈，库尔特对此赞不绝口，但男爵夫人却无动于衷。

不久以后，男爵夫人回家了，紧接着，彼得内夫妇、布劳特夫妇也相继回家了。

冯·艾舍尔起身对太太说着好话安慰道："你自己能找得到回家的路吗？你先回去吧，注意安全哦！我今晚得和我的钢琴师多切磋一下——唯有今晚他才有空呢。"明娜·冯·艾舍尔却呵斥丈夫先回家，并告诉丈夫，她经常独自回家，这次轮到他了！山姆见状有些惊讶。

山姆和弗兰经历一场热情激烈的"德式告别"后，山姆悄悄在弗兰耳边低语。"我们也走了吧，嗯？"可弗兰坚持己见，"哦，再待一会儿吧——今晚可谓是良辰美景，你不这样觉得？"

山姆并不认为今晚有多美妙，他看起来有些消极了吧。

派对现场仅剩下四个人，山姆、弗兰、库尔特和明娜·冯·艾舍尔。之前唇枪舌剑的谈话过后，此刻气氛融洽，陷入了平静。库尔特坐在屋子的角落里，向弗兰展示数量众多的儿时老照片——显然，他的童年时光全在蒂罗尔①的一座城堡里度过。弗兰坐在一把皮椅上，库尔特席地而坐，靠在她身旁，盘着腿，摊着照片，向弗兰指出曾服侍过自己的佣人，曾就读的学校。他们沉浸在甜蜜的二人世界中，完全忘记他人的存在。

山姆与明娜·冯·艾舍尔在一旁交谈。明娜有一张酷似小丑的娃娃脸，鼻子又短又平，嘴巴又大又宽，双眼又圆又大，时刻流露出惊讶的神情。她说话时手舞足蹈，双手、脚踝都随意而灵动，事实上，她比很多貌美如花的女人都更有魅力。她直挺挺地躺在沙发上，使着小性子，山姆坐在她身

———————————

① 横亘奥地利西部与意大利北部的阿尔卑斯山脉的一个区。

旁，手肘支在腿上，宛如一个靠在栅栏边抽烟的老人。

"你太太可在夸赞欧洲丈夫呢！"明娜开始挑事，"她要是有一个心仪的丈夫该多好！欧洲丈夫魅力四射，欧洲丈夫心灵手巧，他们心中牢记妻子的生日，他们时不时给妻子送花。但我的欧洲丈夫西奥多见到一个女人，就向她示爱，我真是心力交瘁！此时此刻，他理应跟着一个男性钢琴师练琴呢，可夜深人静，他却待在艾尔莎·恩姆斯伯格（Elsa Emsberg）的住所，真希望艾尔莎的确是个钢琴师，也真希望她是个男人。起初她是我的朋友，可她和西奥多相识一周，变化太快了！哦，我是个欧洲女人，可我多么盼望能有个美国丈夫，我就不用担心所谓的音乐艺术，发生在他身上的各种风流情事。"

明娜忽闪着大眼睛，直勾勾地望着山姆，她仰慕山姆，钦佩山姆。突然，山姆意识到明娜以为自己是个非凡超群的大人物，随心所欲便向她示爱。顿时，山姆的心中感到害怕。

山姆遵守"婚姻和谐、夫妻忠诚"的原则。长久以来，他也饱受不少女人的青睐，但面对此般情形，他总像一个清心寡欲的虔诚教徒，不时打着寒战。也许山姆与弗兰的夫妻生活并不是那么水乳交融、激情永恒，在他看来"性欲"是件极其私密而羞耻的事情，能回避就回避吧。当然，他试图思考这些问题时，总是硬生生地逃离开，"哦，一个男人理应忠实于自己的妻子，听闻外界的赞美也切不可乱了方寸，迷失自己了。"

就在此刻，他似乎害怕自己"乱了方寸"。山姆克制自己别去偷瞄明娜曼妙的身姿，他心想，"我该提醒弗兰吃药了。"山姆的视线离开了明娜，喃喃自语，"哦，我猜所有国家的丈夫都以不同的形式展示自己的自私自利。"可他的视线却时不时偷偷回望明娜,他真想摸摸她的手啊。

"哦,不,你可不能这么自私!"

"怎么不能!"

"不能!我太了解你了!像你这样强壮勇武的男人一定风度翩翩、善良真诚!"

"唔!但愿你能见见一些哈佛和普林斯顿毕业的大块头们,他们善良真诚,他们风度翩翩,可我过去还是橄榄球运动员时,他们可坐在我胸口上呢。"

"哦,赛场上例外嘛。但对待女人,还得守规矩。干吗那么勇武有力,难道我们还处于蛮荒美国的时代,以狩猎、宿营等野蛮无度的方式生活吗?"

"是啊,过去不就是这样吗。我曾在加拿大,泛舟远行好长时间呢。"

"哦,快说说!"

自从离开泽尼斯后,没人对山姆抱有如此大兴趣了。他不再回避明娜的眼神,盯着她那欲火泛滥,柔情漫漫的双眸,山姆彻底沦陷了:

"咳,和自己的一个朋友同去,也没什么特别的。我们不是一块儿走了一千英里,只花了六十四块钱运费嘛。最后五天我们只喝不加糖和浓缩牛奶的红茶,靠吃鱼为生。我们的帐篷着火了,于是一遇下雨,只得借独木舟躲躲雨。即便是这样,我们不也度过了愉快生活吗?哼!不妨再去一次。"

"为何你不去,为何?我能想象,你到了广阔的野外环境,会深深地爱上那儿。"

"哦,弗兰,杜德伍斯夫人,她不会在意这种登山活动吗?"

"登山?什么登山?"

"哦，你知道啊。"他用手在空中画了一个大大的圆圈。"走吧，旅行吧。"

"哦，是的。她不喜欢旅行吗？不过我喜欢！"

"真的？那我可得带你去露营了！"

"那必须的！"明娜抓住山姆的衣袖，兴奋地来来回回扯，"可别骗我啊！说到做到！"

山姆双眼漠然，只盯着房屋角落里的图画，但他更加确信弗兰和库尔特之间有着千丝万缕，剪不断、理还乱的深深情愫。他感到失落，感到气愤，这份怒气转化成对明娜·冯·艾舍尔的迷恋。不行！他自己可不能做傻事，变相鼓动弗兰继续犯错！

明娜对北海之行具备足够的知识储备，一时间，她充满勇气和信心，说起话来真是口若悬河啊。但山姆微微瞥见库尔特俯身贴着弗兰的耳朵，悄悄说着情话，而弗兰的脸顿时红晕泛起，两人时不时两眼对视，天呐，山姆心中的火气立马升腾起来，终于爆发了。

他话语含混地对明娜说："是啊，一定会是一次顺利的旅行，我还没坐过多少次游艇呢——老天爷，快迟到了！"山姆在房间里大喊大叫，"弗兰！知道现在几点了吗？快一点了！"

"是吗？那又如何？"

"真是……天太晚了。我们明天不还得去勃兰登堡吗？"

"我们不是非得明天去吧！上帝啊！我们又不是库克船长！"

"真是……库尔特也得上班啊。"

"哦，不……"库尔特在一旁圆场，"没关系，你们要是早走了，我可就不高兴了！"

"你若坚持要我们——"弗兰回答道。

弗兰这番话真是残忍。库尔特满眼流露出伤感的神色，似乎不知如何劝解夫妇俩，他有些困惑。

"不，不！别那么自私，只顾自己。艾舍尔太太可都快睡着了。"山姆不耐烦地大叫。全场又爆发出笑声，每个人都异常放松，每个人都持肯定观点，其他人都走了，就剩下最亲近的至交，难道不该其乐融融吗？

山姆却破坏了这良辰美景。他们知道自己内心所想所需，不时又开始讨论音乐。明娜·冯·艾舍尔打着呵欠，的确打算回家了，山姆刚才一番略微胆怯的发言，并未令明娜满意。派对在十五分钟后也正式结束了，宾客们依依不舍，纷纷表达对今夜的留恋，这份情意实在是溢于言表。

回程的出租车将明娜送回住所，又朝另一个方向驶去。惜别明娜，山姆和弗兰又开始争吵起来。

第二十四章

弗兰大声对明娜·冯·艾舍尔说道："晚安！今晚过得可真开心！再见！"接下来的一分钟里，她便一句话也没说。这一分钟过得真是漫长，像过了六万秒似的，每一秒都重如千斤，也像弥漫在恐惧的幽绿草地里，惴惴不安地等待着雷雨的降临。山姆一边等待沉默过去，一边绞尽脑汁地思考着什么。

弗兰终于开口了，语气听起来像一个忍了再忍，试图强压住火的温柔老师："山姆啊，要知道我在社交礼仪方面对你要求真的不高，但是我希望你别那么自私，我确实认为自己有这个权利。你的自私不仅毁掉了我的快乐，也让大家变得不开心。我真不明白为什么你总是无休止地要求所有人都按照你的想法来做！"

"我没……"

"大家都欢乐地坐在一起聊天，我甚至都没觉得你可有可无。当然了，有那个叫冯·艾舍尔（Von Escher）的长脸女人一直奉承你，满足你的虚荣心，你自然而然地全盘接受了！而且那时候也不是特别晚吧，我都不指望你能明白，柏林或者巴黎那样的大城市和我们泽尼斯那种小地方不一样，十点之后不上床睡觉的大有人在呢！奥伯斯多夫伯爵正在跟我说他家里的故事，真是相当有意思，结果你突然说你困了！这可不得了！伟大的塞缪尔·杜德伍斯大人困了！伟大的行业先驱想回家了！不管什么事都得立刻结束，其他人的想法都不用管了！因为大人发话了！"

"弗兰！我不是故意发脾气，让你今晚过得不开心……至少这不是我的本意。"

"继续啊，发脾气啊！这也不是什么新鲜事儿，根本不会吓到我！我都习惯了！"

"你也太过火了吧！你是没见过我发脾气！上一个见识过我脾气的人，呵呵，真不好意思，我替他付了医药费。"

"我的天！这位盖世大英雄弹弹手指就能取人项上人头！这位了不得的英雄有醉酒的伐木工身上所有的'美好品质'！这位……"

"这可离题了啊，弗兰！我没有夸张，我是真后悔了。听着，亲爱的，你现在正在气头上，能不能讲讲道理？"

说着他们就到了阿德隆酒店，假装一对天作佳偶，幽默地给大门看守行了个礼，穿过大理石门厅，进电梯的一瞬间，他们却又分开了，又开始争吵：

"弗兰，我们得谈谈正经事了。我们一直漫无目的地游荡，而我想谈的就是计划……今晚也许你是对的。我提议回家的时候不是故意装作不高兴，如果我的确那样的话，我向你道歉。"

"没关系。事实上，这可能是好事。我今晚在那小地方闻了太多烟味，因此有点头疼。我真心希望你不要总把烟放在身上，没事儿就抽，看起来有点假模假式。但是今晚咱们别谈计划了。老天啊，刚才你还迫切希望离开那儿回到床上，可你现在却想熬个大半夜来聊什么计划，这就有点过了啊……"

"但是我现在就想谈！"

"可我不乐意！亲爱的，你着什么急啊？"

"可是如果我们等到明天再谈的话，我们就像以前一样继续推迟讨论了。"

"这计划很重要吗？"

"当然重要了！老天啊，这一次我一定要坚持自己的主张！"

"这一次？山姆啊，你这么说就像你以前一点儿也不固执似的。"

"好吧。随便你怎么想。如果我永远都那么固执，你也不会惊讶……"

"不——要——对——我——大——吼——大——叫！"

"我没吼啊！弗兰，不要和我玩儿猫鼠游戏了。看看这里，我们是时候该收拾回家了。虽然我也欣赏奥伯斯多夫，但他随时会享受那种被大多数人围拥的感觉。如果我们继续留在这儿，我们也会和这么一大帮子人混在一起，那么好几个星期之后，我们想走都走不掉了。"

"那又怎样？这不是我们所想的吗？通过这样一种形式透彻了解一个欧洲城市不是很划算吗？这和库尔特没有任何关系。彼得内也真的只是我的堂哥而已。"

"但是和库尔特确实有关系！他的确是个强壮而又招人喜

欢的小伙子，可他永远不满足啊，除非人们时时刻刻都能有聚会，除非他每天都能看见你。再说了，他是你喜欢的那种类型……"

"山姆，你是不是在暗示说我和他——天啊！够了！我知道你无比高尚，若是我确实喜欢上了另一个男人，我都能预见到未来你会不断奚落我来自娱自乐，就因为我跟人礼貌交谈了几句，你就想出了这么离谱的事来！"

"弗兰！看在上帝的份儿上！别演了！"

"你也看在上帝的份儿上别瞎说了！我都怀疑你是不是什么魔咒上身了！几年前，哪怕是几个月前，用这个态度和我说话，你想都别想。现在你一天天地越变越坏。你完全意识不到自己说的是什么……"

"别演了！你跟那个叫奥伯斯多夫的都纯洁得如婴儿一般，这点我很清楚，但是我也知道，你可完全被他给迷住了……"

"胡说八道！我们之间礼让谦和、互生情愫，不过是欧洲普通淑女和绅士之间常有的现象。正如我今晚所说的一样！美国男人是完全没法想象女人才是午茶闲聊的好搭档，如果我不是出于礼貌，想要保护你，我便会告诉他们更多美国夫妇间的可笑细节！在你眼里，女人要么可以成为潜在的情人，要么缺乏吸引力，正眼都懒得看。但是库尔特——'纯洁得如婴儿一般！'我们过去怎么交往，以后还怎么交往！"

"你当然会那么做了！唯一的原因就是我不会再制造一个阿诺德·伊沙瑞尔事件出来！"

可弗兰并未像山姆想象的那样回击。她似乎定住了，眼神怔怔茫然，满是埋怨，甚至眼泪都快出来了。一瞬间，弗兰变得那么弱小无助，那么楚楚可怜。她缓缓地说道：

"山姆，这不像你！反过来如果是你，我会忘记了那些事，也不会用来攻击你，可是你却对我这么做。你从来就不理解阿诺德。即便你发火，我也没为自己辩护。他是我生命中第一浪漫情郎，当然了，也或许是最后一个。你一直都那么优秀，我也一直崇敬你，佩服你。但是你处事一直谨小慎微，相反，阿诺德就充满冒险意识，永远那么亢奋，甚至有些疯疯癫癫，在我生命里，可是第一次允许自己去体验危险，同时也发现自己居然有这样的天分！之后，为了你，我放弃了冒险，我顺从地跟着你辗转在一个又一个你向往的酒店之间。阿诺德一直在给我写信，可我很少回信了。现在因为你，我永远地失去他！可如今你反倒用他来侮辱我！山姆啊，你也太不大度了！"

弗兰蜷缩在一张大椅子里，哭了一小会儿，脸冲着椅背。

山姆虽然觉得她的这番话说得不太正确，可以说完全就是自说自话。事实上，山姆喜欢的是弗兰本人，而并非贪恋她的美色。他抚摸着弗兰的长发，温柔地说："我刚才失控了，原谅我。另外，我当然知道你对待库尔特的友情与之前不同。"

突然弗兰发出一声试探性的心里话，"才不是呢，你知道啊，傻瓜！"山姆急切地靠近弗兰，攒起她的一小绺头发，放在自己身下，靠近她，抓住她的手，说道：

"弗兰，我想回家工作了。我天生就是个活跃的工作狂，再也忍受不了这样游手好闲的生活了。我也不想再生产汽车了。关于你今晚说的美国工业化问题，至少有一半的观点，我举双手赞成。我猜，未来会出现更大的工业化变革，我想做的是在我们遇到挑战时，能在生产、销售和广告里运用现代手段。我也希望能持续保持个人成就。我脑子里已经规划了好几个月了，但是我想等确定了再公布出来。这一次你也能参与进来……"

弗兰一下子弹了起来，抹干眼泪，急切不已："说吧！但别长篇大论啊！原谅我的粗鲁，亲爱的，但你的确花时间……"

"嗯，我是想把这事理清楚，至少自己得理清楚。我可不是个冲动的人。"

"事实上，一旦既成事实，你就变得思维敏捷，可是你总有些迷信——我觉得这就是从大学时代开始，你就扮演沉默英雄的后果。有时候你的想法很孩子气——我比你更了解你自己，你总怀揣一个荒谬的想法，但作为一个成熟男人，你又觉得自己不应该那么快说出来，于是便困在——"

"我们又离题了。让我把它说完吧。正如我所说，这是一个你能充分参与的计划，而且你也能和我一样从中获得很多乐趣。这个想法是这样。"

接下来，山姆笨拙而又断断续续地描述自己有关桑苏西花园的宏伟理想。

可弗兰打断了他，于是山姆不得不停下来："这简直不可能！"

"为什么？"

"你都没尝试过这样的事——例如参与国内的地产开发或装修，更别说其他事了。山姆，我敢打赌你绝对说不出家里画室里最新窗帘的颜色！"

"它们……额，它们是……我想想啊，浅红色。"

"米黄色，虽然里面夹杂了一些红色，但完全看不出来。亲爱的，我能发现这样新计划的乐趣，但对你来说……"

"过去五年，我个人亲自参与了挑选启发汽车车身颜色和配件项目，大家都认为美观大方啊……"

"说实话，你并未有什么大动作。完全依靠设计室里那个恶心的门外汉威利·达特伯利（Willy Dutberry）的帮助。"

"不管怎么说，虽然威利总留着鬓胡，总喜欢戴粉色领带，但也是我把他挑选出来的，不是吗？也是充分仰仗我的英明决断，才领导他，不是吗？而且为了自身的发展，我肯定能选出合适的人选——嘿，弗兰，我慧眼识人的眼光独到吧！即使是在汽车领域，我也不会装作什么都懂。没必要。但是我可以……"

"还有一件事，山姆。你想创造出点什么东西，我确实欣赏你这想法。在美国郊区，还想建个花园胜地——呸！地方又小，像世界博览会的展览馆一样密密麻麻地挤在一起，居然还敢取些自命不凡的街道名——"

"那就找个面积宽松，低调深沉的地方！人总得找地方住。我可得吸取你品位高雅的建议——"

"亲爱的，这个计划对你来说极具吸引力，但我绝对不参与，除非我老了。我不想日日夜夜都与那帮可怕的暴发户友好协商，把时间浪费在他们身上。他们想的就是把图兰城堡①放进北极牌冰箱里，所有东西花的还得是邮购价。"

他们争论了一个小时。弗兰放空了一会儿思路，之后缓了过来，整个人突然变得轻快明媚，表情也愈加温暖。山姆觉得自己并未阐述清楚自己的计划，但弗兰并不想听，于是让他打住。凌晨三点，他们终于能上床睡觉，经过一番粗略的讨论，山姆发现弗兰未来可能要在外逗留四五个月，甚至六个月才会跟山姆回家，除此以外，未得出其他结论。看来，

---

① 位于法国。

弗兰绝不会协助山姆建立"水泥城堡和砖油毡庄园",到目前为止,能克制自己不发脾气,完全是出于良好的修养。

躺在床上,山姆回忆了他们两人的所有对话,可他都没弄明白这究竟是怎么发生的,他想把弗兰诱拐回家的想法又失败了。

"她还说我像头牛。哼,如果真是头牛,我也是时速二英里等级的牛。"山姆叹了口气,睡着了。

他做了梦,梦里弗兰摔下了悬崖,在他的身下死去,而明娜·冯·艾舍尔笑靥盈盈地向他走来。他醒来后自骂几句,庆幸现实并非如此。迎着黎明的晨曦,山姆起身,望着熟睡的弗兰。她看上去那么孩子气,小鼻子藏在被子后面,山姆实在想象不出她发脾气的样子。

他们和库尔特在不少地方吃过饭——在布里斯托和凯瑟霍夫的希勒家,博查特家和佩尔策家吃过饭,在简陋的希耶成家和施奥尔酒堡也聚过餐。那次在冬园吃饭的时候,他们站在阳台上,欣赏着下方的杂耍表演。而在蒂尔加藤户外野餐的时候,天气越来越暖和,啤酒也越喝越清爽。周末他们还开车去库尔特朋友的乡间别墅,于是一整个明媚的下午,他们都在花园里闲逛,或去哈维尔沐浴。

可重点是,所有的一切都围着库尔特打转。

而库尔特呢,尽管欣赏山姆,也佩服山姆,但总觉得山姆和弗兰这对夫妇已经到了貌合神离的边缘,就像他在国际旅行社里见到的进进出出、争论不休的其他美国夫妻一样。对于像他这样的维也纳人来说,见惯了从高山平原上向东边和北边逃难的流浪者,而这个冷艳而又充满好奇心的美国女人比俄罗斯、克罗地亚和吉卜赛女郎更让人觉得奇特,也更具有挑战性……况且她自己还有一份可观的收入……因此,他没理由不在这个时候乘虚而入，不然弗兰怎么可能有资格进入奥伯斯多夫家的老房子？

至少，山姆按照库尔特的意思来猜测，也没法否定这一论调。

山姆不得不承认，他一直以来自己所接受的培训和运煤工一样的躯体，都无法说服他苗条浪漫的妻子讲讲道理。弗兰现在觉得自己如此优越，无论她是在跑步，还是在对着库尔特微笑，山姆都应该陪在她身边。

这虽然不可能，可山姆就得这么做。

山姆用尽一切可以接受的方法来说服她。可是只要参加一次库尔特的聚会，他们就又得吵一次。山姆坚持认为弗兰应该"立马回美国家里去"。可当弗兰提醒山姆自己也有收入，并且自己（一厢情愿认为）完全可以不靠别人救济而谋生的时候，山姆也实在没办法。

山姆躺在床上，整理好自己愤怒的情绪之后，庆幸至少自己和弗兰还能再次醒来，迎接闪亮美好的新一天，然后沿着运河散步，吃一顿美味的午餐，再开车去万斯①，回来之后再去蒂尔加藤②看日落。一路上，弗兰停下脚步，手指绕着山姆的袖子，严肃地说："山姆，我亲爱的，你能让我说句谢谢吗？谢谢你带我去了那么多漂亮的地方！我虽然很粗心，平常也不善于表达，但自始至终，我心里，亲爱的——"

她的眼眶湿润了。

"——一直都充满着感激！威尼斯，罗马，巴黎！还有此刻这里安静的落日。谢谢你，亲爱的，谢谢你不是 个野蛮

---

① 位于柏林西南部的一座小城。

② 德国首都柏林米特区下辖的一个分区。

的丈夫，谢谢你能理解我因为库尔特这样可爱的小人儿而兴奋的心情，并且你也没有吃醋！"

他能做什么？他只能小声地说："我没有忘记说我仰慕你吧？"

山姆也没法对库尔特·冯·奥伯斯多夫发火，因为诸多质疑后，山姆相信库尔特和他一样喜欢着弗兰，库尔特好像甚至不惜花费一切代价想让他们夫妇俩和好如初。

杜德伍斯在柏林孤立无援，库尔特在朋友圈子里极具凝聚力，弗兰对于伯爵头衔热切追求，这三点奇妙地融合在一起，他们三个人竟像家人一样齐聚。库尔特试图照顾每个人的情绪。他非常公正，即使感情丰沛，他也会像一个公正的裁判。当弗兰抱怨自己的丈夫除了"两杯黑啤"以外什么德语都没学会时，库尔特哀求她说道："千万别这么说——这又不是什么大事。"而当山姆抱怨就这么傻坐着看弗兰跳舞，跳到凌晨两点，他会疯掉时，库尔特就会说，"你看见她开心，你也会变得更开心吧！原谅我啊，但弗兰高兴的时候太迷人了！她非常脆弱，任何我们没注意的细微情绪或小事都能轻而易举将其陷入崩溃的状态。"

库尔特这么说着，看上去也很真诚。他说他在柏林也很孤独，虽然他并不想这么无礼介入杜德伍斯夫妇中间，但能陪着他们度过这段时间，已经很满足了。不管自己身上有多少钱，库尔特都坚持自己付账。

山姆感叹道："如果他不是那么的'正直'，事情也就轻松多了！"

他没有证据来证明库尔特和弗兰之间，除了如家人般的亲密，还有别的私情。

有那么一两次，启发汽车厂在德国的代理商来找山姆，带他去美国俱乐部吃饭时,库尔特和弗兰就单独溜出去玩儿了。山姆在阿德隆酒吧谈了一晚上的生意,他们俩却去听了一晚上的歌剧。这几次外出之后,弗兰看起来更加美艳动人。

在伦敦,幸亏有赫德先生,山姆得以保留一些身为实业家的尊严。不过就是从那时候开始,山姆的头衔渐渐沦为了美丽的杜德伍斯夫人的丈夫。他眼睁睁看着发生的这些变化,却不知道变化从何而来。在柏林,哪怕是约翰·约瑟夫·布卢门巴赫教授的登门拜访之后,山姆也没觉得有人视他为弗兰的"救世主"。

收到布卢门巴赫先生的名片时,山姆正准备去吃饭。"我不认识这个人啊,不过名字听起来很熟悉。可能是弗兰的朋友吧。"山姆最后决定说,"让他上来吧。"

弗兰正在卧室里缝一件晚礼服,山姆跟她说的时候,她说她根本就不认识什么布卢门巴赫。弗兰跟着山姆下了楼,进了起居室,倒抽一口凉气。约翰·约瑟夫·布卢门巴赫教授头颅方方正正的,但有一个塌鼻子,浑身透露着古旧的气息。

"抱歉,打扰你了,杜德伍斯先生,"他急急忙忙地说,"原谅我英语不好,但我看了汽车杂志,对你的汽车厂有那么些兴趣。另外我表亲也住在美国,圣路易斯①,因此我知道一些你在汽车工业发展的有关情况。如果你和你的妻子能接管我们工厂,我会备感荣幸!"

弗兰非常婉转地拒绝了他:"你真是太好了,先生。但是我们过几天就要走了,接下来也会比较忙。我相信你会理解我们,原谅我们。"

---

① 美国密苏里州东部大城市。

布卢门巴赫先生看着弗兰，表现出了极大的不满。他擤了擤鼻子说："非常谢谢你"，然后冷笑着匆匆忙忙离开了。

"这个神经病！大概是想从你这里骗些钱财去赌吧。"山姆让弗兰回去继续开展她的"缝补大业"，弗兰冷静地说，"这个可怕的人，要是你自己，得花一个多小时才能摆脱他的纠缠哩。"

库尔特不请自来，接他们去吃饭的时候，山姆问他："你听说过一个姓布卢门巴赫，叫约翰·布卢门巴赫或者类似名字的人吗？他也做汽车生意？"

"当然了！"库尔特说。

"真可怕。"弗兰补充道。

"怎么会！他是个好人，很受大家欢迎。他可是德国汽车产业的两三个巨头之一。他掌管着火星公司——我觉得火星是欧洲最好的车——"

"难怪！我说我好像听过他的名字。"山姆默默地想。

"——我真希望你能见见他。他能给你想要的有关汽车工厂一切内幕信息。不过我可没有这荣幸与他结缘。我只在一个公司协会上见过他一面。"

"那我们得赶紧结识结识他！"弗兰说。山姆什么也没说。

后来他无数次地设想，如果他给布卢门巴赫先生打电话，或许他就能被柏林大众广为接受，塞缪尔·杜德伍斯将再度复活。

可他什么都没做。

山姆夫妇和沃林斯基男爵夫人还有明娜·冯·艾舍尔一起去远足过几次，心灵脆弱，经常受伤的库尔特确认小小男爵夫人没什么特质足以吸引弗兰的注意力。至于山姆和明娜未能走到一起的原因，连山姆自己都一直无法理解，他看上去似乎受了很重的伤，可最后他放弃治疗了。

对山姆而言，弗洛伊·冯·艾舍尔就是一个警示，告诉他未来真会有女人忽略他的笨拙和冷酷，但山姆迫切想逃离这个警示。他完全知道沉浸于这种激情之中会有多痛苦。他甚至质疑自己以前如此单纯，不光是来自道德束缚，还有情感上的懒惰和恐惧。是不是因为山姆想亲吻明娜宽宽的嘴，所以才对她如此冷淡，什么都逆着她来？这还给弗兰嫌弃山姆，训斥他粗鲁无比的机会。这么多年来他内心能如此平和，难道完全是受弗兰影响？

"该死！"山姆·杜德伍斯恹恹地说。他一直找不到一种合适的方法来表达自己的情感。

所以他摸索着穿过迷雾缭绕的道路。远处传来潺潺阴森的水流声，在看不见的树根中间恍恍惚惚、跌跌撞撞前进，这一切，甚至比梦境还不真实。

第二十五章

又是一个一成不变，再寻常不过的清晨。山姆真有些期待与库尔特及他朋友共进晚餐。库尔特的朋友来自维也纳，库尔特也只说他朋友"是个好人，能说七种语言，人很幽默"，而别的情况山姆一无所知。下午他们计划去卡西雷尔家看科尔贝①的雕塑展览，然后去唐怀瑟画廊欣赏法国印象派画家的作品。山姆希望这番计划能吸引弗兰走出夏洛滕堡②，与他前去检查工厂和工人宿舍，但可能性貌似不大。弗兰喜欢谈论她称之为"下层人"的话题，但从不真正去接触那些"下层人"。

山姆懒洋洋地躺在客厅，懒散地穿着晨衣和老式拖鞋，

---

① 格奥尔格·科尔贝（1877～1947）：同时代德国雕刻家的代表人物，其充满活力、现代感与精简的古典风格与法国的马约尔相似。

② 夏洛腾堡宫位于柏林露丝广场，一座巴洛克式宫殿，是柏林地区保存得最好、最重要的普鲁士国王宫殿建筑物。

虽然弗兰总想给他换一双新款拖鞋，但从未实施过。当他读完了巴黎的美国报纸，大声嚷嚷说 T. Q. 欧比利斯科（T. Q. Obelisk）先生刚刚抵达欧洲，能在巴黎度过整整三个星期，除此以外，没有更多的事情可做。他在考虑要不要给亨利·哈扎德回信，但是此刻的确没有新的事情可以交代。山姆想喝点酒，不过现在这时间也太早了吧。他也想去散散步——不过他已经走遍了市中心。

山姆走来走去，踟蹰不已，缓缓穿过起居室，翻开旅行社的文件夹，阅读有关里约热内卢的介绍。

山姆偷偷朝卧室看了一眼。弗兰穿着睡衣和毛茸茸的粉色针织外套。她吃着巧克力，正在读《福斯报》（*Vossische Zeitung*）和小报。弗兰在字典和想象力的帮助下阅读报纸，遇到不懂的地方直接跳过。山姆羡慕地看着弗兰知识丰富的样子。山姆觉得这将是充实美满的一天，随后他回到客厅，凝视窗外的广场，心里依旧希望弗兰能跟他回家。

突然，一阵敲门声响起，山姆推测肯定是客房服务员，于是唤了声"请进"。

可走进房门的却是一个拿着电报的小男孩。

山姆接过电报，过了好一会儿，才打开它。虽然自觉在柏林是个小人物，可还能收到电报，山姆很欣慰。电报上写着：

"喜讯，第一个儿子诞生，重九磅，艾米丽已经乐疯，第一个孙子一切平安。哈利·麦基发。"

山姆呆呆地站在那里。但他没有沉溺其中，毕竟他已经开始新的生活！艾米丽竟会如此快乐，他曾那么爱这个女儿。此刻，弗兰应该想回家了吧。他们会赶上下一班轮船，过不了多久就能看到小宝宝、艾米丽、哈利、布伦特、塔布，还有亨利·哈扎德——或许两周内就能看见——

山姆大踏步走进卧室，试图掩藏自己激动的心情，说话的语气试图与平常一样："呃，那个，弗兰，艾米丽从泽尼斯发来了电报。"

"哦?"弗兰简短地回应，"怎么了?"

"那个——弗兰啊!"山姆走过去吻她，完全没注意到她有点不耐烦。"我们都做祖父祖母啦! 这群坏蛋，都不让我们知道小生命诞生了! ——有可能是不想让我们担心吧。艾米丽有儿子了! 可有九磅重呢!"

"那——"

"母子平安! 哈里才发来了电报来。"看到弗兰脸上轻快幸福的笑容，山姆终于感受到几个星期以来前所未有的安全感、归属感和踏实感。"老天爷! 我真希望这里有越洋电话! 哪怕每分钟要给一百块我都要打给他们! 能听见艾米丽的声音那就太好了! 告诉你，我现在要给库尔特·奥伯斯多夫打电话，告诉他咱们都有孙子啦! 我简直忍不住想叫出来——"

弗兰脸色一紧："等等!"

"你怎么想的?"

"我也很开心啊! 亲爱的艾米丽，她得多开心啊。但是山姆，难道你没意识到，库尔特——额，我也不是单指他一个人，我是说我们在欧洲的朋友们——都觉得我很年轻吗? 当然了，我本来就很年轻，本来就是! 但是如果他们知道我当祖母了——天啊，当祖母了! 你还不明白吗? 这太可怕了! 这对我来说简直就是世界末日啊! 求你，求你了，拜托你理解理解我! 你想啊，我结婚的时候那么年轻，现在我刚满四十就当祖母了，这太不公平了!"山姆立刻反应过来，弗兰满打满算也才四十三岁。"祖母不都带着蕾丝边帽，手里拿着棒针，还得了难忍的风湿病吗？天啊，拜托你理解理解我！我也为艾米丽感到高兴，但是我也有自己的人生啊！你这辈子都不能把这个消息告诉库尔特！"

山姆一下子就明白了，彻底明白了。

这个突如其来的打击让山姆甚至无心生气。"啊，好的，我明白你的意思了。好，那我——啊，我去给艾米丽和哈利回电报。"

他们准备赴库尔特宴席的那个晚上，山姆发现弗兰养成了一个新习惯，她把香水喷到了右手手背上。于是山姆忍不住想："他肯定是要吻她的手了？我还以为？想都不用想啊，一定是这样！"

看到弗兰在手臂内侧喷香水，山姆不得不多留个心眼儿了。他觉得很不舒服，于是走到客厅，想在等弗兰换好衣服的期间，试着去读一读美国快运公司出版的《欧洲旅行指南》（*European Travel Guide*）里英法环游章节，以便转移注意力。但是他完全提不起兴致读这本书，山姆忍不住朝卧室方向窥视。那边放着库尔特送来的玫瑰，还有他送的利翁·福伊希特万格（Feuchtwanger）① 的《犹太人徐斯》 （*Jud Suss*）②。

不久，库尔特本人就敲门进来，欢快地大声说："我们的小妻子是不是又要迟到啦？山姆，我给你带了一盒地道的哈瓦那雪茄，可是走私来的！不过没花什么钱！啊，我的女神来啦！太开心了！山姆，就像你感觉的那样，柏林对我这个

---

① 利翁·福伊希特万格（1884～1958）：德国小说家和剧作家，因写历史传奇而闻名。代表小说为《犹太人徐斯》（*Jud Süß*）（1921）。

② 德语书名为 *Jud Süß*，英文书名为 *Jew Suss*，作者使用 *Jud Suss*，可能是混淆德语和英语版本，也可能具有讽刺意义。

维也纳人来说也十分陌生，你都不知道对我这样一个可怜人来说，能有你和弗兰在这里陪我，有多幸运！你太好了……弗兰，你还没换好衣服吗？你可怜的小伙伴们都在等你哦！我若是山姆都来惩罚你啦！我朋友应该都到餐厅了。"

"就来，就来，库尔特！"弗兰唱歌般回答。

库尔特果然吻了弗兰的手背。山姆·杜德伍斯对此无话可说。

之后他们在酒吧里一边喝着鸡尾酒，一边等待库尔特的朋友，山姆·杜德伍斯又捕捉到了新信息，但又相比在公寓里，他感到更加羞耻，更加难受了。忽然，一个美国汽车推销员走过来跟他们打招呼，山姆在之前的美国俱乐部餐会上似乎碰到过他。山姆发现自己的口气竟然略显骄傲，"阿希礼先生（Ashley），你应该没见过我妻子吧。这位是奥伯斯多夫伯爵。"

推销员以自认为符合欧洲礼仪的方式吻了吻弗兰的手背，然后对库尔特说："很荣幸认识你，伯爵。"

山姆脑子里迅速闪出各种念头："瞧瞧啊，山姆小子。向他人介绍伯爵很荣幸吗？他也不过就是个旅行社职员！要不了多长时间，你就能四处吹嘘自己老婆有一个伯爵情人了！不，不，不，我没那么坏。但是现在真是脑子断路了。真不明白我到底怎么了。亲爱的艾米丽都有儿子了！难道弗兰不想——"

山姆态度冷静，语气冷淡，打断了库尔特，对弗兰说："话说，嗯，你还记不记得我向你提起过我的一个表妹，刚刚生了孩子？你要不要回美国看看她？"

弗兰平静地说："当然愿意了。不过我们得明年秋天才能回去看她。"

库尔特突然转移话题，"我的朋友来啦！多好一个小伙子！"

经过三个晚上，夫妇俩又和库尔特一起外出吃饭。在饭桌上，山姆收到了泽尼斯送来了第二封电报。

"塔布老兄来的消息！"山姆轻声笑着，便把信放进了口袋。吃饭时，山姆询问："不介意我读读来信吧？"

塔布的电报依旧像小学生的手笔：

你好吗？欧洲的美女们好吗？不过我也眼馋不了你们太久啦！马蒂和我决定过来瞧瞧这个古老国度，顺便享受享受美酒。马蒂可真是个通情达理的好妻子，而且她也喜欢酒。我们五月十号乘"奥林匹克号"出发，大概十六号到伦敦，然后二十一号抵达巴黎——我们在伦敦住萨沃伊酒店，在巴黎住大陆酒店。我们计划在巴黎待一个星期，而后去荷兰、比利时、瑞士、意大利以及法国南部，并于六月二十号从瑟堡返航。时间有些紧迫，但是我们不会错过主要的风景名胜。你这个吝啬鬼，上次寄来的明信片上说你在德国什么都找不到，除了啤酒，还说啤酒带你走出了所有困境，害怕我也想尝一尝。还记得我们过去常喝的什么吗？香槟啊。

现在你忙得日理万机，都不联系我们这些老朋友了，但是如果你能陪伴我们从伦敦到巴黎的行程，或者能全程陪同我们，那就太好了。由于旅程太长，将行程安排寄至和平街23号公正信托公司。

不用带现金！

你真诚的朋友，

托马斯·J. 皮尔逊

这封信跟着山姆从巴黎到罗马，又从罗马到柏林。塔布已经到伦敦了，三日后即将到巴黎。

这是山姆收到的为数不多、来自塔布的亲笔信之一。通常塔布的信都先口述，随后抄录在银行专用纸上，就像债券一样，华丽却略显生硬。而在这封信里山姆察觉到一丝不同寻常的紧迫感：如果自己和弗兰不去巴黎接塔布和他的妻子马蒂尔德（马蒂），塔布便会以为山姆轻视了自己，指定要生气了。

所以山姆再次打断库尔特（见鬼！这些天我得打断这位老兄，才能跟我老婆说句话！），随后开启新的谈话内容，"那么，你知道谁要来伦敦和巴黎了吗？塔布和马蒂！"

"真的吗？"弗兰礼貌地问道，并体贴热情地给库尔特解释："塔布是山姆的老朋友——一个相当富有的银行家。如果他们要来柏林的话，肯定会很乐意来会见你！你说过你想进驻美国银行业吧？塔布——啊，他姓皮尔逊——或许可能——"

"但我们要去巴黎见他们。"山姆再次打断了弗兰，"不是他们来柏林。我们直接去那儿接他们。要知道他们从来没有出过国。他今晚住伦敦，我会给他发电报。若有幸，我就给他打电话。或许咱们能定明晚的火车票赶赴巴黎。"

弗兰从朋友口中听到过很多有关马蒂的八卦消息，她当然不想去见马蒂。

"但是，亲爱的山姆，"弗兰反驳道，"我实在找不到什么理由赶去巴黎啊。而且我们离开巴黎的时候，你不是抱怨都累坏了吗？我知道你喜欢你朋友，但我实在不知道他们有什么资格使唤你。"

"那你想不想见见塔布和马蒂？"

"别犯傻了！我当然很愿意见他们。但是要折腾一路去巴黎——"

"那就是不想——我真没想到你居然不愿意——"

"好吧，如果你非得知道理由，我觉得你的好朋友塔布·皮尔逊先生有些严肃。他总是故作幽默，况且，连你自己都承认马蒂无趣而乏味。身材还如此臃肿！天啊，我认识他们都二十年了。随你怎么做，我可不会去。"

"但是我又不能给他们当导游，我不会说法语。"

"正因为如此！那我们去干吗？他们可以让别人去啊！"

"但若有我们的陪伴他们会感到更快乐啊——"

"对朋友好，这没什么错，但是我不想十五个小时都坐在肮脏的火车上，就为了给塔布·皮尔逊夫妇当免费导游，来取悦他们！"

"行，好，没问题。我自己去。"

"随你便！"

弗兰扭头朝向库尔特，继续和他甜甜蜜蜜地讨论欧洲中部不同档次的剧院。库尔特看着山姆，略显尴尬，似乎想说点什么，安慰他。一整晚，山姆都异常安静。

回到酒店，两人独处，弗兰重新打开了话题。

"关于塔布，我很抱歉。如果你还是坚持的话，我也还是会去——糟糕的旅行！"

"我从来没坚持过什么。"

"——但我总觉得去做导游太荒谬了——而且你亲爱的塔布肯定想游遍巴黎的美丽胜地！"

"不用了，我觉得你不去更好。你是对的。塔布肯定想去蒙马特喝一杯。"

"我亲爱的塞缪尔，我觉得你更适合单独去，这样你们才能玩儿得尽兴。"

"弗兰，重点是，我不知道你有没有意识到，如果你继续这么无视我，羞辱我，总有一天你会招致祸端，我有——"

"说实话！"

"——一个好办法。我明白你觉得塔布又不是什么恩迪科特·埃弗雷特·亚特金斯，但是我想和我们认识了那么久的老邻居共度一段快乐时光。哪怕就那么一次，你能不能不要为了自己出风头而——！"

"我可没那么高尚！"

"——就站在我身后！我一直觉得你应该忠诚可靠！"

"我的确忠诚可靠！就算有人批评你，我都站在你这一边——"

"你能不能听我说！哪怕一次，你不要那么故作完美，好吗？以前我觉得你忠诚，但是通过这次去找塔布的事儿，还有你对艾米丽的孩子毫无兴趣的样子来看——"

"我受够了！你简直就是在指责我，说我是没人性的冷血动物！但是我得知艾米丽有孩子的消息之后，喜极而泣，哭了整整半个晚上，迫切想见她和她的孩子。但是——我没法让你明白。"弗兰不再轻率，突然变得异常严肃，"艾米丽有孩子，我确实很高兴。我的确很爱她。但是——我也像他们一样思考过，虽然不是经常这样，但是我也是有常识的人！我试图避免感伤，但好像不对艾米丽和其他人有所回应，就会毁了我和你似的！我在那儿又能做什么？我能帮她吗？不可能！我在那里只会碍手碍脚。天啊，任何一个训练有素的护士都比我有用，而且艾米丽周围全是他人的爱和关心！我去了就是个包袱，她不需要我。另一方面，这也足以影响我——"

"世人听到'祖母'这个词，都会想到一个垂垂老矣、手无缚鸡之力的女人。我不想变成那样，未来二十年我也不想成为那样。然而大多数人思想都很传统，即使他们认识我，看见我，还和我跳舞，可一旦他们知道我当祖母，这个标签给他们的影响远远大于他们所能感知的一切，随即他们便把我扔到一边。我不想过那样的生活！虽然我很爱艾米丽——"

"我告诉你吧，只要我能为艾米丽做事，什么我都愿意做！我并不是说我不是个好母亲，也不是说我不够忠诚！二十年来，哪怕是艾米丽去大学了，别家孩子该穿的衣服，我都买给她穿，别人孩子该吃的东西，我也买给她吃。你——当然了，从办公室回家，让孩子们骑在你肩头，你就觉得你是个好父亲了？那是谁带她去看牙医的？是我！是谁给她准备聚会，写请帖的？是我！是谁在仆人生病，护士不在的时候跪在地上带孩子的？还是我！我尽了我的责任，我就有权去享受生活，不能因为你反应迟钝，缺乏想象力，就剥夺我的这份权利！你已经不知道怎么放松娱乐了，除了卖车、打高尔夫你什么都不会！"

"是。我觉得——我觉得你说得也挺好。"山姆叹了口气，"你说服了我，我一个人去接塔布。我去去就回。"

"真好，我要是不在，你估计玩得更踏实吧。男人就得时不时离开女人，自己去玩儿。听我的吧，尽量别跟马蒂一起——让她去买衣服，你和塔布就能去一起逛逛了。你肯定会享受老友之间的快乐时光。现在你明白我一点儿也不粗鲁，一点儿也不自私了吧？"

随后弗兰给了山姆一个迅速而热烈的吻，开心地走下床。

自从阿诺德·伊沙端尔事件后，他们之间这样的亲吻已变得很少。他们之间的亲密关系的的确确发生了变化。事实上，并不是弗兰没有了吸引力；相反，山姆比以前更珍惜弗兰的灵性和睿智。在山姆心里，弗兰已经成了高高在上女神，

成了神圣的图腾，任何对她的欲望都是一种亵渎。弗兰因此
也得到了解脱，他们似乎渐渐变成了兄妹，这让山姆感到无
力，感到绝望。

之后一天他们都无话可说，山姆便去了巴黎，弗兰和库
尔特·冯·奥伯斯多夫也一起外出玩儿去了。弗兰和库尔特
兴高采烈地送山姆上了去巴黎的夜班火车，库尔特还给山姆
递上了一包美国原产香烟，一棵仙人掌，还有一本《国家民
族政坛》（The Nation）杂志①。库尔特误以为这是美国最保
守的杂志，山姆这样的富豪制造商读它，再适合不过。

一个小个子德国人做出抱歉的手势，尽管上铺不舒服，
但坚持要睡在那儿，但事实上，那是山姆的铺位。于是，山
姆不得不把自己的床位让给他。到了晚上，德国人想开着灯
睡觉，山姆也没法拒绝，因此，他只能躺在自己的铺位上，
盯着蓝色微光映出的阴森森的窄顶，仿佛这样就能忘却黑暗。
但这反倒更加凸显了车厢内杂乱拥挤的悲哀景象：裤子胡乱
挂在床架上，像生活一样错乱纠葛，啪啪地拍打着墙壁；小
折叠桌下的窗口塞满了报纸以及烟头、垃圾。火车发出阵阵
轰鸣声，陷入勃然大怒，山姆感到无能为力；就连生活也令
山姆感到无能为力，身边没了弗兰，自己变得渺小、幼稚且
毫无防备。为什么他要独自去巴黎？他一点儿都不了解法国，
甚至一点儿都不了解欧洲。山姆觉得自己如被放逐的罪人。

她这么轻松地就让自己走了。自己是不是快失去她了？
可他们两人已经同甘共苦二十年了。弗兰一直从他那儿获取

---

① 该杂志是美国舆论杂志中历史较久的期刊，于 1865 年出版，关
注美国及其世界政坛的变化，评论时事要闻。该杂志内容涵盖广泛，涉
及文化、风俗、艺术、社会、科学等。

温暖，受到他的保护，但他自己是不是也需要温暖，需要保护？

还是他已经失去了弗兰？

山姆开始沉思，幽幽的蓝光里隆起了一个疙瘩。

他能做什么呢？

火车正在飞速前进。整整二十世纪里，恐怕都不会有这么快的车。到底有什么不对劲儿呢？

如果弗兰睡在上铺就好了。她的手从床沿探出来就好了，这样他能看见，说不定也还能假装意外碰一碰——

但即使他们在一起，弗兰也不会睡上铺！

山姆在凌晨三点醒过来，陷入对弗兰的思念，不过思念很快淡去，只剩下愤怒。

弗兰和库尔特两人肯定去"冒险过新生活"了！——真卑鄙！因为她，山姆从来没觉得无聊。山姆所有的尝试和努力都试图满足弗兰的异想天开。毕竟，如果失去她——

自己走后，库尔特和弗兰会做什么呢？

过去的弗兰居然是一个称职的母亲！以前孩子没有护士和看护，也没有成群仆人的时候，弗兰也算个好母亲！虽然她曾"跪在地上带孩子"，也就那么一次吧！

弗兰可是认真的，她真以为自己是一个能为了孩子，牺牲自己的母亲。她的周围一堆麻烦事儿。但她从来没认清过自己。从来没有！

也是，山姆从未忤逆过她——或者说是没忤逆过自己对她的宠爱，一直以来，山姆都试着以弗兰喜爱的方式体验生活的欢乐。现在他得过自己的生活了。现在的他，有些许寂寞，要过上新生活，并非绝无可能——

就算没有男性朋友，这不还有女人嘛——

突然，山姆十分想念明娜·冯·艾舍尔。山姆清晰地感觉到她的嘴唇，甚至能清楚地看见她的容颜，她的轮廓。

巴黎好看的姑娘多了去了——山姆可不是丁尼生故事里的落魄爵士，他已经有足够的耐心，也牺牲了很多，错过了不少美好的人和事！弗兰凭什么就能拥有所有人的爱？而他就要——

突然弗兰的脸在蓝色的光晕中慢慢浮现，这是一张受伤的脸，饱受责备的脸，显得那样苍白，异乎纯洁。山姆不敢伤害弗兰，这般想法他也不敢拥有。在疾驰的火车里他举目无助，于是，山姆摇了摇头，思绪从服侍弗兰的卑微懦弱中，飘向明娜温暖的臂弯，但过不了多久，又飘回了弗兰身上，又辗转至明娜，就这样反反复复，无休无止。

山姆坐在餐车里享受早餐。头脑中要是想到弗兰了，他就会想想，哦，好不容易能像人一样享受一顿培根鸡蛋，终于不用听弗兰抱怨，说什么地地道道的欧洲人可不会吃如此粗俗无味的美式早餐。他点起一根雪茄，充分享受旅行中的惬意与自由。

早饭期间，山姆听到一个美国女人对她的同伴说："我真正喜欢的剧是《他们知道自己想要的》（They Knew What They Wanted）。"

可之后就没听到太多对话了。山姆陷入沉思："这对我来说就是一个纠缠一生的麻烦事儿，没得到自己想要的，绝非简简单单而已。事实上，我从来都不知道自己想要什么。世上比弗兰更好的女人比比皆是。她们不像弗兰那样自私，脾气更温和。如果我能找到她们——"

"如果我现在就开始可谓老生常谈的'冒险新生活'，该多有意思！我知道我想要什么了——我要弗兰！不过这想法跟孩子想要妈妈差不多。(这也就是弗兰的形象啊,她就像十一月静谧夜晚的一轮明月!)如果她不属于我——那我希望我能找到别的有意思的事——但她注定属于我啊!"

第二十六章

　　山姆想在车站给塔布和马蒂一个惊喜，所以他直接前往塔布预定的大陆酒店。早在柏林时，他便给塔布发了一个电报："你至巴黎一两天内，我亦抵目的地，开心，面谈。"至巴黎后，山姆给启发汽车厂伦敦分厂的赫德先生打了个电话，请他从萨沃伊酒店门童打听塔布乘坐的火车班次。

　　山姆在火车站等待，心情异常雀跃。他不是因法国人喋喋不休而困扰的美国游客，他了解这些法国人！他可以跟门童看守像老贝利茨一样用法语说"把我的行李拿到出租车上"，他已经可以说得跟弗兰一样好了。山姆手里晃着自己的手杖，在站台上走来走去，他对前来拉拢生意的搬运工们点点头，周围喧闹声不断，山姆感觉自己就像在最后一场球赛的夜晚。一辆迅捷如电的法国火车缓缓进入终点站，车头向上喷出的白烟冲向房顶。山姆忍不住咧开了嘴，高声大叫。

　　"老伙计，塔布！马蒂！第一次在巴黎和你们相遇啊！"

越过人群，山姆望见塔布正把自己的行李递给搬运工，只见他们跌跌撞撞地下车，只见这个无忧无虑的人不知道即将到来的相聚，只见这个讨厌旅途劳顿的人，舞动着手臂，用带有浓重泽尼斯口音的法语解释自己的目的地。

山姆悄悄穿过了人群，朝皮尔逊夫妇走去。塔布自己提了一个小旅行箱，里面应该装着马蒂的名贵首饰。山姆冲向塔布，抓住他的肩膀，平生未有的高音大声喊道："嘿！老伙计！你自己不用拿行李！"

塔布突然愤怒地抬起头。这个实诚的美国人，被大风大浪折腾，被海关反复质疑，被服务员敲竹杠，被导游忽悠，最后还被法国售票员误解；他心中的愤怒如雷鸣般震彻苍穹，足以掀翻整个欧洲大陆。塔布的双眼往上看，显得不知所措，随即缓缓地说："哼！你这个老家伙，偷马贼！好啊！大蠢蛋！"

他们互相捶了捶对方的肩膀，马蒂还没回过神来，山姆就给了她一个吻。之后他们一起走下了站台，山姆一手挽着塔布，一手挽着马蒂。他高声对搬运工说："请给我叫辆出租车！"正当搬运工给他们叫车时，塔布兴奋地高喊起来："哈哈！我就是个混蛋！但山姆老兄，你得像本地人一样疯狂杀价啊！"

随后皮尔逊夫妇询问了一番弗兰的情况。

他们似乎很想念弗兰，愿意听取些许借口，诸如"她有点感冒，得躺几周，所以她不能来接你们，"但山姆的心里却有着难言之隐。不过这种情绪只持续了一会儿，他可还要带塔布游览不少好地方呢！过去，塔布一直比山姆聪明，比山姆时尚前卫，但现在的山姆终于成为了一个猜不透、看不明的欧洲人，这次轮到塔布来欣赏山姆，这真让他高兴，让他意外。

　　而没有了弗兰轻蔑眼神的监督，和塔布在一起懒懒散散、打打闹闹也真是种享受。

　　马蒂·皮尔逊真是善解人意。她心宽体胖，安于现状。她年轻时，度过了一段快乐而烂漫的少女时光，但也干过不少疯狂的蠢事：滑冰速度极快，舞姿僵硬难看，根本不明白什么是男女之间暗送秋波、你侬我侬。现在她是三个孩子的母亲，其中一个女儿是布伦特在耶鲁的同学，马蒂也在泽尼斯创办圣公会，发明了一种鲜有人娱乐的扑克游戏，种植娇艳盛放的大丽花。弗兰眼中的马蒂是个粗俗的寻常妇人，马蒂却认为弗兰魅力无限，天生丽质。

　　抵达酒店，马蒂回赠山姆一个吻，然后说："天啊，看到这个人活过来了，这太好了！现在你们两个大男人出去待着，我得收拾收拾东西，你们就去喝酒吧，别喝太多了，否则吃不了晚饭！咱们八点吃饭，现在还有两个小时，够啦！去吧去吧！我爱你们俩！"

　　终于，山姆和塔布·皮尔逊单独在一起了！正是塔布踏上欧洲大陆的第一个下午！

　　山姆和塔布自高三开始就好得能穿一条裤子了。从大学开始，他们又一直在竞争，工作啦，孩子的数量啦，社会荣誉啦。后来山姆干脆去了国外，只留塔布在家。

　　他们时不时地看看对方，默默地说："你这老家伙，能跟你在一起真好！"

　　山姆没注意到塔布头发灰白，人也胖了些，眼睛不再瞪得圆鼓鼓了，眼神已然带着银行家的锐利，真不知道他日复一日拒绝了多少走投无路人的贷款。在山姆眼中，塔布还是以前那个需要他用拳头来保护的小子，还是那个格外崇拜，充满智慧的小伙伴。身为本次短途旅行的伴侣和向导，山姆忍不住炫耀一下自己心中的小小宝藏。

山姆带塔布去了趟纽约酒吧，山姆居然是那里的常客，这倒令塔布感到震惊。山姆在这里随和地与他人交谈，向他们打听罗斯·爱尔兰的消息。之后山姆又带塔布去了路易吉餐厅，向他介绍了路易吉本人，还特别推荐了路易吉餐厅的煎鸡蛋。随即他们又去了查塔姆酒吧，在那儿有幸遇见了著名的幸运士兵凯利上校（Colonel Kelly）。山姆的内心顿时膨胀起来，内心得到极大满足。三次换场之后，山姆将塔布介绍给凯利上校，那一瞬，山姆觉得自己在欧洲受的苦全都烟消云散了。

塔布在山姆心中就是世界上最可爱的人，此生拥有这样一个朋友真是一大幸事。他们回大陆酒店时，两人都处于一种极度亢奋状态。

马蒂看着他俩，叹了口气说："还行，你们两人还没我想象中喝得多。现在去洗洗脸，然后一人喝一瓶醒酒苏打水——相信我吧，山姆，跟这号人一起旅游，你必须得带几瓶醒酒苏打水。喝完了你们俩若还能走路，那咱们就去享受巴黎美食。"

山姆带皮尔逊夫妇去维尔森饭店，落座时，塔布看起来闷闷不乐。

"这地方真是死气沉沉。"塔布说。

"是，我知道这里气氛不太活跃，但这是一个闻名遐迩、历史悠久的饭店，这里的美食美酒都数得上城内一流！那你喜欢什么样的地方啊？我明天替你找找去。"

"我也不很清楚。我也不知道我想象中的巴黎饭店应该是什么样，但是我总感觉一定要有镀金的装饰，要有大理石门厅，有一流的管弦乐队，还得有很多人伴着音乐翩翩起舞，

对了，还得要有一波又一波的漂亮姑娘。在那样的地方，我
得注意自己的言行了，否则马蒂肯定会吃醋。这里的节奏太
缓慢了。"

"嗯……"马蒂说，"塔布总有种莫名其妙的信心，以为
自己是情场高手——哎呀，我们这个胖乎乎的浪子哟——但
问题在于，姑娘们都看不上他啊。"

"差不多得了啊！我也没那么差。话说，明天你真能找着
这样的地方？"

"明晚就带你去这样的好地方。"山姆说，"到时候，你就
能看到想象中的漂亮妞儿了。她们都得轮番来，用九国语言
夸你是个'翩翩美男子'。"

"那倒不必，一种语言就够啦，好话不说二遍嘛，哈哈！"
塔布扬扬得意地回答。

"这可就是你的失误了吧，山姆。"马蒂说，"他还没那么
恶心——至少比跨越英吉利海峡收敛不少了，我也绝不会让
他悄悄地跟那些小贱货出去鬼混。绝对不会！虽然我会趁他
厮混时，顺便花他的钱去购物，但是只要他玩儿腻了，自然
会乖乖回到老马蒂的身边！"

"我可不一定回来！我们吃点什么呀？"

领班服务员已经在旁边站了一小会儿了。山姆急迫地想
显摆自己对法国餐厅有多么了解，于是伸手接过菜单，但没
想到，塔布抢先一步，看样子他是想用生命来体验维尔森餐
厅，全身心体验这前所未有的经历了。

塔布用挑剔的眼神看着领班，问道："你能说一口流利的
英语吗？"

"可以，先生。"

"好小伙！去过英国吗？"

"在那里待了十六年，先生。"

"挺好啊——做个英国佬也不错啊！嗯，现在呢，小伙子，我们想让维尔森的老板娘给我们来两杯好喝的酒水，你替我下单，顺便再带我去看看后厨，免得大厨乱动手脚。听说他是个苏格兰裔犹太人啊，要是你让他帮我们下单，指不定他会怎么乱来，我会给你十分之一的小费。听好了啊，你们这里有烤象耳吗？"

塔布调皮地冲山姆眨了眨眼睛。

领班已有些受不了了，但他依旧耐着性子说："要不要试试我们的萝卜炖鸭？"

一旦塔布身上的美国西部的幽默细胞一经激活，他就像个大孩子一样。塔布也读过《傻子出国记》（*Innocents Abroad*）①，看过《来自家乡的男人》（*The Man from Home*）这部电影。于是他知道旅途中的美国人应该怎么打发时间，那就是"使劲借这些欧洲人来开玩笑"。所以塔布又说："还真没有象耳朵啊，小伙子？好吧，本来我以为这里是五星级的大饭店，没想到变成路边摊了。真没有象耳朵？"领班什么也没说，依旧姿态优雅。"那你们那儿有没有炖鸟窝呢？"

"要是先生想吃，我可以让中餐馆来做。"

"塔布！"马蒂察觉到气氛不太对劲，立马打断说，"玩笑别开过头了。把菜单给山姆，让他来点菜，听见没？"

"唉，演砸了。"塔布遗憾地说，"我给你说过这里死气沉沉吧。虽然，我还不至于像鸭笼里的鸭子一样呱呱乱叫，但是每每遇到这种情况，我总是能扭转局势，逢凶化吉。来，

---

① 马克·吐温的旅欧报道，以通讯集的形式描写天真无知的美国人在欧洲的旅游见闻，表现出美国人在欧洲封建社会中的优越感。

山姆，让他们见识见识你的真本事吧。"

过去，弗兰总愿意操纵一切，山姆虽心里痒痒，但鲜有这样的机会来显摆。山姆迅速点了份鹅肝，浓汁肉汤，蛙腿，芦笋羊肉，还有沙拉，并配上一瓶教皇级别的红酒。整个点餐过程，山姆都说法语，且训练有素的领班和侍酒师也真是配合，竟然全听明白了。

接下来他们的话题围绕着家庭"珍品"展开，诸如"艾米丽还好吗?""哈里·哈扎德的林肯汽车还好开吗?""修建三十层高的酒店项目进展得如何了?"

晚餐结束时已到九点了。十一点时，山姆带着皮尔逊夫妇去了蒙马特舞厅，这个"风靡四十年的俄式洞穴"，塔布总算是找到了梦想中的巴黎。这个"洞穴"空间巨大，充斥着嘈杂刺耳的黑人爵士乐。这里所有的东西售价极高，连租用衣帽间的价格也高得离谱，这里的香槟酒品相低劣，但价格不菲。舞池里的人摩肩接踵，烟味、汗味、香水味混在一起，散发出一股恶臭。宛如在沃思堡①和密尔沃基②大肆抢购内衣的喧闹声，这些满身大汗的姑娘们使劲推销自己，靠近粗俗不堪的希腊服务员和希伯来经理桌边喝喝酒、聊聊天。这地方，和百老汇简直一模一样。如今已到了 1926 年，法国人都踏进这个地方消遣，但山姆不得不像个向导一样，前往阿拉巴马州大城市伯明翰人举办的派对晚宴，可第二天，山姆彻底放弃，不再以向导自居了。

"嘿，这地方才像样!"肯塔洛斯洲际银行主席、费恩沃斯女子学校信托人、泽尼斯商会副主席，圣阿瑟夫教会教区

---

① 美国得克萨斯州东北部工商业城市。

② 威斯康星州最大的城市和湖港。

委员，我们的托马斯·J. 皮尔逊先生欢呼了起来，立马跳进舞池，同一个袒胸露乳的红发女孩跳起舞来。

"好吧——"马蒂无奈地说，"什么？天啊，我才不要在这个股票交易所跳舞呢。好吧，刚才我说我不介意塔布去追逐这些花花草草，确实装得有点过头了。反正无论如何他都要这么做，不如我去搞到他的信用卡好了。不过我不会这么做的！山姆，我的老伙计，我很抱歉，今晚塔布一直在戏弄那个服务员，还自认为是美式幽默。"

"马蒂，我的天啊，他只不过——"

"只不过像一个学生娃，总会被自己绊倒的，你是想这么说，对吧？如果我没记错盖茨小姐那儿在学校教的东西，这种修辞就是陈词滥调，还混合了隐喻。我太喜欢这个胖鬼了！他太甜了，你恨不得把他绑在自己身边，不让别人看。一旦让他嗅到掌声——老实说，自己大谈自己有幽默感的人才是最没有幽默感的人，跟喝醉的人没什么两样。有可能还更糟糕。他有可能已经背叛了咱们的信仰，或者变成素食者，或者开始沉溺于毒品。这小畜生。今晚他喝多了，我希望他明天早上起来别头痛，还能知道是我帮他驱了身上的酒魔。我会这么做的——肯定会——但是我也想享享受受自己的生活，我想从这儿带回一个大大的珠宝箱，当然了，前提是我得有足够钱来签支票。"

过了会儿，马蒂和山姆一起跳舞，虽然看起来像她在挥舞拖把。虽然马蒂胖胖的，但是身体很灵活，而且她不像弗兰，动不动就指出他脚步有多笨拙，他多跟不上音乐节拍，和马蒂一起跳舞很轻松，很享受，就连精神都恢复了很多，不像在火车上那样，亢奋还满脑子不切实际的浪漫幻想。

塔布不知道从酒吧哪个角落里挖出来一个印第安纳的银

行家，还有两个充满铜臭味但是很漂亮的爱尔兰女孩儿。人人都在跳舞，人人都喝了很多，人人都在开怀大笑。

塔布玩儿得很开心，甚至露出了美国人标志性的信号：他想续摊。

他们也的确续摊了——去了另一家不知道叫什么名的地方，同样的高标准，虽然酒和音乐还是一样糟糕，光线又太刺眼，他们花费太多时间跳舞、调情，享受这美酒的幽默时光。塔布坚持要回纽约吧，他还向马蒂保证，在那里一定会"遇到正常人"。

他们确实遇到了。纽约吧墙上挂着巴黎名流的速写像，在角落的一张桌子旁，他们偶遇了一名美国海军军官，刚刚吹了关于中国海岸的牛。一会儿他们的聚会里又加入了一个专栏作家，还有能吹会侃的英国玉米商，完全打破了他们印象中英国人害羞沉默的印象。

塔布只花了一天，在纽约吧里就比山姆一年还混得好。山姆不仅被自己的自尊心困扰，同时也好像觉得不应该把塔布带进这个地方，而且也觉得嫉妒，就像一个记者突然闯进来，用八卦吸引了周围本该围在他身边的人。塔布可是职业的好朋友啊，不管他是在银行柜台，是在圣阿萨夫的黄金告解室，是在费恩沃斯的办公室，还是在银行大理石核桃木的办公室，他都会戴上一副金丝眼镜，防止自己的幽默外泄。

山姆没有忘记那天下午在酒吧遇到的每个人。他叫出了两个记者的名字，而且在听到海军军官控诉最近和妻子吵架的时候心里充满了恶作剧的心情。

但是这样的快乐里也有瑕疵。塔布在晚餐时喝了勃艮第红酒，之后又喝了拿破仑白兰地，整个晚上都在喝香槟，而现在，他不顾周围有什么人，决定展现一下自己对于美国和过去美好日子的忠诚——通过喝美国黑麦威士忌的方式——他确实显示了自己的忠诚。

在军官讲他老婆的故事，讲到一半的时候，塔布已经显得无精打采了，嘴唇上印着几条水印——那时候才早上两点，但塔布已经喝了快十二个小时了，这可是他在巴黎的第一天。

马蒂对山姆大喊："他喝多了！你能不能把他杀了或者把他处理了呀！"

幸好洗手间离得近，在隔间里，山姆给塔布洗了脸，给他喂了阿司匹林，又骂了他几句，然后启程回酒店。

山姆所有的浪漫情怀都消失了，所有的热情也都消失了，甚至幼稚地觉得自己突然得到的完美自由也消失了，取而代之的是现实给他的当头一棒。但是他并不生塔布的气。跟塔布的友谊能让他感受到温暖和安全，不像弗兰，可洗手间这么伺候他一阵儿，这种感觉也渐渐消逝了。

他们把塔布塞进出租车，塔布已经迷迷糊糊了，却说自己还能喝，能挺住，甚至决定重返朋友们的欢乐场。山姆不得不冲他大喊大叫，终于把他塞进车里。此时，一辆敞篷车路过他们身边，一个嫌弃而厌恶的眼神朝山姆瞥来，哦，原来是鼻子高挺，拥有罗马皇族背景，以及和亨利·詹姆斯一样秃头的恩迪科特·埃弗雷特·亚特金斯。亚特金斯扭头对他旁边的女伴说了句什么。

山姆突然颤抖起来。他惧怕亚特金斯将这些事告诉弗兰。山姆似乎已经听到弗兰说"我没看错你亲爱的好朋友塔布吧！"山姆感到身上一阵寒意，变得有些生气了。他对塔布的举动也不再轻柔。

马蒂和山姆好不容易才把塔布抬上床，这时候，山姆才有时间来反思自己，思念弗兰。

"运气真背！"山姆低声说道，"如果这个时候我们溜走的话——"

"想说多大声就说多大声。"马蒂淡定地回应，"哪怕是加百列天使①吹着喇叭，带领锣鼓喧天的乐队来，也吵不醒这只小猴儿！不过我倒真想跟你谈一谈，防着他醒来后往外跑——不过除了卫生间，他恐怕哪儿也去不了了。嘿！来谈谈泽尼斯的大丑闻吧！我猜这不就是你所读过的《玩爵士的人》（American Jazzmania）② 现实版嘛！"

他们就这么坐在卫生间里，马蒂坐在白色长椅上，山姆则摇摇晃晃地坐在浴缸冰冷的边缘上。马蒂接着说："我是真不介意，实话是祸！塔布像今天这般疯狂的样子，一年也难得碰见一次啊，我也没想过会有那么多的女人潜伏得那么好，一旦有机会就向男人献媚。真是人生苦短啊！塔布除了自以为秉性幽默，随处发表演讲的恶习以外，真很难挑出他还有什么毛病？作为朋友，亲爱的山姆，你准备什么时候甩掉弗兰，重新找回自己的快乐？"

"为什么这样说，马蒂？老实讲，我觉得我和她挺好的啊——"

"你不用对我扯谎，山姆，你知道我和塔布有多爱你。同样，你也不要自欺欺人。弗兰时不时都会给我写信。她太聪明了，而且活泼可爱，可关键是她对你不感兴趣。你也不用替她开脱，说什么她原本打算去年夏天回家，什么她本打算

---

① 加百列为守护伊甸园的智天使们的领导者，以防止撒旦的入侵。加百列在最后审判中负责鸣喇叭以示死人的复活。在亚伯拉罕诸教中，加百列主要作为上帝的信使而存在。

② 1923年美国拍摄的一部无声电影，其中女演员的服装新潮时尚。此处比喻山姆与马蒂所谈论的话题新鲜而劲爆。

从柏林来拜访我们，什么她完全不打算脱离泽尼斯！她没理由不这么做！弗兰一直都没能融入泽尼斯……或者她自认为她并不属于泽尼斯。除非她真正脱离泽尼斯，真正离开你，哪怕你位居高职，骨子里还是泽尼斯人，从长远角度来看，但凡你肆意放纵一把，就会发现过着刀耕火种生活的中西部草原，宁静而古朴，那里的阳光相比世界上最正派而高雅的意大利佬的庄园，更加绚烂多彩！"

"好吧，对，我承认你说的有道理，可是马蒂——"

山姆试图告诉马蒂他那关于桑苏西花园的梦想，不过他略过了这个问题，艰难地说道："也不是说弗兰不喜欢泽尼斯，她在那里的朋友，诸如此类。她当然喜欢泽尼斯了，而且她也经常提起你和塔布——"

"是，我敢打赌她经常这么做！我亲爱的塞缪尔，女人是不是都得像你亲爱的皮尔逊夫人一样用'我敢打赌'这么粗俗的字眼啊？"

虽然马蒂嗓音温暖而低沉，这与弗兰冷酷的声音相差甚远，但足以令山姆无助痴笑，甚至失落而迷离。马蒂借着这般嗓音乘胜追击：

"亲爱的山姆，我知道这不关我的事，你想什么时候告诉我，随时来找我，但我始终觉得你在这里孤苦无依。你接触的人，全是弗兰想认识，感兴趣的人，况且——山姆，过去十年我觉得你变化太大，连你自己都想象不到吧。尽管你并不是个话痨，但毕竟你也喜欢与人争得面红耳赤，偶尔还说点俏皮话，但现在你越来越沉默，越来越胆怯，越来越没有安全感。可弗兰呢？打扮得光鲜亮丽，还越来越觉得自己仪态万千，就因为她那贵妇人般的美丽才能保持你的社会地位，而你呢，思维迟缓，动作笨拙，注意力全在那个小破厂上，简直就是一个靠不住的乡巴佬！你脑子灵活，但不善表达——你就是太善良了！你就是谦逊——谦逊得过了吧，真该死！你心中的话宁可思索两遍，也不会立马说出来，可她呢，在思考之前恨不得说两遍！"

"天啊，我觉得我就是在挑事儿啊。但是我得提醒你，我依然喜欢弗兰，我也很钦佩她。但我一想到她这么对你，哪怕她晶莹清透，如狩猎女神狄安娜（Diana）① 般纯情——尤其是她在公共场合向你展示出虚情假意的彬彬有礼——我真想抽她！噢，听听塔布的鼾声！幸好他的老婆出身名门，别具修养！这可怜的人啊！他明天睡到中午才起来，到时候得多难受啊！"

山姆费力点燃一根雪茄，脑子里空空如也，可还得找点别的话题来谈，这是数月以来，他第一次想谈论真正跟他关系密切的话题。

"是的，马蒂，我承认你说得有那么一点道理。我觉得我应该不紧不慢，高傲地说'你怎么能这么谈论我的妻子'！但是啊，马蒂，我现在好像病了，而且又累又困惑！弗兰比你想象的和气多了，她的仪态给你一种宛如势利小人的假象，可她却是一个害羞的人，她还试图保护——"

"噢，山姆，我听说过，也在小说中读到过这样的'现代人'，真是受够了——这些感性的可怜人，四处晃悠，原本粗俗不堪，你们却恬不知耻地解释说一切都源于他们性情害羞！"

---

① 罗马神话中的狩猎女神和月亮女神，相当于希腊神话中的阿尔忒弥斯（Artemis）。狄安娜身材修长、匀称，相貌美丽，又是处女的保护神，所以她的名字常成为"贞洁处女"的同义词。她是希腊神话中少有的处女神，与雅典娜和赫斯提亚并称为希腊三大处女神。

"闭嘴! 听我说!"

"那你说说看!"

"我的意思是, 和弗兰在一起的生活是那样真实。至少有那么一段时光, 她是那样兴趣盎然——感觉自己和歌剧女主角一样……这该死的浴缸——可以说这是欧洲最冷的扶手椅了!"山姆满脸严肃, 将防滑垫放到浴缸边缘上, 又再次重重地坐在上面, 继续说:"她认为为了获取社会地位, 做出一定牺牲, 相当值得。头衔真的很重要啊。我也知道她让我变得笨拙不堪。但首先, 在'家'这个概念上, 我仍然保持传统保守的观念。我不愿看到夫妻双双劳燕分飞。想想我们周围分手的或离婚的夫妇吧——比如丹尼尔(Daniel)博士和他的夫人——想想吧, 结婚十七年了, 养育了好几个乖孩子。弗兰有一种特殊的魅力, 她是那样吸引我, 不管你怎么说, 我在别人身上的确从没感受到过, 这点极为重要。一旦弗兰和喜欢的人会面, 参加心仪的聚会, 或欣赏落日, 聆听音乐, 从中便会喜欢上某个人, 或迷恋上某件事物, 变得兴奋不已, 她的身上宛如安装了一个高能发动机, 配置了一个坚固的汽缸, 这热情劲儿胜过我们所有人。哪怕她抬高姿态时——噢, 她倒是想从生活中形成自己的风格, 她只是想坚持和我们不一样的为人标准, 而不像我们那样浑浑噩噩、懒散度日, 但我们却无法接受她定下的高标准。至于说她犯下的错——她就是个孩子啊。就算有人能改变她(但愿这有人能做到), 能做的无非像教孩子跑步、享受日光浴、洗碗这类小事情了。"

"所以她就该让你洗碗啊! 山姆啊, 这可是个费力不讨好的活儿, 这就等于告诉别人, 这男人他老婆就是个吸血蝙蝠。你的朋友们看见你总给你老婆道歉, 也会心酸啊, 能拥有你这样的丈夫, 她就该谢天谢地了! 我敢发誓, 她根本就没有考虑过自己该付出什么，她全想的是自己能得到什么。她估计认为世界上的人除了服侍她，奉承她，别的什么都不重要了吧！你是不是从来没有对其他女人感兴趣过？"

"这倒是。"

"我猜你也没动过心。我跟自己打了个赌，只要你离开弗兰，六个月以后，你就会把注意力放在周围的人身上了。只要你肯这么做了，便会发现世上多少好女人为你沉醉，为你倾倒，你会惊讶不已！告诉我，山姆，你会不会爱上他们？"

"我真不知道。我不相信赔本的买卖还能带来好心情。如果弗兰和我真的分手，而我又没法在别的地方找到类似的安全感，从此以后，我便无法面对这一切，更不会以为之前的决定是明智之举——"

"啊哈！一年前你绝不会这么说！一年前我若这么批判弗兰，你还不得打我呀！山姆你想想，我是不是从来都没批评过弗兰？可最近几年却会这样吧？现在，我倒觉得你们俩缘分已尽，你需要做的就是正视现实，虽然你会心碎不已，愤怒不堪，郁郁寡欢，待时间扫平你的心伤，你会发现有多少好女人为你疯狂，全身心地宠爱你，一切又会恢复平静——啊哈，听起来真像塔布过的日子啊！我得上床休息了。晚安，亲爱的山姆。明天十一点叫我俩好吗？"

山姆穿过酒店宽阔的走廊拖着沉重的步伐回到房间，他已陷入困乏，无法思考。山姆感觉自己的道德信仰正在动摇，面前突然打开了一扇门，清晰地望见森林里的参天大树，星星点点散着野花的草坪，一张张眉目传情的可爱笑脸。

第二十七章

　　接下来的一周中，山姆、塔布和马蒂三人的行程可以完完全全概括为研究报纸上的美食、美酒推荐，查阅报纸上服装、珠宝、香水、定制家具，以及滑稽剧等各种广告。而每个夜晚，便不断重复着塔布第一天在巴黎的夜生活。

　　虽然这周辗转劳顿，但对山姆来说可算是一种慰藉。

　　马蒂真诚的劝告以及对明娜·冯·艾舍尔的思念穿插其中，山姆本身的道德摩天楼正在慢慢崩塌，这种感觉只有他自己才清楚知道。

　　皮尔逊夫妇请求山姆和他们一起去荷兰，但山姆婉言拒绝，告诉他们自己在巴黎还有生意要做，支支吾吾地说自己还要和汽车代理商开会。事实上，他渴求一两天时间独处，自由自在，徜徉四处，自己认真思索最近所发生的一切事情。

　　山姆收到了两封来自弗兰的简短信件，之间言语仓促、笔迹潦草。信中说她想念山姆了，这让山姆心满意足，但接下来，信中所说的全是她如何跟库尔特·冯·奥伯斯多夫跳舞，甚至跳至凌晨三点，白天又接受库尔特的朋友冯·阿尔敏诺（Von Arminals）全家的邀请，在乡下玩了一天，而接下来的一个周末他们在哈茨山地的庄园里度过。"当然了，如果你能及时回来，他们也很乐意邀请你一起来玩，还让我转告你，你缺席这样的活动，他们感到多遗憾呐。"信到此便戛然而止了。

"哼！"山姆忍不住嘟囔了一声。

突然山姆感到尤为生气。当然，弗兰有权利照她所想和库尔特一起逍遥。山姆可不是后宫总管啊，但是这个时候生气就显得太幼稚了，"如果她可以这么散漫随意，那我也可以。"可这不是"权利"问题，重要的是他想要什么，或者是他愿意付出什么——甚至可以不顾弗兰醋意大发，只想另觅新欢，结识新人，考虑自己愿意付出多少。

皮尔逊夫妇去阿姆斯特丹，山姆为他们送行，并承诺尽量六个月以内回泽尼斯与他们重逢。随后，他在双叟咖啡馆①外端坐了一个小时，忽然清醒地意识到，自己曾经围着汽车制造生意以及高尔夫打转的世界，不知不觉已经发生了翻天覆地的变化，变得以弗兰为中心。山姆的大手紧紧握住小桌子的大理石桌角，他不得不承认，自己就像一个不孕的女人渴望过上正常的生活，渴望身边陪伴着一个贴心人，她像弗兰那样挑剔，像明娜·冯·艾舍尔那样温暖可人，也像马蒂·皮尔逊那样精明能干、善解人意。

---

① 也叫"双偶咖啡馆"，是法国巴黎的一个著名咖啡馆，位于塞纳河左岸的圣日耳曼德佩区。这里曾聚集了巴黎文学和知识精英，包括超现实主义艺术家，西蒙·波娃和萨特等知识分子，欧内斯特·海明威等年轻作家。加缪和毕加索也是这里的常客。

山姆独自在蒙帕纳斯小餐厅里吃饭，那里坐满了热恋的小情侣们：瑞士画家与意大利女学生，美国观光客和他的波兰情人，还有几对白俄罗斯人，以及畅谈国事的意大利反法西斯主义者。这些"爱情鸟"不停地叽叽喳喳，在劣质的葡萄酒和马肉上紧握双手。因为这家餐厅消费低廉，常有法国人光顾，除了举办热闹非凡的家庭聚会，这里总聚集着成双成对的情侣，他们双手紧握，毫不害羞地亲昵，眼里唯有对方的柔情，仿佛整个世界都全然不在了。

此时正值春天——春日下的巴黎，能闻到栗子树开花的味道，看见刚刚被冲洗过的清新人行道，可山姆·杜德伍斯犹如还待在阿德隆酒店，备受弗兰和库尔特的冷落，依旧寂寞无助。

每每想起弗兰对他态度冷酷、感情疏离，便气不打一处来。回首年轻时深陷爱河的忘我情形，便更加气愤。这样的激情，本应不加掩饰，毫不吝啬，可弗兰却从未施舍过他。是山姆的浪漫情怀被一抢而空了，还是他剥夺了弗兰的浪漫情怀？结果都不是，二者都不是。他受够了！

噢，大善人山姆·杜德伍斯感到如此孤单，此时此刻，他需要一个倾诉对象，一个尽情吹捧他，欺瞒他的哥们儿，他也需要一个女人，在她面前像孩子一样撒撒娇，受伤了也能得到安慰，最终获得前所未有的成功与富足。山姆无助地追寻着这些，他的想法赤裸裸的暴露着。如此想着，山姆吃完饭就去了精英咖啡馆①，与穹顶咖啡馆一样，也是巴黎海外观光客的休闲胜地。

一个人坐在知识分子频频光顾的咖啡桌旁，若显然并不

①　建于 1923 年，也是巴黎"左岸咖啡馆"的代表。

在等人，那必定是在想心事了。在家这个人也许是个王子，也许是个优秀的扒手，抑或一个探险家，但在这座城市，只要不是刺客或离世之人，任何人都能轻易地找到心仪的同伴，我们假设这个人之所以独处，因为他的确需要单独的空间。

巴黎这座城市，充满简单的生活和浓浓的关爱，精神探险者们为之着迷，这个全新的名利场隐藏了太多秘密，就连萨克雷（Thackeray）①都没有见过那么多时髦的爱米丽亚（Amelia），那么多友好的杜宾斯上尉（Dobbins）。这个城市拥有一个潜在规则，如果这个沉思者貌似富足，跟服务员轻声说话，不太愿意和邻桌搭话，只顾慢慢地自斟自饮，很有可能是他一位生活考究的旅行家，一旦有位老道懂行的专家带他领略城市中的艺术美景，他便感激涕零，即便是真正体验一把巴黎流浪者的生活，也在所不惜。这些流浪者，要么是个书摘配图中才会出现的姑娘，要么令人误以为是匈牙利吉普赛人的北达科他州的大提琴家。

塞缪尔·杜德伍斯垂头丧气，哀怨地坐在咖啡桌旁，另一张桌边的四个年轻人开始聪明而敏锐地对他品头论足，观察他的外形打扮，揣测他的心理活动，盘算着他的经济背景，话语间不乏各种嘲讽之气。

"瞧见坐在那边的大闷墩儿没？"班戈的微图绘画师克林顿·J. 吉莱斯皮（Clinton J. Gillespie）说，"我打赌他是个美国律师，或者从事政治工作。他酷爱演讲，可现在翘班出来放松，他对工作很是厌倦。"

"才不是这样呢！"旁边的男生说道，"首先，他明显是个

---

① 萨克雷（1811～1863）：英国小说家，维多利亚时代的代表小说家，与狄更斯齐名。著名的作品是《名利场》。

英国人，看看他的手！我都不信你那小破画里能有空间容得下一只手？他很富有，出身颇好，但他有一双工人的手。很简单，他是英国一处大型房产的主人，热爱手工，可能是个准男爵呢。"

"说得太棒了！"第三个男生开口了，他个子矮小，鼻子直挺。"真是完美推理，不过那个男人明显是一名士兵——对此我不太确定，但他肯定是德国人。"

"你们几个，"第四个人说话了，她是个留着齐耳短发的女生，有着天使般的可爱面庞，玫瑰花瓣般的热烈红唇，精致的下巴，笔挺的鼻梁，可眼神里透露出四十岁女人的痛苦和贪婪。"真让人恶心！你们说的都不对！我是不知道他是谁，但是他看起来就像一瓶上好香槟，我要过去跟他搭讪，钓钓他。"

"不错啊，埃尔莎，"克林顿·J. 吉莱斯皮抱怨道，"你来巴黎的目的是不是就是想和这种市侩搭话啊？你这样永远成不了小说家！"

"别急啊，我要想当小说家，总有一天能成功！"埃尔莎急急忙忙地说道。随后她向山姆的桌子走去，站在他旁边，柔和地问道："打扰了，请问你是芝加哥来的阿尔伯特·杰克逊（Albert Jackson）先生吗？"

山姆抬头看她。这姑娘长得就像新年伊始，小商店免费派送的日历上"无辜小姐"的精美画像，姑娘这番早已过时的搭讪方式，山姆却并不反感，他回答道："不对，不过我希望我是你所说的那位先生。我来自芝加哥，但我姓皮尔逊，托马斯·J. 皮尔逊，从事贷款和银行业。你要不要坐下来？我在巴黎孤独一人啊。"

埃尔莎并没有立马就坐下。不可能说坐就坐啊，像她这样的姑娘，怎么都得谦虚谨慎地慢慢地坐下来，看上去得像是无意打扰，随时都可能因受惊吓而突然起身离开。埃尔莎默默地说："我真是太傻了！你肯定会觉得我就是个胆大的傻姑娘，但是你看起来真的太像杰——杰克逊先生了。他可是位绅士，我以前在新罗谢尔①的姑妈家见过他一次，而我父亲是那里的浸礼会牧师——我猜我也是无聊了——虽然我已经来巴黎三个月了，但我在这儿认识的人也不多。我在巴黎学习小说写作。你不介意我坐在这儿，实在是太好了。"

"怎么会介意？这是我的荣幸啊。"山姆殷勤地回答，但心里在想，"是啊，你这可爱的小丫头，你怎么说我就怎么做，我想和你一起度过这美妙的夜晚！"

在经历了这么多困难后，山姆终于迈出了罪恶的一步，为此他感到扬扬得意。

"那么现在，姑娘，请允许我给你买杯喝的，或者别的，你会觉得我和你在你姑妈家遇到的那位先生一样善解人意、彬彬有礼。觉得怎么样？"

"啊，我……我，我基本上不喝酒。"可是山姆看到她在旁边那桌都喝了两杯白兰地了。"这杯喝的是什么呀？小姑娘喝安全吗？"

"那么——你肯定不会喝白兰地了吧？"

"不喝！"

"好，不喝。那么你想喝点什么？"

"啊——好吧，希望你不要觉得我太傻了，嗯，那个——"

"托马斯——皮尔逊·J. 托马斯。"

———————————

① 位于纽约东南部的小城市。

"当然当然——我真是太傻了！希望你不要介意我这么没见过世面，托马斯先生，我经常听别人说起香槟，我一直都想尝一尝。"

"不不不，我并不觉得你傻。我听说香槟对小姑娘而言可谓是最单纯可爱的饮料。"（把她拿下！就今晚！她自己送上门来的！）"有没有特别想喝的香槟品牌？"

埃尔莎疑惑地看着山姆，但她很快因山姆真诚的神情而变得顺从听话，说话声音也更加嗲声嗲气了：

"这下你肯定更觉得我是个傻子了——人家是新人嘛——但是人家真的不知道什么牌子！曾经我在这里认识的一个男孩儿——一个勤奋的好学生——他告诉我，十五年的宝禄爵香槟①，我指的是 1915 年，还算不错。"

"是的，我也听说这款酒不错。"山姆说。下单的时候，山姆不经意注意到埃尔莎的男伴之一稍稍耸了耸肩，满眼佩服的神情，他递给同伴五法郎，显然他赌输了。

"第一只猎物就要上钩了，我要不要采取行动？"山姆很踟蹰，"或许我需要这只猎物！我还没经历过这种好事呢！我要把这个小恶魔吻个半死，但是——天啊，我不能选一个比我女儿还小的姑娘啊！"

接下来的半小时里，山姆和埃尔莎热烈地讨论着柏林和那不勒斯，讨论着查尔斯·林德伯格②这周刚从纽约飞抵巴黎的伟大事迹，当然还有个绕不开的话题——美国禁酒令，

① 位于法国香槟产区的埃佩尔奈镇，创建于 1849 年。

② 查尔斯·林德伯格（1902～1974）：美国著名飞行员、作家、发明家、探险家与社会活动家。他于 1927 年驾驶单引擎飞机圣路易斯精神号。从纽约市罗斯福飞行场横跨大西洋飞至巴黎勒布尔热机场，成为历史上首位成功完成单人不着陆飞行横跨大西洋的人。

以及埃尔莎尚未动笔的小说。山姆努力克制自己，不要有所顾虑，忘记令人尊重的塞缪尔·杜德伍斯身份，化身一个情场采花贼。

嫉妒之心和香槟可帮了山姆大忙。

约莫半小时后，埃尔莎开始撒娇，充分展露自己俏皮的一面，"怎么啦！那边第二个桌子旁坐着几个我认识的男孩。既然你也是孤身在巴黎——或许他们愿意领你逛一逛，我敢保证，他们见到你肯定会特别开心！他们都是好人，都很聪明！你介意我把他们叫过来吗？"

"哦，这是我的荣幸——"

于是埃尔莎把之前坐在一起的三个男人叫了过来，并一一介绍。刚从班戈来到巴黎的微图画师克林顿·吉莱斯皮；来自南本德①，现在从事广告业的查理·肖特（Charley Short），可他每周都想经历些刺激有趣的突发事件；插画师杰克·凯普（Jack Keipp），可他的画面永远模糊不清。他们不像埃尔莎卖弄矜持，反而直接就坐在山姆面前，真是轻快，他们看上去似乎很渴，于是山姆又点了两瓶宝禄爵，他们趁机交换了一个滑稽而复杂的眼神。

虽喝着山姆点的香槟，他们聊的话题却和他没什么关系。他们讨论的都与艺术相关——尤其批判挖苦一番其他艺术家；时不时才向大俗人皮尔逊·J. 托马斯先生解释，说明白他们现在正在八卦的话题。每瓶香槟均已消耗一半，他们便忘记了埃尔莎浸礼会牧师女儿的形象，不停地对她动手动脚。其中一个鼻子高挺、个子娇小的凯普先生，甚至抓住她的手。喝完一整瓶以后，埃尔莎自己也不记得自己的身份了，听到

---

① 位于美国印第安纳州北部。

一个关于圣诞贺卡天使的故事时，居然放声大笑起来。

也许是出于嫉妒，况且也不愿意再听这群年轻人目无尊长的话语，山姆决定亲自出马了。

"稳住，"山姆提醒自己，"千万别告诉我她居然看得上凯普这种人！不管什么情况，山姆老爹都强于这种货色吧！就给她点时间。我得耐住性子！"

山姆决定不要贸然行动。一旦山姆不再纠结挣扎，战胜了自己的内心，一旦他打定主意赢得美人芳心，他便会（透过酒瓶里迷离沉醉的金色香槟）惊奇地发现对方的神秘魅力。

"或许明天我会后悔。管不了那么多了！我很高兴能拥有她！现在得甩掉这几个碍手碍脚的家伙！别急，山姆，聊聊你擅长的话题！不管怎样，我都会带她回大陆酒店！"

弗兰要是听到沉默寡言的山姆这么唠唠叨叨，定会十分惊讶。不久，山姆就发现了对付这几个"青年才俊"的方法，他们暗示自己低俗前，就承认这一事实，而后标榜自己在俗人里的等级，胜过他们在文化人里的地位。

这般反击终于瓦解了几个年轻人，山姆轻轻松松胡侃乱侃的一番话，就将这几个毛头小子彻底击倒了。山姆说艾迪·格斯特（Eddie Guest）是美国最优秀的诗人，并显摆了很多他从塔布·皮尔逊那里听到的各种消息，就连他自己都不全然相信。山姆彻底的无知倒让这几个年轻人乱了方寸，不得不去应和像托马斯先生这样有钱有势的大绅士，贬低自己，但山姆对吉莱斯皮，肖特还有凯普表示由衷的钦佩。

不管山姆说什么，埃尔莎都表示赞同，一直站在山姆这边，鼓励他，这令山姆心花怒放，可山姆却说真空吸尘器比荷马（Homer）① 的地位更加崇高，而连环画里的马特先生（Mr. Mutt）② 相比索米斯·福赛特（Soames Forsyte）③ 更加有血有肉。

山姆又点了一些酒。

吉莱斯皮，肖特及凯普对酒这个东西来者不拒。喝过香槟，埃尔莎又提议喝白兰地（她完全不记得刚才自己告诉山姆，自己完全没听说过这种酒呢），于是桌子上又多了许多杯白兰地。层层叠叠堆起的小碟子就像便利贴似的，提醒着山姆一会儿得付钱，而那三个小子就只顾着喝自己面前的酒了。

不过山姆挺乐意看到现在这种情况。与那个凯普小子相比，能向埃尔莎展示自己更值得去爱，有比这更妙的事吗？

现在山姆只跟埃尔莎说话，毫不理会其他几个臭小子了。山姆对这个花容月貌的姑娘怀揣同情心，几乎要跟她实话实说了。他看得出，埃尔莎的眼神虽算不上强势，但总是泛着智慧的光芒。

终于，山姆鼓起勇气，在桌子下面偷偷碰了碰埃尔莎的手，埃尔莎也并没有反抗。她的手温暖而柔嫩，充满着年轻的气息，真是活力十足。她回应着山姆的触碰，略微使着小性子。山姆有点把持不住了，他很高兴，想到他们能共享小秘密而欢欣鼓舞。可刚刚积攒起来的自信，却瞬间破灭了。

埃尔莎温吞软语地说："噢，亲爱的，我稍微离开一下。

---

① 荷马（公元前 873 年—前 8 世纪）古希腊盲诗人，相传记述公元前 12—前 11 世纪特洛伊战争，以及关于海上冒险故事的古希腊长篇叙事代表作史诗《伊利亚特》和《奥德赛》。

② 卡通连环画《救命，哈特先生!》（Help Me, Mr. Hutt!）中的主人公。

③ 《福赛特世家》中的主人公。

范·奈斯·罗德尼（Van Nuys Rodney）在那边，我得去问他点事。原谅我，离开一下。"

她轻快地飘到另一张桌子去，一个发型得体，穿着蓝色衬衫的男人坐在那里。山姆看到埃尔莎很开心地和那人对话，一点儿也不做作。

山姆坐在自己桌子旁，可他旁边的人却没人找他搭话。

不到三分钟，杰克·凯普突然缓缓起身，往后退缩，小声说了一句"不好意思"，随后加入了埃尔莎和范·奈斯·罗德尼的对话当中去了。之后，吉莱斯皮打了个呵欠，也说道："好吧，我觉得我也应该加入那边。"最后肖特说："很高兴遇见你啊，那什么先生。"说完他三个人都走了。山姆看见他们跌跌撞撞地跨过大道。他多希望自己能比他们开心一点儿——虽然，在这个寂寞城市中，肖特和吉莱斯皮也算得上值得交往之人。

等他回过头来，埃尔莎、凯普和罗德尼都已杳无踪迹了。

山姆坐在原地等待埃尔莎归来。就这样，他的面前堆着小碟子，足足等了一个小时，埃尔莎也没有回来。山姆付过酒钱，缓缓起身，一脸默然，他打了一辆出租车，孤单无依地坐进这冰冷的汽车里去了。

当天深夜，山姆不确定自己到底是在做梦还是半醒——他似乎听见弗兰冷冷地说道："我亲爱的塞缪尔，最后你没发现吗？是不是都跟我说的完全一样？你不了解女人，甚至比不上十八岁时的小库尔特！你就是个典型的美国佬！你一直大惊小怪，情绪波动太大，完全忽视了自己能不能钓上那个小丫头！结果你果然没钓上吧？这可真是场好戏啊！但是如果是库尔特，他一定能把埃尔莎从她那堆朋友中带走——"

弗兰尖锐的声音仍在耳边回荡，山姆无言以对。

等他再次醒来，弗兰的声音消失了，山姆开始自嘲，他大笑道："整件事中最令人恶心的地方就是你那一文不值的优越感，真不知道你哪来的信心，认定自己比那几个未来的艺术家们更胜一筹。真可悲！他们当然有资本自视清高了，这样他们才能重燃勃勃雄心，因为他们本来注定就是失败者。"

山姆再次下定决心："是的，事实已然如此，但是我一定会找到埃尔莎，下一次——"

第二十八章

山姆囫囵着睡了一觉。清晨六点，他醒了，给酒店打了个呼叫电话，点了早餐。早餐时分，过去的事件点点滴滴在他脑子里逐渐清晰重现。

他很庆幸自己没跟埃尔莎厮混，也庆幸自己没有再计较这件事。他的思绪仍然全停留在弗兰身上。

他为什么要把这些纷纷扰扰变成噩梦中一堵无形的墙？他需要做的就是和弗兰开诚布公的谈一谈！这趟巴黎之行，他对马蒂交代了所有实情，年轻的埃尔莎居然把自己给耍了。他发现，离开弗兰独自待了这么长时间，他觉得自己做好准备，与弗兰坦诚以对了。

他真是太笨了。弗兰就是个孩子啊。为什么不能把她当成一个可爱的小家伙，需要备受关爱的小孩子呢？他得耐心一点儿，不能因为她无心发脾气了就对她发火。弗兰就是个小孩子，就像一池清澈的湖水，既能够倒映蓝天白云，也会倒映出电闪雷鸣。

只要回去对她说："听我说啊，亲爱的——"

虽然之后他也不确定要说什么，但是不管说什么，他都会耐心说服弗兰。山姆实在是太爱她了！一想到弗兰那渴求的眼神——

库尔特·冯·奥伯斯多夫该怎么办？

对啊！他怎么办？一方面，弗兰还是那么单纯，完全不明白自己的处境有多危险，另一方面她极有可能沉沦其中，最终后悔莫及。不管她处于哪种情况，山姆都会像父亲一样心平气和地提醒弗兰，库尔特这样的风流浪子十分危险，弗兰一定能够明白山姆的良苦用心，最终微微一笑，明白他们之间的争吵和矛盾，不过是逢场作戏，她终能释怀吧。是的！就是这样！就是逢场作戏，就是一场刺激的游戏，与弗兰丰富多彩的秘密生活一样！之后，他们也就可以携手回美国了！

他得催促弗兰。如果他有翅膀，他恨不得现在就飞回去！他恨不得这个下午就能看见弗兰！

因为对飞行器发动机有着专业了解，山姆从没坐过飞机。就像很多老成持重的人一样，他对飞行总有种轻微的恐惧，但是他现在急迫想见弗兰的心情让他顾不上这种恐惧了。

哪怕是启发汽车厂最困难的那段时光，山姆办事效率都没有这么高。他先给酒店前台打电话，查询到飞往柏林最近的航班是九点，距离现在还有两个小时起飞。接下来山姆打电话订票，客房服务生急匆匆地给他送来了机票。侍者以最快的速度为他收拾好行李，安排好了山姆去机场的出租车。

车开往机场的路上，山姆心里按捺不住，有些激动。他经常开车，却惧怕坐飞机。一想到几个小时之后就能看见弗兰，这种害怕奇迹般地立刻烟消云散了。他在机场下车，看到庞大的金属机身以及厚重的弧形机翼，与轮船一样坚固稳当；看到飞行员在驾驶舱轻松就坐，其他乘客和托运行李也已完全就绪，山姆心中所有的紧张情绪也都淹没在回家的狂喜中了。他走上登机扶梯，顺着左边的机翼，弓着背，穿过小门进入机舱，和小孩子走入船舱没什么两样。

机舱就像一个豪华大轿车，又像一个小型公共汽车。座位全是真皮材质，柔软有弹性，舒服的就像俱乐部里的椅子，机舱壁也是全皮质材料。山姆向前看能看到驾驶室里的飞行员，飞行员前面是错综复杂的仪表盘，再往前看便是窄窄的窗户，飞行员便透过这扇窗户关注前方。山姆透过自己旁边的窗户欣赏风景，他从来没体验过像飞机这样又美妙又梦幻的东西。可同机一半的旅客都习以为常，其中有一人上飞机坐好之后，就打开一本书，足足有一个小时都没有抬过头。

自己没怎么见过世面，山姆感到羞愧。他甚至希望突然发生点小意外，缓解一下此时的尴尬。

没有任何仪式，只有控制台的一个指令，飞机就要起飞了。飞机在跑道上滑行了很长一段时间，却迟迟没有起飞，山姆甚至怀疑飞机是不是超载了。突然，另一丝疑虑涌上心头——天啊，飞机会安全飞行，稳当降落的吧，总不会在地面上滑行那么久，在空中爬升阶段再打几个滚儿吧？

事实上，山姆根本没意识到飞机什么时候腾空的。滑行路上，飞机一直都在颠簸，况且机舱内嘈杂不堪，螺旋桨刮出的风，将机场上的草吹向相反的方向。不一会儿，飞机就离地十尺，飞起来了，没过多久，就比周围的房顶还高了，最终，甚至超越了埃菲尔铁塔。至于这期间的感觉，山姆什么都没感觉到，真是有些奇怪。

山姆向飞机下方望去，整个国家小得像一张地图。飞机穿过雾团，更像是穿过一层层的肥皂泡，但他明白那是云朵，此时的飞机估计已经离地一英里了吧。穿越了云朵时，山姆像浏览地图一般扫视整个国家。事实上，山姆不知道的事情，一定没经历过，而这次就算作他知识的盲区。晴空万里、气候宜人的天气里乘飞机旅行，可谓人生一大幸事，这可节约了多少时间啊！山姆不知疲倦地向下观察，一个小时过去了，又一个小时过去了！相比这个高速移动的飞行器，事实上，山姆对这个国家没多少眷恋。

这时候再回忆起自己之前紧张的瞬间，实在是愚蠢至极。一个法国商人拿出自己随身携带的打字机，将旅行箱放在自己膝盖上，再把打字机放在旅行箱上。他居然在一英里的高空中淡然地敲打键盘开始写信，真是太可笑了。

山姆已全然忘却了自己正在飞行，他遥望远远青山，让自己的思绪逃出弗兰的掌心。天呐，他愿意为弗兰做任何事……弗兰最终会明白他的良苦用心！他的忠诚，他的痴情会感动弗兰，她终会投入他的怀抱！

飞机九点从巴黎起飞，到达德国多特蒙德上空时正值两点四十分。迎接他们的是一场雷雨，这趟飞行还真是一点儿都不无聊。

飞机穿越雷雨层时，因气流颠簸，穿越乌云的两分钟期间，眼前一片漆黑。飞机从云层穿出，直接飞进雷雨层时，这架小飞机显得是那么脆弱，太缺乏安全感了。山姆开车的时速也高达一百一十英里，但这次，他着实吓得心惊肉跳。他感到无助！外面没有踏实的大地能接住他们，没有温暖的海洋任其遨游，剩下的唯有无穷无尽的黑暗。

坐在过道另一边的男人说着山姆听不懂的方言，随后朝山姆看看，露出恳切的笑容。他拿出一瓶白兰地，咕噜咕噜灌了几口，什么都没说，就把酒瓶递给了山姆。山姆毫不犹豫地接了过来，就着瓶子喝了几口酒，并弯了弯腰表示感激。

他的脑海中又闪现出弗兰的样子，她那白皙年轻的脸庞一直漂浮在机舱外的半空中。这样的幻影仅仅停留了一瞬间。

终于飞机冲破了雷雨区，驶入晴空之中。他们感到自己突然上升——有一百英尺吧——像乘坐快速上升的电梯，胃里好似上升了二层楼，突然一阵翻江倒海。

打字写信的商人，在穿越雷雨区时，一直漫不经心地打字，此刻也缓缓坐了起来，开始呕吐，手里兜着一个小纸袋。看到这种情况，请山姆喝酒的好心人，感到愈加不舒服。山姆·杜德伍斯也想像他们一样感到不适，可惜他一点儿反应都没有，真是沮丧啊。

整整一个小时，乘客们就像盒子里的骰子一样摇来晃去，就在他们盘旋在多特蒙德上空准备降落时，山姆发现，另一场雷雨即将来临。

山姆承认自己不敢从柏林继续坐飞机了，但若是塔布或者弗兰在这儿，他连说出来的勇气恐怕都没有，这可不是努力就能克服的障碍。飞机终于在跑道上着陆滑行，宛如从未经历过风暴。山姆下定决心，接下来的旅途全程乘坐火车。

山姆走出机舱时还有些头晕，但能安全回到踏踏实实的地面，他便一路傻乐。

机场外有排着无数出租车，可问题是山姆不会用德语说"车站"或者"火车"。之前在柏林，他都和弗兰集体行动。山姆无助地望着出租车司机，此时，个搬运工走过来："到柏林去？坐火车？去柏林？"

"老板，你应该确信，"出租车司机说，"坐火车去柏林最稳当。真不知道这群人回美国可怎么办啊？"

山姆回答道："这一切不可避免。"

"你说我吗？别拿我寻开心啦！我出生在普鲁士，但是在费城和堪萨斯城生活了二十六年，之后我才像个傻子一样回到这里，之后我参了军，经历战争可不轻松，日子可不好过啊！来，老板，上车吧！"

去柏林的火车上，山姆因为后悔自己没能继续乘坐飞机，而气急败坏，他暂时忘记了弗兰。山姆一年年老去，不像以前那样了，遇事变得优柔寡断。可他还那么温柔吗？山姆下定决心，今年即将到来的秋天，无论弗兰愿不愿意跟他同去，他都要到加拿大游玩。这样，便能体验一番荒野生存，能睡在野外，能扛着行李，徒步一天，还能体验一番激流勇进。不管弗兰愿不愿意跟他同去，就这么定了！

弗兰当然得跟着去了，她一定无法抵挡山姆从巴黎回来，带给她全新的浓情蜜意。

山姆乘坐的火车抵达柏林时，已接近午夜了。

来到酒店，山姆都没等门童过来帮他拿行李，自己就跑进大厅。

"我妻子在吗？——住 B7 的杜德伍斯太太。"山姆急切地询问前台。

"我想这位女士已经出去了，先生。房间钥匙在这儿。"前台服务员说道。

山姆顿时失魂落魄，跟着拎行李的服务生走进电梯。

山姆打开房门，并将钥匙返还前台。他安慰自己，这么做是因为自己又累又困，等不了弗兰回来了。

山姆走进房间，弗兰并没有穿套装出门，他能嗅到她的气息，听见她的声音。一点粉色的化妆粉撒在梳妆台的玻璃台面上，翻叠的褥床上随意散落着镶满爱尔兰蕾丝的睡袍，客厅桌子上放着一封写了一半的信，收信人是艾米丽。这般场景足以证明弗兰的确不在房间。山姆坐在房间里，等待弗兰归来。他翻看着杂志，心中单纯而狂热的兴奋，随着时间的流逝，一点一点地冷却殆尽了。

凌晨二点半，山姆听到走廊里传来一阵阵嬉笑声。他的心中重燃热情，可并未持续多久，他立刻从座位上弹了起来，迅速关掉客厅里的灯，悄悄躲站在卧室门背后，周围一片漆黑。

门开了。他听见弗兰兴奋地说："对啊，你当然可以进来待会儿。但是不能待太久哦！可怜的小弗兰，到家啦！那个舞厅可真漂亮！我能一直跳到早上！"

然后是库尔特的声音："你呀你！"

"晚上好。"山姆从卧室门背后走出来，弗兰突然一阵颤抖。

"我刚从巴黎回来。"山姆大踏步走进客厅，打开灯，站在那里，手足无措，真希望自己的出现不要太滑稽可笑。

"噢！山姆！你能安全回来，我太高兴了！"库尔特大声喊道，"弗兰跟我去跳舞了。现在我回家了，明天我会打电话叫你们起来吃午饭。"

库尔特瞧了弗兰一眼，迟疑了一下，似乎想说什么，不过他只是鞠了一躬，随后就离开了。弗兰咬着嘴唇，狠狠地瞪着山姆。山姆哀求地解释道：

"亲爱的，我回来得挺快吧——听着，亲爱的，我是坐飞机回来的——没有你我活不下去！你和库尔特在外面玩到这么晚，我毫不介意——"

"你凭什么介意？"她转动着脖子上的金项链，将小手包扔到沙发上。

"亲爱的，你听好了，我很严肃地告诉你！为了你，我回来了，我愿意做任何事逗你开心。你知道，我爱你，你是我的一切。我们结束这段流浪，然后回家——"

"你就是这样'逗我开心'的？现在，你给我听好了——我爱库尔特，库尔特也爱我，我要嫁给他！不管我付出什么代价！我们今晚就说定了。你还躲在卧室里偷听我们说话，我只能说库尔特真是个绅士，尽管他应该特别想揍你，他一定是忍住了！"

"弗兰啊，弗兰！"

"别装得像受了伤，感到震惊的小男孩！你没什么可抱怨的！你根本就不了解我。你对我一无所知。你不知道我穿什么，不知道我在你书房里插了什么花，不知道为了掩饰你的愚蠢，我牺牲了多少，也不知道我为了帮助你那帮狐朋狗友，维护你那下贱的工作，可恶的名声，我牺牲了多少！"

"弗兰！"

"哦！我知道！我承认我失态了。但是我和库尔特在一起的时候非常快乐——直到两分钟前！你居然在这儿，就像一头图谋不轨的犀牛——是啊，伟大的杜德伍斯先生！汽车业的巨头！有权处置我的灵魂，我的梦想，我的身体！但我再也忍受不了了！我们会过得贫困，是的，我和库尔特注定不会太富裕，每年只能靠我那两千块钱过活！在他的社交圈里，这点钱的确不够花啊——"

弗兰的情绪异常激动，眼泪簌簌地滴到晚礼服上。山姆浑身颤抖，就像刚刚目击了一场凶杀案。他缓缓地说道："好吧，亲爱的。我就只有一个问题。他想和你结婚吗？"

"当然想！"

"那我就走。"巴黎的那份孤独阵阵袭来，"在德国能办离婚吗?"

"能啊，我觉得能。库尔特说没问题。"

"那你会留在柏林了?"

"差不多。彼得内夫妇的朋友有一套环境幽雅的公寓，还能远眺动物园呢。"

"很好。那我走，明天就走。但是现在太晚了，如果你不介意，我今晚就睡在客厅的沙发上。"

"好主意。你应该假装成病人，不是刚刚遭受了巨大打击嘛。你理应认为我无可救药，连仰慕你的资格都没有，不过是一只肮脏不堪的行尸走肉。我应该悬崖勒马，重新尽到呆头呆脑妻子的责任嘛，不，我不会! 你得明白!"山姆觉得自己已经被逼进死角。"库尔特能满足我的一切幻想——他是个真正的文化人，他博学有才、彬彬有礼，哪怕他的小孩子脾气都那么惹人疼。是的，你仁慈地赐予我解脱之前，我得先恢复自由。我承认我的确想作伯爵夫人。但这并不重要，像你这样的人永远不会明白。虽然库尔特没有你那么大的蛮力，但是他会骑马、剑术、跳舞、游泳，也会打网球——打得真好。而且他懂浪漫。虽然你纯粹实诚，不过你可以回泽尼斯告诉家乡父老，我不欣赏你的这些优良——"

"闭嘴! 我警告你!"

"——美德，我就是一个追名逐利的美国女人，你可以随便嘲讽奥伯斯多夫伯爵的头衔，他不过是一个职员，或许还是个傍富婆的小男人，而你迟钝可笑，对你来说，够公平了。我都能想象传播我的丑闻，你得多享受 ——"

"天啊!"弗兰吓得满脸抽搐。山姆站在客厅中间的桌子旁，紧紧抓着插满玫瑰的花瓶。突然，将花瓶往地上一摔，地上的花瓶碎了。山姆的手慢慢放下，肩膀紧绷，水顺着他的指缝流了下来。山姆把这堆碎玻璃和残枝落叶收拾起来扔到角落里，随后擦拭着自己滴着血的手指。他缓缓冷静下来。

弗兰害怕至极，她鼓起勇气说："你别——"

山姆像生意场上似的，用硬邦邦的口吻说："我们都别演戏了。我可警告过你，我会发脾气。如果你还要继续拿我开玩笑，我保证，下次摔的可就不是花瓶了。现在我们还有几件事要妥善安排。我要走，这是事实。但是——你得保证库尔特会娶你？"

"我保证！"

"你们两人有没有发生——"

"不，那倒还没有——我不是故意这么说，不过如果你今晚没回来，说不定就会发生点什么。对不起！请原谅我！我真的没那么放荡！只是情绪有点激动。你难道不知道人们会怎么看我？布伦特和艾米丽会怎么看我？噢，我需要——"

"我知道，你需要钱。但现在你答应我：尽管你渴望和库尔特在一起，但我希望你能缓缓，至少一个月后再离婚。我只是为了确认你的心意。"

"没问题。"

"我会每年向你的银行账户转一万块钱，加上你自己的钱，足够了。"

"山姆，我真想让你明白，咱们离婚是因为你无视我的存在，你对我不耐烦，却不是因为我的错——"

突然，山姆抓起哭天喊地的弗兰，将她扔进卧室，咆哮道："今晚谈的已经够多了。"他不顾弗兰的高声咒骂，咒骂他的残暴，山姆锁上卧室门。他叹口气，觉得自己今晚没法入睡。他没洗漱，也没脱衣服和鞋子，就这么躺到沙发上，但没想到，很快便进入梦乡了。

第二十九章

　　第二天一早醒来，山姆已经冷静下来，决定起身离开。弗兰也冷静下来了。清晨八点，山姆打开卧室门，弗兰已经梳妆完毕，今天她穿了一件白衬衫，下身是亮蓝色的套裙。她看着山姆，将他视作服务员。弗兰冷冷地对山姆说："早上好。当然，你也明白，昨晚你那么粗暴地恐吓我、伤害我，我跟你完全没有复合的可能。"

　　"嗯？挺好。"

　　"哈哈，我明白了。非常好，这样所有事情都好办了。至少我们知道咱们何去何从。现在我希望你回巴黎去。至少这段时间我们别见面。"

　　"我也这么想。我搭晚上的火车回去。"

　　"你要做的事可真不少。我很抱歉，关于泽尼斯的房子，以及财产分割等等问题，还需要麻烦你签一些协议——你要继续给我寄钱，真是太慷慨了，但我认为我不能接受，除非我觉得需要帮你打理房子，帮你招待生意伙伴，我只拿自己应得的钱财。然后你得把我的东西整理打包好——这是你的职责所在——现在我跟你的东西都混在一起。我们一定都忙死了。麻烦你帮忙订一下早餐，真是感激不尽，顺便剃剃胡子，刮刮脸——别介意，我就直说了，你真需要剃剃胡子。我得下去找大厅服务生帮你叫车，帮你取车票。我还得给库尔特打电话。我想你肯定又得羞辱他，不过他毫不在意。我想我也需要维护自己的名声，我现在处境比较尴尬，我和库尔特今晚会到火车站为你送行，但我不指望你能体谅我们，感激我们。"

"弗兰，虽然我不会妥协，但我现在最不想见的就是冯·奥伯斯多夫，我实在是受不了他。不管是为了我，还是为了他，我觉得你最好打消这个念头，别以为抛弃我，还能拥有一个'完美妻子'的名声。这不可能。明白了?"

"当然明白了。真好。我太高兴了，你终于不再呵斥我了，终于不会了，咱俩在一起的最后一天，你给我留下了美好回忆。帮我点杯橘子汁吧。早饭时间我再回来。你的蓝色套装挂在衣柜了——我用你熨衣服的方式处理过了。"

上午十一点，山姆在收拾东西，弗兰出门去买另一个行李箱，库尔特·冯·奥伯斯多夫没敲门就进来了。山姆看见他站在门口，手指紧张地握在一起。

"我知道你不想见我。弗兰给我打过电话了。但是你真的不懂，山姆。我可不是个浪子。我真心爱弗兰。如果她单身我一定会求她嫁给我。但如果我告诉你我有多喜欢你，多钦佩你，你定会觉得我是个神经病。我一直认为弗兰不懂你。如果能让你们两人复合，我希望你千万不要离开她，不要抛弃她，她真的需要你。如果能让你们两人复合，我会离开她，和她继续做好朋友，我说的实话，我今天就会走。"

山姆从衣柜里起身，拍拍手上的灰尘，严肃地说："以为我会上当受骗，冯·奥伯斯多夫？以为我会说'好啊，你今天就离开柏林啊，我留下'？"

"我说到做到！只要你答应我，你会对弗兰好！当然我不是说我永远离开，躲藏起来。我生活贫困，我还得靠我母亲救济。但我会去布达佩斯谈生意，待三周时间。我俩打算在那里开个分公司。我能走了吗？"

山姆看着这个热情的人，他说起话来像在发毒誓。

山姆感到沮丧，但他突然明白了，自己真的想离开。他不想再看弗兰演戏了，如果库尔特抛弃他们，他恐怕会愤怒地独自离开弗兰。

"不，"山姆说，"我向你道歉。我相信你。这就是我们要做的。当然，我不知道你原来这么喜欢弗兰。我和弗兰也不会复合了，这一点显而易见。也不知道，这对我们来说是不是件好事。我们要做的，就是顺其自然。我走了，她留下来，你也留下。你明白你的心意，我也明白我的心思，我发誓我仍然爱她，但如果你也真的爱这个姑娘，那就不要让我有机可乘。别想着我会理解你，支持你，我也不会说什么'祝福你们'之类的话，那还不如让我说'去死吧你俩'！但是我也不会怪罪你。现在我要打包东西了。再见，奥伯斯多夫。晚上别来送我了，我也不想看见你。但我得告诉你，弗兰是对的。和你在一起，她更快乐。"

"但是你——自己走——"

"现在一切都结束了！不要担心我，我自由了，我是个才二十一岁的美国白人！人们总是为别人考虑太多！我想，如果我们三人中间，但凡有一个人清晰地明白自己要什么，并抓住机会，一切都简单了。没事儿，我挺好的。再见。"

库尔特迟疑地挥了挥手。山姆转过身去。待他再抬起头来，库尔特已经走了。

弗兰不知道库尔特来过。她一整天都对山姆十分殷勤，在他身旁忙里忙外。

她为他的旅行收拾行李——这一趟旅行可能会持续很长时间——有必要多收几个大箱子和大包裹。这不正是新生活所需要的嘛。这几个月里，他们的行李就是他们家的全部。现在把行李分开，如同葬礼后分割彼此的遗产。

弗兰殷勤帮忙，行李不一会儿就全部收拾好了。

弗兰在行李堆里发现一条围巾，那是在塞尔维亚时，山姆买给她的意外惊喜。弗兰慢慢地欣赏围巾，轻轻地拍打了几下，狠狠心，塞进了抽屉里。待她收拾一个丑陋的贝壳盒子时，弗兰难过地哭泣不已。

这个盒子把弗兰的思绪带回了他们在罗马的美妙时光。那天，风和日丽，适合携手散步。他们发现了一个看上去像恺撒时期的坟墓，于是流连于杂草丛生的草地上。他们在一家栽满棕榈树的农家餐厅吃过午餐。一个小贩走到他们桌旁，推销他那夸张可笑的贝壳盒子。弗兰拿起其中一个，大叫道："亲爱的！看看这个小东西！"这个贝壳盒子是一件工艺品，是一个木制盒子，廉价的红天鹅绒装饰底部，顶部装饰着一个贝壳形状的小镜子。"看呀！我还是个小女孩儿时，我家女仆（可我叫她雇佣小妞）就有个这样的盒子！我那会儿觉得这是世界上最好看的物件。我曾经偷偷溜进女仆的房间，找到这个盒子，悄悄欣赏它来着呢。我一直都想要个这样的盒子。这不就有了嘛！不过没人会买这种东西。"

"为什么没有？"

"噢？我们可以买吗？这样，我就会让我记得，但也许不会，记住我们旅途中的点点滴滴——"

不一会儿，山姆果然起身，走向那个上了年纪的小贩，问他："这个多少钱？"并犹犹豫豫地举起五个手指。

山姆和小贩讨价还价，彼此都不明白对方的话语，弗兰在一旁笑我直不起身来，最终山姆以七里拉的价格买下了这个贝壳盒子。当天夜晚，弗兰用珍珠项链将盒子围了起来，还在前面点了一支小蜡烛。不过没多久，她就将这个盒子彻底遗忘，甚至抛到九霄云外去了。她把这个盒子扔在衣橱抽屉里，和泳衣，鞋子还有一大堆没用的东西放在一起，永无出头之日了。

弗兰慌慌张张清理抽屉时，拿出了这个贝壳盒子，呆呆地站在原地。她眼神深邃，若有所思，心中充满遗憾和悔恨，内心所有的防备瞬时间，全然崩溃。山姆无助地看着弗兰。他们俩谁都没有说话。突然，弗兰从抽屉里拿出一个从未使用过的保温壶，原本依依不舍的气氛立刻荡然无存。

他们搜肠刮肚，也没找着合适的话来说，之后，山姆突然说道："我如果去西班牙，要不要给你带点蕾丝装饰什么的？"弗兰礼貌地回答："谢谢，不过，不用了。我想，不久之后，我就会去一趟巴尔干地区，那里盛产精致美观的刺绣品。我说，你有没有注意到我把这些正装衣领和晚装上衣放在一起，和日常服装区分开来？老天啊，我们得抓紧时间了。"

一个男人从细胞变成生命诞生下来，便心胸博大，包容一切。无论心生怀疑还是恐惧，他都相信，宇宙的意义在于这永恒的生命，哪怕是母亲对他过分担心，他也能容纳世间一切的痛苦和辛酸。他在康尼岛海里游泳的时候，哪怕皮肤都晒红了，哪怕他失去了知觉，他都能感到蚊子的叮咬，但他依旧能够忍住，因为他在意这背后更伟大的生命真谛。

山姆和弗兰急急忙忙来到火车站，他们分头买杂志，找廉价英语书，对额外的行李进行托运，他俩竟然没能意识到，今夜这可能是二人最后一次相聚了。之前，他们在阿德隆酒店拥挤的酒吧里吃过晚餐，这里人挨着人，他们悲伤的心情也荡然无存。弗兰空乏地说："你回美国后，看到艾米丽和小婴儿时，记得告诉他们，无论发生什么，不出几个月我就回去看他们，除非他们先来欧洲。那样当然更好了。我在你的洗漱包里多装了点牙粉。"

火车站内，弗兰就像个导游，对山姆殷勤而周到。她用不太标准的德语说服乘务员给山姆安排了一个卧铺，替山姆放好随身携带的包裹，安排好托运的行李，总共支付了四马克小费。

几个月来，这些事通常都是山姆一手操办，而弗兰只是优雅地四处挑剔而已。而今晚，弗兰周到地照顾了山姆的一切，反倒是山姆，像无事可做的老佣人，变得手足无措。他对弗兰肃然起敬。或许和库尔特在一起，弗兰不会再像小孩子，因现实所迫而迅速成长。但山姆自己对于未来愈加不确定，愈加惆怅万分。弗兰已然重生。弗兰看起来就像打理美国妇女俱乐部，计算厨师的薪水一样，开始认真打理自己在欧洲的生活。也许，弗兰不再回泽尼斯了。库尔特、德拉亨托公主以及整个欧洲占据了弗兰的生活，而山姆、塔布、马蒂、罗斯·爱尔兰以及美国中西部地区，都退出了弗兰的人生舞台。

山姆思绪烦乱，跟着弗兰穿过候车厅，路过报摊，路过烟摊，来到火车面前。山姆觉得自己再也无法接近面色红润、活泼有趣的弗兰了，反倒被周围熙熙攘攘的乘客包围，他们吵吵闹闹，整个火车顶都快掀翻了。突然，山姆和弗兰站在卧铺旁，行李堆在一边，乘务员在他们身后检查车票，他们就这样盯着对方，不管周遭的一切，不管过去的种种的经历，时间就此凝固，这种感觉就像撒旦突然从天堂跌入了地狱，窒息感阵阵袭来。弗兰迟疑片刻，突然扭过头去，看到外面有个小男孩推着摆满酒、水果和三明治的小车缓缓过来。于是她说："你是不是得喝点什么？"随后，飞奔向小车，给山姆买了瓶白兰地。

除此以外，什么也没有了。

火车推迟三分钟才正式启程。就这样，他们一会儿跳上车尾，一会儿又下来，貌似恩爱夫妻，彼此间却早已心意已远。

山姆又习惯性地像以前一样抓住弗兰的胳膊，又突然羞愧地松开自己的罪恶之手。

"不，求求你，"弗兰说着，胳膊渐渐靠近山姆。"现实就是这么残忍，不是吗，老家伙！哦，亲爱的山姆，你和我合不来。我爱库尔特。我得待在这里！但我们曾经也是恩爱伴侣啊，你和我，我们俩人度过了太多快乐时光！"弗兰的声音有些颤抖，"我可以再见到你吗？哦，我祝福你，亲爱的——"

"火——车——要——开——了——！"德国警卫大声喊着。

"该上车了吧？"山姆问。

"是的。快上车！"

山姆刚跳上车，火车就开了。唯有弗兰独自一人站在远处。山姆望着弗兰，她是那样楚楚可怜。她的身材是那么苗条，面庞是那么年轻，眼神中流露出万千无助。在这个灰蒙蒙的城市，她孤单一人。他依稀看到她眼里的泪水。

山姆声音颤抖地喊道："亲爱的，今天我有没有告诉你我爱你?"

乘务员关上了车门，山姆的脖子伸出窗口，去找寻弗兰的身影。可他看见的，却是库尔特·冯·奥伯斯多夫跑下站台，看见弗兰倒进库尔特的怀里。唯有山姆一人，独自走进喧嚣的寂寞中。

第三十章

山姆心中的痛苦像万花筒一般，混杂着红色的三角片，蓝色的方纸片，亮晶晶的Z字片和黑色的长条形，宛如不知何意的美丽，充满扭曲而怪异。夏天的几个月中，山姆·杜德伍斯怀揣着这样的心情度日如年。

他迫不及待地想回泽尼斯的家，渴望得到塔布和马蒂、艾米丽和布伦特的安慰；盼望着路过那些熟悉的街道和角落，希望回归办公室，在那里，才有人尊敬他，不会有人把他当作一个陌路的过客。可独自回泽尼斯，少了弗兰，却要怎样去面对大家的疑问和耻笑呢。如今，拥有家室的男人可以肆意抱怨无聊的婚姻生活，妻子可以聚在一起痛快畅聊夫妻那些事——可是山姆却再也没法休会。那些自以为是的人，他们以为恶语中伤他的弗兰，甚至恭贺他终于甩掉了他视为生命的弗兰，这样能安慰他嘛，说什么都没用了，他的灵魂早已化为碎片。

如果山姆再找份工作，说不定就能振作起来，投身于工作的海洋，到处是文件沙沙的声音，秘书来来往往，此起彼伏的电话铃声，他也不再为丑闻所困扰了。但是山姆不想工作。他那个桑苏西花园计划，现在看来是那么荒谬，山姆一直认为自己是个能管住老婆的男人，同样荒谬无比。

在巴黎的某段时间，有那么两次，山姆订了回美国的船票，可最后他又去卡纳海运公司退票，把钱拿了回来。

山姆偷偷地去了趟伦敦，就为了听听自己熟悉的语言，但很快又飞奔逃走了。就因为语言畅通，他怕有人认出他来，也觉得丢人。随后山姆途经德国，去了北角①和波罗的海，之后来到里加②，不过还是因为语言问题，他听不懂，无法交流，再次逃走了。

于是山姆重返英国，租了一辆车，沿着古罗马道一路开过了肯特郡，在红砖木墙的村庄休息停留。在苏赛克斯郡的小村庄，山姆静静享受温暖日光笼罩的森林。一路上，山姆这么一个体型庞大的男人就蜷缩在这辆小车里；抱膝坐在山坡上沉思，一坐就是好几个小时，长长的斜影映在山坡上；甚至独自坐在酒吧里，默默聆听周围的一切声音，只要有人跟他说话，他便微微一惊，然后温和应答。

英国的山谷和农庄令山姆感到心情平和，充满安全感——可让他觉得辛酸劳累，自己像个货真价实的局外人，永远无法融入其中。于是，山姆又回到了巴黎，夜夜泡在美国酒吧，人人误以为他过去腰缠万贯，如今却成了一个破产的酒鬼，处处提防。

---

① 位于挪威，公认为欧洲最北端。
② 拉脱维亚首都。

事实上，山姆本人也充分理解。于是，他基本独自待在酒店房间里。（现在他只用开一间廉价的单人间，不用开什么套房了，顿时觉得自己占了便宜，内心欢呼雀跃。）山姆没日没夜地喝酒，甚至有时，连早餐都得就着一瓶白兰地。但在半醉半醒之间，山姆却清醒地意识到自己此刻孤身一人，他的工作，他的孩子，他的朋友，他习以为常的舒适生活，以及他的妻子——这些所有支撑他度过千难万险，走过生活荆棘的人们——都离他远去，他的脑海中，已然找不出一点儿他们的痕迹。没人真正需要他，而他也是个独立自强的可怜人。

幼年时，山姆打发时间的方式荒唐可笑，日复一日，年复一年，甚至连他自己都不觉得，还需要那个曾经风光无限的塞缪尔·杜德伍斯了。到了中午，山姆还在大世界酒店的房间里，穿着霉臭的晨衣逛来走去。他会花一个小时读《巴黎先驱论坛报》（*Paris Tribune*），再花一个小时刮胡子。两个星期以来，山姆第一次成功地花了一小时剪头发。他想把自己塑造成一个忙碌的重要人士，即便等上一个小时也无所谓。为了让这一个小时过得些许充实，他不想让自己看起来那么特立独行，于是，山姆就开始浏览发廊简介和各种价目表。看简介是为了挑刺——他瞧不上这些语句。虽然自己从未承认，但山姆故意没给信托公司留下酒店地址，因此山姆或许有理由每天去银行收取账单。

对往返于酒店和信托公司的邮差，山姆一直充满感激，因为他们一直把他当成个人物来看。他偶尔还是会收到信件，且基本上都来自弗兰，但比以前少了很多，弗兰的信件似乎在努力维持彼此之间如亲姐妹般的好友关系。山姆总是把信带在身上，然后坐在意大利大道的咖啡桌旁，一遍又一遍地阅读。信中的消息，基本上都是弗兰又在柏林找到了一间高级饭店，诸如此类，没什么新意。

有一次，山姆在信托公司碰到一个同样前来取信件的男人，那个男人说："你是开启发汽车厂的杜德伍斯先生吧？我以前在纽约汽车展上见过你，先生。"

一开始，这个男人总是请山姆吃午餐，甚至经常给山姆打电话，对此，山姆感到十分欣慰。可到后来，这个男人发现以前被自己视为神一般存在的山姆，也不过就是一个凡夫俗子，因此也就不怎么联系他，对他彻底失去兴趣了。

而弗兰的影子一直在山姆身边，久久无法绕去，她抓住他的弱点，喋喋不休；山姆总是能看见她的脸。凌晨三点，山姆再也睡不着了，于是起身抽了一支烟，他仿佛听到弗兰说："天啊，山姆，简直没想到，你居然变成了一个肮脏腐化的醉鬼！"山姆真想把头靠在弗兰的肩膀上，哭诉自己身为一个人的失败，可弗兰却不耐烦了，抓狂了，连她也不再怜悯自己，即便是这样，他也愿意成全库尔特和弗兰的爱情。伟大的塞缪尔·杜德伍斯，现在才意识到，当他风光无限时结识的人，到头来没有一个会接纳他，真是难堪啊。山姆坐在床边，头发乱糟糟，睡衣皱巴巴，他一边抽烟，一边心想，给弗兰打个电话，告诉她，自己衷心希望她能成为奥伯斯多夫伯爵夫人。可转念，他又打消了这个念头，弗兰指定不喜欢听到这样的祝福，况且，凌晨三点接到电话，一定狂躁不已。

虽然，山姆也常常感到不幸，但是从来没经历过这样的境况——这种不幸无法描述，他没了方向，没了理由，因为自己的情绪化而忍不住乱发脾气——这种不幸困扰着他，宁可身体疼痛，也不愿忍受这般无端折磨。弗兰是他的软肋。

可现在，山姆也忍不住咒骂她，因为她的不忠，她一直以来的高傲。无论怎么咒骂，山姆也没有解脱出来。山姆担心弗兰可能遭受库尔特家人的轻视，一想到弗兰孤独一身，没有朋友陪伴，只能自己哭泣到天明，他甚至突然开始可怜弗兰了。山姆开始零零散散地回忆过去发生的那些奇奇怪怪的事物——弗兰的一件白色皮草晚礼服；他们开车去底特律的路上，她在路边准备咖啡、沙拉以及冷鹌鹑等午餐；她说"我是个瞌睡的小女人"的样子；她酷爱的一双可爱的粉色羊毛卧室专用拖鞋。山姆在回忆里尽情微笑，可一旦从中逃离，却只感觉到内心生疼。弗兰就像长在山姆精神中的病毒，永远无法治愈。

山姆遇见一个叫南德·阿泽勒（Nande Azeredo）的女人，便认为自己对弗兰不忠，尽管他喜欢南德，却没法说服自己背叛弗兰。

山姆又去了一次精英咖啡馆，希望能再见到埃尔莎，并把她从凯普身边带走。现在他已经完全不存在"忠与不忠"的问题了，唯一的问题就是他神智要清晰。至于其他问题，山姆已经完全不在意。

山姆没有见到埃尔莎，但是一个个子高挑，英气逼人的女人，她的颧骨像鞑靼人①一样高耸，说话声音向笛子一般，她也说英语："你怎么了？看起来情绪不高啊。"

"确实是。你想喝点什么？"

"柑曼怡②。那么，你心里想的女人是去世了，还是和

———————

① 东欧伏尔加河中游地区的居民，广义可指俄国境内使用突厥语各族的统称。

② 一种将苦橙皮蒸馏后混合白兰地酿制的酒。

别的男人跑了？"

"我不太想谈这话题。"

"这么绝情？好吧。那我说说这个地方吧。我会模仿当地人的说话方式。"

然后她就开始模仿，真挺像。对山姆来说，这个姑娘简直是他从柏林到现在见到的一丝充满希望的闪闪亮光。他猜这个姑娘是个艺术模特。不管是穿顶酒吧还是精英咖啡馆，虽然业余的交际花很多，但专门的妓女却不多见。

姑娘说自己叫南德·阿泽勒多，似乎山姆理应认识她。

（山姆突然发现）费尔南德·阿泽勒多，是个葡萄牙和俄罗斯混血的法国人。姑娘今年二十五岁，在九个国家生活过，结过三次婚，还曾经开枪猎杀过一匹西伯利亚狼。她做过歌舞团演员，做过时装模特，做过按摩师，现在依靠给展示橱窗做蜡像模特勉强维持生计，不过她自称是个雕塑家。她吹嘘自己曾经虽然有五十七个追随者（"而且，亲爱的，有一个是真正的王子——货真价实的王子"），但她从来没从他们手里拿过任何礼物。

山姆对她的话深信不疑。

南德这只小猫——或者说是小老虎，不像埃尔莎那几个人，嘲讽山姆，却把他当作天才。姑娘给山姆占了一卦，推测出他是美国人，还是个商人，读过大学；她还知道山姆迷失在爱情中，不能自拔；她甚至知道山姆本质上善良可靠，这一点，不会因为姑娘取笑其他美国游客而发生改变。

"你这人真不错。或许你应该请我吃饭。事实上，我也不介意你去我的小公寓，我做饭给你吃。我公寓现在没别的男人。上一个，真是个混球——偷了我的皮衣去当铺换钱，被我给踢出去了！"

山姆对她的话再次深信不疑。

姑娘笑起来，精神抖擞，山姆感到无比愉悦。虽然没发表什么重要高见，但姑娘对于男女之间的战争，做出一番聪明评论，彰显出她的睿智。她评价山姆真实而又强大，比起这个地方的蹩脚诗人，她更崇拜山姆。而山姆听了她的一番恭维言语，心里也顿时暖洋洋。山姆在她面前从未提起柏林或者库尔特，也没说他以前心爱的妻子弗兰，甚至忘了自己之前的不情愿，居然坦诚地向姑娘诉说自己心中的苦闷。

之后山姆返回酒店，收拾好一个小包袱，就去南德·阿泽勒多的公寓里待了三天三夜。

南德随意而轻快，骄傲自信的待人方式，让山姆感到惊讶。山姆从未想象过，这样一个姑娘因服侍他人而心情愉悦。南德甚至给他补袜子，提醒他不要多喝白兰地，给他做法式蜗牛，山姆瞬间爱上了这道菜。南德还教给山姆为爱付出的全新方式，她发现山姆实在不知道如何去爱，善意地笑了起来。山姆平生第一次意识到，自己不因身体素质而倍感羞愧，但弗兰过去却觉得这是个严重失误。山姆开始发现自己身体里源源不断的动力，他一度以为自己缺乏这股动力，如今却顺利回来了。有那么一瞬间，南德的公寓对山姆来说就像心目中的伊甸园。

这个小公寓一直吵吵嚷嚷：处于阁楼位置，里面有三个房间，向下望去，庭院里乱七八糟，整天都充斥着争吵声，孩子的嬉笑声，送炭工的声音，还有垃圾桶的咚咚声。南德家的碟子上有裂缝，杯子也有缺口。石膏墙上有雨水的印记，山姆送的玫瑰花只能放在一个锡铁罐里。但沙发上却盖着金色织锦，上面耷拉着几个粉脸娃娃，可这些才是值钱的东西。南德的换洗衣服堆成了小山，这里没有放置清洁用具的地方。

房间里到处堆满了制造噪音的器具：一到早上三点就首先打开的留声机，嘉年华游行留下的号角，一个低廉朴素但无法使用的收音机，对了，还有七只金丝雀。

有那么一瞬间，山姆不得不认为南德接近他就是为了算计他的钱。他们一起在街上散步（那与弗兰共同走过的街道，但南德一路频频讲话，故事连连，却能使这条熟悉的街道焕发出一丝全新的生气），山姆低声地说："想让我给你买点什么？珍珠，还是？"

南德在山姆面前停了下来，两手叉腰，生气地说："我可没把你当金矿工！我也不是什么高雅淑女！你要是厌烦我了，那你给我一百块钱，五十也行。但是你得明白，如果南德·阿泽勒多和一个男人在一起，那一定是因为她喜欢他！珍珠？我拿珍珠有什么用？能吃吗？"

她每天会花那么一点时间从事并不怎么风生水起的模特工作，有时她也帮山姆找到他心仪的英语书籍，绝不会出任何问题。山姆读雪莱的诗集，只为纪念自己曾经高贵的生活，如今的他就是个流浪汉，他也认认真真地读侦探小说。

"上帝啊！"山姆心想，"她得是个多好的妻子啊！如果她爱上谁，她就会把法国的生活点滴集合成张张照片，她会收割玉米，会射杀印第安人，还会带孩子——要是她在巴黎没买到内衣，还会自己纺线做呢。"

但是南德令人敬佩的优点，山姆在三天后便厌倦了。

山姆第一次看见南德叉腰站着，戴着围巾，穿着衬衫，指责杂货店的男孩儿多收了三十生丁，指责另一男孩乱贴"骆驼"广告，觉得这姑娘颇有意思。但这样的情况发生二十次，就不太有新意了——南德和商人吵，和服务员吵，和出租车司机吵，还和私家车司机吵，认为这些人侵犯了她的私人空间。因为山姆没有大口大口享用她做的美食，而和山姆争吵。她的声音尖锐有力，于是她的对话常常都是以尖利之声开场，以咆哮之声结尾。山姆希望寻求一丝适当的安静环境。多少次，他仿佛觉得弗兰看着南德和他，眼里满是嘲讽。

山姆坚定地认定南德就是个年轻的小老虎，异常的忠诚，尽管如此，弗兰的幻影总时不时出现，南德和她一对比，立马逊色了。对此，山姆维护着南德，胸中一阵怒火，弗兰看着山姆，就像俯视一个不懂礼数的仆人。南德一边拖地一边大骂脏话时，弗兰便会出现；南德拍着山姆的后背鼓劲他时，弗兰也会在房间飘过，此时的山姆像被厨房里的女仆当场捉住的小孩子一样难堪。

最终，山姆告诉南德，自己要去意大利处理生意。南德将信将疑，并告诫他少喝些酒，提防其他女人。她自然而然收下一百块钱，目送山姆离开。

火车将离开时，南德递给山姆一个小包裹。

过了一两个小时，山姆才打开包裹。里面是一个金灿灿的烟盒，这估计花了她一百块钱吧。

南德·阿泽勒多啊！

离别之后的多少日子里，山姆从来没给南德写过信。尽管他有这个想法，但是南德也不是那种在纸上互诉衷肠的人。

显然，南德就是山姆中人生中的一个引人注目、有趣可爱的过客，不得不承认，她对山姆的确造成了一点儿影响。她和明娜·冯·艾舍尔一样，打破了一直困扰山姆的单身状态，不管他对弗兰多着迷，在脑海里描绘着弗兰在柏林的孤苦无依，努力不让自己因错过弗兰自编自导的浪漫故事而遗憾，不管怎样，这些故事最终全会以悲剧收场。山姆感觉自己不再像弗兰的奴隶了，他要重新审视这个世界，开创一片新天地。

山姆比以往任何时候都对这车厢感兴趣了，他以为如果自己不善待自己的人生，那就真是荒废光影，蹉跎岁月了。车厢内蓝色的真皮座椅一点儿也不软和，两个靠枕也硬邦邦。座位上铺着蓝丝绒，黄色和棕色拼凑起来的格纹皮粗糙不平。铃声响起，这是停车的信号，车厢内所有的开关按钮都用四种语言进行标识，真是贴心。山姆每每忍不住想去按按，哪怕罚款五百里拉，也在所不惜。放下角落里小柜子的支架，就变成一个洗手位。山姆孤身一人，总是缩在走廊里，倚着火车车窗上低矮的铁栏，或者坐在小小的折叠椅上。窗外是连绵不绝的山脉，站台上随处可见来来往往的行人眼中空洞的眼神。窗外的广袤平原让山姆想起美国西部，直到太阳在一个陡坡上投影出城堡一般高高远远的阴影，山姆才回过神来，原来自己只是个漂泊在外的异乡人。

直到现在，山姆·杜德伍斯都没怎么跟同旅途的人说过话，除了那些看起来和善的美国人。他们一起喝酒或八卦，打发单调的旅途时光。山姆描述了自己的旅途之后，这些人当中大多只会总结一句："我猜他们和普通人没什么区别吧——不过为什么这样啊？"于是，在山姆眼中，他们也只算作会走的树，或者坐下来的布料。

但是这些奇思妙想却被弗兰给打破了。山姆睁眼面对这个世界的悲苦，甚至比他花了一晚上筋疲力尽地爬上山，看到英格兰第一缕曙光时的感受更为真切。他真正地感觉到了世间万物深沉的人性一面，他透过表面看到了这些旅人真正的脸孔，他们蠢笨，他们自私，甚至千篇一律。观察周围的当口，山姆甚至有点忘却自己——包括弗兰、库尔特以及南德·阿泽勒多——他猜想那个嘴唇紧闭的女人是不是刚刚葬了自己的丈夫，那个打扮过于时髦的年轻销售员是不是有一个挑剔的老婆，而那个脾气暴躁、说话大声的老头子是不是失去了自己所有的财产。转眼间，他又开始端详火车通过时背对着他的铁路工人，猜想他们哪个快要结婚了，哪个是狂热的共产党员，而哪个又萌生弑妻的念头。

就这样长时间发呆，山姆用不着急着回车厢，也无须面对弗兰。但他慢慢地，倍加痛苦地感知这个世界。他思考着，自己是不是真的彻底被打败了，无力应对弗兰挑剔的话语。他发现自己离了弗兰，也照样活着，和弗兰在一起，他永远也无法体会内心自信，体味生活的平静。

山姆在罗马逗留了一周，自我安慰，告诉自己是在学习艺术。天气实在是太热了，于是只身前往蒙特勒①，那里任由他游泳，那里的山区气候宜人。但每天山姆都会定时查阅返回纽约的轮船时刻表，推测自己哪一天可以乘船离开。过了一阵，他又游荡到日内瓦，参观庄严的万国联盟建筑群。他在酒店徘徊时，发现一个其貌不扬，戴着高帽子的绅士，定睛一看，原来是国务大臣。之后，在一个小餐厅里，偶然听到了一阵宛如天使号角的声音，这不是罗斯·爱尔兰嘛，他问候道："哈哈，山姆老伙计，你这是从哪儿来？"

在罗斯·爱尔兰的陪伴之下，山姆花了一周的时间徒步旅行，背着一个帆布包，穿过伯尔尼高原。刚开始，山姆觉得自己格外愚蠢，满身肮脏，仅背个帆布包，垂头丧气地走过酒店门口。他一度认为，步行有失身份，除非是在高尔夫场，那里不得不走路啊。但是山姆对这种漫无目的的旅行，倒格外享受，他就像一个时间充足，行程满档，随意游走的

———————

① 瑞士沃州的一个城镇，位于日内瓦湖畔。

旅行者，不用匆匆忙忙，走马观花。山姆感觉自己的呼吸也变顺畅了，睡眠变踏实了，也很少胡思乱想了。现在的他只喝啤酒，不再沾染烈酒了。事实上他发现了步行的乐趣，并热情洋溢地写了封明信片，向弗兰，塔布，还有哈扎德博士推荐这样的旅行模式。山姆厌倦了豪华宽阔的酒店。罗斯和他在一起吃饺子和猪肘子。走到一个村子里，便随手找了个旅店小桌，并在此小憩，他们已经气喘吁吁，浑身是汗，肩膀酸痛。

无论何时，罗斯坚持"游览教堂的尖顶，聆听小孩的闲谈"，和醉酒后的所作所为没什么区别。不管他们怎样沉浸在壮美的山脉风光中，只要看到教堂尖顶，听到周围小孩高亢的交谈声，他们就忍不住加快脚步。

山姆决定后半辈子就这么度过。

山姆从没想到和罗斯·爱尔兰一起徒步这么意义非凡。罗斯从不抱怨，也不像弗兰高高在上，不像塔布一样幽默可笑，也不像南德一样吵吵闹闹。他对任何事物都兴趣浓郁，甚至眼前是猪舍或修道院。他也喜欢总结生活中的经验，绝不向挫折和失败低头。

罗斯在欧洲度过了一个漫长夏天，便启程去东方了。他邀请山姆一起去，山姆也接受了邀请，那些地方可比独自前往英国刺激多了！那里有土耳其，婆罗洲①，暹罗，北平，槟榔屿②，甚至还有爪哇岛的风光！

罗斯临时去了巴黎，巴黎对山姆来说，承载了太多孤独，

---

① 位于印度尼西亚，印尼人称其为加里曼丹岛，是世界第三大岛。
② 位于马来西亚西北部。

留下了太多有关南德的印记，于是他选择留在格施塔德①。
山姆努力保持健康，呼吸新鲜空气。罗斯离开两天前，山姆
又陷入了坐立不安的胡思乱想中。

山姆太脆弱了，自己对此极为不满。他想沉溺在 18 世纪
的英国花园和本土建筑中，他想重拾对东方的渴望。但这一
切都显得徒劳无用。

他没法真正释怀，前往远东地区，抛下弗兰。

他告诉自己弗兰不需要他保护。他出现在弗兰面前不可
能安慰她，反而让她觉得不舒服。山姆就像个幼稚的小孩，
抱怨无数的傻瓜，曾经离不开妈妈的照顾，现在离不开老婆
的监督。但是——如果柏林那边出事的话——如果弗兰需要
投奔他，而他却远在千里之外——

他做不到。

有时山姆也弄不明白，自己是否混淆了服务于弗兰和服
务于所有女人的差异，他刚发现自己的这番基本需求。山姆
感到好奇，如果一个像罗斯一样充满冒险精神和进取心的女
人邀请他一起去东方，说不定他就去了，并找个貌似合理的
借口，比如"弗兰已经铺好床了，让她睡吧。"

不！他发誓，自己对弗兰的关心出于真心，弗兰对他的
重要性，宛如祷告对信徒的意义，荣誉对士兵的意义。只要
他焦躁不安起来，就会想"不，虽然我找不出原因，但我绝
对不会抛弃她！决不能！"

他给罗斯写信，告诉他这个秋天不能陪他一路前行了，
山姆再一次逃走了。这一次他去了威尼斯，最近从利多传来
的新闻图片中，总能看见海滩上成群结伴的人们，看来，那

---

　　① 位于瑞士。

是个疗伤的好去处。或许那里有一个精致的英国女人在等——

不！他不想要那样的的女人。他要找一个像弗兰那样优雅，南德那样优雅，罗斯·爱尔兰那样聪颖的女人。

想到这里，山姆忍不住笑了："如果真有这样的女人，她为什么要选择和我在一起?"

山姆乘坐着熟悉的火车去威尼斯，满脑子都是利多海滩上的妙龄女郎，他不确定，身边没了弗兰，自己是不是能过上正常的生活。

第三十一章

　　山姆并没有因利多当季的景象而焕发生机。那里的酒店像1893年的芝加哥世界博览会，甚至带了点土耳其浴盐的味道。这个地方适合晒日光浴，适合沐浴，适合共进午餐，适合跳舞，这里三分之二的人，不管是意大利人，英国人，美国人还是奥地利人，都彼此熟识，山姆又开始觉得自己没法融入这样的环境了。于是山姆又返回威尼斯，去了鲍尔—格伦沃尔德酒吧。虽然那里德国气氛浓厚，足以让他联想起自己在柏林痛苦失败的婚姻，那也比皇家达涅利酒吧更加热情洋溢。

　　威尼斯可以说是世界上最包容友好的城市。其他城市的居民或许更加友善，但威尼斯这座小城，拥有壮观的圣马可广场①，这里的小巷舒适静谧，随处可见开门迎客的铜匠铺，

---

　　① 意大利威尼斯的中心广场。在威尼斯，圣马可广场是唯一被称为"Piazza"的广场，其他的广场无论大小皆被称为"Campi"。19世纪法国皇帝拿破仑曾称赞其为"欧洲最美的客厅"。

数不胜数且随意出入的教堂，贡多拉小舟①在河流里穿梭往来，街道上的白鸽子贪吃却温顺，这里的天空温柔而灿烂，运河里的水流奔腾不息，广场上随意摆放着咖啡桌，广场周围的阳台装饰精致。这里的百姓安贫乐道，随处可见熙熙攘攘的人群，他们默默等待着乐队的表演。这里的一切都是如此温和而美妙，在此地逗留的异乡人也不会产生浓浓乡愁。

山姆在人生等待中，学会了忍耐和克制，但和罗斯一起徒步旅行，经历辛苦，以及肮脏的"救世主"南德·阿泽勒屈尊解救他时除外。伴着窗外运河的潺潺水声，贡多拉船夫们的争吵声，山姆躺在床上，直至上午九点。起身后，他倚在窗台上，望着安康圣母教堂和圣乔治·马焦雷岛②，那些遥远的小岛缓缓延伸至大海深处。运送蔬菜、砖石、水泥的轮渡，沿着弯弯曲曲的河道不停穿梭，组成了一幅奇妙的画卷。与此同时，驳船船主与高贵典雅的贡多拉船主争吵不休，穿制服的官用汽船船长也加入了争吵的行列。山姆喝了一杯咖啡，买了一份最新的《巴黎每日邮报》（*Paris Daily Mail*）、《芝加哥论坛报》（*Chicago Tribune*）以及《纽约先驱报》（*New York Herald*），随后奔向广场享用真正的美味早餐。

上午，山姆常去夸德里和拉韦娜餐厅。到了下午，夜幕降临时，他便转战弗罗里安以及曙光女神餐厅，在夕阳斜照中，这些地方显得情迷绵绵。山姆喝着咖啡，一边慢慢吃着抹了罗莎山峰③蜂蜜的羊角面包，一边读着报纸，一旦看见

---

① 威尼斯特有的小船。

② 威尼斯的一座岛屿，位于主要岛群的南方。圣乔治·马焦雷岛上最知名的建筑是圣乔治马焦雷教堂，建于1566年。

③ 阿尔卑斯山的一部分，为瑞士境内最高峰。

美国新闻，他便兴奋不已。遇见认识的老熟人——哪怕是罗斯·爱尔兰或者恩迪克特·埃弗雷特·阿特金斯也欢呼激动。有一次，他在一则柏林新闻中，甚至读到杜德伍斯夫人有幸受邀参与德拉亨托公主的晚宴，出席宴会的还有奥伯斯多夫伯爵，德热恩伯爵夫人，同盟委员会托马斯·詹金斯爵士，还有新进内阁大臣彼得内博士。山姆久久坐在座位上，目光空乏，遥望圣马可广场，不少游人摆出喂鸽子的造型，让老婆们帮忙照相。

山姆便开始致力于建筑"新游戏"了。他每天夹着一本拉斯金①的《威尼斯之石》（*Stones of Venice*），开始参观各类陌生的教堂和广场，并进行素描绘画，他的绘画技术还不错，但一群叽叽喳喳的游客却误以为他是本地艺术家，真是可笑啊。他的午餐一般十分简单，随后午休一小时，又再次投身于威尼斯游客必备体验项目中，整整一个下午甚至一个晚上都坐在广场上，看着来来往往的游客，足矣。

巴黎或者其他地方的游行现场，都有全副武装的警察，驾着车，骑着马，全程保驾护航，观众们变得更加紧张。但在这里，车辆极少，大理石装饰的舞台上呈现出不可思议的化装歌剧，人们心中感到懒洋洋的满足感。周围的人群无时无刻不在移动变化。两个法西斯军官从山姆面前路过，他们身穿黑色衬衫，橄榄绿制服，身披金色绶带，头戴装饰着流苏的大军帽。过了一会儿是两个意大利警察，戴着拿破仑三角帽，正直而威严。接下来是一批批兴奋的观光客，他们中

---

① 约翰·拉斯金（1819～1900）：英国作家、艺术家、艺术评论家，还是哲学家、教师和业余的地质学家。1843年，他因《现代画家》（*Modern Painters*）一书而成名，成为维多利亚时代艺术趣味的代言人。《威尼斯之石》（*The Stones of Venice*）也是其重要代表作之一。

有刨根问底的德国人，刻板严肃的英国人，金发优雅的斯堪
的纳维亚人，还有兴奋失控的美国女人，和手中竖着雪茄的
美国男人，他们仿佛向世人宣告，如果这就是威尼斯，没想
到居然如此有意思！

这里的导游们呢，数量比广场上的鸽子少，耐心却比鸽
子足。他们疯狂地接触那些还未开始潜心拍照的初访游客，
并用蹩脚的英语介绍自己，"我，导游，英语，说得好！带你
去圣马可！"每一个游客身边都牵着自己的孩子。捡拾垃圾的
人不停弯腰，只要有烟头掉下来，便立马捡起。英国夫妇和
颜悦色地走过山姆身旁。夜幕降临，站在圣马可广场后方的
马匹，在日落斜阳的照耀下闪着金灿灿的光芒。

相比自己在巴黎肆无忌惮的放纵，山姆很满意自己现在
的状态。尽管广场上热闹非凡，但山姆仍觉得孤单无助。他
需要有个人可以听他说说话，但却不想遇到任何熟人。

要结识一个人，并不是件容易的事。有一次，他坐在一
张桌子旁，邻桌就是一群聚会的美国人。他们看上去一点儿
也不复杂，就像来自小市镇的商人，专业人士和他们的妻子。
于是山姆准备去碰碰运气。他挪了挪座位，试探性地询问旁
边一个男子："出来旅游？"

那个小个子男人神色轻蔑，十分警觉。他常常读报，才
不会随意就被外国人欺骗呢！

他从鼻子里挤出个"是"，随后一句话也不说了。

"呃——喜欢意大利吗？"

"是的，谢谢！"

这个小个子男人转过身去，山姆面色羞愧，相比之前，
更加孤单。一个身材魁梧，面色忧郁，带着绿色帽子的巴伐
利亚人走过来跟山姆搭讪，山姆心里顿时充满感激，可事实

上，那个人比山姆看起来更加落寞而寂寥。他们两人动用一百个英语单词，二十个德语单词，以及十个意大利语单词进行畅谈，不过他俩倒非常擅长使用肢体语言。在和贡多拉船夫的争执中，他们彼此鼓劲，然后他们去了科勒奥尼和圣·乔瓦尼·保罗大街，到穆拉诺群岛①观摩玻璃制作全过程，真令人瞠目结舌。随后他们还登上祥和宁静的桑拉扎罗岛②，参观亚美尼亚修道院。山姆把这位巴伐利亚朋友恭恭敬敬地送上了火车，突然想到，自己曾在茵特拉肯也像这样目送罗斯·爱尔兹离开。整个晚上他都坐在弗罗里安餐厅，自己常坐的桌子旁，感觉这里才是自己唯一的家。

他依然经常收到弗兰的信件。过去但凡收到弗兰的来信，山姆高兴得就像过节一样，不过到了现在，他懒得打开来看了。

弗兰在信中一直抱怨。下雨啦，天气太热啦，等等。她说自己去蒂罗尔玩了一周（虽没提库尔特，不过山姆猜他一定同去），那里的酒店十分拥挤。这趟旅途，她受到的委屈真是难以想象，她只能蜗居在一个小宾馆里，食物难以下咽，宾客数不胜数。她访问了库尔特的一个堂兄——奥地利大使。虽然，她使尽浑身解数想要讨好他，可那位大使似乎对她不怎么感冒。

至于山姆过得好不好，弗兰压根儿就没问。

弗兰的来信总让山姆感到难过。很显然，弗兰根本就不想见他。

①　五个岛屿构成的群岛，早在8世纪该岛就以玻璃制品生产驰名全球。

②　意大利艾米利亚—罗马涅大区博洛尼亚省的一个镇。

酷热午后，约莫四点多，山姆坐在广场上，对着一封信，陷入沉思。这时，他看见一个长相面熟的女人经过他的餐桌。这个女人大约四十岁，身段苗条，皮肤苍白，她的手像蕾丝般纤细轻柔。她身穿黑纱外套，未戴任何首饰，宽阔的黑色帽子上别着一个闪亮银针。

山姆忽然想起来了，她是伊迪丝·科特赖特，她是个美国人，丈夫生前是英国驻罗马尼亚（还是保加利亚?）大使，据塔布侄子的说法，几个月前，他们曾受邀去她的公寓喝过茶。山姆立刻站起身来，打算迎接他这几个月以来看到的第一张熟悉面孔。但是他退缩了，有所迟疑——科特赖特夫人可不是随随便便就能迎接的人。山姆鼓起勇气，冒了一次险。他在餐桌上留了一张十里拉小费，然后绕着广场走了好几圈，假装自己在伊迪丝穿过广场时和她偶遇。

"噢，你好!"山姆打了个招呼，"你还记不记得我和妻子去年春天去你府上喝过茶——我是杰克·斯塔林的朋友——"

"噢，记得，不过你是?"

"塞缪尔·杜德伍斯。"

"望你和夫人能再来喝茶。"

"她，呃，恐怕她得待在柏林了。"

"真的? 你一个人在这里? 那你一定得再来喝茶哦。"

"乐意之极。你走这条道?"山姆的回答太愚蠢，太着急了。

"去买点东西。这边有很多面包店——要不要一起啊，如果没朋友等你的话，可以一起喝杯茶啊。"

"这个城里，我连个鬼都不认识。"

"若真是这样，那你更是一定要来了。"

山姆装模作样地纠结道："这个季节在利多认识太多的

人，真不见得是好事。"

"对啊，的确不幸啊！"

"你不喜欢这些狗仔小分队吗？"

"噢，这倒是称呼这类人的好名称。"科特赖特夫人说道，"我还一直在想怎么称呼他们呢。当然，有些人善良友好。偏好游泳和跳舞的善良人们，都不会去利多，他们只求低调为人，并不想招来太多人关注。但有种极具国际特色的组合形式，即盎格鲁—美国—法国人。有些聪明女人，有那么一点儿小野心；有些男人除了头衔和地位，什么都没有；有些夫妇精明果敢，打了一手好桥牌。富商三巨头——在我眼里，和畜生没什么两样。有个可怕的女人，叫勒内·德佩纳博——"

"你认识她？"

"怎么会有这样的女人！她出现在巴黎，还有利多，多维尔，戛纳甚至纽约，所到之处，她在火车和轮船上名声大噪。你也认识她吗？你喜欢她吗？"

"我当然讨厌她了。"山姆立马说道，"我也不知道我为什么讨厌她。她看起来待人接物还算得体，但我总觉得她贪得无厌。"

"可不完全如此，她特别狡猾。她对自己朋友圈子里99％的人都慷慨解囊——哼，彻彻底底的骗子——这样就能迷惑众人，随意出入服装店或慈善机构，总之，只要有她在，这些地方两个月内准垮台。当然，她是个魅力十足的女人。"

"我可不那样认为！"山姆厉声争辩道。

眼前七个威尼斯年轻人躲在一处最为狭窄阴暗的角落里，偷偷摸摸，他们见状，相视而笑。

伊迪丝·科特赖特处事人情味浓厚，对失意的人格外耐心，山姆顿时心满意足。他听到伊迪丝为了几个蛋糕和小面包店老板讨价还价，山姆对她更没得挑了。店家要价五里拉，可科特赖特夫人还价二里拉，最终双方以三里拉成交，或许这就是蛋糕的实际价值吧。

山姆也经常目睹弗兰讨价还价，可她在耗尽店主的耐心之前，自己就早已气急败坏了。不管店家怎么手舞足蹈，推销自己的杰作，怎么哭诉自己家上有老下有小，九个孩子正忍受饥饿，生活艰辛无助，科特赖特夫人都不为所动，只是微笑着，最终店家也无奈，只得以微笑回应。店家收下三里拉时，笑得合不拢嘴，二人走出蛋糕店，还能听见身后店主洪亮的一声"再见"。

"他可真是个好人。"等他们返回广场时，科特赖特夫人说道，"我每周都这么做。我不让女仆去买东西，她每次会多花二十先特西摩①，说不定自己还要昧下十块钱呢，所以我都自己去采购。不过这个面包师可真是个艺术家，但也具备艺术家的通病——保守固执。在意大利做买卖可真是场大冒险，山姆试图保持过去延续下来的传统习俗——人人都精通的讲价艺术。旅游指南上还写着'讨价还价时请注意保持风度'这样的话呢。可惜这样的日子早已一去不复还。由于法西斯的统治政策，以及旅游经济遭受的压力不断，像'天鹅与埃德加'以及'伍尔沃斯'这样的商店只能举债度日，现在都快要倒闭了。我觉得我得回国，回到纽约桑树街，结束我百无聊赖的萧条生活了。在意大利，唯有这一处我还没游览过呢，没能仔细欣赏过，甚至没进行速写绘画，将它们烙印进我的灵魂深处；只有这里我还未确认是否真的安全，是

---

① 意大利的货币单位，1先特西摩＝1/100里拉。

否适宜长期逗留。"

　　弗兰是个精明的女人，但显得如此张扬而激进，相比之下，伊迪丝·科特赖特就低调多了，她的一举一动都规规矩矩，善于隐藏自己的心意，如同自己的躯体一直包裹在颜色晦暗，质地柔软的黑袍子里。此刻，他们走在前往阿斯卡尼宫殿的路上，他们在拱廊下或在小巷宽墙的阴影里躲避阳光暴晒。之后，他们爬上冰凉的大理石阶梯，来到伊迪丝的公寓，房间内巨大的百叶窗，隔绝了窗外毒辣的烈日，总算能休息一会儿了。伊迪丝彬彬有礼，显得优雅有节，她似乎觉得，生活里一切别有一番风味，她也愿意琢磨这些趣事。这样一来，她看起来更加年轻，充满活力。起初，山姆猜伊迪丝应该有四十五岁了，但现在再看看，顶多四十岁啊。

　　伊迪丝的客厅里整整齐齐，石板地面打了蜡，散发着象牙般的顺滑光泽。16世纪老胡桃木的衣橱散发着宁静香气，让人能感受到岁月沉淀的人文气息。如僧侣般肃穆规矩的椅子，即便在和风送暖的春日里，也会给房间平添些威严的气息——原本粗俗低劣的美国加厚扶手椅，经过伊迪丝的灵巧妙手，放置印花柳条坐垫做装饰，倒使得凝重的威尼斯小居，焕发出新鲜的热情和活力。

　　走进这里，山姆的精神气都足了，头脑也顿时清新，燥热的身体也变得凉爽许多。科特赖特夫人甚至向山姆展示出自己身为美国移民的优越感——她情愿做一个美国人，她为山姆奉上冰茶。相比装点着马赛克的圣马可教堂，山姆更愿意待在这里，他诚心诚意地佩服伊迪丝，心中有说不出的愉悦。在山姆眼中，科特赖特夫人和她的房间，就像德拉亨托公主在波茨坦的逝去岁月一样古朴传统、光辉夺目。山姆明白，科特赖特夫人却不同于消逝的岁月遥不可及。自己并不像是受到校长夫人邀请，前去喝茶的懵懂男孩，但他有些害怕，怕在她苍白面容，举止克制的背后，却对他这个跌跌撞撞，不谙世事的海外游客评头论足。他所惧怕的不是他所能理解和回答的问题，反倒是在这陌生的城市，午夜时分内心泛出的一丝困顿和焦灼。

山姆发现，在这么一个躁动浮华的年代，弗兰打扮得新潮时髦，与时俱进，但科特赖特夫人却坚持留着如瀑布般的长发，造型简单而不呆板。山姆也发现她可爱的纤纤细手在太妃糖色的瓷器上缓缓移动，像一只白猫，令人赏心悦目。

伊迪丝不再讨论外交事件，不讨论里维埃拉的别墅，也不讨论绘画艺术。她却说："告诉我吧——真的，我也不是个无礼之人；我也常自问这个问题，或许我只想寻个答案。那你在欧洲找到了什么？为什么待在这里？"

"嗯，这不好说。"山姆抿了一口冰茶，品味着舌尖上的微酸感。"嗯，我想，嗯，坦诚地说，是因为我的妻子。我挺享受出国旅游。在这里可以学到很多东西——关于绘画，甚至关于我自己的人生——我是个汽车制造商，如果你还记得的话。例如，我在英格兰时，去了劳斯莱斯工厂，他们宁可花大把钱，也要手工技术打造零部件，而不会使用大批量机械生产，这给了我很大启发，我也准备那么做，因为手工打造的零件更加美观。不过——我现在明白了，为什么艺术家们都喜欢在佛罗伦萨闲逛了，他们根本不在乎到底是独裁政府还是共产主义政府，只要能品尝到美味的下午茶，欣赏到落日余晖，他们便会心满意足地待在这里，多年不曾离去。而我呢——却不想再做一个局外人了。我就像野餐会上永远不会引人注目的小男孩。我不想因为不常出入画展，便成为他人眼中的低俗之人——我只想回家，做点什么自己喜欢的小事！哪怕是搭一个鸡窝呢！"

"但是你不能在其他地方做吗？比如在英格兰？"

"不行。我觉得英国的鸡听不懂我的美国话，说不定还会因我出走，最终暴死他乡呢。"

"你不想留下来，是吧？可是你为什么又没离开呢？"

"事实上，我妻子仍然觉得——"

本想顺势掩盖自己的不满，但科特赖特夫人依旧顺口说了出来："当然，她很招人疼。我还记得她开心的样子。跟她交往肯定很有意思。请不要误认为我推崇绘画艺术，贬低制造业，我可不是那样的蠢货——我不觉得艺术低人一等，而你在做商业主席的时候，却一度认为艺术家，除了为股票业创造广告，也就毫无用处了嘛；不过我也不觉得艺术多么无限高尚，我和所有高傲的女人一样，都以为指甲洁净的商人一定酷爱高尔夫，而摈弃贝多芬。"

这一席话显得并不那么高明，也不那么新奇，山姆并未眼前一亮。不管是在欧洲还是在美国，他听到过很多关于现代生意人的理论：说他们是王者，是工业时代的缔造者，他们愚蠢而专制。但山姆早已得出自己的结论：生意人和其他人没什么区别，和修鞋匠、工头、爪哇舞者、喉科专家、捕鲸人、普通僧侣或者芦笋农没什么区别。伊迪丝·科特赖特的答话里总透露出一丝同情，流露出对山姆的深深敬意，她遇见过的人数不胜数，这让山姆格外得意。但他依旧不太确信，于是试图归纳自己对伊迪丝的真实态度。可他发现自己找不出任何答案，真是不可思议。科特赖特夫人点点头，似乎也认同这一点。

山姆强调说："我喜欢跟你说话。你瞧，我如果想邀请你一起去乘坐贡多拉小舟，会不会太鲁莽了？现在外面凉快多了，如果今晚你有时间，能不能跟我一起在利多共进晚餐？我——嗯，事实上，挺无聊的。"

"我理应接受你的邀请，但是不行。你知道，我在这里的朋友都生性古板，一丝不苟，他们来自传统的意大利家庭。我想，除非我比你年长，我才能跟你一起去乘贡多拉，我有些过分吧，有些残忍吧。你想明晚过来吃晚饭吗？八点半如何？穿正装哦。"

"我乐意接受你的邀请。八点半见……你又为何待在欧洲？"

"噢……美国让我感到不安，我在那里没有安全感。感觉那里时时刻刻到处都有人盯着我，对我品头论足，似乎我做了多大个事——无论开电影院，研究爱因斯坦，或者在桥牌联赛里夺冠，或甚至养只雪纳瑞狗。在那儿我没有一点隐私，可我最看重的恰是个人隐私。"

"瞧瞧！你在美国还可以随意乘坐贡多拉小舟——哦，不，是开车——想怎么开就怎么开。但在这儿你得守规矩，以免遭人谴责，人言可畏啊。"

"我只能和某一个特定阶层打交道——我选择和普通人住在一起。我楼下住着蔬菜商和牙医（他们都是好人）——他们不认为给予我帮助有什么大不了，或者说，除非我惹出一些事端否则不可能激起他们浓郁的好奇心。可在国内就不是这样。只有在欧洲，你才能感觉到隐秘生活的快乐，你可以隐藏在人群里，做回你自己，隐私备受保护，活得也独具尊严！"

"你可以去纽约啊！在那儿你也能把自己藏起来！"

"但是纽约——可以说就是个国际大熔炉。就像一个俄罗斯籍的犹太人，穿着产自伦敦的衣服去意大利饭馆，里面的服务员却是埃及人，饭馆里播放着非洲音乐！那里真是个大杂烩。怪不得那些美国人都离家出走，到苏赛克斯郡或者萨默塞特郡①去。从白天到黑夜，那里整天都能听到电梯嗡嗡嗡的声音。我不会去纽约。不过我坚信，纽约依然生活着精力充沛的本土美国人，他们可不是清教徒，要知道自认为胜过林肯或者富兰克林的人都是清教徒呢——你知道的吧。告诉我，中肯坦诚地告诉我，你在欧洲都见识了些什么——我的意思是使你印象深刻，未来十年都念念不忘的？"

山姆跌坐到椅子上，摸了摸着下巴，叹了一口气说：

"要我说，我刚出国的时候，只在《纽约周报》上读到过轮船和酒店的广告！刚出国那会儿，基本上什么都不懂。后来接触的人多了，我才知道英国人不爱笑，法国人爱热闹，意大利人喜欢围坐在阳光底下齐声歌唱。不过现在的我，反倒似乎又什么都不明白了。我以为英国人全都友好热情，以为法国人沉默是金，而意大利人干起工作来不要命——请原谅我这么说！"

"你说得挺对！"

"不过我学会了质疑一切。我明白，即使是相当成功的管理者——说的不就是过去的我嘛，但现在的我变得懒散颓唐——"

"我明白了！"

"我很清楚，哪怕像我这样杰出的汽车巨头也没法区分波烈和浪凡②的服装风格，也区分不出早期朴实的英语和文藻

---

① 英国英格兰西南部的郡，北临布里斯托尔湾。

② 法国历史悠久的高级时装品牌，于 1889 年由珍妮·浪凡女士创立。

华丽的现代英语。美国商人就不应该出国，除非参加扶轮社会议，或者在旅途中绝不会遇见一个外国人。他得多烦忧啊。他原有的自负心理和博学多才，完全派不上用场。我到底学到了什么？我想想：大概是五十个酒店的名字，再过几年，我估计还记得五个吧；横跨半个欧洲的火车时刻表；几种品牌的勃艮第红酒；区别诺曼风格和哥特风格的门廊的方法；法国餐厅菜单上缺乏一些特色菜时，点餐的必杀技。我还会用英语、法语、德语、意大利语和西班牙语说'多少钱'还有'太多了'。我认为这就是我在欧洲学到的东西，真是学得太晚了。"

第三十二章

　　山姆在弗罗里安餐厅吃了晚饭后，又多喝了两杯，瞬时燃起独自旅行的激情。想走多远走多远，走南闯北随他便。北边寂静的松树林里白雪皑皑，南边丛林里竹声滔滔，东边紫色海峡里汽笛声呜呜作鸣，西边落基山脉小木屋旁的排排木椅。那里真是充满魔力啊。是的！他能亲眼看看这些美景！不用打道回府，重回办公室了！

　　山姆还有二三十年的光景。现在，他可以重新开始新的生活，扮演了太久塞缪尔·杜德伍斯，他可以去扮演另一个人了，可以不顾忌礼仪禁忌，无拘无束，任凭感情随意宣泄。或许他可以成为一个诗人，一个管理者，或者一个探险家。他可以从自己的生意失败中总结经验，然后改正！也可以发现自己知识上的缺陷，进而弥补！

　　他还能再活二十年！

　　说到做到。山姆打算明天就从意大利出发，就给罗斯·

爱尔兰写信，讨论前往东方旅行的事宜。对，就这么办！

与伊迪丝·科特赖特共进下午茶后，山姆感到无与伦比的寂寞。有那么五分钟他甚至想逃回去，把弗兰找回来。可是，这里有美味的油炸大虾和热烈的浓情美酒，他便打消了这个念头。第二杯酒下肚，他的思绪便开始翩翩起舞了。随后山姆还想再来一杯——可却又不愿继续喝下去。

不该这样！山姆清醒了过来。他讨厌自己通过酒精获得强大的力量，自由的信仰，讨厌自己逃避现实的一面。他（备感自豪）认为自己可不是个懦夫，遇到问题就想逃，隐匿在美妙的幻境里，甚至捂住耳朵，隔绝世人对他的严苛要求，对他的满腔期待。

这一切是真的吗？他所想的都是真的？难道轻微的逃避也会遭人诟病？他会不会放弃酗酒，不再陷入厌世的边缘，鄙视一切他试图鄙夷的事物，最终满心欢喜地与南德·阿泽勒多在肮脏的阁楼里深情相拥。这一切足以证明，他并不强大，相反却格外柔弱——他太柔弱了，以至于太在意弗兰、塔布、马蒂，甚至像科特赖特这样的陌生人所说的话。现在的他像魏尔伦（Verlaine）[1]一样沉沦烂漫，难道成为一个失魂落魄的流浪者，相比一个受人尊敬的汽车制造商需要更大勇气吗？面对周遭的蔑视，无视它们，战胜它们是否比沉浸其中，不能自拔更需要勇气？

最终，山姆停止了这般思考。

反反复复，思前想后，山姆很是疲惫，能和塔布一起放

---

[1] 魏尔伦（1844～1896）：法国诗人。他是象征主义派别的早期领导人。象征主义者尝试把诗歌从传统的题材和形式中脱离出来。魏尔伦的诗歌以优雅、精美且富有音乐性而著称。曾度过一段波西米亚似的流浪生活，沦落为酒鬼。

肆大笑，不去思考这些问题该多好啊。也许，科特赖特夫人愿意和他共进晚餐——

科特赖特夫人啊。现在就有这么个女人出现了！如弗兰一般，举止优雅得体，又如南德一般对身份名利，浮华生活毫无兴趣，她是个老成世故的女人。

"真是个好女人啊！"

山姆想喝第三杯酒，然而他已兴奋过余，并未喝下这杯酒。一瞬间，他想逃离这里，只为保存自己唯一的一丝尊严。旁边桌有一群美国人在开派对，充满了欢声笑语，让他们的同胞兄弟出尽洋相，这样酒醉的那位便不至于突然倒下了。

邻桌有三男三女。显然其中一对早已成婚，但他们现在似乎已经混淆了结婚的到底是哪两位。

他们也注意到了山姆，其中一人蹒跚走过来大声喊道："你是？美国人吧？这样一个美妙日子，你怎么一个人！过来加入我们吧，一起快活快活！"

山姆很欣然接受了邀请，加入了他们的行列。

山姆谦和礼貌地问道："你们也刚来？"

"猜对啦！我们昨天刚到那不勒斯。"派对主人回答道，"我们乘坐意大利轮船来到这儿——那船可真是高贵气派，告诉你吧，我可受够了那趟旅程了，我要告诉你一个冷漠而悲惨的世界！虽然我听过坐船旅行，但是这趟旅行——每一天，我从没在凌晨三点前睡着过。那些女生过着男人一般的生活。有一个叫多瑞恩（Dorine）的女人，她能在两个小时里喝完两瓶香槟。女人们都为意大利船员所倾倒！估计他们每天出航前都要梳妆打扮一番，只为偶遇一场别开生面的'奇妙'旅行了。而我们这些小年轻，只能自娱自乐了。这趟旅行啊！真希望你能看看昨晚那场疯狂的睡衣派对！伙计们，这趟旅行真是……"

其中一个女人，闪烁着湿润晶莹的大眼睛，大声呼应道："真是时来运转！我和二副约好在巴黎见面了。他已经取消了一趟旅行，或许是源于我的魅力吧。说不定我这就拐回来一个小男朋友了呢。他们居然长着一双东方人的眼睛！话说，皮特，你不准备给我们这位小兄弟"——她用瘦长又细的手指指着山姆——"买杯喝的？"

但是山姆婉言谢绝了。他对这个女人的好感已经消失殆尽。现在他又变回了骄傲的山姆·杜勒伍斯。他无法拒绝他们的好意，几个月以来，第一次喝柠檬水，随后，他坐在那儿，开始打量这堆乡下人。

山姆猜不透他们。这群人看起来约莫三十出头，抑或四十来岁。乍一看上去也不是那么粗鄙无礼，那么丑陋邪恶。他们一度喝迷糊了，暴露出自己的本性，原来他们也是有知识的文化人。山姆注意到，三个男人中有两个上过大学。六个男人在生活中也许是德高望重的商会领袖，也可能是神秘的护柩官，但此刻，他们却一直畅谈各种淫秽段子。山姆知道，泽尼斯的"这类年轻夫妻"，虽是满腹社会责任感的医生、律师以及销售员，但转眼也会去乡村俱乐部跳舞，那里既可以欢快畅饮，也可以"放纵"身心，当一回彻彻底底的活神仙。但山姆可不会去这种地方。他跟这群人可不是同一类。突然，山姆又意识到，他们有可能还真是一类人，真让人震惊。这群呆子不就是年轻稚嫩、放声大笑的新一代的塔布·皮尔逊吗？

他们不应该受到责备。他们都是美国禁酒令下活生生的批量产物。但现在高等教育的主流观点便是，大学认识的同窗好友总能成为今后生意中的同盟，就读的大学历史多么悠久，毕业的学生也就多优秀，他们所获得的成功也将不可估量。

山姆陷入深深的沉思。

关于"性感冷艳的美国女郎"的言论，山姆已经听得太多。山姆之所以如此愤怒，源于弗兰就是这样的人，只有上帝知道他的心思！和这些喧闹不息的女人在一起，山姆虽气急败坏，却难以发作。那个一心要"勾搭"二副的和蔼的女人在山姆逗留期间，吻了其中一个男人的脸，拉了另一个男人的手，仅将自己枯萎殆尽的一点点激情留给了山姆："你这小坏蛋！我敢保证，你打高尔夫球的时候从来不在意球的感受！"

山姆一阵冷笑。

心想第二天晚上与科特赖特夫人相约之事。山姆脑海中的她，之前只是一个心地善良，平静如水，值得交往的女人，可现在心中的她，像一个优雅的希腊花瓶，也像一盆可点燃火焰的蜡石。

"她完美得就像一个欧洲人。"山姆想，"幸好，她是个美国人！我不可能为一个地道的欧洲人所倾倒。就像有人望着结满十月霜冻，古老而灰暗的英式谷仓，却最终弃之而去，我真是想不明白啊。"

正当山姆沉浸在冗长的漫漫思绪中，派对主人却将它打断了：

"你来威尼斯很多次了吗？"

"是的，好几次了。"

"那你来给我们解说解说——我无意冒犯谁，但是我——这是我第一次出国，我一直觉得威尼斯就像音乐剧里演的那样。但是这里到处都破破烂烂——甚至都没有一个像样的饭店！这里什么都没有，除了连绵不绝的贫民窟，以及像芝加哥一样复杂的排水系统！"

"但是我挺喜欢这里。"

"那你喜欢这里什么呀？"

"多得数不尽哩，尤其是这里的建筑。"

此时山姆感到精疲力竭，他想离开这里，脑海里古旧的拱桥、隐秘的小巷，甚至摇摇欲坠的古塔高楼，都消失了，留下的全是伊迪丝·科特赖特和她的"威尼斯宫殿"。

"她一定不会像弗兰一样随随便便出去勾搭人。"在山姆去鲍尔—格伦沃尔德酒吧的路上，他想，"伊迪丝才是标准意义上的'好女人'。我敢保证她的内心依旧寂寞难耐。她也一定也像南德那样给她的男人做饭。可恶的山姆，你怎么就这么单纯？怎么能仅凭自己内心寂寞，就判定他人也同样寂寞呢？"

周四的夜晚，伊迪丝·科特赖特家的晚宴规模虽小，却温馨可人。除了山姆之外，唯一的客人就是一对英国夫妻了——他们彬彬有礼，但山姆并不知道他们的身份。要不是突然发现他们的脸上挂着不悦，山姆定会充分享受科特赖特夫人家中随意而舒适的氛围。

弗兰喜欢引用的吉卜赛人和维庸（Villon）的诗歌①，

---

① 维庸（1431～1463）：法国中世纪最杰出的抒情诗人。他继承了 13 世纪市民文学的现实主义传统，一扫贵族骑士抒情诗的典雅趣味，是市民抒情诗的主要代表。代表作《大遗言集》（Le grand testament，1461）和《绞刑犯之歌》。

《勇敢的时代》（*Brave Days*）① 里的名言警句，以及电影
《我们 21 岁时》（*When We Were Twenty-one*）② 中的经典台
词，她在生活中简直算得上是个军士长了。而山姆甘当弗兰
的仆人、水管工和邮递员。弗兰常常因为山姆不能胜任工作
而大发雷霆。一旦山姆的所作所为能映衬弗兰的美丽，凸显
她的权威，女裁缝恭维她的体形在泽尼斯数一数二，药商向
弗兰讨教自己的帽子是否属于纯正的英国风时，弗兰才会心
满意足，开怀大笑。

山姆又陷入了沉思。

伊迪丝·科特赖特好像对她的仆人没什么特别的要求，
也从不责备他们。她的仆人甚至可以与她争吵，否认她的任
何观点。男仆无须敲门，就能走进房间，询问伊迪丝是否点
了西兰花；女仆穿着拖鞋，啪嗒啪嗒地便随随便便走进卧室。
他们相互窃窃私语，宛如彼此分享伊迪丝的秘密笑话。她结
束与男仆的长谈之后，微笑地看着山姆，难以掩饰脸上的倦
容。山姆真希望自己能帮她分担点什么。

伊迪丝的餐厅铺着石地板，墙上挂着硬塑料装饰品，以
及锡兰刺绣。墙边摆放着椅子，看起来高贵，却似乎不那么
舒服，设计真不算人性化呢。房间的窗户又高又大，能看到
外面的大运河。这简直就是一个巨人住的公寓。山姆大踏步
走进屋子，像个全副武装的巨人，在谈到无精打采的清教徒
折磨威尼斯总督时，毫无顾忌，尽情放声大笑，而伊迪丝·

---

① 尼尔·门罗（1863～1930）的作品，他是苏格兰记者、报社编
辑、作家和文学评论家。以书写短片讽刺小说留名于世，最初使用休·
弗里斯这个笔名发表作品。

② 这部默片电影于 1915 年上映。英国演员、编剧亨利·弗农·伊
思蒙德（1869～1922）的作品 。

科特赖特也放下自己的矜持，与身穿紫色制服的佣人们齐声欢笑，真是太不检点，实在有些可恶了。

英国夫妇早早地离开了这里。与他们挥手告别后，山姆走向伊迪丝，说道："我想我也该——"

"别走。再待半个小时吧。"

"如果你坚持，那我就——事实上现在我可讨厌酒店了！"

"你似乎真想要一个家庭。"

"我当然想要了。"

"那你为什么要远离家庭？难道——"

随后伊迪丝笑了起来，她点燃一支烟，弯曲着手指，夹起烟头。"真可笑，我还给别人提建议呢——我自己都活得一团糟，一点儿活下去的动力都没有，只能随波逐流，委屈自己，适应这周围的环境。"

他们慢慢地聊着，不时陷入沉默。在大运河上，在这样的大房间聊天，真挺放松。不远处的港口上，一群乐手，乘着贡多拉小舟，奏响意大利轻歌剧。这些乐手出来卖艺，不会因为今晚充满爱意与浪漫情怀的月光而感动。歌曲间隙，他们在贡多拉之间传递自己的帽子，来自艾森①，匹兹堡和曼彻斯特多愁伤感的人们也积极加入到玩乐的氛围中。事实上，这些歌曲平淡沉静，不过区区两首而已——《女人善变》（Donna e Mobile）和《圣卢西亚》（Santa Lucia）。如剧场般的场景，漂浮水面的歌声，让山姆激动不已。

"我觉得你一点儿也不是个城府极深的女人。"山姆好奇说。

"或许我不应该用这个词。我将自己的城府深埋心底，特

---

① 德国北莱茵-威斯特法伦州里鲁尔区的一个非县辖城市。

殊的生活经历剥夺了我的自信，我害怕做错事，于是索性
不做。"

"我也是这么认为！没想到你对你自己认识得如此准确！"

"也不尽然。我就像一个学习一门全新语言的人——唯能
用自己仅有的词汇，进行简单的会话——我能熟练地说'服
务员，给我再来两杯咖啡'，或者'下一班去都灵的火车什么
时候开？'一旦他人询问我问题，便抓瞎了；只有雨果的文学
作品，我勉强能谈一谈！在我的公寓里，我的地盘上，与熟
识的朋友在一起，我也只擅长于自己熟悉的领域，但跨越到
另一领域，我便变得紧张不安！我顺嘴说一句，你在宾馆待
腻了，不妨时不时过来喝茶呀，我也会欣喜不已。"

"太好了——"

山姆不知不觉站起身来，踱向打开的窗户。"感谢你——
特别是在现在这种非常状况下——"

"你怎么不早告诉我？如果你愿意说，我一定洗耳恭
听啊！"

"太好了——"

山姆朝伊迪丝瞧了瞧，可他怎么能这么做呢。

"我不想这么抱怨，平常我也不常抱怨，不想承认自己需
要舔舐伤口。但事实并非如此。我夜里睡不着，翻来覆去，
思绪万千啊。"山姆缓缓走向狭窄的阳台，脚下是忙碌的运
河，潺潺水声不绝于耳。（山姆并未意识到）拜伦勋爵（Lord
Byron）① 也曾站在这个阳台上，向一位皮肤黝黑的风情女郎

---

　　① 拜伦（1788~1824），是英国 19 世纪初期伟大的浪漫主义诗人，
革命家，独领风骚的浪漫主义文学泰斗，世袭男爵，人称"拜伦勋爵"
(Lord Byron)。其代表作品有《恰尔德·哈罗德游记》、《唐璜》等。

疾声吐露心中的抑郁和愤懑。

伊迪丝·科特赖特在山姆旁边低语，她的用语倒稀松平常，"你愿意跟我谈谈吗？"但是她的声音温和而坦诚，毫不顾忌陌生男女之间的尴尬。窗外的威尼斯人也伴着她的低语开始轻柔歌唱。

"我的故事再简单不过。我的妻子比我年轻，比我更有活力。她在柏林认识了一个男人，于是，我便失去了她。我想维护——哦，不，我知道我不该在公共场合说这话，但我发誓，我以前从来没这么做过！我是不是太堕落——"

伊迪丝快速回应他："不！你当然不堕落了。你能给我讲讲你的故事，那就太好了。"

"求你了！"

"我也没告诉过别人我自己的故事，就连我的朋友们也没说，不过，估计他们已经猜到了——或许因为你我都是陌生人，我们却能对彼此坦诚相待。我确实明白你的感受，杜德伍斯先生。我希望我在这里认识的朋友，英格兰认识的朋友，以及家人，都相信我失踪这么久，只为纪念科特赖特先生。他可真是个好人！待人接物谦谦有礼，他可是个桥牌高手，战绩颇高。事实上，我的丈夫是个可怕的骗子。每一个吻手礼，每一次微笑，都透露出他是个骗子。他背地里是个醉鬼。也经常羞辱我来自美国乡下，一旦我使用'我认为'而不是'我希望'时，他还假心假意替我向别人道歉。他那亲爱的母亲，时常夸赞我，说我上辈子修来的福分，嫁了个这么好的丈夫。噢，抱歉！我太粗鲁了！威尼斯之夜，注定就是这样的嘛！"

伊迪丝的呼吸急促起来，她并未抽泣，而是愤怒。她的手紧紧地抓住阳台的扶手。山姆微微拍着她的手，就像安慰自己的女儿艾米丽一样，说："或许我们分享各自的悲惨故事，对我们都有好处。但是——我希望我真能打心底里憎恨我可怜的弗兰。可我做不到。我想你也没法恨科特赖特吧。不论怎样，最终我们都会好起来！"

伊迪丝干瘪瘪地说："是啊，我们会好起来。但我估计，我没法好起来了。我——你看见过马拉贝（Malapert）餐厅的蚀刻版画吗？我给你看看我今天收到的版画集。"

山姆全神贯注地翻看了十五分钟版画，郑重其事地挥手再见。

回到酒店，穿过黑黢黢的走廊，山姆的心中因为谈论了弗兰而充满负罪感，他善良而充满良知，感到丝丝不耐烦。他同时也对于塞西尔·科特赖特的行径愤慨不已。不过他终于放宽了心，事实证明，伊迪丝·科特赖特也不是个精明绝顶的女人。

第二天，山姆醒来，心中的罪恶感依然挥之不去。自己坦白了弗兰的事情，也让伊迪丝说出自己苦闷，她一定恨死他了吧。山姆思考了半个小时，打算写一封道歉信，却没想到收到了伊迪丝的来信：

不，你本不应该说那些话，可惜你说出来了。我也不相信自己居然也是这样。来信，是想告诉你，我知道美国人在说出自己真实想法之后，不知有多后悔。我把昨天的事归因于《圣卢西亚》，是她激起了你和我心中埋藏的多愁善感，尽管我并不清楚自己心中所想。今天五点，你愿意来喝茶吗？

伊迪丝·科特赖特 敬上

第三十三章

　　整整十四天，山姆都和伊迪丝·科特赖特一同在利多①共进下午茶，一同享用午餐和晚餐。伊迪丝似乎早已忘记自己缺乏其他女伴的孤独境况，内心也不再尴尬不适，她与山姆一同进修建筑学课程，欣赏夏日专场音乐剧，乘坐带有橙色三角帆的贡多拉小舟前往托切利和马拉莫科。泛舟在那柔美清波之上，他们回首遥望意境非凡的威尼斯小城。

　　山姆在伊迪丝面前谈论泽尼斯，谈论女儿艾米丽，甚至启发汽车的经营理念和各种产品，机械设备以及金融商业。每每他就铬合金运用发表清晰、明确且意义非常的观点，其他女人们总提不起兴趣，感到百无聊赖，可伊迪丝却不会，这令山姆惊叹不已。事实上，伊迪丝也会谈及许多话题。她热爱阅读大部头著作，对周遭的生活点滴怀揣着永不消逝的

────────────

　　① 意大利威尼斯附近一个小岛，为著名的游乐地。

好奇心。她喜欢讨论伯特兰·罗素（Bertrand Russell）① 的哲学观念，也喜欢讨论胰岛素问题，讨论斯蒂芬·茨威格（Stefan Zweig）②、美国摩天大楼建筑大师以及天主教堂。尽管她知识丰富，但一点儿也不心高气傲、刚愎自用。能吸引她的无论事实还是图文，定能焕发她丰富的想象力。在她心中，根本不在乎这个世界是走向法西斯主义，还是布尔什维克主义，也不在乎是充满卫理公会的教义思想，还是遍布无神论理念。

她沉浸在自己迷离的世界中，山姆在她身旁，不离不弃。山姆所有的观点和话语总会遭到不学无术、浮躁从众的弗兰的无情批驳，可伊迪丝不会。（弗兰学习文化知识的速度远不及她穿貂皮大衣的速度。）

山姆和伊迪丝很少谈及自己，也很少谈及他们各自的妻子和丈夫。可经过长长不息的寂寥话题后，他们开始吐露各自的婚姻生活，山姆开始点评"塞西尔"，伊迪丝开始谈论"弗兰"，仿佛这两对夫妇从来没分开过。伊迪丝突然意识到这点，开怀大笑起来。

"我们俩应该达成一致，你说弗兰的时候，我也可以说说塞西尔，时间得相当啊。否则咱俩恐怕会陷入冗长乏味的话题之中了，例如——'哦，老天爷啊，塞西尔吃早饭前，真是讨厌至极'，'老天爷啊，你再熟悉不过的弗兰一点儿都不识货，居然对流线车型不感兴趣'！"

伊迪丝总能透过现象看本质，事实上，她发现山姆潜意

---

① 伯特兰·罗素（1872～1970）：英国哲学家、数学家和逻辑学家。

② 斯蒂芬·茨威格（1881～1942）：奥地利著名作家、小说家、传记作家，主要作品有《一个陌生女人的来信》等。

识中"真心希望"弗兰能随库尔特而去，或与其他适合的追求者有一个美满结局。

然而，山姆和伊迪丝彼此称呼对方的名，讨论对方劣迹斑斑的配偶时，他们总是态度严肃，绝不会嬉笑怒骂。他们从不谈及心中想象的灵魂伴侣，从不分析彼此惺惺相惜的真实原因。他们最为亲密无间的举动，唯独天真烂漫地计划共同的"未来"。

山姆在伊迪丝的寓所吃过晚饭，喝着咖啡，他突然说道："我该怎么办？我该离弗兰而去，独自回美国？我是该重新回到熟悉的领域工作，还是开拓新的事业？我告诉你一些自己尚且不成熟的愚见吧。"

山姆规划生产一款房车，也想回国开拓桑苏西花园。

"你为何不将二者结合？"伊迪丝建议道。相比弗兰，她似乎很尊重山姆不切实际的奇思妙想。"我希望你能到乡下去实施自己的计划，别太刻板，也别太漫无边际，要知道杂货铺的打工仔绝不会在绿茵草地上翩翩起舞，两者根本不搭。房车一定很有意思，塞西尔和我在英国时，就开着房车度过了两个月时光。"

"你的意思是自己做饭？"

"当然自己做了！我可是个顶级大厨呢！虽然我喋喋不休谈论弗洛伊德和爱因斯坦，但我对精神分析和数学根本不了解，却知道如何在烹饪中使用大蒜和龙蒿醋！我可喜欢做家务了。我就应该嫁给一个小律师，定居密歇根小镇。"

"那你喜欢泽尼斯小镇吗？仅次于威尼斯的小镇？"

"是啊，只要有个容身之所，我就喜欢。这里的一切都是那么破败不堪——让人不忍直视，我受够了秋天的萧索。我热爱盛夏的繁盛，春天的新生——尽管那时的玉米秆也丑陋得可怜——可我依然心存喜爱!"

山姆心里终于有数了,首先伊迪丝和自己在未来某个时候回到泽尼斯,共同工作,共同生活,可不是个无法实现的梦。他并不犹豫,也并未向伊迪丝提起两人之间的感情,这份感情也许很难坚如磐石,很难相依相守。不过,一两天后,山姆鼓起勇气,给伊迪丝看弗兰寄来的信。

弗兰写的信,总是记述自己的生活,以及与库尔特的感情发展:

我已经一周没收到你的消息了,你这个老东西,我在信里没什么可说的,也过得不快乐,一点儿都不快乐。我在城里待腻了,想"立刻"到乡下去,库尔特和我——你真是个老好人,真是宽宏大量,居然容忍我提到他,并和我保持朋友关系——要去哈茨山脉①待上一周。

想想都有趣啊,你总说我少了点温柔,可老实说,我为了迎合他与众不同的生活,按照上帝规劝我们的一样,显示出了自己无限的宽博。他那既可爱又可悲的小公寓,着实令我放心不下,哦,山姆,我的心都伤透了,你不知那屋子里的陈设有多简陋,这人有多贫困。他本应像其祖辈一样声名显赫,要不是战争之害,他不会变成现在这样,一切都不是他的错。起初,他家里可笑的老佣人做事莽莽撞撞,我以为家里仅仅只有简单的厨房设备,使得我很苦恼,可结果是在这荒唐的小屋里,这个老佣人时不时向经年失修的炭炉里加木炭,把烟道给堵了,真是太危险了。我想给他添置一个新型电炉具,他终于接受了,心里虽不太痛快,可还算接受了——拜托,求你了,说这么多,我真希望不会伤及你的感受。

---

① 位于德国中部。

正如我所说，你是个慷慨大度之人，但你根本想象不到他有多傲慢！老佣人一点儿都不愿改，不！她连个新的电炉具或电洗碗机都没有！她宁愿使用那些老家伙什！她的封建思想根深蒂固——可不像我们读书时书本上写的"封建贵族"啊！但库尔特是！我想，也许得请个专职司机，可库尔特请不起司机，也买不起汽车。我相信他在金融方面是个天才，凭借他的能力，再奋斗个十年一定能发家致富，但他现在没钱呐。他可以在出租车库附近聘请一个奥地利司机，战争期间，他可都是库尔特的跟班呢，事实上就是库尔特的私人司机。

他们之间关心如此亲密，刚开始，我有些惊讶。这位司机会评价伯爵先生，"今天戴的新手套很漂亮"，库尔特会询问他的"宝贝"，他们时常打趣，库尔特还告诉他，应该找一个诚实的女人作情人，这个司机便故意在我面前摇着手指，打着暗语，我真是太生气了。有一天，我向库尔特说起这事，亲爱的山姆，他居然这样对我说：

"你是个资产阶级！而我是封建主！我们封建主和佣人能打成一片，但我们很清楚，下人终归是下人，绝不敢无理取闹！"

山姆放下信，回想伊迪丝，以及她与佣人的相处方式：

我已经安顿下来了，亲爱的老家伙，我们就算分手，就算回想起这么多年共同生活，共同经历的美好时光，心生酸楚，难道不是吗？就算是这样，我相信你依旧当我是朋友，依旧关心我身为欧洲人，生活过得好不好。你的一切痛苦都由我造成，我不希望你能明白这分手之痛，但要真正走出来，想必也不太容易。有时，我感到格外孤独，无论你对塔布和亲爱的马蒂说我什么，哦，山姆，我想你在巴黎对她所说的话，不知有多少吧，我的意思是，无论你在他们面前如何说我，至少你得摸着良心，老老实实承认，我尽管有点……但至少"坦率"吧，至少"诚实"吧。我时不时觉得自己就像个孤家寡人，真希望你能陪在我身边，我想摸摸你那蓬松厚实的头发。有时，看到一个独来独往的美国女人，遭受周围所有欧洲人的指责和挑剔，我就害怕。有时——你知道他那稚嫩随性、开诚布公的热情——我有些反感库尔特的那些老朋友了。我相信我也开始真正明白欧洲博大而"厚重"的美妙生活了，我期待这样的生活。我们美国人的生活真是狭隘而肤浅，缺乏一切传统美德。

山姆放下手中的信，开始回忆美国的开拓者们向西挺进，跨越阿勒格尼山脉①，穿过肯塔基州和田纳西州的森林，踏上堪萨斯州悲壮的平原，横扫俄勒冈州和加利福尼亚州的景况。这番探索如宗教布道般神圣，他们在危险中惊醒，从不敢懈怠，肩上担着为一亿民众创造美好家园的重任。接着，山姆什么也没说，继续读信：

我明白了太多事，我得说我这个小小的人儿需要一些惊喜，在库尔特心目中，小提琴家或化学家比过着一板一眼生活的王公贵族重要。无论在你心里，我是怎样个人，你都得承认，我的的确确了解欧洲人，我是个标准的欧洲人！记住，我要跟上他的步伐，真不难！哦，亲爱的，我伤你伤得太深，原谅我这次吧！他才是言情小说里天降于我的"真命天子"！我为了他，定下不少大计划呢。我想了想，不能跟你说得太细，不过是打算开一家美国银行柏林分行，力挺库尔特当上行长。

①　阿勒格尼山脉北美阿巴拉契亚山系西北部的分支。延伸于美国宾夕法尼亚州、马里兰州、弗吉尼亚州和西弗吉尼亚州境内。

你要是亲眼目睹你的弗兰在一丁点芝麻绿豆大的小事上都听任库尔特摆布，就知道她多么温顺贤淑，你一定会大吃一惊。他这个大人物如此心细，我的穿着总能引起他的注意，他对我的着装提出重大批评，也愿意陪我去商场，你必须得承认，你这个大人物却从不做这样的事。哦，亲爱的，在信中写了如此多的他，我不祈求你的原谅。如果我停下笔，细细思考，把这封信好好阅读一番，也许就不会寄出来了。此时正是夜深人静时，我坐在可爱小巧的华式（哦，不，花式）公寓里，我不得不承认，自己有些孤寂，像一个失魂落魄的美国游民。我们还是朋友，对吧！电话来了，就到这儿吧，祝你平安！

F. 上

第二天上午十点，山姆手里握着信，左思右想。到了中午十二点，他按响了伊迪丝公寓的房门。山姆什么也没说，将信递给伊迪丝。待伊迪丝读完信，叹了口气，说道：

"这里可真热啊。我打算去那不勒斯，去波斯利波，主要原因不过是那里凉快点。顺便到厄科尔家族的地盘，找一个小房子住。厄科尔男爵房产面积广阔，可他实在是太贫困了。他是一位退休的外交官，在那不勒斯大学教法律课，他们夫妇俩大多仅凭收取别墅租金度日。你不和我一同前去吗？读了这封信，我对你的弗兰，没什么可说的。与其在这里唉声叹气，不如到那不勒斯游泳和划船，有益于调节身心。一块去吗？"

"当然了！可要是你朋友对咱俩这样有些异议——"

"哦，厄科尔夫妇绝不会。他们会认为我和你在恋爱呢，相比一定会很高兴吧。他们在很多国家居住过，和许多外交人士打交道，见了太多，懂得太多习俗了。他们会喜欢你的。

艾德蒙多和你，就算什么话也不说，恐怕也能度过一段美好时光咯！哦，听起来像弗兰的口气吧，我猜！真抱歉！"

意大利山间小镇笼罩在夕阳晚照之中，半山腰斜坡平原，光怪岩石上高耸着城堡碉楼和破败的塔楼。列车途经小镇，那里房屋一处接着一处，窗户反照着柔和的夕阳，闪闪发亮。"这里的房子里都住着可爱的乡民。"伊迪丝说道。山姆向车窗外望去，心中满是喜悦。山姆发觉伊迪丝一出现，便打开了自己尘封的心门，他第一次渴望重新探寻意大利。

山姆原本在此之前也到过那不勒斯，但直到他们从火车站，驾车到达厄科尔别墅，山姆才发现因弗兰兴奋而浮躁的心思，他从未认真欣赏过在欧洲所见的一切。弗兰总是在月光下尽情欢笑，对旅店糟糕的服务态度怒火中烧。山姆心中的那不勒斯是一个热情似火的小镇，那里高大的公寓楼里，路障标识四处分布，充满着现代气息。因为陪伴他前来的人变了，伊迪丝沉静而安详，一瞬间，连那不勒斯也成了一个海港边上的绵延村落，那里碧海蓝天，人们像裹地鼠一样在小山头之间安居乐业。

下了火车，他们又乘坐出租车，司机是个那不勒斯本地人，面对道路上前方行驶的汽车，他脾气火爆，一路奔忙，似乎踏上了一条逃离死神的旅程。坐在颠簸而狂放的车里，山姆内心的满足感渗透全身，仿佛像过去一样，经历繁重工作之后，泛舟河上，尽情放松，享受一段美妙幸福的短暂时光。

驶向那不勒斯的途中，山口冒着阵阵热气的维苏威火山群，预示着天气晴好；卡普里岛上高高隆起的高原两旁是火山灰破坏的群山，白色的小房子如点点白花般散落在高原之上；山脚下巨大的山岬上，苏莲托小镇在此享受着夕阳的洗涤；出租车驶过山崖下的波斯利波别墅。山姆遥望着诸多美景，拍着伊迪丝的手背，内心的欢愉表露无遗。

出租车经过一个刷满灰泥的黄色门房，见到一位留着齐耳短发，满面微笑、生机勃勃、身材丰满的意大利女人，她是这里的看守。这位女人拥有一群孩子，他们居住在这里，远离喧闹的大街，拥堵的交通，四处叫嚣的司机，人潮涌动的火车，身处不安的孩子，以及出售木炭和葡萄酒的杂乱小铺。厄科尔别墅的公园位于高处的街道上，延伸至远方海港，这里的道路曲折交错，宛如山路般蜿蜒陡峭。汽车穿过绵延的葡萄藤，其间山姆看到一排排规整的木桩，横跨平整的海港，如富士山般沉寂而静默的维苏威火山群。前方还有六座灰泥材质，暗金色墙面的复古别墅，它们静静地矗立在这里，过去的光辉岁月，似乎并未离他们远去。突然，路过一座现代感十足的石墙，便走上一条螺旋形的小道，道路上铺设着古罗马时期人字形交叉的石砖，路上矗立着一个由大理石砌成，残缺不堪的斗士头像。这个斗士曾经所住的别墅，可能已在此屹立两千年了吧。

这里静谧无声，既听不见小鸟的叫声，也听不见街道上发出的其他声音——整整一分钟，皆是如此，真是太不可思议了。

"天呐，这里真静啊！"山姆悄悄地说道。

"这就是我想来这里的原因，当然也来拜访一番厄科尔夫妇。"

经过最后一个大转弯，未到路的尽头，离厄科尔夫妇常住于此的庄园还有些距离，伊迪丝恳请司机停车，停在一座小木桥边，踏上黄色灰泥塔楼的顶层，沿着隐藏在山崖下方的台阶，向下走去。

"这就是我们住的地方!"伊迪丝说道,"可以说,这里是世界上最滑稽的住所了!一共有三层。从任一层楼上都能登上花园,真是太陡峭了。这里每层楼都有两个房间。"

伊迪丝带领山姆跨过木桥,沿着精致小巧的走廊,来到简洁典雅的卧室。地面铺着打磨光滑,亮闪闪的石头;墙上没挂一幅画,只有一个以圣母玛利亚和圣子为图案的装饰陶器;中间摆放着一张狭窄但位置颇高的床,两边没有床头柜,床下也没有脚踏板,床角处唯有四根细长的支柱;床上铺着镶满金边,但略微破旧的锦缎;两张缎面椅背的椅子;一张厚重结实的橡木书桌,上面摆放着钢笔和其他文具;以及一个装满木炭的火盆。浴室里设置着一个毫无修饰,白色的钢质盥洗盆,墙上挂着一面椭圆形的镜子。除此以外,不再有什么家具装饰了。卧室的法式窗户外却应有尽有,有一处门廊,其他房间的屋顶也清晰可见,南边海港的水面,在阳光照耀下泛着粼粼波光。房间显得多么阳光明媚,在这里,足以眺望远处的维苏威火山,一睹山口吐出慵懒无力的丝丝青烟。

"这就是你的房间,"伊迪丝说道,"上帝才知道,房间里可没有衣柜,也没地方放你的刷子和剃须刀!比安卡(Bianca),也就是厄科尔男爵夫人可能没钱买衣柜吧,她在信中告诉我,她刚刚装修了房间,准备出租呢。"

"我不介意,放行李箱里就好了,"山姆回答。他可喜欢这样简洁的房屋格局了,里面不再塞满各色家具。他能想象自己在这冰冷的"神龛"里,呼吸着甜丝丝的空气,遥望金光闪闪的海面,终能重获新生。伊迪丝的坚定友情,足以支撑他的此般想法。

他们来到屋外阳台上,山姆看到眼前的壮阔美景,不禁

高呼。波斯利波至那不勒斯绵延不休的海岸，到了圣诞假期，
会变成一个美妙的浪漫天堂，无论弗兰怎么反对，怎么挖苦
山姆，也阻隔不了塞缪尔·杜德伍斯对石版艺术的热情。他
们驱车前来的途中未曾领略这一美景，此时，终于如愿以偿，
一览无余。那不勒斯海湾，悬崖峭壁层出不穷，无数山洞隐
藏其中。水岸边蜿蜒向上的石梯，形态各异，别具一格，石
梯通达悬崖上的洞口，便消失得无影无踪。山姆回想起儿时，
读罢史蒂文森（Stevenson）① 和沃尔特·司各特（Walter
Scott）② 的作品，文中的秘密通道、走私船以及地下密室，
便激起幼小的他去四处探险，寻找逝去的石梯通道。

只见悬崖下的小片沙滩上，一个光着脚的小渔童，他嘴
里唱着歌，吃力地拖拽着笨重的渔船。他的皮肤在阳光照耀
下像金子般闪闪发光。

此时此刻，一队酷似法西斯的士兵在海面上划着四桨大
船，这样的场景似乎只发生在泰晤士河上，和那不勒斯海湾
浪漫柔情的风景并不搭调，于是山姆闭眼回避。

海港沿岸的白色别墅群集中在悬崖峭壁上，倾斜的崖壁
上栽满了葡萄藤和桑树，再往低处看，大理石建成的黄颜色
中世纪古堡，居然矗立在近海深处。夜幕降临，远处的那不
勒斯小城包裹着一层柔和的金色纱幔，圣埃尔莫城堡突兀的
堡垒，像巨大的金字塔，屹立不倒。这座古城，笼罩在慵懒
的金色阳光下，沉睡了数百年，山姆陶醉其中，不愿醒来。

他喃喃地呼唤着："这里——这里——"

"对啊，不是别处！"伊迪丝回答。

---

① 史蒂文森：苏格兰作家，代表作为《金银岛》。
② 沃尔特·司各特（1771～1832）：苏格兰历史小说家、诗人。

他们不过在外待了三分钟，便走进屋子了，可他们沐浴在清透和暖的阳光下，似乎经过了好几个钟头。屋内没有佣人侍奉，没有人来打搅他们。他们继续独自探索，走下塔楼粗犷无束的石梯，终于找到伊迪丝的卧室。这里和山姆的房间一样毫无修饰、原始自然。随后他们来到一楼，走进客厅。这里的地面上打磨抛光的暗红色地砖，真是古旧而传统；客厅里的窗户足足十五英尺宽，上面挂着锦缎窗帘；石质的红酒高脚杯上刻着繁茂盛开的山茶花树；中间摆放着一张紫檀木桌，上面镶着青铜，花纹繁复，外形优雅，让人叹为观止。身穿印花白布衫，戴着灰尘扑扑的帽子的两位女佣，跪在地上擦地，这份苦差事刚刚做完，山姆望着她们。过去，像这样的人从不会引起山姆的关注。其中一个略微年轻的苗条女子，突然跳起来，奔向伊迪丝·科特赖特，给了她一个吻，山姆不禁目瞪口呆。

伊迪丝的笑容比平时任何时候都更加灿烂，更加爽快，她问候道："比安卡，这是我朋友，杜德伍斯先生——山姆，这位是女主人厄科尔男爵夫人。"

尽管厄科尔男爵夫人贫困而勤劳的形象在山姆面前暴露无遗，可她却笑盈盈地伸出满是老茧的粗糙右手，接受山姆的亲吻礼。随后邀请他们共赴晚餐。

第三十四章

　　伊迪丝·科特赖特离开威尼斯的住所，山姆便发现了一个全新的她，一个活力四射、外向开朗的她。她改变日常一袭黑色布料的衣装，而穿上亚麻水手衫和惊艳的迷你裙；向山姆展示出自己各项天赋，如游泳、划船、网球和整理家务。厄科尔房产包括六座别墅，真像一个私人村庄啊，山姆终于体会到了这般热闹的乡村生活。满面春风的佣人从不敲门，也不提示他们，便随时随地走进所有房间——有时山姆正在剃胡须，突遇这些闯进卧室的佣人，还真是羞涩不已；到了下午茶时间，佣人们也会欢天喜地地引导鱼贩走进客厅品茶；无论何时，只要往窗外一瞧，总会见到佣人们或拌嘴，或欢笑，或花前月下，或歌舞升平。不同的别墅中，聚集了不少这样的佣人。最近，山姆总在海岸山崖上，发现有一半地基悬空的小木屋，或头顶房车，或位于房车之下，房门向另一方向打开着，可谓奇迹一般。小木屋里同样聚集着花匠、看门人或女佣，以及他们的孩子、宠物、饲养的山羊和兔子，当然还有意大利原产的长脸猫。

厄科尔男爵及男爵夫人与他们的朋友——住在棚屋里的高官，海军军官，年轻的大学教授——像回到美国乡村俱乐部里般，待人友善、热情高涨。无论一起打网球，参加舞会，"飙车"到远方的山村过节，他们无时无刻不想着伊迪丝和山姆，将他们视作自己人。他们中有半数人都不会说英语，但他们的微笑，在山姆看来，彼此之间早已是老朋友了。

伊迪丝和山姆也相伴，一起探寻卡普里、索伦托和庞贝古城，一起走近冒着火山灰、可怕不安的维苏威火山；一起溜进那不勒斯老城的小巷里，那里有鱼市一条街、蔬菜瓜果一条街、丧葬花圈一条街，以及吉祥绘画一条街（购买这些绘画能保佑人们兴旺发达，财源广进，远离灾祸）。

弗兰所到一处地方，总是"不削走马观花"，发现山姆增长了如此多经历和知识，可也定会唏嘘感叹，定会惊讶不止。山姆在旅行中勤恳而专注，心中留下了各种各样奇异纷繁的景观印象。伊迪丝随性而慵懒，并不十分在意山姆的个人喜好。山姆和她在一起，思绪肆意徜徉，慢慢体悟意大利所带给他的真实感受和个中滋味，这一切也许与风光美景无关，却让他沉浸在寻常的美妙生活中，这一切，也恰是山姆所期待的。

他们风尘仆仆地从那不勒斯老城回到家，坐在昏暗的大房间里，一边品茶，一边欣赏海岸美景。夜幕降临，远处的那不勒斯群山，渐渐隐没在昏昏沉沉的蓝色薄暮中。透过最后一丝光亮，隐隐窥见维苏威火山顶上的轻盈烟雾，它有着火烈鸟般炽热的红色魅影，随着依稀晚霞，消失在黑暗中。深沉的海港，如同银色针线在蓝色布料上尽情编织起舞，一束如火焰般的光芒，为微小的渔船，照亮着晚归的方向。周围静谧无声，只听伊迪丝悄悄低语，她不炫耀自己的智慧，不显露自己的魅力，（唯浅浅地谈及厄科尔夫妇，也许还有政治或一些开胃菜），向山姆表明自己内心多么欢愉，身上突然焕发出源于山姆的伟大力量。

山姆突然感到自己像西风般强劲，盛气凌人、席卷一切；而伊迪丝像温室里的花朵，娇艳而脆弱；尤其是他们在橘子树林旁的石墙边休息，他愈加心惊肉跳。这堵墙年代久远，随时随地便会垮塌，况且墙面污秽不堪，细缝中总时不时跳出一只只蜥蜴。墙头长满苔藓和藻类小植物，就像挂在屋顶上的法兰绒坐垫。墙体下方是一个深坑，里面修建了一个三层楼高的灰泥别墅，房顶铺就着瓦片，阳台伸出房体；这三层楼似乎并未相连，仅靠上方陡峭的"云中天梯"通往各个楼层，酷似新墨西哥州的印第安人部落。各个品种的小树林，如橘子树、柠檬树、一两株巴尔麦棕榈和桑树上方延伸出的树藤，在深坑中茂密生长，直至山姆和伊迪丝经过的小路旁。山坡上横竖挺立着巨砾，其间的土壤被瓜分为一块块可怜的小葡萄园子，有的占地一码①，有的占地两方②，周围隔着一座座小石墙。小树林在漫长的历史岁月中，经由人们精细而缓慢的栽种和改造，在毫无规则的粗糙田地中，相互错乱生长，自由延伸。

"你是在想，"伊迪丝靠在墙上，说道，"我能不能吃得了乘舟旅行的苦，能不能席地而眠吧。你觉得这儿的果园怎么样？"

———————————

① 1码=3英尺。
② 1方=100平方尺。

"还没发现你所说的这两者间的关系呢。"

"你觉得怎么样？如何成为一个——办事高效的人？"

"的确，果实长得真健壮，就是有点错落无序。见鬼了，坐在这儿真热！"

"是啊！意大利农夫热爱这大热天，也热爱这里光秃秃的山脊——还有这里的土地，他们挚爱的土地！他们也热爱这里的阳光、狂风和暴雨。他们对于纷繁的修饰语，拥有高度的敏感，真是太神奇了。事实上，欧洲其他地方也如这里，一切都极为相似。蒂罗尔人（Tyrolese）热爱冰川清新冷峻的气息，于是他们一旦去往国外，思乡之苦便难以吐露，可我却害怕那里高山斜坡的锋芒。普鲁士人热爱地上厚重的沙石和萧索的松针。法国村民面对屋舍门前的一堆堆肥料，以及一处处泥坑，可一点儿也不嫌脏，不嫌乱呢。英国农夫挚爱光秃秃的丘原上，长满锋利的荆豆灌木。无论哪个国家，他们对于故乡的土地、狂风、暴雨和阳光，都充满浓浓的爱意。这些道理，我都是从他们身上学来的。你在想，我能不能'吃得了'席地而眠的苦吧！我可比你还喜欢做这事呢！我崇尚再原始不过的生活方式了。在这里，我们欣赏了许多废墟遗址和绘画艺术，事实上我们比美国人，更接近永恒。你不热爱土地，也不热爱狂风——"

"哦，瞧瞧吧！我们数百万英亩的耕地成什么样了？除了俄罗斯，没有哪儿和美国一样。我们那些在外闯荡，开着汽车，打着高尔夫球，呼吸着新鲜空气的精英人才如何——"

"不，你们美国农民想逃离自己的土地，到城市发展。你们那些生意人开着最时髦的汽车奔赴高尔夫俱乐部，他们根本就不需要光秃秃的土地，他们只想在土地上铺上整齐的草坪，修建高尔夫球场。而我——你以为我整天就坐在客厅里，事实上，正如你所见，我在海水中焕发新生，在海滩上奔跑。你以为我只会在自己的卧室里午休，事实上，我会从未设藩篱的花园里溜出去，躺在房顶上，沐浴热烈的阳光，接受狂风的吹拂，享受土壤的气息，去找寻生命的意义！所谓的'文化传统'，所谓的绘画艺术，所谓的优雅礼仪和语言知识，都不算欧洲的特色。'贴近大地'才是欧洲的根本和真谛。而美国恰恰缺乏的就是这点，我们暂且不论那里多么吵闹，多么粗俗，电影艺术多么低劣；而只说那里的高耸入云的摩天大楼，除了钢筋和玻璃，什么也没有；而只说庞大繁忙的工厂，除了水泥和玻璃，什么也没有；还有那里拥挤的厨房、无线天线和时髦杂志，与淳朴的土地有着天壤之别。"

山姆思索着这番话。他不得不承认自己只见到欧洲的表面现象。他所到之处，全是酒店的休息大厅、餐馆、卧室、火车车厢，就连艺术馆、教堂和当地人家，都是自己再熟悉不过的地方了。但他却从未体会过不同国家的土壤气息。他只记得维也纳的圣斯蒂芬教堂①，但并不记得奥地利境内的阿尔卑斯山的色彩，山间溪流的潺潺水声，不同人群的气味以及枯萎松针的味道，黎明时是怎样，午后是怎样，黄昏时分又是怎样。他曾与西班牙侍从交谈，也与西班牙农夫交流，却从未有过伊迪丝的这番思考。

也许，正如伊迪丝所说，山姆就是腐朽文明中转瞬即逝，即将凋零的残枝败柳，而伊迪丝才是生生不息的根源；山姆明白，她比自己更加充满活力，胜过装在玻璃柜子里，娇艳似火的弗兰。弗兰尽管在声色犬马的欢乐场生气勃勃，但离

---

① 圣·斯蒂芬大教堂，罗马天主教的大主教的所在。这里是人们所喜爱的维也纳城市地标，常被选作奥地利国家生活中大事的地点。

开那里，便只能以泪洗面，枯萎衰败。厄科尔夫妇、库尔特·冯·奥伯斯多夫以及霍恩顿勋爵却并不受冲击。山姆心怀愧疚，将注意力放在永恒的土壤之上，只有这样，他才能找到内心真实的踏实感。之后的每一天，他无须像弗兰一样"冲出房门，见见世面"。他与伊迪丝坐在一块儿，任由时间慢慢流逝，有时他也独自坐在海边，静静地守望柏树枝美妙的姿态，俯瞰无数长满苔藓的渺小高楼。山姆幻想自己——和伊迪丝——住在农场，那里没有达官贵人进行社交来往的繁华秀场，只有一处纯粹的农场，那里只能嗅到马匹、牛群和家禽的味道，他们中午在玉米地里吃着烧烤，穿梭在犹如丛林般迷离的小巷中，真是太美妙了。就是这般淡雅的奢望，惹得他心潮澎湃，相比重获自尊和地位的商业规划，他感觉自己的生活中有更多隐秘的惊喜要去发现。但这一切，却少不了伊迪丝……山姆想到这里，嘴角不禁微微上扬，唯有伊迪丝并未沾满土壤的纤细双手，才能将山姆带回终日与土地为伴的田园生活。伊迪丝！在理解礼拜堂里虔诚祈祷的意大利农夫之前，山姆恐怕只需先读懂曼妙神圣的圣母玛利亚，就够了。

山姆自问："难道我爱上伊迪丝了——难道这就是'爱情'？"

山姆从未吻过伊迪丝，唯有轻拍过她的手背，也不过三四次而已。他感到，伊迪丝时不时地沉默，实则暗藏着真挚的情感，一切都和欲望无关。但他不着急，潜心等待，等待一个振奋人心的时机。山姆发现一旦伊迪丝离开自己，他就思念她，心中的想法和所见所闻都想与她分享。山姆内心愈发充满信心，伊迪丝·科特赖特对他的情感也变得愈加明晰。

山姆花了很长一段时间才明白，也许，伊迪丝已然接受了他这个粗俗、冷漠的美国中西部实业家，厄科尔夫妇和他们所熟识的上尉、伯爵、教授和博士也都接受了自己，一个弗兰曾经不断叹息的自己。山姆问到一些关于法西斯主义的简单问题时，厄科尔男爵尽管耐性十足，也并未过多解释。尽管山姆抱怨不喜欢那不勒斯博物馆里的水仙花，伊迪丝也不会拂袖而去。

事实上，这些人并不指望山姆对雕塑、吉安蒂红葡萄酒、罗马历史或意大利权贵头衔了如指掌。显然，他们不但盼望山姆立下个人目标，成为自己渴望的那种人，也鼓励他达成自己的意愿。厄科尔男爵夫人将山姆视作强壮的船夫、和蔼可亲的伙伴、可靠的金融大师，认为他说话坦诚而文雅。起初，山姆对此还有些尴尬，有些怀疑，可一天天过去，他明白男爵夫人说的是实话。这里的人，才是真正的意大利人，山姆无须感到抱歉，因为他也是真正的美国人。山姆的脸上写满皱纹，灯光照在他脸上，和皱纹交叠，构成一张奇妙的织物。最近几个月渐渐过去了，一切无关生活，却显得沉重而惊喜万分，让人手足无措。这些老朋友谈及自己的女儿艾米丽时，山姆的眼中热泪盈眶。

"你很实在，"他们无论以什么样的方式，表达的全是这一个意思。是啊，"我是个实在人！"山姆眼神中充满着爱意。

他躺在床上，一动不动，气定神闲，可闭上眼睛便担心起睡在楼下的伊迪丝，不知她是否安全，恐惧不知不觉再次笼罩着山姆。凌晨三点，山姆醒来，点燃一支烟，心里又念着弗兰。

曾几何时，夜深人静，山姆仿佛听到了弗兰的呼喊声，她尖利地高叫着，渴求着，"山姆——哦——山——姆！"瞬时他惊醒过来，晃晃悠悠站起身，他明白，弗兰不会回来了，也许再也不会回来了。可他内心依旧困顿不已。

此时此刻，伊迪丝走进山姆的房间，山姆正在写信，突然抬起头，可他似乎忘了什么，微微一笑，唤了声："我的弗兰！"

伊迪丝面对山姆这般过分的举动，唯有轻柔地安慰道："你要幸福啊，山姆！无论你做过什么，没做什么，你这个老实的美国人，依旧扛着罪恶在身。"

山姆与伊迪丝一同出席厄科尔夫妇朋友的晚宴，或到爱克赛西奥餐厅喝茶，越来越多的人将目光聚集在伊迪丝身旁的山姆身上。而过去，他总是试图取悦弗兰，吸引她的注意力。前后的对比真是贴切啊。

一天清晨，山姆醒来，躺在床上，望着远方的海湾，心中的幸福，是那般真切，那般宜人。

山姆给弗兰写了一封信，对伊迪丝大加赞赏。弗兰的回信优雅礼貌，传达自己对"科特赖特太太"的问候；这封回信来自柏林，弗兰最终依旧决定协议离婚，文字间颇为正式，语气充满热情。她告知山姆，协议离婚将历时三个月。她终于摆脱了婚姻的束缚，与库尔特的恋情终于可以大白于天下，不受世人诟病，真是"大快人心"。

山姆还记得他和弗兰同去芝加哥，两人是多么兴奋，在那里，他给弗兰买了平生第一条珍珠项链；她戴着项链多么高兴，多么优雅啊……事到如今，山姆反倒如释重负。

山姆心里依然犹犹豫豫，将弗兰的诀别信拿给伊迪丝看。伊迪丝慢慢地读完了这封信，试探着问道："你真的介意吗？"

"哦，是的，有点儿。"

"事情明摆着已经这样了，不是吗？但愿这不会影响你已经重归平和的内心！"

"绝不会!"

"但我看得出来,这封信给你带来不少困扰啊!"

"是啊,不过——听我说!你愿意去泽尼斯那种地方生活?"

"当然了,不同的地方有什么太大的区别吗?"

"那里和这里一样,也是风景秀丽的乡下,你会继续保持现在的生活习惯吗?"

"我不知道,也许会吧。"

一小时过后,伊迪丝开始看书,山姆继续写信,两人似乎想平息自己的内心,可伊迪丝突然说道:

"山姆!你所说的乡下。没有意大利的别墅和瑞士小木屋——而到处流传着佛蒙特扬基佬的传统习俗,那里有穿着鹿皮的弗吉尼亚本土人吧。你为何不独创一处真实可见,独一无二的美国本土建筑呢?摩天大楼是继哥特式建筑后,建筑史上第一个外观优美,全新的建筑形式!咱们不妨创造一个原生态的吧——别老想着往里塞下水管道、吸尘器和电动洗碗机了!千万别建成毫无个性的城堡。美国暴发户最大的问题就在于他们举止粗俗,并未继承传统习俗,只懂得匆匆赶赴欧洲,购置日晷,15世纪式样的壁炉台和餐桌。他们以为购买了欧洲贵族淘汰的衣装,就变成贵族了。我到了欧洲就愿意看看地道的欧洲风格;去了美国,却愿意领略全新的发明。例如,你生产的汽车。"

"这么说,你愿意到发展中的泽尼斯去了?"

"我还说得不够明白?我当然愿意一试了。"

山姆认为伊迪丝尽管犹豫不堪,却比弗兰信誓旦旦的热情可靠。突然一大波厄科尔的朋友涌了过来,他们打算当天去游泳,大家也谈到弗兰,谈到泽尼斯以及他们自己。夜深了，大家各道晚安。山姆吻了吻伊迪丝的手背，两人瞬时四目相对。

第二天，他俩去位于那不勒斯高处的贝尔托里尼餐厅共进晚餐，遥望卡普里。山姆开始讨论自己的计划：生产一款两层的房车，第二层的地面铺着可折叠的帆布，这样房车便能轻松通过道路上的拱廊；房车还能转换成游艇，一下水，自动形成船舱；这款房车到了夏季，就成了父母出国的孩子们的夏令营营地；在那里可以组织不少奇思妙想，但实际可行的活动了。伊迪丝听罢，激起无限兴趣，鼓励山姆一定实施起来，成功推向市场，这让山姆内心膨胀，别提多满足了。

第二杯科纳克白兰地下肚，乐队奏响了弗兰最爱的一支威尼斯轻歌剧选段，山姆不时回忆起自己和弗兰刚到柏林的幸福时光。他突然想到，若库尔特不肯娶弗兰，她就无家可归，孤独无依了；随着音乐沁润心脾，透过音乐之外的漫漫黑夜，山姆似乎看见弗兰的死魂灵在无端奔跑；伊迪丝在一旁温柔可亲地说着俏皮话，可山姆心情沉郁，想到弗兰这个孩子曾经的欢笑，想到她如今孤苦无依，满心恐惧，山姆心生怜悯。

但回到厄科尔的庄园，山姆与伊迪丝站在阳台上，他透过海风习习、暗黑无光的海湾，似乎能瞧见维苏威山头浅浅地火光。

"别太担心了！"伊迪丝突然安慰道，她不会靠说什么丧气话，来掩盖山姆惆怅的心思，这让他感动。

第三十五章

　　山姆和伊迪丝终于过了几天清闲平静的日子，一想到弗兰就令山姆消极倦怠的日子，一去不复返了，他的心情格外愉悦。

　　每天早晨，他们一同登上波斯利波的高山之巅，搜寻罗马帝王的城堡，以及将奴隶作为鱼饲料的鲤鱼池塘遗址，他们也发现了维吉尔（Virgil）① 和其他名人的陵墓，这里确有历史依据。结束探险后的他们漫步回家，悠长的路途中总会遇见自由奔跑的孩子和来来往往的马车。回到家中，坐在凉爽的客厅里，他们大口大口喘着气。

　　"来点吃的，特丽莎（Teresa），"山姆高声点餐，并对伊

_____

　　① 奥古斯都时代的古罗马诗人。其作品有《牧歌集》（*Eclogues*）、《农事诗》（*Georgics*）、史诗《埃涅阿斯纪》（*Aeneid*）三部杰作。其中的《埃涅阿斯纪》长达十二册，是代表着罗马帝国文学最高成就的巨著。

迪丝说，"你也觉得好奇吧，伊迪丝，我第二天才看清你租的这套房子，这房子本也属于一个意大利人，可我第一次在这里居然有一种主人翁意识，还敢使唤下人！"

"但我敢肯定，你的弗兰在家不是个'河东狮'吧……"

花匠将一封信放在桌子上，午饭后，山姆才走上前拆开看，动作随意而潇洒。仅凭抬头，山姆就知道这信来自弗兰。于是他十分蹩脚地，慢慢退到自己的房间，认真读着弗兰的来信：

我已找不出借口，真是个傻子，我居然没珍惜你，没守住你，可能现在的我已经没有资格说这番话了，但我只能可怜巴巴地投奔你。库尔特的母亲从奥地利老家来柏林了。她对我极其粗暴，她说得再清楚不过，神圣不可侵犯的库尔特家族，这个虔诚的天主教家庭成员，但凡娶了（或即将迎娶）一个可恶的离婚女人，一个美国女人，还是一个不能为库尔特家族传递香火的老女人，将会天打五雷轰，遭遇灭顶之灾。因此，她不可能原谅我。我坐在库尔特的公寓里抽烟，装扮出一副招人疼爱的样子，可她却一直在库尔特面前大声哀号，完全忽视我的存在，这个场景可真没意思啊。而库尔特，最终选在站在他母亲身边。哦，他那似水柔情的小心脏，因为我，也在滴血啊，那段时间，他的心已然碎了，居然想鱼和熊掌兼得。他说"我们最好推迟结婚，过不了几年，我母亲就驾鹤西去了。"天呐！他还是个男人吗？还是个孝子吗？我们之间不会有好结果了，我们俩不可能结婚！他太懦弱了，我都受够了，为了他我冒了这么大的险，可结局居然是现在这个样子。

你若是依旧能放下身段，低下你那高傲的头颅，原谅你这个动用雕虫小技，不可饶恕的抹大拉的玛丽亚（Mag-dalene）①，是这么书写的吧，我愿欣然接受这一决定，再次与你重逢。事实上，我已中止了离婚程序。当然，我明白所说的这些都是实话，我可不认为自己是个上等女人，于是想尽办法保护自己。库尔特带给我如此多耻辱，可我毫无畏惧，不惜让你再次羞辱我一番。当然，你不是曾经说过吗？尽管那些与我公开互动，绝不遮遮掩掩的意大利贵族人士，他们斥责你，冷落你；尽管我做了那么多对不起你的事，而你在那个叫科特赖特夫人的女人身上能寻得一丝安慰，身心得到解脱。就算这样，我也不想知道你和那个叫科特赖特夫人的陌生女人之间，关系有多深——

哦，原谅我，原谅我吧，亲爱的山姆小子，你的坏丫头弗兰祈求你的原谅！我孤苦无依时，万念俱灰时，我是那样残忍，那样下贱，我只能投奔你这个万世磐石②！我之所以写得如此粗鄙，如此偏激，那是因为我现在过得很悲惨，很绝望，可我不能就这么走向毁灭——我想让你知道，你若把你淘气的弗兰领回家，她便不可能变得如此惨烈，不过幸好，还没到惨不忍睹的地步，只有上帝知道，她不再像过去那样唯利是图、那样贪图荣华富贵。我现在已经厌倦了生活中陈旧不堪的华丽炫目，而只想过一个简简单单、实实在在的小日子。

我想你一定以为要不是你身体健硕、财源滚滚，而库尔特憨厚老实、家道中落，我才不会回来是吧，但不是这样。

---

① 抹大拉的玛丽亚，一直以一个被耶稣拯救的形象出现在基督教的传说里，后有说法她可能是耶稣在世间最亲密的信仰伴侣，或者说她是未被正史记载的最受耶稣教诲最得其精髓的门徒。

② 原文是 Rock of Ages，暗示耶稣基督。

真实的原因，你很清楚！我冒着那么大的险来投奔你，因为
我知道，曾经你深深地爱过我。我俩若能破镜重圆，对布伦
特和艾米丽也是个好事啊——哦，我知道，事到如今，我不
知羞耻地说出这番话，恐怕已经迟了，但这都是我的心里话。

　　我查过了，9 月 19 日"德国号"轮船离开从汉堡起航，
第二天抵达瑟堡①。如果你愿意和我在那儿见面，或在巴黎
相见，我应该——哦，山姆，如果你还爱着我，你绝不应骄
傲自满，绝不应借此机会惩罚我。来见我吧，因为——哦，
我不知道该怎么办！我曾经就是那么骄傲自满！现在，仿佛
全世界都在看我的笑话！我根本不敢离开自己的公寓，不敢
接电话，不想听他们哈哈不止的嘲笑声。我只和女佣说话，
但大多时候，只有库尔特陪伴我，但我不想再见到他了，绝
不想。他说过他想自杀，可他下不了手——他的妈妈也不会
让他干这傻事！

　　你一旦下了决定，求你从那不勒斯给我打个电话吧，不
好吗？

　　如果你想来见我，但愿你的女主人科特赖特夫人能理解
我们的这份心情，我记得她在威尼斯时，为人友善，还问候
我。我希望我的这份诉求，胜过你对那位魅力十足的女士所
尽到的社会责任，我想她恐怕没我这么烦人吧。

　　随后，弗兰的字体和文风变了；山姆感觉可能她停笔了
几小时后，又继续开写后面的内容：

　　哦，山姆，我特别需要你。我说过我仰慕你吗？

　　来自你可耻而可恶的小弗兰。

　　山姆将信重重地摔在梳妆台上，轻蔑地嘀咕了一声："赶

---

　　① 位于法国。

紧奔向那不勒斯吧，也许赶不上下午茶了。别等了。"

"这是什么？"

"哦，没什么。"

山姆躲着伊迪丝。

坐在电车里，去城里的路上，山姆自问自己是否想和弗兰重归于好，他是否想去见弗兰。对于这两个问题，他都无法作答。他再次自问，自己是否愿意离开伊迪丝，可答案是否定的。面对这样的疑问，山姆恼羞成怒，心中总结道：伊迪丝温良而真诚，她善解人意，带给他的是积极向上的热情，而弗兰却总是困扰着他，让他徒增烦忧。

难道他会抛弃伊迪丝而去，就此背叛她，成为受人唾弃的小人吗？

"哦，当然不会。"山姆叹了口气，他在美国快运公司，排队等着给柏林的弗兰打电话。

他不怕一直等下去。

山姆在快运公司焦急等待，似乎已在这里等待了多年。墙上挂着纽约中央火车站的照片，架子上摆放着不少令人艳羡的火辣胜地，像缅甸、曼谷和圣·保罗。可山姆不再留心它们了，只因弗兰认为这些地方粗鄙落后、与时髦无缘。旁边一位在此旅游的小姐，正给她的母亲写信，词句间不断称颂无名烈士广场①上娇艳的珊瑚——

突然传来一声，"柏林线已接通！"山姆吓了一大跳。

他终于再次听到弗兰的声音，还是那个缥缈不定的声音，此刻突然提高嗓门大叫着，真像是在外嬉闹的孩子：

"哦，山姆，真的是你吗？亲爱的，你还是如约打来电话

———————
① 位于意大利那不勒斯。

了？你原谅可怜的弗兰了?"

"当然。船上见，船上。坐十九号的船，就那样，我们到时把话都说开。亲爱的，你最好把票买了，亲爱的，到时见！记得买票，再见，亲爱的，等着我给你拍电报。"

挂掉电话，山姆决定走回去，山姆毕竟上了年纪，脚步缓慢，满头大汗，显得格外疲倦。山姆心想，伊迪丝听闻山姆的决定，尽管语气平和委婉，但恐怕会醋意十足，会轻蔑地认为山姆又重新拜倒在弗兰狐媚的身姿下了。她的那番态度，定会令人感到诧异。

六点过几分，山姆悄悄地溜进门。

此时，伊迪丝正坐在客厅里的大窗户下读书。她盯着情态异样的山姆，好奇地问："结果怎样？发生什么了?"

"嗯——"

山姆靠在窗户边，用剪子剪掉雪茄头，点了一支烟，他并未直视伊迪丝，嘴里小声嘟囔着："弗兰的情人，奥伯斯多夫伯爵，把她给甩了。伯爵的母亲认为弗兰是个不值钱的下等人，就因为她离了婚，诸如此类。可怜的孩子，真是委屈她了。她打算放弃离婚的念头，乘船回家。我猜，哦，人们会对她指指点点吧。她真是……恐怕，我得去陪她。事实上，我要赶在午夜抵达罗马，就今天……我希望告诉你这一切，你会——"

"山姆!"

伊迪丝跳起身，她的双眸闪动着愤怒的火光。

"我不允许你回到那女人身边！我不想看到你自寻死路——是的，自寻死路！就因为她长相美丽，举止优雅，温柔甜腻，可她也太自私了吧！她脑子里只想着别人要供奉着她，为她着想！离开她，你才能重获阳光和雨露，而弗兰只能让你沉沦，带给你恐惧，最终陪她一起走向灭亡！哦，我看你只要读了她寄来的信，短短三分钟就变成了个三岁小孩！她是那么肆无忌惮，你这不是在帮她，你只会纵容她，让她继续自私自利，继续做出一番残忍的事情，结果，她竟然不受惩罚，不受伤害！想想北平和开罗吧！别这样！想想你在密歇根修建大农场，周围全是松树林！想想吧，那时候的你内心富足，过着自由自在的生活，和大自然共和谐——是的，我们会回去——"

"我也知道，伊迪丝，我什么都明白。可我忍不了，她就是我的孩子，我得去照顾她。"

"那行吧。"纵使伊迪丝眼中的那份热情并未消逝，就算一盆水即将浇灭它，这份热情依然毫不示弱。她无奈地回应道，"抱歉，我太莽撞了。无论怎样，我还是帮你收拾行李吧。"

他们一同收拾行李，一同吃晚餐，一同等待难熬的离别时刻，其间，山姆根本找不到合适的话题，伊迪丝也保持沉默，是那样的矜持。她只问了些有关泽尼斯的问题，真心希望有朝一日能看见山姆携同"杜德伍斯夫人"过着幸福美满的日子。寂寞难耐的沉默过后，伊迪丝突然说出这番话，显得浓情蜜意，这是第一次也是唯一一次，"此时此刻，我的确没什么可说！我想让你知道，你爱我，你得重新起誓。"

山姆听到这番绵绵的情话，想说点什么，可伊迪丝已经匆匆跑进厨房，躲起来了。

出租车已经到门口了，汽笛声将山姆从沉寂和呆滞中拉回现实，山姆拉着伊迪丝的手，一边拍着，一边走在前面，拖着行李的佣人远远地落在了后面。

"一切准备妥当了，太太，"女佣报告了一声，并收到一笔丰厚的小费，恭恭敬敬地说了句"我很快回来！"便消失不见了。

黎明时分，门外树影斜斜。山姆小心翼翼地与伊迪丝握手告别，他本打算说点什么安慰的话，伊迪丝突然哭了起来：

"一切都太迟了。我以为总有一天，我以为会轻轻松松地把话给说出来，告诉你我的所想，我的所感。和你在一起，我们度过了一段美妙的时光。知道吗，你比你想象中还要高大伟岸，和名流贵人没什么区别。因为你，我不再畏惧这个世界，敢于挺身而出，与命运相抗衡。我觉得——"伊迪丝抓起山姆厚重的袖扣，"和你在一起的每一刻，我的心中都有一种奇妙的感觉，'因为有你！'其他人无法带给我这种感觉，不是说这感觉多么美好，哦，但是真的与众不同！我不该说这番话，可我怕太迟了，一切都太迟了，后悔都来不及！我本想，随它去吧！至于其他的话，想必也无须多说。愿上帝保佑你，亲爱的！愿你挺过艰难万险，你们夫妇俩皆大欢喜！"

山姆突然吻了伊迪丝，一阵热吻，情深义重、天地共鉴。最后，山姆拖着沉重的步伐走向路边，坐上出租车。他向后回望，看着深情款款的伊迪丝，迅速关上车门。坐在车厢里，山姆听见伊迪丝倦怠不堪、毫无斗志的声音："一份早餐，特丽莎。"

司机打着呵欠，山姆独自乘坐汽车，此时此刻，海港南边一片漆黑，一阵微风徐徐而来。

第三十六章

弗兰身穿灰色的松鼠皮斗篷，真是年轻可爱啊。

"我在柏林夏季抢购季几乎什么都没买着。"弗兰解释道，"为何大多数女人都不知道节约呢？我敢打赌你那出类拔萃的爱人科斯特——哦，科特赖特夫人——我敢肯定她在其他方面聪明绝顶，买衣服时却会比我多出两倍的价钱。真可笑，我从来就记不得她名字。"

九月底的大西洋中部格外阴冷。弗兰顺了顺斗篷上的毛皮，将它挂在轮船座位的椅背上。她看起来就像被绳子捆住四肢的美洲豹。

他们在"德国号"轮船上度过了下午茶时间，夕阳斜照的光芒依旧气势不减，在翻腾的海浪上映衬出可怖的血红色。山姆和弗兰嗅到了暴风雨的味道，轮船面对侵袭而来的滔天骇浪，开始上下颠簸。弗兰显得那样生气勃勃，活力四射。她在人群中高谈阔论，向人们讲述国外发生的任一细节，任一场舞会中相遇的男子，以及那些爱嚼舌根的中老年妇人。她们总爱说"那个魅力四射的杜德伍斯妇人，她告诉我，她比自己的丈夫年轻不知多少岁呢，她那丈夫反应迟钝，但你根本想象不到，杜德伍斯夫人爱他爱得不得了，像照顾女儿一样，照顾自己的丈夫。"

弗兰此时蜷缩在她华贵柔软的毛皮外套里。

"哦，去别处，真太好了！"她说道，"我敢打赌，我们前往别处，一定是疯了，要不我们先回家，再折回巴黎吧。（那女人戴的帽子真难看，亲爱的，你注意到她的鞋了吗？那样的人怎么能坐头等舱呢？）你都无法想象，她在柏林无休无止地戴着那帽子，真是太腻了！哦，亲爱的山姆，你对库尔特的评价真是精准。我根本想不到你怎么判断出来！我不得不承认，在看人识物方面，你真是眼光过人，当然，生意人除外，哦，他真是专横跋扈——你说得对！我要是提议独自去巴登—巴登，他便大发雷霆。他凭什么认为自己声名显赫呢——哦，也许因为他的家族历史和罗马斗兽长——不，罗马斗兽场一般源远流长吧，但我看到他的母亲，一个素质低下的乡下老顽固，哦，亲爱的——"

"别这样！"山姆制止她，"不知道为什么，我对你那样挖苦库尔特和他的母亲，感到有些反感。他们听到这番话，也会伤心的。"

山姆真是个心地善良、举止得体的好人啊。"是的，你说得对，抱歉，先生！我就是个小丫头。不过幸好，一切都和好如初了。毕竟，我们兜兜转转这么久，依然皆大欢喜！咱俩不都汲取了不少教训吗，难道不是吗？如今的我，不再朝三暮四了，你也无须烦忧，我敢保证，你再也不会了。"

咖啡厅的露台上，正举行一场舞会。这里有一位年轻的独奏演员，他叫汤姆·艾伦（Tom Allen），年轻的汤姆皮肤黝黑，牙齿白如象牙，一边咧着嘴傻笑，一边走到弗兰面前，邀请她跳一支舞。弗兰也朝他微笑，轻轻地拍了拍山姆的手臂，便蹦蹦跳跳跑开了。汤姆的手躲在弗兰的松鼠皮斗篷下，紧紧抓着她的手。

此时的夕阳，陷入狂怒，之前的血红色已变成红葡萄酒的暗红色了。

山姆独自沿着随海浪颠斜的甲板，来来回回踱步。他一会儿在这儿停停，一会儿在那儿靠靠，不时回望欧洲，但远方一片雾蒙蒙，什么也看不清了。

凌晨两点，山姆从睡梦中惊醒，突然变得手足无措。海上暴风雨席卷而来，轮船陷入风暴中，无法自拔。山姆半梦半醒之时，依稀听到伊迪丝睡在双人床上，躺在自己身旁啜泣不止。山姆微微一笑，像伊迪丝曾在阳光明媚的那不勒斯，带给他温暖一样，轻轻安慰起她。山姆伸出手臂，睡意蒙眬中搂着她的纤细柳腰。

弗兰发出一阵声响，山姆听闻，突然睁开眼睛，起身坐在床边，大喘粗气，真是惊心动魄啊。

"哦，谢谢你！你真体贴，居然把我叫醒。真是一场噩梦啊，天呐，太恐怖了！"

山姆说着说着，一丝欲念划过身体，他变得兴奋起来，放在弗兰腰上的手指捏得越来越紧。

"哦，山姆，别——哦，别这么激动！不到时候呢。得容我缓缓——我太困了！"随后她果断回绝，"你不介意我这么说吧，对吗？晚安！"

山姆躺在床上，睡不着。一阵雾蒙蒙的灯光，透过船舱里的横窗撒了进来，山姆瞥见梳妆台上银色的化妆用品，真是闪闪发光。可突然脑子里闪现出巨轮与惊涛骇浪相互碰撞的场景，闪现出充满现代气息的收音机，甚至闪现出电子自动操纵杆。船舷上却满是水手，纯人工打造，可谓经久不衰。这艘轮船自古就是人类远航的交通工具，也可谓经久不衰。这轮船尽管是钢筋铁甲，可在水面上依然像古希腊的木质战船一般嘎吱作响。

山姆脑中的思绪已飘至广阔雄壮的英雄时代，突然听到弗兰平和安静的呼吸声，空气中并非狂虐海风的腥味，却满是化妆品中水晶小瓶子里的香水味。这力道、这气势，相比轮船本身还要巨大，相比海面上的狂风暴雨还要强劲。

山姆感觉，自己再也睡不着了。

他紧紧地握着拳头，不久以后，双手摊开了，原来，他睡着了。

黎明已至，风暴依旧，山姆起身聆听弗兰的激情演讲：

"你醒了？不会是我把你吵醒了吧。这个早晨，天真可怕！我们去船舷上看看。叫上巴拉德（Ballard）和汤姆·艾伦。汤姆真是个可爱的男孩，不是吗？我在他面前，就像他的母亲似的。哦，山姆，你要是睡得没那么死该多好，哦……咱俩在纽约时，我就想买一件正宗的中式睡袍了。汤姆告诉我，真有这种商店。当然，我还有睡衣呢，不过它们全变得破烂不堪，不管怎样，你可不想我变成像马蒂·皮尔逊那样的丑八怪吧，不是吗？到时候，我可要穿上在巴黎买的马萨尔·罗莎①时装，她一定会惊讶得掉出眼珠子。但我

---

① 马萨尔·罗莎于 1925 年在法国创立了巴黎罗莎（Rochas）品牌。20 世纪的巴黎罗莎的服装风格以华贵优雅著称，是贵族和明星们争相购买的品牌之一。

只穿两天！就算这样，恐怕整个泽尼斯都会全城沸腾，为我倾倒呢！哦，回家的感觉真好——只要过了这阵子——山姆，经过柏林所遭遇的苦痛，我才发现你真诚而勇敢，和过去的我一样，不知你明白吗？哦，不知道为何有那样的想法，不过你得小心巴拉德夫妇。我猜，你昨晚一直谈论意大利汽车的话题，可让他们无聊了。你得明白，他们在佛罗伦萨有别墅，可真是地地道道的意大利人，更是艺术家、名流贵族等等。不过，当然，这也没关系。你想来杯咖啡吗？还是咱们爱喝的老口味吧！"

弗兰身上的香水味到了深夜，尤其是熟睡时，变得愈加浓烈，甚至窜遍整个头等舱。

山姆缓缓起身，叫来乘务员，可什么也没说。

真是万幸，弗兰又为他驱走了睡意，山姆起床沐浴、更衣，独自摇摇晃晃走到甲板上。空旷的走廊上，围着一圈粗帆布，阻隔击打甲板的大浪，奔涌的海水一经拍打，便化为淅沥沥的小水珠，沿着甲板朝四处流走了。山姆慢慢前行，站在窗边上，盯着乘风破浪的船头，浪尖拍打着船头仓，破破烂烂的雨衣横在路中间，阻挡了山姆前往甲板的去路。

前方一片黑暗。在从未乘船出过海的乘客眼中，这一切这可谓与命运的博弈。然而，任何人只有在狂风暴雨中才会成长，山姆长长地深呼吸，伸出自己强壮的胳膊，向甲板顶端攀登。

他的双眼不断向下偷瞄，他陷入沉思，嘴唇微微颤动。

半小时后，山姆未吃早餐，突然从头等舱的阶梯，通向救生艇甲板，走下一条细窄的走廊，穿过一个小花店，来到无线电报室——这里是个小房间，里面只摆了一张狭长的桌子，真像小旅馆里的电话室。

　　山姆保持冷静，写下了一则电报，并发给伊迪丝·科特赖特："自今起，你欲停于那不勒斯三周否？"

　　电报发出后，山姆去吃早餐。整个上午以及半个下午，山姆都借桥牌打发时光，亲眼目睹弗兰与热情膨胀的汤姆·艾伦在一旁调情不断。

　　下午茶时间还未到，伊迪丝的电报就发回来了："否，但于威尼斯停数月，珍重，伊迪丝。"

　　下午茶持续了整整一个小时，弗兰就与六个不同的男人喝茶，山姆看不下去，便独自来到吸烟室，假装在一旁读书，其他孤独而落魄的酒鬼们，却到这里寻觅酒伴。

　　晚宴换装时间到了，他们回到船舱，山姆和颜悦色地对弗兰说："我想，咱们今天别在头等舱吃晚餐了！我想跟你说点事。我们千万别逃避。"

　　"老天爷啊，山姆小子，你怎么了？这样一个毫无情调的夜晚，难道你就想在咱们这个狗洞般的房间里享用晚餐吗？对了，告诉你吧，巴拉德夫妇今晚叫我们吃烧烤呢，真像沙龙里愚蠢庸俗的生意人所为。"

　　"我们必须谈谈。"

　　"我亲爱的丈夫，在船上再待四天四夜，我们就解脱了！我可不想去里维埃拉或其他别的地方，你知道的！"

　　天色未晚，山姆终于找到机会说出自己的心里话了。他们走进头等舱准备休息，弗兰从吸烟室里出来依旧兴奋不已，山姆并未做任何铺垫，便说出下面那番话：

　　"别再机关算尽了。你想破镜重圆，但弗兰，我们之间不可能了，我准备折回意大利，回到伊迪丝·科特赖特身边。"

　　"我不明白。我做错什么了？哦，老天爷啊，你不明白，你怎么就不明白，我们经历了太多苦难，你哪怕明白一件也好啊！你还在惩罚我，我只要重获幸福，你就用这种甜蜜的手段惩罚我，今夜不正是如此吗？"弗兰对着山姆，捏紧了拳头，"善解人意的杜德伍斯先生，你能别这么拐弯抹角，直接告诉我，我做错什么了，又伤害了你温柔的内心？"

"你什么也没做错。我们真的回不去了。你再怎么劝，我也不会回头了。我并非胡说，我也不想伤害你。我怎么想的，就怎么说了出来。我坐明天的早班轮船，离开纽约，回意大利。我绝没有挖苦你，或者斥责你的意思——"

弗兰瘫软在梳妆台前的椅子上，声音有些颤抖，但话语平静："那我该怎么办？"

"我不知道。我要是早知道，怎么会和你在船上相见。"

弗兰开始哀号："哦！你彻彻底底地伤害了我！恭喜你！你知道吗？我以为你真心想和我重归于好，真是自欺欺人啊！"

山姆起先说了些安慰弗兰的话语，随后语气却变得凝重，恍若如临深渊。"我不想再说些假情假意的客气话了，弗兰。你知道我深深地爱过你，多少年来，一如既往地爱你。可你把这一切都毁了……你该怎么办？我不知道。但我猜，你会和过去这些年一样，没什么变化吧。你根本不需要我。你已经找到玩伴了，你也不缺追求者。我想你会遇到那些——"

"这就是'深深爱过我'的人说的话——"

"等等！我们第一次吵架的时候，我就想过我该怎么办！现在，我也帮不了你了。我一直以来就只是你的随从和附庸。但我——你无法带我走向毁灭了。我不再计较你曾置我于两难境地的样子，你又继续让我死乞白赖地跟着你。你难道不知道自己做过什么吗？但我记得，我再也忍受不了了！"

"这都是你那亲爱的科特赖特夫人教给你的爱情真谛咯？

她有没有置你于两难呢？多少年来，我都从未允许他人公然指责你——"

"你听明白了吗？该说的，我都说完了！"

不幸的是，山姆并未器宇轩昂、坦坦荡荡地离弗兰而去，相反，他像个气急败坏的孩子，突然扭头奔出头等舱。因为他知道，唯有像孩子般闹腾，才能打乱弗兰的严密思维，海风再猛烈，轮船再飘摇，他自知一定要走。弗兰思维缜密而清晰，她太清楚自己要什么了！

三天后，山姆在纽约准备登上返回意大利的轮船，他坐在出租车里回望弗兰，不禁悲从中来；弗兰独自一人站在酒店门口，像被自己抛弃了一般，双眸低垂，打不起精神，真是悲悯啊。山姆终于明白，自己再也见不到弗兰了。透过她的眼神，里面全是山姆的影子，可他最终弃她而去。

伊迪丝和山姆坐在巴黎里兹大饭店共进晚餐，山姆的离婚手续终于办妥了，就在当晚，他们决定回美国，携手推出新款房车，于是两人心中充斥着狂喜。今晚的菜品丰盛，他们之间情意绵绵，实在是心满意足。

山姆喝过第二杯科纳克白兰地，乐队奏响了威尼斯轻歌剧选段。山姆突然回忆起弗兰和自己在柏林携手度过的幸福时光。他还记得那天，收到弗兰那封楚楚可怜的亲笔信的那天。她在信中说，自己只能回泽尼斯投奔艾米丽一家了；她说，自己谁也不见；也说"亲爱的，你的老朋友塔布和马蒂"举手投足间变得略微彬彬有礼了；她还说，过些日子，他打算去意大利——

餐馆里歌舞升平，而外面却是一个漆黑的世界，他仿佛看见四处奔跑的弗兰，像个死魂灵般在外游荡。弗兰这个孩子曾和自己多么幸福，多么快活，如今她陷入恐惧、无依无靠，实在是太可怜了。

忽然，他注意到伊迪丝正盯着自己，便从沉思中回到现实。伊迪丝轻快地说道："你还在可怜她吧！每隔一会儿，就会响起一支熟悉的曲子，我该怀念一下塞西尔·科特赖特了吧。他长得多俊朗啊！他可会说五国语言呐！我和他在一块时，可不耐烦了！我怎么就失去他了！我真应该鞭打自己，谴责自己！我真是太过分了，真是异乎常人得过分啊！亲爱的山姆……要想忘记痛苦，不再自我折磨，该如何做呢？"

山姆盯着她，陷入沉思，突然他大笑一声，不禁发现了自己年轻而活力的一面，原来，自己还是这么青春而富有朝气啊！

整整两天，可以说，山姆已经完全忘记了弗兰，不再抱怨她，也不再回忆她，终于，他找回了自己内心真正的幸福和快乐。